Hermann Roesler

Grundsätze der Volkswirthschaftslehre

Ein Lehrbuch für Studirende und für Gebildete alter Stände

SALZWASSER
VERLAG

Hermann Roesler

Grundsätze der Volkswirthschaftslehre

Ein Lehrbuch für Studirende und für Gebildete alter Stände

Unveränderter Nachdruck der Originalausgabe von 1864.

1. Auflage 2022 | ISBN: 978-3-37503-671-3

Verlag: Salzwasser Verlag GmbH, Zeilweg 44, 60439 Frankfurt, Deutschland
Vertretungsberechtigt: E. Roepke, Zeilweg 44, 60439 Frankfurt, Deutschland
Druck: Books on Demand GmbH, In de Tarpen 42, 22848 Norderstedt, Deutschland

Grundsätze

der

Volkswirthschaftslehre.

Grundsätze

der

Volkswirthschaftslehre.

Ein Lehrbuch für Studirende

und

für Gebildete aller Stände

von

Dr. Hermann Roesler,

Rostock,

1864.

Vorrede.

Das vorliegende Werk verdankt seine Entstehung zunächst dem Bedürfniß des Verfassers, für seine Vorlesungen eine seinen Ansichten entsprechende und für ihn brauchbare Grundlage zu besitzen; da er aber bei weiterer Bearbeitung sich nicht verhehlen konnte, daß er sowohl von seinen eigenen früheren Anschauungen als auch von denen Anderer nicht nur in Bezug auf die rein theoretische Behandlung, sondern auch auf wichtige practische Ergebnisse in nicht unwesentliche Abweichung gerieth, so entschloß er sich, trotz des großen Reichthums der volkswirthschaftlichen Literatur, derselben eine neue Aufnahme zuzumuthen, in der Hoffnung, zur Befestigung und Förderung der Wissenschaft Einiges beitragen zu können.

Es bewog ihn hiezu aber auch der gegenwärtige Zustand der politischen Oekonomie, der kein sehr erfreulicher genannt werden kann. Nicht zu reden von den wiederholten und gefährlicher werdenden Angriffen, die von Seiten der sog. socialen Reformisten auf das wissenschaftliche Gebäude der Volkswirthschaft gemacht werden. Aber die Theorie des britischen Systems scheint, angesichts der seit einiger Zeit sich ergebenden Thatsachen und des von der anderen Seite des Weltmeers durch Carey ihr zugeschleuderten Protestes, einer gewissen Erschütterung entgegenzugehen; Frankreich, welches sich einer ungemeinen Regsamkeit auf volkswirthschaftlichem Gebiet sogar unter activer Betheiligung der

Damenwelt erfreut, hat es erleben müssen, daß in seinem Senate
von einem der hervorragendsten Mitglieder dieser hohen Körper-
schaft der politischen Oekonomie der Charakter einer Wissenschaft
förmlich abgesprochen wurde, was auf anderer Seite die Forderung
hervorrief, im Interesse ihrer Reinheit und ihres festen Bestandes
die Lehrsätze der Smith, Ricardo, Malthus, Say als all-
gemeingültige und unbestreitbare Dogmen zu erklären, d. h. den
Stillstand der Wissenschaft zu statuiren; auch in Deutschland macht
sich ein tiefer Zwiespalt der Meinungen geltend, der bei practischen
Anlässen, wie wir es erlebt haben, zu grellem Ausbruche gelangt
und keine rasche Aussicht der Versöhnung gewährt. Bei dieser
Mangelhaftigkeit der Ergebnisse so vieler und großartiger Leistungen schien dem Verfasser, wenn ihn seine Beobachtung nicht zu
weit führte, die Wissenschaft der Kräftigung und Fortbildung be-
dürftig und nach dem, was auf deutschem Boden die Rau,
v. Hermann und Roscher weiter gefördert haben, auch einer
solchen fähig zu sein.

Das Buch ist zunächst für die Bedürfnisse unserer Studirenden berechnet, hoffentlich aber auch anderen Lesern als neues
Hülfsmittel volkswirthschaftlichen Urtheils nicht unwillkommen und
nutzlos. Zu diesem Ende war der Verfasser bemüht, durchweg
practische Gesichtspunkte festzuhalten, ohne ihnen den streng
wissenschaftlichen Charakter zu opfern, und denjenigen, welche sich
dazu hingezogen fühlen, einen klaren und möglichst vollständigen
Einblick in die heutigen Wirthschaftsverhältnisse zu verschaffen,
wofür sich das Bedürfniß und der Beruf unläugbar in immer
weiteren Kreisen verbreiten. Da die Wissenschaft von der Volkswirthschaft in hohem Grade ein Erzeugniß der Zeit ist und Viele
an ihr arbeiten, so konnte einerseits ein theilweises Anlehnen an die
Strömungen der Gegenwart, andererseits eine manichfach pole-
mische Rücksichtnahme auf entgegenstehende Meinungen nicht vermieden werden. Der Verfasser hofft, daß Beides seiner Arbeit
nicht zum Nachtheil gereiche.

Die Volkswirthschaftslehre wird bald definirt als die Theorie
der Werthe oder des Tausches, bald als die Lehre von den Ursachen und dem Wesen des Volksreichthums; am weitesten verbreitet ist wohl die Say'sche Bezeichnung als die Lehre von der

Erzeugung, Vertheilung und Verwendung der Güter. Indessen sind diese und andere Definitionen längst als unzureichend erkannt worden. Richtiger wäre es, sie die Lehre von den Mitteln zur Erhaltung und Vermehrung der Volkskräfte zu nennen, womit auch die von Roscher herrührende Erklärung als die Lehre von den Entwicklungsgesetzen der Volkswirthschaft oder des wirthschaftlichen Volkslebens dem Wesen nach übereinstimmt. Obwohl auch diese Definition eine zu weite Deutung zuläßt, so scheint sie doch innerhalb richtig gezogener Grenzen erheblichen Vorzug zu verdienen. Es wäre damit vor Allem der politische Charakter unserer Wissenschaft anerkannt, der auch in den trefflichen Werken von Escher und Walter neuerdings zur Geltung gebracht ist; man gewänne einen selbständigen, genau bestimmbaren Gegenstand, der freilich noch lange nicht genug erforscht ist; da die Volkskräfte offenbar materieller oder physischer, geistiger und sittlicher Art sind, so würde das an sich unbegrenzte Streben nach Reichthumsvermehrung in beliebiger Werthgestalt Maß und Ziel erhalten und das ungestüme Hervordrängen des Individualgeistes gegenüber dem Volksganzen auf seinen wahren Werth zurückgeführt. Und da das Maßvolle und in sich Harmonische Bedingung des Schönen ist, so würde die Volkswirthschaftslehre jenen ästhetischen und in sich vollendeten Charakter sich aneignen können, der keiner Wissenschaft fehlen darf, der ihr aber, nach dem Zeugnisse so Mancher, noch abzugehen scheint. Von diesem Standpunkte aus hat sich der Verfasser die Aufgabe gestellt, eine systematische, d. h. eine in sich einige und in allen einzelnen Theilen von einem Grundgedanken getragene Darstellung zu liefern, welche vielleicht Manchen zu erneuter Befestigung ihrer Ansichten zu dienen, diejenigen aber, welche zu anderen Ergebnissen gelangt sind, zu wiederholter Prüfung zu veranlassen vermag.

Kurz vor Vollendung des Drucks kam dem Verfasser das Werk von H. Richelot: Une revolution en économie politique. Exposé des doctrines de M. Macleod in die Hände. Obgleich schon Hr. Carl Marx (Zur Kritik der politischen Oekonomie 1. Heft S. 39.) die Theory of Exchange des Hrn. Macleod als die „pedantisch anmaßlichste" Polemik gegen Ricardo bezeichnet hat, empfand der Verfasser in der Erwartung, in diefer „neuen Theorie" eine fruchtbare Weiterbildung der Wiffenfchaft zu finden, anfangs Bedauern darüber, daß er fie für feine Bearbeitung nicht mehr hatte benutzen können. Allein diefes Bedauern fchwand in dem Maße, als jene Erwartung getäufcht wurde; von Revolution in politifcher Dekonomie konnte er nichts entdecken. Hr. Macleod ift, foweit nach dem Exposé geurtheilt werden kann, nicht über den Kreis der alten Vorftellungen hinaus- gekommen, und wo er Neues fagt, find es vielfach nur neue Worte und häufig Irrthümer. Einige Belege werden hiefür genügen. Hr. Macleod beginnt mit einer neuen Definition der Wiffen- fchaft als der Lehre von den Gefetzen der Taufchbeziehungen oder der Werthquantitäten; Production und Confumtion gehören nicht in diefe Lehre. Hiebei wird Production mit Technik verwechfelt und Confumtion kommt nur als Nachfrage in Betracht. Als Preisgefetz wird aufgeftellt: der Preis wechfelt (!) im geraden Verhältniß zur Intenfität des geleifteten Dienftes und im umge- kehrten zur Macht des Käufers über den Verkäufer. Jedermann fieht, daß dies nur pomphafte Ausdrücke find für Gebrauchswerth und Konkurrenz oder Nachfrage und Angebot. Gleichwohl wird der Gebrauchswerth als ein unwiffenfchaftlicher Begriff verwor- fen. Durch die Koften werde der Preis niemals beftimmt, viel- mehr immer umgekehrt die Koften durch den Preis. Hr. Mac- leod fcheint nicht zu fehen, daß der Preis eine Thatfache bedeutet, daß aber Thatfachen nicht von Formeln herrühren, fondern von Motiven auf Seiten der Handelnden; mit jenem Gegenfatze wird aber die Wechfelwirkung der Motive, denen die beiden Taufch- parteien unterliegen, ignorirt. Ferner foll die Nachfrage oder das Bedürfniß die einzige Quelle des Werthes fein, als ob es nicht große Maffen von Dingen (freie Naturgüter), nach denen ein dringendes und allgemeines Bedürfniß befteht, gäbe, die gleich- wohl keinen Werth haben, und als ob der Werth der übrigen lediglich aus dem Bedürfniß entfpränge. Eine weitere epoche- machende Lehre foll darin beftehen, daß der Credit Capital fei; dies ift zwar richtig, aber weder neu, noch von Hrn. Macleod befriedigend begründet und begrenzt. Solcher Art find die Neue- rungen, von denen eine neue Aera in der politifchen Dekonomie anheben foll. Die deutfchen Lefer mögen erwägen, daß ein Engländer diese Prätention erhebt und ein Franzose sie der Welt signalisirt. Es muß eigen um die Wissenschaft der politischen Oekonomie des Auslands stehen, wenn sie von solchen Theorieen neues Heil erwartet; und es würde besser um sie stehen, wenn von den Ausländern die Leistungen der deutschen Oekonomisten in höherem Maße gewürdigt würden, als es ihnen bisher ihr nationales Selbstgefühl gestattete.

Ebenso konnten die neu erschienenen Abtheilungen des v. Thünen'schen Werkes „Isolirter Staat" — größtentheils Bruchstücke, in denen aber weit mehr national-ökonomische Weisheit und Consequenz enthalten ist als in vielen compendiösen Werken des Auslands — vom Verfasser nicht mehr, wie er gewünscht hätte, berücksichtigt werden; es gereicht ihm aber zur Genugthuung, hier zu constatiren, daß er mit v. Thünen in vielen Punkten namentlich in der Lehre vom Arbeitslohn, wesentlich übereinstimmt und daß er viele Aussprüche dieses um die Wissenschaft hochverdienten Mannes als Parallele und zur Bekräftigung seiner eigenen Ansichten hätte seinem Werke einverleiben können.

Roscher hat unter uns — und darin besteht eines seiner großen Verdienste um die Wissenschaft — mehr als sonst Jemand der Erkenntniß vorgearbeitet, daß die verschiedenen wirthschaftlichen Theorieen, die wir hinter uns haben, nicht sowohl als Irrthümer oder gar Hinterlist, sondern vielmehr als Producte der verschiedenen Bedürfnisse und Zustände der Völker und Zeitalter aufzufassen sind. Offenbar thut der Umstand, daß der Gegenstand der Wissenschaft, d. h. eben die jeweiligen Zustände und Bedürfnisse wechseln, ihrer Existenz keinen Eintrag; allein es folgt daraus doch unmittelbar, daß auch diejenigen Lehren, welche gegenwärtig die herrschenden genannt werden dürfen, insoweit sie nur auf den Anschauungen und Bedürfnissen unserer Zeit beruhen, keinen Anspruch haben können, als absolute Wahrheit zu gelten. Und in dem Maße als uns unsere Zustände das Bewußtsein der Mangelhaftigkeit aufdrängen, muß in der Wissenschaft das Bedürfniß der Berichtigung oder Umwandlung erwachen. Diesem Bedürfniß hat zuerst Malthus einen Ausdruck zu geben versucht mit seinem berühmten Satze, daß die Bevölkerung eine natürliche Tendenz habe, ihrer productiven Fähigkeit vorauszueilen, ein Satz, der in dieser Allgemeinheit unwahr, unlogisch begründet, dem aber gleichwohl tiefe Wahrheit nicht abzusprechen ist, wenn man ihn nur in den anderen umstellt, daß mit dem Fortschritte der Production die Arbeit ihre naturgemäße Bedeutung verliert, d. h. die angemessene Existenz des einzelnen Arbeiters immer weniger zu gewährleisten vermag. Die thatsächliche Illustration dieses Satzes liegt im Proletariat. Malthus wußte hiegegen keinen anderen Rath zu geben, als freiwillige Zügelung des menschlichen Vermehrungstriebes; er suchte also das Heilmittel auf moralischem Gebiete und zwar in einer Unmöglichkeit, während er es auf wirthschaftlichem hätte suchen sollen. Der Thatsache nun gegenüber, daß, je künstlicher die Hebel der Productivität werden, ihre Erfolge in desto ungleicherem Grade den Einzelnen zufließen, besteht gegenwärtig der Zwiespalt der Meinungen darin, daß die Einen behaupten, die Mißstände rühren her von mangelnder Freiheit und gehemmter Entwicklung, man müsse also jedem Einzelnen die vollste Freiheit gewähren und die Entwicklung möglichst beschleunigen; die Anderen, sie entspringen aus zu viel Freiheit und überstürzender Entwicklung, man müsse die Freiheit einengen und der Entwicklung Schranken setzen, weil sie den Volkskörper unterwühle und die höheren Güter der Menschheit gefährde. Es gibt noch einen dritten Standpunkt, den der maßvollen Leitung und zielbewußten Gestaltung der Wirtschaftsverhältnisse, der in der gegenwärtigen Schrift einzuhalten versucht wurde.

Rostock, October 1863.

Inhaltsverzeichniß.

Einleitung. S. 1 — 66.

I. Von den Grundbegriffen der Wirthschaftslehre.

§. 1. Von den Bedürfnissen S. 1. — §. 2. Von der Wirthschaft S. 7. — §. 3. Von den Gesetzen der Wirthschaft S. 16. — §. 4. Von Wesen, Eintheilung und Bedeutung der Wirtschaftslehre S. 20. —

II. Geschichte der Wissenschaft.

§. 5. Vorbemerkung S. 35. — § 6. Von den volkswirthschaftlichen Ansichten des Alterthums S. 36. — §. 7. Von den volkswirthschaftlichen Ansichten des Mittelalters S. 43. — §. 8. Vom Mercantilsystem S. 46. — §. 9. Vom Natursystem S. 50. — §. 10. Vom System Adam Smith's S. 53. — §. 11. Von den Gegnern Adam Smith's S. 60. —

Erstes Buch. Von der Production S. 67—215.

I. Von der Production im Allgemeinen.

§. 12. Von dem Wesen und den Gegenständen der Production S. 67. — §. 13. Von den Productionsmitteln S. 74. —

II. §. 14. Von der Natur als Güterquelle S. 76. —

III. Von der Arbeit als Güterquelle.

§. 15. Wesen und Arten der Arbeit S. 83. — §. 16. Unterschiede der Arbeitskraft S. 87. — §. 17. Vom Erfolg der Arbeit S. 92. —

IV. Vom Capital als Güterquelle.

§. 18. Wesen und Bestandtheile des Capitals S. 98. — §. 19. Von der Productivkraft des Capitals, insbesondere von den Maschinen S. 104. — §. 20. Von der Entstehung des Capitals S. 116. — §. 21. Arten des Capitals S. 121. —

V. §. 22. Von den Unternehmungen und Productions=
zweigen S. 127. —

VI. Von der Productivität.

§. 23. Wesen der Productivität S. 134. — §. 24. Von den Unter=
schieden der Productivität S. 140. — §. 25. Von der Arbeitstheilung
S. 145. — §. 26. Von der Arbeitsvereinigung S. 154. — §. 27. Vom
Großbetrieb S. 157. — §. 28. Von der Konkurrenz S. 164. — §. 29. An=
hang. Von der Oelproduction in Böhmen S. 179. —

VII. Von den Fortschritten der Production.

§. 30. Vorbemerkung S. 181. —

1. Von der Vermehrung der Arbeitskraft.

§. 31. Von der Vermehrung der Arbeitskraft im Allgemeinen S. 182. —

A. Von der Bevölkerung.

§. 32. Von den Gesetzen der Volksvermehrung S. 183. — §. 33. Von
der Bewegung der Bevölkerung S. 190. —

B. §. 34. Von der Qualität der Arbeitskraft S. 196. —

2. §. 35. Von der Vermehrung des Capitals S. 203. —

3. Von den natürlichen Schranken der Production.

§. 36. Vom Gesetz der Rente S. 205. — §. 37. Von den Gegenwir=
kungen des Rentengesetzes S. 210. —

Zweites Buch. Vom Umlauf S. 216—375.

I. Vom Umlauf im Allgemeinen.

§. 38. Von der Natur und den Gegenständen des Umlaufes S. 216. —
§. 39. Von der Umlaufsfähigkeit S. 222. —

II. Vom Werthe.

§. 40. Wesen und Arten des Werthes S. 227. — §. 41. Vom Gebrauchs=
werth S. 227. — §. 42. Vom Tauschwerth S. 232. — §. 43. Vom Werth=
maß S. 241. —

III. Vom Preise.

§. 44. Begriff und Arten des Preises S. 244. — §. 45. Ursachen des
Preises S. 249. — §. 46. Von den Strömungen der Preise S. 261. —

IV. Vom Gelde.

§. 47. Begriff und Arten des Geldes S. 267. — §. 48. Von den Er=
fordernissen des Geldes S. 273. — §. 49. Vom Geldbedarf S. 280. —
§. 50. Geschichte der Edelmetalle S. 286. —

V. Vom Credit.

1. Vom Credit im Allgemeinen.

§. 51. Wesen und Voraussetzungen des Credits S. 295. — §. 52. Wir=
kungen des Credits S. 300. — §. 53. Verrichtungen des Credits S. 302. —
§. 54. Gefahren des Credits S. 304. — §. 55. Von den Creditgesetzen
S. 306. —

2. Von den Erscheinungsformen des Credits.

§. 56. Vorbemerkung S. 307. —

A. §. 57. Vom Buchcredit S. 308.

B. Vom Wechselcredit.

§. 58. Wesen des Wechselcredits S. 311. — §. 59. Vom Wechselcours S. 313. — §. 60. Vom hohen Wechselcours S. 316. — §. 61. Vom niedrigen Wechselcours S. 322. — §. 62. Von Anweisungen S. 323. —

C. Vom Bankcredit.

§. 63. Natur des Bankcredits S. 324. —

a. Vom Girobankgeschäft.

§. 64. Wesen und Nutzen der Girobanken S. 326. — §. 65. Vorschriften für das Girobankgeschäft S. 328. —

b. Vom Zettelbankgeschäft.

§. 66. Wesen der Zettelbanken S. 330. — §. 67. Von der Zettelfundation S. 332. — §. 68. Von der Ausgabe der Zettel S. 335. — §. 69. Von der Rückströmung der Zettel S. 339. — §. 70. Vom Papiergeld S. 343. —

c. §. 71. Vom Wechsel - und Depositenbankgeschäft S. 348. —

d. §. 72. Vom Leihbankgeschäft S. 351. —

e. §. 73. Von den Bankgeschäften überhaupt S. 352. —

D. Vom Gesellschaftscredit.

a. §. 74. Wesen und Arten des Gesellschaftscredits S. 354. —

b. Von einigen besonderen Formen des Gesellschaftscredits.

§. 75. Vorbemerkung S. 358. — §. 76. Vom Commissionssystem S. 359. — §. 77. Von Versicherungsgesellschaften S 360. — §. 78. Von Creditvereinen S. 363. — §. 79. Vom Mobiliarcredit S. 367. —

3. §. 80. Von den Börsengeschäften S. 372. —

Drittes Buch. **Vom Einkommen** S. 376—551.

I. Vom Einkommen im Allgemeinen.

§. 81. Wesen des Einkommens S. 376. — §. 82. Arten des Einkommens S. 378. — §. 83. Vom rohen und reinen Einkommen S. 382. — §. 84. Vom Gewinn S. 385. — §. 85. Von den Zweigen des Einkommens S. 389. —

II. Vom Arbeitslohn.

§. 86. Wesen des Arbeitslohns S. 390. — §. 87. Bestimmgründe des Arbeitslohnes S. 394. — §. 88. Vom Werthe der Arbeit S. 400. — §. 89. Vom hohen Arbeitslohn S. 411. — §. 90. Vom niedrigen Arbeitslohn S. 419. — §. 91. Von der Abhülfe gegen niedrigen Arbeitslohn S. 425. — §. 92. Vom Lohnzwange S. 445. —

III. Von der Capitalrente.

§. 93. Wesen der Capitalrente S. 448. — §. 94. Vom Zins S. 452. — §. 95. Vom Werthe der Capitalrente S. 457. — §. 96. Vom hohen Zins

S. 474. — §. 97. Vom niedrigen Zins S. 485. — §. 98 Vom gesetzlichen Zins S. 490. —

Anhang. Von der Grundrente.

§. 99. Lehre Ricardo's S. 497. — §. 100. Einwendungen dagegen S. 500. —

IV. Vom Unternehmergewinn.

§. 101. Wesen und Bestandtheile desselben S. 514. — §. 102. Von den Unterschieden des Gewinns S. 520. — §. 103 Vom Verlust. S. 525. —

V. Vom Zusammenwirken der Einkommenszweige.

§. 104. Von dem gegenseitigen Einfluß der Vermehrung der Einkommenszweige S. 532. — §. 105. Von der Einwirkung der Einkommenszweige auf die Preise S. 540. — §. 106. Vom Einfluß der Besteuerung auf das Einkommen S. 546. —

Viertes Buch. Von der Consumtion S. 552—690.

§. 107. Wesen und Arten der Consumtion S. 552. — §. 108. Vom Luxus S. 560. — §. 109. Von den Wirkungen des Luxus S. 566. — §. 110. Von der Consumtionskraft S. 573. — §. 111. Vom Verhältniß der Consumtion zur Production S. 577. — §. 112. Von der Consumtion ausländischer Waaren S. 586. — §. 113. Von verschiedenen Richtungen und Zuständen der Consumtion S. 601. —

Berichtigungen.

S. 73	Zeile	8	v. oben	statt Unterhaltungsmittel	lies	Unterhaltsmittel
„ 109	„	7	„ unten	„ Hülfmitteln	„	Hülfsmitteln
„ 234	„	1	„ „	„ Kontinentalsperre	„	Kontinentalkriege
„ 250	„	11	„ oben	„ Aufgebot	„	Ausgebot
„ 347	„	2	„ unten	ist das Wort die zu streichen		
„ 443	„	19	„ „	statt einem	lies	einen
„ 465	„	17	„ „	„ ben	„	bem
„ 482	„	1	„ „	„ Berlin	„	Berlin
„ 550	„	3	„ oben	„ Besteuerung	„	Bestreitung
„ 592	„	1	„ unten	„ olcher	„	solcher

Einleitung.

I. Von den Grundbegriffen der Wirthschaftslehre.

§ 1.

Von den Bedürfnissen.

Der Mensch ist, wie Erfahrung und Vernunft lehren, ein aus körperlichen, geistigen und sittlichen Eigenschaften zusammengesetztes Wesen. Diese Eigenschaften, welche in Leib, Geist und Seele liegen, nennen wir Kräfte, weil sie irgend eine Wirkung in Bezug auf die Verhältnisse des menschlichen Daseyns hervorzubringen im Stande sind. Denn jede Kraft ist die potentielle Ursache einer Bewegung, einer Veränderung; würde sie eine solche nicht hervorbringen, so wäre sie nicht Kraft, sondern ein Nichts. Nun liegt es aber im Begriffe jeder Kraft, daß sie nicht müßig bleiben kann, sondern Beschäftigung, Entfaltung verlangt. Jede Kraft hat das nothwendige Bestreben, sich, soweit sie reicht, zu bewähren; dies ist ein Naturgesetz für sie, das Gesetz ihrer Existenz; denn wenn ihr die Bewährung versagt wird, schwindet sie. Es liegt aber in der Kraft nicht nur das Streben der Selbsterhaltung, sondern auch das der Entwicklung, des Wachsthums, das sowohl aus der sehr natürlichen Ueberschreitung des nothwendigen Maßes beim Streben nach Selbsterhaltung, als auch aus dem stärkenden und befestigenden Erfolge dieses Strebens folgt*). Durch das

---

*) In diesen beiden Beziehungen unterliegen alle Kräfte einem doppelten Princip, dem Princip der Ausdehnung, des Vorwärtsstrebens und dem Princip des Beharrens. Das erste ist die positive Triebkraft im menschlichen Leben, das zweite, auch Gesetz der Trägheit genannt, die negative. Beide sind gleich

Streben nach Erhaltung und Entwicklung wird die Kraft zur
That, d. h. sie wirkt auf andere Kräfte ein oder verbindet sich mit
diesen, um die ihr gesetzte Bestimmung zu erreichen. Es gibt
sonach herrschende und dienende Kräfte; die letzteren sind diejenigen, welche lediglich für die Erhaltung und Entwicklung anderer
Kräfte, der herrschenden, bestimmt sind. Auch die dienenden Kräfte
müssen sich zwar bewähren, d. h. erhalten und entwickeln, aber
nur für fremde Zwecke; und wenn solche nicht mehr bestehen, müssen
sie untergehen, es sei denn, daß sie für andere Zwecke dienstbar
gemacht werden können oder daß sie die Fähigkeit erlangen, sich
nach eigener Bestimmung fortzuerhalten und fortzuentwickeln.
Dieses ist aber nur möglich, wenn die bereits herrschenden Kräfte
ihr selbständiges Streben nicht hindern.

Herrschende Kraft kann offenbar nur die mächtigere sein,
welche aber die mächtigere sei, hängt von den Umständen ab. Die
Macht kann liegen in der größeren Zahl gegenüber einer Minder-
heit; oder auch in einer stärkeren Wirkungsfähigkeit gegenüber
einer schwächeren, denn Schwäche ist nur ein geringeres Maß von
Kraft. Die höhere Stärke wird aber noch und vor Allem begründet durch eine solche Vereinigung gleichartiger, aber dem
Grade nach verschiedener, oder verschiedenartiger, aber für einen
gemeinschaftlichen Zweck brauchbarer Kräfte, daß sie sich gegenseitig in ihrer Wirkungsfähigkeit befördern und dadurch zu einer
einheitlichen Gesammtkraft werden. Diese Gesammtkraft wird von
höheren und niederen Kräften zusammen gebildet und durch wechsel-
seitiges Zusammenwirken erhalten, daher ist Schwäche die wesentliche Bedingung und sehr oft unentbehrliche Stütze der Stärke.
Das richtige System der Kräfte in der Gesellschaft beruht daher
nicht in der Unterdrückung oder Vertreibung der schwächeren, sondern in der richtigen Gliederung und Verbindung aller Kräfte.
Schon hieraus muß einleuchten, daß die überlegenen Kräfte nicht
der unbeschränkten Freiheit, sondern eines wohl gewählten Maßes

---

nothwendig im Interesse eines vernünftigen Fortschritts und einer vernünftigen Erhaltung. Das zweite Princip ist dasjenige, welches bei Aufstellung
der Grundsätze gewöhnlich übersehen wird, daher der häufige Widerstreit von
Theorie und Praxis.

von Beschränkung bedürfen, damit sie nicht überwuchern und mit
der Vernichtung der schwächeren auch die Bedingungen ihrer
eigenen Existenz untergraben.

Es liegt in dem Wesen des Menschen, daß die in ihm vereinigten Kräfte die größte Gesammtkraft enthalten. An mechanischen Kräften sind ihm zwar Thiere und andere unvernünftige
Geschöpfe von Natur vielfach überlegen; aber an Kraft des Geistes,
d. h. an Fähigkeit das Wesen der Dinge zu ergründen, und an
Seelen= oder Willenskraft kommt ihm kein Geschöpf der Erde
gleich. Wenn es daher dem Menschen gelingt, die rohen mechanischen Kräfte der Außenwelt mit Hülfe seines Geistes oder Willens
zu unterjochen, kann nur er Herrscher der Erde seyn. Und da diese
Ueberlegenheit des menschlichen Geistes und Willens durch die Erfahrung bewährt ist und aus dem Wesen dieser Kräfte vernunft-
gemäß folgt, so erscheint der Mensch zur Herrschaft über alle
anderen Kräfte berufen. Ebenso ist aber auch die leibliche und an
sich mechanische Kraft des Menschen dem Geist und der Seele
unterworfen.

Herrschende Kräfte sind somit auf Erden der Geist und die
Seele der Menschen; alle übrigen, auch die leibliche Menschenkraft, sind zu dienen für jene bestimmt. Die letztere erlangt jedoch
eine selbständige, höhere Bedeutung, weil ihre Entfaltung nach den
unwandelbaren Gesetzen der Schöpfung eine wesentliche Bedingung
für die Entfaltung des Geistes und der Seele im lebenden Menschen bildet; hieburch wird der Leib dem Geist und der Seele im
irdischen Leben gleich, aber es ist keine ebenbürtige Gleichheit; er
ist dem Range nach der letzte unter den dreien. Dabei bleibt jedoch
die Mahnung: Primum est vivere, deinde sapere vollkommen
unangefochten.

Die menschlichen Kräfte, oder um es kürzer zu sagen, die
Menschen haben, wie jede Kraft, das unabweisbare Bestreben, sich
zu erhalten und fortzuentwickeln. Hieburch entstehen für die Menschen Bedürfnisse, und zwar nur für die Menschen, weil an der
Erhaltung aller übrigen Kräfte nur insofern etwas gelegen ist, als
sie der Menschenkraft dienstbar gemacht werden sollen. Bedürfniß
ist daher im Allgemeinen das Streben jeder herrschenden Kraft, sich
zu erhalten und auszudehnen; und da dieses Streben wesentliche

Bedingung und Probe jeder Kraft ist, so muß auch seine Bethätigung als berechtigt und nothwendig angesehen werden. In Entstehung und Befriedigung von Bedürfnissen verläuft daher von Natur aus das Leben des Menschen *).

Jedes Bedürfniß ist ein wahres, sofern es als Bewährung einer vorhandenen Kraft anerkannt und befriedigt werden muß; allein alle diejenigen Bedürfnisse sind unwahr, falsch, deren Befriedigung zur Vernichtung oder Abschwächung der vernünftiger Weise herrschenden Kräfte führt. Um das Vernünftige zu erkennen, hat der Mensch kein anderes Mittel, als den Offenbarungen des göttlichen Geistes zu folgen, denn vom Menschen aus ist jede Berechtigung nur Frage der Macht, also reine Thatsache. Die

---

*) Die Menschen, getrieben von ihren Bedürfnissen, ziehen also äußere Kräfte mittelst der Consumtion ebenso an sich, wie Pflanzen ihre chemischen Bestandtheile, Stickstoff, Sauerstoff ꝛc. aus Luft und Boden in sich aufnehmen; in beiden Fällen bethätigen sich Kräfte, liegt also eine That im weitesten Sinne des Wortes vor. Der Mensch als freies, sich selbst bestimmendes Wesen bleibt aber hiebei nicht stehen, sondern es ist ihm eine gewisse Verfügung über die ihm innewohnenden Kräfte gestattet und geboten, d. h. er kann und soll handeln. Ein Mensch der nicht handelt, sondern nur Bedürfnisse befriedigt, bleibt daher im Naturzustande, er vegetirt wie eine Pflanze, oder ein Thier; die Organisation des Menschen und die sociale Entwicklung bringen es nun schon mit sich, daß der Mensch zum größten Theile handeln muß, um Bedürfnisse befriedigen zu können, allein er muß sich auch auf die höhere, menschlichere Stufe schwingen, nämlich Bedürfnisse zu befriedigen, um handeln zu können und den Pflichten gegen sich und die Gesellschaft zu genügen. In welcher Weise nun der Mensch wirthschaftlich handeln soll, darüber müssen ihm die Wirthschaftsgesetze Aufschluß geben. Nun soll aber der Mensch nicht blos wirthschaften, sondern es steht ihm außerdem noch ein großes Feld nützlicher Thätigkeit offen, in Staat und Kirche, in Kunst und Wissenschaft, zur Veredlung seiner selbst und zur Verbesserung des gesellschaftlichen Zustandes, in dem er sich befindet. Daß die Wirthschaft höheren Lebenszwecken als Mittel untergeordnet werden soll, haben schon die Alten, so Aristoteles, erkannt. (S. Rau, Ansichten der Volkswirthschaft S. 6 ff.) So wenig also wirthschaftliche Handlungen allein das Glück und die Wohlfahrt eines Individuums begründen können, so wenig kann in der nationalen Wirthschaft eines Volkes seine einzige Aufgabe und Wohlfahrt beruhen; und daraus geht hervor, daß die Gesetze der Volkswirthschaft zwar wichtige, aber niemals die alleinigen Gesetze der Volkswohlfahrt seyn können und daß die ausschließend oder vorwiegend wirthschaftliche Richtung eines Volks, welche alle Kräfte und Bestrebungen in den Dienst der Wirthschaftszwecke zwingt, durchaus nicht gebilligt werden kann, eine Gefahr, der die Jetztzeit nach dem Vorgange Englands allerdings unterliegt.

Gabe der Vernunft muß uns aber helfen, das allein Wahre zu erforschen, denn es liegt nicht offen vor Jedermanns Augen. Hiezu
reicht jedoch die Vernunft des einzelnen Menschen nicht aus, weil
Niemand eines richtigen Verhältnisses seiner Kräfte sicher ist. Erfahrung und Wissen bereichern aber die menschliche Vernunft und
so bilden sich allmählich anerkannte Bedürfnisse, zumal wenn man
an die Uebereinstimmung der göttlichen Offenbarung glauben darf.
Unbestreitbar ist, daß alle leiblichen Bedürfnisse unwahr sind,
wenn ihre Befriedigung der Entfaltung des Geistes und der Seele
hinderlich ist. „Wartet des Leibes, doch also, daß er nicht geil
werde!" Im Allgemeinen ist jedes übermäßige Bedürfniß falsch,
weil es die natürliche Harmonie des menschlichen Wesens stört.
Doch ein weiteres Eingehen auf diese Frage würde uns über unser·
Gebiet hinaus führen.

Unzweifelhaft gibt es Bedürfnisse des Leibes, des Geistes
und der Seele, deren Befriedigung sich kein Mensch entziehen
kann, wenn er nicht seine Existenz preisgeben will. Jeder Mensch
hat daher eine Schuld an seine Existenz, zu deren Erfüllung er
verpflichtet und folglich auch berechtigt ist. Denn wozu hätte ein
Mensch Kräfte, wenn er sie nach seiner oder nach fremder Willkür
vernichten dürfte? Und wenn es jedes Menschen Recht und Pflicht
ist, auf Grundlage seiner Kräfte und Bedürfnisse sich einen bestimmten Lebenszweck zu bilden, so ist damit schon gesagt, daß kein
Mensch nur als Mittel für fremde Lebenszwecke gebraucht werden
darf. Die Sklaverei, welche den Menschen zur blos dienenden
Kraft macht, ist menschenwidrig und unsittlich, weil sie dem Menschen die angeborene Herrschaft seiner höheren Kräfte, d. h. die
freie Persönlichkeit raubt. Denn als Person gilt nur, wer Herr
seiner Kräfte und Bedürfnisse ist.

Auch unter den freien Personen gibt es zwar Herrschende und
Dienende; allein ein solches Verhältniß schließt die Freiheit des
menschlichen Wesens nicht aus, wenn es auf freiem Willen der Betheiligten beruht oder auf dem der Gesammtheit, von der jeder ein
gleich berechtigtes Glied ist. Es ist daher kein wahres Dienen,
sondern nur ein, wenn auch vielleicht saurer Weg zur Freiheit.
Wer für Andere, sehen es Individuen oder die Gesammtheit als
solche, arbeitet, erfüllt durch eine solche Ausübung seiner Kräfte

nur auf Umwegen seinen eigenen Lebenszweck; er erhält von Anderen oder von der Gesammtheit wieder, was er dahin gibt. Nur dann, wenn der Arbeiter sich blos als dienende Kraft zu erhalten vermag, kann er als wirklicher Diener betrachtet werden; dies ist dann der Fall, wenn er mit jeder Rückerstattung seiner Leistung sich zufrieden geben muß, auch wenn sie ihn blos zum Arbeiten, nicht zum eigenen Genießen, d. h. zur freien Entfaltung seiner Persönlichkeit befähigt. (§ 86. 90.)

Die Bestimmung des Lebenszweckes oder das Streben nach Erhaltung und Entwicklung der freien Persönlichkeit ergibt sich für jeden zu einem selbstständigen Dasein gekommenen Menschen aus der Beschaffenheit seines eigenen Wesens. Es gibt keinen Lebenszweck, keine Bedürfnisse, die für Alle gleiche Geltung hätten. Die Verschiedenheiten der natürlichen Anlagen und Neigungen und die Manichfaltigkeit der Lebensverhältnisse bringt nothwendig auch eine unendlich große Verschiedenheit und Manichfaltigkeit der Lebenszwecke mit sich, die jedes Individuum in Wirklichkeit sich vorsetzt; und es lassen sich hierüber keine allgemeinen Regeln aufstellen. Daraus folgt, daß die Bestimmung des Zweckes und der Art des leiblichen und geistigen Daseins nie von einer gleichförmigen Regel oder von einem einzigen Alles beherrschenden Willen abhängen darf, sondern Leben, Bedürfniß und Kraft muß frei und manichfaltig in allen Personen, d. h. in allen Gliedern des Gesellschaftskörpers pulsiren. Dies gegenüber den communistischen Träumereien von uniformer Glückseligkeit.

Allein wenn auch jeder Mensch ein verschiedenes Maß von Kräften hat, so sind sie doch alle wesentlich gleichartig; und da die Vernunft uns lehrt, das Nothwendige von dem Entbehrlichen, das Wahre von dem Falschen, das Nützliche und das Angenehme zu unterscheiden, so läßt sich (nach dem Vorgang Rob. v. Mohl's) eine Stufenreihe von Bedürfnissen aufstellen, denen das menschliche Geschlecht unweigerlich unterworfen ist und deren Befriedigung daher als nächste Lebensaufgabe jedes vernünftigen Menschen betrachtet werden muß.

1. Bedürfnisse des Leibes zur Erhaltung des Lebens und der Gesundheit als nothwendige Grundlage für die Erhaltung und Entwicklung aller übrigen Kräfte.

2. Bedürfniß der Fortpflanzung als Bedingung der Fortbauer des Menschengeschlechts.

3. Bedürfnisse der Seele, d. h. Ausbildung des religiösen und sittlichen Gefühls zur Aneignung des göttlichen Willens und Herstellung einer geläuterten Lebensgemeinschaft.

4. Bedürfnisse des Geistes, d. h. Ausbildung des Verstandes und Begriffsvermögens zur richtigen Erfassung und Durchführung der Lebensaufgaben.

5. Bedürfnisse der Annehmlichkeit zur Erheiterung des menschlichen Daseins überhaupt. (Luxus.)

Wie der Einzelne die hieraus sich ergebende Lebensaufgabe zu erfüllen vermag, hängt von der Lebensanschauung ab, die er sich bildet, und von dem Maß von Kräften, die ihm hierfür zu Gebote stehen. Niemand darf an der Befriedigung wahrer Bedürfnisse gehindert werden, Niemand darf sich aber auch unvernünftiger oder unsittlicher Mittel bedienen, weil dies zur allmählichen Vernichtung der Gesellschaft führen würde, wogegen sie sich durch Aufstellung rechtlicher und sittlicher Schranken schützen muß. Da Jeder nach derjenigen Vollkommenheit streben soll, die ihm möglich ist, so muß es auch Jedem innerhalb jener Schranken frei stehen, diejenigen Bedürfnisse zu befriedigen, die ihm die eigenthümliche Beschaffenheit seines Wesens vorschreibt. Verschieden davon sind die bloßen Wünsche, d. h. unwesentliche Aeußerungen des Begehrungsvermögens, deren Erfüllung vom rein vernünftigen Standpunkte aus gleichgültig ist.

§ 2.

Von der Wirthschaft.

Die Mittel, welche zur Befriedigung von Bedürfnissen und als Fond zur Erreichung menschlicher Lebenszwecke gebraucht werden können, nennt man in unserer Wissenschaft Güter. Jedes Gut muß also irgend eine brauchbare Kraft enthalten, deren Verwendung einem vorgesetzten Zweck entspricht, gleichviel ob die Kraft sich in oder außer dem Menschen vorfindet. Der Inbegriff von Gütern, der einem Menschen zur Erreichung seiner Lebenszwecke zu Gebote steht, heißt Vermögen; denn jeder Mensch vermag soviel als er

Kräfte oder Güter hat. Abstract betrachtet, gehören auch die rein persönlichen Kräfte des Menschen zu seinem Vermögen, weil er mit diesen gleichfalls, und zwar sehr oft in überwiegendem Grade, seine Zwecke verfolgt; allein im gewöhnlichen Leben pflegt man Vermögen nur diejenigen Güter zu nennen, die getrennt von der Persönlichkeit existiren, also Sklaven, Thiere und leblose Dinge. Dieser Sprachgebrauch ist für die Wissenschaft zu eng. — Nur die freie, physische Person kann Vermögen besitzen, weil nur sie herrschende Bedürfnisse hat; der Sklave hat also kein Vermögen, noch weniger das Thier. Allein die Rechtsbildung hat aus Gründen der Zweckmäßigkeit und der Ordnung auch ein Vermögen rein gedachter, juristischer, moralischer Personen, wie des Staats, der Kirche, der Gemeinden, der Stiftungen oder gewisser Gesellschaften anerkannt, durch welches die Bedürfnisse eines Kreises physischer Personen sicherer und dauernder befriedigt werden sollen. Hiergegen hat die Nationalökonomie, soferne nur dieser Zweck wirklich erreicht wird, nichts zu erinnern, wenn anders die in einer solchen Institution liegende Immobilisirung und Immortalisirung eines aus vergangener Zeit herrührenden Willens sich nicht schroff und unbeugsam den fließenden Bedürfnissen der nachfolgenden Geschlechter gegenüberstellt. — Jedes Gut und somit auch jedes Vermögen kann sowohl nach seiner Brauchbarkeit, als auch nach seinem Verhältniß zu anderen Gütern und anderem Vermögen geschätzt werden; aus dieser Schätzung, die auf Urtheil und Vergleichung beruht, ergibt sich der Werth.

Alle Handlungen, durch welche man Vermögen erwirbt und verwendet, werden unter dem Begriff der Wirthschaft zusammengefaßt. Jede Wirthschaft ist also, objectiv betrachtet, eine Vermögensanstalt, durch welche einer oder mehreren Personen die Mittel zur Befriedigung ihrer Bedürfnisse und zur Verwirklichung ihres Lebensplanes geliefert werden; subjectiv betrachtet, jede zusammenhängende Reihe von Handlungen, welche in den Bedürfnissen und dem Lebensplane einer Person ihren gemeinsamen causalen Mittelpunkt haben. Zwei Momente sind so jeder Wirthschaft wesentlich, eine Person und ein gewisser Güterfond oder Vermögen; und in der gegenseitigen Durchdringung und Belebung dieser beiden Momente besteht das Wesen jeder Wirthschaft. Jede Wirthschaft setzt daher eine Person voraus, weil es nur für Personen wirkliches Vermögen gibt. Alle Personen können eine oder mehrere Wirthschaften führen, aber nicht jede Person führt eine vollkommene Wirthschaft und nicht jede eine Wirthschaft für sich, weil Manchen einzelne Bedingungen der vollkommenen Wirthschaft fehlen und weil sich mehrere zu einer gemeinsamen Wirthschaft vereinigen können. Für solche Personen, die noch nicht selbständig geworden oder dazu unfähig sind, wie Unmündige, Wahnsinnige, erklärte Verschwender, moralische Personen, muß die Wirthschaft von Anderen geführt werden; schon dies ist eine unvollkommene Wirthschaft, weil die Mitwirkung der herrschenden Person fehlt. Die Grundlagen einer vollkommenen Wirthschaft sind folgende:

1. Der persönliche Eigennutz oder das Eigeninteresse (selfinterest), das sich in zwei Haupttrieben äußert: Erwerbssinn und Sparsamkeit*). Diese Triebe sind dem Menschen von Natur eingepflanzt und begleiten ihn durch das ganze Leben, denn nur durch ihre Bethätigung legt er den Grund zu einem menschenwürdigen Dasein. Jener darf aber nicht in Habsucht, diese nicht in Geiz

---

*) Die Darstellung der meisten englischen und französischen Schriftsteller der strengeren wissenschaftlichen Schule, nach welcher das Eigeninteresse in Verbindung mit der daraus hergeleiteten freien Concurrenz die einzige Triebfeder und Haupttriebkraft des socialen Wohles sein müsse, ist nach zwei Seiten hin unrichtig. Einmal muß das Eigeninteresse, wie nachstehend gezeigt wird, durch den Gemeinsinn und den Familientrieb geläutert und gezügelt werden, seiner exclusiven und auflösenden Tendenz müssen also vorzugsweise sittliche Mächte entgegenwirken (§ 28.); dann aber kann das Eigeninteresse als eine wirthschaftliche Potenz doch nur wirthschaftliches Wohl hervorbringen, welches noch nicht gleich ist dem vollkommenen Wohl der Einzelnen und der Gesellschaft, es müßte denn das Vermögen schlechthin die Idee der menschlichen Wohlfahrt enthalten, was wohl Niemand im Ernste behaupten wird. Uebrigens ist damit nicht gesagt, daß der Eigennutz eine verwerfliche und möglichst einzuschränkende Potenz im Wirthschaftsleben sei. Auf seiner Grundlage beruht jede Wirthschaft. Rein vernünftig (dynamisch) betrachtet, ist er nichts Anderes als das jeder Kraft innewohnende Streben nach Selbsterhaltung und Entwickelung in Bezug auf die wirthschaftliche Seite des Daseins; vom sittlichen Standpunkte aus ist er eine Pflicht, verliehene Kräfte nicht verkommen zu lassen und durch ihre Verkümmerung Anderen nicht zur Last zu fallen; vom politischen Standpunkte eine Aufgabe, durch Befestigung und Ausbreitung der Einzelexistenz zum Wohl der Gesammtheit beizutragen; darin liegt seine Berechtigung. (S. Schüz, Zeitschr. für Staatswissenschaft, Bd. I, S. 132 ff.)

ausarten; denn es ist unedel und unvernünftig, der materiellen
Seite des Lebens mehr Aufmerksamkeit und Hingabe zu widmen
als nothwendig ist, und es ist unsittlich und unvernünftig, mehr
haben zu wollen als man zu vernünftigen Zwecken oder überhaupt
zu verwenden gedenkt. Vermögen darf nur Mittel, nie Zweck sein.
Auf der andern Seite darf aber auch der Eigennutz nicht ungerecht
verurtheilt werden. Es könnten doch immer nur Wenige dem
entgegengesetzten Streben huldigen, denn wenn Alle zusammen
mehr geben als nehmen wollten, so müßte dieses entweder nach
gleicher Rechnung geschehen, hierbei käme aber thatsächlich wohl
nur dasselbe Ergebniß, wie unter der Herrschaft des Eigennutzes,
aber in umgekehrtem Kreislauf heraus; oder es käme völlige Will=
kür und Planlosigkeit in alle Wirthschaften. Mitleid und Nächsten=
liebe verwirft die Nationalökonomie nicht, aber das sind nicht
wirthschaftliche Handlungen, die als solche außerhalb ihres Ge=
bietes liegen.

2. Der Gemeinsinn. Der Mensch bedarf zur vollstän=
digen Erhaltung seiner Kräfte des Zusammenwirkens mit seines
Gleichen. Im Zustand der Einsamkeit und völligen Abgeschlossen=
heit ist der Mensch nicht viel mehr als ein Thier und entbehrt der
tausendfachen Unterstützungsmittel, welche gemeinsames, in ein=
ander greifendes Zusammenwirken gewährt. Schon die Vereini=
gung der körperlichen Kräfte Mehrerer ist hoch anzuschlagen; noch
viel höher aber die geistige und sittliche Aufrichtung und Vered=
lung, welche durch die ununterbrochene Reibung der Geister und
Gemüther hervorgebracht wird. Auf die Ausbildung des Gemein=
sinnes wirken vorzüglich die Religion und Moral, welche den
Menschen befähigen, die Interessen des materiellen Daseins in
ihrem, den höheren Lebenszwecken untergeordneten Werth zu er=
kennen; dann aber auch das staatliche und gesellschaftliche Zusam=
menleben, wodurch der Sinn für Ordnung und vernünftigen Ge=
horsam, für Recht und Gesetz wach erhalten und geschärft wird.
Indem der Gemeinsinn lehrt, wie innig und manichfaltig die
Interessen Aller zusammenhängen und alle durch einander gegen=
seitig bedingt sind, zügelt und mildert er die selbstsüchtigen Bestre=
bungen des Eigennutzes der Einzelnen und stellt die maßlose und
rücksichtslose Verfolgung des individuellen Interesses nicht nur als

unrecht und unsittlich, sondern auch als unklug dar*). Der Gemeinsinn muß sich aber nicht nur für die Gegenwart, sondern auch
gegenüber der Vergangenheit und Zukunft bewähren; d. h. keine
Wirthschaft, am allerwenigsten die eines ganzen Volkes, darf sich
willkürlich von ihrer historischen und überkommenen Grundlage
losreißen, und jede Wirthschaft hat die Aufgabe, die erworbenen
Güter ungeschmälert, womöglich vermehrt, den kommenden Generationen zu übermachen. Jede gesunde Wirthschaft muß daher
das erhaltende Prinzip in sich tragen. — Aus dem Gemeinsinn er-
wächst ferner das Gerechtigkeits- und Billigkeitsgefühl in der
Wirthschaft; er ist endlich die nothwendige Grundlage des freien
Zusammenwirkens, d. h. vor Allem der Arbeitstheilung und Vereinigung und des Credits.

3. Der Familientrieb. Eine wesentliche Aufgabe des
menschlichen, somit auch des wirthschaftlichen Daseins, da die
Wirthschaft die Mittel dazu bieten muß, ist die Fortpflanzung des
Geschlechts; diese kann aber nur auf sittlicher Grundlage, durch
Gründung einer Familie und in der Familie erfolgen. Jede
Geschlechtsvereinigung außerhalb der Ehe ist unsittlich und ver-
werflich; auch ist die Ehe zwischen einem Mann und einem
Weib (Monogamie) nach wirthschaftlichen Erfahrungen (Roscher
I, § 245), nach dem Zeugniß und Gefühl aller gebildeten Völker
und nach den Vorschriften des Christenthums die allein richtige
und gesunde. Nur durch die Familie kommen die natürlichen
Gegensätze des menschlichen Daseins, wie sie sich in der Verschiebenheit des Geschlechts darstellen, zur vollen, harmonischen Entfaltung; nur die Familie gewährt Jedem diejenige Ergänzung und
Unterstützung seiner Kräfte, deren er zur Erreichung eines vernünftigen Lebenszweckes bedarf; nur die Familie sammelt und reift alle
Kräfte, die der Mensch aus sich selbst und aus der äußern Welt zu
schöpfen vermag**). Daher bleiben alle diejenigen, welche aus

---

*) Vergl. über diesen Gegenstand besonders noch § 28.

**) „Die Familie beruht auf der natur- und sittengesetzlichen Nothwen-
digkeit der gegenseitigen Ergänzung und harmonischen Einigung der beiden
Geschlechter zum Zweck der vollständigsten, dem Schöpfungsplan entsprechenden Productivität und der physischen wie psychischen Erhaltung und Fortbildung der Menschheit. Wie die Idee des Monotheismus und der Monarchie,

natürlichen Gründen eine Wirthschaft nicht führen können, bis zum Eintritt dieses Zeitpunktes Glieder der Familie, in der sie geboren und zu einer selbstständigen Persönlichkeit herangebildet werden, abgesehen von besonderen Verhältnissen, welche die Gründung einer Familie vorbereiten sollen. So ist es auch ein richtiger Satz des deutschen Rechts, daß nur durch Gründung einer eigenen Wirthschaft (Etablirung, Verheirathung) eine Person selbstständig werden könne. Jeder Unverheirathete führt eine unvollkommene Wirthschaft, verfolgt keinen völlig vernünftigen und sittlichen Lebensplan. Dies ist natürlich kein Tadel für diejenigen, welche wegen Unzulänglichkeit des Vermögens oder wegen körperlicher oder anderer Gebrechen keine Familie gründen können; wohl aber für solche, die aus Egoismus, Genußsucht, Gefühllosigkeit oder gar aus Feigheit sich den ernsten Pflichten und den reineren und zarteren Freuden des Familienlebens entziehen. Daher ist es auch ein Unglück zu nennen, wenn die wirthschaftlichen Zustände eines Volks eine solche Entwicklung genommen haben, daß die Ehelosigkeit in dem einen oder andern Geschlechte immer mehr überhand nimmt *). Hier besteht die Gefahr, daß die natürlichen Grundlagen der menschlichen Gesellschaft untergraben und diese selbst entsittlicht werde. Weise Gesetzgeber suchten daher von jeher dieser unwirthschaftlichen und gefahrdrohenden Richtung ihres Volks entgegenzuwirken.

Eine Wirthschaft kann nur geführt werden von dem, der herrschende Bedürfnisse hat, denn nur ein solcher kann dienende Kräfte aller Art an sich heranziehen und so verbinden, daß der Wirthschaftszweck dadurch gefördert und erreicht wird. Und da es mehrere herrschende Kräfte und Bedürfnisse gibt, die ohne sorg-

---

so ist auch die der Monogamie unvergänglich im Menschen. Es sind dies nur verschiedene Aeußerungen einer und derselben Idee, nämlich der Einheitsidee." (J. Held, Staat und Gesellschaft I, S.145. 151.) Die Familie ist eine höchst glückliche und segensreiche Verbindung des Individual- und des Geselligkeitstriebes oder des Eigennutzes und des Gemeinsinnes; zu Gunsten der Familie wird der Eigennutz berechtigter und reiner und durch die Familie wird der Gemeinsinn vorbereitet und gestärkt; in der Familie entspringen alle Keime der gesunden Wirthschaft eines Gemeinwesens.

*) Im Allgemeinen gelangen vom männlichen Geschlecht verhältnißmäßig mehr zur Ehe als vom weiblichen, was vermuthlich auf das Uebergewicht des

fältige Ordnung und Leitung einander bekämpfen und zerstören
könnten, muß durch einen obersten Willen für das gehörige Gleichgewicht und die rechte Verhältnißmäßigkeit der Wirthschaftskräfte
gesorgt werden. Daher müssen sich die Glieder der Familie einem
Haupte, dem Hausherrn, unterordnen, solange bis sie selbst einer
gleichen Stellung fähig geworden sind; diese Unterordnung muß
aber von milderer und anschmiegender Liebe durchdrungen sein,
damit sie nicht in ausbeutende Herrschaft auf der einen, und in
leidende Knechtschaft auf der andern Seite ausarte und nicht die
Familie zu einem zweckwidrigen Kampfplatz feindlicher Kräfte
werde; denn alle Kräfte, die nicht die Liebe und der Gemeinsinn
bindet, bekämpfen sich. So wird die Familie zu einem lebendigen,
unaufhörlich sich erneuernden Vorbild der Gesellschaft und zwar
auch derjenigen, die über den Staat hinausreicht.

Hieraus folgt auch, daß jede Wirthschaft von einer Persönlichkeit getragen sein muß, in welcher alle Aeußerungen des Wirthschaftslebens zur Einheit zusammenlaufen. In der Hand der einen
herrschenden Person des Familienoberhauptes liegen also alle
Wirthschaftskräfte und dienen seinem von der Liebe und dem Gemeinsinn durchdrungenen Willen. Dieser Wille umfaßt alle persönlichen Kräfte, die in den Gliedern der Familie liegen, aber auch
alle übrigen, welche die Wirthschaft sich anzueignen vermag, das
Eigenthum. Personen und Eigenthum sind daher die bewegenden
Kräfte jeder Wirthschaft. Die Personen können zu herrschenden

---

letzteren im heirathsfähigen Alter zurückzuführen ist; wo dieses Uebergewicht,
wie z. B. in Neu-Südwales, nicht stattfindet, muß auch die Proportion entschieden zu Gunsten des weiblichen Theiles der Bevölkerung ausfallen. Die hier-
beigefügte Tabelle zeigt die Verhältnisse der Verheiratheten in verschiedenen
europäischen Staaten und der genannten Colonie. (Journal of the statist.
society of London. Vol. XI. März 1848, S. 40 ff.)

Jahr	Land	Verheirathete	
		Männer	Frauen
		%	%
1841	Frankreich	38,34	37,30
1840	Sachsen	36,03	34,13
1835	Schweden	35,00	32,81
1840	Rußland	33,09	35,08
1835	Norwegen	32,97	31,68
1832	Würtemberg . . .	32,69	31,02
1842	Hannover	32,05	31,72
1840	Niederlande . . .	31,77	30,48
1841	Irland	28,40	28,40
1847	Neu-Südwales . .	27,66	41,61

Kräften werden, wenn sie aus der Familie austreten, aber das Eigenthum kann dies nie; es ist immer nur dienende Kraft, hat keinen eigenen Zweck und gehorcht dem freien Willen der Person, die es durch Arbeit bezwungen, d. h. erworben oder als Frucht der Arbeit Anderer überkommen hat.

Die von dem freien Willen der wirthschaftenden Persönlichkeiten getragenen Wirthschaften eines Volkes bilden unter einander eine innig verschlungene, gestaltenvolle Einheit*). Wenn gleich jede einzelne Wirthschaft getrennt von den übrigen ihre Interessen verfolgt, ja sogar bestrebt ist, auf Kosten der übrigen bereichernden Gewinn zu machen, so bildet sich doch, gerade weil alle dieses Streben haben und sich dazu doch nur gleichartiger Kräfte bedienen können, für den wahren Nutzen Aller eine feste Regel, nach welcher die Blüthe der einen Wirthschaft durch die Blüthe der anderen bedingt ist. Denn jede zieht von der anderen diejenigen Kräfte an, welche sie zur Erreichung ihrer Zwecke bedarf; jede erhält und ergänzt die andere; jede ist ein Glied an der großen Kette, welche das Ganze nur halten kann, wenn alle Glieder stark und wohlgefügt sind. Je mehr in der rechtlich geordneten Gesellschaft Gewalt und Willkür verbannt und die Freiheit des Tausches an ihre Stelle getreten ist, je weiter die Bildung und besonders die genaue Kenntniß der bedeutungsvollen Gesetze des Wirthschaftslebens in die Schichten des Volkes bringt, desto stärker und friedlicher muß das Band werden, das Alle umschlingt, desto tiefer die Ueberzeugung, daß Andere unterdrücken sich selbst unterdrücken heißt. Denn das ist der Segen der Einigung, daß man in ihr nicht nur sich, sondern

---

*) Der Ausdruck Organismus, so häufig er auch gebraucht wird und so viele Mühe man sich auch gegeben hat ihn zu erklären (z. B. Roscher, System I, § 13. Held, l. c. S. 575 ff.), erweckt doch immer nur mehr eine dunkle Vorstellung als einen deutlichen Begriff. Am richtigsten scheint es mir, dabei an die gegenseitige Abhängigkeit der Theile eines Ganzen zu denken, nicht in Bezug auf das Ganze, denn dieses würde auch von Mechanismen gelten, sondern in Bezug auf die Theile, deren eigenes Leben und Wirken durch ihre Verbindung mit einander bedingt ist. Wie man den Staat einen Organismus der Freiheit genannt hat (Kierulff, Theorie des gemeinen Civilrechts § 1), so könnte man auch die Volkswirthschaft den Organismus der Bedürfnißbefriedigung eines Volks nennen, und darin würde liegen, daß die einzelnen Wirthschaften eines Volks als selbstständige Existenzen, nach dem Grundsatz der Freiheit zu einer Einheit verbunden, gedacht werden müssen.

auch Anderen nützt, daß alle Vortheile, die man Anderen zufließen läßt, um so reichlicher wieder über Alle zurückströmen. So ist, um nur ein ganz allgemeines Beispiel anzuführen, die Blüthe des Ackerbaues der mächtigste Hebel für Gewerbfleiß und Handel, denen er Lebensmittel und Rohstoffe schafft, und umgekehrt kann der Ackerbau nur blühen, wenn die Industrie seine Erzeugnisse verarbeitet und auf den Markt bringt.

Am engsten und stärksten ist das Band, welches die einzelnen Wirthschaften einer lebensvoll geeinigten Nation zu einem Ganzen verbindet. Die Gemeinsamkeit aller Interessen, wie sie aus gemeinsamer Abstammung und Geschichte, aus gleichartiger Geistes- und sittlicher Bildung entspringt, knüpft hier unzählige Fäden zusammen, gegen deren Lockerung und Zerreißung alle Thatkraft der Nation sich auflehnen müßte. Jede Nation bildet einen einigen Körper, der zunächst den Gesetzen seiner Erhaltung und Ent- wicklung gehorcht, der durch einen gemeinsamen, obersten Willen, das Gesetz, im heilsamen Gleichgewicht seiner Productivkräfte nach Maßgabe der Nationalbedürfnisse erhalten werden muß und sich abschließt, wenn er glaubt sich selbst genügen zu können. Die Hebung der nationalen Gesammtwirthschaft durch möglichst voll- kommene Beförderung aller wirthschaftlichen Angelegenheiten liegt daher jedem Patrioten vor Allem am Herzen. Wenn nun das maßlose Ineinanderfließen der Nationen (kosmopolitisches Treiben) weder in ihrem Wesen, noch in ihren Bedürfnissen liegt, so kann doch keine Nation völlig für sich allein bestehen, und dies um so weniger, je weiter die Bedürfnisse sich ausdehnen. Zwar muß die Kraft jeder Nation für ihre eigene Erhaltung und Entwicklung aus- reichen; allein was jede innerhalb des Gebietes ihrer Wirthschaft zu Stande bringt, wird in der manichfaltigsten Weise gegenseitig ausgetauscht, und hiervon hat jede Vortheil, insoweit es die Mängel und Unvollkommenheiten der eigenen Wirthschaft beseitigt oder mildert. Wie also die einzelnen Wirthschaften einer Nation unter sich im engsten Zusammenhang stehen, so auch die Nationen unter einander; und die verschiedenen Volkswirthschaften gipfeln sich so zur gemeinsamen Weltwirthschaft auf. Dies erzeugt für alle ähnliche Bande wie für die Glieder jeder Volkswirthschaft für sich, und zwar um so vielseitiger, je manichfaltiger der gegenseitige Austausch sich gestaltet. Wie nun die Fortschritte der Bildung und des Rechtsbewußtseins jeder Nation die Bewahrung und Förderung des Friedens und der Einigkeit zur Pflicht und Sorge machen, so sollte dieses Bewußtsein auch den Verkehr der Völker unter einander immer mehr durchdringen. Aber wenn auch die wirthschaftlichen Interessen dieses Streben nahe genug legen, so wird es doch von Leidenschaften und Vorurtheilen beständig durchkreuzt; die Wirthschaft hat das Ihrige gethan, wenn sie zügelt und aufklärt und die geschlagenen Wunden zu heilen beflissen ist. Denn das Wirthschaftsvermögen ist allerdings weder die oberste Macht noch das alleinige Heil.

§ 3.

Von den Gesetzen der Wirthschaft.

Erstes Gesetz jeder Wirthschaft ist, Vermögen zu erwerben, durch dessen Verwendung herrschende Bedürfnisse befriedigt werden sollen. Auf welche Weise dieses geschieht, ist an und für sich ganz gleichgültig und kann von Jedem frei gewählt werden, sofern nicht besondere Gesetze oder thatsächliche Hindernisse im Wege stehen. Die wirthschaftliche Thätigkeit hat aber nicht Vermögen schlechthin zum Ziel und Gegenstand, sondern eine bestimmte Größe des Vermögens im Verhältniß zu den bestehenden und sich unaufhörlich erweiternden Bedürfnissen. Daher muß das Bestreben jeder Wirthschaft darauf gerichtet seyn, daß das Vermögen und die auf dessen Erwerb gerichtete Thätigkeit immer der Summe aller wahren Bedürfnisse der wirthschaftenden Persönlichkeiten entsprechen müsse. Eine Wirthschaft, welche dieses Ziel nicht erreicht, erfüllt ihren Zweck nicht. Dies gilt im gleichen Maße von der Privat- wie von der Nationalwirthschaft. Hienach unterscheidet man Reichthum und Armuth. Reich ist Jeder, dessen Vermögen für seine Bedürfnisse ausreicht; arm, wer Bedürfnisse unbefriedigt lassen muß. Dieser allgemeine Satz ist aber, schon der Volksanschauung gemäß, genauer zu begrenzen, insoferne man Reichthum mit Recht als einen wünschenswerthen Zustand betrachtet. Denn es gibt unwahre, unvernünftige, unsittliche Bedürfnisse, deren Befriedigung nicht wünschenswerth ist; man kann auch wahre Bedürfnisse künstlich unterdrücken, sei es aus Schwäche oder aus Selbstgefälligkeit; Manche stehen auf einer so tiefen Stufe der Entwicklung, daß die Befriedigung ihrer Bedürfnisse als ein Zustand der Entbehrung und Unvollkommenheit betrachtet werden muß; Andere endlich befriedigen ihre Bedürfnisse mit fremdem Vermögen. Mit all' dem verträgt sich aber der Begriff des Reichthums nicht. Die sinnlich vernünftige Natur des Menschen schreibt ihm vielmehr auf jeder Stufe seiner Entwicklung eine Reihe bestimmter, wahrer Lebenszwecke vor, wie sie der Zustand seines Körpers, seines Geistes, seiner Seele bedingt; hiefür läßt sich keine allgemeine Regel aufstellen, aber die gleichmäßig vorhandene Anschauung der an demselben Ort und in derselben Zeit Lebenden stellt ein bestimmtes Maß von Bedürfnissen auf, ohne deren Befriedigung Niemand für reich gelten kann. Reich kann daher im Allgemeinen nur derjenige genannt werden, der soviel eigenes Vermögen besitzt, daß er nach der Anschauung seiner Zeit und seines Orts keine Entbehrung leiden muß. Alle Anderen sind arm. Daß jedoch der Reiche mehr habe als Andere, scheint an und für sich nicht in diesem Begriff zu liegen; denn es läßt sich denken, daß Alle zusammen ein so wünschenswerthes Ziel erreichen. Nur insofern damit der Gegensatz zwischen Reich und Arm aufgehoben wäre und die Erfahrung bisher einen solchen Zustand noch nicht zur Kenntniß gebracht hat, knüpft sich unwillkürlich an den Begriff des Reichthums das Merkmal des Vermögensunterschiedes. Manche (z. B. Rau) verlangen auch noch das weitere Merkmal, daß das Vermögen nicht durch Arbeit beständig wieder erneuert zu werden brauche, und die Volksstimme mag ihnen Recht geben, wiewohl dagegen sich einwenden läßt, daß Unthätigkeit nicht im Wesen der Kraft, also auch nicht im Bedürfniß des Menschen liegt und die volle Bedürfniß-Befriedigung nicht dadurch aufgehoben wird, daß ihr irgend ein Opfer oder eine Anstrengung vorausgegangen ist.*) Gewiß ist, daß auf den Reichthum einer ganzen Nation dieses Merkmal in keinem Fall angewendet werden kann.

Es gibt Stufen des Reichthums und der Armuth, ja man

---

*) Auch das Einkommen aus Capital kann nicht ohne persönliches Opfer des Capitalisten bezogen werden (§ 95).

kann auch einen bestimmten Mittelzustand der Wohlhabenheit unterscheiden, bei dem man gerade noch ein herkömmliches Maß
mittlerer Bedürfnisse zu befriedigen vermag. Hierdurch erweitert
sich die Grenze zwischen den beiden Gegensätzen, und man müßte
im vorzüglichen Sinne den reich nennen, der sich selbst überflüssige
Wünsche nicht zu versagen braucht, während der Arme sogar nothwendige Bedürfnisse einschränken oder unbefriedigt lassen muß. Es
ist jedoch schwer, festen Boden zu gewinnen, wenn man zu weit in's
Einzelne geht.

Das Vermögen muß aber nicht blos erworben, sondern auch
erhalten, ja vermehrt werden; denn die Bedürfnisse bleiben und
wachsen mit der fortschreitenden Entwicklung. Hierzu dient nun
nicht nur die ununterbrochene Fortsetzung der auf den Erwerb gerichteten Thätigkeit, sondern auch die richtige Verwendung des Erworbenen. Das Vermögen darf nicht zwecklos aufgezehrt werden,
sondern die Verzehrung muß so erfolgen, daß die Kraft des Erwerbs
und der Vermehrung bleibt für das gegenwärtige und für jedes
nachfolgende Geschlecht. Das Gesetz der Dauer ist daher zweites
Grundgesetz jeder Wirthschaft und dieses wird vollzogen durch die
Fortpflanzung und durch ungeschmälerte Erhaltung des dienenden
Vermögensstamms. Allerdings ist die Verzehrung letzter Zweck der
wirthschaftlichen Thätigkeit, aber gerade um diesen Zweck fortwährend zu erreichen, muß sich die Verzehrung bestimmte Schranken setzen, sonst würde sie sich selbst aufzehren.

Drittes Gesetz ist die Selbstgenügsamkeit, d. h. jede Wirthschaft muß die zu ihrer Erhaltung und Entwicklung nöthigen Kräfte
in sich selbst tragen, keine darf den Grund ihres Bestehens in der
Duldung, dem Mitleid, der Willkür Anderer suchen. Da alle
Wirthschaften diesem Gesetz unterliegen müssen, so folgt daraus
unmittelbar die Unabhängigkeit und die freie Existenz aller einzelnen
Wirthschaften gegen einander. Dieses Princip ergreift aber nicht
nur die Wirthschaften an sich, sondern nothwendiger Weise auch
die Subjecte und Objecte jeder Wirthschaft. Das Gesetz des
Rechts, welches hieraus fließt, und dessen allgemeinste Aeußerungen, freie Persönlichkeit und Eigenthum mit allen in ihrer Idee
liegenden Consequenzen, sind daher unentbehrliche Bedingungen
jeder Wirthschaft. Obwohl nun so jede Wirthschaft eine Welt für

sich bildet, bedingen und ergänzen sich doch alle gegenseitig.
Keine geordnete Wirthschaft kann daher bestehen, ohne daß andere
neben ihr gegründet und erhalten werden, und jede muß daher nach
den Grundsätzen des Rechts und der Sittlichkeit auf ihrem Gebiet unangefochten und anerkannt sein. Gewalt und List müssen
ihr fern bleiben, sonst würde sie schließlich die Bedingungen ihrer
eigenen Existenz vernichten. Durch Krieg, Erpressung, Raub,
Diebstahl, Betrug, Almosen kann daher keine Wirthschaft bestehen.

Auf die Entwicklung der Grundsätze des Rechts und der
Moral kann die Wirthschaft Einfluß äußern, insofern sie in ihnen
wesentliche Bedingungen ihres eigenen Lebens erkennt; und soweit
dies der Fall, zieht sie dieselben auch in ihren Bereich. So kann
vermöge wirthschaftlicher Einflüsse das Eigenthumsrecht fortge-
bildet werden bald durch Erweiterung, bald durch Beschränkung der
Befugnisse des Eigenthümers; ersteres z. B. durch Erweiterung
des Veräußerungsrechtes in Bezug auf Grund und Boden, letzteres
durch Erwirkung von Expropriationsgesetzen, der Zwangsarron-
dirung. Die Moral kann sich umbilden durch richtigere Auffassung
des Luxus, der Wirkungen des Almosengebens an Arbeitsfähige.
Beide zugleich z. B. durch Aenderungen in der verwandtschaftlichen
Erbfolge, u. s. w. Jedoch überläßt die Nationalökonomie die Erforschung und Darstellung solcher selbständiger Gegenstände wegen
ihrer Wichtigkeit und eigenthümlichen Beschaffenheit anderen Zweigen des Wissens, deren Ergebnisse sie nur entlehnt und beurtheilt;
und niemals dürfen wirthschaftliche Erwägungen allein den Ausschlag zu geben sich anmaßen, wenn sie nämlich mit anerkannten
und unanfechtbaren Grundsätzen des Rechts und der Moral im
unlöslichen Widerspruch stehen. Dagegen die Gesetze des Erwerbs
und der Verzehrung sind das eigenthümliche Gebiet der Wirthschaftslehre, denn in ihnen vollzieht sich der Kreislauf des wirthschaftlichen Lebens. Daß es solche Gesetze gibt, lehrt die Vernunft
und die Erfahrung. So willkürlich und regellos auch scheinbar
die wirthschaftlichen Handlungen und Zustände sich gestalten
mögen, so sind sie doch alle nur Aeußerungen tief liegender Ursachen, in deren Wirkungen und Gegenwirkungen jene wirthschaftlichen Gesetze sich offenbaren. Aus der regelmäßigen Wiederkehr
und Aufeinanderfolge solcher Ursachen und Wirkungen, die nach

2*

dem bereits Bemerkten wesentlich gleichartig sein müssen und durch
sorgfältige Beobachtung in ihrem gegenseitigen Verhältniß erkannt
und dargelegt werden können, ergibt sich die Ueberzeugung, daß
bestimmte Gesetze im Wirthschaftsleben walten; und indem der
Mensch wirthschaftlich handelt, vollzieht er bei aller Freiheit, die
ihm zukommt, diese Gesetze, die in der Natur der Dinge und in
seinem eigenen Wesen dauernd und regelmäßig begründet liegen
und die seinen Bestrebungen den Charakter der Sicherheit und
Planmäßigkeit und die Gewißheit oder Wahrscheinlichkeit des Erfolges verleihen.

§ 4.

Wesen, Eintheilung und Bedeutung der Wirthschaftslehre.

Das Wirthschaftswesen eines Volkes läßt sich in doppelter
Weise auffassen; einmal als Gegenstand der eigenen Gesammt-
thätigkeit der zu einem Volksganzen verbundenen Individuen,
dann als Gegenstand staatlicher Fürsorge und Verwaltung. Hiernach zerfällt die Lehre von der Volkswirthschaft naturgemäß in
zwei, logisch von einander getrennte Theile, von denen der eine die
Lehre von den Entwicklungsgesetzen des wirthschaftlichen Volkslebens an sich oder im Allgemeinen in sich begreift, der andere die
Lehre von der Einwirkung der Staatsgewalt auf die Volkswirthschaft zur Verfolgung der allgemeinen und besonderen Staatszwecke.
Hiernach ist zu unterscheiden Volkswirthschaftslehre oder Nationalökonomie und Staatswirthschaftslehre. Die letztere zerfällt wieder in zwei besondere Unterabtheilungen, nämlich in Volkswirth-
schaftspflege, Volkswirthschaftspolitik oder Staatswirthschaftslehre
im engeren Sinne, welche die Staatsgewalt gegenüber der
Volkswirthschaft als pflegend, befördernd und leitend auffaßt,
und in Finanzwissenschaft oder Regierungswirthschaftslehre, bei
der die Staatsgewalt als unmittelbar wirthschaftende Persönlichkeit in Betracht kommt. Diese drei Disciplinen, Volkswirthschaftslehre, Volkswirthschaftspolitik und Finanzwissenschaft*), deren formelle Ausscheidung von der richtigen wis-

---

*) Der Name Wirthschaftspolizei ist entweder nur eine weitere, aber un-
passende Bezeichnung für Volkswirthschaftspolitik (z. B. von Oberndorfer,

senschaftlichen Methode geboten ist,*) werden nach dem Vorgang der Ausländer gewöhnlich unter dem Namen der politischen Oekonomie zusammengefaßt. Alle diese drei Disciplinen gehören in den Bereich der Staatswissenschaften. Von den beiden letzten ist dies unbestritten, obgleich auch sie nicht eigentlich vom Staate handeln, sondern nur von wesentlichen Funktionen und Aufgaben der Staatsgewalt in Bezug auf das Volksvermögen einerseits und auf das Staatsvermögen, wohin nicht blos der eigene Besitz des Fiskus zu rechnen ist, andererseits. Allein auch der Volkswirthschaftslehre kann die Einreihung unter die Staatswissenschaften nicht bestritten werden, einmal weil das Volk, welches das Subject für diese Lehre bildet, ohne die höchste Vollendung und ideelle Begrenzung als Staat nicht gedacht werden kann; dann aber weil das Wirthschaftsleben eines Volkes zu den wichtigsten und einflußreichsten Aeußerungen seines Gesammtlebens gehört, die wirthschaftliche Gestaltung und Entwicklung nach allen Seiten als Ursache und Wirkung mit der Gestaltung und Entwicklung des Staatslebens zusammenhängt; endlich weil der Staatskörper, in seiner abstracten Existenz gedacht, nur aus dem Verständniß des reich gegliederten und aus den manichfaltigsten Theilen bestehenden Wirthschaftskörpers erklärt und begriffen werden kann. Das Wirthschaftsinteresse, nicht das der Einzelnen als solcher, denn von diesen handelt die Volkswirthschaftslehre nicht, sondern das der Gesammtheit als einer organisch gebildeten Einheit ist ein unmittelbares Staatsinteresse, und nicht blos die Beförderung dieses Interesses durch die Staatsgewalt, sondern auch die Darstellung der Gesetze, nach denen dies geschehen kann und soll, muß einen integrirenden Bestandtheil der Lehre vom Staat bilden. Wenn man, wie dies neuerdings aus unklaren Gründen versucht wird, eine neue Art oder Gattung von Disciplinen, die Gesellschaftswissenschaften einführen und unter diese die Volkswirthschaftslehre, obwohl manichfach zerstückt und zer-

---

Rob. von Mohl), oder er bedeutet die Einwirkung der Staatsgewalt auf das Wirthschaftswesen der Einzelindividuen: sie gehört nicht in das Gebiet der politischen Oekonomie, deren Gegenstand das öffentliche Wirthschaftsleben eines Volkes als solches bildet.

*) Das Verdienst dieser Ausscheidung gebührt vorzüglich der deutschen Wissenschaft.

riſſen, aufnehmen will, ſo ſcheint dies auf einer zu engen Auffaſſung
dieſer Wiſſenſchaft zu beruhen, welche in ihrer formellen Aus-
ſcheidung, aus Gründen der wiſſenſchaftlichen Methode, eine materielle und innerliche Grundverſchiedenheit erblickt; praktiſch aber,
und dies iſt das Wichtigere, würde die Anerkennung dieſes Ver-
ſuches nicht nur die Wirthſchaftslehre, ſondern die Wirthſchaft der
nationalen Volkskörper ihrer Grundlage und ihres Zuſammen-
hanges berauben und den feſten Beſtand und die vernunftgemäße
Entwicklung des materiellen Staatslebens den vagen Begriffen
von „Naturgeſetz“ und geſellſchaftlichem Intereſſe preisgeben.
Soviel ſcheint klar: Entweder die Volkswirthſchaft iſt ein bloßes
Geſellſchaftsproduct, das der Menſch auf ſeinem Lebensgange vorfindet und naturnothwendig weiter bildet, dann kann es aber auch
keine Volkswirthſchaftspolitik geben und die Finanzwirthſchaft ſinkt
zu einer bloßen Cameralpraxis herab; oder die Volkswirthſchaft
iſt ein weſentliches ideelles Glied jenes Organismus der Freiheit,
den man Staat nennt, dann muß die Lehre vom Staat nothwendig auch die Lehre von der Wirthſchaft des Volkes in ſich
ſchließen.*)

Den vorgehend erörterten Wirthſchaftsdisciplinen, welche
dogmatiſche genannt werden können, weil ſie lediglich Geſetze, d. h.
Verhältniſſe von Urſache und Wirkung darſtellen und erklären,
ſind die ſog. hiſtoriſchen und beſchreibenden anzuſchließen. Es gibt
ſonach eine Geſchichte der Volkswirthſchaft im Allgemeinen oder
einzelner Staaten, eine Finanzgeſchichte, eine Geſchichte der Wirth-
ſchaftspolitik; ferner Wirthſchaftsſtatiſtik, Finanzſtatiſtik u. ſ. w.

---

*) Siehe beſonders Treitſchke, die Geſellſchaftswiſſenſchaft, Leipzig
1859. Der Hauptverfechter der oben bekämpften Theorie unter den Deutſchen
iſt Rob. von Mohl, z. B. Zeitſchr. für Staatswiſſ. 1851. S. 3. ff. Geſch. u.
Lit. d. Staatswiſſ. I. S. 69 ff. Ihr neueſter Anhänger (Gerſtner, Zeitſchr.
f. Staatswiſſenſch. 1861. S. 703 ff.) beruft ſich vornehmlich auf das Merkmal
des nothwendigen Waltens unveränderlicher Naturgeſetze; hiernach wäre die
Volkswirthſchaftslehre (ja alle Wiſſenſchaften) vielmehr Naturwiſſenſchaft als
Geſellſchaftswiſſenſchaft und die Staatswiſſenſchaften ſelbſt müßten unter ſie
eingereiht werden, denn der Staat beruht doch wohl gleichfalls nach dieſer
Anſchauung auf einem Naturgeſetz. — Schon Schütz (Zeitſchr. für Staatswiſſ.
Band I. S. 349) ſpricht den richtigen Satz aus, daß die Nationalökonomie die
Aufgabe habe, die Entwicklungsgeſetze und das natur- und vernunftgemäße
Ideal der Wirthſchaft der Völker als politiſcher Körper zu unterſuchen.

Den Wissenschaften von der öffentlichen Wirthschaft stehen gegenüber diejenigen von der Privatwirthschaft, die sich mit der Erforschung und Darstellung der individuellen Wirthschaftssphäre beschäftigen; sie sind theils allgemeine, wie die Lehre von der Haushaltungskunst, von der Buchführung, vom Kassawesen, oder besondere, in welchen die Methoden und Regeln einzelner Erwerbszweige gelehrt werden. Hieher gehören alle sog. technischen Wissenszweige, wie die Landwirthschaftslehre, die Gewerbelehre (Technologie) u. s. w.*)

Hülfswissenschaften der Volkswirthschaftslehre, welche in diesem Werke dargestellt wird, sind außer den schon genannten alle übrigen Wissenschaften, deren Kenntniß zum leichteren Verständniß und zur Erforschung der Wirthschaftsgesetze dienlich ist; vor Allem Statistik und Geschichte, dann die Staats = und Rechtswissenschaft im Allgemeinen, ferner Mathematik, Anthropologie und Psychologie, Geographie, Sprachenkunde ꝛc. ꝛc.

Was die Bedeutung der öffentlichen Wirthschaftslehre betrifft, so hat man sich vor zwei Fehlern zu hüten, in welche die Einen oder die Anderen nur zu leicht verfallen: vor Unterschätzung, dann aber auch vor Ueberschätzung. Die Volkswirthschaftslehre ist unstreitig eine schöne, interessante und hochwichtige Wissenschaft, deren Kenntniß von Keinem vernachläßigt werden darf, der sich über die Grenze gewöhnlicher oder einseitiger Bildung erheben will. Es ist sicherlich ungemein anregend und nützlich zu wissen, wie die Völker — besonders das Volk, in dem man lebt und wirkt — ihre leiblichen Bedürfnisse befriedigen, wie die gütererzeugenden Kräfte im Staatskörper auf = und niedersteigen, ab = und zunehmen, sich da anhäufen und üppig wuchern und dort verkümmern und verschwinden; wie von diesem lange Zeit unbekannten und ungeahnten Gebiet aus das Staats = und Völkerleben, Gesetzgebung, Verwaltung, Rechtspflege, die ganze materielle und geistige Cultur und die Geschicke der Einzelnen beherrscht und geleitet werden. Wer Sinn und Verständniß für diese Dinge hat, muß von

---

*) Auch der Zweig einer Staatsdisciplin ist hieher zu rechnen, nämlich die sog. Wirthschaftspolizei im obigen Sinne; sie handelt z. B. von den wirthschaftlichen Verhältnissen des ehelichen Verbandes, vom Gesindewesen ꝛc. Ihre Grenze, der Volkswirthschaftspolitik gegenüber, ist übrigens schwer festzustellen.

ihrem Studium mächtig angezogen werden. Nothwendig ist die Kenntniß dieser Wissenschaft aber für den, der vermöge seiner Lebensstellung, seines Einflusses, seines Vermögens, seines Berufes Aufgabe und Gelegenheit hat, in diesen mächtigen Kreis von Lebensverhältnissen bestimmend und gestaltend, leitend und gebietend einzugreifen. Der Fabrikherr, der Kaufmann, der Bankier, der Grundbesitzer, der Gewerbsmeister, der Beamte, der Staatsmann, der Regent — Alle sollen und müssen das Feld kennen, auf dem sie handeln und anordnen; und Unkenntniß straft sich am Einzelnen wie am Ganzen durch Mißerfolge und allgemeine Calamität. Ja selbst der einzelne Arbeiter, der immer nur ausführt, niemals anordnet, der nie über den kleinen Kreis, in dem er lebt, mit seiner Thatkraft hinausreicht, sollte von den Wirthschaftsgesetzen Kenntniß haben zu seiner Beruhigung und Ermunterung, zur Bewahrung vor gefährlichen Irrthümern und aufreizender Verführung. Diese Anforderungen gelten freilich nur unter Voraussetzung eines idealen Zustandes der Wissenschaft, den sie — leider — noch nicht erreicht hat. Weder formell noch materiell. Sie hat es bis jetzt weder zu jener einfachen und reinen Darstellung ihrer Lehren gebracht, die auch den im Denken minder Geübten klar und verständlich wäre, noch bis zum sicheren Besitze unverfälschter und unwiderlegbarer Wahrheiten. Alles ist in dieser Wissenschaft angefochten und in Frage gestellt, von der Definition des einfachsten Grundbegriffes an bis zu jenen wichtigen Fragen, mit deren Lösung Diplomaten, Staats- und Volksmänner vergeblich sich abmühen. Darin liegt der Grund, daß die politische Oekonomie von Vielen noch so verkannt und geringgeschätzt ist; sie halten sie für eine unvollkommene, anmaßende und staatsgefährliche Wissenschaft, welche mit ihren halben und einseitigen Wahrheiten, die ohnehin noch nicht feststünden, die Entscheidung über die wichtigsten Angelegenheiten in Staat und Gesellschaft beanspruche und den festen ruhigen Bestand der Staatsordnung gefährde. Alle diese Vorwürfe sind in einem gewissen Maße wahr, aber sie treffen nicht die Wissenschaft, sondern Viele ihrer Bearbeiter, Anhänger und Verbreiter. Es ist dies auch nicht zu verwundern bei der ungemeinen Schwierigkeit der tieferen wissenschaftlichen Forschung auf wirthschaftlichem Gebiet und bei dem

großen Mißbrauche, dem die Lehrsätze dieser Wissenschaft durch
Leidenschaften und Unverstand ausgesetzt sind. Die politische Oekonomie erfordert zu ihrem rechten Verständniß nicht nur das sorgfältigste und umfassendste eigene Studium, sondern auch das Hinzutreten vieler anderer, namentlich statistischer, historischer und politischer Kenntnisse; ohne diese Vorbedingungen wird derjenige, der
sich ihrer bemächtigen will, dies einerseits nicht vermögen, andrerseits mit dem, was er erreicht zu haben glaubt, nur Unheil und
Verwirrung stiften. Darum ist der Dilettantismus wohl nirgends
gefährlicher als auf diesem Gebiete, besonders wenn er sich auf allen
Rednerbühnen und in allen Tagesblättern breit macht. Gegen all'
dieses gibt nur der wahre Fortschritt der Wissenschaft Rettung, der
sie immer mehr von Irrthümern reinigt und vor mißbräuchlicher
Ausbeutung zu fremdartigen Zwecken beschützt.

Die practische Geltung volkswirthschaftlicher Gesetze hängt
von zwei unerläßlichen Voraussetzungen ab, von ihrer logischen
Richtigkeit und ihrer thatsächlichen Anwendbarkeit; die letztere
beruht aber nicht nur auf dem Vorhandensein aller der Umstände,
durch welche ihre Verwirklichung bedingt ist, sondern auch auf
der Zulässigkeit und Ersprießlichkeit ihres Erfolgs. Die Wirkung
volkswirthschaftlicher Gesetze, die in's Leben treten sollen, muß also,
vorausgesetzt daß sie richtig erkannt sind, nicht nur möglich, sondern auch wünschenswerth sein. Diese nothwendigen Bedingungen
beschränken nun aber, da die praktischen Verhältnisse und Ziele
nach Zeit und Ort unendlich verschieden sind, die allgemeine Geltung volkswirthschaftlicher Gesetze ungemein und machen die Lehrsätze der Volkswirthschaftslehre in hohem Grade hypothetisch und
problematisch. Nicht als ob die Volkswirthschaftslehre nur zweifel-
haftes Material zu liefern hätte, das vom Gesetzgeber aus beliebigen Gegengründen verworfen werden dürfte. Es herrscht in
jeder Nation ein bestimmtes Maß wirthschaftlicher Nothwendigkeit,
das auf sorgsame Berücksichtigung eben so gerechten Anspruch hat
wie jedes andere politische oder Culturinteresse und von welchem
jedes Glied derselben einen bestimmten individuellen Antheil als
Fähigkeit und Aufgabe zugewiesen erhält. Der Privategoismus, wie
er in jedem Einzelnen als bewegende Kraft zur Erscheinung kommt,
ist somit das individuelle Maß jener allgemeinen Nothwendigkeit.

Nur auf diesem, durch politische und historische Verhältnisse aller
Art bestimmten Boden kann die Volkswirthschaftslehre überhaupt
stichhaltige Lehrsätze aufstellen und haben ihre Lehrsätze, unter
den obigen Voraussetzungen, unbestreitbare Gültigkeit, über deren
besondere Anwendung die Staatswirthschaftslehre zu urtheilen
hat. Nur innerhalb dieser Grenzen kann diese Wissenschaft dem
Vorwurf der Ungeheuerlichkeit und neuerungssüchtigen Opposition
entgehen, der sie verunstaltet und in Mißkredit bringt. Hierdurch
allein bekommt sie die ihr nothwendige Begrenztheit, Bestimmtheit
und — Charakter; das wirthschaftliche Interesse, das außerdem
Gefahr läuft „in den Himmel zu wachsen", erhält auf diese Weise
seinen realen Inhalt und seine geordnete Stellung im höheren
Gesammtleben der Nation. Es ist daher eben so ungerechtfertigt,
wie dies neuerdings wieder Cherbuliez*) gethan hat, den Lehren
der Nationalökonomie allen praktischen oder selbständigen Werth
abzusprechen, als andererseits dieselben zu „Naturgesetzen" zu erheben, die unter allen Umständen zur Geltung kommen müßten
und denen der Mensch sich nie oder nur zu seinem Schaden entziehen könne. Der Mensch, die bewegende und bestimmende Kraft
im Wirthschaftsleben, ist durchaus nicht dem mechanischen Walten
blinder Naturkräfte unterworfen; er kann allerdings keiner Ursache
eine beliebige Wirkung beilegen, aber er kann sich als ein freies
Wesen die Ursachen auswählen, deren Wirkungen er erstrebt, und
insofern beherrscht er die Natur, nicht die Natur ihn. Je nach
dem Maß wirthschaftlicher Nothwendigkeit, Kraft und Tendenz,
das sich in einem Volke vorfindet, werden sog. Naturgesetze entweder zu historischen Entwicklungsgesetzen oder zu zufälligen Besonderheiten oder auch zu politischen Parteianforderungen, die sich
in dem verführerischen Gewande einer „zwingenden und treibenden
Nothwendigkeit" wohlgefallen. Es ist aber die Freiheit und Selbstbestimmung des Menschen und des Volkes der erste Grundsatz der
Volkswirthschaftslehre und ihre Aufgabe besteht darin, diese
Freiheit durch alle Verkettung von Ursachen und Wirkungen siegreich hindurch zu führen.**)

---

*) Précis de la science éoonomique I. p. 10 ff.
**) Dies ist auch der richtige Sinn der dem Wortlaute nach viel zu weit
gegriffenen Definition von Carey (princ. of social science I. p. 62.): „the

Indem wir uns gegen das Walten von Naturgesetzen im
Wirthschaftsleben erklären, müssen wir, um nicht mißverstanden
zu werden, deutlich zu machen suchen, in welchem Sinne wir die
Naturgesetze bekämpfen und was unter dem Begriff volkswirthschaftlicher Gesetze zu verstehen sei. Der Streit über diesen Gegenstand scheint zum großen Theil daher zu rühren, daß man sich über
die eigentliche Bedeutung und Tragweite desselben nicht völlig klar
geworden ist. Gesetz kann in dem hieher gehörigen Sinne nichts
Anderes bedeuten, als ein Verhältniß von Ursache und Wirkung;
ein Naturgesetz setzt also nothwendig treibende, unabänderliche,
dem menschlichen Einfluß entzogene Kräfte voraus, welche unabhängig vom menschlichen Willen ein solches Verhältniß erzeugen.
Die Frage ist nun, ob es im Wirthschaftsleben der Völker treibende, bestimmende, unabhängige Naturkräfte gibt, oder vielmehr,
da das vielverschlungene Getriebe der Volkswirthschaft um der
Einheit und Ordnung des Ganzen willen auf eine einzige Ur- oder
Haupttriebkraft zurückgeführt werden muß, von der alles Einzelne
ausfließt und auf welche Alles wiederum zurückweist, ob die bewegende Kraft im Wirthschaftsleben eine Naturkraft ist, der der
Mensch nur blind gehorchen kann, oder dagegen, ob der Mensch
mit seinem freien, selbstbewußten Willen das bestimmende Agens
bildet. Nur das letztere kann in Wahrheit angenommen werden.
Ohne Zweifel ist der Mensch ein physisches, natürliches Wesen
und von einer physischen Außenwelt umgeben, und auf diesem ihm
ursprünglich angewiesenen Gebiet muß er seine wirthschaftende
Thätigkeit entfalten. Es gibt also natürliche Thatsachen, die der
Mensch nicht hervorgebracht hat und die doch einen bestimmenden
und begrenzenden Einfluß auf sein Wirthschaftsvermögen äußern.
Allein diese natürlichen Thatsachen treten vor ihn nur als Motive,
als Impulse, als Beschränkungen, deren er sich bemächtigt und die
er beherrscht, um sie nach seinem Willen zu leiten. Sie sind jedoch
für ihn nicht Naturgesetze, denen er sich unbedingt, unfrei, willen-
los unterwerfen muß, die er nur als Werkzeug vollzieht, denen

---

science of the laws which govern man in his efforts to secure for himself
the highest individuality and greatest power of association with his
fellow - men."

gegenüber er nur als ein ausführendes Medium erscheint, die ihn zum bewußtlosen Objekt, nicht zum frei wählenden Subjekt der Wirthschaft machen. Wir haben die Natur als einen wesentlichen Bestandtheil jeder nationalen Productivgewalt hingestellt; so wenig man aber sagen kann, die Natur producirt, weil Naturkräfte bei der Production mitwirken, so wenig kann man sagen, ein Naturgesetz ist es, durch welches die nationale Wirthschaft bestimmt wird; denn der Mensch kann sich der Naturkräfte in der manichfaltigsten Art und Weise frei bedienen. Die Frage ist nun weiter, wie und unter welchem Gesetz producirt der Mensch? Hiebei wollen wir der Kürze wegen unter Production den ganzen Verlauf der wirthschaftlichen Erscheinungen in der Entwicklung eines Volkes verstanden wissen. Wir haben als Grundlagen oder letzte Triebfedern jeder Wirthschaft drei Factoren aufgestellt: den Eigennutz (Egoismus), Gemeinsinn und Familientrieb. Der Egoismus ist nichts weiter als ein Ausfluß des jeder herrschenden Kraft innewohnenden Dranges, sich zu erhalten und auszudehnen; dies ist ein Naturgesetz und somit scheint die erste und hauptsächlichste Kraft im Wirthschaftsleben allerdings auf einem Naturgesetz zu beruhen, Egoismus wäre nur ein wirthschaftlicher Ausdruck hiefür. Allein dieser natürliche Drang ist eben für den Menschen nur ein Impuls, ein Motiv, kein unabwendbares und unabänderliches Gesetz. Sowohl über den Grad als über die Form der Ausführung dieses Motives kann der Mensch frei verfügen; wenn dies nicht so ist, dann muß jede Freiheit des Menschen grundsätzlich aufgegeben werden. Gemeinsinn und Familientrieb ferner sind nichts als besondere Gestaltungen jener Triebkraft, die in der Wirthschaft Egoismus genannt wird; denn der Mensch hat in sich den Drang, sich zu erhalten und zu entwickeln sowohl vermittelst der Gattung als des Geschlechtes. Allein obwohl Ausfluß jener Kraft, werden sie doch, einmal geboren, zu selbständigen Kräften und können dem individuellen Egoismus bestimmend und beschränkend gegenüber treten. In derselben Weise nun, wie der Mensch über seinen individuellen Eigennutz frei bestimmend verfügt, kann er auch über Gemeinsinn und Familientrieb frei verfügen; und aus diesen Wirkungen und Wechselwirkungen, die aus dem freien Willen des Menschen hervorgehen, entstammt eine einheitliche

Triebkraft, die das letzte Agens im Wirthschaftsleben bildet und über die Wirthschaftsgeschichte jedes Volkes entscheidet. Dieses Agens, das oberste, das Urgesetz in der Wirthschaft, auf welches alle einzelnen Gesetze zurückgeführt werden müssen, ist so gewiß keine Naturkraft, als der Mensch frei wählen und handeln kann. Dieses Agens aber ist die menschliche Freiheit, denn der Grad und die Form seines Wirkens sind durch den frei wählenden und bestimmenden Willen des Menschen entschieden. Ist dem nicht so, dann ist die Volkswirthschaftslehre entweder eine theologische Wissenschaft, wenn Alles auf den Willen Gottes zurückgeführt werden muß, oder sie ist eine willkürliche Aufzählung gleichartiger Thatsachen, die mechanisch an einander hängen, eine verherrlichende Theorie des Fatalismus. *)

Halten wir den gewonnenen Standpunkt fest, so wird es leicht sein, die einzelnen Gesetze, welche von der Wirthschaftslehre erklärt werden müssen, in ihrer wahren Gestalt zu enthüllen, und wir thun dies gleich hier im Zusammenhang an einigen der wichtigsten, um später bei der Detaildarstellung uns Wiederholungen zu ersparen. Ein wichtiges Gesetz ist z. B. die Arbeitstheilung, die auf der natürlichen Verschiedenheit der Anlagen und Neigungen und folglich, kann man sagen, auf einem Naturgesetz beruht. Allein es gibt, wie wir sehen werden, sehr verschiedene Formen der Arbeitstheilung, von denen nicht einmal jede diese natürliche Verschiedenheit zur Grundlage hat; ferner was ist die Arbeitstheilung anderes als eine bestimmte Form des Egoismus, der jede Productivkraft auf den Platz stellen will, wo sie am wirksamsten ist, oder der, entgegen der Natur, die menschliche Arbeitskraft wie ein Werkzeug ausbeutet? Ist nun, wie wir vorhin sahen, der Egoismus keine blinde, sondern eine freie Kraft, so ist auch die Arbeitstheilung kein Naturgesetz, sondern nur ein Motiv, worüber der Mensch frei verfügt je nach Umständen und Vermögen. Ebenso sind der Großbetrieb, die Konkurrenz, gleichfalls Naturgesetze genannt, bestimmte Formen des Egoismus, unter welchen der eine zur Concentrirung vieler Productivkräfte unter einer Leitung, die andere

---

*) Siehe auch gegen die Annahme von Naturgesetzen Hildebrand in seinen Jahrbüchern für Nat.-Oek. und Statistik I. S. 1 ff.

zur ungehemmten Entfaltung der Einzelkraft drängt. Ein wei-
teres sehr wichtiges Gesetz ist das der Rente, welches auf der natür-
lichen Thatsache beruht, daß die Ergiebigkeit der Naturkräfte nach
Zeit und Raum beschränkt ist; indem die Wirthschaft sich dieses
Gesetzes bewußt wird, spricht sie nur den Satz aus, daß der
Mensch, vermöge des in ihm wohnenden Eigennutzes, immer die
jeweilig vortheilhafteste Verwendung der ihm zu Gebote stehenden
Productivkräfte wählt; und welches unübersehbare Feld freier
Thätigkeit steht hier dem Menschen offen, wie können einerseits
Irrthum, andrerseits Kunst trotz jenes „Naturgesetzes" der mensch-
lichen Production die allerverschiedensten Richtungen anzeigen! —
Als Grundgesetz des Tausches haben wir ferner die Gleichheit der
Werthleistungen aufgestellt, was, wie sich zeigen wird, auf den
Principien der Reproduction und der Consumtion beruht; beide
sind gleichfalls nur Ausflüsse des Egoismus, der seine Wirth-
schaft auf die Dauer erhalten und nicht um Anderer Vortheil
willen führen will. Sind dies Naturgesetze? Nur wenn der
Egoismus eine blinde Naturkraft ist. — Der Preis, sagt man
weiterhin, bildet sich durch Nachfrage und Angebot kraft eines
Naturgesetzes, das wie eine mathematische Wahrheit für alle
Zeiten, alle Länder, Völker und Staaten vollkommen gleich ist.
Aber abgesehen davon, daß der Preis sehr häufig durch obrigkeitliche Satzung, durch Herkommen, Mildthätigkeit, Verwandtschaft
bestimmt wird, Momente, die in dieser Hinsicht durchaus nur als
Ausflüsse des hier zur selbständigen Macht gewordenen Gemeinsinnes aufzufassen sind, was bedeutet der freie Preis, von dem in
einem System freier Wirthschaft allein gehandelt werden kann,
anders als die Thatsache eines vollzogenen Tausches, welche aus
den vorhin genannten Formen des Egoismus fließt, wenn man
nur die hier zur Sprache kommenden Principien Gebrauchswerth,
Tauschwerth richtig zu würdigen versteht? Die ganze Lehre vom
Umlauf, von Einkommen, Arbeitslohn, Rente, Gewinn beruht auf
diesen Principien, die alle auf den durch Gemeinsinn und Familientrieb modifizirten und durch freien individuellen Entschluß
formirten und begrenzten Egoismus zurückweisen; es bedarf keiner
weiteren Beispiele. Dieser Egoismus ist keine Naturkraft, sondern
eine freie That des Menschen, und somit beruht die Wirthschaft

jedes Volkes auf unserem kostbarsten Gute, der menschlichen
Freiheit.

Es giebt noch eine andere Reihe von Thatsachen, die von der
Volkswirthschaftslehre berücksichtigt werden müssen und aus welchen hervorzugehen scheint, daß die bewußtlose Natur, wenigstens
nach einer gewissen Seite hin, im Wirthschaftsleben unbeschränkt
und allein bestimmend dominire. So die Endlichkeit des individuellen und vielleicht des Völkerlebens, die natürliche Stufenfolge
der Lebensalter, das beschränkte Maß der menschlichen Leistungsfähigkeit, das Ernährungsbedürfniß, die Bedingungen der Fortpflanzung, das Bedürfniß der Erholung, des Schlafes u. s. w.
Was den ersten Punkt betrifft, so lehrt die politische Oekonomie
nicht die Wirthschaftsgesetze eines bestimmten Individuums oder
eines bestimmten Volkes; sie ist mithin an diese Grenze nicht gebunden, für sie stirbt der Durchschnittsmensch, wie er ihr als Glied
einer durch rechtliche und sittliche Momente geordneten Gemeinschaft erscheint, nicht aus. Allerdings werden sich ihre Sätze dem
Einfluß historischer Entwicklung nicht entziehen können; allein
daraus entspringt nicht die Nothwendigkeit der Annahme von
Naturgesetzen, sondern die historischen Entwicklungsphasen sind für
die wirthschaftliche Auffassung nur bestimmte Formen und Grade
des menschlichen Egoismus, bestimmte Systeme der Bedürfniß-
Befriedigung, welche dazu dienen, die Ziele und Formen des ihr
vorschwebenden Systems mit einem allgemeinen Maß und mit
dem richtigsten Inhalt zu versehen. Was die übrigen angeführten
Momente betrifft, so haben sie durchweg keine andere Bedeutung
in der Wirthschaftslehre als die oben begründete. Es sind das
Thatsachen, die sämmtlich vom menschlichen Egoismus berücksichtigt werden müssen, denen gegenüber er aber Macht und Freiheit
zu wählen hat. Allerdings vollziehen sich im Menschen bei der
Ernährung, bei der Geburt ꝛc. Naturgesetze, chemische, physikalische
Prozesse; aber nicht diese sind es, welche die Volkswirthschaftslehre behandelt, sondern diese handelt von allgemeinen Erscheinungsformen der Freiheit des Menschen in Bezug auf die materielle Erhaltung und Entwicklung seines Geschlechts. Die ganze
Malthusische Bevölkerungslehre beruht z. B. auf einer Gegenüberstellung der natürlichen Fortpflanzungsfähigkeit der vernünf-

tigen und vernunftlosen Geschöpfe; aber zu welchem Schluß gelangt Malthus? Nicht zur blinden Unterwerfung unter das harte
Naturgesetz, sondern zur freien Veredlung des menschlichen Egoismus durch eine sittliche Kraft; das heißt, zu einer Berufung auf
die Freiheit des menschlichen Handelns.

Es wird sich im Verlauf unserer Darstellung zeigen, welch'
verschiedene Formen und Grade, verwerfliche und wohlthätige,
der menschliche Egoismus annehmen kann und angenommen hat,
um Wirthschaftszwecke zu erreichen, wir werden auf bestimmte
Systeme stoßen, die sich in den wesentlichsten Punkten unterscheiden
und die nicht anders erklärt werden können als unter Annahme
einer unveräußerlichen Willensfreiheit, die jedoch Irrthümern und
üblem Willen ausgesetzt ist. Wirthschaftssysteme sind uns Nichts
anderes als einheitliche Entwicklungsformen der menschlichen
Freiheit oder, wenn man will, des menschlichen Egoismus in Bezug
auf die Befriedigung unserer Bedürfnisse; sie zeigen die Natur und
die Macht der im Wirthschaftsleben eines Volkes herrschenden
Kräfte, und die Wirthschaftsgesetze sind die causalen Folgerungen,
welche daraus gezogen werden können. Das Wirthschaftssystem
eines Volkes muß deshalb von Grund aus bestimmt sein durch die
Meinung, die es von der menschlichen Freiheit hat, und durch den
Grad, in dem es diese Meinung zur Geltung zu bringen vermag.
Innerhalb dieses weiten Rahmens aber bewegen sich die verschie-
denartigsten Einflüsse, welche nationale und partikulare Besonder-
heiten erzeugen. Die Systeme eines Colbert oder eines Adam
Smith, sind sie auf blinde Naturkräfte oder auf einen bestimmten
Grad menschlicher Einsicht und menschlicher Anschauung zurückzu-
führen? Die Antwort wird nicht schwer fallen für den, der in den
Geist eines Volkes einzubringen vermag.

Mancher Leser möchte vielleicht die Frage, ob die volkswirthschaftlichen Gesetze als Naturgesetze anzusehen seien oder nicht, für
eine überflüssige Subtilität zu erklären geneigt sein. Allein diese
Controverse hat einen sehr praktischen Kern und muß, je nach ihrer
Entscheidung, unserer Wissenschaft eine gänzlich verschiedene Tendenz geben. Erstens, wenn die Wirthschaftsgesetze Naturgesetze
sind, dann sind alle volkswirthschaftlichen Fragen auf das Gebiet
der sog. Natur- oder angebornen Menschenrechte hinübergeführt,

wornach jeder Einzelne das heilige Recht hat, Alles zu thun, wozu er die factischen Mittel besitzt; das Grundprincip der Volkswirthschaft wird somit die Einzelwillkür oder, mit anderen Worten, der unbeschränkte Egoismus des Stärkeren. Oder, da die natürlichen Menschenrechte doch einen gewissen realen Inhalt haben müssen, so hat jeder Einzelne ein heiliges Recht, von der Gesellschaft die Garantie und Versorgung seiner Einzelexistenz zu verlangen: mit anderen Worten, die natürliche Volkswirthschaft basirt auf Socialismus oder Communismus. Zweitens, sind die Wirthschaftsgesetze Naturgesetze, so sind sie auch unumstößlich und für alle Zeiten, Völker und Verhältnisse wahr. Damit unterwirft man die Volkswirthschaft aller Völker und Staaten ohne Rücksicht auf ihre besondere historische Entwicklung und nationale Tendenz einer einzigen uniformen Schablone und vernichtet die reiche Manichfaltigkeit des Staaten- und Völkerlebens. Hieher gehören auch alle jene Systeme, welche man unter dem Vorwand von Naturgesetzen, ungeachtet aller Verschiedenheiten der Staatsverfassung oder der Culturstufe, den Völkern zur Nothwendigkeit machen will, wie Freihandel oder Schutzsystem, sowie Theilbarkeit oder gesetzliche Gebundenheit des Grundeigenthums u. s. w., durch welche die Staaten der Gefahr der Auflösung aller ihrer historischen Elemente preisgegeben werden. Drittens, sind die Wirthschaftsgesetze Naturgesetze, so sind auch alle ihre Folgen natürlich und unabwendbar und das Geschick der Menschheit unterliegt einem blinden Fatum, gegen dessen Walten die menschliche Thatkraft und Einsicht vergeblich ankämpft. Armuth, Elend und Calamitäten aller Art sind hienach ein natürliches Erbtheil der Menschheit und es ist vergeblich, nach Mitteln und Wegen zu forschen, um das Wohlbefinden Aller herbeizuführen. Die Consequenzen des Naturgesetzes, die sich leicht noch weiter vermehren ließen, sind somit je nach den Folgerungen, die daraus gezogen werden, Willkür, Auflösung und Fatalismus. Mit jedem „Naturgesetz", das gefunden wird, verengert sich das Gebiet der menschlichen Freiheit und des menschlichen Verstandes, und den Menschen bleibt keine andere Wahl, als es sofort zu vollstrecken oder sich des Unheils gewärtig zu halten. Darum sind die Naturgesetze und ihre Herolde so strenge Tyrannen der Völker. Daher rührt auch jene graufame Gleichgültigkeit gegen Bedrängniß und Elend, welches namentlich über die Arbeiter durch Einführung einer neuen Maschine, durch einen neuen Zolltarif, durch overtrading ꝛc. „vorübergehend" gebracht wird; man tröstet sich und sie damit, daß sie unter einem Naturgefetz leiden und daß das Naturgefetz von felbft wieder heilen wird. Und so muß die Volkswirthfchaft immer zwischen Naturgefetzen, wie zwifchen Schlla und Charybbis, hindurchfegeln und der Staat soll ruhig zufehen, wenn auch noch so viele Schiffbrüchige und Verunglückte an's Land geworfen werden.

Man kann, wie dies neuerdings der Amerikaner Carey in anregender Weife durchgeführt hat, die volkswirthfchaftlichen Gefetze mit den Gefetzen der phyfifchen Welt vergleichen und große Aehnlichkeiten zwifchen beiden herausfinden. So kann man den Großbetrieb mit den Gefetzen der Attraction oder der Centripetalkraft, das Gefetz des Werthes mit dem Gefetze der Schwerkraft, die Strömungen der Preife mit den Strömungen der Flüffigkeiten vergleichen u. dgl. m. Allein das find logifche Abstractionen oder Bilder zur größeren Verdeutlichung, und infofern haben diefe Hülfsmittel der Theorie einen nicht zu verachtenden wiffenfchaftlichen Werth. In der Sache felbft wird damit Nichts entfchieden; denn die Volkswirthfchaftslehre ift eine Wiffenfchaft menfchlicher Handlungen, nicht unbewußt treibender Kräfte, und ein wirthfchaftlicher Hergang wird dadurch noch nicht gerechtfertigt, daß er einem Naturproceß gleicht. Die natürliche Harmonie der wirthfchaftlichen Dinge oder Intereffen, welche damit gewöhnlich bebucirt werden will, löft sich daher in angenommene Harmonie des theoretifchen Syftems auf, welches von einem Verfaffer vorgetragen wird.

II. Geschichte der Wissenschaft.*)

§ 5.

Vorbemerkung.

Bevor wir zur Darstellung der in der Gegenwart als richtig erkannten und in der Praxis mehr oder minder zur Geltung gelangten volkswirthschaftlichen Gesetze selbst übergehen, wird es zweckmäßig sein, vorher einen kurzen Ueberblick über die Entwicklung der Wissenschaft zu geben, um hieburch ein leichteres Verständniß und eine höhere Auffassung der vorzutragenden Lehren und ihrer Bedeutung für das Leben der Völker vorzubereiten. Wie man am besten das Sein aus dem Gewordensein begreift, so kann man auch eine Wissenschaft nur dann ganz verstehen und sich des Sinnes und der Tragweite ihrer Lehrsätze bewußt werden, wenn man weiß, welche Ansichten in früheren Zeiten von den bedeutendsten Denkern und gebildetsten Völkern gehegt und gepflegt wurden, welche Irrthümer zu überwinden waren, um immer höher zur Wahrheit emporzubringen, und welche Zielpunkte von Anfang an bei der Bearbeitung eines solchen selbständigen Wissenszweiges den Geistern vorschwebten. Auch die Nationalökonomie mußte sich aus kleinen Anfängen herausbilden, lange Zeit hindurch blieb sie wenig verstanden und wenig bearbeitet, bis endlich merkwürdige Ereignisse und schöpferische Denker die Bahn brachen und der Lehre vom Wirthschaftswesen eine selbständige und ehrenvolle Stellung unter den übrigen Wissenschaften eingeräumt wurde. So gelangte man

---

*) Wir folgen in der nachfolgenden historischen Skizze im Wesentlichen, was Alterthum und Mittelalter betrifft, dem dankenswerthen Werke von Kautz

allmählig zur Erkenntniß eines ganzen Systems enge zusammen-
hängender, höchst wichtiger und staunenswerther Gesetze, die lange
Zeit im Verborgenen gewirkt hatten und deren tiefere Erforschung
und Begründung zu den wichtigsten Aufgaben der modernen Gei-
stesentwicklung gehört.

§ 6.

Von den volkswirthschaftlichen Ansichten des Alterthums.

Im ganzen Verlauf des Alterthums gab es keine selbständige
Volkswirthschaftslehre; erst gegen den Schluß desselben bildete
sich eine solche oder vielmehr ein Versuch zu einer solchen heraus,
der jedoch, was das Ganze der Wissenschaft betrifft, nicht weit
über die ersten Anfänge hinaus kam und nur in einzelnen Lehren
von tieferem Verständniß zeigte. Immerhin aber haben die Wirthschaftsgesetze doch auch schon die hervorragenden Geister des Alterthums in höherem Grade beschäftigt, als man früher anzunehmen
gewohnt war.

1. Die volkswirthschaftlichen Ansichten der alten orientalischen Völker, die wir hauptsächlich aus den Ueberlieferungen
ihrer heiligen Bücher kennen, bieten nur sehr unvollkommene, vielfach kindliche Anschauungen. Es sind fast nur Vorschriften über
die Tugenden des Fleißes, der Mäßigkeit und Sparsamkeit, über
die Verachtung des Reichthums, der nur durch gute Anwendung,
zur Unterstützung nothleidender Mitmenschen oder zum Glanz der
Gottheit lobens- und wünschenswerth sei. Gewerbe und Handel
werden fast durchgehends verachtet; dagegen der Ackerbau wird hoch
geehrt und stieg auch bei manchen Völkern, z. B. bei den Egyptern,
zu rühmlicher Blüthe empor. Die Arbeitstheilung kam vorzugsweise in der Gestalt des starren Kastenwesens zur Geltung, welches
dem freien Aufschwung hemmende Fesseln anlegen mußte. Man
findet aber auch, z. B. bei alten chinesischen Gelehrten und Staats-
männern,*) eine ungewöhnlich tiefe Einsicht in die Natur des Han-

---

*) Eine interessante Skizze über die Entwicklung der chinesischen Grund-
besitz- und Bevölkerungsverhältnisse, welche besonders zeigt, wie jenes Land
Jahrtausende hindurch unter communistischen Irrthümern litt, findet sich von

dels und des Geldes, welch letzteres als Zeichen und Aequivalent eines bestimmten und allgemein anerkannten Werthes, als die Seele und das eigentliche Triebrad der Circulation bezeichnet wird. Ueber die inneren Gesetze der Gütererzeugung hatten die orientalischen Völker nur dunkle, instinctmäßige Vorstellungen; die Bedeutung des Capitals, als des einen großen Factors der Production, kannten sie gar nicht, besser schon urtheilten sie über die segensreichen Wirkungen nüchterner, thätiger Arbeit. Bemerkbar ist bei allen Völkern des Orients ein durchgreifender fatalistischer Hang zur blinden Unterwerfung unter den Willen der Gottheit; wem die Gottheit wohl wolle, dem werde der Reichthum schon von selbst zufließen; die Armuth, überhaupt die Ungleichheit des Vermögens sei Folge des in einem früheren Leben geführten sündhaften Wandels und müsse mit Geduld und Ergebenheit getragen werden. —

2. Die Volkswirthschaft der Griechen war blühender und vielseitiger und sie haben es, unterstützt durch ihre reichen Naturanlagen und ihre überaus günstige maritime Lage, zu glänzender Macht und großem Reichthum gebracht. Doch krankte ihr staatliches und sociales Leben an unruhigem Ehrgeiz und Parteihader, an immer steigender Genußsucht und Unterschätzung des arbeitsamen bürgerlichen Fleißes, endlich besonders an dem, freilich ihren bedeutendsten Denkern nothwendig scheinenden, unsittlichen Institut der Sclaverei, welches die gleichmäßige Ausbildung und Theilnahme aller Volksglieder an Wohlstand und Freiheit verhinderte. Ihre vorzüglichsten Schriftsteller, von denen uns volkswirthschaftliche Ansichten hinterlassen wurden, sind Plato, Xenophon und Aristoteles.

In seiner „Republik" stellt Plato das Ideal eines Gemeinwesens nach communistischen Grundsätzen auf. Er verlangt die Uebertragung der Regierung an die Philosophen und Weisen, Einführung der Güter= und Weibergemeinschaft, gemeinschaftliche Erziehung der für tauglich befundenen Kinder und damit zugleich Auflösung des Familienlebens. Die Bevölkerung will er in drei Hauptclassen eingetheilt wissen: Herrschende, Krieger und Ge=

Maron in der Vierteljahrsschrift für Volksw.= und Culturgesch. herausg. von Faucher 1863. Heft 1. S. 28 ff.

werbtreibende; der Ertrag des Bodens soll zu drei Theilen unter die freien Bürger, die Sclaven und die Fremden vertheilt werden. — In dem Buch „über die Gesetze" gibt Plato eine mehr an die Wirklichkeit des Lebens sich anschließende Darstellung seiner volks= wirthschaftlichen Anschauungen. Er bekundet in Manchem tiefe Einsicht und großen Scharfsinn; besonders ist die antike Reinheit und Strenge seiner politischen Grundsätze hervorzuheben. Reich= thum ist ihm Mehrhaben als Andere; die Güter theilt er ein in menschliche (Gesundheit, Schönheit, Stärke, Reichthum) und gött= liche (Weisheit, sittliche Kraft und Mäßigkeit); dann in Güter zum Luxus und Genuß und in solche zum Erwerb und Gewinn. Klar war ihm die Bedeutung der Arbeit und der Arbeitstheilung; doch lag ihm die moderne Ausbildung der letzteren ferne. Geld nennt er das Verkehrsmittel, als Zeichen und zum Behuf des Tausches. Der Umlauf der Güter und die Dienstleistungen der Handeltrei= benden hiebei blieben ihm nicht unbekannt; er scheut sich aber nicht, im Interesse der Erhaltung eines gesunden Gemeinwesens und einer starken Staatsgewalt dieser letzteren ein ausgedehntes Be= vormundungsrecht über Handel und Gewerbe einzuräumen, auch gibt er eine Reihe von Vorschriften behufs der Ordnung und des Betriebes der Landwirthschaft. Er anerkennt zwar den Trieb nach Eigenthum, huldigt aber der Idee einer möglichsten Vermögens= gleichheit und will die Größe des Staatsgebiets, sowie die Be= völkerung auf ein bestimmtes Maß beschränkt wissen; der Verkehr mit dem Ausland soll so organisirt sein, daß er die Reinheit der Sitte und den nationalen Volkscharakter nicht gefährde. —

Weniger tief, aber positiver und practischer ist Xenophon, der in seinen Schriften über Cyrus, über die hellenische Geschichte, über Athens Einnahmen, über die Wirthschaft, die Jagd und in mehreren kleineren Abhandlungen sich mit großer Kenntniß und feinem Verständniß über wirthschaftliche Angelegenheiten aus= spricht. Auch er stellt bestimmte Definitonen auf über Reichthum (Ueberfluß an Gütern im Verhältniß zu den Bedürfnissen) und Güter (nützliche Dinge zum Leben); als gütererzeugende Kräfte erkennt er die Natur als Verleiherin der Urstoffe, dann die Arbeit, insofern sie mit Einsicht und Geschick auf berechtigte Zwecke ange= wendet wird. Auch er würdigt ganz gut die Bedeutung der Thei=

lung der verschiedenen Beschäftigungen und hat schon richtigere
Ansichten über Gewerbe und Handel, denen er größere Achtung
erweist, als die idealen Philosophen. Er ist der Erste, der das
Gesetz der Rente ahnt, nach welchem die Ausdehnung der Landwirthschaft ihre bestimmten Grenzen hat, welche durch Vermehrung
der Arbeit nicht nach Willkür ausgedehnt werden können, indem
der Ertrag des Bodens bei fortwährender Befruchtung mit gütererzeugenden Kräften allmählig abnehme. Den Ackerbau hält er
am wirksamsten in Bezug auf die Vermehrung des Vermögens und
am zuträglichsten für Geist und Körper des Menschen; er bespricht
dabei schon genauer die Bedingungen dieses Productionszweiges,
Boden-Beschaffenheit, Klima, Art und Weise der landwirthschaftlichen Arbeiten und Betriebsformen. Ueber Geld und Preis stellt
er unbefangene Forschungen an und bespricht besonders die Werth-
verhältnisse des Goldes und Silbers, welch letzterem er wegen
immer vorhandenen Bedürfnisses darnach einen constanteren
Werth zuschreibt; die Befürchtung, daß ein Land durch Ausfuhr
edler Metalle verarmen könne, theilt er nicht. Bezüglich der
Sclaverei, die er beibehalten wissen will, empfiehlt er wenigstens
milde, schonende Behandlung. —

Ungleich großartiger und erfahrener, als seine Vorgänger,
ist Aristoteles, der ja überhaupt die Wissenschaften des Alterthums in seinem eminenten Geiste zusammenfaßte und gleichsam
zum Abschluß brachte; er hat auch die ersten Anfänge einer selbständigen Wirthschaftslehre geliefert, die aber im Alterthum und
Mittelalter ohne Nachfolger blieben. Seine volkswirthschaftlichen
Theorieen finden sich in seinen drei uns bekannten Hauptwerken:
Ethik, Politik und Oekonomik. Er unterscheidet bereits als Hauptbestandtheile des Vermögens fruchtbringende und zum Gebrauche
dienende Güter, also Productions- und Genußmittel; ferner solche
Güter, die nur zum Gebrauch durch den Besitzer, und solche, die zum
Tausch bestimmt sind, also eigentliche Güter und Waaren, und knüpft
hieran den bedeutsamen Unterschied zwischen Gebrauchs- und
Tauschwerth, und zwischen einfacher Erwerbskunst oder Naturalwirthschaft und Geldgewinnkunst oder Geldwirthschaft; die letztere
bezeichnet er als einen fortgeschrittenen Zustand der Völker, als
System ausgebildeter Arbeitstheilung. Das Geld nennt er voll-

kommen richtig das durch allgemeine Uebereinkunft eingeführte
Werthmaß und Tauschmittel, eine Bürgschaft für jederzeitige
Möglichkeit des Umtausches der Güter. Sein Gebrauch sei theils
durch die Ungleichheit der Personen und Sachen, theils durch die
Natur des Verkehrs begründet, der ohne ein solches allgemein an-
erkanntes, leicht circulirendes Medium, wobei er vorzüglich an
Silber denkt, kaum gedacht werden könne. Geld und Reichthum
dürfe man aber nicht für identisch halten, da man bei großem Me-
tallüberflusse doch leicht, wie Midas, verhungern könne. Irrige
Ansichten hat er vom Capital und vom Zins; den letzteren bezeichnet und verwirft er als Ungerechtigkeit und als wucherische
Speculation, weil das Geld nicht wieder Geld gebären könne.
Die Bevölkerung theilt er ein in Ackerbauer, Handwerker und
Künstler, Handeltreibende und Arbeiter, und in solche die persönlichen Verrichtungen obliegen, wie Krieger, Priester, Richter und
Obrigkeiten; die mit dem bloßen Vermögenserwerb Beschäftigten
will er von der Theilnahme am Staatswesen ausgeschlossen wissen,
weil er ihren Beruf als des freien, edlen Menschen unwürdig
hält. Die Sclaverei billigt er und vertheidigt sie sogar durch die
Behauptung einer angeborenen niedrigeren Stellung der Sclaven;
doch ahnt er, daß künftige Zeiten sie durch Capital ersetzen könnten.
„Wenn die Stäbchen von selbst die Cither schlügen und die Weberschiffchen von selbst gingen, brauchten wir keine Sclaven mehr.“
Die Bevölkerung soll nach Aristoteles zur Größe des Staatsge-
bietes in einem bestimmten Verhältniß stehen, da eine kleine Bevölkerung mit der Unabhängigkeit und Selbstgenügsamkeit des
Staates ebenso unvereinbar sei, als eine übermäßig zahlreiche
Masse mit der Ruhe, Ordnung und Sicherheit im Innern. Daneben finden sich in den Werken dieses großen Gelehrten eine Menge
der beachtenswerthesten Ansichten über die Natur des staatlichen
und socialen Zusammenlebens, die alle mehr oder minder mit den
Wirthschaftsverhältnissen im Zusammenhang stehen und von dem
unendlichen Reichthum seiner Einsichten und Erfahrungen auf allen
Gebieten des Wissens Zeugniß geben. — Ueberblickt man diese
gedrängten Grundzüge der griechischen Wirthschaftstheorieen, so
vermißt man zwar Klarheit und tieferes Eindringen in die einzelnen Gesetze, bemerkt aber großartige Anschauungen und nament-

lich Consequenz, Characterfestigkeit und volles Bewußtsein über
die ihre wirthschaftlichen Grundsätze durchdringenden politischen
Grundbedingungen, denen man für die damalige Zeit Anerkennung
und Bewunderung nicht versagen kann. Es ist das ein Vorzug,
den das Alterthum, wie in anderen Zweigen des politischen Wissens,
so auch in dem der Wirthschaftslehre voraus hat. Die modernen Volkswirthschaftssysteme kennen keinen Staatscharacter und
Staatszweck, sondern höchstens gesellschaftlichen Character und gesellschaftliche Zwecke. *)

3. Es läßt sich denken, daß die Römer bei der vielseitigen
Ausbildung ihres Staatslebens, bei der Höhe ihres Reichthums
und ihrer Cultur und bei ihrem riesigen, sich über drei Erdtheile
erstreckenden Staatshaushalt auch in wirthschaftlichen Dingen nicht
unerfahren und kenntnißlos geblieben sein können. Indessen sind
ihre Ansichten nicht weit über die der Griechen hinausgekommen,
deren Schüler sie ja auch in vielen anderen Wissenszweigen waren.

Für die Erkenntniß ihrer volkswirthschaftlichen Anschauungen
sind besonders wichtig die Werke von Cicero, Seneca und Plinius, dann der römischen Landbauschriftsteller Cato, Varro,
Columella, endlich die Schriften ihrer ausgezeichneten Juristen
und ihre Gesetzbücher, besonders die Pandecten Justinians.

Von den Productions-Factoren Natur und Arbeit hatten sie im
Allgemeinen richtige Begriffe; insbesondere erkannten sie gut die

---

*) Beispielsweise sei nur erwähnt als Eines unter Vielem, daß die Agrar-
politik eines Staats eine ganz verschiedene sein muß, je nachdem seine Schwerkraft in der Aristokratie oder im Mittelstand ruht; dies wird von den meisten
Oekonomisten nicht beachtet, vielmehr Aufhebung aller Immobiliarprivilegien
(Familienfideicommisse, Majorate) und völlige Mobilisirung des Bodens ohne
Unterschied, aus rein wirthschaftlichen Gründen, als einer der wesentlichsten
Fortschritte hingestellt. Diese Mißachtung gesunder politischer Principien rächt
sich aber äußerst schwer. So ist z. B. Preußen wirklich ein ohnmächtiger Staat,
nicht wegen der äußeren Verhältnisse, die diesen Staat zur kleinsten Großmacht
stempeln, sondern weil die Staatsgewalt Preußens nicht auf ihrer natürlichen
Schwerkraft, der Bureaukratie und dem Mittelstand, ruht und weil äußerst
wenig geschieht, um dieselbe auszubilden, zu befestigen und zu benützen; dieses
würde anders werden, sobald die Leiter dieses jetzt so künstlich situirten
Staates aufhören würden sich zu geriren, als ob eine mächtige und stützbare
Aristokratie den Staat hielte. Der französisch-preußische Handelsvertrag ist ein
Schritt auf der hier angedeuteten Bahn, aber nur ein kleiner, und wohl un-
bewußter.

Wirkungen der Arbeitstheilung. Gewerbe und Handel waren auch bei ihnen mißachtet, am wenigsten jedoch der Großhandel, namentlich wenn der daraus gezogene Gewinn in Grund und Boden verwendet werde; denn die Landwirthschaft galt auch ihnen mit Fug und Recht als Basis des ganzen Gemeinwesens. Die Begriffe des Geldes, Credits, Preises, der Geldwirthschaft, der Steuern waren auch ihnen geläufig; so spricht z. B. Cicero in seinen Reden oft mit tiefer Einsicht von dem engen Zusammenhang der Geld- und Creditinteressen zwischen verschiedenen Ländern und weist die Verderblichkeit der Störung ihres Gleichgewichtes nach. Die Bedeutung des Capitals kannten sie nicht, indem auch sie das Zinsnehmen für verwerflich hielten, jedoch mit gesetzlichen Beschränkungen erlaubten. Beachtenswerth sind die Untersuchungen des Plinius über die Verhältnisse des Ackerbaues, über die große und kleine Cultur; er gelangt bekanntlich bei einer Prüfung ihrer staatlichen und socialen Vortheile zu dem Satze, daß das Großgüterwesen Italien zu Grunde richtete, obwohl er an sich große Güter wegen ihres größeren Reinertrages für vortheilhafter hielt als die kleineren.

Die Wichtigkeit des Landbaues und sein Einfluß auf Sittlichkeit, Bildung und Staatsmacht wurde vorzüglich von den Landbautheoretikern erkannt, welche durch Lobpreisung der Urproduction und Empfehlung der alten, kernhaften Einfachheit der einreißenden Sittenlosigkeit, der Corruption und Verschwendung und der allgemeinen socialen Auflösung des Römerreiches entgegen zu wirken suchten und ihrer Zeit gegenüber eine ähnliche Stellung einnahmen wie die Physiocraten gegenüber dem verfallenden Frankreich in der zweiten Hälfte des 18. Jahrhunderts.

In den Schriften der römischen Juristen findet man scharfsinnige und klare Andeutungen über den Umlauf der Güter, über Geld, Credit und Preis, über die Gesellschaften, die Praxis der Banken, über Einkommen und Gewinn, über Zinsfuß, productive und unproductive Verwendung u. s. w. Man stößt hier oft auf überraschend richtige Bemerkungen und tiefes Verständniß.

§ 7.

Von den volkswirthschaftlichen Ansichten des Mittelalters.

Für das Mittelalter ist vor Allem hervorzuheben die allmählige siegreiche Einführung des Christenthums, welches auf die
staatlichen und socialen Anschauungen aller Völker einen unberechenbaren Einfluß übte und einen gewaltigen Umschwung aller,
auch der wirthschaftlichen Verhältnisse bewirkte. Das Gebot der
Nächstenliebe, der Grundsatz der angeborenen Gleichheit und persönlichen Freiheit aller Menschen wurden zu leitenden Ideen, die
zwar nicht überall in ihrer ganzen Schärfe durchdrangen, aber
gleichwohl besonders unter dem mächtigen Einfluß der römischen
Kirche allen Verhältnissen mehr oder minder ihren eigenthümlichen
Stempel aufdrückten. Von einer eigentlichen volkswirthschaftlichen Theorie kann man im Mittelalter noch weniger sprechen,
als im Alterthum. Die Völker hatten genug zu thun mit dem
Wiederaufbau ihrer staatlichen und rechtlichen Ordnung, ihr Interesse war vorzugsweise den politischen und ganz besonders den
religiösen Dingen zugewendet, so daß die wirthschaftlichen Angelegenheiten vergleichsweise in den Hintergrund traten. Viele ungünstige Umstände trugen dazu bei, die mittelalterliche Volkswirthschaft und den Ideenkreis in Bezug auf materielle Dinge auf einer
niedrigen Stufe zu erhalten. So die vorherrschende Macht des
rohen, raublustigen Grundadels, der langsame Aufschwung des
Städtewesens und der bürgerlichen Handthierung, die unvollkommene Ausbeutung des Bodens, das unentwickelte Erwerbs- und
Verkehrsleben, unzählige auf den Landbau und Verkehr gelegte
Lasten, die Abgeschlossenheit der Völker und kleineren Kreise, die
mangelhaften Communikationsmittel, der niedrige Stand der welt-
lichen Wissenschaften, die vielen blutigen Fehden, Raubzüge und
Kriege. Unter solchen Umständen konnte ein ausgebildetes System
volkswirthschaftlicher Erkenntniß unmöglich sich entwickeln. Es
fehlen daher dem Mittelalter viele leitende Grundwahrheiten; so
namentlich die Einsicht in die Natur des Capitals, des Geldes,
des Einkommens und Gewinnes, des Handels, des Credits;

obwohl manche hellere Geister auch auf diesem Gebiet selbständig dachten. *)

Ueberwiegend ist in diesem Zeitalter die sittlich=religiöse Auf=faffung der Lebensverhältnisse, worauf eben die neuen Lehren der herrschenden Kirchengewalten bedeutenden Einfluß hatten. Reich=thum und Vermögen erscheinen nur bei moralischem Genuß und Gebrauch, bei Arbeit und Wohlthätigkeit als wünschenswerthe Güter und gelten nur als Stützen der Ordnung und Sicherheit; besonders wird der Reichthum als den Armen und der Kirche tributpflichtig erklärt. Die Tugenden der Mäßigkeit, Arbeitsamkeit und Sparsamkeit werden vor Allem empfohlen; auch dem Ackerbau wird die gebührende Anerkennung nicht versagt. Die Gewerbe und namentlich der Handel (als Betrug) werden vielfach mißachtet; von einem tieferen Einblick in die Erwerbs= und Verkehrsgesetze trifft man nur wenige Spuren. Eigenthümlich ist namentlich im ganzen Mittelalter die gänzliche Verkennung des Capitalbegriffs, woher sich auch das fortdauernde Verbot des Zinsnehmens, das als schändlicher Wucher gebrandmarkt wird, erklärt.

Wenn öfters behauptet wird, daß das Christenthum com=munistische Tendenzen, wie Gütergemeinschaft u. dgl., empfohlen und begünstigt habe, so kann man allerdings nicht leugnen, daß sich solche Lehren sowohl in der heiligen Schrift, als auch in vielen Werken der Kirchenväter nicht selten vorfinden; aber gewiß nicht im modernen Sinne einer gänzlichen Umgestaltung aller Eigenthums= und Familienverhältnisse, sondern nur im Gegensatz zu der in der alten Welt heimisch gewordenen crassen Selbstsucht und Genuß=liebe, welcher vom Christenthum vielmehr die Pflichten der Näch=stenliebe und der Enthaltsamkeit und der Hinweis auf die höheren Güter der Religion und Sittlichkeit entgegengestellt wurden. Ueberall wird auf die Liebe als den großen und segensreichen Hebel der Vermittlung und Aussöhnung der socialen Gegen=sätze, nirgends aber auf zwangsweise Durchführung der gleichen Gütervertheilung hingewiesen. Der Reichthum wird nur als eine

---

*) Von einer bemerkenswerthen Münztheorie des Nicolas Oresme, Bischofs von Lisieux (gest. 1382), berichtet Roscher Zeitschr. f. Staatsw. 1863. S. 305 ff.

Gefahr für die Reinheit der Sitten und für die Erlangung der Seligkeit bezeichnet.

Festere und klarere Begriffe treten erst auf beim Uebergang zur neueren Zeit, namentlich im Zeitalter der Reformation, deren Begründer und Förderer sich auch, schon in Folge der Bauernkriege, viel mit volkswirthschaftlichen Angelegenheiten beschäftigten. Auch die Lehren der Reformationszeit wurzeln jedoch noch großentheils in der Literatur der Griechen und Römer, dann in den kirchlichen Schriften und heiligen Urkunden, endlich aber auch in germanischen Anschauungen und Einrichtungen. Sie beziehen sich entweder auf bestehende Gebrechen und Mißstände oder beabsichtigen die Herbeiführung neuer, besserer Zustände.

Wiewohl die Schriftsteller jener Zeit am häufigsten von der Natur und der Arbeit als Quellen des Reichthums reden, war ihnen doch auch die Productivität des Capitals nicht unbekannt. Luther gedenkt der Vorräthe für den Betrieb der Landwirthschaft, der Verwandlungsstoffe, Arbeitsthiere, Werkzeuge, dann der Häfen, Straßen, Kanäle, deren sich der Handel bedient. Das Geld wird als ein Theil des Marktes, als das Blut des Volkes bezeichnet, das nicht nach Rom in den gierigen Seckel des Papstes, nicht nach Indien und Arabien um fremder Waaren willen hingegeben werden soll. Am besten erkennen die Natur des Geldes Macchiavelli, Pirkheimer, Calvin, welch letzterer bei Betrachtung des Zinses geradezu die Productivkraft des Capitals auseinandersetzt und die Unrichtigkeit der alten Meinung beweist, daß Geld Nichts erzeuge. Auch noch Luther läßt jedoch das Zinsnehmen nur insofern zu, als dadurch dem Wucher Einhalt gethan wird. Endlich erkennt auch Zwingli die Nothwendigkeit des Zinses als Folge des Privateigenthums an.

Sehr entschiedene Ansichten haben die Reformatoren über die Vertheilung und Verzehrung des Vermögens. Sie verwerfen allen Luxus und unnützen Glanz der Höfe und der Kirche und verlangen namentlich, daß der landbauenden Classe ihr gebührender Antheil am Bodenertrag zu Theil werde. Sie verlangen die Einziehung der Kirchengüter, die Ablösung oder Milderung mancher auf dem bäuerlichen Grundbesitz haftenden Lasten und tadeln strenge die Höhe der Abgaben und die Härte in der Beitreibung derselben.

Mit dem Lichte, das die Reformation über alle Lebensverhält=
nisse und über die Wissenschaften verbreitete, ging auch bald ein be=
deutender Umschwung in den Lehren von der Volkswirthschaft vor
sich. Schon vorher hatten großartige Ereignisse, wie die Kreuzzüge,
die Entdeckung Amerika's und des ostindischen Seeweges, die Erfin=
dung der Buchdruckerkunst, die Verwaltungsreformen bedeutender
Fürsten, z. B. Friedrich II. in Neapel, die Aufmerksamkeit und
den Forschergeist aller Denkenden auf sich gezogen. Man begann,
befreit von dem geisttödtenden Druck der alten Scholastik, freiere,
tiefere Untersuchungen anzustellen, welche durch die neuen Verhält=
nisse begünstigt und durch den erweiterten Aufschwung der wirth=
schaftlichen Verhältnisse selbst hervorgerufen wurden. So bildeten
sich allmählig feste Systeme aus, welche zu bleibenden Grundlagen
der Wissenschaft wurden, und ausgezeichnete Geister aller civilisirten
Nationen beschäftigten sich fortan mit der Lösung der schwierigen
Fragen, von deren richtiger Beantwortung die Macht und der
Wohlstand der Völker in so hohem Grade abhängig ist.

§ 8.

Vom Mercantilsysteme.

Das Mercantilsystem, auch Handels =, Monetarsystem,
Colbertismus genannt, verdankte seine Entstehung der europäischen
Staatspraxis des 17. und 18. Jahrhunderts. Die glänzenden
Beispiele der Hansa und der norditalienischen Städterepubliken,
besonders Venedig's, Genua's, Pisa's, hatten gezeigt, daß die
Hebung der inländischen Industrie und des auswärtigen Handels
sehr erfolgreiche Mittel seien, um den Reichthum und die Macht
der Staaten auf eine hohe Stufe zu bringen. Diese Lehre wurde
von dem weltbeherrschenden deutschen Kaiser Karl V. eifrig be=
folgt, welcher Industrie und Handel in strenge Zucht nahm und
durch eine Menge von Maßregeln zur Begünstigung der einheimi=
schen Production und Bekämpfung der fremden Concurrenz den
Handelsreichthum in seinen Landen festzuhalten suchte. Die Por=
tugiesen und Holländer hatten durch ihren Colonialbesitz und ihr
Uebergewicht zur See schon längst die Eifersucht der übrigen Natio=

nen geweckt; der Protector Cromwell suchte dieses Uebergewicht besonders durch die berühmte Navigationsacte*), welche den englischen
Schiffen das Monopol in England und seinen Colonieen einräumte,
auf die Seite Englands hinüberzuziehen. Am ausgedehntesten
und schöpferischsten aber brachte das System der staatlichen Regelung und Monopolisirung der große Finanzminister Ludwig XIV.,
Colbert, zur Geltung. Er erließ eine Reihe von polizeilichen,
wirthschaftlichen und finanziellen Vorschriften, welche alle den
Zweck hatten, Frankreichs Industrie und Handel auf die höchste
Stufe der Vollendung zu bringen und vor dem Drucke erfolgreicher
fremder Concurrenz zu sichern. Als Mittel hiezu galten ihm vor
Allem der Ausschluß oder die Erschwerung der Einfuhr fremder Fabrikate, die Verschaffung wohlfeiler in- oder ausländischer
Rohstoffe und eine Menge directer Begünstigungen der inländischen
Industrie durch Zölle, Privilegien und Prämien der manichfaltigsten Art, womit er, um ihr das Uebergewicht auf fremden Märkten
zu sichern, eine stete strenge Aufsicht und Bevormundung verband.
Der Ackerbau und der innere Handel erschienen ihm vergleichsweise weniger wichtig, dagegen Schifffahrt und Ausfuhrhandel der
höchsten Beachtung werth, weil von ihrer Blüthe hauptsächlich die Vermehrung des Reichthums und der Macht der Staaten
und ihrer Herrscher abzuhängen schien. Hiezu kam dann ein
wohl ausgedachtes System von Beförderungen jener Erwerbszweige durch möglichst kluge Handels- und Schifffahrtsverträge,
durch Gründung von privilegirten überseeischen Handelsgesellschaften, durch Erwerb vortheilhafter Colonieen und Ausbeutung
ihrer Erzeugnisse zu Gunsten des Mutterlandes. Das äußere
Kennzeichen des erstrebten Uebergewichts erblickte man vorzüglich
in dem Stande der sog. Handelsbilanz, d. h. in dem Verhältnisse
der Einfuhr zur Ausfuhr, und man hielt diese nur dann für günstig,
wenn immer mehr Manufacturwaaren aus- als eingeführt würden, weil dann der Ueberschuß zu Gunsten des Inlands in edlen
Metallen vergütet werden müsse. Denn Hand in Hand mit allen
diesen Grundsätzen ging eine ungemeine Ueberschätzung des Wer-

---

*) Beschlossen vom Parlament im Jahre 1651; schon vorher hatten
Heinrich VII. und Elisabeth Gesetze in dieser Richtung erlassen.

thes der edlen Metalle, in welchen man den wahren Reichthum
erkennen zu müssen glaubte, weil man von der Schätzung des Vermögens der Einzelnen in Geld unbedenklich den Schluß auf den
Nationalreichthum zog. Geld allein, sagte man, werde nicht verzehrt, der in ihm enthaltene Werth bleibe immer dem Lande erhalten; es werde aber immer wieder ausgegeben und der so hervorgerufene Umlauf wirke überall befruchtend auf die Production
und damit die Reichthumsvermehrung; auch könne man mit Geld
am leichtesten jeder Zeit die Waaren des Auslandes kaufen.*)
Man hielt also diejenigen Völker für die reichsten und am meisten
fähig, ihre Bevölkerung und Macht zu erweitern, bei denen die
größte Geldmenge fluctuire, und dies sei nur möglich bei blühendem Gewerbfleiß und Handel. Auch bedürfe der Staatsschatz
fortwährend großer Geldsummen, besonders zur Führung von
Kriegen. Durch den Geldumlauf werde endlich die Consumtion
befördert und diese sei sowohl von Seiten der Privatpersonen als
des Staats und der Fürsten in ausgedehntem Maße wünschenswerth, weil das Geld, das unter die Leute komme, dem Lande
nicht verloren gehe und über alle Theile des Volkes einen reichen
Nahrungsstand verbreite.

Man kann nicht leugnen, daß in diesem System, welches von
allen Staaten theils begierig nachgeahmt, theils, wo es schon bestand, erweitert und befestigt wurde, große Fortschritte gegenüber
der Vergangenheit lagen. Der wirthschaftliche Blick erweiterte sich
ungemein und man begann jetzt erst zu ahnen, welche ungeheure
Reichthumsquellen in den früher so verachteten bürgerlichen Er-

---

*) Auf die Spitze getrieben findet sich diese Richtung des Mercantilismus
z. B. in einer Vorstellung der spanischen Kortez an Philipp II. vom Jahre
1593, worin es unter Anderem heißt: „Die Kortez von Valladolid vom Jahre
1586 baten Ew. Majestät, nicht ferner die Einfuhr in das Königreich zu erlauben von Kerzen, Glaswaaren, Bijouterieen, Messern und ähnlichen Dingen,
die vom Auslande kommen, um diese dem menschlichen Leben so unnützen
Dinge auszutauschen gegen Gold, als ob die Spanier Indianer wären." —
In Frankreich war die Ausfuhr und das Einschmelzen von Münzen bei
Galeerenstrafe verboten; doch hat die Regierung selbst mitunter erstere theils
erlaubt, theils stillschweigend geduldet. (Necker, l'administrat. des finances
en France III. cap. 7.) Aus Colbert's Verwaltung ist besonders hervorzuheben der Zolltarif von 1664, verschärft 1667.

werbszweigen liegen. Die Periode, in der diese Grundsätze herrsch=
ten, war unzweifelhaft eine glänzende, welcher die Nachwelt wegen
der mitunterlaufenen Irrthümer ihre Bewunderung nicht versagen
kann. Man verdankt ihr den großen Aufschwung der Gewerbe und
des Handels, die Anerkennung der Wichtigkeit des Bürgerfleißes für
das Staatswesen, die Befreiung von der althergebrachten Macht
des ungebildeten Grundadels, von der starren Abgeschlossenheit
der Staatsgebiete, und durch dieses System ward auch der Einfluß
des Bürgerthums, des dritten Standes, auf die staatlichen Ange=
legenheiten zuerst fest begründet. Damit mußte allerdings Hand in
Hand gehen die Erstarkung der absoluten Fürstenmacht mit ihren
Folgen, der politischen Eifersucht und Bevormundung, vielen blutigen
Kriegen nach Außen und Willkürlichkeiten im Innern, Ausbeu=
tung des Volksreichthums zu Gunsten der Staatskasse; aber die
bürgerlichen Kräfte lernten sich fühlen und erstarkten und errangen
sich bleibendes Gewicht gegenüber den Vorrechten der Geburt und
der Kirche.   Die mehr theoretischen Irrthümer von der Handels=
bilanz und dem Geldreichthum sind jetzt allerdings in ihrer Ueber=
treibung leicht zu widerlegen,*) allein die tiefer liegenden Grundsätze
von der hohen Bedeutung der Gewerbsindustrie, des Ausfuhrhan=
dels und der Geldwirthschaft sind noch heutzutage die herrschenden;
und jedenfalls ist es unbillig und unhistorisch, mit Adam Smith
zu sagen, daß die modernen Staaten nicht wegen, sondern trotz
dieses Systems reich und mächtig geworden seien.   In jedem
System liegt der Keim des Verfalls und dieser stellt sich ein, wenn
es seine nothwendigen Voraussetzungen verliert und ausartet.
Solche Keime des Verfalls waren allerdings die Unterschätzung
des Ackerbaues und des Binnenhandels, die immer weiter gehende
Bevormundung und Monopolisirung, die übermäßige Ausbreitung

---

*) Aus England wurden (nach Hübner) allein in den Jahren 1848—57
an Gold und Silber nahezu 162 Millionen Pf. St. ausgeführt und doch ist
dies eine Periode, in der der Reichthum dieses Landes eine ungeheure Ver=
mehrung erfuhr. Uebrigens hat man, nach dem Vorgange Ad. Smith's,
die Bedeutung der Handelsbilanz doch zu sehr unterschätzt; der Vorrath und
die Wohlfeilheit des Geldes in einem Lande sind durchaus nicht so unwichtige
Dinge, wie es von Manchen dargestellt wird. (s. § 49 und 69). Nur darf
die Regierung nicht direct eingreifen.

der fürſtlichen Macht über alle bürgerlichen Verhältniſſe; und auf
dieſen Punkten begann daher auch die Reaction gegen die mercan=
tiliſtiſche Praxis.

Als vorzüglichſte Schriftſteller und Anhänger dieſes Syſtems
ſind anzuführen: in Italien Antonio Serra (1613) und
Lub. Genoveſi (1769); in Frankreich J. F. Mélon (1731)
und Louis Forbonnais (1754); in England Thomas
Mun (1609), Sir Joſiah Child (1668), J. Law (1705)
und J. Steuart (1767); in Deutſchland Caspar Klock
(1651), Ludw. v. Seckendorf (1656), v. Schröder (1686)
und v. Juſti (1755); in Spanien Ulloa (1740) und J. Uſtariz
(1740).

§ 9.

Vom Naturſyſtem.

Es konnte nicht fehlen, daß gegen eine ſo vorherrſchend auf
Bereicherung gerichtete Staatspraxis und die damit verbundenen
Uebel, wie Verfall des Ackerbaues, Verſchwendung der Höfe und
der Finanzen, Entſittlichung der reichen Klaſſen, Zerrüttung des
Staatshaushaltes durch große ſtehende Heere und langwierige
Kriege, drückende öffentliche Laſten, Willkür und ſchrankenloſen
Despotismus der Verwaltung bei ſteigender Bildung und Erkennt=
niß allmählig lauter Widerſpruch erhoben wurde. Wie man um
die Mitte des vorigen Jahrhunderts, müde der fürſtlichen Ehrgeiz=
und Willkürherrſchaft, überſättigt durch raffinirte Genüſſe und
erſchreckt durch die frivolen Ausſchreitungen überſelbſtändiger
Geiſter, ſich auch auf anderen Gebieten des öffentlichen und Cul=
turlebens nach der Reinheit und Freiheit des natürlichen Zuſtan=
des zurückſehnte, ſo wollte man auch in der Volkswirthſchaft der
Natur als einziger Reichthumsquelle die entzogene Herrſchaft wie=
der einräumen. Aus dieſem Grundſatz entſprang ein berühmtes
Syſtem, das phyſiokratiſche oder Naturherrſchaftsſyſtem, welches
dem Leibarzte Ludwig XV., Franç. Quesnay (1694—1774),
ſeine Entſtehung verdankt. Es gelangte zwar zu keiner durch=
greifenden Geltung in der Praxis, ſtieß jedoch viele Irrthümer
und Mißbräuche der entarteten Mercantilpraxis um und eröffnete

eine neue Bahn für die freie, wissenschaftliche Forschung; hierin
besteht hauptsächlich sein Verdienst.

Der Hauptsatz dieses Systems ist, daß die Natur, d. h. Grund
und Boden, die einzige Reichthumsquelle sei, weil sein Anbau allein
vermöge der im Boden wirkenden Naturkräfte einen reinen Ueberschuß über die aufgewendeten Kosten ergebe. Die landbauende
Classe sei daher allein productiv, und hiezu werden die Grundeigenthümer, die Zehentberechtigten und das Staatsoberhaupt gerechnet; alle übrigen Dienstleistungen, namentlich auch Gewerbe
und Handel, seien unfruchtbar, steril, weil sie nur eine Umwandlung bereits vorhandener Güter bewirkten, aber keine neuen erzeugten; hier könne man also nur Gewinn machen, wenn Andere
verlieren, allenfalls auch durch Ersparung am nothwendigen
Aufwande. Der Reichthum eines Volkes bestehe daher nur in
seinem Grundeigenthum, nicht in Geld; denn das letztere könne
man nur erlangen durch Hingabe anderer, bereits im Volksvermögen befindlicher Güter. Wer bei diesem Tauschhandel gewinne,
das In- oder das Ausland, das hänge von den Umständen ab.
Daraus wird gefolgert, daß der Landbau allein Begünstigung
und Beförderung von Seiten der Regierung verdiene, insbesondere
durch Befreiung von allen darauf ruhenden Lasten und Verkehrs-
hindernissen; für die sterilen Productionszweige wird aber gleichfalls Aufhebung aller Schranken, also vollkommen freie Konkurrenz
(laissez faire, laissez passer) gefordert, weil dies die Kosten
vermindere und also zur Erzeugung möglichst wohlfeiler und guter
Waaren beitrage. Alles dies bewirke einen Aufschwung der Gewerbe und eine Vermehrung der Bevölkerung; die letztere sei aber
nicht um jeden Preis zu wünschen, weil es vielmehr auf das wirkliche Wohlbefinden, als auf die Zahl der Volksglieder ankomme.
Die productive Classe sei allein mit ihren Personen und ihrem
Vermögen für den Staat „disponibel"; sie allein sei fähig und im
Stande, im Staats-, Kirchen- und Kriegsdienst und in den gelehrten Berufszweigen zu wirken, und sie allein sei auch vermöge ihres
ausschließlichen Reineinkommens steuerfähig. Daher wird eine
einzige Steuer und zwar die Grundsteuer als das Ideal des
Staatshaushaltes erklärt. Der Wohlstand der landbauenden
Classe sei also eine Grundbedingung für die Staatswohlfahrt:

4*

„pauvres paysans, pauvre royaume; pauvre royaume, pauvre roi!" Der Staat müsse sich von jeder Bevormundung und jedem willkürlichen Eingreifen in die Erwerbsverhältnisse der Unterthanen lossagen; die natürliche Ordnung der Dinge sei die beste Herrscherin. Auch die Lehre von der Handelsbilanz wird von den Physiokraten verworfen, weil man immer erst untersuchen müsse, auf welcher Seite der Vortheil der Tauschparteien sei; das hänge aber von der Natur der eingetauschten Waaren ab. Zugleich wird von ihnen die Aufhebung aller Zünfte, Monopolien, Privilegien, aller Ein- und Ausfuhrverbote und besonders auch die Verbesserung der Transportanstalten im Innern verlangt. Die lebhafte Consumtion sei wünschenswerth, weil sie die Grundrente und damit das Nationaleinkommen vermehre.

Diese Grundsätze, welche von ihren Anhängern mit begeisterter Vorliebe und großem Aufwande wissenschaftlichen Geistes vorgetragen wurden, verrathen offenbar ein tieferes Eindringen in die Grundgesetze der Volkswirthschaft und sind von anerkennenswerther Reinheit und Festigkeit des Charakters durchdrungen; die Empfehlung der natürlichen Freiheit, der Anforderungen des Rechtes und der Moral trugen wesentlich dazu bei, mehr sittliche Haltung und Achtung vor der Selbstbestimmung der Einzelnen in die Verwaltung der Staaten zu bringen. Von hoher Wichtigkeit war vor Allem die Hinweisung auf die Bedeutung des Ackerbaues und die Vortheile des freien Verkehrs. Die Physiokraten gingen aber, wie alle Reformisten, zu kühn und philosophisch vor, sie nahmen mit ihren Vorschlägen zu wenig Rücksicht auf die bestehenden Verhältnisse; der eingewurzelte Geist der alten Praxis und die Macht des Bestehenden widerstand daher auch ihrem Bestreben, ihre Grundsätze zur practischen Geltung zu bringen. Ihr Verdienst liegt mehr in der geistigen Belebung der Wissenschaft und der Bahnbrechung für freie, umfassende Forschung. Ihre Irrthümer von der Productivität, dem reinen Einkommen, die Idee von der einzigen Steuer wurden überdies bald, ja fast gleichzeitig, durch höhere Fortschritte überwunden.

Vertreter des Natursystems waren außer seinem Gründer Quesnay hauptsächlich der französ. Finanzminister Turgot (Reflexions sur la formation et la distribution des richesses

1766), B. Mirabeau (Ami des hommes 1756; Philosophie rurale 1763), S. Dupont (La Physiocratie 1763); in Deutschland J. A. Schlettwein (Natürliche Ordnung in der Politik 1772), Markgraf Carl Friedrich von Baden (Abrégé des principes de l'économie politique 1773), Schmalz (Staatswirthschaftslehre in Briefen an einen deutschen Erbprinzen 1818).

§ 10.
Vom System Adam Smith's.

Der berühmte Schotte Adam Smith (1723 — 1790) wurde durch sein großes Werk: „Untersuchungen über die Natur und Ursachen des Nationalreichthums" (1776) nicht nur der Begründer eines neuen volkswirthschaftlichen Systems, des sog. Industrie-, Arbeits-, auch Freihandelssystems, sondern lieferte damit zugleich auch die erste anerkannte Grundlegung der Wissenschaft, welche sich nun erst zum Range eines selbständigen Wissenszweiges erhob und seither der Ausgangspunkt aller ökonomischen Untersuchungen geblieben ist. Obgleich seine Ansichten von seinen Nachfolgern in vielen einzelnen Punkten verbessert und erweitert und von seinen grundsätzlichen Gegnern heftig bekämpft wurden, ist doch dieses System das herrschende bis in die neueste Zeit geblieben und immer mehr wird seine Herrschaft in der Verwaltungspraxis auszubreiten gesucht.

Das große Verdienst Adam Smith's besteht vor Allem darin, daß er sich über die Einseitigkeit der früheren Systeme weit erhob und zuerst die Grundgesetze der öffentlichen Wirthschaft nach allen Richtungen hin auf ihr eigentliches Wesen zurückführte. Der Reichthum eines Volkes besteht nach ihm weder allein in Geld noch in Grund und Boden, sondern in allen nützlichen Dingen, welche zur Befriedigung menschlicher Bedürfnisse, zur Erreichung menschlicher Lebenszwecke gebraucht werden können. Die Güter, deren Gebrauchs- und Tauschwerth er wohl unterscheidet, entstehen durch menschliche Arbeit in Verbindung mit der Natur und dem Capital; aller Reichthum sei daher ein Product der Arbeit und der Natur, ein Theil davon müsse aber an den

Capitalisten abgegeben werden für die Mitwirkung des von ihm übergesparten Capitals bei der Production; so bilden sich die drei großen Einkommenszweige: Grundrente, Arbeitslohn und Capital=gewinn, deren Ursachen und Wirkungen, nach den Gesetzen des Preises, er sorgfältig untersucht. Sehr tief und scharfsinnig sind seine Lehren über die Arbeitstheilung, das Geld, das Bankwesen, den Getreidehandel, die Colonieen, wobei er sich die Widerlegung der Mercantilisten und Physiokraten zur Aufgabe gestellt hat. Nach ihm sind productiv alle Arten von Arbeit, welche Sachgüter hervorbringen, im Landbau, in den Gewerben oder im Handel, der Landbau sei jedoch am productivsten, weil hier die Natur noch unterstützend hinzutrete; unproductiv sind ihm nur die sog. persön=lichen Dienste der Staatsmänner, Richter, Gelehrten, Künstler, Dienstboten u. s. w., weil sich ihre Dienstleistung an keinem äußeren Stoff verkörpere. Jede Art des Handels sei productiv, nicht blos der Ausfuhrhandel, und bei jedem Tausche gewinnen zwei Parteien, Käufer und Verkäufer, deshalb sei der inländische Handel der productivste, weil hier beide gewinnende Theile dem Inlande angehören. Alle drei Productionszweige haben daher gleiche Ansprüche auf den Schutz und die Beförderung des Staats. Die Theorie von der Handelsbilanz, die Geldausfuhrverbote, überhaupt alle Schutz= und Prohibitivmaßregeln im Innern und nach Außen, Zünfte, Privilegien und Monopolien seien, wenige Ausnahmsfälle abgerechnet, durchaus verwerflich; sie belästigen nur den Aufschwung der Industrie, die bei freiem Verkehr am besten gedeihe, denn jeder Einzelne wisse am besten seinen Vortheil durchzuführen und daraus entspringe nothwendig der größte Vor=theil Aller. Deshalb empfiehlt er auch volle Beweglichkeit des Grundbesitzes und Freiheit im Anbau des Bodens, Aufhebung aller Beschränkungen des Getreidehandels, aller Fideicommisse und Grundlasten, besonders des Zehenten. Auch in geistigen Dingen verwirft er jeden Zwang des Staats und will die Erziehung und den Unterricht nur nach den Gesetzen der freien Konkurrenz einge=richtet wissen. In Bezug auf die Consumtion verweist er auf die Vorzüge der Sparsamkeit und Mäßigung, insbesondere in Bezug auf die öffentliche Consumtion; durch Verschwendung und Unklug=heit der Regierungen könnten die Nationen viel leichter verarmen, als durch noch so große Verschwendung der Privatpersonen. Deshalb weist er jede Einmischung des Staats in die wirthschaftlichen Angelegenheiten der Einzelnen zurück; der Staat solle nur Rechtsschutz gewähren und etwaige Hindernisse der Einzelbestrebungen hinwegräumen; die möglichst freie Konkurrenz sei das beste, ja einzige Mittel, den Consumenten die besten und billigsten Waaren zu verschaffen. Der Staat selbst solle sich jeder Production enthalten, weil er nur schlechter und kostspieliger producire als Privatleute; er solle daher auch kein eigenes Vermögen besitzen, sondern alle erforderlichen Mittel mittelst der Steuern sich verschaffen, welche nach dem Grundsatz der Gleichmäßigkeit auf die verschiedenen reinen Einkommenszweige fallen sollen.

Geht man etwas tiefer ein auf die Principien, welche diesem System zu Grunde liegen, so ist es nicht schwer, die Ursachen seines beispiellosen, immer noch andauernden Erfolges zu verstehen. Aus dem Scharfsinn und der gründlichen Klarheit seiner Darstellung, welche alle Angelegenheiten des wirthschaftlichen Lebens in ihren Bereich zog, erklärt sich noch nicht völlig dieser ungemeine Beifall, den das Werk sofort nach seinem Erscheinen fand und noch immer fortgenießt. Auch noch nicht daraus, daß die allmählige Verwirklichung seiner Lehren in der Praxis unbestritten einen günstigen, freilich auch von unheilvollen Schäden begleiteten Einfluß auf die Hebung des materiellen Reichthums der Staaten hatte; denn dieselben Erfolge hat auch das Mercantilsystem aufzuweisen, selbst da wo es in umfassendster Anwendung stand. Rühmt man es ja noch heute dem deutschen Zollverein nach, daß die Etablirung seines gemäßigten Schutzsystems die in ihm geeinigten Staaten vor commerciellem Ruin bewahrte und für die Beförderung ihres Reichthumes und ihrer Macht ein mächtiges Hülfsmittel war und ist. Und Spanien, Holland, Frankreich und England sind nach einander zu Macht, Glanz und Reichthum emporgestiegen unter der Herrschaft des Mercantilismus. Gleichwohl wird letzterer heutzutage fast einstimmig verdammt, Adam Smith dagegen wird gepriesen als Begründer und Orakel der höchsten wirthschaftlichen Weisheit. Seine Aussprüche sind zum Programm des politischen Fortschritts, der wahren „socialen Wohlfahrt" erhoben. Wir erblicken die Ursachen dieses beispiellosen Uebergewichts des Smithianismus in folgenden Grundzügen seines System:

1. Es huldigt im höchsten Grade den Freiheitsbestrebungen der Neuzeit, aber nicht der Freiheit in Gehorsam und gegliederter Unterordnung, sondern der Freiheit als Souverainetät des Einzel-Willens.

2. Es schmeichelt im höchsten Grade dem Selbstgefühl, indem es den Einzelnen als den allein rechtmäßigen und untrüglichen Richter in allen seinen Angelegenheiten proclamirt und jede Beschränkung durch die Obrigkeit nicht nur als eine Last, sondern auch als eine Schranke des Reichthums denuncirt.

3. Es bekämpft gegenwärtige Gebrechen und verspricht künftiges Glück, dadurch zieht es alle Unzufriedenen, Pessimisten und Leichtgläubigen auf seine Seite; denn die Vertheidiger des Bestehenden befinden sich immer in der Minorität.

4. Es appellirt immer nur an den Verstand, niemals an die Leidenschaften, und führt keinen offenen Kampf gegen die Grund-pfeiler der Staatsordnung; dadurch wahrt es sich den Charakter des friedlichen, besonnenen Fortschritts und vermeidet die gehässige Feindseligkeit der Tendenzen des Umsturzes.

Die Lehren Adam Smith's sind, einzelne mehr theoretische Irrthümer abgerechnet, von seinem Standpunkte aus kaum zu widerlegen; wohl aber kann sein Standpunkt selbst angegriffen werden.

Adam Smith betrachtete die Volkswirthschaft nicht vom höheren politischen, sondern vom Standpunkte des vollberechtigten individuellen Eigennutzes; er untersucht und rechnet wie ein Kaufmann, wie er ja selbst jeden Einzelnen einen Kaufmann nennt, der mit der Welt nur mittelst der allerdings vielfach verschlungenen Brücke des Tausches in Berührung tritt. Der Nutzen und der selbstbestimmende Wille des Individuums ist ihm überall das leitende Ziel für die Verwendung der nationalen Productivkräfte und nur selten läßt er sich herbei, dem Interesse des Ganzen Concessionen zu machen. Er glaubt, wenn man die Einzelnen nur völlig frei gewähren lasse, so werde daraus für die Einzelnen und auch für das Ganze der befriedigendste Zustand hervorgehen; denn das Wohl des Ganzen ist ihm nur die Summe des Wohles der Einzelnen. Wir werden später, bei der systematischen Darstellung der Wirthschaftsgesetze, Gelegenheit haben, manche Irrthümer Adam Smith's, die auch bereits von seinen Nachfolgern bekämpft wurden, im Zusammenhange zu widerlegen und zu zeigen, daß die ungehemmte Entwicklung des Einzelinteresses nicht von selbst das Wohl der Gesammtheit zur Folge hat, sondern für ganze Classen und damit für den Staat selbst sehr bedenkliche Zustände erzeugt, wofür es jedoch, wenn einmal diese Bahn betreten ist, kaum Heilmittel gibt. Die freie Arbeit und die Freiheit des Capitals sind allerdings Anforderungen, denen sich die geläuterte Bildung der Neuzeit nicht entziehen kann; aber die natürliche Harmonie der Interessen, von der in der neuesten Zeit ganz besonders wieder Bastiat declamirte, als nothwendige Folge der ungehinderten Entfaltung der Einzelkraft hingestellt, ist gewiß ein Trugbild, bei dessen Verherrlichung man die natürliche Ungleichheit der Menschen und die daraus hervorgehende Ungleichheit des menschlichen Könnens und Wollens vergißt und den Starken die Ausbeutung der, zwar formell freien, aber in der That geknechteten Schwachen überläßt. Dem einzelnen Menschen steht so nicht blos die Ueberlegenheit anderer Menschen gegenüber, die noch eher zu ertragen wäre, sondern auch die Uebermacht des Capitals, und diese erscheint gehässig, weil sie Vielen unverdient und um den Preis der natürlichen Würde der Nebenmenschen erkauft dünkt. Diese Folge ist aber unvermeidlich, weil überall die herrschenden Kräfte die schwächeren in ihren Dienst zwingen; eine Befreiung hievon aus eigener Kraft ist dabei nicht möglich, weil die Entkräftung unter der Herrschaft übler Zustände immer mehr um sich greift, wo sie sich einmal festgesetzt hat. Hier besteht denn die Gefahr, daß die Frage der Herrschaft in der Gesellschaft eine Frage der Gewalt, der thatsächlichen Ueberlegenheit wird und daß Unfreiheit, Armuth und Entsittlichung in immer abschreckenderem Gewande das bleibende Loos der dienenden Classen werden. Daher ist auch dem egoistischen Auseinanderreißen der hergebrachten organischen Verbände im Staate, welche durch beliebige Vergesellschaftungen nur unvollkommen ersetzt werden, nicht so unbedingt beizustimmen; etwas anderes ist die Abstreifung abgelebter Formen und ihre Ersetzung durch neue, welche den inneren Kern des Zusammenlebens und der Gemeinsamkeit zur volleren Geltung bringen; ohne solche aber „treiben viele von Jenen, die bei der früheren Erwerbs = und Wirthschaftsverfassung irgend welche Stützpunkte und Zufluchtsstätten fanden, sich selbst überlassen, rathlos in den bewegungsvollen Fluthen des freien Industrielebens umher." (Kautz.)

Durch seine practischen Anforderungen ist Adam Smith der mächtigste Bundesgenosse der seit 1789 permanent gewordenen Revolution, der Vertreter des Rationalismus im Wirthschaftsleben und in der Politik, der Gegner der Tradition und jeder Autorität; und, wenn man tiefer geht, auch der unmittelbare Vorläufer des Communismus. Denn von dem Satze: Jeder ist der einzig rechtmäßige Richter über sich selbst, ist nur ein kleiner Schritt zu dem weiteren: Alle Menschen sind gleich und gleichberechtigt. Denn wie kann die Souveränetät des Einzelnen mit Ungleichheit und Uebergewicht Anderer bestehen?

Es wäre jedoch andererseits ungerecht, deßhalb die hervorragenden Verdienste Adam Smith's um die Wissenschaft und um die materielle Entwicklung der modernen Staaten zu verkennen; auf dem Boden des 18. Jahrhunderts stehend, konnte er weder die ungeheure Tragweite seiner Lehren ahnen, noch auch die manichfachen Mißstände voraussehen, welche die schrankenlose Ausbeutung derselben, besonders auf der Grundlage der Arbeitstheilung und des Maschinenwesens hervorgebracht hat. Zudem ist der heutige Smithianismus durch Viele seiner Anhänger, so namentlich die sog. Manchesterpartei und ihre Nachbeter auf dem Continent, gewiß nur ein übertreibendes Zerrbild des Systems, das in dem Werke über das Wesen und die Ursachen des Nationalreichthums niedergelegt ist. Man kann vielleicht behaupten, daß sich Adam Smith, der warme Lobredner des Ackerbaues und scharfblickende Moralphilosoph, wohl ebenso entschieden gegen die Theorie des Maschinenreichthums erklärt hätte, wie er die unheilvollen Lehren vom Metall = und Colonialreichthum bekämpfte, wenn seinem kalt prüfenden Blick die heutigen Zustände vorgelegen wären. Und jedenfalls verdankt ihm die Neuzeit unendliche Fortschritte, welche für immer als höchst wichtige Errungenschaften bezeichnet werden müssen.

Adam Smith fand in allen civilisirten Ländern zahlreiche Nachfolger, welche zwar in seinem Geiste die Wissenschaft weiter bearbeiteten, jedoch fast alle bemüht waren, einzelne Lehren zu erweitern und zu vervollkommnen. In Deutschland besonders v. Jacob (Grundsätze der Nationalökonomie 1806), Graf von Soden (Nationalökonomie 1805—23), Lotz (Handbuch der Staatswirthschaftslehre 1821), v. Hermann (Staatswirthschaftliche Untersuchungen 1832), Kubler (Grundlehren der Volkswirthschaftslehre 1845), L. Stein (System der Staatswissenschaft 1852), Max Wirth (Grundz. der Nationalök. 1860), Rau (Lehrbuch der politischen Oekonomie, 6. Ausg. 1855), Schäffle (Nationalökonomie 1861), Roscher (System der Volkswirthschaft, 4. Aufl. 1861). Der letzte Schriftsteller ist besonders deßhalb hervorzuheben, weil er mit ungemeiner Belesenheit und feinem historischen Blick die relative Wahrheit der volkswirthschaftlichen Lehren je nach den geschichtlichen Zuständen der Völker nachweist und ihre Begründung nicht nur aus der abstracten Natur der Dinge, sondern vorzüglich auch aus den gegebenen Bestrebungen und Bedürfnissen der verschiedenen Culturstadien sich zur Aufgabe macht. Er gilt daher mit Recht als der verdienstvolle Begründer der deutschen historischen Schule, der dem Gewicht seiner Forschungen nur vielleicht durch einen etwas zu weit gehenden Drang, allen Anschauungen und Zuständen gerecht zu werden, Eintrag thut. *)

In Frankreich J. B. Say (Traité d'écon. polit. 1802). A. Blanqui (Histoire de l'écon. pol. 1837), J. Droz (Econ. polit. 1829), Rossi (Cours d'écon. polit. 1838), W. Storch (cours d'écon. polit. 1815, ein Deutscher), M. Chevalier (Cours d'écon. polit. 1842—50), Fr. Bastiat (Harmonies écon. 1850).

In England R. Malthus (Essay on population 1799; principles of polit. econ. 1810. Hatte besonders Verdienst

---

*) Vor allen übrigen deutschen Schriftstellern ragen v. Hermann und Rau durch Scharfsinn, wissenschaftliche Gründlichkeit und reiche Vollständigkeit der Behandlung in so hohem Grade hervor, daß ihren ausgezeichneten Verdiensten um die deutsche Nationalökonomie stets die ehrendste Anerkennung gezollt werden muß.

wegen seiner bahnbrechenden Bearbeitung der Bevölkerungslehre).
Dav. Ricardo (Princ. of pol. econ. and taxat. 1819. Scharf=
sinniger Bearbeiter der Lehre von der Grundrente und dem Ca=
pitalgewinn, besonders in Verbindung mit den Wirkungen der
Besteuerung). J. Mill (Elements of polit. econ. 1821), Mac=
culloch (Princ. of pol. econ. 1825), Torrens (Essai on the
product. of wealth. 1821), Senior (Outlines of the science
of pol. econ. 1836), J. St. Mill*) (Princ. of pol. econ.
1852), Tooke (History of prices 1838—1857).

In Italien M. Gioja (Nuovo prospetto delle scienze
econ. 1815), Scialoja (Principj della econ. sociale 1840),
Bianchini (Della scienza del ben vivere 1845).

In Nordamerika Carey (Princ. of pol. econ. 1839,
später Schutzzöllner); in Spanien Florez Estraba (Cours
éclect. d'écon. pol. 1833).**)

§ 11.
Von den Gegnern Adam Smiths.

Indem wir diejenigen Schriftsteller, welche, auf dem Boden
des Smithianismus stehend, nur dessen einzelne Lehren zu größerer
Vervollkommnung zu bringen und manche Irrthümer und Denk=
fehler des großen Meisters zu widerlegen suchen, nicht zu seinen
Gegnern rechnen und daher vorstehend unter seinen Nachfolgern
aufgezählt haben, lassen sich dagegen drei Hauptrichtungen unter=
scheiden, welche wesentlich verschiedene Grundanschauungen und
Strebeziele im Gebiete des wirthschaftlichen Lebens zur Geltung
zu bringen bestrebt sind. Es ist demnach ein dreifach verschiedener
Standpunkt, von dem aus die Grundsätze der Smith'schen Schule

---

*) Der beliebteste englische Oekonomist der Neuzeit, aber wohl über Ge=
bühr gefeiert.
**) Vorläufer von Ab. Smith waren in England Petty, Locke,
North; in den Niederlanden Peter de la Court. (Roscher, Gesch. d.
engl. Volksw.=lehre. E. Laspeyres, Gesch. d. volksw. Anschauungen der
Niederlande u. ihrer Literatur zur Zeit der Republik.) Für Deutschland kann
einigermaßen v. Sonnenfels (Grundsätze der Polizei, der Handlung und
Finanz 1765) angeführt werden.

bekämpft werden; eine Verschiedenheit, welche jedoch bei dem un=
verkennbar engen Zusammenhang der staatlichen, socialen und
wirthschaftlichen Verhältnisse nur in den Hauptpunkten scharf ge=
schieden werden kann.

1. Der politisch=kirchliche Standpunkt, welcher den
Kosmopolitismus und Materialismus der neuen Doctrin verwirft
und durch ihn die Festigkeit und Reinheit des Staatsverbandes
und die gläubige Hingabe an die sittlich=kirchlichen Interessen ge=
fährdet glaubt. Diese Anschauung bekämpft die rücksichtslose
Durchführung der selbstsüchtigen Geldwirthschaft, welche alle Per=
sönlichkeit, Gemüthlichkeit und Religion verdränge und das In=
teresse des Individuums über das des Staates setze; sie will eine
Berücksichtigung der nationalen Eigenthümlichkeiten der Staaten
im antiken und christlichen Sinne, eine schärfere Betonung des
höheren geistigen und sittlichen Moments im Völkerleben und be=
fürwortet eine Wiederherstellung der alten staatlichen Organismen
nach der Weise der alten Natural= und Lehenswirthschaft. Ver=
treter dieser ehrenwerthen und vielfach verkannten Richtung*) sind
in Deutschland vorzüglich Adam Müller (Elemente der Staats=
kunst 1809), dann Stahl und Kosegarten; in Frankreich
Villeneuve=Bargemont, Bonald, de Maistre und Mo=
reau=Christophe.

2. Der Standpunkt des Schutzes der nationalen
Industrie. Diese Partei bekämpft die Doctrin des unbeschränkt
freien Handelsverkehrs, der nur für wirthschaftlich überlegene
Völker vortheilhaft sei, und verlangt mittelst sorgfältig bemessener
Eingangszölle, welche dem jemaligen Stande der inländischen In=
dustrie angepaßt werden sollen, eine Beschützung derselben, sofern sie
entwicklungsfähig sei, vor der übermächtigen fremden Konkurrenz.
Das sei eben namentlich die stoffveredelnde Industrie, weil diese
von natürlichen Productionsbedingungen weit weniger abhänge und
weil ihre Blüthe am sichersten den materiellen und geistigen Auf=
schwung und damit die Macht und die Selbständigkeit der Natio=
nen verbürge. Diese Anschauung, welche gegenwärtig noch, etwa
mit Ausnahme Englands, in der Handelspolitik der Staaten die

*) Auch der vortreffliche Justus Möser (Patriotische Phantasieen 1774)
huldigte schon in der Hauptsache dieser Richtung.

herrschende genannt werden kann, läßt eine Rückkehr zur alten Mercantiltheorie erkennen, jedoch gereinigt von den schroffen wissenschaftlichen Irrthümern der letzteren, und unterscheidet sich von dieser, practisch, besonders durch die Verwerfung der Ausfuhr- und Durchfuhrzölle und der Verkehrs- und Erwerbschranken im Innern. Ihre mäßige und besonnene Durchführung, im Hinblick auf das endliche Ziel der Handelsfreiheit, kann auch von dem, der die Verhältnisse vom Standpunkt der practischen Möglichkeit aus beurtheilt, allein zur Aufgabe genommen werden, wobei übrigens die Berücksichtigung der übrigen Schäden des modernen Industrielebens nicht ausgeschlossen bleibt. Als ihre Hauptvertreter sind zu nennen in Deutschland Friedrich List (System der polit. Oekonomie 1841), Fränzl, Kaufmann, Brentano, Mischler; in Frankreich L. Say, Ganilh, Chaptal, Richelot, Moreau de Jonnès, Thiers; in Nordamerika Hamilton und Carey.*)

3. Der Standpunkt der gleichen Wohlfahrt aller Mitglieder des Gesellschaftsverbandes.

Schon Sismondi (Nouveaux princ. d'écon. polit. 1827) hatte mit edlem Eifer auszuführen gesucht, daß die durch die Lehren Ad. Smith's angebahnte Entwicklung der industriellen Verhältnisse die Ungleichheit in der Gesellschaft vermehre, indem die arbeitenden Classen schutz- und schonunglos den Reichen preisgegeben seien und von diesen, d. h. den Capitalisten, im selbstsüchtigen Interesse ausgebeutet würden; und er hatte eine gerechtere, menschenwürdigere Vertheilung des Einkommens verlangt, ohne jedoch die Mittel und Wege dazu von dem rein wissenschaftlichen Standpunkte aus, auf dem er sich befand, angeben zu können. Viel weiter gehen nun aber die grundsätzlichen Gegner der modernen Volkswirthschaft, welche die bestehenden Einrichtungen in Staat und Gesellschaft für von Grund aus verkehrt und verderbt halten und ihren vollständigen Neubau nach den reinen Grundsätzen der Menschlichkeit und Gerechtigkeit verlangen. Ihr Standpunkt ist

---

*) Der zuletzt genannte Schriftsteller hat sich besonders durch sein neuestes, großartig angelegtes Werk „Principles of the social science," 3 Bände, Philadelphia 1858, 1859, in welchem er als principieller Gegner der neueren britischen Theorie und des britischen Freihandelsystems auftritt, ausgezeichnete Verdienste um die Wissenschaft erworben.

der der ursprünglichen und unveräußerlichen Menschenrechte, die ihnen denn auch vorzüglich den Stoff der Argumentation liefern müssen. Die „exploitation de l'homme par l'homme" müsse aufhören. Sie wollen nicht nur Abschaffung aller Geburts = und anderer Privilegien, aller gesellschaftlichen Mißbräuche und Ver= kehrtheiten, Aufhebung der selbstsüchtigen Geldwirthschaft, des freien Erwerbs und Handels, der Konkurrenz, sondern auch Ab= schaffung des Eigenthums, des Erbrechts, der Ehe und verlangen eine einheitliche Organisation der Nationalproduction zum Zwecke einer gerechteren Vertheilung des Vermögens und Einkommens. Nicht alle Anhänger dieser Richtung gehen jedoch bis zu diesen äußer= sten Consequenzen und ebenso unterscheiden sie sich wesentlich in der Tendenz ihrer Reformvorschläge, weßhalb gewöhnlich zwei Haupt= gruppen unterschieden werden, die Socialisten und Communisten.

Die Socialisten wollen eine neue Ordnung und Leitung der Arbeit nach dem Grundsatz der Gemeinsamkeit zum Zwecke einer gerechteren Vertheilung des Nationaleinkommens. Sie behaupten, daß unter der Herrschaft der bestehenden Gesetze und Einrichtungen, welche lediglich das einseitige Interesse der Reichen und Vorneh= men bezweckten, die arbeitenden Classen ausgebeutet und nicht nach ihrem wahren Verdienst belohnt würden. Der Antheil der Ar= beiter an Reichthum und Wohlfahrt müsse größer, jeder Einzelne müsse nach seinen Werken und Fähigkeiten belohnt werden. Zu diesem Ende wird nun eine mehr oder weniger weit gehende Umge= staltung der Gesellschaft verlangt. Die Anhänger des St. Simo= nismus (St. Simon, Système industriel 1821—23; Bazard, Exposition de la doctrine de St. Simon 1830) wollen die Her= stellung eines industriellen Staates mit einer theokratischen Re= gierungsgewalt an der Spitze, in welchem das Erbrecht aufgehoben ist und die Arbeit, die Jedem nach seinen Fähigkeiten zugetheilt und nach seinen Leistungen belohnt werden soll, *) die einzige Be= rechtigung gewährt. Die Fourieristen (Charles Fourier, Nouveau monde industriel 1829; Théorie des quatre mouve= ments 1808; V. Considérant, Destinée sociale 1836) erstreben die Errichtung einer Menge gleichartiger, industrieller Gemein=

---

*) A chacun selon sa capacité, à chaque capacité selon ses oeuvres.

wesen, in welchen mittelst Anwendung der ausgebreitetsten Theilung, Vereinigung und Abwechslung der Arbeit und der Consumtion mit leichter Mühe der höchste Reichthum hervorgebracht werde und zu $5/12$ an die Arbeit, zu $4/12$ an die Intelligenz und zu $3/12$ an das Capital vertheilt werden solle. Louis Blanc endlich (Organisation du travail 1840) verlangt die Aufhebung aller Konkurrenz und des Handels und will, daß die Regierung die oberste Leitung der gesammten nationalen Production übernehme, um der nur im selbstsüchtigen Interesse geleiteten Privatindustrie den Boden zu entziehen, welche vielmehr gleichfalls auf dem Wege der Association sich allmählig der Oberleitung des Staates unterwerfen müsse. In den zu diesem Ende zu gründenden Nationalwerkstätten solle Jedem das natürliche „Recht auf Arbeit" gewährleistet und ein bestimmtes Existenzminimum unabhängig von den Schwankungen des Marktes zugesichert werden. (§ 91. 92.)

Während die Socialisten nur die Durchführung der ihnen vorschwebenden natürlichen Gerechtigkeit anstreben, sind die Vorschläge der Communisten auf unmittelbare Herstellung ihres Ideals, der natürlichen Gleichheit aller Menschen gerichtet. Sie verlangen nicht nur eine Organisirung der Arbeit, sondern sofort eine Organisirung des Genusses selbst; denn aus der natürlichen Gleichheit der Menschen folge auch nothwendig der gleiche Anspruch Aller auf die Genüsse des Lebens. Es soll daher Alles gemeinsam sein und jeder Vorzug der Einen vor den Andern aufgehoben werden; ja die Erziehung soll selbst die natürliche Ungleichheit der Individuen beseitigen, indem den von Natur Begabteren eine schlechte, und den Minderbegabten eine gute Erziehung auf Staatskosten gegeben werden solle. Hieran schließen sich denn die Vorschläge der vollständigen Gütergemeinschaft, Aufhebung des Geldes und Handels, des Privateigenthums und Erbrechtes; nach Manchen sollen sogar die Frauen gemeinsam sein und alles Familienleben aufhören; die Kinder seien nach gemeinsamen Grundsätzen von Staatswegen zu erziehen. Die Arbeit soll den Einzelnen von der obersten Gewalt zugewiesen und durch Abwechslung und höchste Ausbildung des Gemeinsinnes, der völlig an die Stelle des Privategoismus treten muß, möglichst erfolgreich gemacht werden. Die Mittel, um zur Verwirklichung dieser Ideeen zu gelangen, gestalten sich bei den ein=

zelnen Anhängern des Communismus verschieden. Der Engländer Owen (New views of society 1812) verlangt die Einrichtung kleiner über das ganze Land zerstreuter industrieller Etablissements, in welchen jede Ungleichheit beseitigt werden und besonders die Erziehung der Kinder nach den neuen Reformgrundsätzen die Ausführung des idealen Planes vorbereiten solle; der Revolutionär Baboeuf (Tribun du peuple; 1796 hingerichtet) will sich des Umsturzes und der Gewalt bedienen; dagegen der gemäßigtere Cabet (Voyage en Icarie 1840) hofft das Meiste von friedlicher Agitation und Ueberredung; „in seiner Darstellung wird die Gütergemeinschaft und die allgemeine Theilnahme an körperlicher Arbeit mit den duftendsten Blumen umwunden." (Mohl.)

Man darf alle diese Systeme nicht schlechtweg als Hirngespinnste und kühne Ausgeburten einer krankhaften Phantasie verdammen; sind auch die positiven Vorschläge meist unausführbar und oft unsinnig, die Anklagen gegen die herrschenden Einrichtungen der Gesellschaft einseitig und übertrieben, so sind doch viele Reformisten von aufrichtiger Sorge für die Verbesserung des Wohles der Menschen, vorzüglich der arbeitenden Classen erfüllt und ihre Ideen haben wirklichen kritischen Werth, indem sie die bestehenden Schäden und Gebrechen aufdecken und zu ernstlichen Versuchen der Heilung und Verbesserung drängen. Sie dienen als Warnungen für die Theorie, daß mit bloßer Erklärung und Erforschung des Vorhandenen ihre Aufgabe noch nicht erfüllt sei, und für die Praxis, welche dadurch zu höherer Erfassung und Erfüllung ihrer Pflicht, für das Wohl des Ganzen zu sorgen, angespornt werden muß. — Auf der andern Seite ist es richtig, daß die Reformisten das Wesen der Menschennatur und des geschichtlich begründeten Zusammenlebens gänzlich verkennen und mißachten, die Grundgesetze des Wirthschaftslebens sehr oft falsch auffassen oder gänzlich mißverstehen und daß namentlich ihre Pläne an einer bedenklichen Willkür und Zuchtlosigkeit leiden, deren Verwirklichung die Reinheit und Festigkeit des staatlichen und gesellschaftlichen Lebens untergraben müßte.*)

---

*) Vgl. über diesen Gegenstand L. Stein, Geschichte der socialen Bewegung in Frankreich. Louis Reybaud, Etudes sur les reformateurs ou socialistes modernes.

Als Vorläufer dieser Richtung, welche immer gerade in be=
wegten Zeiten, beim Umschwung wirthschaftlicher und socialer
Verhältnisse hervortritt, sind zu nennen: Plato in seiner Republik,
die Gracchen in Rom, der englische Kanzler Thomas Morus
(Utopia 1516), Sebastian Frank (Chronica Zeytbuch und
Geschychtbibel von Anbegyn bis um dieß gegenwertig 1531 Jar),
Campanella (neapolitanischer Dominikaner, Civitas solis vel
de rei publicae idea dialogus poeticus 1620), Harrington
(Oceana 1656), Bairasse (Histoire des Sevarambes 1677).
Die letztgenannten Werke, sog. Staatsromane, stellen Ideale von
Staaten oder menschlichen Gesellschaften auf, frei von den Ge=
brechen der Wirklichkeit, entweder nach rein philosophischen Grund=
sätzen oder nach den willkürlichen Eingebungen einer mehr oder
minder lüsternen Phantasie. *)

Eine ziemlich selbständige Stellung als Kritiker der herr=
schenden Wirthschaftslehren nimmt der Franzose Proudhon ein,
der besonders in seinen „Widersprüchen der politischen Oekonomie"
unter schonungsloser, oft nicht unverdienter Kritik der wissen=
schaftlichen Systeme aus den inneren, nothwendigen Gegensätzen
der treibenden Kräfte und Ideeen das Mißverhältniß der gesell=
schaftlichen Zustände nachzuweisen sucht. Von ihm rührt auch
der bekannte Ausspruch her, daß das Eigenthum Diebstahl sei.

Unter den deutschen Reformisten, welche vorzüglich auf Ab=
schaffung aller Privilegien und auf Anerkennung des natürlichen
Vorrechts der Bildung bringen, sind anzuführen Engels (Lage
der arbeitenden Classe in England 1845), Weitling (Garantieen
der Harmonie und Freiheit 1841; Evangelium des armen Sün=
ders 1845), dann Stirner, Becker u. A.

Eine ausführliche und inhaltsreiche Geschichte der Wissen=
schaft gibt J. Kautz, Theorie und Geschichte der National-
ökonomik 1858—60. 2. B.

---

*) Vgl. über die oben genannten u. a. Staatsromane Rob. v. Mohl,
Gesch. u. Lit. d. Staatswiss. I. S. 167 ff.

Erstes Buch.

Von der Production.

———

I. Von der Production im Allgemeinen.

§ 12.

Von dem Wesen und den Gegenständen der Production.

Production heißt jede Thätigkeit, durch welche ein Gut hervorgebracht wird; Gegenstand der Production ist daher das Gut.

Unter Gut ist im wirthschaftlichen Sinne Alles zu verstehen, was mittelbar oder unmittelbar zur Befriedigung irgend eines Bedürfnisses, zur Erreichung irgend eines menschlichen Zweckes tauglich erkannt ist. Welcher Art das Bedürfniß oder der Zweck sei, muß an und für sich für diesen Begriff gleichgültig sein; denn jedes vorhandene Bedürfniß, auch das an sich unwahre, ist da, um befriedigt zu werden; man kann es mißbilligen, aber man kann damit die Zweckbeziehung zwischen Gut und Bedürfniß nicht aufheben. Es gibt daher allerdings schädliche, tadelnswerthe Güter, Gift, unsittliche Bilder, aber nur, weil es schädlich wirkende, tadelnswerthe Bedürfnisse gibt. Dies wird ein Grund sein für Unterdrückung solcher Bedürfnisse und damit wird auch die Production eine andere Richtung nehmen; aber an und für sich arbeitet die Production für jedes Bedürfniß, das von ihr befriedigt sein will. Es ist aber für keine Wissenschaft ein Tadel, daß sie sich auch mit schädlichen Dingen zu beschäftigen hat, wenn sie nur

5 *

diese nicht beschönigt.*) Es bleibt also immer Production, auch wenn sie z. B. Branntwein hervorbringt, mit dem ein Trunkenbold sich und seine Familie ins Verderben stürzt.

Im Begriff des Gutes liegt Dreierlei: 1) das Vorhandensein eines Bedürfnisses, 2) die Eigenschaft der Brauchbarkeit zur Befriedigung desselben, 3) die Erkenntniß dieser Brauchbarkeit.

Wo kein Bedürfniß gefühlt wird, da kann es auch kein Gut und somit keine Production geben; könnte man sich Menschen denken, die gar Nichts bedürfen, so müßten für diese alle Dinge der Außenwelt fremd und gleichgültig bleiben. Allein auch für diejenigen, die nur das eine oder andere Bedürfniß nicht fühlen, haben die hiefür bestimmten Güter keine Bedeutung. Für Jeden, der nicht raucht, ist der Tabak kein Gut; für das abgehärtete Gesicht einer Bäuerin ist der zierliche Fächer einer Salondame gleichfalls kein Gut, höchstens ist er ihr ein Gegenstand der Neugierde oder des Spottes. Wer nicht lesen kann oder will, für den sind die vortrefflichsten Bücher der Welt umsonst geschrieben; ebenso für den, der die Sprache nicht versteht, in der ein Buch verfaßt ist; anders aber für diejenigen, welche die Sprache lernen wollen, weil hier das Bedürfniß bereits erwacht ist. Nur herrschende, d. h. menschliche Bedürfnisse stempeln aber einen Gegenstand zum Gut und nur für solche wird daher die Production in Bewegung gesetzt. Viehfutter kann nur solange zu den Gütern gerechnet werden, als man Thiere schlachten oder zu sonstigen Zwecken gebrauchen will; für Thiere, nach denen kein Bedürfniß mehr bestünde, müßte daher die Erzeugung von Futter aufhören und letztere muß immer in der

---

*) Es ist daher weder Heuchelei noch Anmaßung, wenn die National-ökonomie ihrem Haupt- und Grundbegriff eine Bezeichnung gibt, die im Allgemeinen nur von moralischer oder sonstiger Vollkommenheit gebraucht wird. Gut ist Alles, was seine Bestimmung erfüllt; alle Dinge, welche ihrer Bestimmung genügen, irgend ein Bedürfniß zu befriedigen, werden daher mit Recht Güter genannt. Das französische „richesse,“ „valeur,“ oder das englische „wealth,“ „commodity“ sind weit weniger passende Ausdrücke. Allerdings kann mit Gütern Mißbrauch getrieben werden, allein dies ist kein Grund, das Object des Gebrauches, welches daran nicht Schuld hat, anders zu bezeichnen. Die Wissenschaft, die übrigens vielfache Gelegenheit nimmt, auf verwerfliche Arten des Gebrauchs aufmerksam zu machen, dient nicht dem Menschen, wie er sein sollte, sondern wie er ist.

Weise geschehen, daß dadurch gerade das bestehende Bedürfniß befriedigt wird.

Daraus geht hervor, daß die Güter wechseln mit den Bedürfnissen. Als die Mode des Puderns aufhörte, mußte der Puder aus der Reihe der Güter fallen, wenn er nicht zu anderen Zwecken gebraucht werden konnte; würde mit einem Male die Kenntniß der griechischen Sprache verschwinden, so wären alle griechisch geschriebenen Bücher als solche zwecklos. Daraus geht hervor, daß jede Production ein bestehendes, oder doch bevorstehendes Bedürfniß voraussetzt und sich genau daran anschließen muß. —

Vermöge der leiblich-sinnlichen Natur des Menschen muß die Eigenschaft der Brauchbarkeit immer an einen äußeren Gegenstand geknüpft sein, der entweder unmittelbar auf die Sinne wirkt oder mittelst der Sinne auf Geist und Seele. Grundlage jedes Gutes ist also ein äußerer Gegenstand, ein Object, ein Stoff, in oder außer dem Menschen. Auch die Eigenschaften des Menschen und zwar nicht blos die physischen, sind durch die Existenz und das Zusammenwirken leiblicher Organe bedingt, noch deutlicher aber die Brauchbarkeiten außer ihm. Speise und Trank sind besonders hergerichtete Stoffe, der Ton ist nur eine eigenthümliche Schwingung der Luft, Farbe eine Brechung der Lichtstrahlen an einem äußeren Objecte. Die Brauchbarkeit ist entweder schon von Natur vorhanden oder erst künstlich hervorgebracht; dieser Unterschied hat auf den Begriff des Gutes keinen Einfluß. Wildwachsende Beeren sind ebenso Güter, wie die Erzeugnisse des Gartenbaues. Der Mensch kann aber keine neuen Stoffe hervorbringen, sondern sie nur in eine solche Verbindung mit einander bringen, daß sie neue Brauchbarkeiten annehmen. Erntefrüchte sind keine neuen Stoffe, sondern Erzeugnisse des Bodens, der Saat, der Luft, der Ackerwerkzeuge und der darauf verwendeten Arbeit.*) Production ist also nicht Stofferzeugung, sondern nur Erzeugung von Brauchbar-

---

*) In der Atmosphäre und im Boden circulirt eine im Verhältniß unerschöpfliche Menge von Nahrungsstoff, und die Kunst des Landwirths besteht darin, daß er die Mittel kennt und anwendet, diesen Nahrungsstoff wirksam und verwendbar für seine Pflanzen zu machen; je mehr er von dem beweglichen Strome (der Luft) den unbeweglichen Vermittlern seiner Production (dem Boden) zuzulenken versteht, desto mehr wird die Summe seines

keiten mittelst Stoffveränderungen, denn alle Stoffe erleiden durch
die Production einen Wechsel, sei es in ihrer Lage oder in ihrer
Verbindung mit anderen Stoffen oder in ihrer quantitativen Zusammensetzung. Die Eigenschaft der Brauchbarkeit ist also nicht
selbst Stoff, sondern nur an ein Object geknüpft, in welches sie
sich kleidet; sie ist daher auch nicht an bestimmte Stoffe gebunden,
sondern kann frei von Stoff zu Stoff wandeln. Daraus ergibt
sich der wichtige Satz, daß die Grenze der Production nicht im
Stoff, sondern nur in der Fähigkeit der Menschen liegen kann,
aus diesem durch immer neue Behandlung immer neue Brauchbarkeiten zu ziehen. —

Kein Object kann man vernünftiger Weise gebrauchen, ohne
daß man die Wirkung des Gebrauches kennt. Diese Erkenntniß
ist daher das dritte nothwendige Merkmal eines Gutes; man erlangt sie durch Wissen und Erfahrung. Viele Güter (Glas,
Guano) wurden auch durch Zufall entdeckt. Mit der Vermehrung
der Kenntnisse und Erfahrungen steigt daher auch die Masse der
Güter und die Leichtigkeit und die Sicherheit der Befriedigung der
Bedürfnisse. In dem Steigen der Bedürfnisse, der Brauchbarkeiten und der Erkenntniß beruht der Fortschritt der wirthschaftlichen Cultur.

Die Güter lassen sich in der manichfaltigsten Weise eintheilen.
Es gibt:

1. Freie und Tauschgüter oder Producte, je nachdem ihre
Brauchbarkeit von Natur vorhanden ist und Jedem mühelos zu
Gebote steht,*) oder erst durch irgend einen Aufwand künst-

Reichthums in seinen Erzeugnissen zunehmen. (v. Liebig, über Theorie und
Praxis in der Landwirthschaft. S. 80.)

*) Dieses Moment ist wesentlich zur Vermeidung von Widersprüchen.
Ein zufällig entdeckter Diamant ist ein Naturproduct, aber doch ein Tauschgut, weil Diamanten nicht von Jedem mühelos in Besitz genommen werden
können; ihre Auffindung erfordert im Durchschnitt viel Mühe und Aufwand;
dasselbe gilt von zu Tage geförderten Mineralien. Uebrigens ist unter
„Jedem" nicht alle Welt zu verstehen, sondern nur diejenigen, die vermöge
ihres Bedürfnisses nach einem Gut betheiligt sind, daher wird die Seltenheit
ein Naturproduct zu einem Tauschgut machen, sobald sich der Kreis derer,
die ein Bedürfniß nach einem Gut empfinden, so erweitert, daß im Verhältniß zum natürlichen Quantum ein Deficit entsteht, denn dann muß dasselbe

lich hervorgebracht ist und deßhalb auch nicht ohne Entgelt erworben werden kann. Beispiele der ersteren Art sind das Son-
nenlicht, der ursprüngliche Boden, frei fließendes Wasser u. s. w.;
der letzteren Art Gewerbserzeugnisse, ländliche Erzeugnisse u. a.
Producte sind also immer nur künstlich erzeugte Brauchbarkeiten,
nicht neue Stoffe. So ist das fließende Wasser ein Product, wenn
es in Röhren und Brunnen gebracht oder durch Damm- oder
Hafenbauten brauchbarer gemacht ist. Auch der jungfräuliche
Boden wird zum Product durch Bearbeitung.

2. Sachliche und persönliche Güter, insofern die Brauchbarkeit an einem Stoff außer dem Menschen oder im Menschen selbst
haftet. Zu den letzteren gehören also alle brauchbaren menschlichen Eigenschaften. Hieran knüpft sich der Unterschied zwischen
Capital und Arbeit, ist aber damit nicht gleichbedeutend, weil sich
unter den Sachgütern auch alle von Natur vorhandenen Brauchbarkeiten befinden. Die Sachen sind entweder beweglich oder unbeweglich. Insofern rechtlich die Sclaven zu den Sachen gehören,
hätte man hier den Unterschied zwischen dienenden und herrschenden Kräften im allgemeinen Sinne, jede Person für sich gedacht.

3. Körperliche (materielle) oder unkörperliche (ideelle, immaterielle) Güter. Die Brauchbarkeit der ersteren ist unmittelbarer
Gegenstand der Sinnenwelt, die der letzteren kann dagegen nur in
ihren Wirkungen erkannt werden. Der leibliche Körper des Menschen, Häuser, Werkzeuge, Thiere, Gewerbswaaren u. dgl. sind Gegenstände der ersteren, die Kräfte des Geistes und der Seele, nutzbare
Rechte, Firmen, Patente, Kundschaften, Brauchbarkeiten der letzteren Art. Dieser Unterschied trägt bei zu einem genauen Verständniß der Wirkungen der Production und Consumtion. Die
geistige Brauchbarkeit kann bleiben, wenn auch die Körperkraft
durch Verlust der Hände oder Füße schwindet; durch den Brand
eines Hauses geht nicht zugleich auch die darauf ruhende Kundschaft verloren u. s. w.

4. Allgemeine und besondere Güter, je nachdem sie für alle

---

durch Aufwand künstlicher Productionsmittel gedeckt werden. Von freien
Gütern kann also nur die Rede sein, wenn Natur und Bedürfniß sich im
Gleichgewicht befinden.

ober nur für einzelne Menschen brauchbar sind. Getreide ist ein allgemeines Nahrungsmittel, Wein ein besonderes. Dieser Unterschied ist wichtig für den Umfang der Production und des Absatzes. — In einem anderen Sinne kann man allgemeine oder sociale Güter diejenigen nennen, deren man nur bedarf, insofern man einer Gesellschaft angehört, also besonders das Geld und alle Tauschmittel, im Gegensatz zu den individuellen Gütern, deren Verwendung ein selbständiges Bedürfniß im Einzelnen voraussetzt.

5. Genuß- und Erwerbsgüter, je nachdem sie unmittelbar der Bedürfniß-Befriedigung dienen, oder erst zur Production benützt werden. Alle fertigen Waaren, sofern ihr Verbrauch unmittelbar ein Bedürfniß befriedigt, sind Genußgüter; alle anderen sind nur Productionsmittel.

6. Einfach und mehrfach brauchbare Güter. So kann man Kartoffeln zur Nahrung, zur Branntweinbrennerei verwenden, Holz zur Heizung und Verarbeitung, Torf nur zum Brennen. Die mehrfache Brauchbarkeit erhöht verhältnißmäßig den Werth der Güter, weil sie viel weniger ganz verschwinden kann; denn würde auch das eine Bedürfniß aufhören, so blieben doch noch die anderen.*) Dies ist z. B. wichtig für die anderweitige Verwendung überreichlicher Ernten.

7. Unentbehrliche und entbehrliche oder wesentliche und unwesentliche Güter. Diese Grenze ist sehr fließend, weil jeder Ort, jede Zeit, ja fast jede Person andere Anschauungen über die Nothwendigkeit der Befriedigung gewisser Bedürfnisse hat. Geistige Getränke sind für den Einen je nach Köperbeschaffenheit und Gewöhnung nothwendig, für den Anderen entbehrlich; der Wilde betrachtet die europäische Kleidung als etwas sehr Unwesentliches, während für uns schon das Sittlichkeitsgefühl sie unbedingt erfordert.

---

*) Den Einwand der mehrfachen Brauchbarkeit hätte man z. B. einfach erheben können, als die Jesuiten in Opposition gegen Portugals großen Minister Pombal und im Interesse Englands die Gründung der portugiesischen Portowein-Compagnie (gegründet am 10. Sept. 1756) damit zu hintertreiben suchten, daß sie in den religiösen Versammlungen behaupteten, „daß der Wein der neuen Compagnie sich nicht zur Feier der Messe eigne." (Beer, Gesch. des Welthandels II. Abth. S. 124.)

Es lassen sich aber mit Rücksicht auf die Beschaffenheit der menschlichen Natur und die Zustände des gesellschaftlichen Zusammenlebens folgende drei Stufen mit annähernder Gültigkeit aufstellen.

a. Güter, durch deren Gebrauch die menschliche Existenz selbst bedingt ist. Sie befriedigen die drei Cardinalbedürfnisse der Menschheit, Nahrung, Kleidung und Wohnung, und werden Lebensmittel oder Unterhaltungsmittel im weitesten Sinne genannt. Die Production dieser Güter muß ununterbrochen verfolgt werden und ihrer Consumtion kann sich kein Mensch entziehen, wenn er nicht sein Dasein vernichten oder gefährden will.

b. Güter für Befriedigung gesellschaftlicher Bedürfnisse, die also, ohne gerade zur Leibesnahrung und Rothdurft zu gehören, doch von jedem Gebildeten nicht leicht entbehrt werden können, wenn er sich in der Gesellschaft, in der er lebt, behaupten will. Durch sie werden die Bedürfnisse des Anstandes, der Geselligkeit, des Standes befriedigt. Man muß sich nicht nur kleiden, sondern anständig kleiden, nicht nur essen und wohnen, sondern standesgemäß essen und wohnen. Solche Bedürfnisse haben nicht im Einzelnen, sondern in der Gesellschaft ihren Grund und der Einzelne kann darauf auch wenig Einfluß üben; doch kann man sich ihnen allenfalls entziehen, und jedenfalls dürfen sie nicht den Bedürfnissen der ersten Classe feindlich entgegentreten.

c. Endlich gibt es Bedürfnisse, deren Befriedigung sowohl für die Erhaltung der persönlichen Existenz, als auch für das Leben in der Gesellschaft gleichgültig ist. Die hieher gehörigen Güter sind die entbehrlichsten und wenn sie auch große Annehmlichkeiten bereiten können, dürfen sie doch erst nach Befriedigung aller vorhergehenden Bedürfnisse an die Reihe kommen. Diese Grenze wird jedoch in Folge Unverstands oder verkehrter Zeitrichtung nicht immer eingehalten.

Diese Unterschiede haben vorzüglich auf die Stetigkeit der Production und auf die Preisbildung Einfluß; denn je unentbehrlicher ein Gut ist, desto sicherer ist sein Absatz und desto höher kann es im Preis steigen. Man kann nach ihnen auch drei Classen der Bevölkerung in Bezug auf Einkommen und Consumtionsfähigkeit unterscheiden.

Jeder Hergang nun, durch welchen Brauchbarkeiten der bisher betrachteten oder anderer Art hervorgebracht werden, ist eine Production. Folgerecht muß es aber auch als Production gelten, wenn man für vorhandene Brauchbarkeiten das entsprechende Bedürfniß oder die Erkenntniß weckt. Dünger ist ein todter Stoff, kein Gut, solange man seine Bodenkraft mehrende Eigenschaft nicht kennt; edle Metalle haben keine wirthschaftliche Bedeutung für diejenigen, welche keines Geldes oder keines Schmuckes ꝛc. bedürfen. Wer die Kenntnisse vermehrt und ausbreitet, wer die Bedürfnisse erweitert, so daß vorhandene Stoffe reichlicher ausgebeutet werden, producirt daher eben so gut, wie derjenige, welcher die brauchbaren Eigenschaften selbst schafft; zumal da Bedürfniß und Wissen überdies die mächtigsten Triebfedern zur Production sind.*) Und da der Reichthum eines Landes von der Summe und wohlthätigen Vertheilung seiner Güter abhängt, muß man ihn nicht blos nach der Menge der brauchbaren Objecte, sondern auch nach der Höhe der Bedürfnisse und des Wissens bemessen. Der fruchtbarste Boden ist kein Gut, wenn kein Bedürfniß zu seinem Anbau treibt oder wenn man seine Kräfte nicht kennt. Diese Betrachtung gewährt für den Fortschritt des Reichthums sehr erfreuliche Aussichten.

§ 13.
Von den Productionsmitteln.

Alle Dinge, womit Güter hervorgebracht werden können, sind Productionsmittel oder Güterquellen. Jede Güterquelle muß also eine productive Kraft enthalten, deren Verwendung eine der Bedürfniß-Befriedigung dienende Wirkung zur Folge hat. Da die Production einer der Hauptzwecke des wirthschaftlichen Lebens ist,

---

*) Wenn Kaufleute mit wilden Nationen in Tauschverkehr treten, müssen sie ihnen nicht blos ihre Waaren anbieten, sondern auch das Bedürfniß darnach in ihnen erwecken; dies bildet daher ebensogut einen Theil ihrer productiven Thätigkeit, wie die Hinschaffung der Waaren selbst. — Ganz besonders aber ist an die Erweckung mancherlei Bedürfnisse höherer Art und an die Verbreitung von Kenntnissen in der Bevölkerung durch Erzieher, Lehrer, Schriftsteller zu denken.

so gehören die Productionsmittel als Erwerbsgüter selbst in die Reihe der Güter; nur werden sie als solche nicht vom Standpunkt des Bedürfnisses, sondern vom Standpunkt der Hervorbringung aus betrachtet. Daher sind alle Güter auch Güterquellen, sofern sie zur Entstehung neuer Güter beitragen. Für die productive Kraft ist die Art des Stoffes gleichgültig, in dem sie ruht, und ebenso ist es an sich gleichgültig für die Gütererzeugung, wie die productive Kraft entstanden ist. Jede Güterquelle wird als solche nur nach ihrer productiven Kraft geschätzt im Vergleich zu dem Bedürfniß, für dessen Befriedigung das hervorzubringende Gut verwendet werden soll. Eine selbständige Bedeutung hat die productive Kraft als solche nicht, denn sie ist nur Mittel zum Zweck.

Die Productivkraft als solche ist ihrem Wesen nach einig und untheilbar; sie ist immer dieselbe ohne Rücksicht auf die Form oder den Stoff, worin sie auftritt. Indessen bringt es das Wesen der Production, wie sie tagtäglich Jedem vor Augen liegt, mit sich, daß die einzelnen Productivkräfte, um ihre Aufgabe zu erfüllen, die verschiedensten Verbindungen eingehen und Umwandlungen durchmachen müssen, ein Hergang, den man Productionsumlauf nennen kann. Auf jeder Stufe dieses Umlaufes bieten die Productivkräfte Stoff zur Betrachtung sowohl vom technischen als vom wirthschaftlichen Standpunkte. Es gibt aber gewisse Stadien dieses Umlaufes, die den Productivkräften eine so durchgreifende und auszeichnende Eigenthümlichkeit beilegen und zugleich von so wesentlichem Einflusse auf die Gestaltung der Wirthschaftsverhältnisse sind, daß man hierauf eine Eintheilung der Productivkräfte oder Productionsmittel selbst gebaut hat, wobei aber nicht zu vergessen, daß darunter nur gewisse Stadien des Umlaufes zu verstehen sind, den alle Productivkräfte, um wirksam zu werden, durchmachen müssen. Die Productivkräfte befinden sich nämlich entweder in ihrem ursprünglichen Naturzustande, oder sind Erzeugnisse menschlichen Schaffens in oder außer dem Menschen. Hienach unterscheidet man drei besondere Arten von Güterquellen oder Productionsfactoren: Natur, Arbeit und Capital, welche nunmehr einzeln betrachtet werden müssen.

II. Von der Natur als Güterquelle.

§ 14.

Unter der Natur als Güterquelle muß man Alles begreifen, was an productiven Kräften von Natur dem Menschen zu Gebote steht; also die ganze Erdoberfläche sammt Allem, was sich ursprünglich unter ihr und über ihr befindet. Diese Naturkräfte sind so manichfaltiger Art, daß sie unmöglich in der Volkswirthschaftslehre erschöpfend abgehandelt werden können; vielmehr bildet ihre Darstellung die Aufgabe besonderer Wissenschaften, wie der Länderkunde, der Naturgeschichte, Physik, Chemie u. s. w. Wegen ihrer großen Wichtigkeit für die Production und um das Gesammtbild der productiven Thätigkeiten anschaulicher zu machen, ist es nützlich, wenigstens einen kurzen Ueberblick auf die hervorragendsten natürlichen Productionsfactoren zu werfen.*)

1. Die Gestalt der Oberfläche, orographische Beschaffenheit des Landes.

Man unterscheidet verschiedene Erhebungssysteme: Tiefland, Hügelland oder Vorstufen, Gebirgsland oder Mittelgebirge, Gebirgsstufen, und endlich Hochgebirge oder alpinisches Gebirgsland.

Von diesen Systemen ist die Art der Production in hohem Grade abhängig, indem jedes verschiedene Mittel der Gütererzeugung bietet. Das Tiefland oder die Ebene ist die Gegend des Getreidebaues, der Handelspflanzen, des städtischen Gewerbefleißes und bietet die bequemsten Verbindungsmittel (Leichtigkeit des Straßen- und Eisenbahnbaues); die Gebirgsländer bieten reiche Wasserkräfte, frische, saftige Wiesen und eignen sich vorzüglich zur Viehzucht, Käsebereitung, Jagd, Holzproduction, Mineralgewinnung, auch zu Fabrikanlagen wegen der Wohlfeilheit der Arbeits- und Wasserkräfte. Je weiter die Gebirgsregion hinauf

---

*) Vgl. über den Reichthum Deutschlands an natürlichen Productivkräften v. Viebahn Statistik des zollvereinten und nördlichen Deutschlands I. S. 531 ff.

steigt, desto geringer wird die Productionskraft, bis endlich Alles in ewigem Schnee und Eis begraben liegt.

Für den Anbau des Bodens ist die Abdachung und Lage zu den Sonnenstrahlen von größter Bedeutung. Nebel und Regen bilden sich in bewaldeten Gebirgen, wo die Feuchtigkeit rascher sich aufsammelt und verdunstet. Dem Thal entlang zieht sich der Wind, durch die Richtung der Gebirgszüge wird die Richtung der Niederschläge aus der Atmosphäre bestimmt.

Auch die Beschaffenheit der Ufer und des Meeresgrundes ist für Schifffahrt und Handel von großer Wichtigkeit. Niedriges, unbeschütztes Uferland ist leicht Ueberschwemmungen und Zerstörungen vom Meere aus preisgegeben; Klippen und Sandbänke machen die Schifffahrt unsicher und gefährlich.

In Gebirgsländern ist die Bevölkerung dünn und zerstreut, die Sitten erhalten sich einfacher, aber auch roher. Der Verkehr ist gering, die Bedürfnisse sind weniger zahlreich und gekünstelt, aber es steht auch der Erwerbfleiß und die Bildung auf einer tieferen Stufe. Dagegen erfreuen sich Gebirgsbewohner viel länger ihrer natürlichen Kraft und Tüchtigkeit und sind der Sittenverderbniß und dem schädlichen Uebermaß der wirthschaftlichen Cultur weniger ausgesetzt. In der Ebene, welche die Ansammlung einer dichten Bevölkerung in großen Städten und den manichfaltigsten Verkehr ungemein begünstigt, finden sich die entgegengesetzten Erscheinungen.

2. Das Wasser.

Die Gewässer sind ein äußerst wichtiges Beförderungsmittel für die Wirthschaftsverhältnisse jedes Landes. Sie dienen zur Erhaltung und Verbreitung der nothwendigen Feuchtigkeit der Luft, bieten eine manichfaltige Menge von Erzeugnissen, wie Fische, Sand, Schilf, Salz, Muscheln, Gold. Das Wasser ist für Menschen, Thiere und Pflanzen ein Hauptnahrungsmittel und unerläßlich zur Erhaltung der Gesundheit, Reinlichkeit und zu unzähligen Verrichtungen im Haushalt und in fast allen Productionszweigen. An den Ufern der Gewässer findet der Ackerbauer die fruchtbarsten Landstriche, die mit dem ergiebigsten Boden bedeckten Niederungen, die sog. Marschen und Delten, und durch künstliche Bewässerung gelingt es ihm, die von Natur mangelnde Bodenkraft zu ersetzen.

In allen Gewerben, bei Maschinen und in Fabriken benutzt der
Mensch die treibende, reinigende, auflösende Kraft des Wassers;
aus ihm erzeugt er den Dampf, die mächtigste mechanische Kraft
der modernen Wirthschaft. Die Flüsse erleichtern ferner ungemein
den Waarentransport und bieten die natürlichste, großartigste und
wohlfeilste Bahn für Handel und Verkehr. Es strömen ihnen
daher von allen Seiten Waaren zu, der Kaufmann läßt sich an ihren
Ufern nieder, und so werden die Flußufer auch die vornehmsten
Handels- und Gewerbeplätze der Nationen. Den vielen Wohl-
thaten und mächtigen Einflüssen der Gewässer auf das ganze
Culturleben der Völker ist es zuzuschreiben, daß sie selbst oft heilig
gehalten und als Gottheiten verehrt wurden; so der Ganges von
den Indiern, der Nil von den Egyptern und unzählige Quellen von
den Griechen und anderen Volksstämmen. Je mehr Handel und
Cultur erblühen, die Erfindungen zunehmen, die Productionsmittel
mächtiger werden, desto größer wird die Bedeutung der Gewässer.
Sie wurden die Lehrmeister der Schifffahrt, die Wegweiser der
Cultur, und immer mehr wird nicht blos das Wasser, sondern
Alles, was sie in ihrem breiten, tiefen Schooße tragen, zu Nutz und
Frommen der Menschen verwerthet.

Zu den vorzüglichsten Wasserstraßen gehört auch das Meer,
daher ist die maritime Lage von der größten Wichtigkeit für jedes
Land. Sie ist der Schlüssel zum Seehandel, d. h. zur höchsten
wirthschaftlichen Blüthe und Macht. Es ist daher für jeden
Staat ein Gegenstand höchsten Interesses, seine Ströme bis zum
Meere zu beherrschen und sich einen möglichst großen Antheil an
der Meeresküste zu sichern. In dieser Beziehung ist Europa
wegen seiner Insellage vor den übrigen Erdtheilen in hohem Grade
begünstigt.

Die Civilisation begann nach dem Zeugniß der Geschichte
zuerst an den Küstenländern des mittelländischen Meeres, dessen
viele Inseln und Buchten einen für das damalige unentwickelte
Seewesen genügenden Spielraum boten. Ueberall, wo reger Verkehr sich entwickelte, waren es große Wasserstraßen, so der Nil
mit seinen Kanälen in Egypten; der Ganges in Ostindien, der
Rhein und die Donau in Deutschland u. s. w.

Je reicher die Flußsysteme eines Landes an Zahl und Mäch-

tigkeit der fließenden Gewässer, je größer die Ausdehnung der See-
grenze, je günstiger die orographische Beschaffenheit der Ufer, desto
vortheilhafter von Natur ist auch die nationalökonomische Lage
eines solchen Landes.

Das Wasser ist aber nicht nur ein freundliches, sondern auch
ein feindliches Element. Der Mensch muß beständig zum Schutz
dagegen gerüstet sein und darf sich ihm nie ohne Vorsicht anvertrauen.
Gegen Ueberschwemmungen muß er Dämme, Deiche und Wehren
herstellen, die Ufer mit Wällen und Mauern befestigen, Sümpfe
und Lagunen austrocknen, um Raum und Sicherheit für Nieder-
lassungen zu gewinnen und schädliche Ausdünstungen zu beseitigen.

3. Das Klima.

Das Klima findet seine Bedeutung in der atmosphärischen
Beschaffenheit, Wärme und Feuchtigkeit der Luft. Man unterscheidet ein sog. mathematisches und physikalisches Klima. Das
erstere richtet sich nach den geographischen Breitegraden (heiße,
gemäßigte, kalte Zone); das physikalische weicht hievon bedeutend
ab. Alexander von Humboldt bestimmte die sog. isothermischen
Linien, welche den Breitegraden nicht parallel laufen, sondern sie
in den manichfaltigsten Richtungen durchschneiden. So ist Asien
bei gleichem Breitegrad kälter als Europa, noch kälter ist Amerika.
Die klimatische Wärme wird hauptsächlich von der Lage des Orts
zwischen dem Aequator und den Polen und von der Höhe über dem
Meere bestimmt; doch sind auch von großem Einfluß die Gebirgslage
und die Bedeckung der Erdoberfläche mit Wald, Sumpf oder Wasser.
Je nördlicher ein Land liegt, desto mehr ist die Fruchtbarkeit auf
die niedrigsten Theile desselben beschränkt. Die geographische Verbreitung der Gewächse wird größtentheils von der Temperatur bedingt, aber nicht blos von der Jahreswärme überhaupt, sondern
auch von dem Maximum der Hitze und Kälte, von der Wärme der
verschiedenen Jahreszeiten, und von dem Wechsel der Wärme in
kurzen Zwischenräumen. Im Innern großer Länder ist der Unterschied der Sommer- und Winterwärme größer als an den Küsten;
die Insel- oder Küstenlage (England) ist daher ein großer Vorzug
für die Landwirthschaft und für die Pflege einer gleichmäßigen
Gesundheit.

Kalte Länder ergeben geringere und weniger häufige Ernten, der Boden kann nicht so vielseitig und ununterbrochen benützt werden, viele nützliche Pflanzen und Thiere kommen im kälteren Klima gar nicht fort, die Mühe und Kosten des Anbaues sind größer.

Auch für den Menschen erfordert das kalte Klima mehr Aufwand für Nahrung, Kleidung, Wohnung und Beheizung; der Schutz gegen die schädlichen Einflüsse der Witterung nimmt einen beträchtlichen Theil der Zeit und Arbeit in Anspruch und viele Beschäftigungen, namentlich im Freien, müssen einen großen Theil des Jahres hindurch ganz unterbrochen werden. Das milde, nur nicht zu heiße Klima macht daher im Ganzen und Großen den Menschen freier gegenüber der Natur als das kalte und heiße.

Dagegen bietet das kalte, besonders aber das gemäßigte Klima wieder Vortheile eigenthümlicher Art. Im Kampf gegen die Natur härtet der Mensch sich ab, schärft alle seine Organe, der Charakter wird fester, strebsamer und ruhiger. Die Arbeit ist weniger ermattend, das Klima nicht so drückend, daher kann auch die Ruhezeit kürzer sein. Die Gesundheit ist im Ganzen besser, Seuchen und Krankheiten sind seltener, die Sinne weniger reizbar, der Mensch hat weniger mit gefährlichen Thieren und Pflanzen zu kämpfen. Auch die Körperstärke wird vom Klima beeinflußt. Erwähnenswerth ist endlich die größere Acclimatisirungsfähigkeit der Europäer gegenüber den Bewohnern der heißen Zone, was für Auswanderung, Gründung von Colonieen, Schifffahrt und überseeischen Handel von großer Bedeutung ist.

Auch auf die technische Industrie übt das Klima Einfluß, namentlich in Bezug auf Licht und Farbe. Auf viele Producte wirkt das heiße Klima zerstörender, wie das kalte.

Aus diesen Hauptzügen ersieht man, daß das Klima einen sehr bestimmenden Einfluß übt auf die Richtung der Production jedes Landes. Ueberall namentlich, wo es auf Arbeit ankommt, wird das gemäßigte und kältere den Vorzug verdienen.

4. Die geognostische Beschaffenheit des Bodens.

Darunter versteht man das Mischungsverhältniß der Erdrinde und der darunter liegenden Formationen. Das wirthschaftliche

Leben der Völker ist hievon in hohem Grade abhängig. Denn der
Boden und sein Inhalt liefert weitaus den größten Theil der
Stoffe und Hülfsstoffe, deren sich die gesammte Gütererzeugung
bedient. Je manichfaltiger daher der Bodenreichthum ist, desto vielseitiger wird sich auch die Production gestalten.

So ist schon die Möglichkeit der Ansiedlung bedingt durch das
Vorhandensein eines festen Baugrundes, durch die Art und Masse
der Quellen, welche in innigster Verbindung stehen mit der
Art des Gesteins und seiner Schichtung; auch die Gesundheit ist
abhängig von der geognostischen Gestaltung des Territoriums
wegen ihres Einflusses auf Feuchtigkeit, Wärme, Staub und Ausdünstungen.

Die Art und Beschaffenheit der Ackerkrume bestimmt die
Richtung und Ausdehnung der Landwirthschaft. Hiernach entscheidet sich die Anpflanzungsfähigkeit; manche Bodenarten eignen
sich zu jedem Anbau, manche nur zu gewissen Arten. So gibt es
unbedingten Waldboden, Weinland, Wiesengrund u. s. w. Hiemit
hängt denn nothwendig die Viehzucht zusammen.

Vorzüglich wichtig ist aber auch der Reichthum eines Landes
an anorganischen Stoffen. Hier sind besonders zu erwähnen die
Brennstoffe, Steinkohlen, Braunkohlen, Torf; dann die Metalle,
Gold, Silber, Kupfer, Blei u. s. w.; vor allem aber das Eisen,
das Brod der Industrie.

Endlich liefert der Boden eine Menge Nahrungsstoffe und
Hülfsmittel für technische Zwecke; Salze, Bau-, Düng-, Farb-
stoffe, Mineralquellen, Gestein aller Art, Sand, Porzellanerde,
Schiefer u. a.

5. Die Thier- und Pflanzenwelt.

Von dem Reichthum an wilden Thieren ist die Jagd und
Fischerei abhängig. Im zahmen Zustand gewährt das Thier die
manichfaltigsten Mittel für Nahrung und Kleidung, so das Schaaf
mit seinem Fleisch und seiner Wolle, die begnügsame Ziege, das
wohlfeile Schwein, das Federvieh, die Seidenraupe. Dann Zug-
und Lastthiere, wie das Pferd, der Esel, das Kameel u. s. w.
Andere können zu beiderlei Zwecken verwendet werden, wie namentlich das Rindvieh.

Die Pflanzen sind von der manichfaltigsten Brauchbarkeit für wirthschaftliche Zwecke. So vor allem die eigentlich landwirthschaftlichen Pflanzen, Gräser und Futterkräuter, Getreide, Hülsenfrüchte, Kartoffeln, Rüben; dann die Gewerbs- und Handelspflanzen, wie die Baumwolle, Flachs, Hanf, das Zuckerrohr, der Tabak, Hopfen, Wein, Kaffee, Thee u. s. w.; endlich die Obst- und Waldbäume.

Die Producte der Fauna und Flora sind zwar, wie sie sich in einem Land vorfinden, nicht immer ursprüngliche Erzeugnisse der roh wirkenden Naturkraft, sondern großentheils erst durch künstliche Zucht hervorgebracht, veredelt und vermehrt, und insofern auch als Ergebnisse der Arbeits- und Capitalanwendung zu betrachten; aber jedes Land besitzt oder besaß doch von Natur einen gewissen Reichthum an solchen nutzbaren Gegenständen und wenn sich ihrer später die Production zur Hervorbringung besonderer Brauchbarkeiten mit ihrer Hülfe bemächtigte, so ruht darin immer ein beträchtlicher Theil der ursprünglichen Freigebigkeit der Natur, ohne welche es dem Menschen nicht möglich gewesen wäre, dergleichen Güter hervorzubringen. Der Thier- und Pflanzenreichthum, sowohl der natürliche wie der künstliche, hängt übrigens auf das Innigste mit den übrigen Elementen der Güterquelle Natur, namentlich Klima und Bodenbeschaffenheit, zusammen. —

Unter Naturkräften darf man nicht diejenigen Kräfte verstehen, welche überhaupt in irgend welcher Art jedem Stoff innewohnen, denn sonst wäre jede productive Kraft eine Naturkraft. So die Schwerkraft der festen Körper, die Dehnkraft des Schießpulvers, die Elasticität des Stahles, die magnetische Kraft u. dgl. m. Allerdings enthält jeder Stoff irgend eine brauchbare Kraft und da alle Stoffe von der Natur herrühren, so müßte man scheinbar alle Kräfte dem Wirken der Natur zuschreiben. Allein die Kräfte der Stoffe verändern sich mit jeder Veränderung der Stoffe selbst, und wo eine solche Stoffveränderung durch menschliche Thätigkeit bewirkt worden ist, da muß die hiedurch neugebildete Productivkraft auch als Product menschlicher Thätigkeit behandelt werden. So ist die Sonnenwärme eine Naturkraft, nicht aber die Wärme künstlich angemachten Feuers; die Dehnkraft des Pulvers ist keine Naturkraft, weil das Pulver erst von Menschenhand hervorgebracht sein muß; der aus natürlichen heißen Quellen aufsteigende Dampf ist eine Naturkraft, aber nicht der durch künstliche Heizung hervorgebrachte. Für die Beurtheilung der Naturkräfte als freier Productionsgüter kommt alles darauf an, ob der sie enthaltende Stoff ein ursprünglicher Naturstoff oder bereits in irgend einer Weise menschlicher Einwirkung unterworfen worden ist. Nur im ersten Fall sind es natürliche Productivkräfte, und nur diesen kommt daher auch die sie vor allen übrigen auszeichnende Bedeutung zu, daß sie nämlich einerseits nur in begrenzter Menge und Güte zu Gebote stehen und daß sie andererseits unentgeltlich bei der Production mitwirken, weil ihre Verwendung Niemanden Etwas kostet.

III. Von der Arbeit als Güterquelle.

§ 15.

Wesen und Arten der Arbeit.

Die zweite Hauptgüterquelle ist die rein persönliche Menschenkraft oder die Arbeitskraft. Ihre Verwendung als Productionsmittel, zu productiven Zwecken, ist Arbeit.*) Aber nur die Verwendung persönlicher Kräfte, um Güter hervorzubringen, neue Brauchbarkeiten zu schaffen, ist Arbeit; nicht also Stehlen, Fälschen, Betrügen, obwohl auch bei diesen Handlungen der äußere Hergang derselbe ist.

Jede Arbeit ist eine Anstrengung, die immer Unbehagen, Ermattung nach sich zieht, ein Opfer, eine Last, die man auf sich nimmt, um das beabsichtigte Gut zu erhalten. Eine Anstrengung

---

*) Die Arbeitskraft ist ihrem Ursprung und Wesen nach keine andere als alle anderen Productivkräfte; denn sie bildet sich dadurch, daß ein Mensch Stoffe mit productiver Brauchbarkeit, die theils von der Natur geliefert, theils von Anderen hervorgebracht wurden, in sich aufnimmt und in eine zu Arbeitszwecken taugende Umwandlung bringt. Die Arbeit ist daher eine besondere Art des Umlaufes von Productivkräften, die nur vermöge der eigenthümlichen Anforderungen des menschlichen Körpers eine bestimmte Beschaffenheit haben müssen. Hieraus ergibt sich, daß die Eintheilung der Productivkräfte im Grunde eine Eintheilung der Arten des Productionsumlaufes ist.

perfönlicher Kräfte ohne biesen Zweck, der bloßen Unterhaltung oder Langeweile willen, ist wieder keine Arbeit. Niemand unter= zieht sich einem solchen Opfer, wenn er nicht irgend ein Product vor Augen hat. Auch der Arbeitsame liebt nicht die Arbeit, son= dern nur den Erfolg oder Gewinn aus oder bei der Arbeit.

In eben diesem Erfolge, ohne den keine Arbeit gedacht wer= den kann, liegt die productive Wirkung der Arbeit. Durch sie er= hält der Mensch zum ersten Mal ein Gut, das ihm nicht die Natur gespendet hat, sondern das er sich selbst verdankt. So wird durch Arbeit der Mensch frei von der rohen Natur, er bezwingt und er= weitert sie. Er wird aber auch frei von seinen Nebenmenschen, er handelt für sich selbst, erhält sich selbst, und ist nöthigenfalls im Stande, sich selbst zu vertheidigen. Und wenn sie ihre Kräfte zu einem gemeinsamen Zweck vereinigen, bedarf einer des anderen, weil seine alleinige Kraft nicht ausreichen würde. So wird die Arbeit die Quelle der Freiheit und der Gesellschaft, und je höhere Triumphe die menschliche Arbeit feiert, desto gesicherter wird die Freiheit und desto fester das gesellige Band, das Alle um= schlingt. Ein Ausfluß dieser Freiheit in der Gesellschaft ist eine der wohlthätigsten Früchte des menschlichen Fortschritts, das Eigenthum.

Durch die Arbeit wird aber der Mensch auch von sich selbst frei. Er kennt nun die Macht seines Willens über die widerstrebende Trägheit der Materie, kennt den Lohn, der ihm hier winkt, und ist Herrscher über die Materie in und außer ihm geworden. Die Arbeit ist so das unentbehrliche Element der menschlichen Entwick= lung, die schaffende Kraft im Leben der Einzelnen und der Völker. Hierauf begründet sich der gerechte Stolz des Arbeiters. Indem er sich unter das Joch der Arbeit beugt, schafft er für sich und Seinesgleichen eine zweite Welt und legt sich nicht nur die wüsten Kräfte der Natur zu Füßen, sondern begründet auch seinen Anspruch auf Anerkennung seiner Person durch seine Mitmenschen.

Die Arbeit kann als productive Kraft nie für sich allein auf= treten, denn aus sich selbst heraus vermöchte der Mensch Nichts zu schaffen. Der sich selbst überlassene Arbeiter ist daher eine todte Kraft. Mindestens braucht er noch Naturkräfte irgend welcher Art, um ein Feld für seine productive Wirksamkeit zu gewinnen.

Man kann mit der bloßen Hand Wasser schöpfen, wilde Thiere fangen; die bloße Hand vermöchte dieses nicht, sondern die Natur muß Wasser und Thiere dazu liefern. Ja selbst um nur stehen oder gehen zu können, bedarf der Mensch eines Bodens, den seine eigene Kraft nicht hervorgebracht hat. Daher wird die Wirkung gleicher Arbeitskraft um so größer und reichlicher, je reichlichere Natur-kräfte ihr zu Gebote stehen. Darin liegt die Abhängigkeit des productiven Menschen von der Natur, die nur durch vermehrte Arbeit bezwungen werden kann. Die Arbeit selbst ist keine Natur-kraft, nicht nur weil sie selbst eine erzwungene Anstrengung ent-hält, das Arbeitsergebniß also erst durch ein Opfer hervorgebracht werden muß, sondern weil die Arbeitskraft selbst nur durch lang-jährige Mühe und kostspieligen Aufwand erworben werden kann. Wer arbeitet, setzt productive Kräfte in Bewegung, die nicht von Natur vorhanden waren, sondern welche er, wenigstens theilweise, erst einer vorangegangenen Production verdankt. Die Arbeits-kraft kann daher nie, wie die Kraft der rohen Natur, unentgeltlich benutzt werden.

Die Arbeit ist verschieden je nach der Art der Kräfte, die man gebraucht. Es gibt also Verrichtungen des Körpers, des Geistes und der Seele. Zu den ersteren gehört nicht blos die Anwendung der Muskelkraft, sondern jede Verrichtung, zu wel-cher körperliche Organe verwendet werden. Wer bei geistigen Beschäftigungen sitzt oder steht, mattet dabei nicht nur seinen Geist, sondern auch seinen Körper ab, ebenso der Sänger, der seine Kehle übt, der Redner, der seine Lunge durch Sprechen erschöpft. Die Verrichtungen des Geistes bestehen in der Anstrengung des Ver-standes, des Talents, des Gedächtnisses u. s. w.; die der Seele in Anstrengung der Willenskraft, in Entsagung, Selbstbeherrschung und Ausdauer. Zu Arbeiten, welche besondere Ueberwindung, Muth, Geduld, Enthaltsamkeit, Reinlichkeit, Ordnungssinn, Treue u. s. w. erfordern, ist die Mitwirkung besonderer Seelenkraft unentbehrlich; so zu den Dienstleistungen der Soldaten, Kassa-beamten, Aerzte, Staatsmänner.

Wenn man demnach von körperlichen, geistigen und mora-lischen Arbeiten spricht, darf man dies nicht so verstehen, als könnte die eine oder andere derselben nur durch Anwendung der besonderen

Kraft verrichtet werden. Denn der Mensch ist ein Ganzes und kann nur durch Anwendung aller seiner Kräfte zusammen leben und wirken. Nur wegen des vorwiegenden Gebrauchs dieser oder jener Kräfte macht man jene Eintheilung, weil dabei die Mitwirkung und der Besitz der anderen vergleichsweise in den Hintergrund tritt. Die Arbeit des gemeinen Taglöhners, des Handwerkers, des Fabrikarbeiters ist mehr oder minder eine körperliche, weil zu ihrer Verrichtung besondere Geistes= oder Seelenkraft nicht erfordert wird; und umgekehrt kann man geistigen oder moralischen Beschäftigungen obliegen auch bei schwachem Körper. Immer ist es freilich das beste, wenn alle drei Arten von Kräften dem Arbeiter in hohem Grade zu Gebote stehen, besonders ist die moralische Kraft von Wichtigkeit, weil diese durch Ausdauer, Energie und Muth alle übrigen stählen und vermehren hilft.

Die hervorragende Kraft des Geistes bewährt sich vorzüglich in Kenntnissen und Erfahrungen, in Erfindungsgeist, der sich über den hergebrachten Schlendrian des Alltäglichen erhebt, in Geschmack für das Schöne, welcher durch Anregung und Befriedigung feinerer Bedürfnisse die Kunst mit der Industrie verbindet; die hervorragende Kraft der Seele in Erwerbfleiß und Energie des Charakters, in Ersparungssinn, welcher durch Ueberwindung des augenblicklichen Verlangens den Genuß der Zukunft verbürgt, in Unternehmungsgeist, welcher durch Spannkraft des Willens und Aussicht auf höheren Gewinn zum Fortschritt drängt, in schlagfertiger Berechnung und Geistesgegenwart, kühner Voraussicht und kalter, nüchterner Beobachtung, womit Unternehmungen geleitet und zu einem glücklichen Erfolg gebracht werden.

Man kann die Arbeiten auch nach ihrem Gegenstand eintheilen in solche, welche die rohen Stoffe dem Boden entnehmen (Bodenindustrie), welche sie veredeln und umformen (Gewerbsindustrie), welche sie in Umlauf bringen (Handel), und in persönliche Dienste, durch welche die menschliche Arbeitskraft unmittelbar für nützliche Zwecke verwendet wird (Künste, Wissenschaften und sonstige Dienstleistungen). Hier erscheint jedoch die Arbeit schon nicht mehr als eine selbständige Potenz, sondern als mitwirkender Bestandtheil einer die verschiedenen Productionsfactoren in sich vereinigenden Unternehmung, weßhalb diese Eintheilung der Ar-

beiten wesentlich mit der der Unternehmungen selbst zusammen-
fällt. (§ 22.)

§ 16.

Unterschiede der Arbeitskraft.

Die Unterschiede der Arbeitskraft hängen im Allgemeinen
von drei großen Ursachen ab: Geschlecht, Alter, Abstammung.

I. Das Geschlecht.

Der Mann ist der Beherrscher des wirthschaftlichen Lebens.
Zu dieser hervorragenden Stellung in der Familie und in der
Gesellschaft berufen ihn seine höheren Kräfte in jeder Beziehung.

1. Schon an physischen Kräften ist der Mann dem Weib
überlegen. Seine Knochen sind kräftiger, seine Muskeln straffer,
sein ganzer Körper ausdauernder und gewandter, seine Nerven
stärker, seine Verdauungs- und Respirationsorgane weiter. Das
Weib ist im Allgemeinen viel weniger fähig, die Kräfte seines Körpers über ein gewisses Maß auszudehnen. Schon die von der
Natur dem Weibe übertragene Rolle des Gebärens weist ihm
Perioden unfreiwilliger Arbeitsruhe zu, deren der Mann überhoben
ist. Das Weib kann daher überall, Ausnahmen abgerechnet, nur
solche Arbeiten verrichten, welche verhältnißmäßig geringere Kraft
und Ausdauer erfordern und längere Unterbrechungen ohne besonderen Nachtheil zulassen. Das sind im Ganzen und Großen
die Arbeiten des Hauses; wo das Weib mit seiner Arbeitskraft
auf den offenen Markt tritt, muß es vielfach seine schwächere,
zartere Natur verleugnen und seiner natürlichen Bestimmung,
insbesondere durch Ehelosigkeit, ungetreu werden.

2. An geistigen Fähigkeiten steht das Weib dem Manne nicht
nach, aber diese sind anderer Art und für die Wirthschaft von
untergeordneter Bedeutung. Manche Frauen haben zwar auch als
Gelehrtinnen, Schriftstellerinnen, im Bereiche männlichen Wissens, in Staatsgeschäften und im Kriege geglänzt. Allein das sind
Ausnahmen ihres Geschlechts. Die geistigen Vorzüge des Weibes
liegen vorzugsweise in der liebevollen Aufnahme und Verarbeitung
der ihm vom männlichen Geschlechte dargebotenen Anregungen,

in der Verschönerung, Milderung und Versinnlichung der männlichen Gedanken. Ihr Gebiet ist die sinnige, empfangende Gemüthswelt, sie sind aber nicht fähig, mit freiem schöpferischen Geiste in die Gestaltungen des Lebens einzugreifen. Namentlich entbehrt ihr Geschlecht des industriellen Geistes, der Betriebsamkeit, des kalten Eindringens in das Wesen der Dinge, der planmäßigen Berechnungsgabe. Dagegen die Kraft der geistigen Abstraction, weitgreifender Ueberblick, grundsätzlich consequentes Verfahren, rechtlich unbeugsamer Sinn, Kraft ohne Leidenschaft, so wie sie die Beherrschung weiter Lebenskreise erfordert, sind das eigenthümliche Monopol des Mannes. Das Durchmachen einer Schule, im Lernen und Leben, consequentes Aufgehen in einem einzigen berufsmäßigen Zweck ist nur dem Mann möglich. Das Weib würde bei solcher Erziehung gerade die lieblichsten und wohlthuendsten Seiten seines Wesens verlieren, Härten und Einseitigkeiten annehmen, ohne doch die Fähigkeiten des Mannes in dem Grade zu erlangen, wie sie ein marktmäßiger Beruf erfordert. Nur wenige und verhältnißmäßig geringfügige Kenntnisse lassen sich dem Weib anlernen, es hat seine Stärke im Empfinden.

3. Was die Willenskräfte anbelangt, so erfordert die planmäßige und fruchtbare Durchführung wirthschaftlicher Zwecke besonders zähe Ausdauer, energische Anspannung, unerschütterliche Beharrlichkeit, nüchterne, kalte Ueberlegung. Diese Eigenschaften mangeln fast durchgehends dem Weib. Es ist entweder weich, empfindsam, mitleidig — oder leidenschaftlich, excentrisch, in Liebe und Haß gleich sehr zum Ueberschäumen geneigt. Wo der Mann berechnet, appellirt das Weib an das Gefühl; wo man vom Mann Entscheidung und Entsagung fordert, will das Weib vermitteln und schonen. Das Weib ist die Seele des Mannes und damit seiner Wirthschaft; es erhält und verschönert, aber es trägt nicht die Wirthschaft. Das Weib und die Wirthschaft werden vom Manne getragen. —

Die wirthschaftliche Fähigkeit des Weibes ist daher von der Natur klar vorgezeichnet. Es ist vorzugsweise geschickt zu Verrichtungen, welche geringere Körperkraft, liebende Hingabe an den engen Kreis der Familie, weiches Gefühl, sittliche Geduld erfordern, also zu häuslichen Arbeiten, zur Kinderpflege, zu leichteren

Wirthschaftsarbeiten, zur sorgsamen Ausführung gegebener Muster. Auch zu feinen Arbeiten der Industrie und der schönen Künste, zur Verfertigung von Putzwaaren, Blumen, Spitzen u. dgl., wo die zarte Hand und der gefühlvolle Geschmack dem Weibe vorzüglich zu Statten kommen.

Die ökonomische Emancipation der Frauen wäre nicht nur ein sittliches, sondern auch ein ökonomisches Unglück. Sie können im Allgemeinen weniger produciren und sie werden da, wo ihre geschlechtlichen Mängel sich fühlbar machen, auch schlechter produciren. *) Sie begünstigt die Ehelosigkeit, Entsittlichung und Entartung des weiblichen Geschlechts, verdirbt die Sicherheit und die Annehmlichkeiten des häuslichen Herdes, und gefährdet die gedeihliche Entwicklung des heranwachsenden Geschlechtes. Gleichwohl wird sie in neuerer Zeit immer häufiger angerathen und beginnt auch durch den Drang der Noth, namentlich in den eigentlichen Fabrikgegenden, sich allmählig immer mehr einzubürgern. Z. B. im Jahre 1860 befanden sich in Großbrittannien unter 775,354 mit Weben und Spinnen (industrie textile) beschäftigten Arbeitern nur 308,273 männlichen Geschlechts, ferner 23,863 Knaben und 30,548 Mädchen unter 13 Jahren! Gewiß ist das eine sehr bedenkliche Wirthschaftsrichtung, ein Verkennen der Natur und Geschichte des Weibes und eine Verstümmelung der Zukunft beider Geschlechter.

II. Das Alter.

1. In der Jugend, der Periode des Wachsthums, muß die Ausbildung und Entwicklung der Keime erfolgen, welche der neugeborene Mensch mit zur Welt bringt. Der Körper muß wachsen und gestärkt, der Geist und die Willenskraft geweckt und gepflegt werden, damit die keimende Arbeitskraft sich befestige und einem

---

*) Wenn man, wie Fräulein Clemence-Auguste Royer (Journal des Econ. Mai 1862, p. 306), die Frage der ökonomischen Verwendung des weiblichen Geschlechts in die andere umstellt, ob die Hälfte der menschlichen Arbeitskraft verloren gehen solle, so ist dies zwar ohne Zweifel sehr lobenswerth gedacht, aber einerseits numerisch unrichtig, andererseits keine Lösung der Schwierigkeit. Man will durchaus nicht, daß die Frauen müßig bleiben, sondern nur, daß sie sich ihrem wahren Lebensberuf erhalten.

bestimmten Beruf entspreche. Die Wahl dieses Berufes, ge=
mäß den natürlichen Anlagen und Neigungen und den verfüg=
baren Bildungsmitteln, ist ein höchst wichtiger Gegenstand der
Erziehung.

In dieser Periode, die nicht vor dem 16. Jahre, oft aber noch
später endigt, ist die Productionsfähigkeit des Menschen gering;
er ist nur zu leichten mechanischen Arbeiten geschickt. Ihre Haupt=
aufgabe besteht in der Heranbildung der Arbeitskraft, die selbst eine
Production ist. Allzu frühe Verwendung der Jugend zu berufs=
mäßiger Arbeit, namentlich in Fabriken, ist äußerst schädlich. Man
pflückt unreife Früchte auf Kosten der späteren Zeitigung und
Nachhaltigkeit.*)

Mit dem Beginn des geschlechtlichen Heranreifens muß auf
sorgfältigere Angewöhnung zu geschulter Arbeit Bedacht genom=
men werden, damit die in diesem Alter sich geltend machende
Reizbarkeit der Sinne die übrigen Kräfte nicht überwuchere und
erschlaffen mache. Dies gilt besonders auch von den Mädchen,
welche überhaupt weniger activ arbeiten und leicht der sinnlichen
Verführung ausgesetzt sind.

2. Die Zeit der Reife dauert bis zum 50. oder 60. Jahr.
Hier muß die vorhandene Productionskraft vollständig ausgenützt
und durch fortwährende Uebung und Wiedererneuerung vor
Ermattung und Verkommen bewahrt werden. Namentlich das
Weib hat während der Periode der Gebärfähigkeit den höchsten
Werth.

3. Im Greisenalter schwinden allmählig die körperliche
Stärke und Festigkeit, die schöpferische Kraft des Geistes und die
zähe Ausdauer des Willens, aber die Functionen des Gehirns
können bleiben und die Ueberlegung und Bedächtigkeit nehmen zu.
Der Greis muß von den Früchten zehren, die er während der Zeit
seiner Reife in sich selbst oder in seinen Nachkommen aufgehäuft

---

*) Einsichtige Fabrikanten verlangen selbst eine gesetzliche Beschränkung
der Kinderarbeit, so die Société industrielle zu Mülhausen bis zum 12. Le=
bensjahre. (Journal des Econom. April 1861, S. 10.) Vgl. in dieser Be=
ziehung auch Hanssen über die gesetzliche Regulirung der Kinderarbeit in
Fabriken mit besonderer Beziehung auf Sachsen. (Archiv der polit. Oekon.
1853, S. 256 ff.)

hat. Wenn das Greisenalter kindisch wird oder in thatlose Schwäche verfällt, hört seine Productionskraft auf.

III. Die Abstammung.

Gemeinsamkeit des Blutes, der Geschichte, gleicher Boden, gleiches Clima,*) gleiche Nahrung, gleiche Gesetze und Sitten, gleiche religiöse und sittliche Gefühle erzeugen in allen zu solcher Gemeinschaft Verbundenen einen gewissen Grad und Umfang gleicher Arbeitskraft, wodurch sie sich von anderen natürlichen oder durch die Geschichte gebildeten Verbänden zu ihrem Vortheil oder Nachtheil auszeichnen und wornach sich ihre Leistungsfähigkeit auf dem wirthschaftlichen Gebiete bestimmt.

Dies zeigt sich am auffallendsten im Unterschied der Raçen. Bei der kaukasischen Raçe herrscht das rein geistige Bestreben, das stolze Freiheitsgefühl, die Energie der Willenskraft vor, und hiedurch werden sie fähig, in der wirthschaftlichen Entwicklung voranzuschreiten. Am tiefsten steht die äthiopische Raçe, wegen Trägheit, Sinnlichkeit, thierischer Genußsucht, Mangel an Zucht und Läuterung des Willens. Ihre Entwicklung geht viel langsamer vor sich und nur im Anschluß an die Fortschritte der überlegenen Raçen; sie hat es am wenigsten vermocht, die gewaltigen Kräfte der Natur sich dienstbar zu machen. Zwischen ihnen stehen die mongolische, malaische und amerikanische Raçe.

Von großer Bedeutung ist ferner der verschiedene Charakter der Nationen. „Wie die Charaktere der Individuen verschieden sind, so hat auch die Natur dieselbe Verschiedenheit in dem Charakter der Staaten hervorgebracht. Unter dem Charakter eines Staats sind seine Lage, seine Ausdehnung, die Zahl und der eigenthümliche Geist seiner Bewohner, sein Handel, seine Gewohnheiten, seine Gesetze, seine Mängel, seine Reichthümer und Hülfsquellen zu verstehen." (Friedrich II.) Jede Nation stellt daher einen eigenthümlichen Körper dar, in welchem die verschiedensten gleichheitlichen Kräfte auf= und niedersteigen und durch gleiche Einflüsse von außen und innen auch zu gleichen productiven Wir-

---

*) Von dem günstigen Einfluß starker Luftbewegungen auf den Volkscharakter spricht z. B. Reich, Volksgesundheitspflege S. 26.

kungen gebracht werden. Nach der Verschiedenheit der productiven Grundelemente, welche in jeder Nation zur Geltung kommen, bestimmt sich auch die Verschiedenheit der nationalen Arbeitskraft. Ohne Zweifel liegt der Grund hievon schon in dem Unterschied der natürlichen Anlagen; doch hängt sehr Vieles auch von der Höhe der erreichten Entwicklung, von geschichtlichen und socialen Verhältnissen, z. B. von dem Grade der Vermischung mit anderen Nationalitäten ab'; „so wird z. B. kein Volk an Arbeitsenergie die Engländer und Amerikaner, an Arbeitspünktlichkeit die Deutschen, an Arbeitsgeschmack die Franzosen übertreffen." (Roscher.) Einflußreich ist auch die Richtung der nationalen Bedürfnisse, von welchen die Richtung und Art der Production ihre leitende Anregung empfängt. Die Juden zeichnen sich vor Allem aus durch Kraft im Entsagen, Sparsamkeit, Schlauheit, Geduld und zähe Beharrlichkeit, durch begnügsame Benützung aller kleinen Vortheile, Eigenschaften, welche zur Ansammlung und Erhaltung des Reichthums sehr geschickt machen.

Bemerkenswerth sind auch die Eigenthümlichkeiten verschiedener Stämme in einem Volk, wie der Athener und Spartaner, der Iren und Engländer, der Nord- und Süddeutschen. Während der Norddeutsche Redegewandtheit, industriellen Fleiß, nüchtern abwägendes Urtheil bewährt, zeichnet sich der Süddeutsche durch überlegene natürliche Begabung, Frische und Kraft des unbeugsamen Willens aus.

Sogar in einzelnen Gegenden und Familien erbt sich unter dem fortdauernden Einfluß gleicher Ursachen eine gleiche Arbeitskraft fort.

§ 17.

Vom Erfolg der Arbeit.

Der Erfolg der Arbeit hängt für jede einzelne Verrichtung ab von der Höhe der Arbeitskraft und von dem Eifer des Arbeiters.

Die Arbeitskraft entsteht in keinem Menschen freiwillig; wenn auch die bisher betrachteten Unterschiede auf die Ausbildung des Arbeiters von großem Einfluß sind, so muß doch in allen Fällen diese Ausbildung durch einen bestimmten ihr entsprechenden Aufwand be-

wirkt werden. Dieser Aufwand ist zunächst sachlicher Vermögens=
aufwand und hat den Zweck, nicht nur das Leben und die Gesundheit
des Arbeiters zu erhalten und seine körperliche Entwicklung nach den
Gesetzen der menschlichen Lebensdauer zu ermöglichen, sondern auch
mittelst Ausgaben für Erziehung und Unterricht aller Art die=
jenigen besonderen Kräfte heranzubilden, welche zur Ausübung
einer bestimmten Verrichtung erforderlich sind. So muß die Kör=
perkraft der ländlichen Arbeiter, der Matrosen durch nahrhafte,
reichliche Kost gestärkt werden, die geistigen Verrichtungen der
Gelehrten, Künstler ꝛc. können nur durch kostspielige Aneignung
von Kenntnissen und Fertigkeiten erlernt werden u. s. w. Die
Größe dieses Vermögensaufwandes richtet sich nach den Preisen
der Güter, welche zu solchen Zwecken aufgewendet werden müssen.

Zu diesem Vermögensaufwand muß aber in allen Fällen noch
die persönliche Mitwirkung des Arbeiters selbst kommen. Der bloße
Genuß von Nahrung, der Ankauf von Büchern, Instrumenten u. dgl.
würde selbstverständlich nicht genügen, um in einem Menschen die
beabsichtigte Arbeitskraft herzustellen. Jeder muß vielmehr durch
Uebung und Willensanstrengung die durch den Aufwand der ersten
Art dargebotenen Bildungsmittel in sich aufnehmen und verar=
beiten, damit sie wirkliche Arbeitsbefähigung in ihm erzeugen.
Diese persönliche Willensanstrengung ist gleichfalls ein Aufwand,
ein Opfer, das der Arbeiter bringt, um zweckentsprechend arbeiten
zu können. Was also der Mensch an Arbeitskraft besitzt, ist nur
dem Keime nach reine Naturgabe, die wirkliche Fähigkeit zu ar=
beiten erlangt er erst durch den erläuterten Aufwand, dessen Größe
daher auch in Verbindung mit den entsprechenden Naturanlagen
den Erfolg der Arbeit bestimmen wird. Die menschliche Arbeits=
kraft, obwohl sie als Productionsmittel wirkt, ist daher doch zum
allergrößten Theile künstliches Erzeugniß, Ergebniß vorangegange=
nen Aufwands, Product.

Der Arbeitseifer hängt ab von dem Ehrgefühl und von der
Belohnung des Arbeiters. Das Ehrgefühl macht Jeden nicht blos
seinem Herrn, sondern sich selbst und der ganzen Welt verantwort=
lich; man kann sich keinen stärkeren Antrieb zu gewissenhafter
Pflichterfüllung denken, besonders wenn man unter Ehre nicht blos
äußere Ehre versteht. Es ist bedingt durch läuternde Erziehung und

Unterricht, durch edle Sitten und durch Freiheit. Daher ist die
Verbreitung tüchtiger Bildung und aufgeklärten Wissens in der
Arbeiterbevölkerung von großer Wichtigkeit für die Wirthschaft
eines Landes, weil dadurch das Selbstbewußtsein und Pflichtgefühl
der Arbeiter gehoben, übrigens auch ihre Bedürfnisse vermehrt und
verfeinert und mehr Anreiz zur Nüchternheit und Fleiß gegeben
wird. „Es wäre leicht zu beweisen, daß in allen oder fast allen
Staaten Europa's die Last der Arbeit sich minderte oder mehrte,
je mehr man sich der Freiheit genähert oder von ihr entfernt
hatte." (Montesquieu, Geist der Gesetze, VI. 9.) Vor Allem
muß daher der Arbeiter persönlich frei sein; der Sclave arbeitet
zwar wohlfeiler, aber auch lässiger und schlechter; er hat keine Liebe
zur Arbeit, weil er nur als Erwerbsmittel für seinen Herrn dient.
Den Sclaven muß man zur Arbeit zwingen, nöthigenfalls mit der
Peitsche, und immer strenge beaufsichtigen; so kommt es, daß er die
Arbeit haßt.

Dennoch findet sich die Sclaverei ursprünglich bei allen rohen
Völkern, selbst noch bei solchen, die sich der Civilisation rühmen.
Sie entsteht entweder durch gewaltsame Unterjochung und Beraubung, oder durch Armuth und Verschuldung. Wo noch kein
Bedürfniß nach Freiheit in dem Gefühl einer niedrig stehenden
Bevölkerung ist oder wo die Freiheit um den Preis der materiellen
Existenz erkauft werden müßte, kann die Sclaverei sogar vorübergehend wohlthätig wirken. Allein mit dem Fortschritt der Gesittigung muß sie verschwinden. Gewalt und Ueberlistung werden
durch Recht und Moral ihrer Herrschaft entsetzt und die Ausbildung der Wirthschaftsverhältnisse macht es auch dem Geringsten
möglich, eine selbständige Existenz zu gründen. Daß manche Productionszweige, wie der Anbau des Zuckerrohrs, der Baumwolle
in Amerika, die Sclaverei unentbehrlich machen, oder daß gewisse
Racen, wie etwa die Negerrace, von der Natur dazu für immer
bestimmt seien, sind entweder irrthümliche oder heuchlerische Behauptungen.

Aehnliches gilt auch von der Leibeigenschaft und vom Frohn-
dienst; nur in geringerem Grade, weil sie die Selbständigkeit des
Arbeiters nicht völlig aufheben.

Wie es daher mit dem Arbeitseifer in Rußland, wo die Arbeit großentheils in den Händen der Leibeigenen liegt oder lag (1861), beschaffen sein muß, läßt sich aus folgenden Daten entnehmen.

Im genannten Jahre waren im Ganzen in Rußland 23,069,631 (11,824,718 männliche und 11,244,913 weibliche) Leibeigene und sie vertheilten sich unter 103,194 (1838 gab es 127,103, 1857 noch 111,894) Eigenthümer folgender Maßen:

Leibeigene der Grundherren . . . 22,284,876
     „   verschiedener Anstalten .   242,156
     „   in Gewerben u. Fabriken .   542,599
              Zusammen   23,069,631

Die ganze Bevölkerung des russischen Reiches betrug aber am 1. Januar 1861 64,833,012 Einwohner, mit Polen und Finnland 73 Millionen.

Die Selbständigkeit des nach dem Gesetz freien Arbeiters bewährt sich vorzüglich in der ungehinderten eigenen Verfügung über seine Arbeitskraft und zu diesem Behufe in der freien Wahl seines Berufes, seines Aufenthaltes, in der Gleichheit vor dem Gesetz, in der Möglichkeit eine Ehe zu schließen und eine unabhängige Stellung zu erwerben. Alles das sichert dem Arbeiter die Früchte seines Fleißes, die Ehre und Achtung seines Standes und schützt ihn vor Erniedrigung, Bedrückung und Ausbeutung seiner Kräfte durch Andere. Wo die Arbeit verachtet, der Arbeiter menschenunwürdig und rücksichtslos behandelt wird, da wird auch Schlechtigkeit der Arbeit, Unzuverlässigkeit, Trägheit und Gewissenlosigkeit herrschen. Dies gefährdet aber nicht blos die Arbeiter selbst, sondern die ganze Gesellschaft; denn die Arbeiter sind der Grundstock, auf welchem die ganze wirthschaftliche Existenz der Gesellschaft beruht. Die Alten, sogar die hochgebildeten Griechen und Römer, hatten über die Würde der Arbeit sehr unwürdige Ansichten. Das Christenthum und die umfassendere, menschlichere Gesittung der neueren Völker trugen viel dazu bei, diese Ansichten zu mildern. Die anerkannte Ehre der Arbeit kann als ein bedeutsames Kennzeichen der Gesittung angesehen werden.

Eine übertriebene Anwendung des Grundsatzes, daß auch das moralische Element des geselligen Verbandes nicht übersehen werden darf, findet sich in mehreren Aufsätzen des Cornhill

Magazine („Unto this last," 1860, Nr. 8 u. 9), in welchen der herrschenden Lehre der Oekonomisten von der bewegenden und bestimmenden Kraft des Selbstinteresses das Moment des Gefühls und der Zuneigung (social affections) gegenübergestellt wird. „Hieraus entspringe die größte Arbeitsliebe und also auch der größte Arbeitserfolg. Von diesem Gefühl müßten Herren und Arbeiter gegenseitig durchdrungen sein; aus ihrer socialen Verbindung entsprängen bestimmte sociale Pflichten, wie bei anderen Ständen. Wie andere Stände (Soldaten, Richter, Aerzte) eher sterben müßten, als ihre Pflicht vernachläffigen, so müßte auch der Unternehmer eher seinen Gewinn aufopfern, als durch seinen Eigennutz die Arbeiter und Consumenten in's Elend gerathen laffen." Allein der productive Beruf kann nur auf den Gesetzen der Gegenseitigkeit des freien Tausches bafiren; was an diesen Behauptungen Wahres sei, erhellt aus dem bisher Gesagten. (Vgl. § 2; dann besonders § 87 und 101.)

Die Belohnung des Arbeiters liegt, wenn er für sich selbst arbeitet, unmittelbar im Ertrag seiner Arbeit, und da ihm dieser ganz gehört, wird hier der Arbeitseifer am größten sein. Daher ist die Arbeit des Eigenthümers auf seinem eigenen Grundstück, in seiner eigenen Werkstatt, überhaupt die jedes selbständigen Unternehmers immer die wirksamste.

Arbeitet der Arbeiter im freien Zustande für Andere, so erhält er eine Vergütung hiefür im Arbeitslohn; von der Größe desselben wird also hier sein Eifer abhängen. Der Lohn kann sein Zeit- oder Stücklohn, je nachdem der Arbeiter nur nach Verhältniß der Zeit, in welcher er arbeitet, ohne jedesmalige Rückficht auf den Erfolg seiner Arbeit gelohnt wird, oder nach dem jedesmaligen Erfolg der Arbeit. Beim Zeitlohn, wenn er nicht sehr bedeutend ist, wird der Arbeitseifer am geringsten sein, denn der Arbeiter ist des festbestimmten Lohnes sicher und läuft nur Gefahr nach Ablauf der Vertragszeit entlassen zu werden; der Stücklohn dagegen reizt zu größerem Eifer, weil er mit jeder Vermehrung des Arbeitsertrags steigt. Der letztere ist aber nur da anwendbar, wo die Leistungen der Arbeiter je nach ihrem Eifer, wenigstens der Zeitdauer nach, sehr verschieden sein können, wo also bedeutend schneller oder langsamer gearbeitet werden kann, oder wo sich die Leistungen unbeschadet des Erfolgs in verschiedene Theile zerlegen lassen, also wo nach dem Stück, nach dem Gewicht ꝛc. gearbeitet werden kann. Dagegen kann die Gewinnsucht den Arbeiter beim Stücklohn auch zu Ueberstürzung und schlechterer Arbeit verleiten, oder doch zu übermäßiger Anstrengung und in Folge dessen Erschöpfung seiner Kräfte. Wo es daher auf gelassenes, sorgfältiges, ausdauerndes Arbeiten ankommt, oder wo die Arbeit nicht in einzelne Stücke zerlegt werden kann, wie z. B. beim Landbau, da ist der Stücklohn nicht rathsam. — Dem Arbeiter kann vom Arbeitsherrn der Lohn auch in einem Antheil am Gewinn der Production zugesichert werden, entweder so, daß er dann gar keinen festen Lohn bezieht, oder so, daß ein festbestimmter Lohn noch durch die Gewinnquote steigen kann. (Commissionssystem). Im letzten Fall gibt der Unternehmer seinen Arbeitern gleichsam das Gelingen der Unternehmung in Accord und dieses ist da zu empfehlen, wo ohne besonderen Eifer aller Theilnehmer das ganze Unternehmen fehlschlagen kann, wie beim Seefischfang. Dieses System wird auch mit Erfolg in großen Pariser Magazinen angewandt, wo den Commis je nach dem Quantum dessen, was sie verkaufen, neben einem sehr geringen Zeitlohn ein Antheil am Reinertrag des Geschäfts bewilligt und in den Büchern des Hauses gut geschrieben wird. (Intérêt dans la maison). Dagegen ist die erstere Art der Gewinnquote wenigstens für arme Arbeiter bedenklich, weil der Gewinn entweder ganz ausbleiben oder doch sehr spät sich einstellen kann.

Der Lohn ist ferner sehr verschieden, je nachdem er für umlaufende oder stehende Arbeitskraft bezahlt werden muß. Unter der ersteren kann man diejenige verstehen, deren Anwendung im Arbeiter einen solchen Verlust oder eine solche Erschöpfung seiner Kräfte bewirkt, daß sie beständig wieder erneuert und ergänzt werden müssen. Dies gilt insbesondere vom ganzen laufenden Unterhalt, wie überhaupt von jeder durch die Arbeit dem Arbeiter aufgebürdeten Ausgabe, z. B. für Erfrischung seines Geistes, Stärkung seiner Willenskraft u. s. w. Die stehende Arbeitskraft verliert der Arbeiter durch die Arbeit nicht, es muß ihm also auch nur die Benützung derselben für productive Zwecke vergütet werden. Dieses wird bei der Darstellung der Gesetze des Arbeitslohns als Einkommenszweiges noch näher auseinandergesetzt werden. Auf den

Arbeitseifer haben diese Lohnverschiedenheiten nur insofern Einfluß, als der Lohn für den umlaufenden Arbeitsertrag verhältnißmäßig viel sicherer ist, weil ohne ihn der Arbeiter ja gar nicht fortarbeiten könnte, daher solche Arbeiter, die nur oder größtentheils nur diesen Lohn beziehen, möglicher Weise lässiger arbeiten; und da die Vergütung der stehenden Arbeitskraft weniger sicher ist, so muß der Möglichkeit größeren Verlustes auch die Möglichkeit größeren Gewinnes entsprechen. Daher wird der Lohn von Arbeitern der letzteren Art verhältnißmäßig höher sein als der Lohn von Arbeitern der ersten Art. Jene werden also auch vergleichsweise strebsamer und eifriger arbeiten, als diese, und das wird durch die Erfahrung bei den Arbeitern höherer Art gegenüber den gemeinen Handarbeitern bestätigt.

IV. Vom Capital als Güterquelle.

§ 18.

Wesen und Bestandtheile des Capitals.

Die dritte und letzte Güterquelle ist das Capital, d. h. alle nicht von der Natur herrührenden Productivkräfte, welche selbständig, nicht durch Vermittlung des menschlichen Körpers in den Productionsumlauf treten.*) Die unterscheidenden Merkmale des Capitals sind also zwei, 1) ist es nie ursprüngliche Naturkraft, sondern immer ein Product wie die Arbeit, und 2) wirkt es productiv außerhalb des Menschen, wenn gleich in den meisten Fällen gemeinschaftlich mit Natur- und Arbeitskraft. Zum Capital gehören also alle künstlichen Productivmittel außer der Arbeit. Im gewöhnlichen Leben pflegt man Capital eine größere Geldsumme zu

---

*) Die Bedeutung des Capitals, welches häufig, aber zu enge „angesammelte Arbeit" genannt wird, liegt in der durch menschliche Kunst verfeinerten und potenzirten Productivkraft des rohen Stoffes; es repräsentirt somit die menschliche Intelligenz und Willenskraft außerhalb des menschlichen Körpers und seine Wichtigkeit für die Volkswirthschaft steigt daher in demselben Verhältniß, als die Civilisation sich entfaltet. Aus der Beschaffenheit der concreten Capitalbestandtheile einer Nation läßt sich in hohem Maße auf den Grad seiner wirthschaftlichen Entwicklung schließen.

nennen, aber von diesem Sprachgebrauch muß man ~~Nch Aschies~~ Nationalökonomie frei halten; denn obwohl auch das Geld zu den unpersönlichen Producten gehört, ist es doch nur Capital, insofern es zur Gütererzeugung verwendet wird. Noch viel irriger aber wäre es, nur das Geld als Capital anzusehen. *)

Von den künstlichen, unpersönlichen Producten sind ferner nur diejenigen Capital, welche zu irgend einem bestimmten und bemessenen Betrage von einer Person angeeignet werden können. Diese Beschränkung ist nothwendig, damit jeder Besitzer eines Capitals die Productivkraft desselben genau zu berechnen vermag, weil hievon sein Antheil am Gesammtproduct abhängt, wenn Capital und Arbeit zusammen verwendet worden sind. Außerdem würden Capital und Arbeit bezüglich der Vertheilung des Gesammtproducts nicht auf gleicher Stufe stehen. Bei der Natur ist diese Beschränkung entbehrlich, weil sie keinen Ertrag erzeugt, der Tauschwerth hätte (§ 42.), eine Ausscheidung dessen, was auf Rechnung der Natur zu setzen ist, also auch nicht veranlaßt wird. Denn es gibt sehr viele künstliche Beförderungsmittel der Production, wie den Credit, das Geldwesen, die Arbeitstheilung, die Ordnung und Sicherheit des Staatsverbandes u. dgl., aber ihre productive Wirkung kommt Jedem ohne Unterschied zu Gute und Niemand kann sich einen bestimmten Betrag dieser Wirkung ausschließlich zueignen. Diese productiven Hülfsmittel könnte man daher gesellschaftliche Kräfte nennen, Errungenschaften der fortschreitenden Civilisation oder der productiven Kunst, die sich von Generation zu Generation vererbt und erweitert und wie ein geistiges Fluidum die wirthschaftlichen Bestrebungen der Völker befruchtend durchdringt; sie wären ihrer Wirksamkeit nach auf gleiche Stufe mit der Natur zu setzen, vor der sie jedoch den unendlichen

---

*) Manche nennen Capital jede Productivkraft, gleichviel in welcher Form sie auftritt, und begreifen darunter auch die menschliche Arbeitskraft, Bildung, Sitte, Sprache, kurz Alles, was die Production oder die Cultur befördern kann; dieses Generalisiren scheint seinen tieferen Grund in einer gewissen Richtung der Zeit zu haben, die man Capitalismus nennen könnte und die, bewußt oder unbewußt, dem Capital eine überwiegende Herrschaft im Gebiet der Volkswirthschaft einräumen möchte. Freilich ist dann auch manchmal von „Capital im engeren Sinne" die Rede.

Vorzug der Unbeschränktheit voraus haben, aber nicht mit dem Capital.

Jeder Blick auf das Leben zeigt, daß die Bestandtheile des Capitals sehr manichfaltig sind. Man kann folgende Hauptclassen unterscheiden:

1. Grund und Boden, sofern bereits Arbeit oder auch Capital hinein verwendet wurde; denn im rein jungfräulichen Zustande ist der Boden nicht Product, sondern ursprüngliche Naturkraft. Diese productive Bearbeitung des Bodens braucht übrigens nicht an ihm selbst sichtbar hervorzutreten, wenn nur seine Ertragsfähigkeit für den Besitzer durch irgend eine künstliche Veranstaltung über den rohen Naturertrag hinaus erhöht worden. So wird z. B. der Boden schon zum Capital, wenn er unter den Schutz einer die Rechtsordnung handhabenden Staatsgewalt gebracht wird, weil nunmehr der Eigenthümer die seinen Ertrag schmälernden Kosten des Selbstschutzes erspart, oder durch Erbauung einer Straße oder einer Eisenbahn in seiner Nähe, wodurch man die Transportkosten mindert und das Grundstück gleichsam künstlich in eine andere Lage, nämlich in größere Nähe zum Absatzort versetzt; durch solche und ähnliche Verwendungen muß natürlich auch der Capitalwerth derjenigen Grundstücke steigen, welche vorher schon Capitaleigenschaft hatten. Am deutlichsten wird aber der Boden zum Capital durch seine Bearbeitung und Umformung selbst, also z. B. durch seine Entwaldung, Entsumpfung, durch Bewässerung, Entwässerung (Drainage), durch Bepflanzung, durch Errichtung von Wegen, Dämmen, Zäunen, Gräben, kurz durch jede künstliche Vermehrung der ursprünglichen Ertragsfähigkeit des Bodens. Würde die Wirkung solcher Meliorationen ganz verschwinden, so würde damit auch der Boden wieder in seine frühere Eigenschaft als rohe Naturkraft zurücksinken.

Man ersieht hieraus, daß der Gesammtertrag der Grundstücke aus verschiedenen Theilen zusammengesetzt ist, nämlich aus der productiven Wirkung der Natur, der Arbeit und des Capitals.

Die Grundstücke sind als rohe Naturkräfte, wie alle übrigen, nicht vermehrbar, wohl aber als Capital, d. h. indem man sie fortwährend zu verbessern und ihren Ertrag zu steigern sucht. Nach welchen Gesetzen dieses geschieht, wird sich aus der Darstellung der Capital- und Grundrente ergeben; schon hier muß aber darauf hingewiesen werden, weil es sehr häufig bestritten wird, daß sich die Grundstücke als Capitalien grundsätzlich in Nichts von allen übrigen Capitalien unterscheiden.

Der Ertrag des Bodens besteht nicht nur in eigentlichen Bodenfrüchten, sondern in Allem, was aus dem Boden gezogen werden kann, also Sand, Gestein, Mineralien u. s. w.

2. Bauwerke und Gebäude aller Art, namentlich Werkhäuser, Vorrathshäuser, Ställe, Wohngebäude, sofern sie zu productiven, und nicht blos zu Genußzwecken bewohnt werden, Kanäle, Eisenbahnen, Telegraphen, Brücken, Schiffe u. s. w.

3. Werkzeuge, Maschinen und Geräthe.

Unter Werkzeugen versteht man alle diejenigen Productionsmittel, welche zur unmittelbaren Unterstützung der gemeinen Handarbeit dienen, also in ihrer productiven Wirkung noch in hohem Grade von der körperlichen Kraft und Geschicklichkeit des Arbeiters abhängig sind, wie Messer, Hämmer, Sägen u. s. w. Sie stehen daher in untergeordneter Beziehung zur Arbeit, deren Wirksamkeit sie nur verstärken, beschleunigen, erleichtern.

Maschinen sind künstlich zusammengesetzte Productivkräfte, welche vermöge des ihnen inwohnenden Mechanismus selbständig wirken, sobald sie vom Menschen in Bewegung gesetzt und im Zustande der Wirkungsfähigkeit, z. B. durch Heizung, Oelung, Ausbesserung erhalten werden. Hier hat der Arbeiter dann nur noch zu beaufsichtigen und zu leiten, ferner die Bearbeitungsstoffe beizuschaffen und etwa diejenigen körperlichen Verrichtungen zu besorgen, welche der Maschine noch nicht selbst übertragen werden können, z. B. Rabdrehen, Fäden knüpfen, Wolle aufschütten u. s. w.

Maschinenwerkzeuge sind diejenigen Theile der Maschine, welche zu ihr selbst in demselben Verhältniß stehen, wie die gewöhnlichen Werkzeuge zur menschlichen Hand, also Schmiedehämmer, Weberschiffchen u. dgl.

Die Geräthe dienen besonders zur Unterstützung der persönlichen Dienste, Küchengeräthe, Bücher, Tische u. a. m.; man muß zu ihnen aber überhaupt alle Hülfsmittel der Arbeit rechnen, die weder Maschinen noch eigentliche Werkzeuge sind.

4. Arbeits- und Nutzthiere, je nachdem sie der Mensch zur

Unterstützung seiner Arbeit gebraucht, wie Zug= nnd Lastthiere, oder nachdem er sie wegen ihrer nutzbaren Erzeugnisse verwenden will, wie Schaafe wegen ihre Wolle, Schweine wegen ihres Flei= sches, Kühe wegen der Milch u. s. w.

5. Stoffe, und zwar a) Haupt= oder Verwandlungsstoffe, aus denen das neue Product unmittelbar hervorgehen soll, wie die Wolle bei der Tuchbereitung, die Saat beim Ackerbau, das Holz beim Schiffbau, das Eisen beim Schmieden; b) Hülfsstoffe, welche als Hülfsmittel zur bequemsten, vortheilhaftesten oder schnellsten Einwirkung auf die Hauptstoffe dienen, wie Holz und Kohlen beim Schmieden, Chlor beim Bleichen, Schwefelsäure beim Raffiniren des Oels. Die Hülfsstoffe verschwinden äußer= lich bei der Production, aber ihre productive Wirkung zeigt sich am Hauptstoff; sie haften daher gewissermaßen unsichtbar (latent) im neuen Product.

6. Handelsvorräthe, welche der Händler auf dem Lager halten muß, um sein Geschäft zur Befriedigung der Kunden betreiben zu können. Ihre Wirkung besteht in der größeren Auswahl und jederzeitigen Befriedigung der Käufer.

7. Geld und Vorräthe edlen Metalls, welche zum fortlaufen= den Betrieb der Production, zur Beschleunigung und Erleichterung des Waarenumlaufs und zur Aufrechthaltung des Credits der Producenten vorräthig gehalten werden müssen. Hieher gehören also namentlich alle nothwendigen Cassenvorräthe, dann besonders die Metallfonds der Banken, ferner die Geldvorräthe aller derer, die mit Geld handeln.

In jedem Lande läuft aber ein Theil des ganzen Geldbe= trags auch beständig in den Händen der Consumenten um, und dieser ist nicht Capital, weil er als solcher nicht mehr zu produc= tiven Zwecken verwendet wird. Dieser Theil des Geldes hat eine ähnliche nützliche Wirkung wie Silbergeschirre auf einer Tafel: man kauft bequemer mit Geld als mit anderen Producten, wie man auf Silber bequemer und anständiger speist als auf der bloßen Hand. Aber Productionsmittel sind beide nicht, sondern Consum= tionsmittel. Nur als allgemeine gesellschaftliche Kraft könnte man auch das Geld in den Händen der Consumenten auffassen, weil allerdings das Geld einen beträchtlichen Aufwand an Mühe und

Zeit beim Waarenaustausch erspart. Geld ist also immer nur insofern Capital, als es nicht zu den Zwecken der Consumtion verausgabt wird, d. h. immer nur in den Händen der Produzenten.*)

8. Endlich eine Reihe unkörperlicher Producte, welche die
Production erleichtern und ihren Erfolg sichern. So die erworbene
Kundschaft, eine durch Fleiß und Sorgsamkeit gegründete angesehene Firma, Gewerbsrechte, Bannrechte, überhaupt Vorrechte
und Verhältnisse aller Art, insofern sie dem Producenten einen
größeren Ertrag oder Gewinn verschaffen, als er außerdem haben
würde. Denn für den Producenten kann die lästige oder stets
drohende Konkurrenz anderer Mitproducenten ebenso nachtheilig
sein, wie eine feindselige rohe Naturkraft. Der aus der Befreiung
hievon hervorgehende Vortheil bildet dann den Werth dieser un-
körperlichen Capitalien und besteht besonders in vermehrtem oder
gesichertem Absatz. Solche Verhältnisse können freilich, wenn sie
im Uebermaß ausgebeutet werden, schädlich für das Ganze sein,
da der Producent im Besitze derselben leicht bequem und lässig
wird. Dann sind sie keine wirklichen Capitalien.**)

---

*) Diese beschränkende Ansicht von der Capitaleigenschaft des Geldes, die
ich bereits in meiner „Kritik der Lehre vom Arbeitslohn" 1861. S. 115 aufgestellt habe, finde ich jetzt auch bei Cherbuliez, précis de la science économique p. 241. Dieser Schriftsteller widerspricht sich aber, wenn er das Geld,
weil es ein Werkzeug des Umlaufes sei, doch als Capital für die Gesellschaft im
Ganzen gelten läßt. Ein Gesellschaftscapital als solches läßt sich nicht denken;
producirt das Geld wirklich, dann muß es auch für die Einzelnen produciren,
denn von dem Gesammtproduct des Geldes müßte ja doch ein proportioneller
Antheil auf jeden Einzelnen treffen. Das Geld erleichtert unstreitig den Umlauf und damit die Production, es vermehrt sicherlich auch die letztere. Allein
das gleiche gilt auch vom Eigenthum, vom Credit, von der Rechtspflege, kurz
von allen gesellschaftlichen Fortschritten. — Wenn man freilich, wie es neuestens geschieht, unter dem Capitalbegriff Arbeitskraft, Bildung, Witz, Geschmack,
Gedächtniß, Landessitte, Religion und noch ein Dutzend anderer Dinge zusam-
menwirft, die ein Ueberschuß über den Verbrauch seien und einen Ueberschuß
der Erzeugung über die Anstrengung zurücklassen, so ist das eine Turbulenz
und eine Verwirrung der Begriffe, bei der allem Ueberschuß der Wissenschaft
bald ein Ende gemacht wäre.

**) Diejenigen, welche die gewöhnliche Eintheilung der Capitalbestandtheile
kennen, werden vielleicht unter der vorstehenden Aufzählung die Unterhaltsmittel
für die Arbeiter vermissen. Allein die Productivkräfte, welche vermittelst der
menschlichen Arbeit productiv wirken, sind Arbeitskraft, nicht Capital; sie sind

Man könnte auch von persönlichem Capital sprechen, wenn nämlich Jemand den festgegründeten Ruf seines Namens einem Unternehmen leiht und dadurch dessen Blüthe und Gedeihen befördert, sich aber eine Einnahme als Vergütung hiefür bezahlen läßt. In jeder anderen Beziehung kann man die persönlichen Eigenschaften der Menschen nicht als Capital auffassen, da sie nur durch Arbeit, d. h. irgend eine Anstrengung productiv wirken können, was beim Capital durchaus nicht der Fall ist. Denn dieses trägt seine Productivkraft in sich selbst und sein Besitzer bleibt bei ihrer Verwendung müssig.

§ 19.
Von der Productivkraft des Capitals, insbesondere von den Maschinen.

Die Productivkraft des Capitals beruht auf seinen zu productiven Zwecken verwendbaren Eigenschaften, welche, wie wir gesehen haben, sehr manichfaltiger Art sind. Jedes Capital enthält, wie die Natur oder die Arbeit, ein bestimmtes Maß von Kräften in sich, deren Benützung das Capitalproduct zur Folge hat. Durch das Capital werden entweder Stoffe für die Arbeit geliefert oder die Verrichtungen der Arbeiter in hohem Grade erleichtert und abgekürzt. Was man bei jeder productiven Thätigkeit der Mitwirkung des Capitals verdankt, ist als Capitalproduct anzusehen. Wer z. B. mit der bloßen Hand schwimmend im Wasser Fische

---

die Substanz der Arbeit, welche ohne sie nicht gedacht werden kann, und können daher nicht noch einen zweiten Productionsumlauf als Capital durchmachen. Ihre Einreihung unter das Capital wäre ein error dupli und eine Verwechselung von Capital mit Productionsauslage des Unternehmers. Man könnte dagegen einwenden, daß dem Unternehmer auch für die in der Bezahlung seiner Arbeiter liegende Productionsauslage der gewöhnliche Capitalzins werden muß; allein dies ist nur insoweit der Fall, als der Unternehmer entweder selbst Naturalvorräthe zum Unterhalt seiner Arbeiter hält, dann steht er gleich dem Verkäufer, dessen Waaren die Arbeiter einkaufen und verzehren, und er betreibt neben seiner eigentlichen Unternehmung noch einen besonderen Tauschhandel, wofür er sich Vorräthe halten muß; oder insoweit als er zur periodischen Bezahlung seiner Arbeiter einen gewissen Geldfond als Kassenvorrath bereit halten muß, dann fällt dieser Capitalbestandtheil unter die Rubrik 7. (Vgl. in letzterer Beziehung auch die bei Rau I. § 125 Anm. a. aufgeführten Schriftsteller.)

fängt, hat in den gefangenen Fischen nur Natur= und Arbeitspro=
duct, sofern nicht das Wasser oder die Fische erst künstlich hervor=
gebracht wurden; bedient man sich dabei eines Bootes und eines
Netzes oder einer Angel, so wirkt die Capitalkraft mit und was
man dabei mehr, leichter oder schneller fängt, ist Wirkung dieser
letzten Productivkraft.   Das Capital ist also eine selbständige
Güterquelle, wie die beiden anderen, aber es muß in der Regel,
je nach der Natur jedes productiven Geschäfts, mehr oder weniger
mit jenen verbunden werden, um seine Wirkung äußern zu können.
Manche Capitalien vermögen aber auch für sich allein productiv
zu wirken; so kann man Wein in Flaschen Jahre lang ohne Zuthat
von Arbeit liegen lassen, und was der Wein durch die fortgesetzte
Gährung an vermehrter Annehmlichkeit oder Stärke gewinnt, ist
lediglich Capitalproduct.   Hätte man kein Capital, so könnte man
sehr viele Producte gar nicht zu Stande bringen, oder nur mit
unendlich größerem Arbeitsaufwand; man denke z. B. an das
Fällen eines starken Baumes mit der bloßen Hand, oder an den
Waarentransport ohne Pferde, Wagen, Eisenbahnen u. s. w. Das
Capital ist daher das wirksamste und bequemste Mittel, um dem
Menschen die Herrschaft über die Natur und damit die Erhaltung
und Verschönerung seiner Existenz zu erleichtern.

Gegenüber der Arbeit kennzeichnet sich das Capital vorzüg=
lich in zwei Hauptwirkungen: es bedarf der Arbeit, aber es erspart
sie auch.   Denn in den allermeisten Fällen kann das Capital nur
durch Mitwirkung der Arbeit nutzbar gemacht werden und jede
Vermehrung desselben ist daher von einer erhöhten Nachfrage nach
der Beschäftigung suchenden Arbeit begleitet. Will man den Bo=
den durch Meliorationen ergiebiger machen, muß man Arbeit zu
diesem Behufe verwenden; will man Stoffe umformen und ver=
edeln, Bauwerke errichten und benützen, Thiere züchten und ver=
wenden, Werkzeuge und Maschinen wirken lassen, überall muß
Arbeit sich mit dem Capital verbinden, damit der Zweck der Pro=
buction erreicht werde.   Da aber, was das Capital verrichtet, von
der Arbeit nicht verrichtet zu werden braucht, so wird die letztere
verhältnißmäßig um so entbehrlicher werden, je stärker die selb=
ständige Wirksamkeit der Capitalkraft und je geringer die Menge
von Arbeit ist, welche neben dem Capital noch erfordert wird.

Dieses Verhältniß, welches unzweifelhaft für die Consumenten, d. h. für die Volkswirthschaft als Ganzes von Nutzen ist, weil die Production selbst dadurch so ungemein erleichtert und wirksam gemacht wird, läßt daher das Capital als verdrängenden Feind der Arbeit erscheinen; besonders aber die Maschinen, welche so wenig und meist nur geringfügige Arbeit zu ihrer Unterstützung bedürfen. Die Arbeiter hegen aus diesem Grunde einen gewissen Haß gegen das Capital, namentlich gegen die Maschinen, und sie haben sich der Einführung neuer Maschinen oft mit Gewalt, durch Zertrümmerung und Arbeitsverweigerung (Ludditen) widersetzt. Daß der Haß gegen ein an sich gleich berechtigtes, so wirksames und nützliches Productionsmittel ungerechtfertigt sei, leuchtet von selbst ein, denn es wäre Thorheit, da Arbeit gebrauchen zu wollen, wo man mit Capital viel mehr ausrichten kann. Indessen hat doch die Maschinenproduction, als ein eigenthümliches Glied des ganzen Wirthschaftssystems betrachtet, so tiefgreifende und bei übermäßiger Ausdehnung so schädliche Folgen, daß es nothwendig ist, ihre Bedeutung etwas näher ins Auge zu fassen.

Die Vortheile der Maschine beruhen auf ihrer kunstreichen, arbeitsersparenden Zusammensetzung, welche es möglich macht, mit verhältnißmäßig geringem Aufwand eine große Menge höchst wohlfeiler, gleichförmiger und dennoch sehr brauchbarer Producte herzustellen, und den Menschen viel beschwerliche, kostspielige und gefährliche Arbeit abnimmt.*) Die Maschine bedarf keines Arbeitslohns, keiner Erholung, arbeitet ununterbrochen mit der staunenswerthesten Genauigkeit fort und befindet sich ganz in der Gewalt des Producenten, während der freie Arbeiter nur in einem aufkündbaren Vertragsverhältniß zu ihm steht. Die Maschine ist daher das Ideal eines wohlfeilen und wirksamen Productiv-

---

*) Die Bemerkung J. St. Mill's, daß es noch immer nicht ausgemacht sei, ob alle mechanischen Erfindungen auch nur einem einzigen Menschen seine Tagesarbeit erleichtert haben, enthält allerdings nach zwei Seiten hin eine gewisse Wahrheit, sowohl was die technischen Anstrengungen früherer und jetziger Arbeit als was die Lage des Arbeiterstandes betrifft. Indessen soviel ist gewiß, daß, wenn die Arbeiten, die jetzt das Capital verrichtet, von Menschenhand geleistet werden müßten, das Loos der Arbeiter noch viel gedrückter und unwürdiger sein würde.

mittels. Eine einzige Spinnmaschine liefert die Arbeit von 266 erwachsenen Personen, eine Schnelldruckpresse 16,000 Exemplare in einer Stunde, eine Kattundruckmaschine bedruckt 24—30 Ellen in einer Minute mit 3—4 Farben, während mit Handdruck im ganzen Tag nur etwa 330 Ellen mit einer einzigen Farbe bedruckt werden können. Nur mit Hülfe der Maschine hat z. B. auch England seine jährliche Baumwollenfabrikation von 3½ Millionen Pfund auf gegenwärtig über 1000 Millionen gesteigert, und solcher Beispiele ließen sich unzählige anführen. Man muß sich dieser Vortheile der Maschinenproduction klar bewußt sein, um auch über die damit verbundenen Nachtheile gerecht urtheilen zu können. Als solche werden nämlich angeführt: Entwürdigung und häufige Beschäftigungslosigkeit der Arbeiter, Erdrückung des Handwerkes, überhaupt des Kleinbetriebs, Einführung der schädlichen Kinder- und Frauenarbeit, Ueberschwemmung aller Märkte mit den massenhaftesten Maschinenproducten. Diese Nachtheile sind allerdings vorhanden, aber man muß sie nicht der Maschine selbst, sondern der Unvollkommenheit und dem gewinnsüchtigen Uebermaß der Maschinenbenützung zuschreiben. Während die Maschine der Sclave der modernen Wirthschaft genannt wird, ist in der That wenigstens der gemeine Maschinenarbeiter zum Sclaven der Maschine geworden. Während der Handwerker sein Werkzeug regiert, muß der Maschinenarbeiter die Maschine bedienen und ihre Thätigkeit durch ermüdende einseitige Arbeit, oft nur durch monotone Arm- oder Fußbewegung ergänzen. Daß dies auf Verbildung des Körpers und auf Abstumpfung des Geistes und Gemüthes wirkt, ist nicht zu leugnen. Dazu kommt, daß die Maschinenarbeit — und dies ist ihre gefährliche Seite — gerade wegen ihrer Wohlfeilheit in Folge der beständigen Konkurrenz der Producenten zu immer wohlfeilerer Production drängt, daß man fortwährend auf Vermehrung und Verbesserung der Maschinen bedacht sein muß, was allerdings den Consumenten zu Gute kommt, aber die Beschäftigung der Arbeiter, wenigstens vorübergehend, gefährdet und an sich schon ihren Lohn drücken muß, daß immer wohlfeilere Arbeiter, namentlich Frauen und Kinder und schwächere, niedriger stehende Arbeiter gesucht werden müssen. Hiedurch muß allmählig unter der Maschinenbevölkerung, zumal wenn sie auch an Zahl übermäßig zunimmt, Schwäche, Entartung, Erniedrigung, Elend aller Art einreißen; und wir werden hierüber bei der Erörterung der Gesetze des Lohnes noch eingehender handeln. Wenn es nun auch möglich ist, diesen Gefahren durch Vervollkommnung der Maschinen, so daß sie werthvollere Arbeit erheischen, und durch wohlthätige Einwirkung auf geistige und sittliche Bildung der Arbeiter zu begegnen, so gibt doch wieder gerade die Wohlfeilheit und Massenhaftigkeit der Maschinenproduction einen äußerst mächtigen Anreiz zu einem Uebermaß der Erzeugung, das sich durch häufige Absatzstockungen, Bankerotte und Verluste am Nationalvermögen rächt und zur Ueberanspannung aller Kräfte zwingt. Und dieser Richtung kann, besonders wo die Maschinenproduction eine so schwindelnde Höhe erreicht hat wie z. B. in England, kaum Einhalt gethan werden oder nur mit großen und schweren Verlusten für die ganze Nationalwirthschaft. Wie die Maschine selbst nie stille stehen darf, wenn man sie völlig ausbeuten will, so kann auch die auf Maschinen gebaute Production eines ganzen Landes nicht in ihrem reißenden Gange aufgehalten werden. Rohstoffe und Absatz um jeden Preis ist dann die gebieterische Losung und ihr müssen sich alle Interessen unterordnen; dies kann lange glücklich fortgeführt werden, bis endlich die gespannte Sehne reißt und Erlahmung und Hinfälligkeit eintritt. Durch die Maschinen wird die ganze Production des Landes allmählich gleich der Maschine, eine kunstreiche, höchst verwickelte, Staunen erregende, aber auch gefährliche Anstalt, welche einzelne Wenige reich, aber auch Viele arm machen und ohne beständige ängstliche Sorgfalt und Bewachung leicht platzen und Schrecken und Verderben um sich her verbreiten kann.

Bei dem heutigen Stande der wirthschaftlichen Dinge kann kein Volk die Maschinen entbehren, welches sich zu Reichthum und Macht aufschwingen und darin erhalten will; ein Aufgeben dieser mächtigen Productionsquelle wäre nicht nur ein ökonomischer, sondern auch ein politischer Selbstmord. Aber man sollte immer mehr auf ihre Vervollkommnung nicht blos im Interesse des Unternehmers, sondern auch des Arbeiters bedacht sein, man sollte sich ihrer mit Mäßigung und Besonnenheit bedienen und nicht mit dem heißen Erwerbseifer auf sie stürzen, der besonders die Anglo-

Amerikaner kennzeichnet und aus der civilisirten Welt allmählich
eine Fabrik zu machen droht. Die Maschinen sind eine äußerst
fruchtbare und bewundernswerthe Idee, aber jede Idee, bis ins
Aeußerste verfolgt, führt zuletzt zu ihrer eigenen Aufhebung. Frei=
lich ist man heutzutage noch weit davon entfernt; aber Jedermann
weiß, daß die „Arbeiterfrage" nur von den Maschinen herrührt,
und schon dürften die Arbeiterverbände, die Baumwollenkriege,
das Umsichgreifen der Kinder= und Weiberarbeit, die Scheußlich=
keiten namentlich der englischen Fabrikstädte warnende Fingerzeige
abgeben.

Die unbedingten Lobredner des Maschinenwesens wissen sich
sehr viel mit dem Einwande, daß Armuth, ja Pauperismus keine
ausschließliche Erscheinung der modernen Entwicklung, sondern zu
allen Zeiten vorgekommen wäre. Man pflegt sich in dieser Be=
ziehung auf die Arbeiterkämpfe unter Eduard III. in England,
auf den Verfall Spaniens seit Carl V., auf die Verarmung
Frankreichs unter Ludwig XIV. zu berufen. Ohne Zweifel gab
es in jedem Jahrhundert Armuth und Elend, und viele Nationen
sind schon durch Theurung und Pest, durch Schlaffheit, Thorheit
und Willkür in grenzenloses Unglück gestürzt worden. Allein es
ist denn doch ein Unterschied, ob das Uebel von allgemeinen Cala=
mitäten und Mißregierung herrührt, oder ob es im Wirthschafts=
system selbst wurzelt. Man ist einig darüber, daß Spaniens
Größe der maßlosen Ausbeutung des Metall= und Monopolprin=
cips, der finsteren Intoleranz, der Unfähigkeit der letzten Herrscher
aus dem Hause Habsburg zum Opfer fiel; und schon Marschall
Vauban (Dixme royale) schreibt die Verarmung Frankreichs
der principlosen Besteuerung, dem Privilegien= und Monopolien=
geist, der Aufhebung des Edicts von Nantes und der Verschwendung
Ludwig XIV. zu. Wenn aber heutzutage Staaten, wie Frankreich
und England, mit allen Hülfmitteln der geläuterten politischen
Oekonomie verwaltet werden und doch die Fluth des Pauperismus
immer drohender ihr Gebiet beleckt, so muß ein falsches Grund=
princip vorhanden sein, welches jedem Fortschritt einen unheilvollen
Stempel aufdrückt. Wir wiederholen es, das Princip des Ma=
schinenreichthums ist ein ungesundes und seine Widerlegung wird
so sicher an die Reihe kommen, wie die des Mercantilismus, wenn

selbst die Optimisten vor dem Unheil die Augen nicht mehr verschließen können.

Man verstehe übrigens auch das durch die Maschinenproduction geschaffene Proletariat recht. Die Lazzaroni in Neapel sind keine
Proletarier in diesem Sinne, so elend sie auch leben, denn sie arbeiten
Nichts oder so gut wie Nichts; den Satz, daß wer nicht arbeitet auch
nicht essen soll, kann keine menschliche Erfindung umstoßen; die Lazzaroni ziehen nun eben das armselige, aber süße farniente einem
arbeitsamen, aber gesicherten Nahrungsstande vor. Hier ist kein
Mißverhältniß zwischen Leistung und Verdienst. Proletarier aber
sind solche, die bei der mühseligsten, aufreibendsten Arbeit von
Kindesbeinen an es kaum zum täglichen Brod bringen, die aller
saure Schweiß nicht vor der periodischen Gefahr des Verhungerns,
vor der ansteckenden Seuche des Lasters, vor Erniedrigung und
Siechthum bewahrt. Proletarier sind solche, die man unter dem
Druck kunstreicher Maschinen vom zartesten Kindesalter langsam
auspreßt und dann unter Schmutz und Entbehrung allmählig im
Volkskehricht verfaulen läßt. Und dies, wer wagt es zu läugnen,
verdankt man dem Ueberwuchern der Maschinen.

Man muß jedoch die Maschinenproduction nicht blos nach der
Richtung hin betrachten, wo sie zahlreichen Arbeitermassen stehendes Elend und chronische Hungersnoth bereitet, sondern auch als
ein umfassendes Glied des ganzen Wirthschaftskörpers, im Zusammenhange mit den übrigen Zweigen der Hervorbringung.
Erstes Bedürfniß des Menschen ist die Ernährung, die Nahrungsproduction also unter allen Umständen der wichtigste Zweig des
gesammten Wirthschaftssystems, und in demselben Verhältniß, in
dem das Nahrungsbedürfniß zu den übrigen Bedürfnissen des
Menschen steht, muß auch die Nahrungsproduction zu den übrigen
Productionszweigen stehen. Die überwiegend große Masse jeder
Nation consumirt aber fast nur Nahrungsmittel; selbst was für
Kleidung und Wohnung ausgegeben wird, beträgt einen viel
kleineren Bruchtheil des Ganzen. Die große Masse der Production in jeder Nation muß daher auf Hervorbringung von Nahrung
gerichtet sein und jede Industrie, welche das ihr hienach zukommende Verhältniß überschreitet, gefährdet die Ernährung und damit die Existenz der Nation. Die Maschinenproduction hat nun

aber die Fähigkeit und Tendenz, die ihr gezogene Grenze beständig zu überschreiten, in ihr liegt der ewige Reiz zur Ueberproduction. Kein anderer Industriezweig unterliegt dieser Gefahr; sie werden alle überwiegend mit Menschenarbeit betrieben, dies ist aber nur möglich, wenn das richtige Verhältniß zur Nahrungsproduction eingehalten ist. Die Maschinenproduction dagegen ist vorherrschend Capitalproduction, sie kann sich fast unbegrenzt ausdehnen, wenn nur Capital genug vorräthig ist, sie ruht nicht auf der Grundlage der Menschenarbeit. Daher kann die Maschinenproduction sehr leicht der verhältnißmäßigen Nahrungsproduction vorauseilen und die Maschinenbevölkerung um ihren entsprechenden Antheil am Nahrungsquantum bringen, sie bietet ihnen Baumwollzeuge, Messer, statt Brod. Aber, wird man einwenden, die Maschinen= arbeiter können ja ihre Producte gegen Unterhaltsmittel eintauschen! Allein dies ist nicht mehr möglich, wenn die Nahrungsproduction von den Maschinen überflügelt ist. — Bleibt nur der auswärtige Handel. Hier ist zu bemerken, daß sehr viele Maschinenwaaren nicht gegen Nahrungsmittel, sondern gegen Luxuswaaren aller Art ausgetauscht werden. Der Luxus der Reichen in ausländischen Waaren mag diesen sehr angenehm sein, aber er hilft dem Fabrik= arbeiter Nichts; und dieser Luxus der Reichen, weil er den Export von Maschinenwaaren erleichtert, ist somit allerdings eine ent= fernte Ursache des Elends der Maschinenarbeiter. Insofern aber wirklich Nahrungsmittel für Maschinenwaaren ins Land gehen, ist zu bemerken, daß dieses seine Grenzen hat. Maschinenwaaren sind leichter zu transportiren als Lebensmittel und Rohstoffe; diese müssen von Natur sehr wohlfeil, jene sehr begehrt sein, wenn das Gleichgewicht mit leichter Mühe erhalten werden soll. Wenn nun zehn oder zwanzig Nationen mit einander auf dem fremden Markte konkurriren, einander unterbieten und dadurch zur Aus= dehnung ihrer Maschinenproduction reizen, wenn das fremde Land allmählig seine Lebensmittel und Rohstoffe selbst verarbeitet, Gewerbsproducte auf immer entlegenere Märkte gebracht wer= den müssen, ist der auswärtige Handel ein zuverlässiger Ableiter? Es geht eine Zeitlang, vielleicht ein Jahrhundert lang, wer weiß wie lange? aber nicht immer. Das schwindelnde Ma= schinengebäude muß zusammenstürzen, sowie die Länder um uns her in immer weiteren Kreisen zu industrieller Selbständigkeit gelangen.

Nun ist es ein von vielen Oekonomisten ausgesprochener Satz, daß kein Land in nennenswerthem Grade in seiner Er=nährung von der Zufuhr von Lebensmitteln von außenher abhängig gemacht werden könne. Die Marine der ganzen Welt, sagt z. B. Porter (Progress of nation p. 158.), wäre erforderlich um Großbritannien jährlich seinen Bedarf an Agriculturproducten zuzuführen, und wohlgefällig pflegt man darauf hinzuweisen, wie gering doch die englische Cerealieneinfuhr sei im Verhältniß zu dem enormen Quantum an Nahrungsmitteln, welches von der britischen Bevölkerung im Ganzen alljährlich verbraucht werde. Allein dies ist ein Trugschluß. Es handelt sich nicht um das Verhältniß der Einfuhr zur Gesammtproduction von Lebensmitteln in einem Lande, sondern um ihr Verhältniß zu dem auf den Markt gebrachten Vorrath. Denn insoweit die landbauende Classe ihre Producte selbst verzehrt und wieder als Saat in den Boden legt, tritt sie nicht in das Tauschsystem ein und stellt sie keine Nachfrage nach anderen Producten an; diese Nachfrage allein ist aber die Be=dingung für den Absatz anderer Producte, folglich für den Unter=halt anderer Producenten. Hält man dies fest, so wird das Ver=hältniß der Einfuhr schon mindestens um die Hälfte bedenklicher. Nun ist aber diese Einfuhr Großbritanniens seit langer Zeit in constantem Steigen begriffen.*) Nach Porter wurden allein an Waizen und Waizenmehl importirt im Zeitraum von 1811—1820 jährlich durchschnittlich 458,578 Quarters, zwischen 1821—1830 jährlich 534,992 Quarters, zwischen 1831—1840 jährlich 907,638 Quarters, zwischen 1841—1849 jährlich 2,588,706 Quarters; im Jahre 1860 betrug sie (nach Block) allein an Cerealien

---

*) Jährliche Einfuhr Englands an Imperial=Quarters (1 Quart. = 5,29 preuß. Scheff.) Waizen und Waizenmehl:

im Durchschnitt der Jahre.	aus Preußen.	aus Rußland.	aus Nord=Amerika.	über=haupt.
von 1831 — 35	173,000	115,000	105,000	660,000
„ 1836 — 40	526,000	138,000	98,000	1,496,000
„ 1841 — 45	652,000	111,000	88,000	1,879,000
„ 1846 — 50	567,000	563,000	818,000	4,111,000
„ 1851 — 55	702,000	602,000	1,064,000	4,700,000
„ 1856 — 60	728,000	855,000	1,103,000	5,379,000

Waizen . . . . 5,875,963 Quarters
Andere Cerealien . 7,074,361 „
Waizenmehl . . . 5,139,253 Quintals.

Diese Zahlen können benützt werden zur Verherrlichung der britischen Productivkraft und des Länder und Meere umschlingenden Handels, für den Tieferblickenden aber sind sie ein bedenklicher Beweis für die steigende Abhängigkeit Englands vom Auslande in seinen ersten Bedürfnissen. Diese Bedenken müssen aber noch steigen, wenn man, wie nothwendig, damit die Zahlen der britischen Auswanderung vergleicht. Denn es ist offenbar gleichbedeutend, ob man Lebensmittel vom Auslande herbeiholen oder den Unterhalt im Auslande selbst suchen muß. Nach Légoyt (Emigration europ. p. 75.) ist die britische Auswanderung die stärkste im Verhältniß zur Bevölkerungszahl unter allen europäischen Staaten, wenn man Deutschland als ein Ganzes betrachtet; einzeln genommen, gehen nur beide Mecklenburg (1 : 56) und Baden (1 : 61) dem englischen Reiche vor (1 : 74), andere deutsche Staaten, wie Sachsen (1 : 1453) und Oestreich (1 : 5055) stehen sogar mit Frankreich (1 : 1980) in letzter Reihe. Folgende Zahlen (nach Légoyt) ergeben die Höhe der britischen Auswanderung seit 1845:

Jahre.	Auswanderer.	Jahre.	Auswanderer.
1845	93,501	1853	329,937
1846	129,851	1854	323,429
1847	258,270	1855	176,807
1848	248,089	1856	176,554
1849	299,498	1857	212,875
1850	280,849	1858	113,972
1851	335,966	1859	120,432
1852	368,764	1860	128,469

Diese in Absätzen zunehmende Emigration ist vorzugsweise dem Pauperismus zuzuschreiben. Légoyt stellt diesen unter den Ursachen der britischen Auswanderung in erste Reihe. Er bemerkt (l. c. p. 202.): „Der Umfang des Pauperismus in England ist eine zu bekannte Thatsache, als daß wir dafür die amtlichen Beweise beizubringen hätten. Die Regierungsstatistik, nach welcher 1 Armer auf 15—18 Einwohner kommt, läßt nicht einmal die volle Wahrheit erkennen, denn sie giebt nur die Anzahl der Armen an, die an einem gegebenen Tage Unterstützung vom Kirch= spiel empfangen, und nicht die gesammte Anzahl derer, die im Ver= lauf des Jahres unterstützt werden."*) Gewiß sind das für den, der seine Augen nicht verschließen will und über die Gegenwart hinaus zu urtheilen sich verpflichtet hält, gefährliche Anzeichen eines künftigen Verfalls der britischen Größe, die zur Zeit haupt= sächlich auf der Ueberlegenheit seiner Maschinenproduction beruht. Dieser Verfall wird und muß eintreten, sobald die oben bezeich= nete Grenze des auswärtigen Handels erreicht ist.

Ferner handelt es sich nicht blos um den Betrag des Pro= ductionsvorrathes, sondern wesentlich auch um die Kaufkraft derer, die ihn auf dem Wege des Tausches an sich zu bringen haben. Es mag in einem Lande noch so viel Getreide importirt oder auch selbst erzeugt werden, so wird doch kein Scheffel davon an die Maschi= nenbevölkerung gelangen, wenn sie nicht die landesüblichen Preise dafür zu entrichten vermag. Dies gilt von den Erzeugnissen des Ackerbaues wie von denen der Industrie. „Das mangelnde Gleichgewicht, schrieb Louis=Napoleon im Gefängniß zu Ham 1844 (Extinction du paupérisme), zwingt die Regierung hier wie in England, bis nach China nach einigen Tausend Consumenten zu suchen, während Millionen von Franzosen oder Engländern von Allem entblößt sind, die, wenn sie angemessene Nahrung und Klei= dung kaufen könnten, eine viel beträchtlichere Ausdehnung des Umsatzes herbeiführen würden als die vortheilhaftesten Verträge." Der Fortschritt des einheimischen Ackerbaues oder die Ausdehnung der Schifffahrt entscheiden also allein noch Nichts. Wenn nun, wie wir später noch darthun werden, die Kaufkraft eines Theils der Maschinenbevölkerung eine Tendenz zum Sinken hat, wenigstens keine sichere und stetige, sondern in Folge des Maschinensystems häufigen Schwankungen ausgesetzt ist, ganz abgesehen von solchen

---

*) Anzahl der Armen in England am 1. Januar

1856	843,806
1857	908,186
1858	860,470
1859	851,020
1860	890,423.

außerordentlichen Calamitäten, wie sie ein Krieg, wie z. B. der gegenwärtig zwischen den nordamerikanischen Freistaaten ausgebrochene mit sich bringt, so wird man sich der Ueberzeugung nicht verschließen können, daß das überwuchernde Maschinen = und Fabriksystem eine Quelle der Verarmung bildet, die der unerbittliche Organismus der Volkswirthschaft am Ganzen rächt, und daß es ein Euphemismus ist, die Maschinen die „Sclaven der modernen Gesellschaft" zu nennen.

Die Anwendung der Maschinen findet jedoch glücklicher Weise von selbst leicht erkennbare Grenzen: 1. In der Natur der Production; denn die Maschine ist immer nur ein geist= und willenloses Geschöpf und ihre Brauchbarkeit ist da zu Ende, wo es auf Befriedigung des wechselnden Geschmackes und des rein persönlichen Bedürfnisses, sowie auf die unmittelbare geistige Mitwirkung des Arbeiters ankommt. Die freie Bewegung und das feine Gefühl der Menschenhand kann durch die Maschine nie ersetzt werden; und außerdem ist es natürlich, daß Maschinen nie Bücher schreiben, malen, componiren lernen können. 2. In der Kostspieligkeit der Maschinen und in der Größe des durch sie erforderten Capitals und Absatzes; denn wo sie nicht ununterbrochen massenhafte Stoffe verarbeiten können, werden sie sich, weil sie meist sehr theuer sind, schlecht rentiren. Daher sind sie bei der von den Jahreszeiten, Witterungs= und Bodenverhältnissen abhängigen Landwirthschaft, namentlich beim Kleinbau, dann bei dem auf Bestellung arbeitenden Handwerk nur beschränkt anwendbar. Auch muß ein Land schon eine ziemliche Höhe des Reichthums und der Bevölkerung erklommen haben, weil sonst die Maschinenproduction zuviel Capital den übrigen Productionszweigen entziehen würde. 3. Jede Einführung einer Maschine ist ein bedeutsamer wirthschaftlicher Schritt, welcher, je nach den Umständen, reifliche Ueberlegung, großen Betriebseifer und ein gewisses höheres Maß von Umsicht und Intelligenz erfordert, schon wegen des richtigen Gebrauchs der Maschine, dann aber besonders um sich nicht im Gewinn zu verrechnen. Der damit nothwendig verbundene Uebergang zum größeren Betrieb setzt Strebsamkeit und gesteigerten industriellen Geist voraus. Das sind lauter Eigenschaften, die sich nicht überall vorfinden und nur allmählig in die tieferen Schichten der Be-

8*

völkerungen einbringen. Mit der Entdeckung einer neuen Maschinenkraft ist daher nicht sofort auch ihre allgemeine Einführung verbunden, zumal da gewöhnlich ein Patent darauf erworben wird, und das muß die allzu rasche Verbreitung der Maschinen gleichfalls verhindern, namentlich beim Handwerke und auf dem Lande.

§ 20.
Von der Entstehung des Capitals.

Das Capital entsteht durch Ersparung. Jedes fertige Product kann nämlich entweder verzehrt oder zu weiteren Productivdiensten verwendet werden. Im ersten Fall verschwindet das Product aus der Reihe der Güter und es hängt von der Art der Consumtion ab, ob irgend ein anderer Werth zurückbleibt (§ 107.) oder auch gesellschaftliche Kräfte, wie z. B. das umlaufende Geld, Gesittigung u. dgl., erzeugt werden. Im zweiten Fall kann das Product zum Unterhalt und zur höheren Ausbildung von Arbeitern verwendet werden und dann entsteht die Productionskraft der Arbeit; oder endlich man läßt das Product als Capital in irgend einer der Formen wirken, die wir bereits oben auseinander gesetzt haben. Und diesen letzten Hergang nennt man Ersparung, weil der Besitzer des Products auf den gegenwärtigen unmittelbaren Genuß daraus verzichtet und es in seinem ursprünglichen Gehalt erhält und als Productivmittel verwendet.

Der Ansammlungstrieb, welcher zur Ersparung führt, bedingt eine Entsagung vom gegenwärtigen Genuß im Hinblick auf einen künftigen, das Capitalproduct, das im Allgemeinen Rente genannt wird. Die Rente ist also der Zweck der Capitalansammlung oder Capitalisirung, denn in derselben Weise, wie das Capital überhaupt entsteht, wird es auch vermehrt. Die Capitalisirung setzt nicht nur einen Ueberfluß der Production über die augenblicklichen Bedürfnisse der Verzehrung voraus, sondern auch einen beträchtlichen Grad männlicher Selbstüberwindung und Voraussicht, denn man opfert damit in der That einen Theil der Gegenwart den immer etwas unsicheren Aussichten der Zukunft. Auf die Stärke des Ansammlungstriebs wirkt daher vor Allem, neben ihrer Höhe an sich, auch die Gewißheit oder Ungewißheit der Rente;

diese aber viel mächtiger als jene, weil Jedermann unter dem Eindrucke der durchschnittlichen Rentenhöhe seiner Zeit lebt und seine Erwartungen in dieser Beziehung bei besonnener Betrachtung nicht höher spannen kann. Nur wenn die Rente auf ein Minimum herabsänke, würde man vielleicht aufhören zu capitalisiren; ein solcher Zustand wäre aber, wie sich später ergeben wird, von einer solchen Fülle des Capitals begleitet, daß eine Veranlassung zur Capitalisirung überhaupt nicht mehr vorhanden sein würde.

Die Stärke des Spartriebes wird hauptsächlich durch folgende Einflüsse bestimmt.

Vor Allem durch die sichere Wahrscheinlichkeit des künftigen Rentenbezuges; und diese hängt vorzüglich ab von der Aussicht auf längeres Leben in Folge dauernder Gesundheit, gesicherter und gefahrloser Beschäftigung und eines günstigen Klimas. Aufreibende Arbeit oder gefährliches Klima machen wenig geneigt zur Ersparung, weil man den sicheren Genuß des Augenblicks der unsicheren Zukunft vorzieht. Daher lebt man in den Ländern der gemäßigten Zone viel mäßiger und wirthschaftlicher als in der heißen Zone; und wenn dies auch aus der Verschiedenheit des Nationalcharakters abzuleiten wäre, so wird dieser doch in hohem Grade durch das Klima bestimmt. Soldaten und Matrosen, deren Leben beständig Gefahren ausgesetzt ist, pflegen Verschwender zu sein; Kriege, Revolutionen, ansteckende Krankheiten ziehen in der Regel neben anderen Uebelständen auch Luxus und Verschwendung nach sich. Es ist eine stehende Erfahrung, daß in aufgeregten, unruhigen Zeiten die Genußsucht zunimmt; schon weil die fieberhafte Sorge und Anspannung durch den Taumel des Vergnügens betäubt und geschmeichelt sein will.

Alles was in der Gesellschaft Vertrauen und Sicherheit verleiht, dient auch zur Vermehrung des Sparsinnes: Friede, Ordnung im Staatsleben, besonders im Staatshaushalte, Sicherheit des Eigenthums und der Person, pünktliche und unparteiische Rechtspflege, volksthümliche Institutionen, welche bürgerlichen Unruhen vorbeugen. In einem schlecht regierten Lande wird wenig gespart werden; es wird arm sein und bleiben. (Wirth.)

Einleuchtend ist auch der Einfluß der geistigen und sittlichen Bildung auf den Spartrieb. Der Unwissende weiß nicht, wofür er sparen soll; er weiß keinen Gebrauch davon zu machen und es fehlt ihm die Berechnungsgabe, der Blick in die Zukunft. Ein rohes Gemüth kennt nicht die Tugenden der Mäßigung und Selbst= beherrschung; es ergibt sich nur zu leicht der Zügellosigkeit, der Ausschweifung. Wären die armen Arbeiterclassen auf einer höheren Stufe geläuterten Geistes und Gemüthes, als leider immer deutlicher zu Tage tritt, so würden sie auch mehr sparen; aber der Hang zu egoistischem Genuß, der verwahrlosten Ge= müthern eigen ist, wirft ihre Einnahmen in den Schlund der Schenke. Ein gebildeter, nüchterner Arbeiter hat immer einige Ersparniß und er ist stolz darauf, denn in seinen Augen adelt vor= nehmlich der Besitz.

Der Reiche ist in der Regel verhältnißmäßig sparsamer als der Arme. Er kennt den Werth und Segen des Reichthums, zu= mal wenn er durch Mühe und Arbeit errungen ist; er gewöhnt sich viel leichter an Voraussicht und weitersehende Berechnung. Die Armen dagegen leben von der Hand in den Mund und verlassen sich auf ihrer Hände Arbeit. Das Sparen scheint ihnen nicht der Mühe werth, was sie zurücklegen könnten, ist zu geringfügig. Auch ist der Genuß ihnen zu häufig versagt, als daß sie nicht außeror= dentliche Gelegenheiten hiezu begierig ergreifen sollten. Wie das Capital in der Gesellschaft überhaupt schon eine höhere Stufe der Cultur voraussetzt, so auch beim Einzelnen; gar Viele müssen den Entwicklungsgang an sich selbst durchmachen, den die Gesellschaft in größeren Abschnitten zurücklegt.

Wichtig ist ferner die Art des Erwerbs. Reichthum, durch Zufall, Ungerechtigkeit oder Gewalt erworben, pflegt auch wieder schnell zu zerfließen; so insbesondere Lotteriegewinnste, Erbschaften von entfernten Verwandten, erheirathetes Vermögen. Das Ca= pital strebt, könnte man sagen, unwiderstehlich in die Hände der= jenigen, die es würdig zu gebrauchen wissen. Daher findet sich auch bei den gebildeten Völkern der neuen Zeit, namentlich bei der germanischen Race, am meisten Capital. Ihre Cultur ist auf Arbeit, auf harte, mühsame, strenge Arbeit gebaut; sie schätzen und würdigen daher auch viel mehr ihren Erwerb und sind auf seine Erhaltung und Vermehrung bedacht.

Hervorzuheben ist auch der Familiensinn und Gemeingeist.

Wer keine Nachkommen hinterläßt, für die er zu sorgen hat, vergißt in der Regel zu sparen, denn mit seinem Tod hört für ihn aller Zusammenhang mit der Güterwelt auf. Daher leben Hagestolze in der Regel verschwenderisch; sie suchen ihre Einsamkeit, freilich vergebens, dadurch zu verschönern, daß sie sich Nichts abgehen lassen. Wer sich eng verbunden weiß mit dem staatlichen und socialen Verband, in dem er lebt, wird auch dahin trachten, durch Erwerb und Erhaltung von Vermögen sich zu einem angesehenen Glied desselben zu machen. Erst durch den Besitz erhält er auch lebhaftes Interesse an der Aufrechthaltung der äußeren Ordnung und der bestehenden Einrichtungen, weil die Früchte seines Vermögens darauf gebaut sind. Besitzlosigkeit und Unzufriedenheit mit der überkommenen Staatsordnung gehen häufig Hand in Hand. „Wer weise ist, hält genaue Rechnung in seinem Haushalt; denn wir wollen nicht blos für uns selbst reich sein, sondern für unsere Kinder, Verwandte, Freunde, besonders für den Staat; denn die Kräfte und das Vermögen der Bürger bilden den Reichthum des Staates." (Cicero.)

Wer sparen soll, muß aber auch sicher sein, das Ersparte aufbewahren und fruchtbar verwenden zu können. Wilde Stämme haben daher wenig Sparsinn. Hier fehlt es außer an den bisher betrachteten Vorbedingungen an der Gelegenheit zur Aufbewahrung und nützlichen Verwendung. Jeder sorgt für sich selbst; die Erwerbsarten sind zu beschränkt, als daß hierin eine größere Ausdehnung stattfinden könnte. Was ein Wilder auf der Jagd oder dem Fischfang erbeutet, muß er auch schnell verzehren, denn sonst würde es umkommen; Pfeile, Bogen, Netze sind vielleicht sein ganzes Capital. Auch findet er keine Käufer für den Ueberschuß seines Erwerbs. Dagegen bietet die unendliche Manichfaltigkeit der modernen Erwerbszweige und die Leichtigkeit, mit der jetzt durch Anstalten aller Art für Sammlung aller, namentlich auch der kleinen Capitalien gesorgt wird (Sparkassen, Banken), dem Spartrieb das reichste Feld. Wie heißer Dampf bringt der Productionsgeist in alle Fugen der Wirthschaften und saugt Alles, was die Verzehrung übrig läßt, begierig auf. Lebhafte, fortschreitende Production, reger Tauschverkehr, blühender Credit, namentlich gute Creditgesetze, die dem Gläubiger sein volles Recht lassen, sind daher mächtige Ursachen der Ersparung. Mancher möchte oder könnte sparen, allein er will selbst sich von den Geschäften zurückziehen; hier müssen sich nun Andere finden, die seine Ersparnisse auf Credit übernehmen. Wo nun die Heimzahlung gefährdet ist, kann sich auch keine Neigung und Gewohnheit des Sparens bilden. Je mehr der Reichthum zunimmt, desto leichter läßt sich auch sparen, weil nun der Genuß der Gegenwart immer weniger gestört ist. Auf den höheren Culturstufen wächst daher das Capital verhältnißmäßig viel schneller.

Unkörperliche Capitalien entstehen nicht sowohl durch Ersparung, wohl aber durch ein ähnliches Opfer. Wer z. B. eine angesehene Firma gegründet oder sich eine ausgebreitete Kundschaft erworben hat, mußte vielleicht niedrigere Preise stellen oder besondere Aufmerksamkeit, Ausdauer und Sorgfalt in der Bedienung seiner Kunden oder Auswahl seiner Waaren bewähren. Auch hier verzichtet man also auf den augenblicklichen Vortheil höheren Gewinnes, auf den Genuß der Ruhe und Bequemlichkeit in Hinblick auf reichlicheren Erwerb in der Zukunft. Werden Gewerbsrechte ꝛc. ꝛc. von der Regierung verliehen, so ist das keine Schaffung neuen Capitals, sondern nur Uebertragung eines Theils der bestehenden Absatzverhältnisse auf einen neuen Berechtigten; denn in demselben Grade, als dieser Letztere Kundschaft erwirbt, muß — bei gleichbleibendem Einkommen der Consumenten — die der bisherigen Producenten abnehmen.

Dasselbe ist auch der Fall in Folge neuer wirthschaftlicher Einrichtungen, welche die Richtung der Verzehrung ändern, z. B. Anlegung einer frequenten Straße, Errichtung einer Eisenbahn ꝛc., wodurch der Werth mancher Häuser steigt oder Manchen ein neuer Absatz eröffnet wird. Denn dieser Zunahme auf der einen Seite entspricht auch eine Abnahme auf der anderen. Es ist also auch hier nur eine neue Vertheilung von Erwerbsgelegenheiten, nicht die Entstehung neuen Capitals bewirkt. Unter diesen Gesichtspunkt fällt ferner die Erhöhung der Productivkraft mancher Capitalien durch neue Erfindungen und Verbesserungen im Betrieb, überhaupt durch Fortschritte der Cultur.

Ein Land kann auch durch ausländische Capitalien Zuwachs zu seinem eigenen erhalten, allein jene mußten natürlich auf die-

selbe Weise entstanden sein, wie alle Capitalien überhaupt entstehen. Auf diese Weise kann aber den Mängeln der Capitalbil-
bung in einem Lande rascher abgeholfen werden. Endlich können
Naturkräfte zu Capitalien werden, wenn sie die Eigenschaft von
Tauschgütern erhalten. (S. 70. Anm.)

§ 21.
Arten des Capitals.

Durch productive Benützung wird das Capital, ebenso wie
die Arbeitskraft, fortwährend in andere Formen gebracht: der
cultivirte Boden erschöpft sich wieder, Kohlen verbrennen, Werkzeuge nutzen sich ab u. s. w. Das ist aber keine Verzehrung, kein
Verschwinden des Capitals; es findet sich immer wieder im neuen
Product vor, aber in anderer Gestalt. Die z. B. durch Dünger hervorgebrachte Bodenkraft im geernteten Getreide, die verbrannten
Kohlen im geschmolzenen und gehärteten Eisen, die Abnutzung der
Werkzeuge in allen Producten, die mit ihrer Hülfe gearbeitet wurden. Hieran knüpft sich der wichtige Unterschied des umlaufenden
und stehenden Capitals. Unter Umlauf des Capitals versteht man
nämlich dessen Uebergang von einer Form in eine andere, und dieser ist eine Folge der productiven Behandlung, welche mit dem Capital vorgenommen wird. Manche Capitalien verändern nun mit
einem Male ihre Form, wie die Haupt- und Hülfsstoffe in allen
Gewerben, gerade so wie die Unterhaltsmittel der Arbeiter, soweit
sie von ihnen auf einmal verzehrt werden, z. B. Speise und Trank;
manche dagegen erst durch wiederholte Behandlung, wie die Werkzeuge, Maschinen, Gebäude u. dgl. Die ersteren werden deßhalb
vorzugsweise umlaufende (flüssige), die zweiten stehende (fixe) Capitalien genannt; es ist aber klar, daß auch von den stehenden Capitalien immer ein Theil in Folge des Productionsprozesses umläuft, nämlich insoweit dieser den Capitalwerth verringert. Ein
Werkzeug z. B., das nach zweijährigem Gebrauch völlig abgenutzt
ist, gibt in jedem Jahr 50 Procent seines Werthes in den Umlauf;
eine Maschine, die zwanzig Jahre andauert, in jedem Jahr 5 Procent; dagegen Schlachtvieh, Wolle, Kohlen, Eisen u. s. w. 100
Procent, weil ihr ganzer Formwerth auf einmal verschwindet.
Dieser Unterschied ist daher nur ein Unterschied der Zeit oder

vielmehr des Grabes, und er ist in manchen Fällen schwer festzu=
halten. Denn wenn z. B. ein Fabrikant sich auf Jahre hinaus
große Kohlen= oder Wollenvorräthe hält, so geht ihr Umlauf in
derselben Allmählichkeit vor sich, wie der von Werkzeugen oder
Arbeitsthieren, wenn man nämlich den Werth solcher Vorräthe
als ein Ganzes betrachtet, und die Verzinsung des ganzen Capital=
betrages, bestehe er nun in umlaufendem oder stehendem, muß doch
in beiden Fällen in gleicher Weise erfolgen. Wegen des Einflusses
aber, den dieser Unterschied auf die Kostenberechnung hat, muß
man denselben genau kennen; denn da immer nur der um=
laufende Theil des Capitals im neuen Producte steckt, so kann
natürlich auch der Producent — abgesehen von der Verzinsung
und dem Gewinn — nur für ihn eine Vergütung im Preise ver=
langen. Von dem hier betrachteten Capitalumlauf als Form=
wechsel ist die andere Art des Umlaufes, nämlich der Besitzwechsel
mittelst Tausches wohl zu unterscheiden; denn beide fallen nicht
immer zusammen, z. B. wenn ein Producent für seine eigenen
Bedürfnisse producirt.

Man muß bestimmt hervorheben, daß das Capital, wenn auch
durch den Umlauf seine ursprüngliche Form untergeht, doch seinem
Werthe nach immer in irgend einer Form erhalten bleiben und an
den Capitalisten wieder zurückkehren muß. Dieser Rücklauf ist
nun aber sehr manichfaltig und kann, wenn man ihn nicht nach
strengen wissenschaftlichen Grundsätzen verfolgt, sehr leicht zu Irr=
thümern führen. Wenn ein Producent seine fertigen Waaren
gegen Geld umsetzt, so hat er damit zwar einen vollständigen Er=
satz seiner Auslagen, aber noch kein Capital; denn das Capital ist
ja Productivkraft und mit dem Geld kann er Nichts produciren,
außer soweit er es zur Ergänzung seines nothwendigen Kassenvor=
rathes verwendet. Erst wenn er das Geld wieder in Stoffe,
Werkzeuge, Thiere u. s. w. umgewandelt hat, ist der Kreis seines
Capitalumlaufes beendet und dieser kann nun von Neuem beginnen.
Man muß diesen Rücklauf so ansehen, als wenn derjenige, der
seinen Capitalwerth in Empfang nahm, diesen vermöge einer
neuen Production wieder in seine ursprüngliche Form zurückver=
wandelt hätte; und der Nutzen für beide liegt darin, daß das Ca=
pital in jeder Umlaufsperiode eine Rente oder Nutzung abwirft,

die sie ohne den Umlaufsproceß nicht gehabt hätten, denn ohne diese Rente oder Nutzung wäre ja der Umlauf zwecklos. Und dieses ist auch der Hergang, nur geht er in den meisten Fällen nicht so einfach vor sich, sondern in unzähligen Mittelgliedern, weil zu jeder Zeit eine Menge Capitalien miteinander umlaufen und die Stufenreihe, die jedes Product vom ursprünglichen Rohstoff bis zur endlichen Vollendung zu durchlaufen hat, eine unendlich verschiedene und verwickelte ist.

Z. B. ein Landwirth gibt seinen Knechten Unterhalt, Getreide und Fleisch, und diese geben es ihm wieder durch ihre Arbeit, indem sie sein Grundstück bebauen und sein Vieh warten; hier war das ursprüngliche Capital eine Zeit lang Arbeitskraft und erst nach der Ernte und dem Schlachten des Viehes wieder zum Capital geworden; durch diesen Umlauf ward es fähig, eine Rente abzuwerfen. Er gibt aber seinen Knechten auch Wohnung und Kleidung; diese können sie ihm nicht sofort wieder zurückgeben, sie müßten denn selbst das Haus repariren oder Kleider anfertigen. Allein den Werth geben sie ihm wieder in anderer Form, nämlich gleichfalls in Getreide oder Fleisch; das verkauft nun der Landwirth und aus dem Erlös wird so die Wohnung oder Kleidung wieder hergestellt. Oder aber unser Landwirth zahlt eine Steuer an den Staat, die er aus dem Erlöse seines Getreides entrichtet; müßte er diese Steuer nicht entrichten, so hätte er sein Getreide für sich behalten oder gegen irgend ein anderes Gut eintauschen können. Die Steuer verursacht ihm also den Verlust von Getreide oder sonst eines Gutes und dieses Getreide zc. ist daher die wahre Steuer, die er entrichtet. Die Steuer geht als Besoldung an einen Beamten, der damit Getreide zur Erhaltung seiner Arbeitskraft kauft; nehmen wir an, dieser Beamte sei gerade der Diener des Gesetzes, der durch seine öffentliche Thätigkeit das Grundeigenthum des Landwirthes beschützt, so daß dieser mehr Getreide produciren kann, weil er nun einen Theil seiner Arbeit und seines Capitals nicht auf Selbstschutz zu verwenden braucht, sondern zum fleißigeren Anbau seines Grundstückes verwenden kann. Was er nun unter dem Schutze des Staats mehr an Getreide produciren kann, ist das Capital, das zu ihm also als Getreide zurückläuft, wie er es unter dem Namen der Steuer abge-

geben hatte. Wir können noch weiter gehen. Ein Theil des
Capitals des Landwirths besteht z. B. in einem Pflug, der aus
englischem Eisen gemacht ist. Wenn nun das Getreide, das er
dem Gebrauche dieses Pfluges verdankt, nach England geht und
Eisen von dort zurücktauscht, so ist der Rücklauf sehr einfach.
Allein sein Getreide kauft vielleicht ein Müller, der es zu Mehl
umformt; das Mehl ein Bäcker, der Brod daraus bäckt. Dieses
Brod kann ein Arbeiter verzehren, welcher Leinwand fabricirt,
und diese Leinwand geht nun nach England und bringt dem deutschen Landwirth von dort Eisen zurück. Nehmen wir zur Vervoll-
ständigung an, daß das deutsche Getreide oder Leinen in England
gerade von den Arbeitern consumirt wird, welche Eisen hervorbringen, so ist diese Kette des Umlaufs ununterbrochen vor den
Augen. — Wenn aber der deutsche Arbeiter nicht Leinen, sondern
feine Handschuhe fabricirt, die von irgend einer englischen Dame
gekauft werden, so scheint die Kette des Rücklaufs zerrissen; denn
diese Dame producirt mit den Handschuhen Nichts, sie trägt sie
einfach ab. Allein sie ist vielleicht Schriftstellerin und kaufte mit
dem Erlöse aus ihren Werken diese Handschuhe, die Lectüre ihrer
Werke stärkte vielleicht bei ihrer Arbeit irgend ein einsames Näher-
mädchen, welches Hemden verfertigt; diese Hemden werden von
den englischen Eisenarbeitern getragen und sie geben dafür in ihrem
Eisenproduct die Vergütung an den deutschen Landwirth. Geht
aber die englische Dame oder ihr Gatte, der die Handschuhe be-
zahlte, müssig, oder werden — was volkswirthschaftlich auf dasselbe
hinausläuft — ihre Werke von müssigen Leuten gelesen, dann ist
der Rücklauf in der That unterbrochen; das Capital des deutschen
Landwirths muß dann aus einer anderen Quelle, z. B. aus den
Einkünften eines Landguts oder aus einer Staatsschuldrente, ersetzt werden, und die englische Nation ist um den Betrag der
Handschuhe oder vielmehr des Eisens, wofür jene eingetauscht
wurden, ärmer geworden; d. h. es hat eine wirkliche Verzehrung
ohne wiedererzeugende Wirkung stattgefunden. — In dieser Weise
ließen sich alle möglichen Capitalumläufe verfolgen; es werden aber
diese Beispiele genügen, um das Wesen der Sache deutlich zu machen.
Nur ist es wichtig hervorzuheben, daß alle diese Umläufe mit Geld
bewerkstelligt werden, welches also in der Gesellschaft in der entge-

gengesetzten Richtung, wie die Capitalien selbst, umläuft. Das Geld unterscheidet sich schon hierin äußerlich vom Capital; im Grunde aber dadurch, daß, während das letztere überall, wo es vermöge seiner Productiveigenschaft auftritt, eine Nutzung hinterläßt, beim Gelde dieses durchaus nicht vorkommt. Das umlaufende Geld ist daher nicht Capital; denn wenn es auch als hohe gesellschaftliche Kraft anerkannt werden muß, weil es den Umlauf und die Production im höchsten Grade befördert, so hat es diese Wirkung doch mit anderen gesellschaftlichen Kräften z. B. dem Credit, der Arbeitstheilung u. s. w. gemein, die gleichfalls nicht als Capital gelten, weil sie keine erfaß= und meßbare Nutzung abwerfen. Insofern aber das Geld durch den Umlauf abgenützt wird, ist dieses eine einfache Verzehrung.

Hieraus kann man entnehmen, was von dem öfters hervorgehobenen Unterschied von sog. Productiv= und Gebrauchscapitalien zu halten ist. Unter den letzteren will man nämlich solche Capitalien verstehen, deren Nutzung nicht zu ersichtlich productiven Zwecken verzehrt wird, wie z. B. die Unterhaltungsbücher aus einer Leihbibliothek, Theatergeräthschaften u. dgl.; oder solche Producte, die überhaupt langsam verzehrt werden, wie Lustgebäude, Schmucksachen ꝛc. Allein die ersteren sind wirkliche Capitalien, denn sie werfen ihrem Besitzer eine wirkliche Rente ab und ihr Rückersatz erfolgt nur, wie bei dem obigen Beispiele der englischen Dame, aus einer anderen Quelle. Wer also Bücher zur Unterhaltung liest oder ins Theater geht, consumirt in der That; aber derjenige, welcher ihm diese Güter bietet, producirt sie mit wirklichem Capital. Die letzteren dagegen sind nicht Capital, sondern Verzehrungsgegenstände, die sich nur aus natürlichen Gründen langsam abnützen. Während im ersteren Fall das Capital der Leihbibliothek, des Theaters durch Rücklauf ununterbrochen erhalten wird, findet im zweiten Fall ein solcher Rücklauf in keiner Weise statt; und er kann auch nicht stattfinden, weil Lusthäuser, Schmucksachen u. dgl. keine productive Wirkung äußern, man müßte denn den Genuß, den jede Verzehrung gewährt, als ein Product betrachten. Aber dann wäre auch der Hunger — „der beste Koch" — Capital, weil dem Hungrigen die Speise besser schmeckt, dann wäre ein Reitpferd Capital, weil das Reiten Vergnügen macht. Nicht nur, daß damit jeder Unterschied zwischen Productionsmittel und Product aufgehoben wäre, würde man dabei auch ganz übersehen, daß dieser Genuß von Verzehrungsgegenständen nicht ewig dauern kann, während das Capital als solches — seinem Begriffe nach — fortwährende Nutzung abwirft. Während es daher gleichgültig ist, ob die Nutzung eines Capitals zu productiven oder unproductiven Zwecken verzehrt wird, ist es nicht gleichgültig, ob ein Gut selbst produtiv wirkt oder nicht. Nur im ersteren Fall kann es Capital sein, im zweiten nie. Ein Gebäude daher, von Arbeitern bewohnt, ist Capital; dagegen von müssigen Personen bewohnt, nicht. Denn die letzteren verzehren nicht blos die Nutzung, sondern das Haus selbst oder diejenigen Güter, mit denen sie das Haus repariren. Die Capitalien erhalten ihre Bedeutung durch die Absicht und den Zweck, zu dem man sie verwendet. Das Wort Gebrauchscapital hätte nur Sinn, wenn man es auf solche Capitalien anwendete, welche ihre Productiveigenschaft entfalten, indem sie zugleich durch ihren Gebrauch dem Producenten einen Genuß gewähren, wie Wohngebäude, Unterhaltsmittel der Arbeiter, Musikinstrumente, Bücher; allein damit stellt man sich auf den Standpunkt des Arbeiters, der darin doch nur seinen Lohn verzehrt, oder dem die Production aus Liebe zur Sache Vergnügen macht, vergißt, daß das Capital durch Ersparung entsteht, womit sich auch die langsamste Verzehrung nicht verträgt, und vermengt die entgegengesetzten Begriffe der Hervorbringung und des Gebrauches zu einem Zwitterdinge, was zur Verweichlichung der Wissenschaft führt.

Werden Capitalien verliehen, so behalten sie diese ihre Eigenschaft nur, wenn sie wirklich productiv als solche verwendet werden; ein Schuldner kann sie aber auch zur Erlangung von Arbeitskräften benützen, z. B. indem er mit geborgten Mitteln studirt oder überhaupt seine Heranbildung bestreitet, oder auch zu Genußzwecken verzehren. In den beiden letzten Fällen ist das geborgte Capital verschwunden, im ersteren von beiden aber ist es in Arbeit umgewandelt, welche den Rücklauf an den Darleiher allerdings aus sich selbst bewirken kann. Nicht immer also, wenn ein Gläubiger Schuldzinsen einnimmt, ist ein diesen entsprechendes Capital vorhanden. Dies ist namentlich bei den Staatsschulden der Fall,

welche zur Führung unwirthschaftlicher Kriege oder aus Verschwendungssucht gemacht werden.

Todte Capitalien pflegt man solche Geldsummen oder Gütervorräthe zu nennen, die man zwar nicht verzehrt, aber auch nicht
productiv verwendet, sondern unbeschäftigt liegen läßt. Solche
Vorräthe sind nicht Capital, denn sie tragen Nichts zur Güter-
vermehrung bei; in Wahrheit aber unterliegen sie doch einer Consumtion, nur ohne Genuß für ihren Besitzer. (§ 107. 110.)

Unkörperliche Capitalien können nur dann als solche gelten,
wenn sie wirklich die Production unterstützen durch Vermehrung
der Leichtigkeit und Sicherheit des Absatzes und Verhütung von
Verlusten. Häufig aber sind sie, wie Zunftprivilegien, Erfindungspatente u. dgl., nur eine Begünstigung einzelner Producenten, denen sie zur Erlangung größeren oder müheloseren Einkommens auf Kosten der Consumenten dienen. Dann sind auch sie
kein wirkliches Capital, sondern sie bewirken nur eine andere Vertheilung dessen, was überhaupt im Lande hervorgebracht wird.

V. Von den Unternehmungen und Productions-zweigen.

§ 22.

Unter einer wirthschaftlichen Unternehmung versteht man
die planmäßige Verbindung von Productionsmitteln zur fortgesetzten Erzeugung einer oder mehrerer Arten von Gütern. Das
Unternehmen ist also gewissermaßen der Behälter, in welchem
die productiven Kräfte vermöge der Production und des Umlaufes
thätig sind und beständig ab- und zufließen, um nutzbare Wirkungen zu äußern oder Producte hervorzubringen. Producte sind
also alle Brauchbarkeiten oder Güter, die nicht von der Natur
freiwillig geliefert, sondern durch menschliche Thätigkeit hervorgebracht sind. Der Unternehmer ist derjenige, unter dessen Leitung
oder wenigstens auf dessen Gefahr die Productivmittel verwendet
werden; er kann eine einzige physische oder moralische Person sein
oder auch eine Gesellschaft von Mehreren. Im letzten Falle vertheilt sich also die Gefahr auf die mehreren Unternehmer zusam-

men, je nach Verhältniß ihrer Theilnahme. Gleichgültig ist, ob
die in der Unternehmung wirkenden Güterquellen zum eigenthümlichen Vermögen des Unternehmers gehören oder nicht. In Bezug auf die Arbeit ist dieses in der Regel zum geringsten Theil, oft
auch gar nicht der Fall, weil viele Unternehmer nur wenig oder
gar nicht thätig mitarbeiten; in Bezug auf das Capital schon eher,
doch werden vielleicht die meisten Unternehmungen theilweise mit
fremdem, geborgtem Capital geführt. Die Verwendung fremder
Güterquellen hat nur die Eigenthümlichkeit, daß ihre Mitwirkung
den Besitzern derselben vergütet werden muß, die also einen Antheil am Ertrag, meistens aus dem Gelderlöse, erhalten. Die
Naturkräfte befinden sich wohl immer im Besitz des Unternehmers,
allein sofern damit nicht ein besonderer Vortheil, etwa ein Monopol, verknüpft ist, zieht der Unternehmer daraus keinen eigenen
Gewinn, weil ihre Wirksamkeit ja allen Consumenten in der nütz-
licheren Beschaffenheit oder größeren Wohlfeilheit der Producte zu
Gute fließt. (§ 42.)

Immer ist eine Vereinigung wenigstens zweier Productions-
quellen zur Führung eines Unternehmens unentbehrlich. Denn
wenn die Natur auch manche fertige Genußgüter liefert, wie
Früchte, Holz, Wasser, so ist doch die Arbeit des Einsammelns,
Aufbewahrens nöthig, um zur Verzehrung schreiten zu können.
Die meisten Naturproducte müssen aber mit Hülfe der Arbeit und,
um eine größere und schnellere Wirkung zu erzielen, des Capitals
vermehrt und weiter verarbeitet werden, weßhalb diese beiden
Güterquellen als die wichtigsten und wirksamsten für alle Unternehmungen betrachtet werden müssen.

So bilden sich, je nach dem Grade der Mitwirkung der verschiedenen Güterquellen folgende vier Hauptproductionszweige heraus:

Die Bodenproduction mit den drei großen Zweigen der
bloßen Gewinnung von Naturstoffen, namentlich Mineralien,
Steinen, Holz, Sand, Torf ꝛc. (extractive Industrie), dann des
Ackerbaues und der Viehzucht. Hier herrscht überall der Na-
turfactor am meisten vor und wird nur allmählig durch ausgedehntere Verwendung von Arbeit und Capital ersetzt. (Intensive
Wirthschaft.)

Die Gewerbe, welche die rohen Stoffe in der verschiedensten

Weise umformen und verarbeiten; vorwiegend sind hier Arbeit und Capital, vorzüglich Werkzeuge und Maschinen. (Stoffveredelnde Industrie.)

Die persönlichen Dienstleistungen der Gelehrten, Aerzte, Richter, Lehrer u. s. w., dann die niedrigeren Dienstverrichtungen, wie der Dienstleute, Boten ꝛc. ꝛc. *) Hier ist die Arbeit das vorherrschende Element mit geringer Unterstützung von Capital, namentlich der Geräthe. Bei den höheren Verrichtungen dieser Art ist die persönliche, schöpferische Befähigung des Arbeiters von höchster Wichtigkeit; doch beschäftigt sich auch ein großer Theil nur damit, die Leistungen der unabhängig schaffenden Geister dem Publikum verständlich und zugänglich zu machen oder zur Ausführung zu bringen.

Der Umsatz mit seinem Untergewerbe, den Transportgeschäften, wodurch die fertigen Producte aller Art in den Bereich der Consumenten gebracht werden. Der Umsatz ist entweder, nach dem Grundsatze der Arbeitstheilung, eine selbständige Unternehmungsart und heißt dann vorzugsweise Handel, der sich in zwei Hauptgattungen, den Groß- und Klein- oder Detailhandel ab-

---

*) Daß die persönlichen Dienstleistungen, deren Producte größtentheils immaterielle Dinge sind, d. h. solche, die keine sicht- und greifbare körperliche Existenz haben, zum Gebiet der Volkswirthschaftslehre gehören, darf jetzt wohl als feststehend angenommen werden. Neuerdings hat sich wieder Cherbuliez (Précis de la science économique I. cap. 3.) dagegen erklärt, allein nicht aus neuen Gründen. Es genügt hier darauf hinzuweisen, daß alle Personen, welche solchen Dienstleistungen höherer oder niederer Art obliegen, Brauchbarkeiten hervorbringen von einem bestimmten Gebrauchswerthe, die in den Umlauf treten, Einkommen erzeugen und consumirt werden, und daß alle diese Personen Wirthschaften führen, die in einer gewissen nothwendigen Beziehung stehen zur Gesammtwirthschaft eines Volkes und ganz denselben Gesetzen unterliegen wie alle übrigen Wirthschaften. Wie durch die Hereinziehung dieser Wirthschaftsgruppe die Wissenschaft den Character der Unbestimmtheit erhalten soll, ist nicht einzusehen; im Gegentheil, die Unbestimmtheit (oder vielmehr Lückenhaftigkeit) würde dann eintreten, wenn wesentliche Productivkräfte und Leistungen dem System der Wirthschaft entzogen würden. Cherbuliez selbst sagt z. B., daß die moralische Erziehung der Arbeiter von großer wirthschaftlicher Wichtigkeit für die Gesellschaft sei; warum soll also die Hervorbringung der moralischen Kräfte kein Gegenstand der Wirthschaftslehre sein, insofern es sich um ihre wirthschaftliche Bedeutung handelt? Die Erziehung selbst braucht deßwegen so wenig hier behandelt zu werden, wie z. B. die Branntweinbrennerei oder die Pferdezucht ꝛc. ꝛc.

zweigt, je nachdem er mittelbar oder unmittelbar für die Bedürf- nißbefriedigung der Consumenten sorgt, so daß also die Kleinhändler eine weitere vermittelnde Stellung zwischen den letzteren und den Großhändlern einnehmen;*) oder er wird von den Erzeugern selbst, ohne Dazwischenkunft eines Händlers, betrieben, sei es weil, wie bei beschränktem Absatz, eigene Unternehmungen nicht bestehen könnten, oder weil die Natur der erzeugten Waaren weitere Auf- bewahrung und Transport nicht gestattet. Dies ist z. B. der Fall bei Musikproductionen (nicht bei Musikalien), überhaupt bei den meisten Arten der persönlichen Dienste.

Strenge genommen, gibt es nur drei verschiedene Produc- tionsarten:**)

1. Stoffgewinnung, d. h. Aneignung von Gütern aus dem

---

*) Die gute Organisation des Handels ist von der größten Wichtigkeit für die wohlfeile und reichliche Versorgung der Consumenten. Namentlich in ersterer Beziehung scheint hier noch ein weites Feld für Verbesserungen offen zu liegen, welche darauf gerichtet sein müssen, die vielen Gewinn suchenden Mittelspersonen zwischen Erzeugern und Verzehrern möglichst zu vermindern. Der Anblick einer großen Handelsstadt mit ihrer Unzahl von Kaufleuten und Hülfspersonen, mit ihrem Luxus, mit ihrem jährlich steigenden, kostspieligen Geschäftsapparat führt ohne Aufbietung großen Scharfsinnes zu der Ver- muthung, daß es auch viel einfacheren und wohlfeileren Manipulationen möglich sein müßte, die Waaren in die Hände der Verzehrer zu bringen. Die meisten Waaren sind, was die Erzeugung betrifft, vergleichsweise wohlfeil und vertheuern sich erst durch den Handel, oft um 100 und mehr %. Die freie Konkurrenz, die jede Speculation erlaubt und sich um keine Vertheuerung be- kümmert, wenn sie nur von den Consumenten bezahlt wird, ist in dieser Be- ziehung nicht so unbedingt zu loben; sie erzeugt vielfach künstliche, überhohe Preise. Schon beginnt sich auch an den Stellen, die am meisten unter dem Drucke dieses künstlichen Speculationensystems leiden, eine selbständige Reac- tion dagegen zu erheben. Aller Orten bilden sich Consumvereine, die ihren Mitgliedern die Unterhaltsmittel ohne Gewinnvertheuerung liefern; ferner Vereine zur Beschaffung billiger Rohstoffe rc. Ungeheure Summen könnten in jeder Volkswirthschaft erspart werden, wenn in dieser Richtung fortgeschrit- ten würde, um das wuchernde Schmarotzergewächs des Handels — denn zu einem solchen ist dieser an sich so nützliche und unentbehrliche Productionszweig vielfach ausgeartet — zu beschneiden.

**) Uebereinstimmend damit ist die lehrreiche Eintheilung Say's in:

1. industrie agricole,	die die Dinge der Natur	entnimmt,
2. industrie manufacturière,	. . . . .	umformt,
3. industrie commerciale,	. . . . .	vertheilt.

Zu jedem dieser Productionszweige sind dreierlei Arten von Arbeiten nothwendig:

Naturfond, die entweder sofort der Verzehrung unterliegen oder noch der weiteren Verwandlung oder des Umsatzes bedürfen.

2. Stoffverwandlung (Fabrikation, Industrie), durch welche die rohen Naturstoffe und alle anderen Gegenstände von Brauchbarkeit in verschiedenen Stufen weiter verarbeitet werden; dies geschieht nicht nur durch die Gewerbe im eigentlichen Sinne, sondern auch durch Ackerbau und Viehzucht; überhaupt durch jede Art von Thätigkeit, die den vorhandenen Gütern eine neue Brauchbarkeit verleiht.

3. Umsatz, der entweder nur in Tausch oder zugleich auch in Raumversetzung besteht. — Die beiden letzten Arten der Production können zum Gegenstand sowohl materielle als immaterielle Objecte haben.

Eine andere, wirthschaftlich wichtige Eintheilung ergibt sich aus der Verschiedenheit der Hauptproductionsfactoren bei den einzelnen Productionszweigen, wobei es aber zweckmäßig ist, die Güterquelle Natur nur als Object der productiven Einwirkung von Seiten des Menschen aufzufassen. Hienach ist zu unterscheiden:

1. Arbeitsproduction, wo die Arbeit vorwiegt, dagegen das Capital nur eine unterstützende Bedeutung hat. Hieher gehören besonders das Handwerk, die persönlichen Dienste, dann der rohere und kleinere Betrieb der Bodenproduction.

2. Capitalproduction, bei der das Capital vorwiegt und die Arbeit mehr zur Unterstützung, Ergänzung, Beaufsichtigung dient. Hieher gehört das Maschinen- und Fabrikwesen, Hüttenwesen, intensive Forstwirthschaft, auch einige Transportgewerbe, z. B. die Eisenbahnen.

3. Gemischte Production, bei der Arbeit und Capital in annähernd gleichem Rangverhältniß zusammenwirken, so namentlich beim Handel, bei intensiver Landwirthschaft ꝛc.

Endlich kann man noch unterscheiden je nach der Sicherheit des Erfolgs:

1. industrie des savans,   Erforschung der productiven Gesetze
2. industrie des entrepreneurs, Anwendung   .   .   .
3. industrie des ouvriers,   Ausführung   .   .   .

9 *

1. Extensive oder Naturproduction, wenn das Gelingen der Unternehmung hauptsächlich von der Mitwirkung der dem menschlichen Einfluß mehr oder minder entzogenen Naturkräfte abhängt; dies gilt besonders vom Ackerbau, von der Forstwirthschaft und von der Schifffahrt.

2. Intensive oder Kunstproduction, wo Arbeit oder Capital den Ausschlag geben, deren Beschaffenheit und Wirkung der Mensch regelmäßig in seiner Gewalt hat.

Dieser Unterschied findet jedoch bei civilisirten Völkern, welche Arbeit und Capital in hohem Grade bei allen Productionszweigen verwenden, weniger auf die einzelnen Productionszweige, als auf das System, nach welchem sie betrieben werden, Anwendung.

Durch die vorhandenen, verfügbaren Naturkräfte und den wirthschaftlichen Geist der Bewohner wird in der Regel der industrielle Charakter eines Landes bestimmt. Sie bilden die nothwendige Grundlage für die Entfaltung der beiden anderen Güterquellen. Naturkräfte können gar nicht oder nicht leicht versetzt werden, sondern haften ein für allemal an dem Ort, wo sie von Anfang an sich vorfinden; während Arbeit und Capital beweglich und leichter übertragbar sind durch Auswanderung, Unterricht, Reisen oder Versendung. Der natürlichen Productionsfähigkeit eines Landes kann daher nicht ohne Nachtheil entgegengestrebt werden. Den größten Unterschied zeigen in dieser Beziehung die Gegenden der heißen, der gemäßigten und der kalten Zone; aber auch in kleineren Kreisen gibt es beachtenswerthe Naturbedingungen in Folge der Verschiedenheit des Bodens, der Lage, des Klimas, der Wasserkräfte, des Reichthums an anorganischen Stoffen, wie Metallen, Kohlen; dann Holz. Nur insofern die Uebertragung einer Güterquelle möglich ist, kann auch der industrielle Charakter verschiedener Länder ein gleicher werden; und dieses ist hauptsächlich bei den Gewerben, beim Handel und bei den persönlichen Diensten der Fall, namentlich bei der Fabrik- und Maschineninbustrie, weil das Capital das beweglichste Element der Production ist. So wird z. B. die Baumwolle Amerikas und Indiens mit Hülfe der Maschinen in den meisten Ländern Europas zu den manichfaltigsten Geweben verarbeitet.

Je weniger Grundstücke, namentlich von hoher Ertragsfähig-

keit, in einem Lande vorhanden sind, um so mehr muß man sich
auf solche Unternehmungen verlegen, welche der Arbeit und dem
Capital freiere Entfaltung gewähren. Dies geschieht schon wegen
der Raumersparniß (hohe Häuser, schmale Wege), dann aber auch,
weil die natürliche Güterquelle in einem solchen Zustand zu spärlich fließt, um eine größere Menge von Menschen hinreichend und
reichlich zu ernähren. Das sind nun einerseits die persönlichen
Beschäftigungen, dann aber vorzüglich Gewerbe und Handel.
Deßhalb werden diese Geschäfte vornehmlich von einer enge zusam-
mengedrängten Bevölkerung betrieben; und je dichter die letztere
wird, desto mehr Arbeit und Capital muß aufgewendet werden,
um ihr Unterhalt zu verschaffen. Dieses vermehrte Ausströmen
von Arbeit und Capital in die verschiedenen Industriezweige ergreift dann aber auch den Grund und Boden, dem auf diese Weise
ein immer größerer Ertrag abgewonnen wird. So gipfelt sich
mittelst der Arbeit und des Capitals die Productionsgewalt der
Länder zu einer oft schwindelnden Höhe.

Wo man nicht blos für eigene Bedürfnisse unmittelbar producirt, stehen alle Unternehmungen vor Allem des Inlandes, dann
aber auch des Auslandes unter einander in der innigsten Wechsel-
verbindung. Jede empfängt von der anderen Productionsmittel
und gibt sie nach vollendeter Production ihrerseits wieder an andere ab. Damit dieser Productionsumlauf regelmäßig und ohne
Störung von Statten gehen könne, müssen die verfügbaren Güterquellen über alle Unternehmungen gleichmäßig vertheilt sein.
Keine darf zu viel produciren, weil sonst andere zu wenig produciren; damit würden sie aber sämmtlich entkräftet, wie der Ueber-
bau einstürzt, wenn der Unterbau zu schwach ist. Diese heilsame
Vorschrift des Gleichgewichts wird aber durch gewinnsüchtige
Ueberproduction (overtrading) nur zu häufig übertreten. (§ 111.)

Hält man das Wesen der Unternehmung als einer planmäßigen Vereinigung verschiedener Productivkräfte zur Erreichung
bestimmter einheitlicher Wirthschaftszwecke fest, so ergibt sich unmittelbar daraus auch die tiefere Erfassung des eigentlichen Wesens
der jeder Unternehmung entstammenden Producte. Denn die Producte sind nichts Anderes, als die durch die Unternehmung in einheitlicher Form in den Umlauf gebrachten Productivkräfte, wozu

dann noch die gesellschaftlichen Kräfte sich gesellen, welche sich gewissermaßen aus einem allgemeinen, für Alle offenstehenden Reservoir über die einzelnen Unternehmungen ergießen und als Miteigenschaften concreter Producte für die Gesellschaft zur Erscheinung kommen. Jedes Product stellt also regelmäßig ein bestimmtes Quantum von Natur, Arbeit und Capital dar; Arbeit und Capital sind aber selbst wieder Verbindungen mehrerer Specialkräfte, so die Arbeit eine Verbindung von Unterhalt, Bildungsaufwand und persönlicher Anstrengung, das Capital eine Verbindung von Entsagung mit den ideellen Bestandtheilen irgend eines Products; und in jedem Product steckt ein specieller Theil von Kunst und Intelligenz, über den die producirenden Unternehmungen in jeder Gesellschaft verfügen. Producte sind also sehr zusammengesetzte Dinge; und obwohl sie dies sind und zu einem bestimmten Zeitpunct eine festgebundene Einheit darzustellen scheinen, streben sie doch jeder Zeit in Folge des Umlaufes nach allen Richtungen auseinander, überall neue, gleich kunstvolle und wunderbare Verbindungen eingehend, um sodann wieder in alter Form und vermehrt an ihren Ausgangspunkt zurückzukehren. Je mehr Kunst und geistiges Leben in ihnen ruht, desto rascher, manichfaltiger und ausgedehnter gestaltet sich dieser Umlauf; je mehr in einem Product der rohe Stoff vorwiegt, desto schwerfälliger, weniger löslich ist es. Daher ist es die Aufgabe der Unternehmungen, ihren Producten immer mehr Kunst, Intelligenz und sittliche Kraft einzuhauchen; ein System, in dessen Umlauf der rohe Stoff vorherrscht, steht unter seiner Aufgabe.

VI. Von der Productivität.

§ 23.

Wesen der Productivität.

Unter Productivität versteht man die Fähigkeit zur Hervorbringung eines Gutes; von ihr hängt also die Erhaltung und Vermehrung der Mittel ab, womit die Menschen ihre Bedürfnisse befriedigen. Es ist klar, daß diese Eigenschaft jedem Productionsmittel, jeder Güterquelle schon dem Begriffe nach immer innewohnen muß; denn ein Productivmittel, das diese Eigenschaft nicht besäße, wäre eben keines, nicht zur Hervorbringung, sondern höchstens zur Verzehrung geeignet. Gleichwohl hat es, weil man sich über das Wesen und die Wirksamkeit der Productivmittel unklar war und mangelhafte Ansichten von dem Begriffe des Gutes hatte, über die Productivität manichfache Streitigkeiten gegeben, deren Darstellung zur größeren Verdeutlichung des Wesens der Production dienen wird.

Den Naturkräften und der Arbeit wurde wohl zu allen Zeiten die Eigenschaft der Productivität zuerkannt; nicht so aber dem Capital. Erst beim Ausgange des Mittelalters dämmerten allmählich richtigere Ansichten über die productive Bedeutung des Capitals, besonders auch im Kreise der deutschen Reformatoren; vorher hatte man sich unter Capital immer eine Summe Geldes gedacht und dieses aus leicht begreiflichen Gründen für unproductiv gehalten. Aber noch Adam Smith und mehrere seiner Anhänger sprachen eigentlich dem Capital die productive Eigenschaft ab,*) indem sie glaubten, die Capitalrente, welche der Capitalist für die Mitwirkung des Capitals bei der Production erhält, werde aus dem Arbeitsertrage genommen. Die Irrigkeit dieser Ansicht springt auf den ersten Blick in die Augen; denn ohne Capital würde jeder Arbeiter weniger oder schlechter oder langsamer produciren und was man so an Menge, Güte oder Zeitersparniß gewinnt, ist ein reeller Vortheil, den man nur der Mitwirkung des Capitals verdankt und ohne welchen die Mittel der Bedürfnißbefriedigung unzweifelhaft auf einer tieferen Stufe sich befinden würden.

Wenn nun auch die Productivität aller Productionsmittel heutzutage als herrschender Grundsatz anerkannt ist, hat sich dagegen der Zweifel, schon von früher her, auf die verschiedenen Productionszweige geworfen. Die Bodenproduction hielt man zwar immer für productiv, weil durch sie die Masse der Güter zu

---

*) Noch J. St. Mill, Grundf. der polit. Oekon. I. cap. V. § 1., nennt nur die Arbeit und die Naturkräfte „eigentlich productiv" und das Capital nur die unentbehrliche Bedingung der Arbeit. Dies ist entweder leere Wortspalterei oder ein handgreiflicher Irrthum, selbst unter der Modification, daß Werkzeuge und Maschinen eine „eigene productive Kraft" haben.

sichtbar vermehrt wird, als daß sich hier ein vernünftiger Zweifel
erheben ließe. Allein alle übrigen Productionszweige hielten z. B.
die Phhsiocraten für unproductiv (steril), weil sie dachten, es würt=
den durch sie keine neuen Stoffe hervorgebracht, sondern nur die
schon vorhandenen umgeformt, ein Nutzen, der nur durch einen
gleichen Aufwand bereits früher entstandener Güter (Unterhalts=
mittel für Arbeiter, Werkzeuge ec. ec.) erreicht werde. Wenn
man nun auch später die neue Brauchbarkeit, welche die ver=
arbeiteten Producte durch die Gewerbe erhalten, zugab und die
Gewerbe als productiv erklärte, glaubte man doch wiederum dieses
Merkmal beim Handel nicht zu erkennen, der die Gestalt der vor=
handenen Güter nicht verändere, sondern diese nur von Ort zu
Ort bringe; und also ward der Handel zu einem unproductiven
Geschäft erklärt. Die Socialisten nannten sogar den Handel
legalisirten Betrug, der nur durch Uebervortheilung des Publikums
bestehen könne; alles was ein Händler gewinne, entziehe er durch
List und Täuschung denen, die von ihm kaufen. Hiebei bedachte
man nicht, daß die Lage eines Guts von wesentlichem Einfluß auf
seine Fähigkeit sei, ein vorhandenes Bedürfniß zu befriedigen;
russisches Getreide z. B. hat für den deutschen Consumenten keine
Brauchbarkeit, so lange es nicht auf den deutschen Markt gebracht
ist. Und da dieses durch den Austausch deutscher Producte nach
Rußland geschieht, so ist der Handel in der That nur eine beson=
dere Art der inländischen Production und wandelt mit Hülfe der
dabei benützten Güterquellen die ausländischen Producte nicht anders
zum Vortheil der inländischen Consumenten um, wie man im In=
lande selbst etwa Flachs in Leinen und Lumpen in Papier ver=
wandelt. Der Handel ist immer da nöthig, wo der Consument,
sei es wegen Mangels der natürlichen Productionsbedingungen
oder aus Unkenntniß, Abneigung ec., die von ihm begehrten Güter
nicht selbst producirt, er producirt also für den Consumenten, was
dieser nicht selbst produciren kann oder will, er schafft dem Consu=
menten Güter, die dieser vorher nicht hatte. *)

---

*) Obwohl der Handel auf diese Weise Productivkräfte zum wahren
Nutzen der Gesellschaft in Umlauf setzt und ein nothwendiges und wichtiges
Stadium im Productionsverlaufe bildet, hat er doch die besondere Eigen-

Daß man endlich auch die persönlichen Dienste unproductiv nannte, weil sie keine körperlichen, greifbaren, ansammlungsfähigen Producte hervorbringen, rührt von einer willkürlichen Beschränkung des Gutsbegriffes her, dessen wesentliche Elemente man nur in jenen Eigenschaften verkörpert sehen wollte. Allein es ist nicht einzusehen, warum ein Bedienter, der Kleider reinigt und Stiefel putzt, anders anzusehen sein soll als ein Koch, ein Geiger anders als ein Geigenfabrikant, ein Arzt anders als ein Apotheker, da doch Production, Umlauf und Verzehrung hier wie dort dieselben Wirkungen äußern und nach denselben Gesetzen erfolgen.

Productiv muß man nur diejenigen, aber auch alle diejenigen Unternehmungen nennen, welche nicht blos die Menge der technischen Güter im Lande vermehren, sondern wirklich und nachhaltig die Mittel liefern zur Befriedigung der Bedürfnisse einer größeren Volkszahl oder gesteigerten Bedürfnisse derselben Volkszahl. Man darf sich hier weder auf den Standpunkt des Gewinnes stellen, wie z. B. die Mercantilisten thaten, welche die Bereicherung des Landes mit edlen Metallen als Zielpunkt der Production hinstellten, oder wie der Unternehmer, der nur auf Rückerstattung aller seiner Auslagen mit wenigstens dem üblichen Gewinnsatz bedacht ist; noch auch auf den der technischen Production, wobei z. B. die Bearbeitung von Holz in einen Tisch, weil dieser ein neues Gut ist, productiv erschiene. Denn was der Producent gewinnt, verlieren oft seine Abnehmer, und das Holz des Tischlers war vielleicht ein brauchbarerer Gegenstand für das Ganze, als ein mißrathener oder überflüssiger Tisch. Noch endlich auf den Standpunkt

---

thümlichkeit, daß er den Producten, die er auf den Markt bringt, keine reale Brauchbarkeit, sondern nur die ideelle der Zugänglichkeit für die Consumenten verleiht, denn er bringt an ihnen selbst keine neue, objective Veränderung hervor. Die Kosten, die der Handel verursacht, sind daher in höherem Grade ein nothwendiges Uebel, als die Kosten der eigentlichen Hervorbringung. Daraus ergibt sich, daß unter sonst ganz gleichen Umständen diejenige Production den Vorzug verdient, welche die wenigsten und kürzesten Handelsoperationen hervorruft; ein rationelles Wirthschaftssystem muß also vorwiegend darauf Bedacht nehmen, die Producte, soweit dies angeht, immer in möglichster Nähe des Marktes zu erzeugen, ein Princip, welches sowohl für den Einkauf der Rohstoffe ꝛc. zur Production als auch für den Absatz der fertigen Producte Gültigkeit hat.

der Consumenten, weil diese sehr oft Güter begehren und kosten-
gemäß bezahlen, durch deren Verbrauch dem Volksvermögen nicht
Kräfte zugesetzt, sondern allmählig entzogen werden. Man denke
z. B. an unmäßigen Branntweingenuß, an sittenverderbende Romane, an den Prunk und die Verschwendung der Höfe, der Kirche,
an Paradearmeeen u. s. w. Die Volkswirthschaft muß sich hier
auf einen freieren Standpunkt stellen, darf nicht blind jedem Bedürfniß huldigen, sondern muß sich als selbständige Nationalkraft
des Grundsatzes der Selbsterhaltung und der Fortentwicklung bewußt
bleiben. Productiv ist also — da die freien Naturkräfte nur die
Productivität der beiden übrigen Productionsfactoren bedingen und
verstärken — nur diejenige Arbeit, deren Bethätigung mindestens
die Erhaltung und ungeschmälerte Fortpflanzung der vorhandenen
nationalen Arbeitskraft gewährt; productiv nur das Capital, bei
dessen Verwendung der Capitalstock des Landes erhalten bleibt
und um die durchschnittliche Jahresrente vermehrt wird. Unproductiv muß also die Nationalökonomie alle Unternehmungen nennen,
welche die Arbeiter schwächen und auf eine tiefere Stufe des
Lebens herabdrücken oder welche zur Verzehrung oder mangelhaften
Ausnützung des Capitals führen. Unproductiv ist jeder Soldat,
der über die zur Erhaltung der äußeren und inneren Sicherheit
erforderliche Anzahl hinaus unterhalten wird und der Industrie
rüstige Kräfte entzieht; unproductiv ein müssiger Clerus, eine mit
nutzloser Vielschreiberei geplagte Bureaukratie. Unproductiv sind
Opiumhandel und Branntweinbrennereien, insofern sie ein das
Volk vergiftendes Uebermaß erzeugen; unproductiv alle nur durch
principlose Schutzzölle, Privilegien und künstliche Monopolien,
durch abschwächende Kinder- und Frauenarbeit gestützten Gewerbe;
unproductiv alle nur auf Spiel und beraubende Bereicherung berechneten Börsengeschäfte (Stockjobberei), Spielhöllen und dergleichen aussaugende Gewerbe; unproductiv ist der Handel, sofern
er durch künstliche Manipulationen die Waaren nur vertheuert
und sich auf Kosten der Consumenten mästet. Wenn man sich des
leitenden Grundsatzes bewußt ist, kann man diese Aufzählung bis
ins Einzelne leicht selbst weiter verfolgen. Denn unproductiv ist
jede Vergeudung von Arbeiten und Capitalien, welche in irgend
einer anderen Unternehmung mit mehr Erfolg hätten verwendet

werden können. Unproductiv sind ferner alle todtliegenden Arbeits= und Capitalkräfte; und alle ungesetzlichen Handlungen, wie Diebstahl, Betrug u. s. w., unter der Voraussetzung, daß das Gesetz die Richtschnur der Wohlfahrt ist. Unproductiv sind endlich alle übergewinnreichen Unternehmungen, insoweit sie zu Ueberproduction und damit zur Vergeudung von Productivkräften reizen, productiv dagegen kann sogar der Verlust wirken, wenn er zu emsigerer Anspannung und Ausdauer antreibt oder die verfügbaren Productivkräfte in ergiebigere Kanäle leitet. Kurz unproductiv ist Alles, wodurch schließlich das Sacheinkommen des Landes geschmälert wird.

Man sieht also, es herrscht sehr viel Unproductivität in jeder Gesellschaft und man darf sich nicht wundern, daß es soviel Armuth und Elend in jeder Gesellschaft gibt. Denn jede Unproductivität rächt sich, wenn auch oft erst im dritten und vierten Glied, wenn sie nicht durch vermehrte Productivität von anderer Seite wieder ersetzt wird. Es ist daher auch leicht erklärlich, warum Nationen bei leidlich nüchternem Fleiß, Ausdauer und kluger Berechnung so schnell reich werden und durch die entgegengesetzten Eigenschaften verarmen. Man kann deshalb der Behauptung Adam Smith's nicht beistimmen, daß große Nationen niemals durch Verschwendung und Mißverwaltung von Seiten der Bürger, aber häufig von Seiten der Regierung verarmen. Jede große Nation besitzt unzählige, reiche Productivkräfte und erholt sich von öffentlicher Verschwendung, wie von Kriegen und Revolutionen leicht wieder; aber ein falsches System der nationalen Wirthschaft führt tödtliche Schläge, versetzt tausend und tausend Stellen der Volkswirthschaft in Lähmung. Freilich geht ein solches auch oft von Regierungen aus, in Folge fehlerhafter Besteuerung, Ertödtung der Geistesarbeit und des freien Gedankens, aber auch Trägheit, Unwissenheit, Genußsucht und Schlaffheit der Bevölkerungen untergraben die Productivität der Länder. Ganz allgemein gesprochen, ist dasjenige Wirthschaftssystem das productivste, welches den einzelnen Wirthschaften innerhalb der nothwendigen Schranken (§ 28.) die freieste Bewegung und Entfaltung gestattet, mit anderen Worten, kein planloses, sondern ein wohlverstandenes und rechtzeitiges laissez faire, laissez aller.

§ 24.

Von den Unterschieden der Productivität.

Jede Güterquelle als solche hat nur Bedeutung durch ihre Productivkraft, und jede Productivkraft wird in ihrem Werthe geschätzt nach dem Grade, in welchem sie bei möglichst geringem Aufwand ein vorhandenes Bedürfniß zu befriedigen vermag. Die productivsten Güterquellen sind daher nicht immer die, mit denen man am meisten zu produciren im Stande wäre, weil die Menge der Bedürfnisse in einer gegebenen Zeit und an einem gegebenen Ort begrenzt ist, folglich mittelst Anwendung einer an sich reichhaltigen Productivkraft leicht über das Bedürfniß hinaus, also zwecklos producirt werden könnte, was einem verhältnißmäßigen Vergeuden von Kräften gleichkäme. Daher kann z. B. nicht immer das fruchtbarste Land angebaut werden, weil sein Anbau oft größere Kosten verursacht, als die Käufer der Bodenproducte wieder ersetzen würden. Die Productivität eines Landes, in diesem Sinne verstanden, ist nun überall höchst verschieden, theils weil die Productionsmittel in den einzelnen Betriebszweigen nicht mit gleicher Vortheilhaftigkeit verwendet werden, theils weil sich ihrer Ausbeutung hier und dort die manichfaltigsten Hindernisse entgegenstellen. Auf welche Weise nun die einzelnen Güterarten am zweckmäßigsten und wohlfeilsten hergestellt werden, wird nicht von der Nationalökonomie, sondern von den entsprechenden Betriebslehren, wie Landwirthschaftslehre, Bergwissenschaft, Gewerbe= und Handelslehre u. s. w. dargestellt. Denn jene beschäftigt sich nicht mit den Gesetzen der Güterverfertigung nach technischen Regeln und Kunstgriffen, sondern mit den Gesetzen der Wirthschaft eines Volks. Der Begriff der Wirthschaft unterscheidet sich aber von dem der technischen Verfertigung in derselben Weise, wie der allgemeine Begriff des Gutes von dem besonderen des Getreides, des Weines, des Tuches u. s. w. Nur ist einleuchtend, daß die einzelnen Betriebslehren von den allgemeinen Lehren der Volkswirthschaft beherrscht werden müssen, weil die Betriebszweige nur practische Theile des volkswirthschaftlichen Ganzen bilden. Ebenso ist es ferner nicht Aufgabe der Nationalökonomie, alle Hinder-

niſſe aufzuzählen, mit denen die Production eines Landes zu
kämpfen hat; ſie müßte ſonſt das ganze Gebiet des menſchlichen
Irrthums und Unrechts in den Kreis ihrer Erörterungen ziehen.
Mißregierung, Kriege, innere Unruhen, finanzielle Verſchwendung,
ſchlechte Zollgeſetze, religiöſe Unduldſamkeit, Bedrohungen von
Außen, Verwirrung des Geldweſens und alle dergleichen düſtere
Zuſtände können die Productivgewalt der Länder mehr und minder lähmen und unwirkſam machen; es genügt aber um ſo mehr,
auf ſolche Hinderniſſe dauernder oder vorübergehender Art hier
nur im Allgemeinen hinzuweiſen, als ſie ſich alſobald nicht nur in
einer Verminderung des productiven Erfolgs, ſondern auch der
Zahl und Dauerhaftigkeit der Productivkräfte ſelbſt fühlbar
machen, und als ſie, inſofern ſie rein wirthſchaftlicher Natur ſind,
wie das Geldweſen ꝛc., an ihrem Orte zur Beſprechung gelangen.
Nur wenn man die wirthſchaftlichen Zuſtände eines beſonderen
Landes mit vollſtändiger Anſchaulichkeit ſchildern wollte, müßte
man ſich über die thatſächlichen Zuſtände der Productionszweige
und die vorliegenden günſtigen oder ungünſtigen Productionsbedin=
gungen verbreiten.

Es gibt jedoch Umſtände allgemeiner Art, welche mit der
Wirkſamkeit aller Productivkräfte in ſo innigem Zuſammenhang
ſtehen, daß ihrer nothwendig Erwähnung geſchehen muß, weil ſie
die Quelle ſelbſtändiger Wirthſchaftsgeſetze ſind und die Productiv=
kraft jedes Landes in den weſentlichſten Richtungen beherrſchen.
Solche Hauptmomente der wirkſamen Gütererzeugung ſind:

1. Der Reichthum eines Landes an natürlichen Productiv=
kräften. Unter ſonſt gleichen Bedingungen muß die Arbeit und
das Capital um ſo wirkſamer verwendet werden können, je ergie=
biger die Natur hierbei mitwirkt und je weniger natürliche Hin=
derniſſe die Production zu überwinden hat. Es genügt hier, auf
das zurück zu verweiſen, was früher (§ 14.) über die wirthſchaft=
liche Bedeutung der Naturkräfte geſagt worden iſt. Je mehr
productive Kräfte auf die Bekämpfung von Naturhinderniſſen ver=
wendet werden müſſen, um ſo geringer muß ſich der verhältniß=
mäßige Ertrag der Landesproduction ſtellen. Fruchtbarer Boden
erleichtert den Aufſchwung der Landwirthſchaft, natürliche Häfen
den des Seeweſens; ein mildes Klima mindert die nothwendigen

Bedürfnisse des Unterhalts und läßt Raum für höhere Bestrebungen u. s. w. Man darf jedoch die Bedeutung des Naturfactors
nicht überschätzen; viel mehr kommt auf die nachfolgenden Unterstützungsmittel der wirthschaftlichen Thätigkeit an.

2. Der Charakter der Bevölkerung. Jedes Volk ist in
hohem Grade Herr seiner wirthschaftlichen Zustände, wenn es
nur Willenskraft genug entwickelt und die Ueberlegenheit der
Menschenkraft über die roh waltenden Naturkräfte mit allen zu
Gebote stehenden Mitteln ins Werk zu setzen bestrebt ist. Hier
sind hervorzuheben:

a. Die Energie und Ausdauer bei der Arbeit. Die Fähigkeit, seinen Willen durchzusetzen, mit Beharrlichkeit einmal gefaßte
Pläne zu verfolgen und sich durch kein Mißlingen abschrecken zu
lassen, solange noch die Möglichkeit des Erfolges offensteht, ist
eine wirthschaftliche Tugend von höchstem Werthe. Die Engländer und Amerikaner sind in dieser Beziehung Vorbilder, welche
zeigen, was Ausdauer und Erwerbskraft vermögen. Die Deutschen, Franzosen und Italiener stehen ihnen hierin mehr oder
weniger nach. Wem der wirthschaftliche Erfolg über Alles geht,
Vergnügen und Erholung nur gezwungene Uebergangsstufen zu
weiterer Kraftanstrengung sind, der muß offenbar unendlich mehr
leisten, als wer nur arbeitet, um sofort ruhig und behaglich genießen zu können. Dieser Tugend verdanken die Engländer vorzugsweise ihren Reichthum und ihre Macht, und nicht, wie es gewöhnlich heißt, ihren Colonieen, ihren Kohlen, ihren Schiffen,
ihrem Eisen. Denn alles dieses mußte erst durch mühevolle, unab-
lässige Anstrengung erworben werden.

b. Redlichkeit und Reinheit des Charakters. Der rechtliche
Sinn ist die Luft der Volkswirthschaft und ohne ihn ist keine
dauernde Begründung des Volksreichthums möglich. Eine unend-
liche Menge von Zeit, Mühen und Kosten muß alljährlich in jeder
Gesellschaft aufgewendet werden, um die nachtheiligen Wirkungen
der Widerrechtlichkeit und Unredlichkeit zu besiegen. Der ganze
Justiz- und Polizeiapparat mit seinen großen Kosten ist nur dazu
bestimmt, die äußeren und inneren Feinde der wirthschaftlichen
Wohlfahrt von der Gesellschaft abzuhalten. Jeder Dieb, jeder
Betrüger verursacht dem Gemeinwesen Kosten, die ohne ihn auf

nützlichere Zwecke hätten verwendet werden können. Die ganze Einrichtung des Zollschutzes an den Grenzen (im Zollverein mehr als 2000 Thaler Kosten per Meile), die Ueberwachung und künstliche Einhebung der Besteuerung sind gleichfalls nur nothwendige Mittel, um den feindseligen Eingriffen des widerrechtlichen Eigennutzes zuvorzukommen. Alles, was hier durch Tüchtigkeit und Gemeinsinn der Bevölkerung erspart werden könnte, würde außerdem als erlaubter und rechtmäßiger Gewinn den Einwohnern jedes Landes zufließen.

Auch solche unredliche Handlungen, die nicht unmittelbar in das Gebiet der Strafjustiz und Polizei fallen, schaden der Production ungemein. Es gibt Nationen, deren Waaren von fremden Kaufleuten mit Mißtrauen betrachtet werden, weil man sich auf ihre Solidität nicht verlassen kann. Auch im täglichen Leben nimmt die Vorsicht und Sorge gegen Uebervortheilung und Betrug einen bedeutenden Theil von Zeit und Mühe in Anspruch. Es würde viel mehr und sicherer producirt, wenn man sich diesen Aufwand sowie die damit verknüpften Aergernisse ersparen könnte. Bringt man alle diese tausendfachen kleinen Störungen in Anschlag, so kommt ein beträchtliches Defizit für die Production und den Verkehr eines ganzen Jahres heraus. Welchen Zeit= und Kostenaufwand nehmen nur die Prozesse in Anspruch, die alljährlich durch Unzuverlässigkeit, Leichtsinn und Schlendrian in den Geschäften veranlaßt werden! Alles das bildet einen Verlust am Nationalvermögen, der sich freilich nicht ziffernmäßig herstellen läßt, der aber doch bedeutend genug ist, als daß er mit Stillschweigen übergangen werden könnte.

3. Die Intelligenz der Bevölkerung, sowohl der Unternehmer als auch der Arbeiter. Es ist nicht hoch genug anzuschlagen, was durch Kenntnisse und Geschicklichkeit für wirthschaftliche Zwecke ausgerichtet werden kann. Man gebe einem Wilden Holz und Eisen in die Hand, er wird höchstens Bogen und Pfeile daraus zu verfertigen verstehen; eine civilisirte Nation stellt daraus eine Maschine her, welche unzählige nützliche und angenehme Dinge liefert. Die wirthschaftliche Intelligenz bringt in die Kräfte und Eigenschaften aller Dinge ein und lehrt ihre zweckmäßigste und nützlichste Verwendung. Schon die gewöhnlichen Handgriffe, die

bei jeder Arbeit vorkommen, werden unendlich gefördert durch ein
geringes Maß von Bildung und geistigem Erfassen der Aufgabe.
Noch wichtiger aber sind die Fortschritte der geistigen Beschäftigungen selbst, welche jährlich unzählige Verbesserungen in allen
Gewerben verbreiten können.   Wie erstaunlich entwickelte sich die
Landwirthschaft und Gewerbsindustrie unter dem steigenden Einfluß der neuen Entdeckungen in Chemie und Physik!   Allein die
fortschreitende Erkenntniß düngender Kräfte kann die Productivkraft des Bodens verdoppeln.   Aber auch alle übrigen Kenntnisse
und Fertigkeiten erstrecken mittelbar oder unmittelbar ihre segensreichen Wirkungen über das Ganze der Volkswirthschaft; in wie
innigem Zusammenhange mit dem riesenmäßigen Aufschwung der
Wirthschaft des 19. Jahrhunderts stehen nur die wissenschaftlichen Fortschritte der politischen Oekonomie! Ein einziger richtiger
Steuergrundsatz, durchgreifend zur Geltung gebracht, kann tausend
Stellen der Landesindustrie von kraftloser Lähmung befreien.
Daher ist es unerläßliche Bedingung für jeden industriellen Fortschritt, daß Wissen und Geschicklichkeiten immer mehr Gemeingut
aller Nationen werden; die Wichtigkeit der Volkserziehung und
des Volksunterrichtes, auch blos vom wirthschaftlichen Standpunkte aus, der aber natürlich nicht der einzige berechtigte ist, kann
nicht genug eingeschärft werden.   Schon die einfache Kenntniß des
Lesens und Schreibens stellt den gewöhnlichen Handarbeiter um
viele Stufen höher.   Nicht leicht weiß Jemand zu viel, aber wohl
wissen vielleicht Alle zu wenig. Auch hier muß jedoch, wie überall,
auf die Verhältnißmäßigkeit des Wissens Rücksicht genommen werden; es ist übergroßer Eifer, ein Volk mit überflüssigem Wissen
anfüllen zu wollen, was doch bei der großen Mehrzahl nur in
unbrauchbares Halbwissen ausschlägt.   Ueberflüssiges Wissen
nennen wir alles dasjenige, was im einzelnen Fall seinen Zweck
nicht erreichen kann, entweder weil die natürlichen Anlagen mangeln oder weil die übrigen Voraussetzungen des vollständigen Be-
greifens fehlen. Hierher gehört das Uebermaß gelehrter Mädchen-
bildung, oder die Anfüllung des Volksunterrichts mit abstracten,
fernliegenden Dingen, die über das Begriffsvermögen des Volks
hinausgehen und im besten Falle nur todtes Material bleiben.
Auf die Production wirkt überhaupt jede sorgfältige Durch-

führung richtig erkannter volkswirthschaftlicher Gesetze förderlich ein, und es bildet sich hieraus im Fortgang der Zeiten eine Menge gesellschaftlicher Productivkräfte, die eine Generation von der andern empfängt und je nach Bedürfniß und Fähigkeit weiter auszubilden vermag. So ein durchgebildetes Creditwesen, das Geldwesen, richtige Besteuerung, ungehinderte Konkurrenz, zweckentsprechende Verzehrung u. a. m. Alle diese Beförderungsmittel der Production, sei es unmittelbar, sei es mittelbar durch den Einfluß des Umlaufes und der Consumtion, müssen sich Jedem aus dem Studium der volkswirthschaftlichen Gesetze selbst ergeben. Einige Haupterleichterungsmittel der Production sind jedoch wegen ihrer hohen Wichtigkeit noch besonders hervorzuheben.

§ 25.

Von der Arbeitstheilung.

Das Wesen der Arbeitstheilung in ihrer heutigen Ausdehnung wird zu enge aufgefaßt, wenn man sie nur als „Sonderung des Producenten vom Consumenten" bezeichnet, wonach Jeder nur die von Anderen gefertigten Producte consumiren sollte. Die Arbeitstheilung erstreckt sich noch weiter, nämlich bis zur Sonderung der Producenten unter einander. Unter Arbeitstheilung ist vielmehr Specialisirung der Productivkräfte zu verstehen, d. h. Ausscheidung aller Hindernisse für Herstellung des unmittelbaren Verhältnisses zwischen Ursache und Wirkung. Jede beabsichtigte Wirkung soll die ihr eigene wirksamste Ursache erhalten.

Der Grundsatz der Arbeitstheilung beruht also darauf, daß jede Productivkraft nur für denjenigen wirthschaftlichen Zweck verwendet werden soll, für welchen sie besonders brauchbar ist, sowie daß sie gerade durch diese ausschließliche Verwendung für einen Zweck besonders brauchbar wird. Durch ihn wird also jede Vergeudung von mehreren Productivkräften zu Gunsten eines Zweckes und jede Zersplitterung einer Productivkraft für mehrere Zwecke unmittelbar ausgeschlossen, was eine enorme Steigerung der gesammten Productivgewalt zur Folge haben muß. Bei den Naturkräften und dem Capital ist dieser Grundsatz von selbst einleuchtend und um so früher im Leben angewendet worden, als man

diese Kräfte von Anfang an für bestimmte einzelne Zwecke entweder
schon von Natur besonders brauchbar erkannte oder dafür herzu=
stellen im Stande war. Darauf beruht die ganze Eintheilung der
Naturkräfte und Capitalien, die freilich immer weiter fortschreitet,
namentlich beim Capital, welches immer mehr in seinen einzelnen
Bestandtheilen bestimmte, specielle productive Ideeen darstellt, die
durch seine Verwendung verwirklicht werden sollen. Dagegen der
Mensch ist eine Vereinigung der verschiedenartigsten Kräfte,
von denen wenigstens keine Hauptkraft gänzlich unterdrückt werden
kann, ohne daß die Existenz oder doch die Wohlfahrt des Indivi=
duums im höchsten Grade gefährdet wäre. Der Mensch, d. h.
die persönliche Arbeitskraft erscheint daher an und für sich zu allen
möglichen Verrichtungen brauchbar und in den frühesten Wirth=
schaftszeiten war auch jeder Einzelne so zu sagen sein eigenes Fac=
totum und unterschied sich von den übrigen hinsichtlich seiner Pro=
ductivkraft höchstens dem Grade, nicht aber auch der Art nach.
Denn wo Jeder nur Jäger, Hirte oder Ackerbauer ist, kann Keiner
etwas Anderes verrichten als alle Uebrigen und Jeder muß daher
auf Erlangung und Ausbildung derselben productiven Kräfte be=
dacht sein wie alle Uebrigen. Doch mußte es hier schon eine
Theilung der Naturkräfte und Capitalien geben, Jagdboden,
Waldboden, Weide, Ackerland, Werkzeuge, verschiedene Waffen,
Arbeits= und Nutzthiere u. s. w.; wiewohl immer noch erst in
rohen Anfängen. Das Bedürfniß mußte aber bald zu der Er=
kenntniß führen, daß man die Verrichtung, auf die man sich aus=
schließlich legt, viel besser betreibe und diese Erkenntniß wurde ge=
wiß in hohem Grade unterstützt durch die Wahrnehmung, daß
verschiedene Anlagen und Neigungen in den Menschen schon von
Natur zur Theilung der Verrichtungen hindrängten; ein Zug, der
aber durch die Erfahrung über die mit einer solchen Einrichtung
verbundenen hohen Vortheile noch weitaus überboten und durch
das Bedürfniß einer möglichst wohlfeilen und erfolgreichen Pro=
duction geradezu geboten ward. So bildeten sich allmählich ver=
schiedene Berufsstände und Berufszweige und jeder von diesen ist
fähig, wieder je nach Bedürfniß und technischer Zweckmäßigkeit in
unendlich viele Unterabtheilungen auseinander zu gehen. Diese
Sonderung der Verrichtungen, einem vielästigen Baume vergleich=

bar, nennt man die Arbeitstheilung, welche ihrem Zwecke nach den größtmöglichen Erfolg jeder wirthschaftlichen Thätigkeit erstrebt. An sie schließt sich naturgemäß die Theilung der Naturkräfte und Capitalien von selbst an, weshalb von dieser nicht mehr besonders gesprochen zu werden braucht, da selbstverständlich jede getheilte Arbeit auch die für sie besonders productiven Natur= und Capital= kräfte aufzusuchen hat.

Das Wesen der Arbeitstheilung konnte auch dem Alterthum nicht fremd bleiben. Allein erst die Fortschritte der neueren Industrie leiten auf eine immer künstlichere Spaltung der mensch= lichen Productivkräfte hin und sie ist hierdurch wie zu einem hoch= gegipfelten Gebäude geworden, welches auf die kunstreichste, ver= wickeltste Weise von unzähligen in einander greifenden Pfeilern und Bögen getragen wird. Erst Adam Smith hat den Grund= satz der Arbeitstheilung zu einem bleibenden Gesetze der Wissen= schaft erhoben.

Man muß eine internationale, nationale und individuelle Arbeitstheilung unterscheiden.

1. Die internationale Arbeitstheilung beruht auf den Unter= schieden der natürlichen Erzeugungsfähigkeit ganzer Länder, in Folge der Verschiedenheit ihrer Naturkräfte, wie des Bodens und Klimas, und der Anlagen, Neigungen und wirthschaftlichen Fort= schritte ihrer Bewohner. Die Länder der heißen Zone sind vor= zugsweise oder ausschließlich zur Erzeugung der sog. Colonial= waaren befähigt, also Kaffee, Zucker, Thee, Gewürze, Tabak u. s. w. Spanien, Frankreich, Ungarn, Deutschland liefern die besten Weine; Californien und Australien sind die Länder der Gold=, Mexico und Peru der Silberproduction. England ist am reichsten gesegnet mit Kohlen und Eisen, Deutschland liefert die besten Wollstoffe und kurzen Waaren, Frankreich Seiden= und Mode= waaren u. s. w.

In diese Verschiedenheit in der productiven Gestaltung der einzelnen Länder darf man nicht willkürlich eingreifen, ohne den gesunden und nachhaltigen Aufschwung ihrer Industrie zu stören. Allerdings sind manche Productivkräfte ohne Gefahr übertragbar, aber dieses muß im einzelnen Fall sorgfältig erwogen und jeden= falls müssen dann die übrigen Arten der Arbeitstheilung zur Gel=

tung gebracht werden. Das Stichwort: „Hebung der nationalen
Industrie" ist ohne Beachtung dieser Grundsätze eine gefährliche
Täuschung und verursacht in seiner Durchführung immer größeren
Schaden, als man ziffernmäßig nachzuweisen vermag. Es wird
dies aber nur allzu häufig ignorirt, indem man den Grundsatz
aufstellt, daß jedes Land alle möglichen Producte, wenigstens
im Gebiet der Gewerbsindustrie selbst erzeuge. Offenbar mit
Unrecht.

Ein eclatantes Beispiel einer unnatürlichen Production ist
die Fabrikation des Rübenzuckers im Zollverein, welche den verhältnißmäßig besseren und wohlfeileren Rohrzucker fast ganz ver-
drängte, zum offenbaren Nachtheil der Consumenten und der
Staatsfinanzen.*)

2. Die nationale Arbeitstheilung beruht auf der naturgemäßen Vertheilung der einzelnen Wirthschaftszweige über die Gegenden jedes Landes, in denen jedes Product am vortheilhaftesten
und wohlfeilsten hervorgebracht werden kann; und es kommen hier
nur im engeren Kreise dieselben Grundsätze zur Anwendung wie
bei der ersten. So verzweigt sich vor Allem die städtische und
ländliche Industrie, weil Stadt und Land wegen der Verschiedenheit der Volkszahl, der Bildungsmittel, des Absatzes, der Bedürfnisse verschiedene Productionsbedingungen bieten. Weite, trockene
Ebenen eignen sich am besten zum Getreidebau, wasserreiche Niederungen und Gebirgsthäler zur Wiesencultur und Viehzucht,
sonnige Berggelände zum Weinbau. Die Gewerbe und Fabriken
werden sich da am besten entwickeln, wo die erforderlichen Rohstoffe,
Kohlen, Wasserkraft am reichlichsten und wohlfeilsten zu Gebote

---

*) Dies geht klar und anschaulich hervor aus nachfolgender Zusammen-
stellung von Hübner (Jahrbuch für Volksw. 1859, S. 38.). Nimmt man
den Rübenzuckergewinn zu 7% an, so wurden in den Jahren 1836—1859:
19,457980 Centner Rübenrohzucker erzeugt. Hätte man diese Masse vom
Auslande bezogen, so hätte man an

Zollertrag . . . . 97,289,900 Thlr.
eingenommen, man nahm aber nur ein an Rüben-
steuer netto . . . . 39,442,134 „
Man opferte also . . . . 57,847,766 Thlr.
eine Summe, die zum großen Theile in die Tasche von durchschnittlich zwei-
hundert Zuckerfabrikanten des Zollvereins, besonders Preußens floß.

stehen, wo die Arbeit leichten Unterhalt findet und der Transport wohlfeil und bequem von Statten geht.

Eigenthümlich und weit getrieben ist diese Art der Arbeits- theilung in England. Auch in Deutschland sind wohl gewisse Erwerbszweige in manchen Landestheilen vorherrschend, wir haben Fabrikdistrikte, Getreideländer, Bierländer, Tabakgegenden, aber von einer so strengen Zusammenziehung auf bestimmte Bezirke gibt es bei uns kaum einzelne Beispiele. In England dagegen spricht man von Baumwollenstädten, Wollenstädten, Töpferbezirken. Jeder bedeutsame Zweig der englischen Industrie hat nämlich eine Re- sidenz, wo er hauptsächlich thront. So hat die Baumwollenin- dustrie ihren Sitz in Manchester, die Wollenindustrie in Leeds aufgeschlagen, die Hauptstadt der Stahlwaarenmanufactur ist Sheffield, die der kurzen Waaren (quincailleries) Birmingham, der Töpfereien (potteries) Stafford.

3. Von der größten Wichtigkeit ist endlich die Theilung der Individuen in je besondere Verrichtungen. Hierdurch erlangt die Arbeitskraft jedes Menschen eine bestimmte, ausschließliche Rich- tung und alle übrigen müssen ihr untergeordnet werden, soweit nicht die Harmonie der Menschennatur Einhalt gebietet oder freie Muße von den Obliegenheiten des erwählten Berufes entbindet.

So entstehen nicht nur die vier Hauptproductionszweige, son- dern in jedem wieder unzählige Unterabtheilungen, und jedes ein- zelne Gewerbe kann seine einzelnen Verrichtungen einem beson- deren Arbeiter zutheilen, der hiezu besonders geeignet und geschickt ist oder wird. Im heutigen England theilt sich das Uhrmacher- gewerbe in 102 besondere Verrichtungen, die besonders gelernt werden; nach dem Gewerbekalender von Birmingham gibt es dort eigene Gold-, Silber-, Perlmutterknopfmacher, eigene Hammer- macher, Dintenfaßmacher, Sargnagelschmiede, eigene Meister für Hundehalsbänder, Zahnstocherbüchsen, Steigbügel, Fischangeln, Stecknadeln 2c. 2c. (Roscher.) Auf den Pariser Boulevards in der Nähe des Kirchhofs Père la Chaise gibt es besondere Läden für wollene, seidene Traueranzüge u. s. w.

Auch bei den persönlichen Dienstleistungen nimmt die Ar- beitstheilung immer mehr überhand; man denke an die verschiede- nen Fächer im Schauspielwesen, Helden, Komiker, Liebhaberinnen, alte Mütter, Soubretten u. s. w., an Wund=, Heb=, Augen=, Frauenärzte; an die manichfaltigen Verzweigungen der Wissenschaften im Gegensatz zu den alten Polyhistoren; an die Trennung der Justiz von der Verwaltung. —

Die Vortheile der Arbeitstheilung, besonders der letzten Art, sind reich und manichfaltig. Die fortwährende Beschäftigung mit einer Verrichtung bewirkt eine viel sicherere Fertigkeit und Geschicklichkeit der Arbeiter, eine große Vermehrung der Producte und diese werden unbedingt besser und wohlfeiler; die Arbeiter gelangen nicht selten zu neuen Verbesserungen, Erfindungen und Handgriffen; die Beseitigung des beständigen Uebergangs zu andern Verrichtungen erspart eine Menge von Zeit und Arbeitsunlust; Jeder kann sich diejenige Arbeit aussuchen, zu der er von Natur besonders geschickt und geneigt ist; die Capitalien werden viel vollständiger ausgenützt, während sie außerdem immer zeitweise ruhen müßten, wenn man Anderes treiben würde; nur durch die Arbeitstheilung ist es möglich, daß man sich jetzt auch höheren, geistigen Beschäftigungen zuwenden kann; endlich schlingt die Arbeitstheilung ein festeres Band um alle Glieder der ganzen Gesellschaft, weil sie nun alle auf einander angewiesen sind, Jeder für den Andern arbeitet und Jeder von allen Anderen die Bedingungen seiner Existenz und seines Vergnügens zugeführt erhält. Der durch die Arbeitstheilung hervorgerufene Handel bewirkt einen lebhafteren Verkehr zwischen den Gliedern einer Nation und zwischen verschiedenen Nationen, zwingt zu friedlicher Politik und besonnener Regelung der internationalen Verhältnisse; und unberechenbar ist aus alledem der Einfluß auf die Fortschritte aller Wissenschaften und Künste.

Je williger man den Nutzen der Arbeitstheilung anerkennt, um so mehr Recht erlangt man auch, vor ihrer Ausartung zu warnen. Bei den meisten Wirthschaftsgesetzen gelangt man schließlich zu der Ueberzeugung, daß ihre Vollziehung bis ins Extrem Unheil bringt; wie der Eigennutz selbst, so muß auch die Verfolgung des Eigennutzes wohlerwogene Grenzen finden. Heutzutage kann Niemand mehr zu einer solchen Vollendung gelangen, daß er in allen Sätteln gerecht wäre; und es ist dies auch nicht nöthig, wenn nur nicht hervorragende Seiten der Menschennatur unter=

brückt werden. Es ist daher ein wichtiger Unterschied zu machen
zwischen zwei Arten von Arbeitstheilung, von denen man die eine
die natürliche, die andere die künstliche oder mechanische nennen
kann. Die erstere beruht auf den natürlichen Verschiedenheiten
der Anlagen, Neigungen und Bildungsmittel, welche jedem Menschen
und jeder Nation ein bestimmtes hervorragendes Feld der Thätigkeit
zuweisen; diese Art der Arbeitstheilung mag man ein Naturgesetz
nennen, insoweit sie aus Umständen fließt, die vom Menschen nicht
beliebig abgeändert werden können. Die mechanische Arbeitstheilung beruht dagegen nicht nur auf keinem Naturgesetz, sondern
sie verstößt sogar gegen dasselbe, insofern eine harmonische und
wohlgeordnete Ausbildung des Menschen ein solches genannt
werden kann. Sie entstammt einer künstlichen Entwicklung der
Industrie, welche im Menschen nur noch gewisse mechanische Arbeitskräfte anerkennt und daher auch nur diese zur Verwendung verlangt. Sie beruht nicht auf hervorstechender Anlage und Neigung,
der sich die übrigen sachgemäß unterordnen müssen, sondern auf der
beliebigen Hervorhebung einer einzigen, vielleicht untergeordneten
Kraft, die aber gerade ins allgemeine System der Production paßt.
Sie macht den Menschen zu einer mechanischen Productivkraft, von
einer Gesammtentwicklung durch und für die Arbeit ist keine Rede
mehr. Beide Arten der Arbeitstheilung sind sich daher durchaus
entgegengesetzt, die eine erhebt den Menschen und ist wohlthätig
für ihn, die andere begradirt ihn und wirkt verderblich. Ein bestimmter Beruf verleiht dem Menschen ein sicheres, wohlthätiges
Gepräge und bewahrt ihn vor Zersplitterung und Zerfahrenheit
seiner Kräfte. Wenn aber die Arbeitstheilung soweit geht, daß der
Arbeiter zu einem „lebenden Werkzeuge" wird, etwa zu einem
Maschinenwerkzeuge, wenn er Nichts weiter lernt als Schlüsselbärte
feilen oder Nägeln die Köpfe aufsetzen; so mag das den Consumenten
wohlfeile Waaren liefern, aber menschenwürdig ist das nicht mehr,
selbst wenn solche Arbeiter gut bezahlt würden. Beruft man sich dabei
auf die Riesenfortschritte der Industrie, auf enorme Ausfuhrziffern,
auf den gestiegenen Reichthum des Volks im Ganzen, so beweist das
nur, daß man schon gelernt hat, die Handarbeiter nur als Productionsmittel zu betrachten. Werden ganz einseitige, rohe, mechanische
Körperverrichtungen immer mehr zur Lebensaufgabe des einen, und

reingeiftige Beschäftigungen zur Aufgabe des anderen Theiles der Bevölkerung, so stehen sich zuletzt brutale Gewalt und geistige Fertigkeit gegenüber und können sehr leicht miteinander in Kampf gerathen; jedenfalls macht es einen beschämenden Eindruck, wenn man die Vortheile des Fortschritts ungleich über die Klassen der Gesellschaft vertheilt findet. Dazu kommt, daß die körperliche Schwäche alle Klassen ergreifen kann, wenn nicht Gegenmittel gebraucht werden, durch Turnen, Baden, Waffendienst u. dgl.; denn jede Kraft, die nicht benutzt und ausgebildet wird, schwindet. Will man solchen mechanischen Arbeitern durch öffentliche Bibliotheken, Lesevereine, Zeitschriften geistige Nahrung bieten, so kommt es sehr darauf an, wie lange der Sinn dafür noch bleibt und ob nicht lieber der gequälte Körper seinen eigenen Genüssen nachgeht.*) Selbst das Familienleben kann hier keine schönen Blüthen mehr treiben, zumal wenn Frauen und Kinder in den entnervenden Strudel mit hineingerissen werden.

Gewisse Arbeiten wirken sogar bei ununterbrochener Verrichtung direct schädlich auf die Gesundheit, wie das Schleifen von Nadeln, Vergolden u. dgl.; oder unaufhörliches Stubensitzen. Manche Socialisten (Proudhon) glauben, daß durch angestrengte und anhaltende geistige Thätigkeit das Geschlechtsvermögen geschwächt werde; wenn dies der Fall wäre und die Arbeitstheilung immer mehr Entnervung unter den Gewerbsarbeitern verbreitete, müßte die Fortpflanzung gesunder und kräftiger Geschlechter immer mehr durch die ländliche Bevölkerung erfolgen. Ob dies der Grund für den gegenwärtig bemerkten auffallenden Zuzug der ländlichen Bewohner in die französischen Städte bildet, könnte freilich nur

---

*) Durch Vereine zur Veredlung und Belehrung der Arbeiter könnte Wirksames geleistet werden; allein wenn diese nicht von den Arbeitern selbst ausgehen, was schon einen ziemlichen Grad von Intelligenz und sittlicher Kraft bei ihnen voraussetzt, so ist zu fürchten, daß sich ein gewisser Geist trotziger Selbständigkeit und Apathie solchen wohlgemeinten, aber octroyrten Verbesserungsplänen entgegenstemmt. S. Vorschläge in dieser Beziehung in der Zeitschr. für Staatswiss. Band 1. S. 737 ff. (Fallati.) Vgl. dessen Bericht über englische Arbeitervereine für Unterricht und Vergnügen. (ibid. Band 2. S. 75 ff.) Gleichwohl können die Arbeiter trotz des an sich vortrefflichen Princips der Selbsthülfe wenig ausrichten, wenn das System der Wirthschaft, in dem sie arbeiten, seinen Grundzügen nach verfehlt ist.

durch die sorgfältigsten statistischen Untersuchungen nachgewiesen werden. Wenn nun aber auch die ländliche Bevölkerung, wie in England, einen immer kleineren Bruchtheil der ganzen Volkszahl ausmacht, weil man immer mehr Nahrungsmittel und Rohstoffe vom Auslande kauft, so ginge eine solche Nation allmählich einem höchst bedenklichen körperlichen Verfall entgegen. Das sind freilich Gefahren, zu denen gegenwärtig vielleicht erst die Keime gelegt werden.

Die Arbeitstheilung hat aber noch andere wirthschaftliche Nachtheile im Gefolge. Da sie nur bei Massenhaftigkeit ihrer Producte bestehen kann und diese, um Absatz zu finden, möglichst wohlfeil sein müssen, reizt sie zu beständiger Zuvielproduction und trägt daher fortwährend Absatzstockungen (Handelskrisen) in ihrem Schooße. Hierbei geht nicht blos Capital verloren, sondern die Wirthschaft des Landes selbst erhält einen gewagten, schwindelhaften Charakter und die Arbeiter sind nicht selten der Beschäftigungslosigkeit ausgesetzt. Dies trägt unausbleiblich zur Erniedrigung ihres Looses bei und vermehrt ihre Abhängigkeit vom Capital. Diese Gefahren sind um so bedenklicher, wenn sich ganze Industriezweige in bestimmten Gegenden concentriren, wie in England, oder wie die Seidenindustrie in Lyon; hier kann das moderne Arbeiterelend um so verderblicher grassiren, während außerdem doch nur einzelne Punkte der Volkswirthschaft davon ergriffen würden, die gegenüber dem großen Ganzen verschwindend klein erscheinen.

Die Arbeitstheilung hat übrigens ihre Grenzen. 1. In der Natur gewisser Beschäftigungen, die eine unausgesetzte gleichartige Thätigkeit nicht zulassen, z. B. des Landbaues, wo es unausbleiblich immer Unterbrechungen und Abwechselung in der Arbeit gibt, wegen des Wechsels der Jahreszeiten, der Witterung, der Bepflanzung und der damit meistens verbundenen Viehzucht. Dies gilt auch mehr oder minder, nur aus anderen Gründen, bei den persönlichen Diensten und beim Handel. 2. In der Größe des Absatzes. Wenn in einer Gegend nur 1000 Nägel jährlich verkauft werden, die ein einziger Arbeiter in dieser Zeit verfertigt, kann man natürlich nicht diese Arbeit unter 10 Arbeiter vertheilen, die vielleicht 100,000 zu verfertigen im Stande wären, wenn sie voll beschäftigt würden. „Die Kleinheit des Marktes kann bestehen in geringer oder dünn zerstreuter Bevölkerung, geringer Zahlungsfähigkeit derselben oder schlechter Communication." (Roscher.) Damit hängt denn auch die Nothwendigkeit eines größeren Capitales zusammen, das sich ja aus den Kaufpreisen der Consumenten immer wieder ergänzen muß. Die Ausartung der Arbeitstheilung ist daher hauptsächlich bei der Gewerbsindustrie zu befürchten, welche für den massenhaften, wohlfeilen Consum producirt; hier aber auch im höchsten Grade, besonders wenn sie vorwiegend auf extensiver Konkurrenz beruht. (§ 28.)

§ 26.

Von der Arbeitsvereinigung.

Die einfachste Art der Arbeitsvereinigung ist diejenige, welche auf dem Grundsatz beruht, daß vereinte Kraft mehr ausrichtet, als getrennt wirkende. Man wendet sie also an, wo die Kräfte Einzelner zur Verrichtung des Werks nicht ausreichen und die Unterstützung des Capitals entweder unthunlich oder wegen Capitalmangel nicht möglich ist; z. B. um die Ernte schnell heimzubringen, um gemeinsam schwere Lasten zu heben u. s. w.

Eine complicirtere Art der Arbeitsvereinigung ist die, welche ein nothwendiges Seitenstück zur Arbeitstheilung bildet. Dann ist sie nur eine andere Benennung derselben Sache und theilt mit ihr alle Vortheile und Nachtheile. Soll die letztere mit Vortheil durchgeführt werden, so müssen alle vereinzelten Arbeiten mit steter gegenseitiger Rücksicht auf einander ausgeführt werden. Jede Werkstatt, jede Fabrik gibt ein anschauliches Bild hievon. Allein diese Arbeitsvereinigung erstreckt sich über das Gebiet einzelner Unternehmungen hinaus und ist zugleich eine heilsame Grenze der Arbeitstheilung. Wer Steigbügel fabricirt, muß sicher sein, daß auch Reitpferde, Sättel, Ställe producirt werden im Verhältnisse zu seinen Fabrikaten; wer Nadeln verfertigt, muß auf die Befriedigung des Bedürfnisses an Tuch, Zwirn u. s. w. rechnen können. Und zugleich hängen alle diejenigen, die keine Nahrungsmittel hervorbringen, von den Productionserträgnissen des Nährstandes ab. Großartige Beispiele der Arbeitsvereinigung sind ferner die weitverzweigten Post- und Eisenbahnverbindungen, durch welche alle

einzelnen Routen in den genauesten Anschluß und Zusammenhang
mit einander gebracht werden müssen.

Die Arbeitsvereinigung kann auch der Zeit nach stattfinden,
wenn irgend ein Werk einer Generation zu schwer wird. Man
denke z. B. an den Kölner Dombau, an die allmählige Gründung
mächtiger Flotten. Ein wirksames Mittel hiezu ist der Staats-
kredit.

Hierauf beruht auch der Grundsatz der Stetigkeit oder Werkfortsetzung (List), durch welche eine stärkere Ausbildung und
größere Sicherheit der Productivkraft erreicht wird.*) Ein alt-
begründetes Geschäft ist immer lohnender und leichter zu führen,
als ein neues; wenn ein Fabrikationszweig längere Zeit hindurch
in einer Gegend betrieben wurde, sammelt sich allmählig größere
Erfahrung und Geschicklichkeit, bessere Kenntniß der Einkaufs-
und Absatzorte, der Markt wird stetiger, sicherer, ausgedehnter,
das Capital fließt leichter zu, die Arbeiter finden leichter Unter-
kunft und die alten pflanzen ihre Fertigkeiten und Handgriffe auf
die jungen über, so daß diesen die Lehrzeit bedeutend erleichtert
und abgekürzt wird. Darauf beruht zuletzt auch der wirkliche
Capitalwerth einer Firma, eines Gewerbsrechts u. dgl. Die Vortheile dieser Werkfortsetzung sind so groß, daß sie den an sich vielleicht richtigen Grundsatz der Arbeitstheilung im einzelnen Fall
überbieten; so wäre es z. B. gewagt, die ausgebreitete Eisenin-
dustrie eines Landes durch Aufhebung eines Schutzzolls zu gefähr-

---

*) Nach dem Gesetze, daß Arbeitskräfte (Kenntnisse, Fertigkeiten) und Ca-
pitalien leicht zu übertragen und beliebig anzusiedeln sind, wo nur die erforderlichen Naturkräfte (Rohstoffe) wohlfeil und in genügender Menge zu haben
sind, kann der Grundsatz der Arbeitstheilung durch diese Art der Arbeitsvereinigung in vielen Fällen beseitigt werden. Dies gilt besonders von den
Manufacturen, überhaupt von der Maschinen- und Capitalproduction. Auf
dem Gebiet der Industrie sich auf die internationale Arbeitstheilung zu berufen, wie es so häufig von Seite der Freihändler geschieht, ist daher ungerechtfertigt; künstliche Industrieen im eigentlichen Sinne des Worts könnten
alle Industrieen genannt werden. Ueberhaupt wird der Ausdruck „künstliche
Industrie" sehr häufig gemißbraucht; Künstlichkeit einer Industrie — worunter
übrigens sehr viel verstanden werden kann — ist nur dann ein wirthschaftlicher Fehler, wenn sie Unproductivität (§ 23.) bedeutet. Auch alte eingebürgerte Industrieen (z. B. die belgische Leinwandindustrie) können manchmal
durch künstliche Mittel (atéliers modèles) mit gutem Erfolg aufrecht erhalten
werden.

ben, blos beshalb, weil das Ausland wohlfeileres oder besseres Eisen liefert. Denn man darf nicht vergessen, daß jede Productivkraft auch consumirt, aber nur dann, wenn sie ausgebeutet wird; legt man sie durch übermäßige Konkurrenz brach, so können auch andere Productivkräfte, von denen sie bisher Nahrung zog, in Stillstand versetzt werden und es kann sich Siechthum über ganze Gegenden verbreiten. Denn Capitalien und Arbeiter siedeln nicht so schnell in andere Erwerbszweige über, als es manchmal bei der Erörterung theoretischer Lehrsätze vorausgesetzt wird.

Eine nicht unwichtige Art der Arbeitsvereinigung ist ferner die Ansiedlung verwandter Gewerbe an einem Ort, um sich schneller und zweckmäßiger in die Hände arbeiten zu können; ferner der Betrieb gewisser Productionszweige aus den Nebenerzeugnissen anderer. So die Verbindung der Viehzucht, der Branntweinbrennerei mit dem Ackerbau, die eigene Gasbereitung in manchen Fabriken. *) Hierüber müssen die technischen Betriebslehren nähere Auskunft ertheilen. Dann die Ausfüllung von freien Stunden mit Nebenarbeiten, so das Weben und Holzschneiden der Landleute, die Verbindung der lehrenden Thätigkeit mit dem ausübenden Beruf bei Musikern, Schriftstellern, Aerzten u. s. w. Das schönste Bild der Arbeitsvereinigung bietet das Zusammenwirken männlicher und weiblicher, alter und junger Kräfte in der Familie.

Arbeitsvereinigung kann man auch nennen die Vereinigung verschiedenartiger, unter sich in innerem Zusammenhang stehender Arbeitskräfte in einem Individuum. In diesem Sinne ist sie der gerade Gegensatz der mechanischen Arbeitstheilung und von hohen wirthschaftlichen Vortheilen begleitet (§ 89.); diese qualifizirte Arbeitsvereinigung ist aber auch menschenwürdiger und liefert dem Staate viel tüchtigere Bürger. Während jene nur große Massen degradirter Arbeiter zur Arbeit treibt, die von ihnen mit Widerwillen betrieben wird, gibt diese das Bild eines in voller Blüthe stehenden Menschen, der in sich unzählige Hülfsmittel zur Verbesserung, Vervielfältigung seiner Leistungen findet und mit Lust und Liebe

---

*) Hieher gehört auch die Verbindung der Eisen- und Kohleninbustrie an Orten, wo, wie z. B. großentheils in England, Eisenstein und Kohlen an benselben Stellen vorkommen.

Kunstwerke hervorbringt, während jene nur einer großen Masse
von Rohstoffen geringfügigen Werth beilegen. Diese qualifizirte
Arbeitsvereinigung wird aber mehr und mehr von der „Massenproduction" verdrängt, in der sonderbarer Weise viele Oekonomisten die vortheilhafteste Art der Production (auch für Deutschland) erblicken wollen.

Die Arbeitsvereinigung kann sich am wirksamsten entfalten
bei dichter und wohlhabender Bevölkerung, erleichtertem und wohlfeilem Transport und blühendem Absatz. Alles, was ihr entgegen
wirkt, so besonders der rasche Wechsel der Unternehmungen,
geringer Verkehr, Mangel an industrieller Thatkraft und Bildungsmitteln, Ehelosigkeit der Geschlechter, schadet der Productivgewalt des Landes.

§ 27.

Vom Großbetrieb.

Eine der wichtigsten Ursachen höherer Einträglichkeit der
Production ist ferner der Betrieb im Großen. Es ist darunter
weniger die Fabrikation vieler Artikel in einer Unternehmung
gemeint, weil dies dem Grundsatz der Arbeitstheilung zuwider-
laufen würde, obwohl gerade die Eigenthümlichkeit des Großbetriebs hievon manche nützliche Abweichung veranlaßt, sondern die
Fabrikation einer großen Menge von Artikeln derselben Art, also
die auf ausgedehnten Absatz gegründete Production. Der Großbetrieb beruht auf dem Gesetz, daß die Leichtigkeit der Production
im geraden Verhältniß zu ihrer Ausdehnung steht; oder in je
größerem Maßstab eine Unternehmung betrieben wird, um so
größer ist ihr Erfolg. (Loi des débouchés).

Dieses Gesetz erklärt sich schon 1. aus der verhältnißmäßigen
Ersparung an Kosten, zunächst beim Einkauf der Rohstoffe, Werkzeuge 2c. Es kostet dieselbe Mühe, 1000 Centner von einer
Waare zu bestellen wie 100. Wer im Großen einkauft, erhält
immer niedrigere Preise als beim kleinen Einkauf.*) Denn der

---

*) Der Großbetrieb ist der Natur der Sache nach gezwungen, große Vor-
räthe an Roh- und Hülfsstoffen zu halten, nicht nur, weil er große Massen

Verkäufer bringt auf einmal mehr an den Mann, er braucht nicht die größeren Kosten des längeren Liegenbleibens (Verzinsung), der Aufbewahrung, die größere Mühe des öfteren Verkaufes auf den Preis seiner Waare zu schlagen. Ferner erspart man am Anlage=capital; große Gebäude kosten verhältnißmäßig weniger als mehrere kleinere, die Werkzeuge, die Maschinen werden besser ausgenützt, die Beleuchtung, Heizung, Aufsicht ꝛc. wird mit ge=ringerem Aufwand bestritten. Viele Abfälle, Nebenerzeugnisse können entweder sofort im Geschäft weiter verarbeitet werden, z. B. zu Gas, zur Viehfütterung, zur Heizung, oder sie sammeln sich leichter und übersichtlicher zu größeren Vorräthen und werden dann vortheilhafter verkauft, während sie in kleinen Mengen sich unter der Hand verlieren und nicht beachtet werden. Auch an Arbeitslohn und Gewinn wird erspart. Die Arbeitskräfte werden vollständiger und vielseitiger verwendet, Unterbrechungen in der Beschäftigung treten seltener ein, die Arbeitszeit kann sorgfältiger ausgemessen werden. Daher erfordert der Großbetrieb verhält=nißmäßig weniger Arbeiter und kann sich, weil er lohnender ist, bessere, geschultere, befähigtere Arbeiter halten. Die sog. „Capaci=

---

schnell verarbeitet, sondern auch, um vor plötzlichen Preissteigerungen und vor Mangel an Verwandlungsmaterial geschützt zu sein. Dies verursacht allerdings große Kosten, aber es ist unerläßlich, um plötzlichen Bezugsstock=ungen und Preissteigerungen wirksam zu begegnen. Die Unterlassung dieser Vorsicht hat sich z. B. durch die Baumwollennoth in Folge des gegenwärtigen amerikanischen Bürgerkrieges schwer gerächt; die Aufspeicherung von Baum=wolle in Europa betrug zu Ende des Jahres 1861 875,000 Ballen, während der Baumwollenverbrauch in Europa in den letzten Jahren auf nahe 6 Mil=lionen Ballen sich belief. Daher stieg denn auch, als der Bezug von Baumwolle plötzlich so sehr abnahm, der Preis in Kurzem um das Vierfache. Der Klein=betrieb ist solchen Gefahren und Nothwendigkeiten weit weniger ausgesetzt, denn er muß vorzüglich auf Anwendung von Arbeitskräften beruhen, die immer auf längere Zeit hinaus in gleichem Maße zur Verfügung stehen. Dem Kleinbetrieb steht in dieser Hinsicht gleich derjenige Großbetrieb, der im Verhältniß zum Gesammtwerth seiner Producte weniger an Rohstoff verar=beitet, der sich also mehr mit der Erzeugung seiner, kunstvoller Waaren be=faßt. Hieraus ergibt sich für die Handelspolitik die Lehre, daß ein Volk Bedenken tragen sollte, sich überwiegend zu der auf den Massenconsum be=rechneten Production hinzudrängen, in deren nothwendig wohlfeilen Erzeug=nissen ein verhältnißmäßig geringer Arbeitswerth steckt, besonders wenn die Rohstoffe vom Auslande bezogen werden müssen.

täten" werden in der Regel vom Großbetrieb in Beschlag genommen, oder, vielleicht richtiger, der Großbetrieb von den Capacitäten.
Dies muß also auch zur eifrigeren und angestrengteren Ausbildung
aller Fähigkeiten reizen, während beim Kleinbetrieb so viele Talente verkümmern. Auch für den Unternehmer selbst ist die Mühe
und Anstrengung verhältnißmäßig geringer; der Unterhalt für sie
und ihre Familien weniger kostspielig.

2. Aus der Möglichkeit einer größeren Ausdehnung der
Arbeitstheilung und Arbeitsvereinigung. Wenn 10 Arbeiter unter
der Herrschaft der Arbeitstheilung täglich 50,000, also jeder mittelst gegenseitigen Zusammenwirkens 5000 Nadeln zu Stande
bringt, so hätte vielleicht Jeder bei gesonderter Beschäftigung im
Kleinbetrieb kaum 20 Nadeln in derselben Zeit verfertigt. Und
ebenso muß das manichfaltigste Zusammenwirken verschiedenartiger
Kräfte eine enorme Steigerung in der Menge und Güte der Producte bewirken.

3. Aus der Einführung kostspieliger, aber zweckmäßiger Maschinen. In kleinen Geschäften lohnt es sich nicht, theure Maschinen
zu verwenden. Sie können nicht vollständig und ununterbrochen
benützt werden, bringen daher auch ihre Kosten nicht ein. Deßhalb
steht der kleine Handwerker immer im Nachtheil gegenüber dem
großen Fabrikanten, welcher in seinem ausgedehnten Geschäft unbedenklich solche Maschinen verwenden kann, weil er sie täglich
und stündlich arbeiten läßt.

Dieses gilt namentlich auch von der Landwirthschaft.

4. Aus der Einführung vortheilhafter Betriebsarten. Manches Geschäft müßte in großem Maßstabe erweitert werden, wenn
man neue Erfindungen und Verbesserungen benützen wollte; dies
ist aber nur bei großem Absatz möglich. Große Ent- oder Bewässerungen lohnen sich erst bei ausgedehnterer Nachfrage, ebenso
der Uebergang von der Dreifelder- zur Fruchtwechselwirthschaft.
In den Gewerben können unzählige Verbesserungen und Ersparungen angebracht werden, wenn man das Geschäft ausdehnen
kann. Das Capital selbst fließt lieber in große Unternehmungen
als in kleine, die jeder ungünstigen Conjunctur erliegen können,
während jene alle Unfälle viel leichter überstehen.

Auf diesen Grundsätzen beruhen auch die großen Erfolge gut geleiteter Actienunternehmungen und der Fabriken.*)

Die Nachtheile des Großbetriebs liegen 1. In der Nothwendigkeit, viele fremde Personen anzustellen, die kein eigenes Interesse am Gelingen der Unternehmung haben. Sie erhalten ihre fixe Besoldung und ziehen sich zurück, wenn das Geschäft nicht gut geht; auch werden häufig kleine Vortheile und Verluste außer Acht gelassen, die zusammengerechnet doch eine beträchtliche Höhe erreichen können. Dabei besteht die Gefahr des Unterschleifs und der Unredlichkeit; und die unermüdliche, überall hinsehende Sorgfalt und liebevolle Hingabe an das Werk, wie sie beim kleinen Unternehmer vorkommen, fehlen ganz. Hier kann freilich durch Einführung des Stücklohns und Commissionssystems in gewissem Grade entgegengewirkt werden. 2. In der Gefahr größerer Verluste an Capital und der Verarmung großer Arbeitermassen, wenn die Production wegen widriger Ereignisse, z. B. Kriege, Ausfälle in der Rohstofferzeugung 2c. gestört wird. Selbst wenn das Geschäft nur einige Zeit ins Stocken geräth, ist der Verlust für das Nationalvermögen ungemein groß, wenn viele Maschinen stille stehen, viele Gebäude unbenützt bleiben, viele Arbeiter feiern oder nur kurze Zeit arbeiten. Beim Landbau besteht die Gefahr weniger in der Verarmung, als in der Abhängigkeit der Arbeiter vom Grundbesitzer. 3. In der Unterdrückung einer heilsamen

*) Zu Gunsten großer, durch Capitalassociation gebildeter Unternehmungen läßt sich auch noch anführen: 1. das Interesse der Production erheischt mehr und mehr eine Concentration großartiger Productivkräfte, die dem Einzelunternehmer in der Regel unmöglich fällt; 2. solche großartige Unternehmungen bedürfen im Interesse ihres gedeihlichen Bestandes einer besonderen Festigkeit und unbegrenzten Dauer, was gleichfalls das Vermögen von Einzelpersonen übersteigt; 3. man verlangt mehr und mehr, wegen der unbegrenzten Theilnahme durch Actienzeichnung, Oeffentlichkeit der Verwaltung und eine gewisse gemeinsinnige Loyalität des Geschäftsbetriebs, wozu sich kleine Privatunternehmer, mehr unter der Herrschaft eines kleinlichen plusmachenden Sondergeistes, nicht leicht verstehen; 4. auch die Regierung kann gegenüber großen Gesellschaften, welche sie vermöge der Concessionsertheilung und nothwendigen Controle mehr in der Gewalt hat, die Anforderungen des öffentlichen Interesses besser vertreten; 5. manche behaupten auch, daß die Güte der Producte und das Interesse der Arbeiterclasse durch große, öffentlich geleitete Gesellschaften mehr gesichert sind.

Konkurrenz. Große Unternehmungen, z. B. Eisenbahn= Dampf=
schifffahrts=, Bank=, Handelsgesellschaften können, wenn sie flori=
ren sollen, nur selten Nebenbuhler neben sich dulden. Hier wird
dann nicht selten das Publikum ausgebeutet durch Vertheuerung,
Unzuverlässigkeit, Nachlässigkeit und Unredlichkeit in der Verwal=
tung. Auch das Handwerk ist in vielen Fällen zu einem krankhaften
Vegetiren durch große Fabriken verurtheilt oder muß sich bequemen,
im Dienste derselben zu arbeiten. Eine reiche Gliederung großer und
kleiner selbständiger Unternehmer ist aber aus volkswirthschaftlichen
und politischen Gründen sehr wünschenswerth, damit der Sieges=
wagen der großen Production nicht allzu heiß und reißend dahin=
jage. 4. Der Großbetrieb in der Industrie befördert die Tendenz
einer übermäßigen, im Landbau einer zu schwachen Volksver=
mehrung; beides aber sind Zustände, die einem gesunden Wirth=
schaftsleben und Staatswesen nicht förderlich wirken.*) 5. Der
Großbetrieb leidet in ähnlicher Weise wie die Arbeitstheilung an
den Gefahren der Ueberproduction und der Arbeiterbedrückung;
er begründet zudem noch die Uebermacht des großen Capitals über
das kleine, der höher stehenden Arbeit über die gemeine Körper=
arbeit; er begünstigt die Theilung der Gesellschaft in zwei große
aber höchst ungleiche Parteien, in wirthschaftliche Herrscher und
Diener. In den Händen der ersteren sammeln sich schnell große
Reichthümer, die letzteren leben von der Hand in den Mund.

Gleichwohl wäre es thöricht, den Großbetrieb verdammen zu
wollen, der die wirthschaftliche Richtung der Zeit beherrscht und
überall die größten Erfolge errungt. Die Schwierigkeit bei allen
modernen Errungenschaften liegt fast immer im Maßhalten, aber
der heiße Erwerbseifer kehrt sich nicht daran. Das Zauberwort:
Wohlfeilheit der Producte, beschwichtigt alle Bedenken, die von Be=
sonnenen laut gemacht werden. Man beruft sich immer auf den
Nutzen der „Consumenten", als ob die Consumenten die Gesell=

---

*) Es ist natürlich, daß eine Bevölkerung, die zu Hause nicht die vollstän=
digen Bedingungen eines gedeihlichen Fortkommens findet, zur Auswanderung
geneigt ist. Mecklenburg und Großbritannien, zwei Länder des Großbetriebs,
das eine in der Landwirthschaft, das andere in Landwirthschaft und Industrie,
stehen unter den europäischen Staaten in Bezug auf Auswanderung obenan
(1 auf 56 und 1 auf 74 Einwohner). (Légoyt émigr. europ. p. 76.)

schaft, der Staat wären.*) In dem in den meisten Dingen gemäßigten Deutschland sind die Gefahren des Großbetriebs auch
weit geringer.

Uebrigens muß auch hier zwischen zwei Arten des Großbetriebes unterschieden werden, von denen jede bemerkenswerthe Eigenthümlichkeiten darbietet. Der Großbetrieb kann sein ein extensiver
und ein intensiver. Der erstere beutet eine Masse von geringfügigen und gleichförmigen Productivkräften aus, auf weiten
Strecken oder in einer großen Menge von Menschen, der letztere
vereinigt viele werthvolle und manichfaltige Productivkräfte auf
engem Raum. Der eine vermehrt die Masse, der andere den
Werth der Producte, der eine vervielfältigt die Zahl, der andere
die productiven Eigenschaften der Arbeiter; der eine unterwirft
große Arbeiterschaaren der Leitung eines kaufmännischen Fabrik-
herrn, der andere bildet viele selbständige und selbstarbeitende
Unternehmer; der eine kettet das Loos von Hunderten und Tau-
senden an die Berechnungen eines Einzigen, der andere befördert
die Freiheit und Unabhängigkeit von Anderen; der eine sucht Roh-

---

*) Wenn Ab. Smith sagt: „Consumtion ist der einzige Zweck aller
Production und — was sich von selbst ergibt, wenn der Zweck wichtiger ist als
das Mittel — das Interesse des Producenten verdient nur insoweit Berücksichtigung, als nöthig ist, um das Interesse des Consumenten zu befördern" — so
zertheilt gerade er die Gesellschaft in zwei durch entgegengesetzte Interessen ge-
schiedene Classen, von denen die eine der anderen immer vorangehen müßte.
Niemand denkt daran, die producirenden Classen zu beschützen, weil sie produciren, sondern deshalb, weil sie eben unglücklicher Weise auch consumiren
müssen. Wohlan! der Fabrikarbeiter, der seine Seidenzeuge verfertigt, ist
Producent; der reiche Verschwender, der in Seide einherprunkt, Consument;
— verdient der Fabrikarbeiter nur insoweit Berücksichtigung als nöthig ist, um
dem Consumenten möglichst wohlfeile Seide zu verschaffen? — Solche Stellen, die in Unzahl aus volkswirthschaftlichen Schriften angezogen werden
könnten, sind es, die der Nationalökonomie von ihren Gegnern den Vorwurf
der Heuchelei und der Spitzfindigkeit eingebracht haben. Selbst rein logisch
betrachtet, ist die angeführte Phrase Ab. Smith's leer und unwahr; Zweck
und Mittel stehen nicht in einem Verhältniß der Unterordnung, sondern der
gegenseitigen Nothwendigkeit vermöge des Gesetzes der Causalität; wenn es
angehen soll, das Mittel nach erreichtem Zweck fallen zu lassen, so wäre damit
die fortgesetzte Erreichung des Zweckes selbst unmöglich gemacht und Ab. Smith
würde mit diesen Worten ein System empfohlen haben, das sonst, z. B. in der
Landwirthschaft oder beim Bergbau, als Raubbau gebrandmarkt zu werden
pflegt.

stoffe und Käufer in immer größeren Entfernungen, der andere strebt nach Vereinigung in größerer Nähe; der eine befördert die Ungleichheit, der andere die Gleichheit des Vermögens.

Der Großbetrieb, besonders der extensive, hat zur Voraus-setzung eine zahlreiche, für ihren Unterhalt auf fremde Beschäf-tigung angewiesene Bevölkerung und einen beträchtlichen Capital-reichthum.

Hierin liegt zugleich die Vorbedingung einer ziemlichen Un-gleichheit des Vermögens und des Grades von Bildung und persönlicher Unabhängigkeit, der über die Bevölkerung vertheilt ist; diese Vorbedingungen werden dann ihrerseits wieder zu ver-stärkten Wirkungen des Großbetriebs. Er kann sich entfalten auf dem Gebiete der Urproduction und der Industrie, auf dem letzteren jedoch meist extensiver, wie auf dem ersteren, wenn nicht beson-dere politische Einrichtungen das Großgüterwesen begünstigen.

Der extensive Großbetrieb kann übrigens seine wohlthätigen Wirkungen für die Consumenten nur auf einem größeren Wirth-schaftsgebiete hervorbringen; in einem kleinen oder dünne bevölkerten Lande bereichert er nur die einzelnen Unternehmer. Denn er muß im Großen einkaufen und verkaufen; er kann seine Producte nicht im kleinen Absatz in der Nähe zersplittern. Mecklenburg z. B. treibt Ackerbau und Viehzucht im Großen; gleichwohl oder viel-mehr deßhalb muß in Rostock rheinländisches Vieh geschlachtet werden, wenn man einmal Ochsen- und nicht immer Kuhfleisch verzehren will; dagegen bringt Mecklenburg jährlich ca. 3600 Stück Rindvieh nach Hamburg und anderen Plätzen des Auslands.

Der intensive Großbetrieb beruht auf einer sorgsamen Ver-mehrung der höheren Productivkräfte, durch Selbstthätigkeit und Sparsamkeit; er schafft vielmehr Capital, während der extensive Großbetrieb es nur sammelt. Er setzt weniger viele als wohl-habende Consumenten voraus und beruht weniger auf großen Speculationen als auf Kunst und Fertigkeit. Er kann sich mit besonderem Erfolge in der Landwirthschaft, im Handwerk und in persönlichen Dienstleistungen entfalten; in den Manufacturen nur, wenn für feinere und höhere Bedürfnisse gearbeitet wird.

Die Grenzen des Großbetriebs liegen aus ähnlichen Gründen wie bei der Arbeitstheilung 1. in der Natur des Geschäfts, wenn

z. B. auf Bestellung gearbeitet wird oder der hohe Preis, die große Dauerhaftigkeit, die verschiedene Geschmacksrichtung*) eine übermäßige Vervielfältigung der Producte verhindern, oder bei den persönlichen Diensten, welche meistens die Mitwirkung vieler fremder Hülfsarbeiter nur in geringem Grade gestatten; wo die Aufsicht und der Ueberblick zu schwierig werden; ferner wo die erforderlichen Naturkräfte fehlen oder in ihren Einflüssen häufig schwanken, wie bei der Landwirthschaft; 2. in der Größe des Capitals und Absatzes. Die beiden letzten Hindernisse überwindet freilich der Großbetrieb leicht durch die Wucht seiner enormen Erfolge, er schafft sich selbst große Märkte und saugt aus unzähligen Quellen mit Hülfe des Credits alle, auch die kleinsten Capitalien auf; und alle möglichen Verbesserungen des Umlaufs und der Communicationsmittel, Creditinstitute, Posten, Eisenbahnen, Telegraphen, Dampfschiffe, Zollreformen u. s. w. wetteifern mit einander, ihm den Siegeslauf immer leichter zu machen. Die Regierungen selbst werden im Interesse ihrer Macht und ihrer hergebrachten Autorität immer mehr zu großen Comptoirs, insbesondere, wo die Regalität der großen gemeinnützigen Wirthschaftsanstalten zum stehenden Verwaltungsgrundsatz erhoben ist.

§ 28.

Von der Konkurrenz.

Die Konkurrenz oder das freie Mitwerben äußert seinen Einfluß nicht blos in Bezug auf die Production, sondern auch auf Umlauf und Verzehrung; allein da die beiden letztgenannten Wirthschaftsstadien in eingreifender Weise auf die Gestaltung der Production zurückwirken und umgekehrt diese von sich aus wiederum Umlauf und Verzehrung beherrscht, so muß die Betrachtung dieses Gegenstandes schon hier ihre Stelle finden.

.Konkurrenz bedeutet nicht blos Wetteifer — in diesem Sinne

---

*) Man kann daher wohl von Photographiefabriken (Berlin), aber wohl kaum von einer Gemälde- oder Bücherfabrik lesen. Muß übrigens nicht schon die Ankündigung einer „Photographiefabrik" eigenthümliche Vorstellungen erwecken?

wäre sie, obwohl mächtig genug, etwas ziemlich Unverfängliches und Selbstverständliches, — sondern man bezeichnet mit diesem Ausdruck eine mehr oder minder stark ausgeprägte Form des individuellen Egoismus, welche, je nach ihrer Durchführung, dem ganzen Wirthschaftssystem eines Volkes ihren eigenthümlichen Stempel aufdrückt.

Die Konkurrenz im eigentlichen, modernen Sinne setzt einen Gegner oder Nebenbuhler voraus, der mit ihrer Hülfe, sei es auf dem Gebiete der Production oder des Absatzes, aus dem Felde geschlagen werden soll. Wettkampf wäre daher eine richtigere Uebersetzung des Wortes. Jeder Kampf bedingt, wenn Aussicht auf Erfolg sein soll, gleiche Waffen; daher nennen Einige die Konkurrenz den Gegensatz des Monopols, der Ausschließlichkeit. Die Konkurrenz würde also freien Zugang zu allen Productionsgelegenheiten und Productionsbedingungen bedeuten. Einige Consequenzen werden aber zeigen, daß dies nicht der Kern der Sache ist. Jemand producirt mit Hülfe einer geheimen Erfindung äußerst billig und macht beim Verkauf großen Gewinn; er hat auf seine Erfindung entweder ein Patent erworben, dann kann er Jeden bestrafen lassen, der ohne seine Erlaubniß mit dem gleichen Mittel nach gleichem Gewinn strebt; oder wenn nicht, so hat doch Niemand ein Recht, die Mittheilung seines Geheimnisses von ihm zu verlangen, damit Gleichheit der Productionsbedingungen eintrete. Er hat ein Recht, die Konkurrenz zu verhindern; und dieses Recht ist wenigstens im zweiten Fall kein Privilegium. Ein Anderer findet, daß seine Waaren, obschon gleich gut und billig, doch unter einem fremden Fabrikzeichen, welches das Vertrauen des Publikums gewonnen hat, mehr Absatz erlangen würden, und er drückt dieses Zeichen auf seine Waaren und wird wegen contrefaçon bestraft: die Konkurrenz ist ihm untersagt. Oder endlich, ein neues Buch findet reißenden Absatz und bringt dem Verfasser und Verleger großen Gewinn; ein dritter möchte das Werk gleichfalls drucken, um an dem großen Gewinn Theil zu nehmen; das Autorrecht verbietet ihm die Konkurrenz.

Deshalb sagt man, die Konkurrenz muß das Privateigenthum respectiren, denn sie ist die natürliche Folgerung aus den Principien der persönlichen Unabhängigkeit und des Privateigenthums. Nun will der Staat oder eine Gesellschaft eine Eisenbahn erbauen um der leichteren Konkurrenz willen auf entlegenen Märkten: die Grundeigenthümer müssen ihr Eigenthum abtreten um den Preis, den die Gerichte bestimmen werden. Oder man hat gefunden, daß die Verkoppelung der Grundstücke die Production und damit die Konkurrenz vermehrt; daher muß der Grundbesitzer sein Grundstück mit einem anderen vertauschen, gleichviel ob es ihm zusagt oder nicht. In den ersten Fällen vernichtet das Eigenthum die Konkurrenz, in den anderen die Konkurrenz das Eigenthum; in beiden, weil der wirthschaftliche Egoismus es will. Eigenthum und Konkurrenz sind daher nicht völlig zusammengehende Begriffe; zudem bewirkt die Konkurrenz nicht immer Gleichheit der Productionsbedingungen.

Bastiat sagt, Konkurrenz sei Freiheit oder Abwesenheit der Unterdrückung; dies ist das Princip des laissez faire, laissez passer. Allein Niemand behauptet, daß jener Erfinder oder Autor Andere unterdrücke, und doch schließen Beide die Konkurrenz aus. Ein Arbeiter macht von seiner Freiheit Gebrauch, um durch Verabredung hohen Lohn zu erzwingen. Die Gesetze der halben Welt verfolgen ihn, weil er den Unternehmer unterdrücken will; und wenn sie es nicht thun, wie z. B. in England, so ist man doch entrüstet und sucht ihn eines Besseren zu belehren, Beides nur deshalb, weil der wirthschaftliche Vortheil es so vorschreibt.

Die Konkurrenz ist somit kein Rechts=, sondern ein wirthschaftliches Princip. Wenn die Rechtswissenschaft die Befugnisse des Eigenthümers aufzählt und den Begriff der Handlungsfähigkeit definirt, so ist damit noch nicht das Mindeste über die Konkurrenz gesagt; es handelt sich um den concreten Inhalt und Maßstab der Rechtsbefugnisse. Niemand kann sich auf das Eigenthumsrecht berufen, um Hüte oder Schlüssel zu fabriciren, oder eine Bank zu gründen. Die Konkurrenz beruft sich bald auf das Recht, bald bekämpft sie es. Die Konkurrenz ist wirthschaftlicher Egoismus; wir stehen also hier an einem Grundprincip der Wirthschaft.

Damit ist nun schon gesagt, daß die Konkurrenz an sich weder zu verwerfen, noch absolut zu billigen ist. Es fragt sich, wie weit darf diese Form des Eigennutzes gehen? Mit andern Worten, es handelt sich um Inhalt und Grenze der Konkurrenz;

die Konkurrenz an sich ist ein leerer Rahmen, der der Ausfüllung harrt.

Die Konkurrenz muß, um berechtigt zu sein, mit den Gesetzen
jeder Wirthschaft im Einklang stehen. Sie muß Reichthum erzeugen, also die Güter vermehren oder verbessern, und darf die
Principien der Dauer und Selbständigkeit nicht untergraben. Gemeinsinn und Familientrieb müssen moderirend hinzutreten. Sonach wäre die Konkurrenz nur der richtigste und kürzeste Ausdruck
für die Tendenzen des Egoismus überhaupt. Aber mit diesen
allgemeinen Vorschriften wäre für Lösung practischer Fragen —
und die Konkurrenz ist doch ein durchaus practisches Gebiet —
wenig gewonnen, denn der Einzelne sieht nicht leicht über den
Kreis seiner eigenen Wirthschaft hinaus und es kostet dem Einzelinteresse wenig Mühe und Ueberwindung, sich als das Interesse
der Gesammtheit auszugeben.

Somit scheint — und dies wird weiter führen — Konkurrenz
nichts Anderes zu sein, als Opposition des Privatinteresses gegen
das Gemeininteresse, eine Ueberhebung des Privategoismus über
den Gemeinsinn; der erstere verlangt für seine Bestrebungen möglichste Ungebundenheit und Befreiung von den Schranken des
letzteren. Dies ist in gewissem Sinne auch richtig. Das Princip der
freien Konkurrenz tritt historisch zuerst auf zur Bekämpfung der
von der früheren Staatspraxis als nothwendig im Interesse der
Gesammtheit oder des Staates erachteten, beschränkenden Institutionen auf dem Gebiet der Gewerbe und des Handels. Hierauf
beruht der Kampf gegen alle Einmischung des Staates in das
Wirthschaftsleben, die Auflehnung gegen jede polizeiliche Regelung
und Beschränkung. Das Einzelinteresse ist das allein Maßgebende;
und da man natürlich das Gesammtinteresse nicht offen verläugnen konnte, so gelangte man nothwendig zu dem am schärfsten
von Adam Smith hervorgehobenen Satze, die Summe der Einzelinteressen sei das Gemeininteresse, was nichts weiter war, als eine
andere Wendung des schon früher behaupteten Dogmas von der
Identität oder natürlichen Harmonie aller Interessen, ein Dogma,
das also nicht erst von Bastiat erfunden worden ist. Diese Identität, gleichviel jetzt, ob sie wahr oder falsch ist, erweist sich jedoch
in dieser allgemeinen Gestalt nur als eine Behauptung des Privat-

egoismus und bedarf deshalb noch des Beweises; man berief sich zwar auf das natürliche Recht*), allein da dies, wie wir sahen, kein wirthschaftliches Princip ist, so kann darin auch keine Begründung erblickt werden.

Es ist nun allerdings nicht schwer, in der Konkurrenz oder der freien Verfügung des Individuums über die ihm zu Gebote stehenden Productivkräfte einen der wirksamsten Hebel des wirthschaftlichen Gesammtwohles und somit eine begründete Forderung des Privatinteresses nachzuweisen; und wir selbst können uns dieser allgemeinen Wahrheit nicht entziehen, da wir die Freiheit des Individuums als das Grundprincip der Volkswirthschaft anerkannt haben. Die freie Konkurrenz entfesselt, wie Roscher sich ausdrückt, alle Kräfte der Volkswirthschaft; sie vermehrt also die Productionsfähigkeit und, da aller Gewinn dem Einzelnen zufließen muß, auch den Productionseifer. In der Regel wird derjenige den höchsten Erfolg erzielen, der sich nach eigener Wahl, mit allen ihm verfügbaren Mitteln und ausschließlich um seines eigenen Vortheiles willen anstrengt. Beschränkungen belästigen und lähmen; sie ertödten die sittliche Thatkraft und die Intelligenz; zudem beleidigt Bevormundung das Unabhängigkeits- und oft das Billigkeitsgefühl. Jede Kraft bewährt sich am besten, wenn sie sich frei bewegen und mit jeder andern messen kann. Allein so wahr Alles dies ist, so ist doch nie und nirgends unter Freiheit absolute Schrankenlosigkeit verstanden worden; Personen und Eigenthum

---

*) So sagt z. B. Ad. Smith: „Das Recht, welches jeder Mensch hat, die Früchte seiner eigenen Arbeit zu genießen, wie es das älteste und ursprünglichste aller Eigenthumsrechte ist, sollte billig auch das heiligste und und unverletzlichste sein. Der einzige Schatz eines armen Mannes besteht in der Geschicklichkeit und Stärke seiner Hände; und ihn verhindern, diese Stärke und Geschicklichkeit auf die ihm wohlgefälligste Weise ohne Beeinträchtigung eines Menschen zu gebrauchen, heißt das heiligste Eigenthum desselben verletzen. Es ist ein Eingriff in die natürliche Freiheit nicht nur des arbeitenden Mannes selbst, sondern auch der Personen, die sich seiner Geschicklichkeit bedienen wollen.“ Ad. Smith setzt hier Recht auf die Früchte der Arbeit und Recht auf beliebigen Gebrauch der Arbeitskraft als identisch, was aber eben nicht von selbst der Fall ist; ferner gibt er doch zu, daß die Beeinträchtigung Anderer, also doch wohl auch des öffentlichen Interesses, selbst dem heiligsten Recht Schranken setzen müsse. Damit ist aber auch seine Behauptung in eine zwar schön lautende, aber Nichts beweisende Phrase verwandelt.

müssen stets einem gewissen Maß bestimmenden und beschränkenden Einflusses von Seiten der obersten Gewalt im Staat unterliegen. Wie weit dieser Einfluß zu gehen habe, kann nicht nach allgemeinen Grundsätzen entschieden werden. Das Maß der Beherrschung des Privatinteresses durch das Gesammtinteresse hängt durchaus von concreter Rücksichtnahme, von der Staatsverfassung, von der Culturentwicklung, von den gesammten historischen Verhältnissen ab; es kann nicht für alle Länder und Zeiten das gleiche sein; und darum müssen alle practischen Fragen der freien Konkurrenz, Freihandel oder Schutzzölle, Gewerbefreiheit oder Gewerbeordnung, freie Theilbarkeit oder Gebundenheit des Grundbesitzes 2c. dem practischen Theil der Volkswirthschaftslehre oder der Volkswirthschaftspolitik zur Lösung anheimfallen.

Wenn nun auch die freie Konkurrenz als allgemeines Princip der Volkswirthschaft anerkannt werden muß, so ist einerseits festzuhalten, daß dieser Grundsatz dadurch nicht aufgehoben erscheint, wenn die Staatsgewalt in Erwägung der besonderen Verhältnisse bestimmte Normen und Richtungen für die Ausübung der individuellen Freiheit vorschreibt; ein Schutzzollsystem also z. B. oder ein Gewerbeconcessionswesen kann nimmermehr als ein System der Knechtschaft oder der Vernunftwidrigkeit denuncirt werden; denn innerhalb jener Normen findet der Einzelne noch völligen Raum für die freie Anwendung seiner productiven Befähigung in dem Grade, als in einem bestehenden Gemeinwesen die bürgerliche Freiheit überhaupt durchgeführt ist. Andererseits ist aber auch die freieste Konkurrenz nichts als die weitausgedehnte Möglichkeit zu produciren, die sehr verschiedene Wirkungen erzeugen kann, je nach der Art, in der diese Freiheit angewendet wird. Hieraus ergibt sich die Möglichkeit verschiedener Wirthschaftssysteme auch unter völlig freier Konkurrenz, die, wie schon eine allgemeine Betrachtung zeigt, nicht alle den gleichen Werth haben. Die freie Konkurrenz, die den Erörterungen dieses Werkes zu Grunde gelegt ist, führt nicht nothwendig in allen Fällen zur Beförderung aller Einzelinteressen, sie kann sogar sehr verschiedene Resultate der allgemeinen Wirthschaftsentwicklung erzeugen, je nach der Richtung, in der sich die freie Konkurrenz bewegt.

Da jede Konkurrenz, wie vorhin bemerkt, auf die Bekämpfung

von Nebenbuhlern gerichtet ist, so muß sie in Wirklichkeit ganz
andere Wirkungen hervorbringen, je nach der Wahl der Mittel,
deren die Konkurrenten sich zu diesem Ende bedienen. In dieser
Beziehung lassen sich im Allgemeinen zwei Hauptmethoden aufstellen, die beide im practischen Leben gleich häufig angewandt werden, entweder direct oder wo dies unter der Herrschaft eines concreten Wirthschaftssystems nicht angeht, wenigstens indirect.
Man kann nämlich entweder die Zahl oder die Stärke seiner Konkurrenten vermindern, und hiernach scheint eine extensive und intensive Konkurrenz unterschieden werden zu müssen.

Eine Verminderung der Konkurrentenzahl läßt sich im Allgemeinen dadurch erreichen, daß man das Productions- und Absatzgebiet auf immer weitere Kreise ausdehnt, in welche die Konkurrenten, mit denen man den Wettkampf zu bestehen hat, entweder überhaupt nicht leicht nachfolgen können, oder welche doch ein größeres
Feld für die Operationen bieten, wodurch die Konkurrenz mittelbar
beschränkt werden muß. Die extensive Konkurrenz strebt daher
nach möglichster Ungebundenheit und Beweglichkeit der Unternehmungen; ferner besonders nach Erweiterung des Einkaufs-
gebietes für Rohstoffe und Arbeit, und ebenso nach Erweiterung
des Absatzgebietes für ihre Producte. Je größer die Zahl der
Käufer, desto leichter wird der Absatz; die Zahl der Käufer wächst
aber im umgekehrten Verhältniß zur Nähe und zur Zahlungsfähigkeit. Die extensive Konkurrenz wirft sich daher mit Vorliebe auf den Absatz nach außen und unter der großen Masse
der ärmeren einheimischen, wie fremden Bevölkerung; ebenso
drängt sie zur Beschaffung immer wohlfeilerer Rohstoffe und Lebensmittel und zur Erniedrigung des Arbeitslohns. Hülfsmittel
der extensiven Konkurrenz sind daher vorwiegend die mechanische
Arbeitstheilung und Arbeitsvereinigung, der extensive Großbetrieb, Erleichterung und Verwohlfeilerung der Transportgelegen-
heiten zu Lande und zur See, Production mit großen fluctuirenden Capitalmassen. Da jedes System, wenn es consequent
und in großem Umfange durchgeführt wird, eine Tendenz hat, sich
seine Voraussetzungen selbst zu erzeugen, so sind Ausdehnung des
ausländischen Handels, besonders mit niedriger cultivirten Völkern, Ausbreitung des Maschinensystems auf den genannten

Grundlagen, starke Vermehrung der niedrigen Arbeiterbevölke=
rung, Preiserniedrigung der Rohstoffe und Lebensmittel nothwen=
dige Folgen der extensiven Konkurrenz. Damit stehen in Verbin=
dung eine starke Ausdehnung der Handelsoperationen und eine
große Vermehrung der Mittelspersonen zwischen Producenten
und Consumenten, ferner weitreichende Speculationen, Gewährung
langer und wohlfeiler Credite und kluge und rasche Benutzung aller
sich augenblicklich darbietenden Vortheile. Da die extensive Kon=
kurrenz jede Beschränkung ihrer in die Breite gehenden Tendenzen
als eine hemmende Last empfindet, so sind Freihandel, Gewerbe=
freiheit, Freiheit des Zinsfußes, möglichste Ausbildung des Trans=
port= und Creditwesens ihre nothwendigen Forderungen; mit der
freien Theilbarkeit des Bodens verträgt sie sich nur insofern, als
diese schon sehr weit gediehen ist und eine starke, aber ärmliche
Bevölkerung erzeugt hat, die einerseits ein beträchtliches Arbeiter=
contingent liefert für die Manufacturindustrie und, an dürftigen
Unterhalt gewöhnt, auch mit dem niedrigsten Lohne vorlieb nimmt,
anderseits zum raschen und daher wohlfeilen Absatz ihrer Producte
gezwungen und auf die möglichst wohlfeile Befriedigung ihrer
Bedürfnisse angewiesen ist. Diese Vorbedingungen finden sich
aber auch da vor, wo Grund und Boden in wenigen Händen liegt
und von einer zahlreichen, aber abhängigen Arbeiterbevölkerung
angebaut wird. Daher begünstigt die extensive Konkurrenz nicht
nur den Freihandel u. s. w., sondern auch entweder eine starke
Theilung oder eine starke Gebundenheit des Grundbesitzes, wäh=
rend ein kräftiges und wohlhabendes Bauernwesen ihr weniger
Hülfsmittel bietet *).

---

*) Ein bekanntes Beispiel hiefür liefert England in Verbindung mit Ir=
land. — Im Zollverein ist das industriellste und dichtbevölkertste Land, Kgr.
Sachsen, auch zugleich dasjenige, in welchem die Bodenzerstücklung sehr weit
gediehen ist. Der bäuerliche Grundbesitz sinkt nach v. Biebahn (Statist.
des Zollv. ꝛc. II. S. 567 ff.) bis zu einem Acker und darunter, der mittlere
Werth eines ländlichen Besitzthumes wird zu 1800, der eines ritterschaftlichen
Besitzthums zu 64,000 Thlr. geschätzt, ein Zeichen, wie stark in diesem Lande
die ländlichen Eigenthumsverhältnisse differiren. Obwohl der Landbau in
Sachsen hoch cultivirt ist und z. B. die Production von Roggen um 8057, von
Weizen um 6166, von Gerste um 3225, von Kartoffeln um 41,783 Scheffel

Die Stärke der Konkurrenten kann in den allermeisten Fällen nur mittelbar und relativ vermindert werden, dadurch daß man seine eigene Ueberlegenheit immer mehr zu befestigen und zu verstärken sucht. Während also die extensive Konkurrenz in die Breite sich ausdehnt, strebt die intensive vielmehr in die Höhe. Auch sie muß natürlich, wie jede Production, nach Verwohlfeilerung ihrer Producte trachten, allein dies ist ihr nicht die Hauptsache; sie sucht vornehmlich ihre Producte zu verbessern. Das große Hülfsmittel der intensiven Konkurrenz ist die Kunst.*) Sie strebt nach Wohl-

---

pro Quadratmeile zwischen 1755 und 1854 gestiegen ist, stieg die Ernährungs-ration auf den Kopf der Bevölkerung in diesem Zeitraum bei Roggen nur um 0,16, bei Weizen um 0,76, bei Gerste sank sie um 0,03, bei Kartoffeln stieg sie um 5,66 Scheffel. Die sächsische Bevölkerung ist also trotz eines hundertjäh-rigen Aufschwungs in ihrer Industrie vorzüglich auf Kartoffeln angewiesen; für die physische Beschaffenheit der Bewohner ergibt sich daraus z. B. das Re-sultat, daß unter den Recrutirungspflichtigen wenig mehr als der vierte Theil tüchtig ist. Daß die sächsische Industrie, wovon die wichtigste die Textilindu-strie ist, denn unter 1913 Fabriketablissements überhaupt kommen 1472 allein auf dieselbe, sich vorzugsweise der extensiven Konkurrenz ergeben hat, zeigen folgende Zahlenbeispiele für 1855 in Bezug auf die Baumwollenspinnerei (nach Hübner, Jahrbuch 1857, II. Abth. S. 108 ff.)

Verbrauch roher Baumwolle	. . .	3,657,459 Thlr.
Werth der Production	. . . . .	5,470,645 „

Repartition der Kosten des Garns .
$\left\{\begin{array}{l}\text{66,88\% Rohstoff}\\ \text{16,55 „ Arbeitslöhne}\\ \text{16,57 „ allgem. Kosten,}\\ \text{Zins u. Gewinn.}\end{array}\right.$

Arbeiter in den Spinnereien . .
$\left\{\begin{array}{l}\text{Erwachsene 4216 männliche}\\ \text{4777 weibliche}\\ \text{Kinder 2427 im Ganzen}\end{array}\right.$

Arbeitslohn pro Woche (Thlr.) . .
$\left\{\begin{array}{l}1\frac{1}{2}— 3 \text{ für männliche Arbeiter}\\ \frac{2}{3}—1\frac{3}{4}\text{ „ weibliche „}\\ \frac{1}{2}—\frac{5}{6}\text{ „ Kinder.}\end{array}\right.$

Ferner macht sich nach Engel (Zeitschr. des kgl. sächs. statist. Bur. 1859, S. 132 ff.) in Sachsen ein überwiegendes Ausströmen der Bevölkerung in die Industriestädte bemerklich, und die allerdings geringe Auswanderung ins Aus-land findet vorwiegend von den ackerbautreibenden Bezirken aus statt.

*) Ein schönes Beispiel von den günstigen Wirkungen der intensiven Kon-kurrenz liefert der neuerliche Aufschwung der durch schweizerische, französische und amerikanische Konkurrenz niedergedrückten schwarzwälder Uhrenindustrie. Die Hauptmittel hierfür waren: Gründung einer Uhrmacherschule durch die

feilheit nicht mit Hülfe immer wohlfeilerer Rohstoffe und nie-
brigen Arbeitslohns, sondern mittelst Einführung besserer Pro-
ductionsmethoden und besonders mittelst Verwendung höherer
Arbeitskräfte. Veredelte Rohstoffe und steigende Arbeitsgeschicklichkeit sind daher ihre nothwendigen Tendenzen. Hieraus folgt,
daß die intensive Konkurrenz eine steigende Cultur des Bodens und
der Bevölkerung voraussetzt und herbeiführt. Sie beruht also
vornehmlich auf intensivem Ackerbau, der mit höchster Sorgfalt und
steigender Kunst betrieben werden muß, dann auf der Ausbeutung der
natürlichen Arbeitstheilung und qualifizirten Arbeitsvereinigung,
welche die Verwerthung der menschlichen Productionskraft auf das
höchste steigern, und auf intensivem Großbetrieb. Sie setzt weniger
eine zahlreiche als eine wohlhabende Bevölkerung voraus, denn
sie arbeitet vorzüglich für höhere oder feinere Bedürfnisse. Unter
ihrer Herrschaft sinkt der Arbeitslohn nicht leicht auf den nothwendigen Unterhaltsbetrag herab, sondern dieser erhebt sich
regelmäßig bis zum freien Lohn. Ihr hauptsächlichstes Gebiet für
Einkauf und Absatz ist der einheimische Markt; sie speculirt weniger,
weil sie einerseits leichter Schwankungen in den Marktverhältnissen
erträgt, andererseits diesen weniger ausgesetzt ist; sie ruht weniger
auf langem und wohlfeilem, als auf sicherem und geordnetem Credit,
weniger auf der Größe, als auf der sicheren Regelmäßigkeit des
Gewinns. Natürlich muß auch der intensiven Konkurrenz an der
Ausbildung des Transport- und Communikationswesens, an der Erleichterung des Credits, an dem leichten und billigen Bezug der
Rohmaterialien und Hülfsstoffe gelegen sein, besonders wenn das
heimische Productionsgebiet ausgedehnt ist; allein sie richtet auch
hier ihre Bestrebungen mehr auf das Inland, als auf das Ausland,

---

Regierung, welche theils durch Unterricht, theils durch Ausstellung von Mo-
dellen, Musteruhren, Werkzeugen 2c. und Aussetzung von Prämien für kunst-
mäßigeren Betrieb wirkt, ferner Einführung einer zweckmäßigeren Arbeitstheil-
lung, Verbreitung besseren Geschmacks, Tüchtigkeit, Strebsamkeit, Ausdauer
und gemeinsinniges Zusammenwirken der Bewohner; nicht zu vergessen auch den
Umstand, daß die Schwarzwälder ihren Stolz darein setzen Uhren zu tragen,
die „im Walde" gefertigt sind. Absatz und Preise der Gewichts- und Stock-
uhren sind seitdem stetig in die Höhe gegangen. (Pickford's Monatsschrift
Band 3 S. 204 ff.).

und sie macht sich deßhalb unabhängiger von Maßregeln und Ereignissen im Auslande. Freihandel u. dgl. können ihr gleichfalls erwünscht sein, allein es sind ihr keine Lebensbedingungen; die intensive Konkurrenz hat vielmehr eher eine Tendenz, den Schutzzoll zu erzeugen, insofern sie eine Sicherung des heimischen Marktes nöthig hat, bis sie zur höchsten Vollendung und Stärke gelangt ist.

Keine dieser beiden Arten der Konkurrenz, wie sie so eben erläutert wurden, ist absolut verwerflich oder vorzuziehen; vielmehr haben sie, da jede auf besonderen Voraussetzungen beruht, an sich ihre gleiche relative Berechtigung. Beide werden sich wohl immer entwickeln, wo die Bevölkerung, der Wohlstand und die geistige Cultur im Zunehmen begriffen sind; die extensive Konkurrenz jedoch da stärker, wo die Bevölkerung rasch wächst und zugleich der Boden von Natur wenig fruchtbar ist, ferner wo Wohlstand und Bildung sehr ungleich über die Bevölkerung vertheilt sind. Wo nun die extensive Konkurrenz mehr überhandnimmt als die intensive, ist dies keine günstige Entwicklung des wirthschaftlichen Zustands einer Nation. Sie deutet auf steigende Unzulänglichkeit der einheimischen Productionsbedingungen, die auf Vernachlässigung oder auf wirklicher Abnahme beruhen kann, und damit auf steigende Abhängigkeit vom Ausland; ein Kennzeichen davon ist starke Auswanderung entweder ins Ausland oder vom flachen Lande in die städtischen Manufakturdistricte; Hand in Hand damit geht die wachsende Nothwendigkeit, Rohmaterialien, Lebensmittel und Absatz in immer stärkerem Umfange im Auslande zu suchen. Kunst und Wissenschaft können sich unter solchen Verhältnissen allerdings zu hoher Blüthe entwickeln, aber vorwiegend im Dienste der extensiven Konkurrenz. So wird z. B. seit Jahren ein großer Theil der englischen Intelligenz in Bewegung gesetzt, um Großbrittannien den sicheren Bezug großer Massen von wohlfeiler Baumwolle aus einer andern als der amerikanischen Quelle möglich zu machen; intensive Konkurrenz wäre es, wenn Kunst und Wissenschaft sich abmühten, Mittel ausfindig zu machen, mittelst deren auch ein geringeres Quantum roher Baumwolle, durch feinere kunstvollere Verarbeitung, der ungeheuern darauf verwendeten Kapital- und Arbeitskraft Beschäftigung gewähren würde, oder auch inländische Rohstoffe, z. B. Flachs, Wolle 2c., so zu veredeln und zu verwenden, daß darin vielleicht ein annähernder Ersatz für Baumwolle gefunden werden könnte. Allerdings begünstigt gerade die Beschaffenheit eines Artikels, wie der Baumwolle, mehr die Ausbreitung der extensiven Konkurrenz; allein doch liefert z. B. Frankreich im Ganzen und Großen vorwiegend die feineren Garnnummern und Gewebe, während England und Deutschland sich mehr auf die gröberen Sorten und damit auf die extensive Konkurrenz geworfen haben. Nun ist aber die intensive Mitbewerbung vorzugsweise auf die Hülfsquellen des eigenen Landes basirt und ein hierauf gegründetes System der nationalen Wirthschaft durchaus vorzuziehen. In dieser Rücksicht beruht z. B. der zwischen Preußen und Frankreich paraphirte Handelsvertrag, der den Zollverein voraussichtlich zur Ausbeutung der groben Massenproduction hindrängen würde, unläugbar auf einem fehlerhaften handelspolitischen Grundsatze.*)

Beide Arten der Konkurrenz haben die Tendenz, zunächst eine Gleichheit der Productionsbedingungen und damit des Gewinnes herbeizuführen; damit dies durchgeführt werden könne, ist eine ziemlich weit gehende Freiheit erforderlich, alles dasjenige vorzunehmen, was der wirthschaftliche Egoismus in jedem einzelnen Falle für gut findet. Konkurrenz, Freiheit, Gleichheit sind daher

---

*) Es beruht auf ziemlich oberflächlicher Auffassung, wenn zu Gunsten dieses Vertrages häufig und mit starker Betonung angeführt wird, daß der Zollverein von den Culturfortschritten des westlichen Europa nicht ausgeschlossen werden dürfe. Die Culturfortschritte eines Landes beruhen vorzugsweise auf dem von ihm angenommenen Wirthschaftsystem, welches trotz des zwischen England und Frankreich erfolgten Handelsvertrages für diese beiden Länder nicht das gleiche ist; denn England huldigt dem Freihandel und Frankreich immer noch dem Schutzsystem für seine wichtigeren und höher entwickelten Industriezweige. Die Annahme jenes Vertrages durch den Zollverein würde also nur zur Annahme des englischen Systemes führen; und während Frankreich das Gebiet der intensiven Konkurrenz für sich erhalten und ausbeuten würde, so würde Deutschland im Wettkampf mit England vorwiegend auf dem des extensiven Betriebs vorwärts gedrängt werden, eine Entwickelung, die keineswegs eine günstige genannt werden könnte. Deutschland ist, wie Frankreich, bei seinem ausgedehnten, größtentheils fruchtbaren und wohlangebauten Binnengebiet, bei seiner hohen Ausbildung in Wissenschaft und Kunst, bei der Kraft und Tüchtigkeit seines Mittelstandes vorzüglich nicht auf den Export, sondern auf den einheimischen Verkehr angewiesen. — Die Blößen des britischen Systems sind neuerdings scharf und überzeugend aufgedeckt von Carey, princ. of social science. Philadelphia 1858.

in dieser Hinsicht allerdings ziemlich gleichbedeutende Begriffe. Indessen besteht doch auch hier ein wesentlicher Unterschied zwischen der extensiven und intensiven Konkurrenz.

Die erstere, welche, in die Breite wachsend, die Basis der wirthschaftlichen Pyramide zu erweitern strebt, befördert dadurch den Abstand jener von der Spitze und damit die Ungleichheit zwischen den einzelnen Classen der Gesellschaft; die letztere dagegen mit ihrer aufwärtsstrebenden Tendenz erweitert die Spitze und vermindert- also jenen Abstand, somit die allgemeine Ungleichheit in der Gesellschaft. Die erstere hat demnach die Tendenz einer besondern, die zweite die einer allgemeinen Gleichheit; jene vergrößert mit anderen Worten, diese verringert die Kluft zwischen Reich und Arm, Capitalisten und Arbeitern. Beide aber streben nach Herstellung einer möglichsten Gleichheit innerhalb dieser einzelnen Classen für sich und innerhalb der kleineren Kreise in jeder Classe, insoweit dieses bei der natürlichen und künstlichen Verschiedenheit der menschlichen Verhältnisse möglich ist.

Die Konkurrenz begnügt sich aber nicht mit dieser Tendenz der Gleichheit, deren Dauer nur bei einem stationären Zustande gedacht werden könnte. Der wirthschaftliche Egoismus sucht nicht blos die gleichen Vortheile, wie sie Anderen zufließen, sondern er sucht allen Vortheil und Gewinn möglichst ausschließlich sich anzueignen. Das Einzelinteresse strebt, wie jede Kraft, alle übrigen sich zu unterwerfen. Der hieraus hervorgehende Wettstreit, der sich als ein Kampf der Einzelinteressen um die Alleinherrschaft darstellt, erzeugt nun den Fluß und die bunte Manichfaltigkeit des wirthschaftlichen Lebens, wie es innerhalb jeder Gesellschaft vor Augen liegt. Dieser Kampf, rücksichtslos wie er vom Standpunkt des Privategoismus aus geführt wird, müßte in einen gegenseitigen Vernichtungskampf ausarten, in dem alle Schwächeren unterliegen würden, wenn es nicht gewisse Schranken gäbe, welche der thatsächlichen Uebergewalt der Stärkeren Grenzen setzen und ein heilsames Gleichgewicht der gegenüberstehenden Kräfte erzeugen. Diese Schranken sind nun in der That vorhanden und zwar dreierlei:

1. natürliche, insofern die territoriale, locale und individuelle Verschiedenheit der wirthschaftlichen Kräfte eine unendliche Manichfaltigkeit der productiven Befähigung erzeugt und jeder,

auch der stärksten Kraft eine gewisse Grenze von Zeit und Raum zu ihrer Entwicklung und Bethätigung zuweist, innerhalb deren jede einzelne vor Unterdrückung gesichert ist;

2. gesellschaftliche, insofern der instinctive Zug der Menschen nach Gemeinschaft eine geordnete Gliederung der Einzelnen zur Gesammtheit und eine Verbindung der Schwächeren gegen die Stärkeren hervorbringt, durch welche die schroffe Rücksichtslosigkeit und Vernichtungstendenz des Privategoismus gemildert und gezähmt wird. Solche gesellschaftliche Schranken sind Religiosität, Moral, Herkommen und die durch jeweiliges Bedürfniß hervorgerufene Vergesellschaftung (Association);

3. staatliche, insofern die innerhalb jeder durch natürliche oder historische Bande ideell abgeschlossenen Gemeinschaft aufgestellte oberste Gewalt vermittelst des ihr zustehenden Zwangsgebots entweder die Wirksamkeit der natürlichen und gesellschaftlichen Schranken befestigt und verstärkt oder ein höchstes Gesammtinteresse als verbindliche Norm für die Tendenzen des Einzelegoismus aufstellt, welche unter Gewährleistung der Dauer und Unabhängigkeit aller einzelnen Wirthschaften ihrem Streben nach Reichthumserzeugung und Vermehrung Maß und Richtung zum Besten der Gesammtheit anweist. Hierher gehören: der Rechtsschutz auf der Grundlage der beiden großen Principien der Freiheit der Person und des Eigenthums; ferner der Polizeischutz, welcher der Unwissenheit und Hülflosigkeit der Einzelnen gegen üblen Willen und Nachlässigkeit beispringt; endlich Gesetzgebung und Verwaltung sowohl auf dem eigentlichen Wirthschaftsgebiet als auf den übrigen Gebieten der staatlichen Thätigkeit, durch welche wirthschaftliche Interessen berührt werden, nach Maßgabe des nationalen Bedürfnisses. Das nationale Bedürfniß liegt aber im Allgemeinen darin, daß die Staatsgewalt keine der Gesammtheit wesentliche oder nützliche wirthschaftliche Kraft der willkürlichen Unterdrückung und Abschwächung preisgeben darf und auf verhältnißmäßige Stärkung aller Kräfte je nach ihrer Wichtigkeit und Ergiebigkeit bedacht sein muß.

Alle diese Schranken, von denen hier nur in ihren Grundzügen gesprochen werden kann, wirken in doppelter Weise; einerseits dienen sie zur Abschwächung der Aggressivgewalt der stärkeren

Kräfte und zur Verstärkung der der schwächeren, andererseits zur vermehrten Verwirklichung des jeder Kraft innewohnenden Prin= cips der Trägheit, durch welches der Interessenkampf Maß und Ruhepunkte findet. Das gemeinsame Zusammenwirken aller die= ser Schranken, durch welches sich das Wirthschaftsleben einer Nation zur That und zur concreten Gestalt erhebt und seine Dauer und Selbständigkeit auf der Grundlage des Privatinteresses ver= bürgt wird, bringt nun dasjenige Resultat hervor, welches die Identität oder natürliche Harmonie aller Interessen genannt wird; allein aus unserer Darstellung, wenn sie anders richtig ist, geht hervor, daß diese Harmonie, die in der Idee allerdings erfaßt wer= den kann, keine natürliche, sondern eine vielfach künstlich gestaltete ist und daß in der Volkswirthschaft nicht allein Naturgesetze walten.

Wie verschieden nun auch jene positiven Schranken das con= crete Wirthschaftsleben eines Volkes gestalten mögen, so ist doch klar, daß dadurch das Wesen des Privategoismus, der als Grundprincip in unserer Wissenschaft angenommen werden muß, nicht verändert wird, zumal da ihm in jedem Staate, der die freie Persönlichkeit und das Eigenthum anerkennt, ein unendlich weites, von keiner Gesetzgebung und keinem Brauche antastbares Feld seiner Bethätigung übrig bleibt. Immerhin aber erhält die Wissenschaft bei dieser ihrer rein logischen Grundlage ein gewisses abstractes Gepräge, das der Wirklichkeit nicht durchaus entspricht, indem tagtäglich tausend unwirthschaftliche Gegentendenzen das reine Walten der aus dem Grundsatze der freien Konkurrenz abstrahirten Gesetze durchkreuzen. Allein daß dem so ist, thut der Gültigkeit dieser Gesetze keinen Eintrag; denn einerseits gelten die= selben überhaupt nur für das in großen Zügen aufzufassende Gesammtwirthschaftsleben der Völker, welches jene kleinen Detailbegebnisse ebenso wenig alteriren, wie die Richtung der Meereswogen von den weißen Schaumwellen bestimmt wird, die auf ihrem Rücken sich kräuseln; andererseits aber müssen Gesetz= gebung, Herkommen c. in jeder Gesellschaft, da keine ohne die materielle Basis der fortlaufenden Befriedigung wachsender Bedürfnisse bestehen kann, den auf Consumtion und Reproduction gerichteten Tendenzen des Privategoismus einen solchen Spiel= raum lassen, daß sein Wesen als Triebkraft der Wirthschaft dabei bestehen bleibt. Dies aber genügt, um auf seiner Grundlage wirthschaftliche Gesetze von allgemeiner Gültigkeit construiren zu können; und so ist es völlig gleichgültig für die allgemeine Volkswirthschaftslehre, ob sich ein Staat zum Freihandel oder zum Schutzsystem, zur Gewerbefreiheit oder zum Zunftwesen bekennt u. s. w., wenngleich sie im Stande ist, Aufschlüsse darüber zu geben, inwieweit Beschränkungen solcher Art von Vortheil sein werden oder nicht.

Das Resultat dieser Erörterung ist nun in kurzen Sätzen folgendes: 1. die freie Konkurrenz oder das ungehinderte Walten des Privategoismus ist kein Rechts, sondern ein Wirthschaftsprincip; 2. sie stellt sich ursprünglich dar als eine Opposition des Privatinteresses gegen das Gesammtinteresse; 3. sie ist nur insoweit zulässig, als das Privatinteresse als eine concrete Gestalt des Gesammtinteresses sich darstellt; 4. diese Grenze wird einerseits durch natürliche und gesellschaftliche Schranken, andererseits durch den Ausspruch der Staatsgewalt nach Maßgabe des nationalen Bedürfnisses gezogen; 5. innerhalb dieser Grenzen bleibt das Wesen der freien Konkurrenz als Haupttriebkraft der Wirthschaftsführung, so lange Freiheit der Person und des Eigenthums bestehen bleiben, unangefochten, und die darauf begründeten Wirthschaftsgesetze haben Anspruch auf allgemeine Gültigkeit; 6. die intensive Konkurrenz ist für die Gesammtheit vortheilhafter als die extensive.

§ 29.

Anhang. Von der Oelprodnction in Böhmen.

Um an einem Beispiele aus der Wirklichkeit zu zeigen, wie viele und wie verschiedene Einflüsse die höchst mögliche Productivität der Industrie bedingen, theilen wir folgenden Auszug aus einem Berichte der Prager Handelskammer an das östreichische Finanzministerium mit. (Preuß. Handelsarchiv 1860, I. S. 35.)

„Ungeachtet Böhmen in guten Jahren bereits einen Theil Deutschlands mit Raps versorgt, so sind wir bis jetzt doch noch nicht dahin gelangt, fertige Waare (Rüböl) zu exportiren, während in Jahren, wo, wie es 1854 der Fall war, das einheimische Product nicht zureicht und daher der Mehrbedarf von auswärts her gedeckt werden muß, nie Rapssaat, sondern nur fertige Waare eingeführt wird. Außer den günstigeren Verhältnissen, welche der Industrie des Zollvereins im Allgemeinen zu statten kommen, wie billige= res Capital, billigere Maschinen und Bauführungen, ist es insbesondere die vorgeschrittene Landwirthschaft, welche der Oelfabrikation unterstützend zur Seite steht. Der Werth der bei der Oelerzeugung sich ergebenden Abfälle — sog. Rapskuchen — wird dort besser erkannt, dieselben daher höher bezahlt, wodurch der Fabrikant wieder in den Stand gesetzt ist, das Oel billiger zu verkaufen. Weiter sind beinahe alle Oelfabriken im Zollverein am Wasser angelegt, während hier die meisten durch Dampfkraft betrieben werden, was nicht nur ob des Brennmaterials eine Vertheuerung der Erzeugung zur Folge hat, sondern auch die Nachpressung der Kuchen erschwert und die Ausbeutung, d. h. das aus dem Raps gewonnene Quantum Oel verringert. Auch die Theilung der Arbeit kommt den zollvereinsländischen Producenten sehr zu statten, denn dort beschäfti= gen sich einige blos mit Pressen, andere mit dem Raffiniren des Oels, während in unseren Fabriken beide Manipulationen ver= einigt betrieben werden. Endlich und hauptsächlich ist der dortige Fabrikant dadurch besser gestellt, daß er einen größeren Markt für sein Erzeugniß hat. Ein Blick auf die Karte zeigt, welches Netz von Kommunikationen ihm nach allen Richtungen in den Eisenbahnen und Wasserstraßen zu Gebote steht. Auch ist der Fabrikant in Norddeutschland jeden Augenblick im Stande, seine Erzeugnisse auf mehrere Monate hinaus zu verschleißen und sich so den gefährlichen Chancen der Speculation zu entziehen. Hier zu Lande ist das aus dem einfachen Grunde nicht möglich, weil gemachte Abschlüsse — wenn von einem Theil nicht eingehalten — nur durch nie endende jahrelange Processe geltend ge= macht werden können. Der Fabrikant muß daher mit dem Verkauf seines Erzeugnisses warten, bis er solches am Lager hat, und bei den großen Preisschwankungen alle Gefahr laufen, wofür er nach dem Grundsatze, größere Gefahr rechtfertigt größe= ren Gewinn, Ersatz in einem vorhinein berechneten höheren Ge= winn zu suchen genöthigt ist. Kurz der Fabrikant im Zollverein

braucht lediglich Fabrikant zu sein, während er hier gezwungen
ist, mit seinem eigenen Erzeugniß zu speculiren. Von Nachtheil
für die Consumenten ist es, daß bei uns nicht wie im Zollverein das Rüböl gesetzlich eine gewisse Grabhaltigkeit
haben muß. Sehr leicht ist es daher, im Handel mit diesem
Artikel Verfälschungen durch Beimengung von Oelgattungen
zu bewerkstelligen, die einen geringeren Fettgehalt haben und daher
schneller brennen, da unsere Seh= und Geruchsorgane nicht ausreichen, um solche Fälschungen zu entdecken."

VII. Von den Fortschritten der Production.

§ 30.
Vorbemerkung.

Um unsere Darstellung der Productionsverhältnisse zu vollenden, dürfen wir nicht bei der Untersuchung darüber stehen
bleiben, mit welchen Mitteln producirt wird, und nach welchen
Gesetzen die zweckmäßigste oder folgerichtigste Benutzung dieser
Mittel erfolgt, sondern müssen auch noch die Gesetze erörtern, welchen die Productionsmittel selbst hinsichtlich ihrer Fortdauer und
Vermehrung unterworfen sind. Denn die Productionsmittel sind
nichts ein für allemal Gegebenes und Bleibendes, sondern unterliegen einer fortwährenden Veränderung, ihrer Zahl und Wirkung
nach, und die Production selbst ist keine ewig in gleichen Verhältnissen sich abspinnende Thätigkeit, sondern ein beständiges Auf-
und Niedersteigen, ein Zu= und Abnehmen von Kräften. Man
muß die Production nicht blos in ihrer ruhenden, sondern auch in
ihrer fortschreitenden Bewegung betrachten, um zu erfahren, nicht
blos wie der Reichthum in einer Nation entsteht, sondern auch welcher Vermehrung der Reichthum fähig ist und nach welchen Gesetzen diese Vermehrung erfolgt. Hiermit wird denn auch zugleich
die Frage entschieden, ob es für die Fortschritte der menschlichen
Production irgend denkbare Grenzen giebt und welche Wirkungen
die Fortsetzung der productiven Bestrebungen der Völker auf ihr
materielles Wohl haben werde. Manche dieser Wirkungen wurden in den bisherigen Betrachtungen bereits dargelegt oder ange-

beutet, aber nur vom Gesichtspunkte gegebener wirthschaftlicher
Zustände und Productionsrichtungen aus; es ist nun aber schließlich
unerläßlich zu wissen, welche Grenzen der Ausdehnung und Er=
weiterung der Productivkräfte überhaupt gesteckt sind.

Da nichts producirt werden kann ohne Anwendung der drei
Güterquellen, welche in der Regel in höherem oder geringerem
Grade zusammenwirken müssen, so hängt jeder Fortschritt der Pro=
duction, gegebene wirthschaftliche Zustände und Productionsweisen
vorausgesetzt, offenbar von der Vermehrung dieser Güterquellen
selbst ab. Denn die Unterschiede der Productivkraft, welche sich
aus der verschiedenen Verwendung vorhandener Productionsfactoren
ergeben, haben wir im Vorhergehenden bereits in ihren Grund=
zügen dargestellt.

Da die von Natur ursprünglich vorhandenen Naturkräfte an
sich nicht vermehrbar sind, so stellt sich unsere jetzige Aufgabe da=
hin, zu untersuchen, nach welchen Gesetzen die Vermehrung der
Arbeitskraft und der Capitalien erfolgt und welche Wirkungen
diese Vermehrung auf die productive Wirksamkeit der Naturkräfte
äußert.

1. Von der Vermehrung der Arbeitskraft.

§ 31.

Von der Vermehrung der Arbeitskraft im Allgemeinen.

Die Vermehrung der Arbeitskraft kann in doppelter Weise
erfolgen, entweder hinsichtlich der Zahl oder hinsichtlich der pro=
ductiven Fähigkeiten der Arbeiter. Sieht man nur auf das un=
mittelbare Ergebniß der Production, so sind an und für sich beide
Wege gleich wünschenswerth; denn es ist vollkommen gleich, ob
ein Product von einem oder von zwei Arbeitern zu Stande gebracht
wird, wenn es nur dieselbe Brauchbarkeit besitzt. Allein es ist
schon hier einleuchtend und wird aus der Betrachtung der Gesetze
des Arbeitslohns noch deutlicher werden, daß die Zunahme der
Arbeitsfähigkeit verhältnißmäßig wünschenswerther ist, als die
Zunahme der Arbeiterzahl; denn die Belohnung und folglich das
Wohlbefinden des Arbeiters steigt mit seiner Brauchbarkeit und

das Land erspart dabei an nothwendigen Unterhaltsmitteln. Daher kann als erstes Gesetz aufgestellt werden, daß die Vermehrung der Arbeitskraft durch Zunahme der productiven Fähigkeit ein günstigerer Fortschritt der Production und der Reichthum auf diesem Wege eines schnelleren und dauerhafteren Fortschrittes fähig ist als auf dem anderen.

Schon hieraus ist ersichtlich, daß es, um die Productionsfähigkeit eines Landes kennen zu lernen, nicht ausreicht, die bloße Arbeiterzahl zu kennen, noch weniger die bloße Volkszahl. Zudem kann die Zunahme der Volkszahl möglicher Weise nicht mit einer Zunahme oder doch nicht mit einer gleichen Zunahme der Arbeitsfähigkeit verbunden sein, wenn nämlich die letztere abnimmt oder doch nicht in gleichem Verhältniß wächst mit der Bevölkerungsziffer; und aus den umgekehrten Gründen kann die Productionsfähigkeit der Arbeiter eines Landes weit über die bloße Volkszahl hinaus wachsen. Daß beides sehr wohl möglich ist und in Wirklichkeit eintritt, lehrt die Erfahrung und findet seine Erklärung in verschiedenen Stellen der vorliegenden Schrift.

Die Untersuchung über die Arbeitsvermehrung sondert sich daher naturgemäß in zwei Theile: in die Lehre von der Quantität und von der Qualität der Arbeitskräfte. Die erstere ist gleichbedeutend mit der Bevölkerungslehre, da der Eintritt von Volksgliedern in den Arbeiterstand, wodurch allerdings gleichfalls eine Vermehrung der Arbeiterzahl erfolgt, zu unwesentlich oder doch zu einleuchtend ist, als daß hierüber eigene Erörterungen nöthig wären. Wichtig ist hier allerdings die Heranziehung von Frauen und Kindern zu industriellen Arbeiten, worüber jedoch an mehreren Stellen dieses Werkes bereits gesprochen ist.

A. Von der Bevölkerung.

§ 32.

Von den Gesetzen der Volksvermehrung.

Die den Menschen inwohnende Fähigkeit und Neigung zur Fortpflanzung ist in beiden Geschlechtern so groß, daß der Zunahme der Bevölkerung irgend denkbare natürliche Grenzen nicht vorge-

zeichnet erscheinen. Die Zeugung erfolgt durch willkürliche Ver=
mischung zweier reifer Personen verschiedenen Geschlechts und die
Geburt schließt sich als nothwendige Folge daran immer an, wofern
sie nicht durch ausnahmsweise Hindernisse vereitelt wird. Vom
Gesichtspunkte der natürlichen Fortpflanzung aus, muß also das
Menschengeschlecht einer unbegrenzten Vermehrung fähig erachtet
werden. Allein, abgesehen von der endlichen Begrenzung des den
Menschen auf der Erde zugemessenen Raumes, genügt es nicht,
daß Menschen gezeugt und geboren werden; es müssen auch aus=
reichende Mittel vorhanden sein, sie zu ernähren und auszubilden.
Das menschliche Geschlecht kann sich also nur in dem Verhältniß
vermehren, als es die Mittel für herkömmlichen und standesmäßigen
Unterhalt hervorzubringen vermag, und da die Menschen nicht
blos Bedürfnisse des Unterhalts, der Existenz, sondern auch des
Genusses haben, so wird die Vermehrung des Geschlechts weiter
noch aufgehalten durch die Rücksicht auf Genüsse, welche Jeder
vermöge seines Geschlechts, seines Standes, seines Bildungsgrades
und seiner Neigungen überhaupt vom irdischen Dasein erwartet.
Da endlich die Zeugung nach dem Gefühl aller Völker eine wich=
tige, moralisch verantwortliche Handlung ist, welche durch die Ge=
bote der Sittlichkeit der beliebig willkürlichen Vornahme entzogen
ist und rechtmäßig nur in der Ehe vorkommen soll, so finden nicht
überall Zeugungen und Geburten statt, auch wo die obigen Er=
wägungen sie nicht verbieten würden.

Indessen werden diese Rücksichten nicht von Allen mit der
erforderlichen Gewissenhaftigkeit beobachtet. Es finden sehr viele
Geschlechtsverbindungen statt, dauernd oder vorübergehend, ohne
daß gesicherte Mittel zur Erhaltung der herkömmlichen oder stan=
desmäßigen Existenz zu Gebote stünden, zumal wenn gesetzliche
Ansprüche auf Armenunterstützung bestehen, und ebenso werden
sehr viele Kinder auch außerhalb rechtmäßiger Ehe auf verbotenem
Wege gezeugt. Denn der Geschlechts = und Familientrieb ist in
beiden Geschlechtern so mächtig, daß er auf der ganzen Erde täg=
lich, ja stündlich zu seiner erlaubten oder unerlaubten Befriedi=
gung anreizt. Wo nun weder Klugheit noch das Gefühl der
Sittlichkeit vor Eheschließung und Kinderzeugung zurückhalten,
entsteht nach obigen Grundsätzen offenbar ein Uebermaß in der

Bevölkerung, welches nicht ausreichend oder gar nicht ernährt werden kann; dieses Uebermaß muß dann nothwendig durch Hunger, Krankheiten und leibliches Elend aller Art wieder von der Erde vertilgt werden, eine Wirkung, welche noch überdieß durch Leidenschaften, Ausschweifungen und Laster in den manichfaltigsten Gestalten verstärkt wird. (Malthus.) Da nun aber alle Geborenen, mögen sie nun aus unsittlicher oder erlaubter Geschlechtsverbindung hervorgehen, doch in ihrer Existenz erhalten werden, wenn sie nur irgend woher hinreichende Mittel ihres Unterhaltes finden, und da man practisch, im Ganzen und Großen, annehmen darf, daß überall eine Ehe stattfindet, wo ein nur einigermaßen und voraussichtlich gesicherter Nahrungsstand, nach den Lebensansprüchen der Betheiligten bemessen, zur Gründung einer Familie einlädt, so darf man die Grenze des Bevölkerungszuwachses offenbar nicht in der Fähigkeit und Neigung zur Fortpflanzung, sondern nur in dem Maße der nothwendigen oder herkömmlichen Lebensmittel suchen. Diese Subsistenzmittel bilden daher die äußerste Grenze für das Wachsthum der Bevölkerung, aber diese Grenze verengert sich, je mehr Ansprüche auf die Befriedigung entbehrlicher Genüsse von den Individuen gemacht werden. Die unentbehrlichen und entbehrlichen Bedürfnisse können aber nur durch Güter befriedigt werden, welche entweder als freie Gaben von der Natur oder erst durch hinzutretende Production geliefert werden müssen. Und da Nichts producirt werden kann ohne die Anwendung der drei Güterquellen, die Arbeit aber, was ihren natürlichen Zufluß betrifft, vermöge des nie rastenden Zeugungstriebs in unbegrenzter Menge zu Gebote steht, ihre Ausbildung dagegen durch Mitwirkung der beiden anderen Güterquellen erfolgt, so liegt die practische Grenze der Bevölkerung nur im dargebotenen Vorrath an Capitalien und freien Naturkräften und in der Productivität der drei Güterquellen zusammen. Die Arbeitskraft selbst kann also hiernach in jeder Nation in unbegrenzter Menge geliefert werden, soweit nicht die Menge und Productivität der vorhandenen Capital- und Naturkräfte Schranken setzen.

Diesen Gesetzen ist die Annahme einer für alle Zeiten unveränderten Zeugungslust und Zeugungskraft der Erdbewohner zu Grunde gelegt. Die erstere rechtfertigt die Erfahrung und die

Natur der Sache, denn noch in keiner Bevölkerung hat der Anreiz zur Zeugung eine Verminderung erfahren wegen des hohen mit diesem Acte verbundenen Genusses, dessen Lockungen, in erlaubten Verhältnissen wenigstens, nicht leicht ein menschliches Geschöpf widersteht. Was die Zeugungskraft betrifft, so wird zwar von Manchen (Sadler) behauptet, daß sie mit der fortschreitenden Dichtigkeit der Bevölkerung abnehme; allein diese Behauptung ist viel zu wenig erwiesen, als daß sie unser durch die tägliche Erfahrung in allen Ländern begründetes Gesetz umzustoßen vermöchte, und es lassen sich auch keine genügenden physischen Gründe dafür angeben. Höchstens so viel kann man einräumen, daß manche Schattenseiten der hohen Cultur, Laster, raffinirte Genußsucht, Verschwendung, unwahrer Ehrgeiz eine Abneigung gegen die Eheschließung in den höheren Ständen hervorrufen und daß sowohl diese Erscheinungen, wie manche Beschäftigungsarten, z. B. angestrengte geistige Arbeiten, dem Zeugungsvermögen Abbruch thun. Allein das sind sociale Krankheitserscheinungen ganz besonderer Art, welche mit der Dichtigkeit der Bevölkerung an und für sich nicht zusammenfallen. Würden freilich die Arbeitsverrichtungen z. B. in Folge der Arbeitstheilung oder durch übertriebene Erwerbssucht und Anstrengung die Kraft der Bevölkerung allmählich schwächen, so könnte dieses der Fortpflanzungsfähigkeit allerdings Eintrag thun, allein dies würde dann nicht von der dichten Bevölkerung, sondern von verminderter Productivkraft selbst herrühren, und dabei könnte doch die Bevölkerung, so wie bisher, zunehmen, nur auf anderen Wegen, nämlich mittelst Abnahme der Sterbefälle und Steigens der mittleren Lebensdauer. Daß also die steigende Bevölkerung in sich selbst die Bedingungen ihrer verhältnißmäßigen Abnahme trage, kann, wenn nicht andere störende Ursachen hinzutreten, von vornherein nicht angenommen werden.

Hierdurch erklärt sich, warum die Bevölkerung in den einzelnen Ländern in so verschiedener Weise ab= oder zunimmt. Denn manche Völker (Spanien unter der Herrschaft des Mercantilsystems und der Inquisition) verlieren an Productivkraft, andere vermehren sie in höchst ungleichem Grade. Die Productionsfähigkeit ist überall höchst verschieden und auch in der Richtung der Consumtion finden sehr beträchtliche Abweichungen statt.

Nimmt man die Productionsfähigkeit aller Länder als gleich an, so müßten doch diejenigen langsamer zunehmen, in denen man mehr Arbeit und Capital auf die Befriedigung des Luxus und des Vergnügens wendet. Denn was für solche Zwecke producirt wird, bringt den Consumenten höhere Annehmlichkeiten des Lebens, allein in demselben Verhältniß werden auch weniger Unterhalts= mittel erzeugt, können also weniger Menschen sich ernähren. Nur wenn in allen Ländern blos Nahrungsmittel erzeugt würden, müßte die Bevölkerung mit der Productionsfähigkeit gleichen Schritt halten. Daher erfolgt der Bevölkerungszuwachs in hoch civilisirten Ländern trotz enormer Ausdehnung der Production langsamer, und er würde noch geringer sein, wenn nicht die letztere immer gewaltiger ausgedehnt würde.

Folgende Angaben zeigen die Bevölkerungszunahme in den nachstehenden Ländern:

England	1700 :	5,134,000;	1861 :	20,205,504
Schottland	1707 :	1,050,000;	1861 :	3,061,251
Frankreich	1700 :	19,669,320;	1861 :	37,382,225
Spanien	1768 :	9,309,814;	1861 :	15,900,000
Oesterreich	1846 :	36,773,748;	1857 :	37,754,856
Preußen	1814 :	10,349,031;	1861 :	18,491,220
Bayern	1818 :	3,707,966;	1858 :	4,615,748
Sachsen	1817 :	1,205,996;	1858 :	2,122,148
Mecklenburg	1820 :	393,326;	1860 :	546,639
Nordamerika	1790 :	3,929,328;	1860 :	31,445,080.*)

Geht man auf die Verhältnisse der Production, durch welche das Wachsthum der Bevölkerung bedingt ist, näher ein, so ergeben sich besonders folgende drei Haupteinflüsse:

1. Die hauptsächlichsten Nahrungsmittel der Bevölkerung. Je größeren Aufwand von Mühe und Vermögen die Gewinnung der Unterhaltsmittel erfordert, desto weniger Menschen können bei gegebener Productivkraft ernährt werden, folglich existiren. Länder, deren Bevölkerung sich hauptsächlich von Jagd und Fischfang nährt, sind auf weiten Strecken immer dünn bevölkert; mit dem Ueber= gang zur Viehzucht und zum Ackerbau mehrt sich die Fähigkeit der

---

*) Gesammtbevölkerung des deutschen Bundes im Jahre 1858: 44,124,180.

Volkszunahme, weil die Ernährung leichter wird. Ein gegebener Bodenraum erzeugt aber sehr verschiedene Quantitäten von Nährkraft je nach der Art der Nahrungsmittel. Eine Quadratmeile liefert Fleischnahrung für 1000, Getreidenahrung für 4000, Kartoffelnahrung für 12000 Menschen. In Kartoffelländern kann daher die Bevölkerung am stärksten zunehmen, aber auch nur die Bevölkerungsziffer; denn je schlechter die Nahrung wird, desto ungünstiger ist die Lage der Bevölkerung und desto geringer die verhältnißmäßige Arbeitskraft. Ein bekanntes Beispiel hiervon liefert Irland.

2. Die Hauptbeschäftigung. Der Landbau liefert zwar die Nahrungsmittel für die ganze Bevölkerung, aber seine Productivkraft ist im Verhältniß zu den übrigen Erwerbszweigen, namentlich Handel und Gewerbe, schwächer, weil sich Arbeit und Capitalien nicht in beliebiger Menge in ihm verwenden lassen und die Naturkräfte hier eine zu große Rolle spielen. Daher sind Länder mit vorherrschendem Ackerbau immer geringer bevölkert als gewerbreiche Länder und zwar in um so höherem Grade, je unfruchtbarer sie von Natur sind. So kommen Einwohner auf die geographische Quadratmeile im nördlichen Sibirien 130, in der nordamerikanischen Union (1850) 214, in Dänemark 2067, in Mecklenburg 2240, im nordöstlichen Frankreich 4600, in der bayerischen Pfalz 5510, im belgischen Ostflandern 14257, in den preußischen Kreisen Lennep, Solingen und Elberfeld 15986, in der englischen Grafschaft Lancashire 24816. (Rau.) Die Menschenzahl pro geogr. Qu.-Meile nahm in dem Zeitraum von 1825—1846 jährlich zu in Frankreich und Hannover um 32, in Schottland um 34, in Würtemberg um 56, in der Lombardei um 50, in Preußen um 68, in England und Belgien um 136. (Dieterici.)

3. Das Offenstehen neuer Erwerbszweige, ferner die Fähigkeit, die vorhandenen auszudehnen und ihre Ertragskraft zu steigern. In letzterer Hinsicht wirkt vielleicht Nichts stärker auf die Vermehrung der Volksziffer, als die freie Konkurrenz, besonders die extensive; in ersterer ist vor Allem ein Unterschied zwischen Ländern junger und alter Cultur zu bemerken. In jenen Ländern, z. B. Nordamerika, sind noch eine Menge frischer Naturkräfte vorhanden, welche mit Erfolg durch Arbeit und Capital be-

fruchtet werden können; und da in solchen Zuständen Capital
verhältnißmäßig von geringerer Wichtigkeit ist, so scheint die Be=
völkerung, wenn nur der Anbau nicht zu mühsam ist, fast nur von
der Fortpflanzungsfähigkeit abzuhängen. Daher zeigen Länder
wie Amerika eine so überraschende Zunahme in der Volkszahl.*)
In je höherem Grade dagegen das Capital die Abnahme der
freien Naturkräfte ersetzen muß, desto langsamer müßte die Be=
völkerung wachsen, weil Capital nur durch Ersparung entsteht,
diese aber bei zunehmender Schwierigkeit des Unterhalts nur
von den wohlhabenden Classen ausgeübt werden kann. Indessen
hängt die Productivität viel weniger von der Zahl, als von der
wirksamen Verwendung der vorhandenen Güterquellen ab. Daher
wird die Bevölkerungszunahme außerordentlich begünstigt durch
alle jene Einflüsse, welche wir oben als Hauptbeförderungsmittel
der Production erläutert haben; also vorzüglich durch Fleiß und
Energie der Arbeiter, Fortschritte der Wissenschaften und Künste,
durch die Ausdehnung der Arbeitstheilung und Arbeitsvereinigung,
der Production im Großen zc. Auch Ursachen besonderer Natur sind
hier aufzuzählen, so die Eröffnung neuer Absatzorte, der Bezug
wohlfeilerer Nahrungsmittel und Rohstoffe vom Ausland, die Auf=
hebung lästiger Hemmnisse der Production, wie Privilegien, ver=
alteter Zunftgesetze, drückender Zollschranken. Alle diese Einflüsse,
wie sie leicht zur Ueberproduction reizen, so bewirken sie auch leicht eine
übermäßige Zunahme der Bevölkerung (Uebervölkerung), weil nur
in einzelnen Erwerbszweigen die Production einer solch raschen
Ausdehnung fähig ist, dagegen die gedeihliche Zunahme der Be=

---

*) Bevölkerungszunahme in den Vereinigten Staaten von Nordamerika:

Jahre	Weiße	freie Farbige	Sclaven	Zusammen	Gesammt= zunahme
					%
1790	3,172,464	59,466	697,897	3,929,827	
1800	4,304,501	108,395	893,041	5,305,937	35,02
1810	5,862,004	186,416	1,191,364	7,239,814	36,45
1820	7,861,931	233,504	1,538,125	9,638,191	33,13
1830	10,537,378	319,599	2,009,043	12,866,020	33,49
1840	14,195,695	386,703	2,487,455	17,069,453	32,67
1850	19,553,114	434,449	3,204,313	23,191,876	35,87
1860	26,975,575	487,996	3,955,760	31,445,080	35,59

Die Summenzahlen sind nicht überall genau diejenigen, welche aus der
Aufrechnung der Einzelposten hervorgehen; das beruht auf Zählungsgrün=
den, die zu weitläufig sind, als daß sie hier entwickelt werden könnten. (Ken=
nedy, Preliminary report on the eight census 1860.)

völkerung von dem Anwachs der Landeserzeugung im Ganzen bedingt wird. Auch die steigende Bildung wirkt günstig auf die Bevölkerung, indem sie die Production befördert und zur nüchternen Ersparung antreibt; auf der anderen Seite reizt sie aber auch zur Vermehrung der entbehrlichen Genüsse, thut somit dem Steigen der bloßen Unterhaltsmittel Eintrag.

Hiernach sind auch Ursachen vorübergehender Natur wie Auswanderung, Kriege, Seuchen, Noth- oder Mißernten, u. dgl. in ihren Wirkungen leicht zu beurtheilen.

§ 33.
Von der Bewegung der Bevölkerung.

Die Bewegung der Bevölkerung wird an denjenigen äußeren Kennzeichen erkannt, welche auf ihre Zu- oder Abnahme unmittelbaren Einfluß üben, nämlich an dem Verhältniß der Geburten und Todesfälle. Die Bevölkerung kann nämlich auf doppelte Weise zunehmen: entweder durch einen Ueberschuß der Geburten über die Todesfälle, so daß also jährlich immer mehr Menschen geboren werden als absterben, oder durch Abnahme der Sterbefälle, so daß immer mehr Menschen innerhalb einer gegebenen Zeit am Leben bleiben, also immer kleinere Lücken durch den Tod in die Volkszahl gerissen werden. In diesen beiden Punkten finden nun bei den einzelnen Völkern die größten Verschiedenheiten statt, welche ihren Ursachen nach aus den voraufgeführten Einflüssen erklärt werden müssen. Im Allgemeinen kann man den Satz aufstellen, daß die Bevölkerung auf den unteren Culturstufen mehr auf die erste, auf den höheren mehr auf die zweite Art zunimmt, weil mit steigender Cultur die Menschen, wenigstens im Ganzen und Großen, immer reichlichere und wirksamere Mittel des Unterhalts erlangen, und störende Einflüsse wie Krankheiten, Unglücksfälle, Kriege, Hungersnoth ꝛc. immer seltener werden und weniger verheerend wirken. Dagegen zeigen sich aber auch bei fortgeschrittenen Völkern solche zerstörende Erscheinungen, von denen rohe und arme Völker am meisten heimgesucht werden; nämlich in denjenigen Schichten der Bevölkerung, welche verhältnißmäßig noch unter dem Druck der Armuth, des Elends und der Unwissenheit leiden, weil die Productionskraft dieser Classen gegenüber der der übrigen gedrückt ist. Daher die Erscheinung, daß arme Familien zwar die verhältnißmäßig meisten Geburten, aber auch die meisten Todesfälle haben; schon deßwegen, weil sie die geringste moralische Enthaltsamkeit im Geschlechtsgenuß beweisen und dem Mangel und der Entbehrung am meisten preisgegeben sind. „Die Bettler befinden sich in der Stellung neu entstehender Völker." (Montesquieu.) Die Kinderzahl der Reichen dagegen steigt nicht im Verhältniß ihres Vermögens, weil ihre Consumtionsfähigkeit nach den bei ihnen hergebrachten Standes- und Anstandsbegriffen neben dem reinen Unterhalt auf sehr viele andere Dinge gerichtet ist. Große Ungleichheit des Vermögens ist daher der allseitigen Volksvermehrung nicht günstig.

1. Die Zahl der Geburten (Nativität) hängt, mit Ausnahme der unehelichen, ab von der Zahl und Fruchtbarkeit der Ehen. Sieht man auf das Geburtsverhältniß allein, so muß Alles, was auf die Vermehrung der Ehen günstig wirkt, auch die Zunahme der Volkszahl nach sich ziehen; eine Abnahme in der Zahl und Fruchtbarkeit der Ehen ist aber nicht gleichbedeutend mit der Verminderung der Bevölkerung, weil sich hier immer noch das Verhältniß der Mortalität günstig gestalten kann. Hierdurch erklärt sich aber auch, daß in Ländern mit unvollständiger Entwicklung die Ehen sowohl zahlreicher als auch fruchtbarer sind.

Man rechnet z. B. in

Rußland auf 102 Pers. eine Ehe, auf 21 Menschen eine Geburt
Preußen „ 117 „ „ „ „ 37 „ „ „
Mecklenburg „ 130 „ „ „ „ 30 „ „ „
Frankreich „ 131 „ „ „ „ 37 „ „ „
Belgien „ 150 „ „ „ „ 35 „ „ „

In Frankreich gab es

	eine Trauung jährlich	Kinderzahl pro Ehe
1781—84	auf 119 Lebende	4,3
1801—05	„ 137 „	4,4
1821—25	„ 129 „	4,0
1831—35	„ 127 „	3,9
1842—51	„ 125½ „	3,19
1853	„ 129 „	3,21

Da sich aber die Bevölkerung Frankreichs in jenen Zeiträumen beträchtlich vermehrt hat, obwohl nach vorstehender Tabelle die Trauungen und Geburten abnahmen, so kann dieses Resultat nur durch eine Abnahme der Mortalität erklärt werden.

Das Verhältniß der Geburten wird außer den allgemeinen Ursachen noch besonders gebessert durch höhere Ausbildung des ärztlichen Wissens, durch bessere Hülfeleistung bei der Geburt, durch Verminderung und Erleichterung der anstrengenden Arbeiten, überhaupt durch sorgfältigere Schonung und Pflege des weiblichen Geschlechts.

2. Das Sterbeverhältniß (Mortalität) wird bedingt durch die Höhe der mittleren Lebensdauer. Unter der letzteren versteht man die Anzahl von Jahren, welche durchschnittlich jeder Verstorbene zurückgelegt hat. Sie wird gefunden, indem man die Summe der Lebensjahre aller in einem gewissen Zeitraume Verstorbenen mit der Zahl der Verstorbenen dividirt. Haben z. B. 1000 Gestorbene zusammen 40,000 Jahre gelebt, so beträgt die mittlere Lebensdauer 40 Jahre. Je länger die letztere ist, desto weniger Menschen sterben verhältnißmäßig vor dem Eintritt in ein fortschreitend höheres Alter; die Verlängerung der mittleren Lebensdauer ist also gleichbedeutend mit einer Abnahme der allgemeinen Sterblichkeit.*)

Ueber die menschliche Lebensdauer lassen sich sehr eingehende und interessante Untersuchungen anstellen, die aber über unseren Plan hinausgehen würden. Manche glauben, daß sie im Alter-

---

*) Die mittlere Lebensdauer in diesem Sinne, als mittleres Lebensalter aller Verstorbenen eines Jahres, ist freilich noch eine ziemlich unbestimmte Größe, da sich unter den Verstorbenen Glieder aus allen Lebensaltern befinden und die besonderen Einflüsse manchen Jahres (Krieg, Seuchen, Theuerung) sehr abweichende Wirkungen hervorbringen können. Um sicherer zu gehen, müßte man wenigstens die Berechnungen über eine längere Reihe von Jahren erstrecken und dann aus den einzelnen Jahresergebnissen wieder das Mittel ziehen. Interessanter ist die Beantwortung der Frage nach der wahrscheinlichen Lebensdauer in den Geschlechtern, Raçen, Ständen, Berufsclassen, Lebensaltern ꝛc. Hierüber finden sich im Folgenden beispielsweise Berechnungen. — Beklagenswerth ist die bunte Mannichfaltigkeit der statistischen Erhebungen in den einzelnen Ländern und der Mangel leitender, einheitlicher Grundsätze, wodurch genauere Forschungen ungemein erschwert, ja oft unmöglich gemacht werden.

thum höher war, als in der Neuzeit; allein aus den allerdings
vorhandenen Beispielen langen Lebens in der alten Zeit läßt sich
dieser Schluß nicht mit Sicherheit ziehen, weil es auch in der
neuen Zeit sehr viele solcher Beispiele gibt. In England starben
1852, bei einer Bevölkerung von ca. 18 Millionen für England
und Wales, 35 Männer und 53 Weiber, 1853 31 Männer und
62 Weiber über 100 Jahre. In Oestreich starben (1842) 446
Personen über 100 Jahre alt unter 460,000 Todesfällen, in Preußen (1841) 786 Männer und 890 Weiber im Alter über 90 Jahre.
Auch zwischen den Raçen scheint kein beträchtlicher Unterschied ob-
zuwalten. In Rußland war nach dem Census von 1842 die mittlere jährliche Sterblichkeit $3\frac{1}{2}$, in England $2/1_4$ %, jene muß
aber durch eine größere Sterblichkeit der Kinder in Rußland erklärt
werden. Einige Beispiele scheinen dagegen den Schwarzen eine
Ueberlegenheit über die Weißen zuzugestehen. 1840 betrug die
Bevölkerung in den Vereinigten Staaten ca. 17 Millionen, darunter $2\frac{1}{2}$ Mill. Neger; der Census gab an 791 Weiße über 100
Jahre, 1333 Sclaven über 100 und 647 freie Neger über 100.
Im Jahre 1855 starben in den Vereinigten Staaten von 1000
Personen 43; der älteste männliche Weiße zu 110, die älteste Weiße
zu 109; der älteste Neger zu 130, die älteste Negerin zu 120 Jah-
ren, beide Sclaven. Nach Tucker sind die Chancen des Lebens
über 100 Jahre 13mal größer unter den Sclaven und 40mal größer unter den freien Negern als in der weißen Bevölkerung des
Landes. Allein solche außerordentliche Fälle geben keinen sicheren
Schluß; jedenfalls scheint das wirkliche Verhältniß ein viel geringeres zu sein.

Was die Geschlechter betrifft, so scheint sich, wie auch die angeführten Beispiele aus England und Preußen ergeben, das Verhältniß zu Gunsten des weiblichen Geschlechts zu neigen*), was sich

---

*) Dies wird bestätigt durch folgende Berechnungen über die wahrschein-
liche Lebensdauer des männlichen und weiblichen Geschlechts in England und
Wales. (Neison, contributions to vital statistics p. 8.)

aus der ruhigeren, weniger angestrengten, bedürfnißloseren und aufreibenden Leidenschaften weniger ausgesetzten Lebensweise der Weiber erklärt. Sicher gibt es auch mehr Wittwen als Wittwer, wobei
freilich in Betracht kommt, daß die letzteren häufiger zu wiederholter Ehe schreiten als jene.

Auch unter den Individuen selbst bringen die Gewohnheiten
und Verhältnisse, das Vermögen, der Stand*), vorzüglich aber
die Beschäftigungen und der Beruf Verschiedenheiten in der Lebensdauer hervor. Manche Beschäftigungen verkürzen das Leben
wegen schlechter Luft, körperlicher Anspannung und Erschlaffung,
schädlicher Dünste, Unreinlichkeit, ungenügender Ernährung rc.
Unter den 50,000 Todesfällen, die jährlich in London stattfinden,
treffen allein 14,950 auf die Armen, also ein Drittel bis ein Viertel,
während sie nur ungefähr den siebenten Theil der lebenden Bevölkerung Londons ausmachen. (Pashley.) Die Mortalität der
Armen ist also ungefähr doppelt so stark wie die der Uebrigen.
Die mittlere Sterblichkeit in Paris beträgt 1 auf 36,44; dagegen
im ersten, zweiten und dritten Arrondissement, wo nur wohlhabende
Classen wohnen, 1 auf 52, 1 auf 48, 1 auf 43, und im siebenten,

Lebensalter	Männer	Weiber	Differenz
10	47,7564	48,3826	6262
20	40,6910	41,5982	9072
30	34,0990	35,1671	1,0681
40	27,4760	28,7330	1,2570
50	20,8463	22,0545	1,2082
60	14,5854	15,5320	9396
70	9,2176	9,8409	9376
80	5,2160	5,6355	4195
90	2,8930	3,0944	2014
100	2,1388	1,8750	2638

Zwischen dem 30. und 60. Lebensjahre ist also das weibliche Geschlecht am
meisten berechtigt auf ein längeres Leben zu hoffen, als die Männer, dagegen neigt sich erst vom 100. Lebensjahre an die Waagschaale zu Gunsten
der Männer.

*) Ueber die wahrscheinliche Lebensdauer der höchsten Standesclassen gibt
die nachstehende interessante Tabelle Aufschluß (Guy, Journal of the statist.
society of London X. p. 68.):

Lebensalter	Souveräne	Peers und Baronets	Gentry	Liberale Professionen
20	34,3	38,5	37,3	...
30	27,3	30,9	31,2	33,9
40	20,9	24,4	24,9	26,0
50	15,0	17,9	18,4	18,9
60	10,5	12,6	12,8	12,8

achten und zwölften Arrondissement, wo nur Arbeiter wohnen, 1 auf 30, 1 auf 23, 1 auf 20; die Sterblichkeit der Arbeiter ist also fast doppelt so groß. (Villermé.) Pashley berechnet die mittlere Lebensdauer, Kinder eingerechnet, beim Adel auf 44, beim Handelsstand auf 25, bei den Arbeitern auf 22 Jahre. Nach einer von Prof. Escherich angestellten Beobachtung stehen hier am günstigsten die protestantischen Geistlichen, dann Forstbeamte, Schullehrer, Justizbeamte; die katholischen Geistlichen haben eine weit überwiegende Sterblichkeit, die geringste Hoffnung auf langes Leben haben die Aerzte, weniger wegen der Ansteckungsgefahr, als wegen der anstrengenden, aufreibenden Lebensart, Abkürzung der Nachtruhe ꝛc. Hierher gehört auch der Unterschied zwischen Stadt und Land; in England ist die mittlere jährliche Sterblichkeit in den großen Städten 26—27 auf 1000, dagegen im ganzen Königreich 17 auf 1000 Bewohner; oder nach Pashley 1 auf 45 Einwohner im ganzen Königreich und 1 auf 40 in London. Als Bedingungen längeren Lebens gelten vor Allem reine und frische Luft, ausreichende aber mäßige Nahrung, besonders gesunde Getränke, körperliche Bewegung, Ruhe des Gemüthes und geistige Thätigkeit.

Auf den höheren Culturstufen nimmt die Sterblichkeit erfahrungsgemäß ab, was sich aus der besseren durchschnittlichen Lebensweise erklärt. So kam in England von Personen über 20 Jahren ein Sterbefall 1780 auf 76, 1801 auf 96, 1830 auf 124, 1833 auf 137 Lebende. (Porter.) In Frankreich kam ein Todesfall 1784 auf 30, 1801 auf 35,8, 1834 auf 38, 1844 auf 39, 1853 auf 45, 1855—57 auf 41,1 Personen. Die Zunahme in den letzten Jahren ist wohl auf Rechnung des orientalischen Krieges zu schreiben. In Preußen fand in diesem Jahrhundert ein merkwürdiges Schwanken der Mortalität statt. Ein Sterbefall kam 1816 auf 36,05, 1819 auf 32,83, 1825, auf 37,44, 1831 auf 28,18, 1840 auf 35,66, 1853 auf 30,57, 1854 auf 33,52 Lebende. (Kolb.) Regelmäßigere Erscheinungen zeigen sich allerdings, wenn man durchschnittliche Zahlen ansetzt. Nach Engel (Jahrb. für amtl. Statist. Preußens. I. S. 95) war die Sterblichkeitsziffer in Preußen 1816—20: 35,06; 1821—30: 35,71; 1831—40: 33,31; 1840—50: 34,44; 1851—60: 34,48; 1816—60: 34,49.

Günstige Populationsverhältnisse zeigt im Einklang mit obi=
gen Grundsätzen die jüdische Raçe. Nach Hoffmann vermehrten
sich von 1822—1840 im preuß. Staate die Christen um 27,9, die
Juden um 34,4 %; der Ueberschuß der Geburten betrug bei jenen
21,14, bei diesen 29,05 %. Die Geburten waren bei der christ=
lichen Bevölkerung $1/_{25}$, die Todesfälle $1/_{34}$, bei der jüdischen resp.
$1/_{28}$ und $1/_{46}$; uneheliche Geburten dort fast $1/_{13}$, hier $1/_{52}$. Auf
100,000 Lebende kommen neue Ehen bei den Christen 893, bei den
Juden 719. Die Vermehrung der Juden ist also Folge nicht einer
größeren absoluten Fruchtbarkeit, wie man häufig glaubt, sondern
einer sehr geringen Sterblichkeit.

B. Von der Qualität der Arbeitskraft.

§ 34.

Nicht alle Menschen, die geboren werden, gelangen zur
Reife, in den Zustand vollkommener Arbeitsfähigkeit; und auch
unter den Erwachsenen ist dieselbe höchst verschieden. Die bloße
Höhe der Bevölkerung gibt daher noch keinen zuverlässigen Maßstab
zur Beurtheilung ihrer Arbeitskräfte. Abgesehen von besondern
oder vorübergehenden Störungen, wie sie durch Gebrechen, Krank=
heiten (Irrsinn) ꝛc. hervorgebracht werden, wirken hier vorzüglich
folgende Ursachen ein:

1. die Mortalität der Kinder;
2. die Verschiedenheit des Alters;
3. die Verschiedenheit des Geschlechts;
4. die Verschiedenheit der natürlichen Anlagen und der
   Heranbildung.

Zu 1. Die Mortalität der Kinder ist von großem Einfluß
auf die Höhe der gesammten nationalen Arbeitskraft; viel weniger
wegen der Verluste an Menschenleben, denn diese könnten durch
vermehrte Zeugungen und Geburten wieder ersetzt werden, sondern
wegen der Vereitelung der auf sie verwandten Mühe und Kosten.
Alle Kinder, welche vor erreichter Reife wegsterben, sind ohne
Nutzen für die wirthschaftliche Wohlfahrt ernährt und erzogen

worden. Je älter die Kinder werden, ehe sie absterben, desto größer ist der Verlust für das Volksvermögen. Dieser Ausfall ist aber sehr bedeutend. So rechnete man in Frankreich gegen das Ende des vorigen Jahrhunderts, daß jährlich gegen eine Million Kinder geboren würden, von denen nur ungefähr 600,000 das 18. Lebensjahr überlebten. (Necker.) Nimmt man an, daß jedes Kind bis zu dieser Altersstufe durchschnittlich 1000 Fr. gekostet hat, so ging damit in jedem Jahr ein Aufwand von 400 Millionen Fr. völlig ohne Ersatz und unwiederbringlich verloren. Je höher die mittlere Lebensdauer in einem Volke steigt, um so größer ist bei sonst gleichen Verhältnissen die Zahl der Erwachsenen gegenüber den Kindern, desto weniger sterben also im Kindesalter. Die Erwachsenen sind aber in der Regel volkswirthschaftlich productiv, die Kinder nicht.

Am größten ist die Mortalität im ersten Lebensjahre; in Preußen starben 1820—34 von den Neugeborenen über 42, in Berlin allein 56 %. Die unehelichen Kinder sind bekanntlich, wegen schlechterer Behandlung, einer höheren Sterblichkeit unterworfen als die ehelichen; das Kinderzeugen außer der Ehe ist daher, neben der moralischen Versunkenheit und den damit verknüpften wirthschaftlichen Uebeln, auch mit einer directen, verhältnißmäßigen Schwächung des Volksvermögens verbunden.

Alles, was die Sterblichkeit der Kinder mindert, trägt daher zur Vermehrung der Arbeitskraft und damit der Production bei. Hieher gehört vor Allem die Einführung der Kuhpockenimpfung, dann die Verbesserung der Lebensweise, die Hebung sittlichen, gesunden Familiengeistes und Schonung des zarten Alters. Auch hier sind die Ausbreitung der Frauenarbeit, besonders außer dem Hause in Fabriken, dann die Heranziehung unreifer Kinder zu industriellen, anstrengenden Arbeiten als gefährliche Hemmnisse des Fortschreitens der Arbeitskraft zu erwähnen. Aus einem Bericht des Generalregistrators von Schottland erhellt, daß unter den 23,420 Personen, die in den Todtenlisten der 8 volkreichsten Städte des Landes eingetragen waren, sich nicht weniger als 11,290 Kinder unter 5 Jahren befanden. Das Verhältniß war aber in den verschiedenen Städten sehr ungleich; in Glasgow, wo eine starke Arbeiterbevölkerung von Irländern der niedrigsten

Classe lebt, stieg dasselbe auf 53,3 %, während es in Aberdeen, das sich einer gesunden Lage am Meere erfreut und dessen Bewohner nicht in so enge Quartiere zusammengedrängt sind, nur 31 % betrug. Es ist daher — und solcher Beispiele könnte man unzählige anführen, — eine große Kurzsichtigkeit, immer von der „Wohlfeilheit" der Kinderarbeit zu sprechen.

Zu 2. Productiv sind in jeder Nation, vorausgesetzt daß sie arbeiten, nur die Erwachsenen. Die Höhe der gesammten Arbeitskraft ist daher in hohem Grade abhängig von dem Verhältniß der Arbeitsfähigen zur gesammten Bevölkerung, d. h. von dem gegenseitigen Verhältniß der Altersclassen unter einander *). Die Zahl der Arbeitskräftigen schwankt im Allgemeinen zwischen ½ und ⅔ der Bevölkerung und ist durchschnittlich vorhanden im Alter von 16 bis 50 oder 60 Jahren. Je mehr sich in einer Bevölkerung Personen von höherem Alter vorfinden, desto höher ist natürlich das mittlere Lebensalter dieser Bevölkerung (nicht zu verwechseln mit dem mittleren Alter der Verstorbenen, §. 33). Hiernach könnte man Stufen der productiven Fähigkeit der Nationen mit Rücksicht auf das Verhältniß ihrer Altersclassen unterscheiden und die Productivkraft einer Nation (oder einer Bevölkerungsclasse) wäre um so geringer, je mehr die Kinderzahl in ihr überwöge. In diesem Sinne ließen sich junge, alte ꝛc. Nationen unterscheiden.

Auch hier zeigen die einzelnen Länder wesentliche Verschiedenheiten. Es gab z. B. in den 1840 er Jahren Personen pro mille der Bevölkerung in

---

*) Diesen von anerkannten Statistikern (Quetelet, Porter) gebilligten Satz, daß ein starkes Verhältniß der mittleren, d. h. der arbeitsfähigen Bevölkerung in volkswirthschaftlicher Beziehung günstig sei, leugnet Horn (Bevölk. wiss. Studien aus Belgien I. S. 125 ff.), weil dieses Verhältniß eine größere Kindersterblichkeit, also einen größeren Verlust des Erziehungsaufwandes anzeige. Allein es ist schwer einzusehen, wie bei einer größeren Kindersterblichkeit doch ein größeres Contingent des reiferen Alters sich herausstellen kann. Horn meint, der Tod raffe immer die schwächeren Kinder hinweg, er könne also dann unter den Erwachsenen nicht mehr so aufräumen. Allein die schwächeren Kinder bilden immer die Minderzahl und ihr Absterben ist auch ein geringerer Nachtheil, weil sie im reiferen Alter weniger geleistet haben würden.

	von 0—15 Jahren;	von 16—50 Jahren;	über 50 Jahre
Belgien	323	509	168
Preußen	370	504	126
England	364	483	153
Holland	347	500	153
Sachsen	339	505	156
Schweden	352	490	158

Merkwürdig ist die verhältnißmäßig niedrige Ziffer der Arbeitskräftigen in England; vielleicht eine Folge seines übermäßigen Fabriksystems, aber auch ein Beweis, daß es seine erstaunlichen Erfolge vorwiegend mit Hülfe von Capital, und daneben von unentwickelter Arbeitskraft erringt. (s. §. 90.)

In Mecklenburg=Schwerin gab es 1860

Confirmirte männliche 176,073, Nichtconfirm. männl. 90,797,
„ weibliche 190,126, „ weibl. 89,643,

Sa. 366,199, Sa. 180,440.

Dies scheint auf den ersten Blick kein sehr günstiges Verhältniß, indem hienach fast der dritte Theil der ganzen Bevölkerung als arbeitsuntüchtig gelten muß; ist aber doch günstiger als in den oben angeführten Ländern, wahrscheinlich wegen des weitaus vorwiegenden Ackerbaues, bei dem überdies auch Kinder ohne Nachtheil viel eher beschäftigt werden können.

Zu 3. Die weibliche Arbeitskraft ist, wie wir bereits früher erläuterten, im Allgemeinen geringer als die männliche; man schätzt sie zu ungefähr ⅔ der letzteren. Je höher daher das Verhältniß der männlichen Bevölkerung gegenüber der weiblichen, desto höher ist unter sonst gleichen Umständen die gesammte Arbeitskraft einer Nation.

Im Allgemeinen werden überall 5—6 % mehr Knaben geboren als Mädchen*); allein der Unterschied gleicht sich wieder aus

---

*) Dies scheint früher nicht der Fall gewesen zu sein. Der berühmte und gelehrte spanische Arzt Huart, der im 16. Jahrh. lebte, berichtet, daß gemeiniglich auf eine Mannsperson, welche auf die Welt kommt, sechs bis sieben Weibspersonen geboren werden. Nach Süßmilch zu urtheilen, ist John Graunt, welcher um das Jahr 1666 schrieb, der erste, welcher aus den Londoner Beobachtungen von 1629—1661 die Regel ableitete, daß, wenn auch nahe von beiden Geschlechtern gleich viele geboren werden, doch die Knaben stets

durch eine spätere größere Sterblichkeit der Knaben. Das Verhältniß der beiden Geschlechter unter den Erwachsenen ist daher nahezu gleich; doch scheint sich allmählich — wirthschaftlich ungünstig — das Verhältniß zu Gunsten der weiblichen Bevölkerung zu neigen.

In Frankreich gab es (Block) 1856

9,846,104 Kinder und ledige Personen männl. Geschlechts,

9,328,763 „ „ „ „ weibl. „

Dagegen betrug die ganze Bevölkerung

17,857,439 männliche Personen,

18,155,230 weibliche „

In Großbritannien schied sich die Bevölkerung nach Kolb in

13,369,442 männliche und

14,074,314 weibliche Personen.

Im preußischen Staate betrug der Unterschied zu Gunsten des weiblichen Geschlechts nach Dieterici

1816: 82,081; 1825: 84,199; 1834: 73,471;

1840: 31,337; 1849: 5,577; 1855: 47,695.

Auch hier ist in Preußen, wie bei den Sterbefällen, ein auffallendes Schwanken bemerkbar.

Aus dem folgenden Beispiele ist die allmähliche Ausgleichung des Geschlechterunterschieds zu entnehmen. 1860 gab es in Mecklenburg-Schwerin

Neugeborene männliche 9535,
   „   weibliche 8955, } mehr Knaben 580,

Confirmirt wurden männliche 5606,
   „   „   weibliche 5578, } mehr Knaben 28,

Erwachsene männliche 176,073,
   „   weibliche 190,126, } mehr Weiber 14,053.

Zu 4. Kein Mensch kommt mit fertiger Arbeitskraft auf die Welt; nur die Keime zu ihrer Ausbildung bringt er mit und diese Ausbildung erfordert, wie Jedermann weiß, je nach ihrem Grad und Zweck, sowie nach dem Maß der natürlichen Fähigkeiten einen

---

um eine gewisse Größe überwiegen: er fand aus den genannten Beobachtungen auf 100 Mädchen 106,8 Knaben. Vor Graunt ist es, nach Süßmilch, keinem Manne aufgefallen, daß Jeder eine Frau bekomme. (Moser, Gesetze der Lebensdauer. S. 210.)

gewissen Betrag von Opfern und Anstrengungen, den man im Allgemeinen als Aufwand bezeichnen kann. Von der Natur dieses Aufwandes, der aus zwei Arten besteht, Vermögensaufwand und persönlicher Anstrengung, ist bereits oben gehandelt (§. 17). Dieser Aufwand ist zugleich die Ursache, daß der durch ihn herangebildete Arbeiter eine Vergütung für seine Leistungen, einen Lohn in Anspruch nehmen darf; kostete die Herstellung der Arbeitskraft keinen Aufwand, wäre sie umsonst zu erlangen, so müßte man sie zu den unentgeltlichen freien Naturkräften rechnen und es könnte höchstens in technischer Beziehung besondere Gesetze der Arbeit geben. Da nun dies offenbar nicht der Fall ist, so fragt es sich schließlich, welchen Beschränkungen die Vermehrung der menschlichen Arbeitskraft in jedem einzelnen Individuum unterliegt. Diese Beschränkungen müssen sich aber nothwendig aus der Natur des durch Heranbildung von Arbeitskraft verursachten Aufwandes ergeben.

Die beiden Arten des Arbeitsaufwandes werden wirksam durch Befruchtung und Ausbildung der im Menschen schlummernden natürlichen Anlagen in körperlicher, geistiger und sittlicher Hinsicht. Auch im Arbeiter selbst kann man daher, wie in jedem Product, die Resultate des Zusammenwirkens der drei Güterquellen, Natur, persönliche Anstrengung und Capital unterscheiden. Denn der sachliche Aufwand besteht lediglich aus Capitalkräften, die durch irgend eine frühere Production entstehen mußten, allein er verliert die Capitaleigenschaft dadurch, daß er in den von Geist und Seele belebten Körper des Menschen übergeht.

Da nun der natürliche Menschenkeim sich in unbegrenzter Menge durch Zeugung und Geburt von Geschlecht zu Geschlecht fortzupflanzen vermag und kein Grund für die Annahme besteht, daß die natürlichen Anlagen in den Menschen, was ihre productive Bedeutung betrifft, irgend einer abnehmenden Richtung ausgesetzt sind; da die rein persönliche Anstrengung gleichfalls Jedermann in unbegrenzter Menge zu Gebote steht innerhalb der Schranken, welche menschlichen Bestrebungen überhaupt gesetzt sind; so kann es wirkliche Grenzen für die Vermehrung der Qualität der Arbeitskraft nur insoweit geben, als sie entweder in den Gesetzen der Capitalvermehrung oder der Mitwirkung der Naturkräfte liegen. Für den Menschen besteht in ihm selbst keine denkbare Schranke.

Indessen wollen wir uns bei diesem an sich unanfechtbaren Beweis nicht beruhigen, um nicht dem Einwand zu begegnen, als vergäßen wir, daß alles Menschliche die Keime des Verfalls in sich trägt. Jeder Gebrauch ist dem Mißbrauch unterworfen und jede Wirkung erzeugt sich selbst eine Gegenwirkung. Auch liegt uns ob, die Thatsache zu erklären, daß noch kein Volk, auch nicht das edelste, begabteste und tüchtigste, dem politischen, socialen und wirthschaftlichen Verfall entgehen konnte. In jeder Nation liegen eigenthümliche Ursachen der Abnahme, die zum Theil auf das Wirthschaftssystem, dem es ergeben ist, zurückgeführt werden müssen. In dieses Gebiet können wir uns hier jedoch nicht tiefer einlassen, weil es den Gegenstand unserer Aufgabe überschreitet. Wir haben darüber schon im Bisherigen Andeutungen gegeben und werden hiezu im Folgenden noch öfter Gelegenheit bekommen. Hier nur soviel, daß schwächende, entnervende, erdrückende Arbeit, wie sie an und für sich nicht nothwendig im Streben nach wirthschaftlicher Vollendung begründet liegt, aber durch Maschinenarbeit, übermäßige mechanische Arbeitstheilung, Beschäftigung der Kinder und Frauen in den Fabriken, durch geistige Ueberanstrengung namentlich der Kinder sich einbürgert, überhandnehmende Ehelosigkeit, Trunksucht und Unzucht in manchen gedrückten Classen, und so manche sociale und wirthschaftliche Schattenseiten der gestiegenen Cultur vielleicht nicht das Zeugungsvermögen, aber doch die Zeugungskraft, d. h. die Fähigkeit, kräftige und kerngesunde Kinder hervorzubringen, allmählich angreifen; vielleicht nicht die Willensanstrengung an sich, wohl aber die Willenskraft, d. h. die Unermüdlichkeit, Spannkraft, Ausdauer, Selbstbeherrschung einer Bevölkerung allmählich lähmen und entnerven können. Mit solchen Erscheinungen wären dann die ersten Keime zur wirklichen Begrenzung der Production von Seiten der Arbeit gelegt, wenn sie nicht durch neue frische Impulse im Völkerleben, durch geistige und sittliche Erhebung vernichtet werden. Und hiezu sind die christlichen Völker mit ihren für uns unerschöpflich scheinenden reichen Hülfsmitteln und Errungenschaften wohl für fähig zu erachten. Maßvolle Selbstbeschränkung, ohne Bevormundung und „Umkehr", ist das Einzige, was manchen vom Erwerbsgeist gejagten Nationen zu wünschen wäre. Denn die Geschichte lehrt auf jeder Zeile, daß gerade die blendendsten Erfolge oft von der späteren Erfahrung betrauert werden.

2. Von der Vermehrung des Capitals.

§ 35.

Das Capital wird auf dieselbe Weise vermehrt, wie es entsteht, durch Ersparung. Die Ersparung hat aber zwei Voraussetzungen, nämlich 1. den Ansammlungstrieb und 2. das Vorhandensein eines Gütervorraths, der angesammelt werden kann.

Von den Ursachen, welche auf den Ansammlungstrieb wirken, haben wir bereits gesprochen. Sie bestehen vor Allem in der sicheren Voraussicht künftigen Genusses, um dessen willen man allein spart, also in der Lebensdauer, Vertrauen in die Zukunft, in Frieden und Ordnung, Sicherheit des Eigenthums und der Person, Nüchternheit und Besonnenheit im Erwerb, fortschreitendem Reichthum, industriellem Sinn, geistiger und sittlicher Bildung, Gemeinsinn und Familiengeist, guten Gesetzen, namentlich über den Credit, geordnetem Hypothekenwesen, pünktlicher, schneller Rechtspflege, guter Gelegenheit zu fruchtbarer Anlegung des Ersparten u. s. w. — Die Gütervorräthe werden natürlich nach den bisher dargestellten Gesetzen producirt mittelst Verwendung von Natur-, Arbeits- und Capitalkräften.

Was nun den Ansammlungstrieb betrifft, so scheint derselbe lediglich von dem Verhalten der Menschen selbst, sowohl für sich als unter einander, abzuhängen. Aeußere Schranken bestehen auch hier ersichtlich nicht. Mit dem Steigen der mittleren Lebensdauer, der Befreiung von aufreibenden Arbeiten, der Verminderung der Unglücksfälle, der glücklicheren Bekämpfung von Krankheiten und Seuchen, der allmählichen Ausbildung des Staats- und Rechtslebens nach den Grundsätzen der Freiheit und Gesetzmäßigkeit, der Läuterung des socialen Lebens durch Religion, Sitte und zunehmende Bildung, mittelst der unzähligen Hülfsmittel, wodurch die Veredlung des Geistes und Gemüthes mehr und mehr in alle Schichten der Gesellschaft dringen kann, mit der so enorm gesteigerten Möglichkeit, auf dem Wege der manichfaltigsten Creditoperationen auch die kleinsten Ersparnisse fruchtbar zu machen, mit dem fortschreitenden Wachsthum des Reichthums muß vielmehr der Ansammlungstrieb immer mehr zunehmen und dies wird auch durch die tägliche Erfahrung bestätigt. Es möchte sogar scheinen, als ob bereits jetzt das Capital ein gewaltigerer Productionsfactor geworden wäre als die Arbeit, wenigstens die körperliche Arbeit. Nur mit dem Aufhören der Fruchtbarkeit des Capitals selbst müßte auch der Ansammlungstrieb jeden Reiz verlieren; allein diese Möglichkeit, welche überdies mit einem unerschöpflichen Capitalüberfluß verbunden sein müßte, liegt uns, wenn überhaupt denkbar, jedenfalls so ferne, daß es sich nicht der Mühe verlohnt, in die Zukunft hinaus zu grübeln. Mißregierung, Unsitte, Charakterlosigkeit, Verschwendung, unmäßiger Luxus, Kriege, kurz Barbarei in feiner und roher Gestalt können allerdings die Lust und Fähigkeit zum Sparen lähmen, allein das sind Störungen, welche an sich weder in der Natur der Arbeit noch des Capitals und des wirthschaftlichen Fortschritts liegen, vielmehr aus dem Bereiche menschlicher Bestrebungen mit Erfolg verbannt werden können.

Hieraus ergibt sich nun, daß das Capital an sich keine weiteren Grenzen haben kann, als die Fähigkeit zu produciren und die Nothwendigkeit zu consumiren überhaupt; und da die Arbeit, was ihre natürlichen Keime betrifft, in unbegrenzter Menge zu Gebote steht, da der Capitalisirungstrieb an sich selbst, soweit er nicht durch übles Verhalten gelähmt wird, keiner Beschränkung unterliegt, so löst sich schließlich die Frage nach den Gesetzen der fortschreitenden Production in die Frage auf, in welcher Weise die freien Kräfte der Natur den productiven Bestrebungen der Menschen Schranken setzen. Das heißt also, wenn die Menschen nur arbeiten und sparen wollen, so kann ihre Productionsfähigkeit überhaupt durch nichts Anderes beschränkt sein, als durch die Möglichkeit, immerfort neue Naturkräfte fruchtbar auszubeuten. Wären also Naturkräfte in unbegrenzter Menge vorhanden, so könnte mittelst fortwährender Arbeit und Capitalansammlung die Production

ohne irgend eine Verminderung des Ertrags ins Unendliche fortgesetzt werden. Es fragt sich nun also, ob und inwieweit die freien
Naturkräfte dieser Möglichkeit wirkliche Schranken legen.

Man sieht, daß diese Frage gleichbedeutend ist mit der weiteren, welchen productiven Erfolg Arbeit und Capital zu irgend
einer Zeit überhaupt hervorzubringen vermögen oder in welchem
Verhältniß der auf Hervorbringung und Erwerb gerichtete Wille
des Menschen zu den ihn umgebenden äußeren oder körperlichen
Elementen der Gütererzeugung steht. Mit anderen Worten, ihre
Lösung entscheidet die Möglichkeit der Production überhaupt. Auch
an dieser Stelle muß sich also die Frage entscheiden, ob es wirkliche
Naturgesetze im Wirthschaftsleben gibt, d. h. ob die bewußt- und
willenlose Natur höher steht als die frei bestimmende und gestal-
tende Menschenkraft. Wir werden aber sehen, daß die unerschöpfliche Persönlichkeit des Menschen den Sieg davon zu tragen berufen ist.

3. Von den natürlichen Schranken der Production.

§ 36.

Vom Gesetz der Rente.

Denkt man sich Arbeit und Capital von irgend einer bestimmten Productivkraft, so ist klar, daß der Ertrag, der durch ihre productive Verwendung gewonnen werden kann, in seiner Größe
abhängt von dem Grade der Ergiebigkeit der dabei mitwirkenden
Naturkräfte. In einem natürlichen reichen Fischwasser wird ein
geschickter Fischer mit Netz oder Angel mehr Fische fangen, als in
einem kärglich besetzten; ein Bergmann wird mit seinen Werkzeugen aus einem reichen Schachte mehr Erz zu Tage fördern als
aus einem minder reichen; aus Havannahblättern verfertigt ein
Arbeiter mit derselben Geschicklichkeit und Mühe bessere Cigarren
als aus Pfälzer u. s. w. Daraus folgt von selbst, daß zwar nicht
die Productivkraft der Arbeit und des Capitals selbst, wie Manche
zu glauben scheinen, wohl aber der productive Erfolg der Arbeit
und des Capitales von gegebener Productivkraft durch den vorhan-

benen Reichthum an Naturkräften bestimmt wird. Setzt man nun die productive Kraft der Arbeit und des Capitales als gleichbleibend voraus, so kann ihr Ertrag nur zu- oder abnehmen, je nachdem mehr oder weniger Naturkräfte, ergiebigere oder minder ergiebige, bei ihrer Verwendung mitwirken. Und da, wie wir nachwiesen, Arbeit und Capital von Seite des Menschen einer practisch unbegrenzten Ausdehnung fähig sind, so wird dies von der menschlichen Production überhaupt gelten müssen, so lange und in soweit die Kräfte der Natur mit der Vermehrung der beiden übrigen Güterquellen gleichen Schritt halten können.

Nun weiß aber Jedermann, daß die Natur von Anfang an weder unerschöpfliche noch auch überall gleich ergiebige Productivkräfte liefert; sie sind, in welcher Gestalt sie sich auch vorfinden mögen, vor Allem schon räumlich begrenzt, und innerhalb eines gegebenen Raumes von beschränkter und höchst verschiedener Ertragsfähigkeit. Dies ist besonders einleuchtend beim wichtigsten natürlichen Factor der Production, beim Grund und Boden. Die Erdoberfläche hat eine durch keine menschliche Anstrengung zu erweiternde räumliche Grenze; ferner sind nicht alle Grundstücke von gleicher productiver Beschaffenheit; es gibt wasserreichen, fetten, trockenen, sandigen, steinigen Boden. Dann sind sie auch in ihrer Lage verschieden; ein Grundstück liegt näher am Bewirthschaftungs- oder am Absatzort als das andere; zu dem einen kann man leichter gelangen, als zu dem anderen; die einen sind durch natürliche Verbindungsstraßen, Flüsse, Seeen, mit einander verbunden, die anderen müssen erst durch künstliche Straßen, Eisenbahnen, Kanäle, einander näher gebracht werden; u. s. w. Endlich ist es ein durch allbekannte Erfahrung bestätigter Satz, daß keine Naturkraft, kein Grundstück von irgend einer Beschaffenheit bei fortgesetzter gleicher Verwendung von Arbeit und Capital fortfährt, immer und unveränderlich denselben Ertrag zu liefern. Vielmehr erschöpft sich der Boden allmählich und die erschöpften Bodenkräfte müssen durch künstliche Mittel, Düngung, Bewässerung ꝛc., wieder ersetzt und verstärkt werden. Und diese Sätze gelten mit gleicher Wahrheit für alle übrigen Kräfte der Natur, nur in ungleichem Grade.

Wenn nun von selbst einleuchtend ist, daß ein gleicher Betrag von Arbeit und Capital, auf zwei Grundstücke von gleicher Beschaffenheit verwandt, auch einen gleichen Ertrag abwerfen muß, so folgt daraus unmittelbar, daß ein solch gleicher Betrag bei Grundstücken von ungleicher Beschaffenheit einen ungleichen Ertrag abwirft. Und will man von einem Grundstück von geringerer natürlicher Ergiebigkeit denselben Ertrag erzielen, so bleibt kein anderes Mittel übrig, als mehr Arbeit oder mehr Capital oder beides auf das minder fruchtbare Grundstück zu verwenden; immer Arbeit und Capital von gegebener unveränderter Productivkraft angenommen.

Der Aufwand von Arbeit und Capital, welcher zur Erzielung eines bestimmten Ertrages aufgewendet werden muß, bestimmt daher den Grad ihrer Fruchtbarkeit im wirthschaftlichen Sinne des Wortes. Alles was diesen Aufwand vergrößert, ist gleichbedeutend mit geringerer Fruchtbarkeit, Alles was ihn vermindert, gleichbedeutend mit höherer Fruchtbarkeit. Unter der wirthschaftlichen Fruchtbarkeit versteht man also nicht blos die natürlichen Eigenschaften des Bodens, seinen Humusreichthum, seine Verwitterungsfähigkeit, seine chemische Zusammensetzung, die Beschaffenheit des Untergrundes u. s. w., sondern Alles, was bewirkt, daß, um einen gewünschten Ertrag entsprechend dem bestehenden Bedürfnisse zu erzielen, mehr Arbeit oder mehr Capital oder beides aufgewendet werden muß. Dahin gehört also vornehmlich auch die Lage, weil entfernter gelegene Grundstücke, auch wenn sie von Natur gleich fruchtbar wären, doch größere Aufsichts=, Transportkosten u. s. w. erfordern. Endlich auch der Grad der allmählichen Aussaugung, weil, je schneller diese erfolgt, desto früher ein höherer Arbeits= oder Capitalaufwand hinzukommen muß. Daher wird z. B. ein Grundstück vom wirthschaftlichen Gesichtspunkte aus unfruchtbarer, wenn es nicht mit denjenigen Pflanzenarten angebaut wird, deren Wachsthum ihm die Bodenkräfte im geringsten Maße entzieht, oder durch Raubbau u. s. f.

Hieraus ergeben sich nun für die Bodenproduction folgende natürliche Schranken: 1. die ungleiche natürliche Fruchtbarkeit, 2. die ungleiche Lage, 3. die allmähliche Erschöpfung der Grundstücke. Wir nennen sie natürliche Schranken, weil sie in der ursprünglichen Beschaffenheit des Bodens von selbst enthalten sind. Die Existenz dieser Schranken ist einer der wichtigsten Fundamentalsätze der Volkswirthschaftslehre.

Jede dieser drei Schranken hat nun die nothwendige und natürliche Folge, daß der Ertrag des Bodens bei gleichem Aufwand von Arbeit und Capital immer mehr abnehmen muß. Will also für eine gegebene Bevölkerung oder für eine steigende Bevölkerung immer eine verhältnißmäßig gleiche Menge von Bodenproducten erzielt werden, so ist ein immer größerer Aufwand von Capital und Arbeit erforderlich entweder 1. weil man zu minder fruchtbaren oder 2. zu ungünstiger gelegenen Grundstücken übergehen oder 3. weil man der allmählichen Erschöpfung der ursprünglichen Bodenkraft durch künstliche Mittel zu Hülfe kommen muß. Welchen von diesen drei Wegen man in Wirklichkeit einschlagen will, hängt von den Umständen ab. Immer wird man natürlich, wie zu Anfang so auch in jeder Folgezeit, den Standpunkt der höchsten wirthschaftlichen Fruchtbarkeit einnehmen, also berechnen, ob die Bewirthschaftung eines minder fruchtbaren Grundstücks größere Kosten verursachen wird als die eines entfernter gelegenen u. s. w., und hienach den Entschluß bestimmen. Denn gegenüber einem durch ein bestimmt vorliegendes Bedürfniß erforderten Ertrag wählt man immer diejenige Wirthschaftsweise, welche die geringsten Kosten verursacht. Immer aber muß sich unausbleiblich das Gesetz der Abnahme der wirthschaftlichen Fruchtbarkeit geltend machen.

Dieses Gesetz erstreckt sich nun aber, wie wohl zu beachten, auch auf alle übrigen Productionszweige, 1. weil auch sie ohne Mitwirkung von Naturkräften nicht produciren können, und 2. weil sich die Wirkungen des bei der Bodenproduction beobachteten Gesetzes mittelbar auch auf sie fortpflanzen. Denn sie erhalten von der letzteren alle Producte zu weiterer Verarbeitung und Behandlung. Ein Gewerbsmann hat von Natur reichlichere Wasserkräfte als der andere, der sie erst künstlich, durch Wasserleitungen, Flußcorrectionen ꝛc. herstellen oder durch Dampf ersetzen muß; Einer ist näher am Einkaufs- oder Verkaufsorte als der Andere; Einer bezieht wohlfeilere oder brauchbarere Rohstoffe als der Andere; und je kostspieliger die von der Bodenproduction gelieferten Unterhaltsmittel für die Arbeiter und Unternehmer werden, desto theurer wird die Arbeit, weil nun in jedem Arbeiter, d. h. in dem ihm

gewährten Unterhalt ein größerer Aufwandsbetrag steckt als frü=
her. Daraus folgt aber auch unmittelbar, daß diese Wirkungen
bei jedem Productionszweig um so später und schwächer eintreten
müssen, je weniger er von Anfang an auf die Mitwirkung der
Natur angewiesen ist oder in je entfernterer Verbindung er mit
der Bodenproduction steht. Denn unter diesen Umständen sind
Arbeit nnd Capital bei ihm von Anfang an die Hauptfactoren und
diese sind an sich, wie wir sahen, einer unbegrenzten Ausdehnung
fähig. Gesetzt also, der Stand der Productivkraft aller Güter=
quellen bleibt derselbe, so können die Productionskosten bei allen
Producten um so weniger steigen, je mehr diese vermöge ihrer
Beschaffenheit mittelst Arbeit und Capital, und je weniger sie durch
Mitwirkung der Natur zu Stande kommen, und umgekehrt.
Gewerbswaaren und persönliche Dienste sind daher verhältniß=
mäßig viel weniger einer Vertheuerung fähig, als Producte der
Bodenindustrie.

Als allgemeines Gesetz für die Fortschritte der Production
läßt sich daher aufstellen: In dem Maße als die Production fort=
schreitet, nimmt ihre Ertragsfähigkeit ab; oder: ein gleicher Güter=
vorrath kann, je mehr die Production sich erweitert, immer nur
durch einen höheren Aufwand von Arbeit oder Capital oder von
beiden erzielt werden*). Man kann den Fortgang der wirthschaft=
lichen Fruchtbarkeit mit den Ringen vergleichen, die sich bilden,
wenn man einen Stein in ruhiges Wasser wirft; je weiter sie sich
vom Mittelpunkt entfernen, desto schwächer werden sie. Diese
Ringe sind die Fortschritte der Production, wenn die Productivkraft
der Arbeit und des Capitals unverändert bleibt.

Dies ist das sog. Gesetz der Rente, das besonders von
Ricardo und Malthus scharf beobachtet wurde. Unter Rente ver=
steht man nämlich hier denjenigen Theil des Ertrags, welchen man
der unentgeltlichen Mitwirkung der freien Naturkräfte verdankt.

---

*) Dieses Gesetz steht mit demjenigen, welches oben für den Großbetrieb
aufgestellt wurde, nicht im Widerspruch: denn letzterer beruht nicht ausschließ=
lich auf der Ausbeutung der Natur mit Productivkräften von ein für allemal
gegebener Ergiebigkeit. Dies ist aber hier die Voraussetzung. Der Großbetrieb
selbst ist ein Mittel der Kunst.

Roesler, Volkswirthschaftslehre.   14

§ 37.

Von den Gegenwirkungen des Rentengesetzes.

Wenn sich das Gesetz der Rente ohne irgend eine Gegenwirkung vollzöge, so wäre ein Fortschritt der Gütererzeugung, eine Vermehrung der Mittel zur Bedürfnißbefriedigung ohne fortwährend steigenden Aufwand von Arbeit und Capital unmöglich. Es müßte immer mehr gearbeitet, immer mehr gespart werden, um der Bevölkerung die Befriedigung ihrer Bedürfnisse zu ermöglichen; alle Producte wären, nur in verschiedenem Grade, einer unausbleiblichen, nie endenden Vertheuerung verfallen, oder man müßte die Bedürfnisse selbst immer mehr einschränken und vermindern. Die Volkszahl könnte nie wachsen, sie müßte vielmehr immer mehr abnehmen und immer weniger consumiren. Auch der vermehrte Aufwand behufs der Production könnte diesem abschreitenden Gange der Production nicht Einhalt thun. Denn Arbeit und Enthaltsamkeit sind gerade das Gegentheil des Genusses, den jede Bedürfnißbefriedigung zum Zweck hat; immer mehr arbeiten und sparen hieße also immer weniger genießen. Hierbei wäre eine Ausdehnung der Genußfähigkeit, eine Vermehrung des Reichthums, der Bequemlichkeiten und Annehmlichkeiten des Lebens undenkbar. Das menschliche Geschlecht wäre dem Gesetz fortwährend steigender Mühseligkeit oder fortwährend steigender Armuth unterworfen, und wie reißend schnell würden unter einem so unabwälzbaren Druck die Kräfte des Körpers, des Geistes und der Seele erlahmen! Denn jede Lust zur Anstrengung schwindet, wo man keine Verbesserung seiner Lage vor sich sieht. Die Volkswirthschaftslehre wäre eine bloße Theorie der menschlichen Erniedrigung und Verarmung; und sie ist es auch da, wo sich das Gesetz der Rente erbarmungslos vollzieht.

Nun gibt es aber in der That Gegenwirkungen, welche die Wirksamkeit dieses Gesetzes bald mehr bald weniger aufheben oder beschränken. Das Gesetz selbst aber bleibt, denn gerade, weil es bleibt und unerbittlich sich geltend macht, müssen andere Einwirkungen der Production zu Hülfe kommen. Diese Einwirkungen sind also die alleinigen Ursachen des ökonomischen Fortschritts der Nationen, und von ihrer Existenz und Kraft hängt es ab, ob Nationen reich oder arm werden. In ihrem richtigen Verständniß liegt das Verständniß aller ökonomischen und socialen Fragen. Alles was Fortschritt oder Rückschritt heißt, muß auf sie zurückgeführt werden.

Die Frage, inwiefern und wodurch es möglich gemacht werden kann, für gleichen Aufwand an Arbeit oder Capital einen immer gleichen oder steigenden Ertrag zu gewinnen, ist offenbar gleichbedeutend mit der Frage, wovon die Productivität der Arbeit und des Capitals überhaupt abhängt. Wir müssen hier auf den Anfang unserer Darstellung zurückgreifen. Offenbar sind nur zwei Wege möglich, entweder 1. Erlangung neuer Naturkräfte oder 2. Erhöhung der Productivkraft der Arbeit und des Capitals.

Je nachdem der eine oder der andere von diesen Wegen vorwiegend eingeschlagen wird, um den Wirkungen des Rentengesetzes zu entgehen, lassen sich zwei große, dem innersten Princip nach verschiedene Hauptsysteme der Volkswirthschaft denken, die zwar gewöhnlich in untermischter Anwendung stehen, aber doch theoretisch wohl zu sondern und auch in der Praxis der Völker nach ihrer vorherrschenden Tendenz zu erkennen sind. Das eine, extensiver Natur, beruht auf der successive um sich greifenden Ausbeutung roher Naturkraft; das andere, intensiver Natur, auf der Vermehrung der einheimischen Hülfsquellen durch Verstärkung und Veredlung der Arbeitskraft und des Capitals. Der erste Weg ist für die ganze Erdbevölkerung als solche unmöglich, denn Niemand kann über die Erde hinausgreifen; ein tieferes Hinabsteigen in den Schooß der Erde wäre nur mit größeren Mühen und Kosten verbunden. Das gleiche gilt für einzelne Länder, sofern man sie als abgeschlossene Kreise betrachtet, oder doch nur mit geringer Beschränkung; denn sobald ein Volk über die ersten wirthschaftlichen Anfänge weggekommen ist, sind die meisten Naturkräfte von erster Productivität, also besonders alle (wirthschaftlich) fruchtbarsten, bestgelegenen Grundstücke, Wasserkräfte ꝛc. sofort schnell besetzt. Jede nachfolgende Besitzergreifung muß sich mit geringeren Vortheilen begnügen, schon wegen der Erschöpfung des Bodens.

Dagegen können einzelne Völker neue Naturkräfte von gleicher

14 *

ober größerer Ergiebigkeit an anderen Orten auffuchen ober von
auswärts ihre Producte heimholen; bie erften auffſtoßenden Gegenwirkungen finb alſo bie Auswanderung unb ber auswärtige Handel,
namentlich mit Rohſtoffen, Lebensmitteln, aber auch mit anderen
Producten, ſofern ſie burch Mitwirkung reicherer Naturkräfte her-
geſtellt wurden. Allein bies ſinb mechaniſche ober extenſive Hülfsmittel, zubem ziemlich prekärer Natur, inſofern bie heimiſchen Wirth-
ſchaftstenbenzen biefelben bleiben unb ſomit benſelben Kreislauf immer wieber erneuern. Die Auswanderung kann nur geringe, vor-
übergehenbe Erleichterung bringen; benn bie Erſchöpfung ber heimiſchen Naturkräfte geht boch unaufhaltſam vorwärts unb bie zurückblei-
benbe Bevölkerung würde vermöge bes raſtloſen Zeugungstriebes
ſchnell wieber nachwachſen; bie Auswanderung allein wäre alſo
nur eine kurze Verzögerung bes Rückſchrittes. Unb ba ber Hanbel
nur Tauſchhanbel ſein kann — benn Krieg, Raub, Betrug ſchließt
bie Volkswirthſchaft von ihrem Syſteme aus, ſchon weil hier eine
Gegenſeitigkeit ber Wirkungen unbenkbar wäre —, ſo würden bie
Tauſchwaaren boch immer theurer werden, weil bie Bedingungen
ber heimiſchen Production biefelben blieben. Eine zeitweiſe Erleichterung durch bie Einfuhr wohlfeiler Rohſtoffe unb Lebensmittel wäre allerbings auch hier erlangt, allein bas Rentengeſetz
müßte ja in beiden Ländern ſich vollziehen, unb ſomit iſt klar, baß
auch ber Hanbel für ſich allein bie Verarmung nur aufhalten, nicht
aufheben könnte. *)

---

*) Auswanderung unb Eintauſch von Rohmaterialien unb Lebensmitteln
ſinb biejenigen Auskunftsmittel, auf welche ſich vorherrſchend bie extenſive
Konkurrenz angewieſen ſieht. Aus ben obigen Bemerkungen ergibt ſich alſo,
baß bie extenſive Konkurrenz ein Volk bem wirthſchaftlichen Verfall raſcher
entgegenführt, als bie intenſive. Intereſſant iſt in bieſer Beziehung ein von
Légoyt (l'émigr. europ. p. 75.) zuſammengeſetztes Tableau, wornach in Bezug auf bie verhältnißmäßige Stärke ber Auswanderung abgeſehen von einigen
kleineren beutſchen Staaten, England in erſter, Frankreich unb Oeſtreich in
letzter Reihe zu ſtehen kommen. Da freilich bie Auswanderung nicht allein burch
wirthſchaftliche Motive herbeigeführt wird, ſo kann jene Tabelle auch keinen
völlig richtigen Maßſtab abgeben, eine gewiſſe Wahrheit aber liegt ohnſtreitig
barin. Die Auswanderung wirkt nicht nur in wirthſchaftlicher, ſonbern auch in
moraliſcher Hinſicht erleichternb, wie überhaupt bie Moralität einer Nation mit
ihrem materiellen Wohlbefinden im engen Zuſammenhange ſteht. Nach Légoyt
(p. 250) hat man bie Entbeckung gemacht, baß bie Auswanderung in faſt

Die Vermehrung ihrer Productivität muß jede Nation in sich selbst suchen. Das Geheimniß des wirthschaftlichen Fortschrittes liegt nicht darin, daß man sich auf jene extensiven Gegenwirkungen wirft und die Naturkräfte in immer weiteren Kreisen ausbeutet, sondern darin, daß man die eigenen Hülfsquellen in intensiver Weise vermehrt und veredelt, indem man die Arbeit und das Capital wirksamer macht. Hier schlägt nun Alles ein, was oben über die Unterschiede der Arbeits= und Capitalkraft, der Productivität überhaupt gesagt wurde. Schon der Uebergang von der rein persönlichen Arbeit zum Capital, durch welches jene so sehr erleichtert wird, war ein ungeheurer Fortschritt. Alle wahren Fortschritte der Production sind Fortschritte der Civilisation, oder um es mit einem greifbareren Ausdruck zu bezeichnen, Fortschritte der Kunst. Nur Einiges zur Erläuterung.

Unzählige Verbesserungen können in der Production angebracht werden. Man denke sich die Mühe der Bodenbebauung, bevor man den Spaten oder den Pflug kannte, und wie unendlich sich diese Werkzeuge vervollkommnen lassen; dann an die unzähligen Verbesserungen in den landwirthschaftlichen Betriebsarten, in der fortschreitenden Kenntniß der Eigenthümlichkeiten verschiedener Bodenarten und der für jede Bodenart besonders passenden Pflanzengattungen, das Aufgeben der Brache und die Einführung des Fruchtwechsels, die Fortschritte in der Bewässerung und Entwässerung (Drainage), die Einführung der Düngung und die stufenmäßige Benutzung wirksamerer und wohlfeilerer Dungarten, z. B. wenn es gelänge, successive Düngerzeiten festzusetzen, so daß nicht aller Dung auf einmal auf's Feld geworfen würde (als wenn man einer Kuh ihren Heubedarf für ein Jahr auf einmal hinwerfen wollte); oder wenn mehr oder wohlfeilere Mittel zur mechanischen und chemischen Verwitterung des Bodens (eine vorzügliche Ursache der Fruchtbarkeit) erfunden würden; hierher gehören dann alle Verbesserungen in den Gewerben, alle Erfindungen tauglicherer Werkzeuge und Maschinen, in der Methode der Rohstoffgewinnung, Zubereitung, Veredlung und Transportirung.

---

allen europäischen Staaten eine Verminderung der Criminalität nach sich gezogen habe.

Alle Verbesserungen in den Communikations= und Trans=
portanstalten, wodurch namentlich der Unterschied der Lage immer
unfühlbarer gemacht wird. Durch Eisenbahnen und Dampf=
schiffe werden uns entlegene, aber fruchtbarere Gegenden thatsäch=
lich in immer größere Nähe gebracht und Production und Absatz
ungemein erleichtert. Man denke ferner an Kanäle, Schiffbar=
machung von Flüssen, Anlegung guter Wege zwischen Ortschaften
und Feldern ꝛc. Hierher gehört auch die Arrondirung oder Zu=
sammenlegung von Grundstücken, wodurch so viele Kosten in der
Bewirthschaftung, namentlich Transportkosten, erspart werden.

Hierher gehören alle Fortschritte in den Künsten und Wissen=
schaften, welche von tieferen Kenntnissen aller Art begleitet sind;
ferner alle Mittel, durch welche solche Kenntnisse immer mehr in
alle Schichten der Bevölkerung bringen und den Gesichtskreis,
die Geschicklichkeit und die Sicherheit der Producenten erweitern;
vor Allem die Verbreitung tüchtiger volkswirthschaftlicher und tech=
nischer Kenntnisse, welche in unmittelbarster Beziehung zur segens=
reichen Ausdehnung der Production stehen, ferner alle Beförde=
rungsmittel der Gesittung und Bildung, durch welche Geist und
Charakter veredelt und gefestigt werden.

Hierher gehören alle allgemeinen Erleichterungsmittel der Pro=
duction und des Umlaufes, die Erhöhung der Arbeitslust durch das
steigende Freiheitsgefühl der Arbeiter, die Arbeitstheilung und Ar=
beitsvereinigung, die Production im Großen, Konkurrenz, Einfüh=
rung und Ausbildung des Geld= und Creditwesens, der Gebrauchs=
theilung, Fortschritte im Staats= und Rechtsleben, Fortschritte in
der Gewerbe=, Zoll= und Steuergesetzgebung, kurz jeder politische,
sociale oder wirthschaftliche Fortschritt, der bisherige Schranken
der Production aufhebt und dem großen System der Gütererzeu=
gung neue, wirksamere Kräfte zuführt.

Ueberblickt man das Gebiet des menschlichen Fortschritts in
der Kunst zu produciren, so findet man, daß es aus unzähligen gei=
stigen und moralischen Errungenschaften zusammengesetzt ist, welche
man dem Talent und den Anstrengungen der Besten jedes Zeit=
alters verdankt; wenn man will, auch manchem glücklichen Zu=
fall, obgleich wir hier mehr von langsam und still heran=
gereiften Früchten sprechen möchten, welche vom treibenden

Baume der Gesellschaft dem zunächst Stehenden in den Schooß
fallen. Denn für den Blinden ist auch kein Zufall vorhanden.
Immer sind der menschliche Geist, der tiefer in das Wesen aller
Dinge eindringt und ihre unbewußt schlummernde Kraft erforscht,
und die sittliche Willenskraft, welche durch Ausdauer zum vorgesetzten Ziele führt, die wesentlichen Voraussetzungen jedes Fortschritts, und hierdurch erscheint unsere im Eingang aufgestellte
Behauptung noch fester begründet, daß Geist und Seele die herrschenden Kräfte in der Güterwelt sind; alle übrigen sind nur Gehülfen und Gegenstände ihres Wirkens. Die sittliche Kraft hat
aber noch eine andere Aufgabe zu erfüllen, nämlich Entsagung
zu üben, wo der Fortschritt gehemmt ist; das sind die schlimmsten
Wirthschaftszeiten, die Uebergänge, wo das Alte nicht mehr ausreicht und das Neue noch nicht durchgedrungen ist. *) Da nun
Geist und Seele die treibenden Kräfte im Wirthschaftsleben sind,
so müssen auch die Früchte des Fortschritts ihnen zufallen; Wissen
und sittliche Kraft, Intelligenz, Charakterstärke und Capital beherrschen die Production, die körperliche Kraft, die gemeine Handarbeit ist immer mehr zum Dienen verurtheilt, je weiter man sich
vom Naturzustande der Wirthschaft entfernt, wenn auch vielleicht
die formelle Unfreiheit mehr und mehr abgestreift wird und damit
die Gesellschaft die Verantwortlichkeit für ihre dienenden Mitglieder verliert. Denn die Gesetze der Wirthschaft sind weise und
gerecht, aber auch streng und unerbittlich; wer sich nicht mit aufzuschwingen vermag, sinkt rettungslos zurück. Daher auch die
großen Ungleichheiten des Vermögens auf jeder hohen Kulturstufe.
Ein System aber, welches diese Ungleichheit vermehrt, welches ein
immer größeres Proletariat anhäuft, welches die Arbeit mechanisch
und willkürlich ausbeutet und in großen Arbeitermassen die höheren
menschlichen Fähigkeiten unterdrückt, ist verwerflich.

---

*) Solche Uebergangszeiten, mittelst deren ein neues Gebiet der Kunst für
den wirthschaftlichen Fortschritt erobert wird, sind also unvermeidlich und man
kann sie keinem Einzelnen zur Last legen. Aber der Vorwurf trifft das extensive Maschinensystem, daß es diese Krisen vermehrt und verstärkt, dann, daß es
gerade diejenige Classe der Gesellschaft am meisten ihnen aussetzt, die am
wenigsten Widerstand zu leisten vermag, nämlich die großen schlechtgelohnten
Arbeitermassen oder das Proletariat. S. Proudhon, Widersprüche der polit.
Oekon. I. S. 186 ff.

Zweites Buch.

Vom Umlauf.

~~~~~~

I. Vom Umlauf im Allgemeinen.

§ 38.

Von der Natur und den Gegenständen des Umlaufs.

Stellt man sich auf den Standpunkt der beendigten Produc=
tion, so findet man, daß damit der Kreislauf des wirthschaftlichen
Lebens noch nicht geschlossen ist. In allen Fällen muß sich die
Verzehrung oder Consumtion des fertigen Products bemächtigen;
wo aber die Arbeitstheilung besteht, unter deren Herrschaft Jeder
zum allergrößten Theile andere Güter producirt als er selbst ver=
zehren will, tritt zwischen Production und Consumtion noch ein
weiteres Mittelglied, dessen Aufgabe es ist, alle Producte in die
Hände derer zu bringen, die sie wirklich begehren. An die voll=
endete Production schließt sich also eine nach bestimmten Grund=
sätzen zu bewerkstelligende Vertheilung aller Producte an und diese
Vertheilung wird durch den Umlauf vollzogen. Während wir sahen,
daß das Wesen der Production in der Vereinigung von productiven
Kräften zum Producte bestand, folgt schon hier, daß der Umlauf
eine Umwandlung von fertigen Producten in Güter ist, denn das
Gut ist der eigentliche Gegenstand der Consumtion, mittelst deren
man Bedürfnisse befriedigt, sei sie nun eine sog. productive oder
unproductive. (§ 107.) Damit nun aber das Product seine letzte

Eigenschaft als Gut erlangen könne, muß es sich jener weiteren Verwandlung unterziehen, es muß zur Waare werden. Unter Waaren versteht man also die für den Umlauf bestimmten oder im Umlauf begriffenen Producte.

Von einer andern Art des Umlaufs, die man Productions= umlauf nennen könnte, haben wir bereits gesprochen, als wir den Hergang der Production erörterten; wir haben dort gesehen, daß immer ein Theil der vorhandenen Productivkräfte, Arbeit und Capital und dasselbe gilt natürlich auch von den freien Natur= kräften, sich vom Productionsvorrath loslösen und dadurch zum neuen Product vereinigen, in welchem sie nunmehr in anderer Gestalt zu einem Ganzen verbunden sich vorfinden. Wir sprachen daher von umlaufender Arbeitskraft, weil mindestens der tägliche Unterhalt des Arbeiters ins Product übergeht, und in demselben Sinne auch von umlaufendem Capital. Der Waarenumlauf da= gegen hat eine andere Natur; er schafft keine neuen Producte in anderer Gestalt, sondern verwandelt sie nur ihrem Begriffe nach, er macht die Producte zu Verzehrungsgegenständen, zu Gütern; denn man darf darunter nicht den äußeren Waarentransport ver= stehen, der allerdings in Verbindung mit dem Handel ein wirk= liches productives Geschäft ist, sondern nur das rein begriffliche, durch die Bedürfnisse der Consumtion bestimmte System der Be= sitzveränderungen, wie es die Arbeitstheilung als nothwendige Folge mit sich bringt.

Die Gesetze des Umlaufs sind nicht von willkürlicher mensch= licher Bestimmung abhängig, wie Manche (z. B. Mill) glauben. Es gibt allerdings sehr verschiedene Arten, durch welche Verände= rungen im Besitz hervorgebracht werden. Allein diese haben ent= weder mit dem Wesen des nach wirthschaftlichen Entschließungen erfolgenden Umlaufs selbst nichts zu schaffen, wie Raub, Diebstahl, Almosen; oder es sind nur scheinbare Abweichungen von jenen tiefer liegenden Gesetzen.*) Denn wenn diese Arten der Verthei=

---

*) Die französischen Schriftsteller unterscheiden hiernach das sog. „prin= cipe de l'autorité" und das „principe de la liberté", je nachdem ein oberster Wille Arbeit und Einkommen nach mehr oder minder gleichheitlichen Grund= sätzen ohne Rücksicht auf das Einzelinteresse vertheilt oder die Herrschaft des freien Eigenthums und das System des freien Tausches im Princip anerkannt

lung nicht das ganze System der Güterwelt vernichten sollen, so können sie nur nach den wahren Gesetzen des Umlaufes eingerichtet sein. Diese Gesetze haben aber, allgemein betrachtet, ein doppeltes Princip: 1. den Rücklauf der Productivkräfte zu bewerkstelligen, damit die Möglichkeit der Production ununterbrochen erhalten werde; und 2. den Genuß der Verzehrung Jedem in demselben Verhältniß zu verschaffen, als er selbst zur Production beigetragen hat, damit der Productionswille ungeschwächt erhalten bleibe. Beide Gesetze fließen vielfach in einander über, besonders bei den Arbeitern; ihre nähere Erläuterung und tiefere Begründung wird sich aus dem weiteren Verlaufe der Darstellung von selbst ergeben. Abweichungen von diesen Gesetzen durch Gewalt, Bedrückung, Un= gerechtigkeiten sind nicht als gleichberechtigt mit den Gesetzen selbst anzusehen, obwohl sie, wie alle Unvollkommenheiten, nie ganz

---

sind. Die Systeme der ersteren Art sind übrigens nicht blos Erzeugnisse der Phantasie, sondern in Wirklichkeit häufig und in verschiedenen Gestalten durchgeführt oder versucht worden. So in den mährischen Brüdergemeinden, in der von dem Würtemberger Rapp gegründeten Gemeinde in Amerika; von einem äußerst ausgedehnten System der Bevormundung im peruanischem Reiche der Inka's berichtet Prescott (Gesch. der Eroberung von Peru 1. S. 128 ff.) Das Volk von Peru hatte Nichts, was den Namen Eigenthum verdiente. Es konnte kein anderes Gewerbe treiben, keine andere Arbeit, kein Vergnügen vornehmen, als solche, die ausdrücklich vom Gesetze vorgeschrieben waren. Es durfte seinen Wohnsitz und seine Kleidung nicht ändern ohne Erlaubniß der Regierung. Es konnte nicht einmal die Freiheit üben, die dem Niedrigsten in anderen Ländern gestattet ist, nämlich die, sich eine Frau zu wählen. Die Fähigkeit der freien Selbstthätigkeit war in Peru aufgehoben. — Die Gesetze waren sorgfältig auf die Erhaltung und das Wohlbefinden des Volks bedacht. Es durfte nicht zu Arbeiten verwendet werden, die seiner Gesundheit schädlich waren, noch mit Arbeiten gequält, die seine Kräfte überstiegen. Eine wohl= wollende Fürsorge wachte über ihre Bedürfnisse und über ihre Gesundheit. Die Regierung der Inkas war zwar ihrer Form nach eine willkürliche, ihrem Geiste nach aber eine wahrhaft väterliche. Besonders waren sie bedacht auf Verhütung der Trägheit und Armuth. Das peruanische Gesetz betrachtete Ar= beit nicht nur als ein Mittel, sondern als einen Zweck. Ihre Maßregeln gegen Armuth waren so vollkommen, daß in ihrem weit ausgedehnten Gebiet — worin Vieles mit dem Fluch der Unfruchtbarkeit belastet war — kein Mensch, er mochte noch so dürftig sein, Mangel an Nahrung und Kleidung litt. Hungersnoth, eine so häufige Plage bei jedem anderen amerikanischen Volk und zur damaligen Zeit in jedem Lande des gebildeten Europas so gewöhnlich, war ein im Gebiete der Inkas unbekanntes Uebel.

aus dem wirthschaftlichen Leben verbannt werden können. Was Je=
mand freiwillig abgibt als Geschenke, Almosen, fällt nicht in die
Gegenstände des Umlaufs, sondern muß gleichsam als eine andere
Form der eigenen Verzehrung betrachtet werden.

Die Natur der Dinge und die Erfahrung lehren, daß jene
allgemeinen Principien des Umlaufs am wirksamsten zur Geltung
gelangen unter der Herrschaft des freien Tausches.*) Denn hie=
durch wird Jeder selbst zum Herrn über seine wirthschaftlichen
Entschließungen gemacht und man darf annehmen, daß Jeder im
täglichen Handel und Wandel sich selbst am besten vor Nachtheil
zu schützen weiß, wenn ihm nur eine höhere Gewalt zur Seite
steht, die das Recht handhabt und seiner Einsicht und Thatkraft
zu Hülfe kommt. Die Gesetze des Umlaufes sind daher die Ge=
setze des freien Tausches, und es liegt ihnen die Freiheit der Per=
sönlichkeit und des Eigenthums zu Grunde. Jeder Umlauf, bei
welchem nicht Personen und Eigenthum vor Bedrückung, Willkür
und Bevorrechtung geschützt sind, ist unvollkommen und stört die
reine Entfaltung der wirthschaftlichen Gesetze in Bezug auf Con=
sumtion und den Fortgang der Production. Nur die freie Person
kann Eigenthum erwerben, unmittelbar durch Production, mittel=
bar durch den Umlauf; daher finden die Gesetze des Umlaufs auch
nur auf die freien Persönlichkeiten vollkommene Anwendung. Dies
ist wichtig in Bezug auf das Verhältniß der Sclaven, in deren
Herren sich zunächst die Gesetze des Umlaufs vollziehen. Aber
nicht nur wirthschaftliche Nützlichkeitsgründe, sondern auch die Ge=
bote der Sittlichkeit und des Rechts verlangen, daß jeder Mensch
freie Person sei. Denn es ist unsittlich und durch Nichts gerecht=
fertigt als durch die Thatsache der Gewalt, daß ein Mensch den

---

*) Wo die freie Entschließung beider oder einer der Tauschparteien aufge=
hoben ist, kann von einem eigentlichen Tauschhandel keine Rede mehr sein.
Dies gilt z. B. von dem zwischen der niederländischen ostindischen Compagnie
und der japanesischen Regierung im Jahre 1752 abgeschlossenen Vertrag, wonach
nach die erstere jährlich eine festbestimmte Quantität Waaren (für 250,000 Rail)
gegen eine bestimmte Quantität Stabkupfer (11,000 Pistol) zu liefern hatte.
(12 Rail = ca. 24 fl.) Die Preise der Waaren und des Kupfers wurden von
der japanesischen Schatzkammer zu Nangasaki festgesetzt. (G. F. Meylan, Ge=
schichte des Handels der Europäer in Japan.) Aehnlichen Verfügungen mußten
sich auch die Chinesen unterwerfen.

andern als willenloses Mittel für seine Zwecke ausbeute. Hieran
knüpft sich unmittelbar der Grundsatz der freien Konkurrenz, von
welchem bereits im Abschnitte von der Production gehandelt wurde.
Die freie Konkurrenz ist auch in Bezug auf den Umlauf, abstract
genommen, eine untadelhafte Forderung, sofern sie auf dem, durch
die allgemeinen natürlichen, gesellschaftlichen und staatlichen
Schranken des wirthschaftlichen Egoismus festgestellten Boden der
freien Persönlichkeit und des freien Eigenthums sich bewegt; es
besteht durchaus kein vernünftiger Grund, nachtheilige und unbillige
Schranken des Umlaufs und der Production aufrecht zu erhalten,
wenn sie von dem geläuterten Geist des Fortschritts verurtheilt
sind. Nur darf der individuelle Eigennutz auch hier unter Freiheit
der Konkurrenz nicht Zügellosigkeit und Willkür verstehen; denn
der Einzelne ist für sich Nichts, nur als Glied des Gemeinwesens
ist und wirkt er. Wo daher das wahre Interesse des Ganzen oder
die historische Entwicklung eine Beschränkung der Konkurrenz in
Bezug auf den Umlauf rathsam macht, muß sich das besondere
Interesse Einzelner oder einzelner Classen dem des Ganzen unterordnen. Nicht nach allgemeinen den Zwecken der Theorie ange-
paßten Grundsätzen, sondern nur nach Maßgabe der wirklichen
Bedürfnisse darf verwaltet werden. Und da die Verhältnisse überall
so höchst verschieden sind, kann man die Streitigkeiten über besondere Gestaltungen der Umlaufsfreiheit, wie Handelsfreiheit, Gewerbefreiheit, Bankfreiheit, Freiheit des Grundeigenthums ꝛc. nur
auf practischem Gebiete ausfechten; denn keine Nation reißt sich
mit einem Sprunge von ihrer ganzen Vergangenheit allgemeinen
Grundsätzen zu Liebe los.

Mag nun die wirthschaftliche Freiheit in einem Lande mehr
oder minder beschränkt sein, so ist doch nicht zu verkennen, daß sich
die inneren Gesetze des Tausches, von denen wir im Verlaufe
sprechen werden, wenigstens formell immer vollziehen, wo nur die
freie Selbstbestimmung zu produciren oder zu tauschen, nicht aufgehoben ist. Denn freie Personen tauschen und produciren nur
nach eigenem Ermessen, wenn auch die concrete Richtung ihres
Entschlusses sehr häufig durch fremdartige Einflüsse beherrscht
wird; sie werden daher auch unter jeder Gesetzgebung, welche im
allgemeinen Interesse dem Einzelegoismus bestimmte Richtungen

und Schranken anweist, dem ungeschmälerten Rücklauf ihrer Pro=
ductivkräfte und der Gerechtigkeit der Consumtionsvertheilung
Geltung verschaffen. Ein Einfuhrverbot also, welches die In=
länder zum Kauf einheimischer Waaren zwingt, hebt doch die
Gesetze des freien Tausches für das Inland nicht auf, denn das
Princip der Reproduction und Consumtion macht sich, wenn
nur Konkurrenz besteht, auch in einem solchen Falle unbe=
streitbar geltend; ebenso, wenn die Besteuerung oder ein Staats=
monopol unentbehrliche Lebensmittel (Getreide, Salz) über=
mäßig vertheuert, sofern nur der Staat die daraus gezogenen
Einnahmen nicht nutzlos verschleudert. Anders verhält es sich
mit den materiellen Wirkungen des Tausches; diese müssen
je nach dem Grade der gestatteten wirthschaftlichen Freiheit
sehr verschieden ausfallen. So können ein Einfuhrverbot, eine
verwerfliche Steuer, ein Monopol den Rücklauf der Productiv=
kräfte hemmen oder die Gerechtigkeit der Genußvertheilung schmä=
lern. Daher ist nicht nur die Verschiedenheit der Production,
sondern auch die Verschiedenheit des Umlaufs eine mächtige Ur=
sache des Reichthums oder der Armuth der Nationen, und die
letztere wird sich überall da einbürgern, wo die beiden, oben her=
vorgehobenen Grundgesetze des Umlaufs nicht beobachtet werden.
Daher muß noch einmal hervorgehoben werden, daß für Production
und Umlauf die freie Konkurrenz das wirksamste System ist, wenn
nur durch weise Gesetze und Einrichtungen dafür gesorgt ist, daß
das vernünftige Interesse der Gesammtheit in den freien Bestre=
bungen der Einzelnen seinen wahren Vollzug erhalte. Hier, wie
überall, muß aber noch auf sittliche Läuterung des Zeitgeistes
durch wahre Bildung und maßvolle Selbstbeherrschung verwiesen
werden.

Jeder Tausch besteht in Gabe und Gegengabe, Leistung und
Gegenleistung. Der Umlauf kann daher mit zwei neben einander
in entgegengesetzter Richtung laufenden Rädern verglichen werden,
von denen jedes sich entleert, um das andere zu füllen. Diese gegen=
seitige Entleerung und Füllung kann nur so lange mit Erfolg
fortgesetzt werden, als sie auf beiden Seiten in gleichem Verhält=
niß geschieht; eine Entleerung, die keine Wiederfüllung nach sich
zöge, müßte auch bald die andere Seite entleeren. Daher ist oberster

Grundsatz jedes Tausches die Gleichheit der beiderseitigen Lei=
stungen: die Bemessung dieser Gleichheit geschieht nach den Ge=
setzen des Werthes. (§ 40 ff.) Und diese Gesetze sind es also, durch
welche die Principien der Reproduction und der Consumtion zur
Geltung gelangen. (§ 104.) Montesquieu hat daher Recht,
wenn er sagt: „Der Handel ist eine Profession gleichstehender
Leute; unter den despotisch regierten Staaten sind diejenigen am
schlimmsten daran, deren Herrscher selbst den Kaufmann macht.‟
(Geist der Gesetze, V. 8.)

Gegenstand des Umlaufs kann Alles sein, was in irgend einer
Weise Anderen zum Gebrauch oder Genuß übertragen werden
kann. Also die Arbeitskraft, welche durch Verdingung oder Ver=
kauf der fertigen Arbeitsleistung in den Umlauf gesetzt wird; und
zwar jede Art von Arbeitskraft, gemeine oder höhere. Hier besteht
manchmal die Eigenthümlichkeit, daß der Umlauf im Augenblick
der Erzeugung vor sich geht, wie z. B. bei Musikproductionen,
Reden ꝛc. Ferner alle beweglichen und unbeweglichen Capitalien,
Grundstücke, Gebäude, Werkzeuge ꝛc.; nutzbringende Rechte, wie
Servituten, Pfandrechte, Erbschaften, Forderungsrechte, in Ur=
kundenform (Creditpapiere) oder ohne solche; werthvolle Verhält=
nisse wie Firmen, Kundschaften, Gewerbsrechte; auch sog. per=
sönliche Capitalien; Genußmittel aller Arten; endlich das Geld
als das allgemeine Umlaufsmittel. Die Formen des Umlaufs
sind bald Kauf und Verkauf, bald Vermiethung, Verpachtung,
Darleihen, Verpfändung u. s. w.

§ 39.
Von der Umlaufsfähigkeit.

Die Umlaufs= oder Circulationsfähigkeit beruht in der Leich=
tigkeit des Waarentausches. Sie ist als solche ein äußerst wirk=
sames Mittel für die Beförderung des Umlaufes selbst, mittelbar
aber begünstigt sie ungemein die Interessen der Production und
Consumtion. Je schneller, sicherer und leichter der Umlauf vor
sich geht, desto vollkommener vollziehen sich die Gesetze des Umlau=
fes; Alles was den Umlauf hemmt und beeinträchtigt, bewirkt eine
störende Abweichung von diesen Gesetzen. Die Umlaufsfähigkeit

einer Waare ist daher eine wesentliche Vorbedingung für die Prin=
cipien der Reproduction und Consumtion; und je vollständiger diese
Principien verwirklicht werden, desto größer wird die fortlaufende
Möglichkeit zu produciren und desto stärker der Productionswille.
Ohne diese Vorbedingung muß auch die reichste Production in
Stillstand gerathen, „sie erstickt in ihrem eigenen Fette". Die
hohe Umlaufsfähigkeit ist somit eine wesentliche Bedingung für
die Blüthe der Wirthschaft eines Volkes.

Jeder Umlaufsact schließt in der Regel zwei Vorgänge in sich,
eine Besitzveränderung und eine Raumversetzung; erstere kann man
Umsatz, letztere Transport nennen. Ein Transport findet nur bei
unbeweglichen Dingen, also namentlich bei Grundstücken, Häusern,
nicht statt. Mit Rücksicht darauf kann man auch eine subjective
und eine objective Circulation unterscheiden.

Die Ursachen einer hohen Circulationsfähigkeit sind sehr
manichfaltig und werden sich im weiteren Verlaufe unserer Dar=
stellung in Fülle ergeben. Hier sollen nur die wichtigsten hervor=
gehoben werden. Sie liegen entweder 1. in der Leichtigkeit des
Umsatzes oder 2. in der Leichtigkeit des Transports.

1. Da jeder Umsatz ein Einverständniß zwischen zwei Tausch=
parteien voraussetzt, so muß vor Allem dieses Einverständniß mög=
lichst rasch, sicher und bequem erzielt werden können. Gleichheit
der Sprache, der Rechtsanschauung, der Gesetzgebung, der Sitte
sind also vor Allem wesentliche Bedingungen für die Erleichterung
der Umsätze. Ferner wird der Umsatz um so leichter sein, je mehr
Personen vorhanden sind, welche möglicher Weise einen Tausch
vornehmen wollen, und je näher sie beisammen wohnen; dichte
Bevölkerung und geringe Entfernung unter den Contrahenten sind
also weitere Ursachen einer hohen Umlaufsfähigkeit. Ferner gehö=
ren hieher: möglichst bequemer und wohlfeiler Vollzug des Tau=
sches, also Befreiung von lästigen und kostspieligen Förmlichkeiten
bei Eingehung von Rechtsgeschäften (gerichtliche, schriftliche Errich=
tung von Verträgen, hohe Taxen, Nothwendigkeit vieler und theurer
Mittelspersonen, wie Notare, Mäkler ꝛc.); möglichste Freiheit des
Tausches, also volle Achtung der Personen und des Eigenthums,
Aufhebung lästiger Zoll= und Steuergesetze, ferner Ansässig=
machungs=, Heimaths=, Zunftgesetze ꝛc.

Auch der Zustand der Waaren bedingt in hohem Grade ihre Umlaufsfähigkeit. Je vielseitiger ihre Brauchbarkeit, je allgemeiner, wichtiger, dringender das Bedürfniß, dem sie dienen sollen, je kunstvoller, geschmackvoller, vollendeter sie hergestellt sind, desto leichter werden sie in den Umlauf treten. Im Allgemeinen sind die Waaren um so umlaufsfähiger, je mehr Kunst und je weniger roher Stoff in ihnen steckt. Die steigende Productivität und Cultur erhöht daher im Ganzen und Großen die Umlaufsfähigkeit.

Auch die Ausdehnung der Arbeitstheilung ist von höchster Wichtigkeit. Wer alle seine Güter für sich selbst producirt, hat keine Veranlassung zum Tausche; in je geringerem Grade jenes der Fall, desto höher steigt das Bedürfniß des Umsatzes, und desto mehr Rücksicht muß auf die Vermehrung der Circulationsfähigkeit der Waaren nach allen Richtungen hin gesehen werden. Die natürliche Arbeitstheilung wirkt jedoch in dieser Beziehung vortheilhafter als die mechanische; denn die erstere verursacht die Entfaltung der höchsten Arbeitsgeschicklichkeit und der günstigsten Productionsbedingungen bei der Herstellung jeder Waare, die letztere vertheilt nur die verschiedenen Operationen der Hervorbringung in möglichst kleinen Bruchstücken über viele Arbeiter, womit die Verbesserung der Qualität nur mittelbar im Zusammenhang steht. Jene bewirkt also mehr eine größere Güte, diese eine größere Wohlfeilheit der Waaren.

Die Besorgung der Umsatzgeschäfte ist wegen ihrer Manichfaltigkeit und wachsenden Schwierigkeit zu einem besondern Geschäft, dem Handel, geworden. Der gute Zustand des Handels, im Großen wie im kleinen Detail, ist daher gleichfalls eine wichtige Bedingung der Umsatzfähigkeit. In dieser Beziehung kommt es hauptsächlich an auf die Menge von Personen, die bei der Zumarktebringung eines Artikels betheiligt sind, und auf die Größe des Gewinnes, den jede von ihnen dabei beansprucht, weil durch beide Umstände eine starke Vertheuerung der Handelswaaren bewirkt werden wird. Artikel, die rasch und bequem vom Producenten auf den Consumenten übergehen können, sind im Allgemeinen umlaufsfähiger als solche, die erst eine Reihe von Zwischenpersonen durchlaufen müssen; dasselbe gilt von Waaren, in denen nicht leicht viel speculirt werden kann. Der Umlauf von Waaren, die einen steti=

gen, sicheren und nahen Absatz haben, ist daher für die Producenten und Consumenten günstiger als der Umlauf derjenigen, die nur durch verwickelte und weitaussehende Operationen auf den Markt gelangen. Die steigende Konkurrenz der Handelspersonen kann zwar auf Ermäßigung ihrer Ansprüche hinwirken, ebenso aber auf die Benutzung kostspieliger und künstlicher Absatzmittel, mit welchen dem wahren Interesse des Marktes Nichts gedient ist.

Ferner sind auch die Kosten des Umsatzes zu berücksichtigen. Dieselben wurden theilweise schon vorhin berührt. Hier ist nur noch zu sprechen von den allgemeinen Umlaufskosten, die durch den Gebrauch des Geldes verursacht werden. Zweckmäßige und einfache Einrichtung des Geldwesens, Wohlfeilheit der Geldmetalle, möglichste Verminderung des Schlagschatzes, rascher Geldumlauf, steigende Benutzung von Geldsurrogaten und Creditmitteln aller Art müssen also äußerst günstig auf die allgemeine Umlaufs= fähigkeit einwirken.

Schließlich müssen noch mehrere tiefer liegende Ursachen einer hohen Umlaufsfähigkeit angeführt werden, wofür die Gründe sich später ergeben werden. Nämlich hoher Arbeitslohn und niedriger Rentensatz oder steigende Productivität der Arbeit und des Capitals, dann die Art der Vertheilung der Steuerlast.

2. Die Leichtigkeit des Transports steht in geradem Verhält= niß 1. zu geringem Gewicht und großer Dauerhaftigkeit, überhaupt leichter und gefahrloser Versendbarkeit der Waaren (Rohstoffe, Lebensmittel — Gewerbsproducte), 2. zur Ausbildung und Erwei= terung wohlfeiler Transport= und Communikationsanstalten. Hier kommt also Alles an auf den guten Zustand und die Wohlfeilheit der Eisenbahnen, Land= und Wasserstraßen, der Schifffahrt (Rhe= derei), Posten, Telegraphen. Der hohe Vortheil wohlfeiler Trans= portmittel besteht nicht blos darin, daß dadurch jedes Product wohlfeiler an benjenigen Ort gebracht werden kann, der für den Absatz am günstigsten ist, sondern wesentlich auch darin, daß in jeder Gegend vorzugsweise immer mehr diejenigen Producte erzeugt oder durch Arbeit verfeinert werden können, welche am wohlfeilsten, besten und nützlichsten in einer Gegend oder Localität erzeugt oder verarbeitet werden. Er wirkt also vorzüglich auf die Ausbreitung der natürlichen Arbeitstheilung und steht überhaupt in seinen Wir=

kungen gleich der Auffindung neuer Naturkräfte oder vermehrter Productivität der Arbeit und des Capitals. Die Verbesserung der Transportmittel nützt den Producenten in um so höherem Grade, je voluminöser ihre Waaren sind oder je weiter sie transportirt werden müssen; also vor Allem den Bodenproducenten und dem Großbetriebe. Aus diesem Grunde muß in einem großen Absatzgebiete vorzüglich auf die Verbesserung der für den inländischen Transport dienenden Anstalten Bedacht genommen werden.

Die Kosten des Transports werden aber auch noch vermehrt durch eine Menge lästiger Auflagen und Vorschriften, deren Abschaffung resp. Ermäßigung in hohem Grade wünschenswerth ist. Hieher gehören die noch vielfach bestehenden Thorsperr-, Brücken-, Wege-, Pflastergelder, ferner die für die Benutzung der Kanal- und Flußschifffahrt, für die Benutzung von Häfen und Krahnen ꝛc. zu entrichtenden Abgaben; endlich die sog. Stapel-, Umschlagsrechte ꝛc. —

Aus diesen allgemeinen Grundzügen ist zu entnehmen, ein wie vielgestaltiges und kunstvolles System zur Bewältigung der Umlaufsgeschäfte innerhalb der Volkswirthschaft besteht und wie sehr die Interessen der Production und der Consumtion durch den Grad der Umlaufsfähigkeit bedingt sind. Jede Beschränkung der letzteren beeinträchtigt unzählige Interessen, von deren Blüthe die des Ganzen abhängt; so wäre, um nur ein Beispiel anzuführen, die Auflösung des Zollvereins für die dazu gehörigen Staaten die Ursache eines ungeheuren Vermögensverlustes, denn das gedeihliche Bestehen unzähliger Unternehmungen beruht zum großen Theile auf dem Fortbestand dieses großen wirthschaftlichen Verbandes.

Im Allgemeinen ist in einem großen Wirthschaftsgebiete, in dem die wirthschaftliche Cultur bereits auf eine gewisse selbständige Höhe gebracht ist, die Beförderung des inländischen Umlaufes der des ausländischen vorzuziehen; durch jene gelangt mehr die intensive, durch diese mehr die extensive Circulation zur Entwicklung.

II. Vom Werthe.

§ 40.

Wesen und Arten des Werthes.

Bereits oben wurde hervorgehoben, daß der freie Tausch noth=
wendig eine Gleichheit der Leistung und Gegenleistung bedingt;
denn Niemand wird aus freier Entschließung mehr geben wollen,
als er empfängt. Geschenke, Almosen fallen gar nicht, Steuern 2c.
höchstens mittelbar unter den Gesichtspunkt des Tausches. Diese
Gleichheit wird nun durch den Werth gemessen. Wie man einen
Baum nach seiner Länge oder Dicke oder Schwere messen kann, so
werden die wirthschaftlichen Dinge nach ihrem Werthe gemessen;
der Werth ist also das wirthschaftliche Maß der Güter. (Stein.)

Man kann die Güter von einem doppelten Standpunkte aus
messen oder werthen: einmal für sich mit Rücksicht auf das Bedürf=
niß oder den Zweck, zu dessen Befriedigung oder Erreichung sie
dienen sollen, dann erhält man den sog. Gebrauchswerth, den
Werth der Güter als solcher; oder mit Rücksicht auf den Umlauf,
durch welchen sie in ein Verhältniß zu anderen Gütern treten,
gegen welche sie ausgetauscht werden sollen, dann erhält man den
sog. Tauschwerth, den Werth der Waaren als solcher.

Diese beiden Arten des Werthes müssen nun gesondert be=
trachtet werden.

§ 41.

Vom Gebrauchswerth.

Der Gebrauchswerth *) ist der Werth des Gutes als solchen;
er kann also nur gefunden werden durch eine Würdigung der drei
Elemente, welche den Begriff des Gutes bedingen: 1. Bedürfniß,
2. Brauchbarkeit, 3. Erkenntniß der Brauchbarkeit. Ein Ding
erlangt also Gebrauchswerth, sowie es zur Befriedigung irgend

---

*) S. die Anmerkung auf Seite 232.

eines Bedürfnisses tauglich erkannt ist und dieser Werth muß hoch oder gering sein, je nachdem 1. das Bedürfniß oder 2. die Brauchbarkeit oder 3. die Erkenntniß dieser Brauchbarkeit hoch oder gering ist.

Die Würdigung der Bedürfnisse liegt an und für sich im willkürlichen Urtheile der Menschen, man kann nicht sagen, daß ein Bedürfniß für Alle gleiche Wichtigkeit habe. Auch die Begriffe von Entbehrlichkeit oder Unentbehrlichkeit sind durchaus schwankend nach Verschiedenheit der Anschauungen und Verhältnisse. Ein Laib Brod hat für den, der ohne seinen Genuß Hungers sterben müßte, natürlich unberechenbaren Gebrauchswerth; dagegen für den, der satt ist oder Brod nicht liebt oder jeden Augenblick eine andere Speise haben kann, sehr geringen. Frauenkleider haben für Männer im Allgemeinen keinen Gebrauchswerth, weil sie damit das Bedürfniß der Bekleidung, ohne sich lächerlich zu machen, nicht befriedigen können; wohl aber kann ein Gebrauchswerth entstehen im Drang der Noth zum Schutz gegen Kälte oder zu andern Zwecken, z. B. zur Maskirung u. s. w. Der Gebrauchswerth ist daher mit Rücksicht auf das Bedürfniß durchaus schwankend (relativ); er richtet sich nach dem körperlichen, geistigen und sittlichen Zustand der Menschen. Hier ist Alles von Einfluß, wodurch das Begehrungsvermögen bestimmt wird: Alter, Geschlecht, Neigung, Stand, Beruf, Klima, Nationalität, Bildungsstufe 2c. *)

Die Brauchbarkeit ist an sich etwas objectiv gegebenes, aber sie ist natürlich bei den einzelnen Gütern höchst verschieden. Sie kann sein eine natürliche und hängt in dieser Beziehung ab von

---

*) Die öffentliche Meinung, welche schließlich den Rang der Bedürfnisse feststellt, insoweit nicht die natürliche Beschaffenheit des Menschen eine gewisse Schranke setzt, entscheidet also auch über den Gebrauchswerth der Güter. Allein innerhalb dieses allgemeinen Normalsatzes sind zufolge zeitlicher, örtlicher und individueller Verschiedenheiten große Schwankungen möglich. Immerhin ist aber der Gebrauchswerth in dieser Hinsicht keinem „ewigen Naturgesetz" unterworfen und folglich auch die Gütervertheilung, insoweit sie vom Gebrauchswerth bedingt wird, großer Umwälzungen fähig. Auf diesem Gebiete der Nationalökonomie muß leider mit unbenannten Zahlen gerechnet werden.

dem Reichthum eines Landes an natürlichen Gütern (englische Kohlen, französische Weine, amerikanische Baumwolle), oder eine künstliche, ein Product der Industrie. Die Brauchbarkeit wird also um so höher sein, je ausgebildeter, kunstfertiger, geschmackvoller die Industrie eines Landes sich bewährt. (Französische Modewaaren, deutsche Tücher, englischer Stahl ꝛc.)

Die Erkenntniß der Brauchbarkeit hängt ab von den Kenntnissen und der Einsicht Derer, für welche ein Gut bestimmt ist. Sie ist nicht so unwichtig als man glaubt; eine Unzahl von Zeitungsannoncen, Reclamen, Marktschreiereien haben, oft mit bedeutenden Kosten, den Zweck, diese Erkenntniß unter den Consumenten zu verbreiten. (Industrieausstellungen.)

Je nach dem Einfluß dieser verschiedenartigen Umstände muß sich der Gebrauchswerth verschieden bemessen. Er ist übrigens in Wirklichkeit nicht so schwankend, als man nach den Grundsätzen der Theorie glauben sollte*). Es gibt einen durchschnittlichen Gebrauchswerth, der sich je nach Zeit und Ort aus dem durchschnittlichen Stande der Bedürfnisse, Brauchbarkeiten und Einsichten bildet; kleine Abweichungen kommen im practischen Leben kaum in Betracht. Wichtig sind vor Allem zwei Momente: 1. die Größe des verfügbaren Vorraths eines Gutes, weil mit dem Sinken des Vorraths für Jeden die Gefahr steigt, sein Bedürfniß nicht befriedigen zu können, dieses also dringender wird. Daher steht der Gebrauchswerth in umgekehrtem Verhältniß zum Vorrath. 2. Das Vorherrschen des Bedürfnisses oder der Brauchbarkeit. Die Bedürfnisse sind an sich eines viel größeren und häufigeren Schwankens fähig, als die Brauchbarkeit, weil die Urtheile der Menschen leichter wechseln als die Eigenschaften der Güter. Daher können Modewaaren viel schneller ihren Werth verlieren als Lebensmittel, weil bei jenen der eitle Geschmack, bei diesen die

---

*) Wohl aber können große Ereignisse von bedeutendem Einfluß auf das sociale Leben auf den Gebrauchswerth mancher Waaren stark einwirken; so wurde z. B. der sonst so blühende hanseatische Häringshandel im 16. Jahrhundert besonders durch zwei Umstände gedrückt, nämlich durch die gewaltige Konkurrenz des niederländischen Härings und durch den in Folge der Reformation so sehr verminderten Bedarf Europas an Fischen. (Beer, Gesch. des Welthandels II. Abth. S. 410.)

nährende Kraft vorwiegend den Gebrauchswerth bestimmt. Die Erkenntniß, einmal vorhanden, pflegt sich nicht leicht zu verlieren, sondern pflanzt sich von selbst fort. Doch kann auch sie zu einer besonderen Höhe steigen, z. B. durch besonderes Vertrauen zu gewissen Aerzten, Arzneien 2c. Der weitverbreitete Ruf einer Person oder einer Waare kann also ihren Werth über ihre reelle Brauchbarkeit, und zwar oft sehr bedeutend, erhöhen.

Wichtig ist der Unterschied zwischen dem abstracten (Gat=tungs=) und concreten (Quantitäts=) Werth. Der erstere ist der Werth der Güter mit Rücksicht auf ihre allgemeinen Eigenschaften gegenüber einem gedachten Bedürfniß. So hat Wasser im Allge=meinen hohen Gebrauchswerth, weil es höchst unentbehrlich ist, zur Erhaltung des Lebens, der Gesundheit, der Reinlichkeit 2c.; ein bestimmtes Glas Wasser dagegen hat in einer wasserreichen Gegend fast keinen Gebrauchswerth, weil sich hier das Wasser in unerschöpflicher Menge darbietet; es kann aber ein Glas Wasser in der Wüste vor dem Verschmachten retten und ist daher auch eines hohen concreten Gebrauchswerthes fähig. Edelsteine haben im Allgemeinen hohen Gebrauchswerth, weil sie in hohem Grade das Vergnügen des Luxus gewähren; aus demselben Grunde aber auch schon ein einzelner Edelstein. Lehrreiche Bücher haben hohen abstracten Werth; aber für den Besitzer von Doubletten hat eines davon fast gar keinen Werth 2c. Der Gattungswerth ist die Grenze des concreten, er wird aber selten von diesem erreicht, weil der Vorrath selten auf ein Minimum schwindet. Stiege der con=crete Werth zu hoch, so könnte dieses den abstracten erniedrigen, weil man dann leicht das Bedürfniß ändern würde; dies ist vor=züglich bei allen entbehrlichen Gütern der Fall.

Eine besondere Art des Gebrauchswerthes ist der sog. Er=zeugungswerth, welcher sich nach der Fähigkeit eines Gutes richtet, zur Production verwandt zu werden. Kohlen haben daher einen verschiedenen Werth, je nachdem sie zur Zimmerheizung oder zur Heizung von Dampfmaschinen bestimmt werden, weil man im ersteren Fall außer auf die Brennkraft noch auf die Annehmlichkeit der Heizung sieht. Doch muß sich auch der Erzeugungswerth schließlich nach dem Gebrauchswerth richten, nur geschieht dies nicht so unmittelbar; denn mit Erfolg kann man nur für wirkliche

Bedürfniffe produciren. — Aus alle dem geht hervor, daß der Gebrauchswerth keine Eigenschaft der Güter ist, sondern eine Zweckbeziehung andeutet, die durch Bedürfniß und Urtheil bestimmt wird; der Gebrauchswerth ruht daher vorzugsweise nicht im Gut, sondern im Menschen, abgesehen von dem Momente, welches in den objectiven Eigenschaften des Gutes gegeben ist und welches an sich selbst durch keine Veränderung des menschlichen Urtheils verändert werden kann.

Der Gebrauchswerth, als wesentliches Moment des Tauschwerths und der Nachfrage und somit der Production, gehört zu den weitreichendsten Potenzen in der Volkswirthschaft; durch ihn werden zum großen Theil die wirthschaftlichen Verhältnisse sowohl im Einzelnen als auch im Großen bestimmt. Es muß sich die ganze Wirthschaft eines Volkes verschieden gestalten, je nachdem der Gebrauchswerth bei ihr vorzugsweise durch sinnliche oder durch sittliche Motive bestimmt wird; je nachdem mehr das Herkommen und die Macht der Gewohnheit, oder der Hang zu Neuem und der wechselnde Geschmack der Mode entscheiden; je nachdem man an frembartigen, verfeinerten Genüssen Gefallen findet oder lieber die heimischen, wenn auch weniger lockenden Erzeugnisse vorzieht. Würden die Deutschen Kaffee, Thee, fremden Zucker, französische Modewaaren verschmähen, so würde sich ein großer Theil der deutschen Industrie in anderen Bahnen bewegen müssen; die Nothwendigkeit, deutsche Producte im Auslande in großen Massen und möglichst wohlfeil abzusetzen, wäre in hohem Grade vermindert, ein großer Theil unserer Maschinenindustrie könnte nicht bestehen und da doch auch unter solchen Umständen in Deutschland viel Luxus getrieben würde, so würden viele deutsche Hände mit der Anfertigung von Luxuswaaren beschäftigt sein, während ihnen jetzt die massenhafte Production wohlfeiler Artikel zugewiesen ist, die man ins Ausland sendet, um fremde Luxusgegenstände dagegen einzutauschen. Es fragt sich sogar, ob überhaupt das Maschinensystem in seiner jetzigen Gestalt möglich gewesen wäre ohne die Möglichkeit des auswärtigen Absatzes, die durch die Neigung zu fremden Waaren bedingt ist. Der immer mehr sich ausbreitende Grundsatz, jedem Bedürfniß Zugang zu gestatten, wenn es nur möglichst wohlfeil befriedigt werden kann, eröffnet dem Gebrauchswerth immer neue, unermeßliche Bahnen und die immer mehr hervortretende Ausgleichung äußerer Standesunterschiede, die immer stärkere Nivellirung der Anschauungen, Gewohnheiten und Neigungen befördert den Umfang und die Tendenz der wohlfeilen Production in einem Grade, von dem unter anderen Verhältnissen keine Rede sein könnte. Freilich herrscht hier eine starke Gegenseitigkeit von Ursache und Wirkung, auch steht es Jedem je nach seinen Ueberzeugungen frei, zu loben oder zu tadeln. Immerhin aber ist es unmöglich, die bewegende Kraft des Gebrauchswerthes im Wirthschaftsleben zu verkennen, und offenbar unzulässig, denselben, wie viele englische und französische Schriftsteller thun, durch den vagen Begriff der „Nützlichkeit" ersetzen zu wollen.

§ 42.

Vom Tauschwerth.

Der Tauschwerth ist der Werth der Güter mit Bezug auf den Umlauf, der Werth der Waaren. Er ist schwieriger zu bestimmen, als der Gebrauchswerth, weil hier mehrere, und zwar entgegengesetzte Einflüsse sich geltend machen. Während der Gebrauchswerth nur ein Verhältniß des Gutes zur urtheilenden Person anzeigt, bedeutet der Tauschwerth ein gegenseitiges Verhältniß mehrerer Personen oder vielmehr mehrerer Güter*), die zu ein-

---

*) Allerdings beruht auch der Gebrauchswerth auf einem Verhältniß mehrerer Güter zu einander, aber nicht auf einem Tausch-, sondern auf einem Gebrauchsverhältniß. Dieß ist eigentlich die tiefere Grundlage des Gebrauchswerthes und sein Unterscheidungszeichen von der bloßen Nützlichkeit. Für den Auswanderer hat kein Gut des Inlandes Gebrauchswerth, das er nicht mit auf die Reise nehmen will; Kleider, Wohnungen, Schmucksachen haben nur Gebrauchswerth, insofern die Ernährung des Körpers gesichert ist, offenbar muß also der Gebrauchswerth der Kleidung ꝛc. in einem gewissen Verhältniß zu dem der Nahrungsmittel stehen. Wenn die Gewißheit entstehen sollte, daß im nächsten Jahre Nichts geerntet wird, müßte der Gebrauchswerth aller vorhandenen Vorräthe von Lebensmitteln ungemein steigen; der Gebrauchswerth aller anderen Güter aber würde in dem Maße sinken, als die Ernährung gefährdet wäre. Wenn man daher sagt, der Gebrauchswerth variirt nach dem Stand der Bedürfnisse, so heißt das im Grunde, nach dem Verhältnisse, in welches die Güter in Bezug auf den Gebrauch zu einander zu stehen kommen.

ander in ein Tauschverhältniß treten. Der Gebrauchswerth bedeutet den Grad der Bedürfnißbefriedigung, der Tauschwerth den
der Tauschbefähigung; im Umlauf hat eine Waare um so höheren
Werth, ein je höheres Gut man durch ihre Hingabe zu erlangen
vermag. Es fragt sich nun, wovon diese Tauschbefähigung abhängt.
Offenbar muß sich dieselbe nach dem Einfluß derjenigen wesentlichen Bedingungen richten, welche bei jedem Umlaufsact wirksam
sind; nämlich nach der Würdigung der beiden Tauschparteien und
nach der Umlaufsfähigkeit. *)

1. Das erste, unerläßliche Erforderniß jedes Tauschwerthes
ist der Gebrauchswerth. Niemand gibt Etwas für eine Waare,
die ihm kein Bedürfniß befriedigt; folglich kann auch Niemand
eine solche Waare in den Umlauf bringen. Der Gebrauchswerth
ist aber auch zugleich die oberste Grenze des Tauschwerthes; denn
man gibt nie mehr für eine Waare, als man den Vortheil anschlägt,

---

*) Die englischen Schriftsteller stellen überwiegend den Satz auf, daß der
Werth (Tauschwerth) durch Arbeit entstehe; dies ist aber unrichtig, selbst wenn
darunter alle Kosten der Hervorbringung und Zumarktbringung verstanden
sind. Von dem Amerikaner Carey rührt der Ausdruck her: Die Nützlichkeit
der Dinge ist das Maß der Macht des Menschen über die Natur, der Werth
(Tauschwerth) das Maß der Macht der Natur über den Menschen. Diese
Formel scheint wenig wissenschaftlichen Werth zu besitzen; denn 1. Nützlichkeit
und Werth sind keine Gegensätze, wie es hienach scheinen müßte, sondern eines
die Voraussetzung und das Element des andern; 2. Macht der Natur über
den Menschen kann nur bedeuten Bedürfnißbefriedigung mit Arbeit, und
Macht des Menschen über die Natur Bedürfnißbefriedigung ohne Arbeit;
hier erscheint es aber unzulässig, die Natur in einen den productiven Bestrebungen des Menschen feindlichen Gegensatz zu bringen; ferner kann ein Gut
einen geringen Werth und doch verhältnißmäßig großen Nutzen haben, ohne
daß die Natur dabei mitwirkte, wie das bei den meisten Maschinenwaaren der
Fall ist; 3. der Widerstand, den die Natur der productiven Thätigkeit entgegen-
setzt, kann nicht nur durch vermehrte Anstrengung, sondern auch und vorzüglich durch Fortschritte der Kunst und der Erkenntniß überwunden werden. —
Bastiat versteht unter Werth das Verhältniß zweier ausgetauschter Dienstleistungen; allein mit einem so neutralen Begriff ist offenbar die Schwierigkeit
nicht gelöst, denn unter Dienstleistung ist nach Bastiat selbst alles Mögliche
zu verstehen, was irgend wie zu einem Tausche bewegen kann, und dann ist
zur Entstehung des Werthes nicht erst die wirkliche Vollziehung eines Tausches
erforderlich. Es kommt übrigens wenig darauf, wie man den Werth nennt,
wenn man nur weiß, nach welchen Gesetzen er sich bestimmt.

der damit erlangt werden kann. Dies lehrt Jeden der wirthschaft=
liche Eigennutz; der Gemeinsinn kann hieran Nichts ändern, denn
wenn Alle den Gebrauchswerth vernachlässigen wollten, würden
zwar Alle auf der einen Seite verlieren, aber auch auf der anderen
gewinnen; der Erfolg wäre also derselbe, allein um den Preis eines
regellosen Umlaufes ohne Maß und Ziel. Einzelne würden mit
solchen unwirthschaftlichen Handlungen nur Anderen grundlose
Geschenke machen.

Hieraus folgt, daß Waaren von ungleichem Gebrauchswerth
auf demselben Markte, d. h. unter denselben Tauschparteien nie
den gleichen Tauschwerth haben können; denn man gibt nothwendig
für die Waare weniger, die ein geringeres Bedürfniß oder dasselbe
Bedürfniß in geringerem Grade befriedigt. Getreide und Kar=
toffeln dienen zur Nahrung, aber beide müssen einen höchst un=
gleichen Tauschwerth haben, weil ihre Nährkraft sehr verschieden
ist. Daraus ergibt sich, daß Waaren von hohem Gebrauchswerth
nur dann producirt werden können, wenn bereits eine merkbare
Abstufung der Bedürfnisse stattgefunden hat oder auch wenn sie
sehr selten geworden sind, z. B. künstlich gehegtes Wild.

Der Tauschwerth kann daher steigen, entweder wenn der Vor=
rath einer Waare abnimmt oder weil ihre Brauchbarkeit selbst
steigt; und nur unter solchen Umständen kann man sich auf die
Production werthvoller Gegenstände werfen. Daher die Mög=
lichkeit der Gemüse= oder Milchwirthschaft in der Nähe großer
Städte; daher auch der hohe Werth der Bauplätze in oder bei
volkreichen Städten, weil das Bedürfniß der Wohnung immer
dringender wird mit dem Anwachsen der Bevölkerung.

Mit dem Sinken des Gebrauchswerthes sinkt auch der Tausch=
werth; dies tritt auch oft schon dadurch ein, daß der erstere eine
unnatürliche Höhe aus äußeren Gründen erreicht hat, wobei die
Consumenten sich nicht beruhigen; Kaffee, Baumwolle xc. können
nur eine gewisse Höhe des Werthes vertragen, weil sie verhältniß=
mäßig entbehrliche Güter sind und in Folge dessen in kein beliebiges
Verhältniß zu anderen Gütern gebracht werden können. Wer
unbesonnen darüber hinaus speculirt, ist leicht Verlusten ausgesetzt.
So waren die überhohen Kaffeepreise in Folge der Kontinental=
sperre die Ursache der Handelsverwirrung im Jahre 1799, durch

welche, wie Büsch berichtet hat, so viele Hamburger Kaufleute ruinirt wurden.

Daher steigert eine Mißernte oder schon die Befürchtung einer solchen sofort den Werth der Bodenproducte, weil nunmehr die Gefahr des Mangels steigt; verschwindet diese Gefahr, so sinkt der Werth unausbleiblich auf die frühere Stufe, wenn nicht andere Gründe ihn höher halten; eine Möglichkeit, die aus dem Folgenden erhellen wird.

Hieraus erklärt sich auch, warum ein Pfund Gold einen höhern Tauschwerth hat, als ein Pfund Eisen; denn ein Pfund Gold befriedigt ein viel höheres Bedürfniß.

Die Seltenheit erhöht den Tauschwerth nur insofern, als sie einen höheren Gebrauchswerth zur Folge hat; dieser entspringt für das Bedürfniß der Eitelkeit schon aus der Thatsache der Seltenheit selbst, für andere Bedürfnisse nur aus der größeren Schwierigkeit ihrer Befriedigung. Die Seltenheit an sich ist daher kein wirthschaftliches Moment, sondern nur im Verhältniß zu einem Bedürfniß. Unbegrenzt kann aber der Werth solcher Gegenstände, wie kostbarer Gemälde von großen verstorbenen Meistern, Antiken re., nie steigen, denn das Bedürfniß des Geschmackes und des Luxus nimmt da ein Ende, wo es zu theuer erkauft scheint. Nur besondere Vorliebe (Affection) läßt sich nicht leicht durch übermäßige Höhe des Werthes zurückschrecken.

2. Die Umlaufsfähigkeit findet zunächst ihre Bedeutung in der Größe des Vorrathes, der auf den Markt gebracht werden kann, und schließt sich in dieser Beziehung enge an den Gebrauchswerth an. Sie kann daher den Werth bald erhöhen bald erniedrigen, je nachdem sie die Ursache ist, daß Waarenvorräthe von einem Platze leicht weggeführt oder leicht an einen anderen hingebracht werden können. Sie wirkt besonders auf Ausgleichung der Werthe an verschiedenen Orten und ist in dieser Function ein äußerst wichtiges Moment für den Handel und für die Consumtion. Daher sind die transportabelsten Waaren, wie edle Metalle, fast auf allen Märkten von gleichem Werth, soweit nicht besondere Einflüsse, die wir in der Lehre vom Gelde betrachten werden, hemmend entgegentreten. Schwere Güter können aus diesem Grunde an verschiedenen Orten einen sehr verschiedenen Werth haben, wie

Holz, Getreibe, aber mit der Beförderung ihrer Umlaufsfähigkeit, besonders durch den Wassertransport, nimmt diese Verschiedenheit immer mehr ab. So werden die mecklenburgischen Getreidepreise durch die englischen Preise bestimmt; und wo kein Schutzzoll besteht, muß sich der Werth der inländischen Gewerbswaaren nach dem Werth der ausländischen richten, die mit ihnen in erfolgreiche Konkurrenz treten. In diesen Beziehungen bildet jedoch die Umlaufsfähigkeit kein eigenthümliches Element des Werthes, sondern dient nur dazu, daß die Wirksamkeit der beiden übrigen schärfer begrenzt und bestimmt wird.

Dagegen ist die Umlaufsfähigkeit eine selbständige Ursache des Werthes, wo ein Gut allein Functionen des Umlaufs zu versehen hat, also ein stofflicher, zeitlicher, örtlicher Werth nicht in Betracht kommt. Dies ist der Fall bei den Umlaufsmitteln, die nur als Werkzeuge des Verkehrs benutzt werden, nicht wegen der Eigenschaften, die sie als Güter besitzen. Metallmünzen sind an und für sich Stücke edlen Metalls, die zu Schmuck 2c. verwandt werden können; allein, insofern sie als Geld dienen, tritt diese Eigenschaft in den Hintergrund, weil man sie nur annimmt, um sie wieder auszugeben, nicht um sie für irgend ein Bedürfniß zu gebrauchen. So haben abgenützte Münzen im Verkehr denselben Werth, wie neugeprägte, während alte Kleider, Möbel 2c. durchaus tiefer im Werth stehen wie neue. Noch deutlicher ist dies bei den sogenannten Geldsurrogaten, wie Papiergeld, Banknoten, Actien, Obligationen und anderen Creditpapieren. Alle diese Gegenstände haben einen bestimmten Werth, den sie nicht ihrem Gebrauchswerth, sondern nur ihrer Umlaufsfähigkeit, ihrer Eigenschaft, von Jedermann im Verkehr angenommen zu werden, verdanken. Es gibt eigene Geschäfte, wie die sogenannten Börsengeschäfte (§. 80), welche die Aufgabe haben, den Creditpapieren Umlaufsfähigkeit zu verleihen, und sie gelten deßhalb als productive Geschäfte, wenn sie nicht das Maß der verdienten Umlaufsfähigkeit übertreiben. Natürlich ist diese nichts Willkürliches, sondern ebenso wie der wirkliche Gebrauchswerth von bestimmten, genau nachweisbaren Ursachen abhängig (§ 49. 66 ff.) und diese Ursachen sind es, durch welche der Werth des Geldes, wie der Creditpapiere eigentlich bestimmt wird. Aber die Umlaufsfähigkeit ist das äußere Kennzeichen, nach welchem sich der Werth der Umlaufsmittel richtet, besonders da, wo jene tiefer liegenden Ursachen von geringerer Bedeutung oder Macht sind, wie bei der Scheidemünze oder bei vorwiegendem Geldbedürfniß des Landes.

Auch ohne daß die Umlaufsfähigkeit wirklich vollzogen wird, verleiht sie durch ihre bloße Existenz den Waaren einen höheren Werth; diejenigen Waaren, die einen offenen Markt haben, gelten immer mehr, als die, deren Markt beschränkt ist. So sank z. B. der Cours der von den kleineren mitteldeutschen Banken ausgegebenen Noten, als ihre Circulation vor einigen Jahren im preußischen Staate inhibirt wurde; ein Arbeiter, dem jederzeit der freie Wechsel seiner Stellung offen steht, hat höheren Werth als der an die Scholle Gebundene. „In dem Zeitraume von 1821—1851, sagt ein Bericht des französischen Justizministers an den Senat (Louvet, curiosités de l'écon. polit. p. 77.) stieg der Werth des großen Grundbesitzes kaum um ein Drittel oder Viertel, während die zerstückelten Grundstücke, bei schlechterer Qualität, einen vierfachen und oft fünffachen Preis erhielten." Dies rührt vorzüglich daher, daß die kleinen Besitzungen einen größeren Markt haben. Um den Werth dieser Steigerung zu bemessen, ist freilich nicht zu vergessen, daß 1851 von 7,846,000 eingetragenen Grundeigenthümern 3,000,000, also fast die Hälfte, wegen anerkannter Armuth keine persönliche Steuer und 600,000 davon im Ganzen nicht über 5 cent. jährlich entrichteten.

3. Das dritte Element des Tauschwerthes bilden die Productionskosten. Darunter muß man nicht blos die speciellen Erzeugungskosten, sondern den gesammten Aufwand von Productivkräften verstehen, welchen der Producent dahin gibt, um eine Waare in den Bereich des Consumenten zu bringen. Es sind sowohl Special- als Generalkosten; nämlich der Aufwand an Stoffen, Werkzeugen, Arbeitslohn, Transport, den jedes einzelne Product für sich erfordert, dann die Ausgaben für die ganze Unternehmung, z. B. für Gebäude, Korrespondenz, Beleuchtung, Versicherung, Steuern und sonstige Abgaben, unverkaufte Waaren, Kassavorräthe u. s. w. Alle diese Werthe besitzt der Producent beim Beginn seiner Unternehmung entweder in Geld oder in irgend einer besonderen Gestalt; was er davon durch die Pro-

duction verliert, muß ihm wieder ersetzt werden, denn kein Producent wird sich auf die Dauer herbeilassen, den Consumenten Waaren mit Verlust zu liefern.

Alle Productionskosten in diesem allgemeinsten Sinne sind
auf zwei Hauptarten zurückzuführen, Arbeit und Capital. Denn
wenn auch Naturkräfte bei jeder Production mitwirken, so sind sie
doch von keinem Einfluß auf den Werth; weil sie Niemanden *)
Etwas kosten, gibt sich Niemand die Mühe ihren Werth zu messen,
geschweige denn, Etwas für sie zu bezahlen. Sie dienen zur
Erleichterung und Befruchtung der Production und haben für
diese hohe Bedeutung; aber als Factoren des Werthes kommen sie
nicht in Betracht, sie stehen sogar in einem umgekehrten Verhältniß zu ihm, denn je reichhaltiger sie sind, um so leichter wird in
Folge dessen die Bedürfnißbefriedigung und desto geringer der
Kostenaufwand an Arbeit und Capital.

Wenn nun Arbeit und Capital die einzigen Elemente der
Kosten sind, so setzen sich diese für jede einzelne Waare zusammen
1. aus allen umlaufenden Arbeits- und Capitalkräften, die durch
die Production in sie übergegangen sind, und 2. da der Producent
die eigene Nutzung seiner sämmtlichen Capitalien, worunter für
ihn auch der Arbeitslohnvorschuß (vgl. § 18.) gehört, während der
Production verliert, in der Vergütung für diese Nutzung oder der
Rente, deren Werth sich in der erhöhten Brauchbarkeit seiner Producte vorfindet. Hat also der Producent ein Unternehmungscapital
im Werthe von 100,000 Thalern, von denen er 50,000 für Arbeit, Stoffe, Abnutzung von Gebäuden, Maschinen rc. an die
neuen Producte abgibt, so muß bei einem Stand der Rente von
10 % der Werth dieser Producte 60,000 Thaler betragen, nämlich 50,000 Thlr. Ersatz für sein Umlaufscapital und 10,000 für
seine Rente. Ein Verkaufswerth unter jenem Betrage wäre reiner
Verlust für ihn, der ihn zum Aufgeben oder Einschränken seiner
Unternehmung zwingen würde.

---

*) Darunter sind alle Producenten zu verstehen, die für wirklich vorhan-
denes Bedürfniß produciren. Etwaige Gelüste höhere Kosten anzusetzen,
werden durch die Konkurrenz und die Nothwendigkeit des Absatzes unterdrückt.
Vgl. noch was § 12. über den Begriff der freien Naturgüter gesagt ist.

Daher läßt sich der allgemeine Satz aufstellen: die Kosten jedes Products sind gleich der Summe aller in das Product über= gegangenen Arbeits= und Capitalkräfte mitsammt der Summe der Renten aus dem ganzen bei der Production aufgewendeten Capital. Mag ein Producent eigenes oder fremdes Capital verwendet haben, immer muß er alle diese Bestandtheile als seine Kosten aufrechnen, denn im letzteren Fall müßte er ja die Rente als Schuldzins an seine Darleiher entrichten, im erstern Fall muß er sie sich selbst berechnen, denn er darf sich hier nicht schlechter stehen, als wenn er sein Capital Anderen zur Benutzung ausgeliehen hätte.

Da nun, was den Werth betrifft, jedes Product durch Zu= sammenwirken von Arbeit und Capital entsteht, und die Mitwir= kung der Arbeit im Lohn, die des Capitals in der Rente vergütet wird, so gelangen wir zu dem Schlußsatze, daß der Werth aller Producte durch den Stand des Arbeitslohns und der Rente bestimmt wird; denn was sich in irgend einem Product an Capi= talstock vorfindet, hatte denselben Entstehungsprozeß durchzumachen, weil jedes Capital, als Product, nur durch Mitwirkung von Arbeit oder Capital oder von beiden hervorgebracht werden konnte. Die Kosten jedes Products steigen oder fallen daher mit dem Steigen oder Fallen des Arbeitslohns oder der Rente *). Es kann also auch das Steigen des Lohnes durch ein Sinken der Rente und umgekehrt mehr oder weniger in seinen Wirkungen beschränkt oder aufgehoben werden. Arbeitslohn und Rente lassen sich aber schon hier auf einen gemeinsamen Begriff zurückführen; sie sind die Vergütung für die persönliche Ueberwindung, welche die Production den Menschen kostet. Denn die persönliche Anstrengung, durch welche Arbeitsleistungen, und die Entsagung, durch welche Capi= talien entstehen, sind beide gegenwärtige Uebel, die eine Vergeltung in der Zukunft erwarten. Die Productionskosten eines Productes bestehen daher in jeglichem Opfer, welches von dem Producenten gebracht werden muß, um dasselbe in den Bereich des Consumenten zu bringen, und dieses Opfer ist schließlich immer nichts Anderes

---

*) So definirt auch Senior (Outline of the science of polit. economy p. 170.) die Productionskosten als „the sum of labour and abstinency neces- sary to production."

als persönliche Ueberwindung. Darunter ist denn auch schon der Gewinn einbegriffen, der sich als eine besondere Gestaltung des Lohnes und der Rente in ihrer Vereinigung erweist. Nach welchem Gesetze aber alle diese verschiedenen Arten persönlicher Ueberwindung zum Zwecke der Production vergütet werden, dies wird sich aus der Lehre vom Einkommen ergeben.

Aus dieser Zergliederung der Elemente des Tauschwerthes ersieht man, daß er durch die Eigenschaften gebildet wird, welche für die bei jedem Umlaufe wesentlichen Personen von Wichtigkeit sind, ebenso wie der Gebrauchswerth durch die Eigenschaften, welche bei der Befriedigung eines Bedürfnisses in Betracht kommen, weshalb man jenen auch Umlaufswerth, diesen auch Consumtions- oder Productions- (Erzeugungs-) Werth nennen könnte. Der Gebrauchswerth bildet die höchste, die Kosten die unterste Grenze des Tauschwerths und die Umlaufsfähigkeit hat in den meisten Fällen die Aufgabe, die eine oder die andere jener Ursachen zur vollkommeneren Wirksamkeit zu bringen. Alle Dinge also, die Gebrauchswerth haben, können auch Tauschwerth erlangen, aber nur, wenn Arbeit oder Capital in ihnen steckt; durch das letztere Moment ist zugleich das Maß ihres Werthes gegeben, soweit nicht der Gebrauchswerth je nach den Umständen eine selbständige Richtung nimmt oder die Umlaufsfähigkeit ihren Einfluß äußert. Freie Naturgaben haben niemals Tauschwerth, weder allein, noch in Verbindung mit künstlichen Producten. — Der Tauschwerth ist aber immer nur das ideale Maß, durch welches die Gleichheit zweier Tauschgegenstände zum Bewußtsein gebracht wird; ist auch diese Gleichheit einmal vorausgesetzt und anerkannt, so braucht es doch noch nicht zu einem wirklichen Tausche zu kommen. Oder mit anderen Worten, der Tauschwerth bedingt nur die ideale Möglichkeit, nicht die reale Thatsache eines wirklichen Tausches. Durch das Eintreten dieser Thatsache, also durch den Vollzug des Tausches wird der Werth zum Preis, d. h. zwei Werthe werden einander wirklich gleich gesetzt, gegen einander gegeben.

Vor der Betrachtung des Preises ist es aber nöthig, noch vom Werthmaß zu sprechen.

§ 43.

Vom Werthmaß.

Der Werth ist, wie wir sahen, das wirthschaftliche Maß der Güter und Waaren und hat für diese dieselbe Bedeutung, wie die Länge für fortlaufende Linien, die Schwere für Körper oder der Gefäßinhalt für Flüssigkeiten. Wir sprechen von hohem Gebrauchs- und Tauschwerth, insofern ein Gut ein wichtiges Bedürfniß in hohem Grade zu befriedigen oder einen hohen Gegenwerth einzutauschen im Stande ist. Offenbar hängt also der Werth von dem befriedigenden oder unbefriedigenden Gefühl ab, welches der Genuß oder die Entbehrung, Hingabe eines Gutes in den Menschen hervorzubringen vermag. Werth hängt daher geradezu mit Würde zusammen, denn der Genuß erhebt, die Entbehrung erniedrigt die Menschen; nur darf man Würde nicht mit sittlicher Achtung verwechseln, denn das Gebiet der Moral ist ein anderes als das der Wirthschaft. So wenig es nun aber im Leben genügt, ein Ding blos lang oder kurz, schwer oder leicht zu nennen, so wenig genügt es im Wirthschaftsleben, einem Gute blos hohen oder niedrigen Werth beizulegen; man muß vielmehr einen einheitlichen Maßstab haben, nach welchem man die Werthe aller Güter und Waaren sicher, genau und für Alle verständlich unter einander vergleichen kann. Da jedes Maß eine Einheit dessen sein muß, was gemessen werden soll, weil messen soviel heißt als Etwas in seine einzelnen gleichen Theile zerlegen, so kann auch das Werthmaß nur eine Wertheinheit sein, an und für sich gleichviel welche. Man könnte sagen, ein Haus ist 100 Pferde werth, ein Acker 10; oder 1000 und 100 Scheffel Getreide u. s. w.; und im ersten Falle wäre ein Pferd, im zweiten ein Scheffel Getreide als Werthmaßstab benutzt. Allein für das practische Leben genügt es nicht, irgend ein Werthmaß zu haben, sondern das zweckmäßigste, dasjenige, welches die Function des Messens am besten versieht. Diese Fähigkeit hängt aber offenbar von drei Eigenschaften ab: 1. von der Gleichmäßigkeit und Unveränderlichkeit des als Werthmaß gebrauchten Gutes, 2. von seiner leichten Theilbarkeit, um alle möglichen Werthe damit leicht messen zu können, 3. von seiner Gewißheit und Geläufigkeit.

Alle diese Anforderungen werden nun im höchsten Grade von den edlen Metallen, Gold und Silber erfüllt, und diese sind daher in jedem einigermaßen ausgebildeten Wirthschaftsleben als die besten Werthmaße anerkannt und benutzt. Da sie aber noch eine andere damit in genauem Zusammenhang stehende, höchst wichtige Function haben, nämlich als allgemeine Umlaufsmittel zu dienen, so werden wir zweckmäßiger in der Lehre vom Gelde von ihnen handeln.

Indessen sind die edlen Metalle kein ganz vollkommenes Werthmaß, weil ihr eigener Werth, der ganz denselben Gesetzen unterliegt wie der aller übrigen Waaren, in Folge dessen wenigstens in längeren Zeiträumen beträchtlichen Schwankungen ausgesetzt ist. Hieburch entsteht Unsicherheit in der Vergleichung von Werthen zu verschiedenen Zeiten, denn z. B. ein Pfund Silber oder Gold kann vor hundert Jahren einen bedeutend höheren Werth vorgestellt haben als gegenwärtig. Es machte sich also das Bedürfniß fühlbar, einen gerade für längere Zeiträume weniger veränderlichen Werthmaßstab aufzusuchen und man glaubte einen solchen vornehmlich in zwei Gütern zu finden, in Getreide und in der menschlichen Arbeit.

1. Es gibt allerdings gewichtige Gründe dafür, daß das Getreide sich einer gewissen Unveränderlichkeit seines Werthes erfreut. Als hauptsächlichstes, beliebtes Nahrungsmittel von wenig wechselnder Beschaffenheit dient es einem stets gleich fühlbaren, bringenden Bedürfniß; die Schwankungen der Ernten erzeugen doch für längere Perioden eine gewisse wiederkehrende Regelmäßigkeit; der Bedarf kann nie bedeutend über oder unter dem Vorrath stehen, weil beide sich immer in ein gleichbleibendes Verhältniß zur langsam und stetig anwachsenden Bevölkerung setzen und der Lebensmittel-Vorrath, als eine der wesentlichsten Vitalkräfte, sich gewissermaßen das Bedürfniß selbst erzeugt; endlich ist es auch stehende Annahme, daß die Kosten des Getreides durchschnittlich gleich bleiben, indem das Gesetz der Rente durch unaufhörliche Verbesserungen in der Production und im Transport überwunden wird.

Hiernach eignet sich das Getreide allerdings für längere Zeiträume als Werthmaß in hohem Grade, und wer den Schwankungen
des Geldwerthes nicht traut, thut besser, Leistungen, welche auf
lange Zeit hinaus geliefert werden sollen, anstatt in Geld, lieber
in Getreide anzusetzen. Dagegen wäre das Getreide, in Anbe-
tracht der hohen Veränderlichkeit seines Gebrauchswerthes für das
tägliche Leben, ein sehr unzuverlässiger Maßstab, schon wegen der
bedeutenden Schwankungen in der Ernte von Jahr zu Jahr und
von Ort zu Ort, ein Umstand, der durch die verhältnißmäßig
geringe Umlaufsfähigkeit des Getreides in hohem Grade verstärkt
wird. Ferner gibt es sehr verschiedene Getreidearten, Weizen,
Roggen, Gerste, Hafer ꝛc., und selbst wenn man sich über irgend
eine unter ihnen als ausschließlichen Werthmaßstab verständigen
könnte, welche es auch wäre, so ist doch keine überall gleich
beliebt*) und von gleicher Beschaffenheit; auch ist das Getreide nicht
nur zur Nahrung, sondern auch zu den verschiedensten gewerblichen
Zwecken verwendbar. Die Kosten sind wenigstens in den einzelnen
Ländern sehr verschieden, was sich aus der Verschiedenheit der
natürlichen Fruchtbarkeit, der Lage (Transportkosten), der landwirthschaftlichen Betriebsmethode, der Höhe der Bevölkerung, der
Besteuerung, der Preise der Hülfsstoffe, namentlich Dünger, Eisen
und Holz, erklärt. So kostete in Preußen von 1816—1825 der
Scheffel Weizen durchschnittlich 66 Sgr. 10 Pf., 1846—1850
durchschnittlich 75 Sgr. 11 Pf.; in England in denselben Perioden
durchschnittlich 115 Sgr. 5 Pf. und 98 Sgr. 1 Pf.; es war also
dort ein Steigen, hier ein Sinken des Werthes bemerkbar. Und
endlich wäre der Werth des Getreides nie so sicher und geläufig
zu berechnen, wie der der edlen Metalle, die man täglich, fast stündlich durch die Hände laufen läßt.

2. Die Arbeit kann man nur insofern als Maßstab des Werthes benutzen, als man ihren Werth nach dem Grad der unangenehmen Empfindung bemißt, welche sie in Jedem verursacht. Allein
diese Empfindung ist in Bezug auf eine gewisse Arbeitsdauer nicht

---

*) So z. B. ist Weizen in England, Roggen in Deutschland im Ganzen
und Großen beliebter und daher ihr Gebrauchswerth mit Rücksicht hierauf in
beiden Ländern verschieden.

bei Allen gleich, selbst wenn man eine Art der einfachsten Arbeit, etwa die eines gemeinen Taglöhners, zur Vergleichung ziehen wollte; sie wechselt vielmehr je nach Alter, Geschlecht, Nationalität, Klima, Gewohnheit, Bildung, Charakter u. s. w. Dann muß man vor Allem einwenden, daß die Arbeit nicht blos persönliche Anstrengung ist, sondern auch ein Umlauf von sachlichen Productivkräften, die gleichfalls auf ihren Werth bedeutend einwirken; der Werth dieser Productivkräfte ist aber, bei der gemeinen einfachen Handarbeit, mindestens gleich dem Werth des Unterhalts, den der Arbeiter genießt, und muß daher wechseln mit dem Werth der Güter, die den Unterhalt des Arbeiters bilden. Also nicht nur der persönliche Arbeitsaufwand, sondern auch die sachlichen Kosten der Arbeit sind äußerst verschieden und um so verschiedener, aus je manichfaltigeren, wechselnderen Bestandtheilen der Unterhalt zusammengesetzt ist. Endlich ist auch der Bedarf der Arbeit durchaus schwankend, in jungen, aufblühenden Ländern stärker als in alten; wozu noch kommt, daß die Umlaufsfähigkeit (Freizügigkeit) der Arbeiter durch städtische und staatliche Gesetze in der manichfachsten Weise beschränkt wird.

Die Arbeit ist daher ein viel unsicherer Werthmaßstab als das Getreide und wir dürfen dabei stehen bleiben, daß die edlen Metalle diesen Dienst für das practische Leben am zweckentsprechendsten leisten.

III. Vom Preise.

§ 44.

Begriff und Arten des Preises.

Hat sich der Werth mit Rücksicht auf ein vorhandenes Bedürfniß gebildet, so drängt er zu seiner Verwirklichung. Diese erfolgt für den Besitzer des Guts durch die Consumtion; ist das Gut noch nicht vorhanden, so muß es producirt werden, und von den Gesetzen der Production haben wir bereits ausführlich gehandelt. Wer es aber nicht produciren kann oder will, hat kein anderes wirthschaftliches Mittel, um zur Consumtion zu gelangen, als den Tausch; durch diesen erfolgt also die Verwirklichung des Tausch= werthes. Wer eine Waare mittelst Tausches zu erhalten wünscht, muß einen Preis dafür zahlen; der Preis ist daher von den beiden Tauschgegenständen immer das Tauschmittel, d. h. der Gegenwerth oder das Aequivalent, welches man für die Erlangung einer Waare gibt. Der Preis ist nicht schon der Tauschwerth, ausgedrückt in Geld oder in irgend einem anderen Werthgegenstand; wenn man sagt, ein Scheffel Getreide ist 2 Thaler oder 6 Pfund Kaffee werth, so hat man damit noch nicht seinen Preis; es muß erst ein Käufer sich finden, der wirklich 2 Thaler oder 6 Pfund Kaffee oder irgend einen anderen Gegenwerth dafür entrichten will. Der Preis be= deutet daher die vollendete Thatsache eines zu Stande gekommenen Tauschgeschäftes, der Werth nur die Fähigkeit hierzu. Ja man kann sagen, Werth und Preis verhalten sich der Regel nach*) wie Ursache und Wirkung; weil eine Waare für den Käufer den bestimmten Werth hat, giebt er auch soviel für sie, wenn man nur die Elemente des Tauschwerthes richtig würdigt.

Es gibt verschiedene Arten des Preises:

1. Der Marktpreis ist der vom jeweiligen Stande des Ver= kehrs abhängige Preis. Denn der Markt ist der Ort, wo Käufer und Verkäufer nach den rein wirthschaftlichen Erwägungen des Eigennutzes die Tauschgeschäfte abmachen. Unter Markt versteht man auch den Zustand der Tausch= und Absatzverhältnisse selbst.

2. Der Affectionspreis wird aus besonderer Vorliebe oder aus Vorurtheil ꝛc. gezahlt, er ist der Preis, der nicht vom Verstand, sondern vom Gefühl, häufig auch vom Unverstande entrichtet wird. Bekanntlich sind die Engländer sehr stark im Affectionspreis; so wurde ein englischer Penny aus Heinrich VII. Zeit einmal um 600 Pfund Sterling verkauft. (Roscher.)

---

*) Man darf freilich nicht vergessen, daß der Preis, der durch einen wech= selseitigen Kampf entgegenstehender Interessen zu Stande kommt, sich in con= creten Fällen von dem Werth, dessen Elemente in § 42 erörtert wurden, ver= schieden gestalten kann; denn der Werth ist ein Princip, der Preis eine Thatsache. Auch in wirthschaftlichen Dingen müssen Principien häufig der Macht der Thatsachen weichen, wobei jedoch in den letzteren auch ein höheres und stärkeres Princip stecken kann.

3. Der natürliche Preis hat sehr verschiedene Bedeutung: a) der Preis, der entsprechend dem Gebrauchswerth einer Waare gezahlt wird; in diesem Sinne sollte man den Ausdruck immer gebrauchen, denn Nichts ist natürlicher, als daß man soviel für eine Waare gibt, als sie für Einen werth ist. Also wären 600 Dollars für einen Trunk Wassers in der Wüste, um sich vor dem Verschmachten zu retten, ein ganz natürlicher Preis; b) der dem vernünftigen Gebrauchswerthe entsprechende Preis; hiernach wäre jener Penny zu einem sehr unnatürlichen Preise verkauft; so haben raffinirte Modewaaren in der Regel einen natürlichen Preis im ersten Sinne, einen unnatürlichen im zweiten Sinne des Worts; c) der die Productionskosten vergütende Preis, Kostenpreis (Ad. Smith); diese Bedeutung ist gesuchter, denn es ist weder immer natürlich noch durchgehends der Fall, daß gerade nur die Kosten vergütet werden; wer zu theuer oder zu schlecht producirt, muß natürlicher Weise unter dem Kostenbetrage verkaufen; auch beziehen alle günstiger gestellten Producenten Uebergewinn. Natürlich kann man diesen Preis nur insofern nennen, als ohne ihn manche Producenten nicht fortproduciren können, als er daher den Fortgang ihrer Production bedingt; allein auch hier ist nur derjenige Kostenpreis natürlich, der dem Interesse der Käufer, also dem Gebrauchswerth und dem jeweiligen Stande der Industrie entspricht; dies wird aber eben durch das Verhältniß zwischen Angebot und Nachfrage angezeigt.*) d) Der durch freie Konkurrenz geregelte Preis, also befreit von den Einflüssen künstlicher Schranken, Privilegien, Schutzzölle, Zunftordnungen, Monopolien, Propolien c.

4. Der künstliche oder unnatürliche Preis ergibt sich hiernach als Gegensatz des natürlichen von selbst.

---

*) Unzählige Schriftsteller haben es unbedenklich Adam Smith nachgeschrieben, daß der natürliche Preis der Kostenpreis sei, und doch ist es ihnen ein Naturgesetz, daß der Preis durch Nachfrage und Angebot geregelt werde. Bedenkt man, daß der Gewinn zum Wesen jeder Unternehmung gehört und würdigt man ihn in seiner wirthschaftlichen Bedeutung als einer Prämie für Vermehrung und vortheilhaftere Ausbeutung der Productivkräfte, so ist offenbar derjenige Preis der natürliche, der die Productivkräfte im Verhältniß zum jeweiligen Bedürfnißstande der Bevölkerung ihrer wirksamsten Verwendung zuführt.

5. Waaren= oder Nutzungspreis, je nachdem er für bie Sache
selbst (gewöhnlich Eigenthum, Kaufpreis) ober nur für die Gestat=
tung ihrer Benutzung gezahlt wird (Mieth=, Pachtzins, Arbeitslohn,
Capitalzins; Vergütung für die Bestellung von Servituten ꝛc.).

6. Geld= oder Sachpreis, je nachdem er in einer Geldsumme
ober in anderen Gütern (in natura) entrichtet wird; letzteres
kommt auch im Systeme der Geldwirthschaft häufig vor, so z. B.
werden Dienstboten, Soldaten, Matrosen, Beamte ꝛc. für ihre
Dienste nicht selten mit Kost, Wohnung, Kleidung, Fourage, Ehren,
Titeln ꝛc. belohnt. — Eine schimpfliche Art des Sachpreises be=
steht in dem sogenannten Trucksystem, wonach der Lohnherr —
gewöhnlich Fabrikherr — seine Arbeiter entweder in für sie un=
brauchbaren Fabrikaten oder in Lebensmitteln weit über ihrem
Werthe bezahlt.

7. Nominal= und Realpreis, ein mit dem vorhergehenden
nicht ganz gleichbedeutender Unterschied. *) Der Nominalpreis ist
nämlich zwar fast immer ein Geldpreis, aber nicht im Gegensatze
zur Naturalvergütung, sondern zum Werthe der Geldsumme.
Daher ist der Realpreis a) für den Verkäufer gleich der Quanti=
tät Güter, die er sich mit dem erhaltenen Geldpreise zu verschaffen
vermag, b) für den Käufer gleich der Quantität Güter oder Lei=
stungen, für welche er die Summe Geldes, die er als Kaufpreis
zahlte, erhielt.

8. Die Begriffe hoher und niedriger Preis oder Theuerung
und Wohlfeilheit sind vieldeutig. Um klar zu urtheilen, muß
man von dem Geldpreise, der durch den Werth des Geldmetalls
oder den Cours des Papiergeldes bestimmt wird, gänzlich absehen
und ein absolutes und relatives Maß des Preises unterscheiden.
Der absolute Preis bedeutet die Höhe des Opfers an sich, welches
gebracht werden muß behufs Erlangung eines Gutes, der relative
Preis die Höhe dieses Opfers im Vergleich mit der dadurch zu er=
langenden Bedürfnißbefriedigung. Relative Wohlfeilheit ist im=
mer ein Vortheil, relative Theuerung immer ein Nachtheil; abso=

---

*) Auch der Sachpreis kann zum Nominalpreis werden, wenn der Em=
pfänger die ihm gelieferten Waaren erst wieder weiterveräußern muß, um das
was er wünscht zu erhalten. Das letztere ist in diesem Falle sein Realpreis.

lute Wohlfeilheit und Theuerung dagegen sind dies nicht immer,
wie an verschiedenen Stellen dieses Werks dargethan wird. Re=
lativ wohlfeile Arbeit z. B. verträgt sich durchaus mit hohem Ar=
beitslohn, absolut wohlfeile Arbeit dagegen, in Folge der Arbeits=
theilung, des Maschinensystems, bedrückt den Arbeiterstand. Re=
lativ wohlfeile Waaren können zu absolut hohen Preisen verkauft
werden, wenn ein hoher Grad von Nützlichkeit oder Gebrauchswerth
in ihnen steckt, ein Scheffel Getreide ist immer theurer als ein
Scheffel Kartoffeln, aber er ist relativ wohlfeiler, insofern der
Mehrwerth seiner Nährkraft die Höhe seines absoluten Preises über=
wiegt. Ein richtiges Wirthschaftssystem muß nicht nach absoluter,
sondern nach relativer Wohlfeilheit streben; denn jene erniedrigt,
diese erhöht die Bedürfnißbefriedigung; jene vermindert, diese er=
hebt die Anforderungen an die Leistungsfähigkeit der Produc=
tivkräfte, besonders der Arbeit.

Der relative Realpreis ist entscheidend, wenn man sich
über die wirkliche Höhe der Preise unterrichten will; denn in ihm
ist der wahre Vortheil enthalten, den der Verkäufer erlangt, und
das wahre Opfer, welches der Käufer bringt. Wenn Jemand eine
Waare an verschiedenen Orten um 100 Thaler verkauft, aber diese
100 Thaler sind dort 50, hier 45 Scheffel Getreide werth, so ist
der wirkliche Preis hier niedriger wie dort; denn das Geld ist nur
vermittelndes Medium der Tauschgeschäfte, aus sich selbst bietet
es Nichts, was wirklichen Genuß bringen könnte. Daher ist für
den Arbeiter seine Arbeit der wirkliche Preis seines Unterhalts
und ebenso müssen alle Anderen die Höhe des Opfers bemessen,
das sie durch die Bezahlung eines Preises bringen. Wenn die
Landwirthe ihr Getreide um hohe Geldsummen verkaufen, aber in
demselben Verhältnisse alle ihre Arbeiter und was sie sonst kaufen
mit mehr Geld bezahlen müssen, so genießen sie in Wahrheit keine
hohen Preise. Daher kann der Nominalpreis steigen oder fallen,
aber der Realpreis gleich bleiben, wenn nämlich das Geld einen ge=
ringeren oder höheren Tauschwerth erhalten hat, und umgekehrt
kann der Nominalpreis gleich bleiben, aber der Realpreis steigen
oder fallen, wenn die Waaren gegen Geld wohlfeiler oder theurer
geworden sind. Denn man muß sich erinnern, daß in Wirklichkeit
immer nur Waaren gegen Waaren durch Vermittlung des Geldes

ausgetauscht werden, und zwar kommt es darauf an, welche Waaren in Wirklichkeit gegenseitig ausgetauscht werden. Es wird daher der Realpreis der gemeinen Arbeit nicht berührt, wenn Champagner oder Trüffeln im Preise steigen oder fallen, wohl aber, wenn solche Veränderungen das Getreide, Fleisch oder Bier oder die Wohnungen ꝛc. betreffen. Es lassen sich mit Rücksicht hierauf so viele Preisverhältnisse denken, als Waaren wirklich gegenseitig ausgetauscht werden. Theuer verkaufen und wohlfeil einkaufen, ist ein beliebtes Schlagwort im Munde der Freihändler und an sich unanfechtbar; aber eines schließt oft das andere aus, weil der theure Verkauf sehr häufig den theuren Einkauf nothwendig im Gefolge hat, nämlich zwischen Personen, die auf gegenseitigen Absatz ihrer Producte angewiesen sind; dies kann manchen anscheinend unbilligen Schutzzoll rechtfertigen. Denn es genügt z. B. nicht für die Producenten, wohlfeileren Rohstoff zu beziehen, sondern sie müssen auch des fortdauernden oder steigenden Absatzes ihrer Producte sicher sein, dieser könnte aber leicht gefährdet werden, wenn durch die Zulassung fremder Waaren eine ausgedehnte inländische Industrie vernichtet würde; ganz abgesehen davon, daß durch vermehrte Nachfrage ausländischer Producte diese selbst im Preise steigen möchten. (§ 112.) Der Schwerpunkt des vortheilhaftesten Tausches fällt daher nicht auf den einseitigen wohlfeilsten Kauf oder theuersten Verkauf, sondern auf den höchsten Realpreis, d. h. auf den Punkt, wo man beim Verkauf seiner Producte und Einkauf für seine Bedürfnisse zusammengenommen am meisten gewinnen, d. h. den höchsten Gebrauchswerth erlangen kann.

§ 45.

Ursachen des Preises.

Der Preis richtet sich nach dem Tauschverhältniß, in welches eine Waare zu einer anderen, die auch Geld sein kann, durch die beiden Tauschparteien gebracht wird; dies ist das Verhältniß von Angebot und Nachfrage.*) Das Angebot ist diejenige Werthmenge, welche

*) J. St. Mill III. cap. II. § 3 glaubt, daß der Werth (oder Preis) nicht von der Nachfrage abhängen könne, weil ja die Nachfrage theilweise vom

der Verkäufer, die Nachfrage diejenige, welche der Käufer auf den Markt bringt. Das Angebot entspringt also aus dem Wunsch zu verkaufen, die Nachfrage aus dem Wunsch zu kaufen. Nur die Verwirklichung dieses Wunsches durch Ausbieten und Nachfragen hat Einfluß auf den Preis; aber auch schon die Wahrscheinlichkeit, daß diese Verwirklichung eintreten wird, denn Käufer und Ver= käufer richten ihre Entschließungen nicht blos nach dem gegenwär= tigen Augenblick ein, sondern nach der Gesammtheit der wirth= schaftlichen Verhältnisse, die ihnen überhaupt vor Augen stehen.*) Das Gesetz des Preises lautet nun: Der Preis steht im geraden Verhältniß zur Nachfrage und im ungeraden zum Aufgebot, oder je stärker die Nachfrage, desto höher der Preis, je stärker das An= gebot, desto niedriger der Preis, und umgekehrt. Schwankungen des Preises müssen also eintreten, wenn Nachfrage und Angebot im Vergleich zu ihrem früheren Verhältnisse wechseln, und die Waagschaale des Preises wird sich immer zu Gunsten derjenigen Partei richten, bei welcher der Wunsch zu tauschen verhältniß= mäßig geringer ist, weil die hierin liegende Gefahr, daß gar kein Tausch zu Stande komme, die andere zur Nachgiebigkeit bewegt.

Natürlich ist Nachfrage und Angebot nichts Willkürliches, denn jeder Tausch soll ja dem beiderseitigen Interesse zu Folge eine

---

Werth abhänge; von zwei Dingen könne nicht eines vom anderen abhängig sein. Abgesehen aber davon, daß letzteres sehr wohl möglich ist, wenn man sich nur Wirkung und Rückwirkung als einen fortlaufenden Proceß zu ver= gegenwärtigen vermag, liegt in dieser vermeintlichen Schwierigkeit 1. eine Verwechselung von Werth und Preis, die sich überhaupt bei den englischen Schriftstellern sehr häufig findet; 2. eine Verwechselung von Nachfrage und Zahlungsfähigkeit, die nur eines der Elemente der ersteren bildet. Ein hoher Werth, als ideell postulirter Preis gedacht, kann viele Käufer abschrecken, in der Regel weil sie nicht zahlungsfähig sein werden; aber die hieburch be= schränkte Nachfrage kann einen niedrigen Preis zur Folge haben.

*) Darauf beruht die Möglichkeit der Speculationen, unter denen man sich nicht blos Schwindelprojecte denken darf. Da nun die Ausführung von Speculationen mittelst Aufläufe, Bestellungen, Verkäufe, Aufspeicherungen gleichfalls auf die Preise wirken muß, so scheint ihre Gestaltung hienach von der die Mehrzahl der Speculationsoperationen leitenden Meinung abhängig zu sein. Allein die Meinung hat diese Wirkung nur, insofern sie bereits zur That geworden, und sie kann durch entgegengesetzte Operationen von Seiten der Käufer bekämpft werden.

Gleichheit zweier Werthleistungen herstellen; der Preis kann sich daher auf die Dauer nie vom Werthe entfernen. Steigen die Kosten, so muß für den Käufer auch der Gebrauchswerth steigen, sonst würde er nicht mehr kaufen; sinkt der Gebrauchswerth, so müssen auch die Kosten sinken, sonst könnte der Verkäufer nur mit Verlust fortproduciren. Der Preis schwingt sich daher immer um den Gebrauchswerth und um die Kosten, aber diese Mittelpunkte sind wegen ihrer Veränderlichkeit selbst keine festen Punkte*), sondern unterliegen fortwährend neuen wirthschaftlichen Einflüssen. Mit dem Satze, daß der Preis stets um den Kostenbetrag kreist, ist aber, wie oben bemerkt, der weitere nicht für gleichbedeutend zu halten, daß der Kostenbetrag der natürliche und nothwendige Schwerpunkt des Preises sei. Auf den Kostenaufwand des einzelnen Unternehmers kommt, Monopolien etwa ausgenommen, gar Nichts an, und was den durchschnittlichen nationalen Kostenbetrag betrifft, so hat der Preis vielmehr eine centrifugale als eine centripetale Tendenz. Der Punkt, wo diese Tendenz ihre Schranke findet, wird durch das beständig wechselnde und auf einander wirkende Nachfrage- und Angebotverhältniß bestimmt. Die Schwierigkeit scheint dadurch nicht gehoben zu werden, wenn man wie Rau (Lehrbuch I. § 165) sagt, daß nur die nothwendigen Kosten auf den Preis wirken; denn welches sind die nothwendigen Kosten? die niedrigsten oder die höchsten oder die mittleren, durchschnittlichen? In der Wirklichkeit bestimmen bald die einen, bald die anderen den Preis. Man könnte vielleicht diejenigen Kosten nothwendige nennen, bei deren Aufwand den Unternehmer kein Vorwurf der Nachlässigkeit oder übler Speculation trifft; allein auch solche Kosten können Niemandem garantirt werden, eine einzige neue Erfindung, eine Maschine kann die fundirtesten Berechnungen über den Haufen werfen. Im Grunde sind nur diejenigen Kosten nothwendig, bei denen ein Tausch noch zu Stande kommt, allein dies ist kein Princip, sondern eine Thatsache. Practisch betrachtet, folgen vielleicht die Kosten häufiger dem Preise als der Preis den Kosten. Weil nun nicht nur die Kosten, sondern alle Umstände,

---

*) Garnier's Ausspruch: Il n'y a plus de durable que le prix naturel, ist nach allen Seiten eine unrichtige Phrase.

durch welche die Preise bestimmt werden, fortwährend sich ändern, so werden auch die Preise unaufhörlich wechseln, aber sie folgen dabei immer einem Ziel, dem Gewinn. Der Verkäufer richtet sein Angebot stets dahin, wo er am meisten gewinnen kann, der Käufer seine Nachfrage dahin, wo er am wenigsten zu geben braucht, und so kommt der wirkliche Preis durch einen steten Kampf wechselseitiger Interessen zu Stande, ein Kampf, der noch durch die Konkurrenz der Verkäufer unter sich zu Gunsten der Käufer, und durch die Konkurrenz der Käufer unter sich zu Gunsten der Verkäufer vielseitiger und wirkungsreicher wird.

Es fragt sich nun, wodurch Nachfrage und Angebot wirklich bestimmt werden *).

1. Die Nachfrage sucht immer den höchsten Gebrauchswerth auf; jeder Käufer will sein Bedürfniß so gut wie möglich befriebigen. In dieser Beziehung folgt der Preis ganz den Gesetzen des Werthes; die Nachfrage wird also steigen bei steigendem, sinken bei sinkendem Gebrauchswerth, und ebenso auch der Preis. Steigt der Gebrauchswerth wegen verbesserter Eigenschaften der Waare, so wird die Nachfrage willig nachfolgen, wenn sie nicht durch andere

---

*) Wir haben die Lehre, daß der Preis durch Nachfrage und Angebot bestimmt werde, beibehalten, weil sie einmal eingebürgert ist und schwerlich durch eine andere verdrängt werden könnte; es wird sich aber zeigen, daß sie nur ein zusammenfassender Kunstausdruck für eine Menge von Einflüssen ist, welche in ihrer Gesammtheit die Preisbewegung bedingen. Es wäre vielleicht besser, wenn sie nicht so allgemeine Aufnahme gefunden hätte, denn sie gibt leicht zu Irrthümern Anlaß, insbesondere hat sie jene abstracte Quantitätenlehre hervorgerufen, welche besonders von der englischen Schule unter Nichtachtung der concreten Verhältnisse gehandhabt wird, nach welcher z. B. behufs Verbesserung der Lage der arbeitenden Classe immer auf Verminderung ihrer Zahl hingewiesen wird. Das Wahre an der Sache ist, daß durch Nachfrage und Angebot Preisschwankungen hervorgerufen und ausgeglichen werden. Die schwankenden Preise sind allerdings die wirklichen Preise und insofern ist jene Lehre unzweifelhaft richtig; allein im Grunde werden die wichtigsten Preisverhältnisse, so der Arbeit und Capitalnutzung, durch welche die Preise insgemein beherrscht werden, durch eine Menge tiefer liegender Zustände bestimmt, welche in ihrer Gesammtheit das volkswirthschaftliche System eines Landes, seine geistige, moralische und leibliche Entwicklung, seine politischen Tendenzen, sein Steuersystem ꝛc. ausmachen und allerdings in Gebrauchswerth, Zahlungsfähigkeit und Productionskosten ihren an die Oberfläche hervortretenden Ausdruck finden.

Schranken, von denen wir sogleich sprechen, zurückgehalten wird; steigt er wegen geminderten Vorrathes, so kann die Nachfrage gleichfalls nachfolgen, wo das Bedürfniß um jeden Preis befriedigt werden muß, also vor Allem bei den unentbehrlichsten Lebensmitteln; bei Luxuswaaren wird die Nachfrage ablassen, sobald man den Preis zu hoch findet. Daher können unentbehrliche Dinge unbegrenzt, entbehrliche nur begrenzt im Preise steigen, eine Grenze, die freilich vom reichen Verschwender häufig überschritten wird. Wir werden jedoch sehen, daß die Zahlungsfähigkeit der Käufer dieses Gesetz nicht vollständig zur Geltung kommen läßt.

Durch welche Ursachen der Gebrauchswerth bestimmt wird, ist bereits früher erörtert; alle dort angeführten Momente wirken nun je nach den Verhältnissen der Käufer auf die Nachfrage. Man darf jedoch nicht vergessen, daß die Käufer der Erhöhung des Werthes mit ihrem Preise nur widerstrebend nachfolgen und sogleich nach anderen Mitteln suchen, um sich von Preisen, die ihnen zu hoch scheinen, zu befreien. Hier wirkt nun vor Allem die Möglichkeit, eine Waare durch eine andere zu ersetzen, mächtig ein; steigt der Preis des Weines, so bequemt man sich zu Bier; von theurem Tabak geht man leicht zu wohlfeilerem, wenn auch etwas schlechterem; von Seide zu Halbseide, von Getreide zu Kartoffeln, von Kaffee zu Rüben u. s. w. über. Daraus folgt, daß diejenigen Waaren, welche unersetzbar sind, am höchsten im Preis steigen können, ersetzbare dagegen viel weniger. Daher ist die Manichfaltigkeit der Güter für gleiche Bedürfnisse eine große Schranke gegen unmäßige Preise, und der Verbrauch besserer Waaren gewissermaßen ein Reservefond für schlechtere Zeiten. Dies ist auch der Grund, warum die ärmsten Classen unter der Theurung von Lebensmitteln verhältnißmäßig am meisten leiden; am schrecklichsten kann eine Kartoffelmißernte wirken (Irland), weil hier ein noch tieferes Herabsteigen zu noch wohlfeilerer Nahrung kaum denkbar ist, während Getreideconsumenten ohne erheblichen Nachtheil sich leicht für einige Zeit mit Kartoffeln rc. behelfen können. Aehnlich wirkt auch die Abschneidung jeglicher Zufuhr, z. B. in einer belagerten Stadt u. s. w. Ferner wird der Gebrauchswerth um so weniger schwanken können, auf je längere Zeit hinaus für ein Bedürfniß durch einen einmaligen Kaufact vorgesorgt werden kann. Dauerhafte und leicht in größerer Menge aufzuspeichernde Gegenstände haben daher einen festeren Gebrauchswerth als schnell vergängliche und schwer aufzubewahrende, ein Unterschied, der sich z. B. bei Möbeln und Nahrungsmitteln fühlbar macht.

Die Nachfrage richtet sich ferner immer nach den wohlfeilsten Artikeln. Kann sie also von denjenigen Producenten befriedigt werden, welche mit den geringsten Kosten produciren, so müssen alle übrigen mit ihren Preisen gleichfalls herabgehen oder aufhören zu produciren; nur wenn dies nicht möglich, bequemt man sich zu dem höheren Preise derjenigen Productivkräfte, deren Verwendung noch zur Befriedigung des Bedarfs erforderlich ist. Dann machen die günstiger Gestellten Gewinn, welcher alle anreizen wird, gleichfalls die Productionskosten zu ermäßigen, und so liegt in der Verschiebenheit der Productionskosten ein Grund zur allmähligen Erniedriguug der Preise. Dieses Moment kann natürlich nicht wirken bei solchen Waaren, die überhaupt nicht beliebig hergestellt werden können, wie bei seltenen Gemälden, Alterthümern; hier entscheidet vor Allem der Gebrauchswerth.

Endlich wird die Nachfrage bestimmt durch die Zahlungs= fähigkeit der Käufer. Diese wird von Say sehr treffend mit dem Bilde einer aufrecht stehenden Pyramide verglichen, denn je höher die Preise steigen, desto weniger Personen sind im Stande, solche hohe Preise zu bezahlen; sie werden also ihre Nachfrage einschrän= ken und auf wohlfeilere Gegenstände richten müssen. Daher kön= nen die Preise überhaupt nicht beliebig hoch steigen; Waaren, deren Preis nicht mehr bezahlt werden kann, verlieren die Nachfrage aller derjenigen, bei denen dies zutrifft. Die Zahlungsfähigkeit hat aber nicht blos die Wirkung, daß sie die Höhe der Preise begrenzt, sondern sie fixirt sie auch auf einen bestimmten Punkt, nämlich auf denjenigen, auf dem sich die zahlungsfähigsten Käufer befin= den; daher z. B. die Erscheinung, daß die mecklenburgischen Ge= treidepreise, abzüglich der Transport= und Verlustkosten, durch die englischen bestimmt werden, weil das mecklenburgische Getreide zugleich von Mecklenburgern und Engländern gekauft wird. Eine Ausnahme davon wird nur insoweit stattfinden, als die reichsten Käufer nicht das ganze Angebot bewältigen könnten; daher muß der Verkäufer von massenhaft producirten Artikeln doch wesentlich auf die geringeren Kaufmittel Rücksicht nehmen. Bei allen dergleichen Waaren ist also die Vermögensungleichheit ein Vortheil für die reicheren Classen.

Die durch die Grenze der Zahlungsfähigkeit gebotene Beschränkung der Nachfrage muß um so größere Wirkung äußern, je mehr Personen von dieser Beschränkung getroffen werden. (Loi d'abstention oder des privations nach Block.) Daher kann der Preis solcher Waaren, die von Allen, also auch von den ärmeren Classen consumirt werden, doch nicht so hoch steigen, als man dem Einflusse des Gebrauchswerthes zuschreiben sollte; eine geringe Enthaltsamkeit, weil sie von sehr vielen ausgeht, mindert hier schon bedeutend die Nachfrage.*) So substituirt der Statistiker Block der sehr zweifelhaften Regel des Engländers Gregory King, daß ein Deficit in der Ernte von 10 % den Getreidepreis um 30, ein Deficit von 50 % um 400 % steigen mache, eine andere wahrscheinlichere, wornach ein Ernteausfall von 10 % den Preis um 20, ein Deficit von 33 % um 80 % erhebt, überhaupt die Preissteigerung auch unter ungünstigen Verhältnissen (schwierige Einfuhr vom Ausland) nicht höher als zu 90 % erfolgen könne. Auch fügt er hinzu, daß wenigstens seit 1815 in keinem Theil Frankreichs der Preis des Getreides das Doppelte seiner normalen Höhe erreicht habe. Dem stellt er gegenüber, daß in Folge der Traubenkrankheit die französischen Weine, ein entbehrlicher Artikel, in den Jahren 1850—57 viel höher im Preise gestiegen seien, nämlich in England von 200 auf 420 Fr., in Holland und Belgien von 40 auf 100 und in Rußland von 50 auf 230 Fr. Man sieht also, daß die Weinpreise viel höher steigen können als die der Cerealien; denn Weine werden nur von Wohlhabenden getrunken, die viel leichter höhere Preise ertragen. Dagegen die Kasse der

---

*) Damit stimmt auch die Bemerkung Tooke's in seiner „Geschichte der Preise" überein, daß beim gegebenen Grade einer Mißernte das Verhältniß der Preissteigerung von den Zahlmitteln der niedrigeren Classen der Gesellschaft abhängen wird, und zwar um so mehr, je weniger durch Zuschüsse der Regierung, durch Armenunterstützungen und milde Beisteuern der Reichen die Mittel der Armen vermehrt werden. Bliebe aber die wachsende Kaufkonkurrenz auf die wohlhabenderen Classen beschränkt, so könnte die Preissteigerung sich nicht viel über den Betrag des Ernteausfalls erheben. (Tooke, I. cap. 2.)

Armen ist bald erschöpft. — Den Einfluß der Zahlungsfähigkeit ersieht man auch aus dem folgendem Beispiele der Zuckerconsumtion in Frankreich; diese betrug nämlich im Jahre 1846, wo der Preis zwischen 119 und 122 Fr. per 100 Kilogr. stand, 128,064,026 Kilogr., dagegen im Jahre 1850 nur 114,225,636 Kilogr.; im letzteren Jahre stand der Preis auf 128 Fr. per 100 Kilogr.

Die Zahlungsfähigkeit richtet sich übrigens nicht nach der Summe Geldes, die Jemand in seiner Kasse hat, sondern nach der Menge von Producten, welche die Käufer als Gegenwerthe anzubieten vermögen, also nach ihrer Productionsfähigkeit. *) Die Production der Käufer und Verkäufer bedingt und befördert sich daher gegenseitig. Und da der Credit ein wichtiges Unterstützungsmittel der Production ist, so kann er, auf Seite der Käufer, einem Sinken der Preise sehr mächtig entgegenwirken. Kaufcredite liegen daher ebensowohl im Vortheil der Verkäufer als der Käufer.

2. Das Ausgebot einer Waare richtet sich vor Allem nach dem producirten Vorrath, mit Abzug dessen, was der Producent für sein eigenes Bedürfniß zurückbehält, und dieser Betrag ist bei der landbauenden Classe sehr bedeutend, um so bedeutender, einen je größeren Theil der ganzen Bevölkerung dieselbe ausmacht. Ein

---

*) Dies gilt von Einzelnen, noch mehr aber von ganzen Völkern. Einen traurigen Beleg hiefür lieferte das durch seine amerikanischen Colonieen metallreich gewordene Spanien. Büsch (Geldumlauf V. § 17.) macht die sehr verständige Bemerkung, daß ein Staat, der von anderen nur durch Geldgeschäfte verdiene, im Ganzen arm bleiben werde, wenn auch einzelne Familien reichlich davon leben, weil aus diesen Geldgeschäften allein wenig nützliche Arbeit entstehe; er beruft sich dabei auf den Verfall der durch die manichfaltigste Industrie sonst so sehr blühenden Stadt Augsburg, seitdem deren geldreiche Einwohner das Geschäft der Cambiisten zu ihrem ersten Gewerbe gemacht hätten, ein Beispiel, das jedoch für unsere Zeit, seitdem Augsburg unter die Krone Bayern kam, nicht mehr zutreffend genannt werden kann. — Daher läßt sich ein dauernd vortheilhafter Tauschhandel zwischen mehreren Völkern nur dann erwarten, wenn bei jedem von ihnen manichfaltige blühende Productionszweige so fest begründet und eingebürgert sind, daß es nur ausnahmsweise in die Lage kommen kann, fremde Waaren mit edlem Metall zu bezahlen, und an diese Voraussetzung ist auch die Aufhebung des Schutzsystems und die Einführung des Freihandels gebunden.

Ausfall in der Ernte kann daher, weil der Abzug nahezu derselbe bleiben wird, das Angebot sehr verringern, und auch aus diesem Grunde sind die Lebensmittel einer plötzlichen Preissteigerung in höherem Grade ausgesetzt, als Gewerbswaaren, denn von letzteren behält der Producent für sich selbst nur wenig zurück. Ein Land, das sich großen Theils von außen her, also durch den Handel, mit Getreide versorgt, läuft diese Gefahr von eigener Seite zwar weniger, aber doch in einigem Grade auch von Seite des Auslands, und überdies werden die Gefahren der Mißernte durch andere, so besonders durch Störungen im Völkerverkehr, in hohem Grade ersetzt.

Die Production ist natürlich nicht von beliebigem Umfang, sondern muß sich nach dem voraussichtlichen Bedürfniß oder dem durchschnittlichen Gebrauchswerth der Producte für die Käufer richten. Wird zuviel producirt, so muß das vermehrte Angebot den Preis schmälern und zur Beschränkung der Production führen; wird zu wenig producirt, was jedoch von Seiten der Producenten mit Absicht nicht leicht vorkommt, so wird der aus der Preissteigerung entspringende Gewinn zur Ausdehnung der Production reizen. Kann dieses geschehen ohne Erhöhung der Kosten, so wird in Folge vermehrten Angebots der Preis wieder auf seinen regelmäßigen Stand herabgehen; macht sich aber das Gesetz der Rente ohne Gegenwirkung geltend, dann bleibt die Preissteigerung und sie kann nur insofern einigermaßen abnehmen, als durch neue Producenten das Ausgebot vergrößert werden wird. Die günstigste und wohl auch häufigste Wirkung ist die, daß in Folge der Ausdehnung der Production die Productivität von Arbeit und Capital selbst steigt; dies wird dann mit einer Erniedrigung des Lohnbetrages und Rentensatzes verbunden sein und es wird sich eine anhaltende Preiserniedrigung einstellen. Individuelle Abweichungen abgerechnet, wird nun die Konkurrenz es den Producenten unmöglich machen, auf die Dauer über dem Kostensatz zu verkaufen, weßhalb dieser als die unterste Grenze des Preises betrachtet werden kann.*) Auf der andern Seite wird sich Niemand freiwillig dazu

---

*) Es wird darüber gestritten, ob der Preis mit den wirklichen Erzeugungskosten für den Verkäufer oder mit den nothwendigen Erzeugungskosten

verstehen, unter den Kosten zu verkaufen, denn dies wäre baarer Verlust und für das Ganze eine Vergeudung von Productivkräften. Da nun kein Käufer Producte theuer bezahlt, während er sie anderswo wohlfeiler bekommen kann, so können offenbar nicht die am ungünstigsten, sondern nur die am günstigsten gestellten Producenten den Preis bestimmen; ein Satz, der jedoch auf die durchschnittlich günstigste Anwendbarkeit von Productivkräften einzuschränken ist. Freilich gibt es in jedem Productionszweig eine Anzahl von Unternehmern, die sich nothdürftig durchwinden und häufig zu Grunde gehen, namentlich in einigermaßen gewagten Geschäften; wenn auch diese, bis sie vom Schauplatz abgeworfen sind, unter ihren Kosten also mit Verlust absetzen, so ändert dies doch die Regel nicht; denn wie bei den Käufern der durchschnittliche Gebrauchswerth, so kommt bei den Producenten nur der bei durchschnittlicher Geschicklichkeit erforderliche Kostenaufwand in Betracht. Ausnahmsweise individuelle Fähigkeit oder Unfähigkeit bewirken nur besondere Bereicherung oder Verarmung Einzelner. Die Regel Ricardos, daß der Preis durch denjenigen Producenten bestimmt werde, der unter den ungünstigsten Umständen hervorbringt, ist daher nur unter der Beschränkung richtig, daß eine Steigerung der Productivität durch neu hinzutretende Producenten nicht bewirkt werden kann; ein Umstand, der selten eintreffen wird, weil jenes Hinzutreten entweder eine Vermehrung der Productivmittel und damit eine Ermäßigung ihres Preises oder eine Uebertragung aus anderen Erwerbszweigen voraussetzt, was nur in der Erwartung höherer Productivität geschehen kann. Der natürliche Preis ist daher nicht der höchste, sondern der durchschnittlich niedrigste; und seine durchgreifende Herrschaft wird nur dadurch aufgehalten, daß dem freien Umlauf der Productivmittel Hindernisse gesetzt sind; so besonders wo der Uebergang in neue Geschäfts-

---

für den Käufer zusammenhänge; die letzteren können im Systeme der Arbeitstheilung, wo der Käufer die gekaufte Waare in den allermeisten Fällen gar nicht erzeugen könnte, abgesehen von Ausnahmsfällen gar nicht in Betracht kommen, erstere aber freilich auch nur insofern als nicht die anderweitigen Bestimmungsgründe des Preises wirken. Jedenfalls hat jene Gegenüberstellung für die gewöhnlichen Marktpreise auch mit Rücksicht auf ihre Schwankungen keinen Werth.

zweige durch Trägheit und Schlendrian oder durch gesetzliche Vor=
schriften, wie Zunftgesetze, Heimathsgesetze u. dgl. erschwert wird.
Man kann daher sagen, daß sich der Preis, was die Kosten betrifft,
nach dem mittleren Stande der niedrigsten Kosten richte, daß aber
die günstiger gestellten Producenten, die fortwährend nach Aus=
dehnung ihres Absatzes trachten, diesen mittleren Stand stets zu
Gunsten der Consumenten herabbrücken.

Jeder Producent ist daher immer gezwungen, auf die Kosten
zu sehen, zu welchen seine Mitbewerber produciren; und es scheint
im Interesse der Producenten zu liegen, günstiger gestellte Konkur=
renten von der Mitbewerbung auszuschließen. Wenn dieses auch
manchmal z. B. durch Schutzzölle, Zunftordnungen 2c. gelingt, so
liegt darin doch kein wahrer Vortheil, weil die eigene Konkurrenz
unter den Zurückbleibenden immer auf die Kosten drückt und ein
hoher Preis stets die Nachfrage schmälert; es ist daher viel lohnen=
der, durch Erniedrigung der Kosten Andere aus dem Felde zu
schlagen. Jenes versuchen lässige, dieses strebsame und tüchtige
Producenten.

Da sonach der Preis jeder Waare, abgesehen jetzt von den
übrigen Ursachen des Preises, die mittlere Vergütung für den
Tauschwerth der in ihr enthaltenen Productivkräfte enthält*), denn
alle Waaren sind nichts als umlaufende Productivkräfte, so wer=
den auf die Dauer alle Waarenpreise durch den mittleren Preis
bestimmt, der für die Benutzung von Productivkräften bezahlt wer=
den muß, und wir stoßen hier wieder auf die frühere Regel, daß

---

*) Der von Manchen besonders betonte Fall des zusammenhängenden Prei=
ses, wenn nämlich aus einer Unternehmung mehrere verschiedenartige Producte
hervorgehen, z. B. Fleisch und Wolle, Gas und Coaks 2c., deren vereinter Preis
die gesammten Productionskosten vergüten muß, enthält nichts von den all=
gemeinen Preisgesetzen Abweichendes. Wenn hier schon die eine Producten=
gattung die Kosten ganz oder nahezu ersetzt, so ist dies so zu betrachten, als ob
die andere wenig oder gar keinen Kostenaufwand erforderte, und bei vorhan=
dener Konkurrenz wird sie daher zu einem verhältnißmäßig sehr niedrigen
Preise abgegeben werden können. Denn man muß sich immer erinnern, daß
nicht die Productivkräfte als solche preisfähig sind, sondern nur insoweit ein
Kostenaufwand mit ihnen verbunden ist. Günstige Marktverhältnisse können
jedoch hier wie überall einen außerordentlichen Unternehmungsgewinn be=
wirken.

sich die Kosten nach dem Stand des Lohnes und der Capitalrente richten. Hier ist aber ein wichtiger Unterschied zwischen dem Einfluß des Lohnes und der Rente hervorzuheben; nämlich der Lohn wird, hauptsächlich bei den gemeinen Arbeitern, durch die Kosten ihres Unterhalts influirt, nicht aber die Rente durch die Unterhaltskosten der Capitalisten, weil ja die Person der letzteren als Productivkraft nicht mitwirkt. Daher werden die Arbeitsproducte steigen, wenn die Lebensmittelpreise steigen, dagegen die Capitalproducte nicht oder nur in ganz geringem Grade, insofern einige Arbeit auch zu ihrer Hervorbringung nicht ganz entbehrt werden kann. Dies ist ein erheblicher Vorzug der Maschinenproduction vor dem Handwerk, der nur dadurch einigermaßen ausgeglichen wird, daß die erstere weit mehr durch ein Steigen der Rohstoffpreise angegriffen wird, weil sie davon mehr consumirt, und dann daß sie bei zunehmendem Capitalreichthum weit mehr von Konkurrenz zu leiden hat, also zu rastloser Kostenermäßigung angetrieben wird.

Endlich müssen die Verkäufer noch auf den Werth der Güter Rücksicht nehmen, die sie als Preis erhalten. Sinkt also der Werth des Geldes, so werden sie höhere Geldpreise verlangen und umgekehrt; denn ihre wahre Vergütung besteht in dem Realpreis. Dies gilt aber nur von den Verkäufern fertiger Producte, nicht auch von Productivkräften; oder doch, in letzterer Beziehung, nur von der Arbeit. Denn während eine Geldvertheuerung des Lebensunterhalts auch ein Steigen des Geldlohns nach sich ziehen muß, damit die Arbeitskräfte ungeschmälert wieder erneuert werden können, findet bei den Capitalisten eine gleiche Veranlassung nicht statt; denn ihre Vergütung wird nur durch die Verhältnisse des Capitalmarktes und auf die Dauer durch die Productivkraft des Capitals bestimmt; diese Umstände bleiben aber gleich, mag sich der Geldwerth gestalten wie immer. —

Die bisherigen Regeln gelten nur unter freien Entschließungen und bei ungehinderter Konkurrenz der Käufer und Verkäufer; die Preise gestalten sich anders, wenn der Markt irgend welchen künstlichen oder außerordentlichen Einflüssen unterliegt. Wer aus Noth oder um seine Waare nur loszuwerden verkauft, wird sich vielleicht mit jedem Preise begnügen (Noth=, Schleuderpreise);

ebenso im Falle von Propolien, wo der Käufer von jeder Konkurrenz befreit ist, oder von Monopolien, wo der Verkäufer einen solchen Vortheil genießt. Propolien kommen vor, wenn sich der Staat das Vorkaufsrecht beilegt, z. B. bei Bergbauproducten, beim Salz, beim Tabak, oder wenn sich das Mutterland für die Rohstoffe der Colonieen das alleinige Einkaufsrecht vorbehält, oder wenn durch Ausfuhrzölle das Ausland vom Einkauf inländischer Rohproducte abgehalten wird. In solchen Fällen kann der Preis so gestellt sein, daß er dem Verkäufer jeden Gewinn entzieht. Monopolien sind z. B. die Staatsmonopolien in Bezug auf Tabak, Salz 2c.; oder Schutzzölle, durch welche ausländische Waaren vom inländischen Markte verdrängt werden; ferner Erfindungspatente, Handelsprivilegien, Zunftrechte, kurz Vorschriften aller Art, durch welche Verkäufer von irgend einer drohenden Konkurrenz befreit werden. Ihre Wirkung ist oft nur die, daß die Käufer Waaren theurer zahlen müssen, als wenn das Monopol nicht bestünde; wirklichen Gewinn können sie den Verkäufern nur verschaffen, wenn jede Konkurrenz ausgeschlossen ist, wie z. B. für den Staat oder für privilegirte Handelscompagnieen. Es gibt auch natürliche Monopolien, z. B. durch besonders günstige Lage, Clima, Boden, erworbenen Ruf (z. B. Pariser Modewaaren,) oder durch Fabrikationsgeheimnisse (Ultramarin.) Künstliche Preise bilden sich endlich noch durch Preisverabredungen (Arbeiterverbindungen) und durch obrigkeitliche Preistaxen. Letztere sind meist überflüssig, schädlich aber dann, wenn sie die natürlichen Preisgesetze mißachten oder den natürlichen Strömungen der Ursachen des Preises Hindernisse setzen, insbesondere die Producenten zu träger Indolenz verleiten.

§ 46.

Von den Strömungen der Preise.

Sieht man von der Vermittlung des Geldes bei den Tauschgeschäften ab, so ist jede Tauschpartei offenbar zugleich Käufer und Verkäufer; Jeder kauft die Waare des Andern mit der seinigen und Jeder verkauft damit zugleich seine Waare dem Andern. Daher kommen die vorgehend betrachteten Gesetze auf jeder Seite gleichmäßig zur Geltung. Denn jeder Käufer muß, im Ganzen und Großen, producirt haben, um Waaren zum Tausch anbieten zu können, und ebenso jeder Verkäufer. Das Maß jeder Nachfrage und jedes Angebots ist daher die Productionsfähigkeit im Ganzen, innerhalb dieser aber leitet ein bestimmtes Gesetz die Producte in ewig wechselnder Richtung und erzeugt dadurch die Manichfaltigkeit des wirthschaftlichen Lebens, wie es auf der Oberfläche des Marktes zum Vorschein kommt. Dieses Gesetz ist dasselbe, dem alle Flüssigkeiten unterworfen sind: Nachfrage und Angebot, d. h. die Producte der Käufer und Verkäufer, haben stets die Neigung dahin sich zu bewegen, wo der mindeste Druck auf ihnen lastet; es leitet die Nachfrage dahin, wo die Käufer im Vergleich zu ihrem Aufwand den höchsten Gebrauchswerth, also die leichteste Reproduction und Befriedigung ihrer Bedürfnisse finden, und die Verkäufer dahin, wo sie gleichfalls im Vergleich zu ihrem Aufwand den höchsten Sachpreis, also wieder die leichteste Reproduction und Bedürfnißbefriedigung finden. Und aus diesem Grunde muß es das Streben aller Producenten sein, die mit ihren Producten auf den Markt treten wollen, entweder mit irgend einem gegebenen Aufwand den höchsten Gebrauchswerth, oder irgend einen gegebenen Gebrauchswerth mit dem möglichst geringen Aufwand zu erzielen. Wessen Producte dieser wirthschaftlichen Anforderung nicht zu genügen vermögen, der läuft Gefahr von der Preisströmung verschlungen zu werden, d. h. seine Production aufgeben zu müssen, zu verarmen.

Wovon der Productionsaufwand und die Mittel zu seiner Verringerung, oder vielmehr zur Erhöhung der Productivkraft abhängen, haben wir im Abschnitt von der Production gesehen; es erübrigt nur noch auf dem bereits gewonnenen Standpunkte einen etwas tieferen Blick in die wirklichen Preisverhältnisse zu werfen, um über die gesetzmäßige, innere Nothwendigkeit ihrer Entstehung und Bewegung noch klarer zu werden. Es wird hieraus die Ueberzeugung hervorgehen, daß die Preise in der That für die Erkenntniß der wirthschaftlichen Zustände der Länder von höchster Bedeutung sind.

Hält man das Wesen des Preises als einer nothwendigen

Werthvergütung für die mittleren Productionskosten der Waaren
fest, so ergibt sich sofort, daß die Preise immer im geraden
Verhältniß zum Gesetz der Rente und im umgekehrten zu seinen
Gegenwirkungen stehen müssen. Je mehr die Natur als Productionsfactor nachläßt, um so mehr Arbeit und Capital muß zum
Ersatz hiefür herbeigezogen werden; diese Nothwendigkeit ist aber
geringer in dem Verhältniß, als es gelingt, neue Naturkräfte auf-
zufinden oder Arbeit und Capital selbst productiver zu machen.
Ein Steigen der Preise kann daher nur durch solche, oben hinreichend aufgezählten Gegenmittel aufgehalten werden, und daraus
folgt, daß jede Preissteigerung — immer von den Veränderungen
des Geldwerthes abgesehen — ein Schritt zur Armuth, jede Preiserniedrigung ein Schritt zur Verbesserung des Wohlbefindens ist.
In denjenigen Ländern oder in den Classen eines Volks, wo sich
der wirthschaftliche Fortschritt einbürgert, muß daher Reichthum
und Ueberfluß, und dort, wo man nicht fortschreitet, Armuth und
Dürftigkeit herrschen. Erwägt man nun, welch mächtigen Vorsprung immer mehr das große Capital und die überlegene Arbeit
gewinnen, so erlangt man damit zugleich einen Einblick, wie es
möglich ist, daß die staunenswerthen Fortschritte unseres Jahrhunderts doch an einzelnen Punkten und in einzelnen Classen soviel
Elend im Gefolge haben können. Und dieses Elend ist zwar theils
selbst verschuldet, also heilbar, theils aber im Riesengange der
wirthschaftlichen Zeitrichtung begründet, wie wir an verschiedenen
Stellen dieser Schrift dargethan haben. Die Nachfrage sucht
immer die wohlfeilsten Waaren und wohlfeil kann nur producirt
werden durch immer weitere Ausdehnung der Arbeitstheilung und
Arbeitsvereinigung, des Großbetriebs und aller einzelner Hülfsmittel, durch welche man die Unterschiede der Productivkraft verstärkt. Allein da ist kein Volk, welches die Axt an den Riesen-
baum legen könnte, der überallhin die stärksten und feinsten Aeste
und Wurzeln erstreckt; er wird aber nur so lange wachsen, als
Geist und Seele in den Völkern gesund und wachsam bleiben.

Was nun die Preise der einzelnen Waaren betrifft, so werden
sie da am meisten steigen, wo mit Arbeit und Capital entweder gar
nicht oder doch nur mit immer geringerem Erfolg producirt werden
kann. Daraus erklärt sich der hohe Preis des Holzes, Wildes

und anderer Waaren, die von der noch unberührten, jungfräulichen Naturkraft im Ueberfluß geliefert, später nur künstlich erzeugt werden. Was ursprünglich Säuberung des Bodens von überwuchernden Naturkräften ist, wird später — ein naiver Rückzug des menschlichen Gemüths zum Naturzustande — zum künstlichen Vergnügen, das sich nur der Reiche verschaffen kann; die noble Passion eines so mit Reichthum gesättigten Volkes, wie die Engländer sind, für Jagen und Fischen findet daher auch ihre nationalökonomische volle Erklärung; ebenso der Kampf mit wilden Thieren in der römischen Kaiserzeit, maskirte Barbarenkämpfe u. s. w. Es ist daher auch sehr einleuchtend, wie hohe Preise, niedriger Zinsfuß (in Folge des Rentengesetzes) und der Hang zu anscheinend rohen Naturgenüssen gerade bei den reichsten Völkern und bei den reichsten Classen der Bevölkerung immer in der engsten Verbindung auftreten müssen. — Getreide- und Edelmetallpreise schwanken, die ersteren nur in kürzeren, die letzteren nur in längeren Perioden beträchtlich; jene, weil der Einfluß der Natur jährlich wechselt und das unabweisbare Nahrungsbedürfniß stets zum Suchen nach Gegenwirkungen drängt;*) diese, weil auch die reichste Jahresausbeute im Verhältniß zum gesammten Metallvorrath nur wenig beträgt, da-

---

*) Uneble Mineralien, die in den Gewerben als Rohstoffe verarbeitet werden, stehen dem Getreide näher, doch werden sie weniger schwanken, weil der Einfluß des Naturfactors bei ihnen weniger wechselt. Zu einiger Erläuterung diene folgende Preistabelle (nach dem „Bremer Handelsblatt"), wobei die Durchschnittspreise der zehnjährigen Periode von 1831—1840 als Maßstab der Vergleichung auf 100 gesetzt sind.

Artikel	1831—40	1841—50	1851	1856	1857	1858
Weizen, mecklenb.	100	120,7	108,3	206,9	144,4	133,3
Roggen, mecklenb.	100	112,9	118,2	203,4	140,0	125,5
Schafwolle, meckl. Bließ	100	87,8	85,6	102,9	109,9	92,7
Butter	100	108,4	105,0	154,0	155,5	152,1
Ochsenfleisch, gesalzen	100	119,5	113,4	172,9	175,3	168,0
Häute, trocken	100	76,3	79,2	143,3	185,7	127,1
Baumwolle, Georgia	100	70,6	83,3	84,1	105,6	94,5
Eisen, engl. in Sorten	100	91,2	72,6	114,0	112,9	100,0
Zink, roh	100	139,4	95,3	163,3	191,3	160,0
Blei, Harz, weich	100	107,7	98,3	137,6	138,2	126,0
Kupfer, schwer	100	96,2	94,3	126,0	135,0	112,4
Zinn, Banca	100	101,3	103,0	171,5	186,4	150,3
Steinkohlen, Schmiede-	100	100,0	85,7	128,6	100,0	100,0

gegen die Minerallager allmählich einer großen Erschöpfung fähig sind. Die Gewerbserzeugnisse können am tiefsten im Preis fallen; bei ihnen tritt die Natur von Anfang an in den Hintergrund, dagegen können sich hier industrieller Geist, technische und wirthschaftliche Verbesserungen und Erfindungen am vollständigsten entfalten; nur die Preise der Rohstoffe setzen zuweilen dieser Tendenz Schranken.

Bei diesen Verhältnissen ist aber auch der Einfluß der Speculationen der Geschäftswelt nicht zu vergessen. — Während durch die steigende Ausbildung der Transportmittel die räumlichen Preisverschiedenheiten des Getreides sich im Lauf der Jahre mehr und mehr nivelliren, so ist das doch hinsichtlich der zeitlichen Verschiedenheiten, die in erster Linie durch die Witterung bedingt werden, nicht ebenso zu sagen. Die Preisdifferenzen sind auch gegenwärtig von Jahr zu Jahr noch ziemlich groß, wenn auch nicht so groß, wie vor 50 Jahren. Dies ergibt sich aus folgender Tabelle über die Weizen- und Roggenpreise in Preußen im Anhalt an die Mißjahre 1817 und 1847 (Engel, Zeitschr. 1861. S. 252.)

	Weizen			Roggen		
1817	122	Sgr. —	Pf.	85	Sgr. 9	Pf.
1818	94	„ 10	„	65	„ 1	„
1819	67	„ 11	„	50	„ —	„
1820	56	„ 4	„	37	„ 7	„
1847	110	„ 3	„	86	„ 2	„
1848	63	„ —	„	38	„ 2	„
1849	61	„ 7	„	31	„ 8	„
1850	58	„ 7	„	36	„ 6	„
1856	113	„ 6	„	85	„ 1	„
1857	85	„ 6	„	55	„ —	„
1858	76	„ 3	„	51	„ —	„
1859	75	„ —	„	54	„ 4	„
Differenz von 1817—20	65	„ 7	„	48	„ 2	„
„ „ 1847—50	51	„ 8	„	49	„ 8	„
„ „ 1856—59	38	„ 6	„	30	„ 9	„

Dagegen betrug die durchschnittliche Differenz zwischen dem niedrigsten und höchsten Preise in den preußischen Provinzen beim

	Weizen			Roggen		
1816—20	30	Sgr. 5	Pf.	36	Sgr. 3	Pf.
1821—30	12	„ 1	„	16	„ 1	„
1831—40	16	„ 11	„	17	„ 6	„
1841—50	16	„ 11	„	18	„ 11	„
1851—60	13	„ 10	„	18	„ 2	„

Was nun die Preise der Productivkräfte selbst betrifft, so ist die Arbeit zunächst insofern einer Vertheuerung fähig, als der Unterhalt kostspieliger wird; der übrige sachliche Aufwand, der größten Theils in Gewerbserzeugnissen besteht, wird zusehends geringer. Diejenige Arbeit wird sich daher im Verhältniß besser befinden, welche nicht mittelst gemeiner Körperarbeit verrichtet wird. Wird die Getreidenahrung zu kostspielig, so muß man zu schlechteren Sorten oder zu Kartoffeln übergehen, mißrathen auch diese, dann ist das Elend am größten. Wo die Wohnungspreise immer unerschwinglicher werden, da ist dies ein Zeichen, daß die wirthschaftliche Strömung immer unvereinbarer wird mit behaglichem Familiengenuß, zur „Atomisirung" des Volkes treibt, oder auch, was nicht selten der Fall sein mag, daß die Wohnungsverhältnisse von den zu ihrer Verbesserung berufenen öffentlichen Organen in höchst unbilliger Weise vernachlässigt werden. Hier liegt die Wurzel vieler socialen Uebel. Ein Mittel zur Verbesserung ihrer Lage bleibt den Arbeitern immer, Vermehrung ihrer persönlichen Anstrengung, allein der Druck wirkt allmählich nicht nur lästig, sondern auch lähmend. Daß auch der Preis dieser letzteren Veränderungen unterworfen ist, geht aus dem hervor, was früher über die Schätzung des hierin liegenden Opfers bemerkt wurde; hier ist klar, daß die Arbeit in dieser Hinsicht im Preise sinken wird, je größere Bevölkerungsmassen immer mehr von der Hand in den Mund leben müssen.

Das Capital unterliegt dagegen vollständig den mechanischen Wirkungen der Preisgesetze, weil bei ihm die persönliche Mitwirkung des Besitzers dem Begriffe nach ausgeschlossen ist. Während also der Preis der Arbeit wechselt mit dem wechselnden Preis der Unterhaltsmittel ꝛc., richtet sich der Nutzungspreis des Capitals immer nur nach dem Verhältniß seiner Productivkraft (s. jedoch das Nähere § 95.). Wenn es gelingt, Werkzeuge, Maschinen ꝛc. zu vervollkommnen und damit wohlfeilere oder bessere Producte hervorzubringen, sinkt damit nicht zugleich auch die Rente des Capitals, sondern der Vortheil besteht für die Capitalisten, sowie für alle übrigen Consumenten darin, daß solche Capitalprodukte jetzt um geringeren Preis erkauft werden können.

Je umlaufsfähiger die Waaren werden, um so mehr nähern

sich die Preise an verschiedenen Orten einander, die wirthschaftlichen Fortschritte haben daher die sehr nützliche Tendenz, eine
immer größere Stetigkeit und Gleichmäßigkeit der Preise herbeizuführen und plötzliche Schwankungen der Nachfrage und des Angebots zu verhindern.

IV. Vom Gelde.

§ 47.

Begriff und Arten des Geldes.

Das Geld hat zwei Hauptfunctionen: als allgemeines Werthmaß und Umlaufsmittel zu dienen,*) d. h. mit Geld wird der
Werth aller Waaren gemessen und gegen Geld werden alle Waaren
ausgetauscht. Durch den letzteren Dienst zerfallen alle Tauschgeschäfte in zwei Theile: wer kaufen will, muß vorerst eine Waare
verkauft haben, um mit dem erlangten, in Geld bestehenden Kaufpreis die Waare, die er wirklich wünscht, einzutauschen. Dasselbe
muß sein Verkäufer seinerseits thun. Daran schließt sich noch die
Eigenschaft des Geldes als vorzüglichstes Capitalisirungsmittel,
in Geld werden die meisten Ersparnisse gemacht und aufbewahrt,
weil man auf diese Weise des Werthes und der Umlaufsfähigkeit
am sichersten ist. Geld kann also als die umlaufsfähigste Waare
und als zuverlässigster Werthmaßstab bezeichnet werden.

Geld ist nicht immer und nicht blos „Kaufbefähigung" (pur-
chasing power), weder für ein ganzes Land gegenüber dem Ausland, noch für einzelne Besitzer gegenüber anderen. Nach Adam

---

*) Die Fähigkeit („Recht") des Geldes, als allgemeiner Träger der Werthe
Forderungen zu befriedigen, die von Stein das wesentlichste Moment des
Geldes genannt wird, ist Nichts weiter als eine juristische Folgerung aus der
Eigenschaft als allgemeines Umlaufsmittel; der Staat kann jene Fähigkeit,
wenn er nicht seine Befugniß überschreitet, nur solchen Gegenständen beilegen,
die als allgemeine Umlaufsmittel gebraucht werden (das Geld ist vielmehr
Volksgeld als Staatsgeld), und überdies circuliren viele Geldsorten, z. B.
ausländische Münzen, ohne staatliche Legitimirung.

Smith zerfällt die ganze Circulation in zwei verschiedene Zweige: in die Circulation zwischen den Händlern (Producenten) unter einander und in die Circulation zwischen Händlern und Consumenten. Obgleich dieselben Geldstücke, Metall oder Papier, bald der einen bald der anderen Art des Umlaufs dienen, so erfordert doch jede von ihnen beiden, da sie beständig zu gleicher Zeit neben einander im Gange sind, einen bestimmten Geldvorrath, der nur zu seiner eigenthümlichen Bestimmung verwendet werden kann. Diese beiden Zweige des umlaufenden Mediums sind allerdings Kaufbefähigung; allein damit ist die gesammte Geldmenge eines Landes noch nicht erschöpft. Nicht alles Geld befindet sich nämlich stets im Umlauf; ein beträchtlicher Theil muß als Kassenvorrath, Reservefond ꝛc. in den Händen irgend einer Classe von Producenten liegen bleiben und daraus ergibt sich eine weitere ideelle Abtheilung der Geldmenge: in Circulation und Cassavorrath; letzterer ist ein wesentlicher Capitalbestandtheil jeder Unternehmung, erstere ist nicht immer Capital. (§ 18.) Auch diese beiden Arten der Geldmenge fließen natürlich beständig in einander über, aber nur das circulirende Geld, abstract gedacht, ist Kaufbefähigung und steht in Beziehung zur Preisbildung.

Der Nutzen des Geldes ist hienach einleuchtend; sehen wir von seiner Bedeutung als Werthmaß ab, wovon wir bereits gesprochen haben, so befördert es im höchsten Grade die Umlaufsfähigkeit, und damit die Production und Consumtion der Waaren. Müßte Jeder seine Producte unmittelbar austauschen gegen solche, die er selbst zu irgend einem Zweck zu verwenden gedenkt, so wäre das mit unendlich viel Mühe und Zeitverlust verbunden. Man denke nur an die Schwierigkeit, alles Getreide unmittelbar an die Getreideconsumenten abzusetzen; selbst wenn der Handel als selbstständiges Geschäft dazwischen träte, müßte ein Getreidehändler mit allen Artikeln handeln, welche von den Getreideconsumenten producirt und von den Getreideproducenten consumirt werden. Durch das Geld wird die Aufgabe höchst einfach: der Landmann verkauft sein Getreide und kauft mit dem erhaltenen Gelde nach Belieben, wo und so oft es ihm gutdünkt; und Nichts weiter als eben dieses Geld braucht der Getreidehändler von seinen Käufern als Gegenwerth für das Getreide anzunehmen. Was vom Getreide, gilt von allen andern Waaren; alle Kaufleute müßten zugleich mit allen Waaren handeln. Welche Verwirrung würde da entstehen! Das heißt, die Möglichkeit dieser Verwirrung würde nicht blos die Spezialisirung des Handels, sondern geradezu die Arbeitsthei-lung überhaupt und alle großartigen Beförderungsmittel der Pro-ductivkraft nahezu vernichten. Wenn man die Leistungen des Geldes in dieser Weise würdigt, ist es daher keine Uebertreibung, ihm als dem „nervus rerum" zu huldigen.*)

---

*) Dabei ist freilich nicht ausgeschlossen, daß nicht ein allgemeines Tausch-comptoir als Ergänzungsinstitut im Systeme der Geldwirthschaft mit Erfolg in solchen Fällen wirken könnte, wo der Waarenumlauf wegen Mangels an paraten Zahlmitteln an einzelnen Stellen der Volkswirthschaft gehemmt ist. Ein Institut dieser Art ist die 1849 von C. Bonnard u. Comp. in Mar-seille gegründete Tauschbank (banque d'échange). Ihr Zweck war, „das Gleichgewicht zwischen Production und Consumtion herzustellen und alle an-deren Werthe außer dem Gelde wieder von der Gedrücktheit zu erheben, welche das Geld verursacht, wenn es, anstatt Mittel zu bleiben, beinahe der einzige Zweck der Geschäfte wird. Das Institut wird ein Mustercomptoir für den Tausch sein." Demgemäß betrieb diese Bank mit einem kaum nennenswerthen Anfangscapital ein Commissionsgeschäft im Großen, indem es unverkäufliche Werthposten aller Art an sich zog und nach den verschiedensten Seiten in Um-lauf brachte. Ihr Erfolg war der, daß nach Hübner auf 25 Fr. eingezahltes Capital in den Jahren 1849—1852 jährlich 5 % Zins und nahezu 20 Fr. Dividende bezahlt wurden; das Unternehmen hat in 4 Jahren aus 25 Fr. nahe an 167 Fr. gemacht. Nur ein Beispiel sei erzählt, in welcher Art von jenem Institut Geschäfte betrieben wurden. „Ein Bildhauer war Eigen-thümer eines Grundstückes in ungünstiger Lage, das er nicht verkaufen konnte. Die Bank übernahm das Grundstück und gab ihm an Zahlungsstatt Anwei-sungen (Bons) auf tägliche Nahrungsmittel und auf Rohstoffe seiner Indu-strie. Das Grundstück wurde von der Bank einem Baumeister im Austausche gegen eine hypothekarische Forderung übergeben, von welcher er vergeblich Nutzen suchte. Die Forderung wurde von dem Besitzer einer Partie Möbel übernommen, die er bisher nicht veräußern konnte, weil sie seinem Geschäfts-betrieb fremd waren. Diese Möbel sind in den Händen der Bank der Ge-genstand zahlreicher Tauschgeschäfte im Detail geworden. Der Verkäufer der Möbel veräußerte die Hypothekarforderung für ihren ganzen Werth, der Bild-hauer gelangte auf eine nützliche Weise zu dem Werth seines Eigenthums und der Baumeister vertheilte das Grundstück an verschiedene seiner Arbeiter und Lieferanten." Die Idee, das manchmal etwas zu scheue und anspruchsvolle Geld seiner Alleinherrschaft im Gebiet des Umsatzes zu entsetzen, ist unzweifel-haft richtig und verdient Beachtung an großen Handelsplätzen, wo täglich die manichfaltigsten Waaren und Bedürfnisse zusammenströmen und einander häufig vergeblich aufsuchen; immerhin aber ruht das ganze Geschäft auf einer

Den Dienst des Geldes verrichten am besten die edlen Metalle; sie gelten fast überall in gleichem Maße als Werth und Waare. Dies rührt hauptsächlich von folgenden Eigenschaften her:

1. Die edlen Metalle haben einen höchst gleichmäßigen und unveränderlichen Werth. Während fast alle anderen Waaren in sehr verschiedener Qualität vorkommen, gibt es keine verschiedenen Sorten Goldes oder Silbers. Nur ihr Mischungsverhältniß ist verschieden, d. h. sie sind mehr oder minder mit anderen, unedlen Substanzen versetzt, aber diese können mit Sicherheit zu beliebigem Grade durch Raffinirung entfernt werden. Reines Gold und reines Silber ist überall dasselbe. Ferner haben sie wegen ihrer Schönheit, ihres Glanzes, ihrer Dauerhaftigkeit einen hohen und allgemein anerkannten Werth, der nicht leicht wechselt: denn sie sind zugleich sehr umlaufsfähig und wenn auch zu Zeiten die Productionskosten geringer werden, bewahrt sie doch ihr unveränderlicher Gebrauchswerth vor einem schnellen Sinken ihres Werths, zumal da eine neue Ausbeute, auch wenn sie sehr beträchtlich ist, doch nur in geringem Verhältniß stehen kann zu den auf der Erde schon vorhandenen ungeheuren Metallmassen und vom jederzeitigen Bedürfniß sofort begierig aufgenommen wird.

2. Die edlen Metalle lassen sich leicht in jeden beliebigen Theil zerlegen, können also, höchstens mit einem geringen unedlen Zusatz, auch dem kleinsten Werthe angepaßt werden.

3. Jedermann kennt ihren Werth, er ist also überall geläufig schon deßwegen, weil er nicht leicht wechselt.

4. Schon diese Eigenschaften befähigen die edlen Metalle auch zum vorzüglichsten Umlaufsmittel. Dazu kommt noch ihr geringes Gewicht im Verhältniß zu ihrem Werth, ihre geringe Ab-

---

außerordentlichen Grundlage, die für den gewöhnlichen Geschäftsverkehr unbrauchbar wäre, nämlich auf der Unverkäuflichkeit von Waaren, die man gerne auch unter ihrem wahren Werthe los wird, und auf einer klugen und systematischen Ausgleichung von Geldverlegenheiten. Eine völlige Verdrängung des Geldes wird daher eine solche Tauschbank nie bewerkstelligen können. Hübner (die Banken S. 199 ff.) erblickt die Gründe für den lucrativen Erfolg des Unternehmens in den Eigenthümlichkeiten des Agenturgeschäfts und den tüchtigen Eigenschaften des Gründers.

nützbarkeit, ihre leichte Uebertragbarkeit und ihre verhältnißmäßige Entbehrlichkeit, so daß sie, als Geld, der wirklichen Bedürfnißbefriedigung nur wenig entziehen. Ueberdieß kann das Geld durch Einschmelzen leicht zu allen übrigen Zwecken verwendet werden, wobei man nur die Kosten der Prägung verliert, aber nichts vom Stoffwerth, nur den Formwerth.

Es gab früher und gibt noch sehr viele verschiedene Geldarten. So gebraucht man Kupfer zu ganz kleinen Werthzahlungen. Die alten Spartaner hatten Eisengeld, die Malayen Zinn. Auf niedrigen Kulturstufen bedient man sich gewöhnlich der beliebtesten und curranteſten Waaren, so der Felle bei Jäger=, des Viehes bei Hirtenvölkern; Salz in Abyſſinien, Thee in der Mongolei, Datteln im perſiſchen Dattellande, Leinwand in Island und bei den alten Bewohnern der Inſel Rügen. Auch Platina hat man in neuerer Zeit als Geld zu verwenden gesucht, allein es hat keinen so hohen, allgemeinen Gebrauchswerth und ist zu ſtrengflüſſig und selten.

Bei allen gebildeten Völkern sind Gold und Silber als Geldstoffe im Gebrauch; Silber schon sehr früh, Gold viel später, weil es viel werthvoller und seltener ist. In Griechenland soll zuerst König Pheidon von Argos das Silber eingeführt haben um die Mitte des 8. Jahrh. v. Chr., das Goldgeld nennt noch Ariſtoteles neu. Die Römer schlugen das erſte Silbergeld 269 vor Chr., früher hatten sie Kupfergeld, das Gold kam erst unter Cäſar und Auguſtus mehr in Gebrauch. (aureus.) Von den neueren Völkern scheint zuerst Benedig Gold in beträchtlicher Maſſe geprägt zu haben; in England wurde erst unter Eduard III. (geſt. 1377) das Gold mehr üblich. Bei den Germanen war schon in der früheſten Zeit, wie Tacitus berichtet, das Silber beliebter; und wir haben heute noch Silberwährung.

Trotz der hohen Vortheile des Geldes, welche seinen Gebrauch bei fortſchreitender wirthſchaftlicher Entwicklung geradezu unentbehrlich machen, erzeugt doch auch die mehr und mehr überhandnehmende Geldwirthſchaft gewiſſe Uebelſtände, welche ſich in Mißverhältniſſen des Umlaufes und folglich in Störungen des Abſatzes und der Einkommensvertheilung äußern. Dieselben erklären ſich aus Folgendem. 1. Dadurch, daß das Geld allgemeines, also einziges Umlaufs= oder Tauſchmittel

wird, erlangt es nothwendig ein gewisses Monopol des Werthes und der Umlaufsfähigkeit, welches auf alle übrigen Waaren
drückend und erniedrigend wirken muß. Dem kann zwar durch
Geldsurrogate (Papiergeld) und Creditmittel aller Art entgegen-
gesteuert werden, allein ihr richtiger und wohlthätiger Gebrauch ist an gewisse, nicht beliebig überschreitbare Grenzen gebunden und kann jedenfalls der metallischen Grundlage nicht entbehren. 2. Die Geldwirthschaft erleichtert ungemein die Capitalansammlung und damit die Ausdehnung und Verwohlfeilerung
der Production, wozu noch kommt, daß auch die Ersparnisse der
Aermeren vermittelst der Sparkassen ꝛc. dem Großbetrieb mit Capitalien zugeführt werden. Hiedurch wird aber in vielen Erwerbszweigen eine Tendenz der Ueberproduction und der Erniedrigung
des Arbeitslohns, also des Einkommens der großen Mehrzahl der
Käufer erzeugt (§ 90, 91, 97) und es kann die Consumtions- oder
Kauffähigkeit hinter der Productionsfähigkeit zurückbleiben. 3. Mit
der Geldwirthschaft dehnt sich die Arbeitstheilung immer weiter
aus und die Erwerbszweige, welche für einzelne oder zusammenhängende Bedürfnisse arbeiten, treten immer mehr auseinander.
Da aber ihre relative Productionsfähigkeit nicht gleichen Fortschritt hält, so kann und wird sich ein steigendes Mißverhältniß in
ihrem gegenseitigen Zusammenwirken einstellen. In einem bestimmten Wohnungsraume z. B. lassen sich zwar beliebig werthvolle, aber nicht beliebig viele Möbel aufstellen; wie nun die Woh-
nungsproduction hinter der Möbelproduction, so können auch
andere Geschäftszweige hinter einander zurückbleiben und der regelmäßige und gleichförmige Absatz ist gestört. 4. Im Systeme der
Geldwirthschaft ist der gesammte Waarenumlauf zum großen Theil
von dem einer einzigen Waare, des Geldes, abhängig. Schwankungen in dem letzteren, die, wie z. B. die häufigen Diskontverän-
derungen anzeigen, nicht selten sind, müssen auch den ersteren in
häufige Bedrängniß versetzen, und zwar nicht blos in Folge allgemeiner Calamitäten, wie Handelscrisen, sondern auch schon solcher
ungünstiger Zustände, welche sich in einem Knapperwerden des
Geldes und folglich in einer stärkeren Contraction desselben fühlbar machen. 5. Es wird immer mehr auf Vorrath und weniger
auf Bestellung gearbeitet und die Verkäufer müssen unter Anwen-

bung von allerlei kostspieligen, an sich unfruchtbaren Mitteln Käufer anlocken und mit einander um Absatz ringen. Dies bewirkt entweder Waarenfälschung, oft zum Nachtheil der Gesundheit, oder doch eine Vergeudung von Werthen lediglich zu Verkaufszwecken, womit die ungenügende Belohnung der Arbeit in widriger Weise contrastirt. Alles dies wird gesteigert durch Erweiterung der Handelsoperationen mit dem Auslande, wodurch der Umlauf weiter und verwickelter wird und Störungen leichter und häufiger eintreten können. 6. Einen je höheren Rang das Geld im System der Bedürfnißbefriedigung einnimmt, desto mehr sucht man Alles käuflich, „zu Geld" zu machen, und es verbreitet sich unter der Bevölkerung sowohl verächtliche Mammonssucht und Geschäftshascherei, als auch eine umsichgreifende Niedrigkeit der Gesinnung, welcher Alles für Geld feil ist und welche Alles für Geld zu erreichen begehrt. Nicht nur männliche und weibliche Tugend und Ehre werden mehr und mehr um Geld feil, sondern es werden auch die höheren Kräfte der Menschen in den Dienst der Gelderwerbskunst gedrängt und die Pflichten der edleren geistigen und sittlichen Ausbildung um ihrer selbst willen vernachlässigt. Daß auf diese Weise die Geldwirthschaft nicht blos wirthschaftliche Nachtheile, sondern auch hohe politische und moralische Gefahren hervorbringt, leuchtet von selbst ein.

§ 48.

Von den Erfordernissen des Geldes.

Um die edlen Metalle als Geld gebrauchen zu können, müssen sie in Einheiten von bestimmtem Werth gebracht werden, denn nach diesen Einheiten werden alle übrigen Werthe gemessen.*) Man könnte also irgend eine Gewichtsmenge von bestimmter Feinheit jeder Werthberechnung zu Grunde legen, z. B. ein Pfund, eine

---

*) Diese Einheit kann auch nur sog. Rechnungsgeld sein, d. h. sie braucht nicht wirklich als Münze geprägt zu sein, wie z. B. die Mark in Hamburg. Dasselbe gilt von beliebigen Unterabtheilungen der Geldeinheit.

Mark u. f. w.; und dies war auch früher allgemein üblich. Daher der Name as bei den Römern, Pfund St. bei den Engländern, livre bei den Franzosen, Mark in Nord = Deutschland u. f. w.*) Um aber jeder Verschiedenheit, sowie jedem Zweifel bezüglich des Gewichts, der Feinheit und Aechtheit der umlaufenden Metallstücke vorzubeugen und die eigene Prüfung zu ersparen, ist es viel zweck= mäßiger, dem rohen Metalle eine allgemein anerkannte Beglaubi= gung aller Bedingungen seines Werthes zu geben; dies geschieht durch das Prägen oder Münzen unter der Autorität des Staats, wodurch die Geldstücke zugleich viel bequemer für den Handel und Wandel werden. Denn mit rohen Barren (lingots, bullion) wäre nicht so leicht umzugehen, auch wenn sie irgend ein zuverläs= siges Gepräge ihrer Aechtheit und Feinheit an sich trügen. Hier kommen nun folgende Punkte in Betracht:

1. Der Münzfuß, d. h. die gesetzliche Bestimmung, wieviele einzelne Stücke aus einer Gewichtsmenge feinen Metalls (Pfund, Mark) geprägt werden sollen. Hieraus ergibt sich die Werthein= heit, die bei allen Werthberechnungen im Verkehre zu Grunde zu legen ist. Der Münzfuß muß sich natürlich den Werthgrößen anpassen, die am häufigsten im Verkehre vorkommen, und ebenso die kleineren Theilprägungen. Nach dem Münzvertrag vom 30. Januar 1857 besteht in Deutschland ein dreifacher Münzfuß, nämlich 1) der norddeutsche oder Thalerfuß (zugleich der Vereins= fuß), nach welchem je 30 Thaler; 2) der süddeutsche, nach welchem je 52$\frac{1}{2}$ Gulden, und 3) der östreichische Guldenfuß, nach welchem je 45 Gulden aus einem Zollpfund feinen Silbers (= 500 fran= zöf. Grammen) geprägt werden. Früher wurden aus der kölnischen Mark (= 16 Loth) 14 Thaler geprägt. Man nennt den Münz= fuß schwer oder leicht, je nachdem weniger oder mehr Stücke aus

---

*) Nach Herzfeld (Metrolog. Vorunterf. zu einer Gesch. des altjüd. Handels) kannte das ganze israelitische Alterthum bis zum Exil herab kein ge= prägtes Geld. Bei größeren Zahlungen wog man Gold oder Silber in er= forderlicher Quantität dem Empfänger zu; für kleine Zahlungen beim täg= lichen Verkehr waren Stücke von bestimmtem Gewicht in Umlauf, dessen Bezeichnung auf ihnen durch Gold= und Silberschmiede, die Vorläufer der Münzmeister, eingegraben war. Hierauf geht z. B. der Ausdruck bei 1. Mos 23, 16: „400 Schekel Silbers, gangbar beim Kaufmann.“

einer Gewichtsmenge geprägt werden, weil dann jedes einzelne Stück schwerer oder leichter wiegt.

2. Die Legirung oder Beschickung. Es wird nämlich nicht ganz reines Metall geprägt, sondern immer mit einem kleinen Zusatz unedleren Metalls; hienach unterscheidet man das Schrot (Gewicht der ganzen Münze) und Korn (Verhältniß des Feingehalts zum Gewicht). Das Korn bildet also immer einen Bruchtheil des vollen Gewichtes, jetzt gewöhnlich $9/_{10}$. Man unterscheidet die weiße Legirung (mit Silber), die rothe (mit Kupfer) und die gemischte (mit beiden Metallen). Die letzte ist weniger zu empfehlen, weil hier der wirkliche Feingehalt schwerer an äußeren Kennzeichen, namentlich an der Farbe, zu erkennen ist. Silber wird nur mit Kupfer legirt. Die Legirung rührt theils daher, daß die vollständige Raffinirung der edlen Metalle zu kostspielig wäre und also durch ihre Zulassung an Prägungskosten erspart wird, theils daß aus früheren Zeiten zuviel stark versetztes Geld vorhanden ist, dessen Reinigung gleichfalls zu große Kosten verursachen würde. An und für sich ist aber die Legirung kein nothwendiges Erforderniß einer guten Münze*), denn sie bewirkt namentlich auch keine größere Dauerhaftigkeit, wie man glaubte.

3. Die Adjustirung. Kein Münzstück darf in den Umlauf gesetzt werden, das nicht allen gesetzlichen Anforderungen bezüglich des Gewichts und der Feinheit genau entspricht; jedes neugeprägte Stück muß also sorgfältig nach diesen Rücksichten geprüft werden. Da aber eine ganz mathematische Genauigkeit theils wegen der Unvollkommenheit der Instrumente nicht möglich, theils zu kostspielig wäre, hat man eine gewisse Differenz des wirklichen Münzwerthes gegenüber dem gesetzlich vorgeschriebenen zugelassen, deren Vorhandensein der Umlaufsfähigkeit der Münze nicht schaden soll. Diese Nachsicht (Fehlergrenze, Remedium, tolérance), die sowohl am Schrot als am Korn stattfinden kann, darf aber nur sehr gering sein und nie absichtlich gemißbraucht werden. Denn man muß

---

*) Schon die biblischen Silberstücke, wie auch die altpersischen, altgriechischen, altrömischen Silbermünzen sollen keinen solchen absichtlichen und anerkannten Zusatz enthalten haben, sondern von so reinem Silber gewesen sein, als man dieses herzustellen vermochte. Der mosaische Silberschekel hatte ein Gewicht von etwa 96 Gran und einen Werth von ungefähr $9^1/_3$ Sgr.; die

völlig sicher sein, daß man im Geld den Werth in Händen hat, dem man nach dem Gesetze vertraut, und die Gefahr, daß von unredlichen Speculanten die besseren Stücke eingeschmolzen oder „gewippt" werden, ist strenge zu verhüten.

4. Die Währung, d. h. die gesetzliche Bestimmung desjenigen Metalles, welches im Landesverkehr als fester Werthmaßstab und folglich auch als allgemeinstes Umlaufsmittel gelten soll. Es gibt daher eine Silber=, Gold= oder Kupferwährung, je nachdem man dem Silber oder dem Golde oder dem Kupfer die Eigenschaft, als normales, einziges Werthmaß gebraucht zu werden, beilegt. Dies ist ein Gegenstand von hoher Wichtigkeit, der jedoch großentheils der Münz= und Handelspolitik angehört und zu seiner erschöpfenden Darstellung eingehende statistische Untersuchungen erfordern würde. Hier sollen blos das Wesen und die Erfordernisse einer zweckmäßigen Währung erläutert werden. Offenbar ist die Währung desjenigen Metalls die beste, welches den unveränderlichsten Werth hat und sich am leichtesten und bequemsten den gangbaren Preisverhältnissen anschmiegt; nimmt man diese Eigenschaften als bei Gold und Silber in gleichem Maße vorhanden an, so würden die Kosten den Ausschlag geben, und in dieser Beziehung wäre die Goldwährung vorzuziehen, weil beim Gold im Verhältniß zu seinem hohen Werthe sowohl die Raffinirungs = und Prägekosten, als auch die Verluste durch Abnutzung im Umlauf geringer sind, überdies Goldmünzen leichter und bequemer zu handhaben, zu transportiren und aufzubewahren sind als die schwereren, umfangreicheren Silbermünzen. Allein in den obigen ersten Eigenschaften sind die beiden Metalle verschieden; Gold zeigt sich auch in neuester Zeit, in Folge der enormen Ausbeute in Californien und Australien, wenigstens einigermaßen weniger fest im Werth als Silber, das hauptsächlich durch regelmäßige Minenproduction gewonnen wird, und erfordert überdies schon größere Werthbeträge im Handel und Wandel, weil für niedrigere Preisverhältnisse die Goldmünzen zu klein geprägt werden müßten. Die Silberwährung eignet sich

---

Mine, von 100 solcher Schekel, war 9600 Gran schwer und $30^3/_5$ Thaler werth; der Kickar, von 3000 Schekel, 30 Zollpfund und 17 Loth schwer und 917 Thaler werth. Herzfeld, l. c. S. 29.

daher mehr für Länder mit niedrigeren Preisen, geringerem Verkehr und stabileren Wirthschaftsverhältnissen, die Goldwährung mehr für Länder mit hohen Preissummen, sehr ausgebreitetem Welthandel und weiten Waarenversendungen.*) Aus diesen Gründen scheint für den größeren Theil Deutschlands gegenwärtig die Silberwährung noch vorzuziehen, aber die Sachlage würde sich ändern, wenn, wie es allen Anschein hat, die Preise fortfahren zu steigen und der Silbervorrath für das ausgebreitetere Geldbedürfniß nicht mehr ohne größere Kosten beschafft werden könnte.

Die Doppelwährung, nach welcher beide Metalle als festes gesetzliches Werthmaß gelten, wäre nur unter der Voraussetzung zu billigen, wenn ihr gegenseitig festgesetztes Werthverhältniß (z. B. 15½ zu 1) immer unverändert bliebe. Das ist nun aber nicht zu erwarten und auch von der Erfahrung nicht bestätigt. Sinkt nun etwa der Werth des einen Metalles, so tritt derselbe Uebelstand ein, als wenn zwei Ellen von verschiedener Länge mit gleicher Gültigkeit als Längenmaß dienen sollten. Offenbar würden hier diejenigen in Verlust kommen, denen mit der kürzeren Elle zugemessen würde; ebenso sind diejenigen im Nachtheil, denen man in dem wohlfeileren Metall Zahlungen macht. Da nun solche Zahlungen, der gesetzlichen Vorschrift zufolge, nicht zurückgewiesen werden können, Alle aber den Vortheil der wohlfeileren Zahlung erstreben werden, so hat eine factische Veränderung des gesetzlichen Werthverhältnisses der Metalle unter der Herrschaft der Doppelwährung die Folge, daß das theurere Metall zu Zahlungen nicht mehr benutzt wird, folglich aus dem Lande gehen muß.**) Es kommt daher doch schließlich factisch zu einer einzigen

---

*) In einem Lande, das häufig in die Lage kommen kann, große Metallsendungen ins Ausland zu machen, z. B. bei Mißernten für eingeführtes Getreide, ist in dieser Hinsicht die Goldwährung vorzuziehen.

**) Dies war z. B. in der neuesten Zeit in Frankreich der Fall. England machte schon im Anfange des 18. Jahrh. diese Erfahrung. Königin Elisabeth hatte verordnet, daß das Troyes-Pfund Standard-Silber (14⁴/₅ Loth pr. Mark fein) zu 62 Schilling Sterling ausgemünzt werden solle. Bis zum Jahre 1717 basirte das Münzwesen wesentlich auf Silber, die Goldmünzen waren großen Schwankungen unterworfen. Nun sollte nach dem Vorschlage von

Währung, nämlich der des wohlfeileren Metalls, und inzwischen
machen diejenigen, welche mit diesem zahlen, ehe seine Entwerthung
allgemein bekannt geworden ist, ungerechtfertigten Gewinn. Die
Doppelwährung ist daher eine Quelle des Verlustes für die sorg=
loseren, nicht speculirenden Glieder der Gesellschaft. — Unschäd=
lich ist es, den Werth des nicht zur Währung angenommenen
Metalles in kürzeren Zwischenräumen, nach den wirklichen Werth=
strömungen, von Staatswegen festzusetzen, um dem Publikum einen
vertrauenswürdigen Anhaltspunkt für seine Berechnungen zu ver=
schaffen; eine solche Festsetzung kann aber nur für die Staatskassen
bindende Kraft haben, wenn sie nicht zu einer obrigkeitlichen
Preistaxe umschlagen soll. Das geschieht z. B. in den Staaten
des deutschen Münzvertrags mit den coursirenden Goldmünzen. —
Die hier dargestellten Grundsätze sind noch immer nicht zu allge=
meiner Geltung gelangt. So hat die belgische Deputirtenkammer
durch Beschluß vom 5. März 1861 die gesetzliche Doppelwährung
wieder hergestellt, nachdem im Jahre 1850 das Gold seiner gesetz=
lichen Währung entkleidet und der Frank Silber ausschließlich
als gesetzliche Wertheinheit erklärt worden war. Die Vertheidiger
jenes Beschlusses beriefen sich, im Gegensatz zu dem Vorschlag des
Ministeriums, welches die einfache Währung beibehalten oder sich
doch nur zu einer periodischen Tarifirung wie in Deutschland
herbeilassen wollte, vorzüglich darauf, daß das Geld nur „Werth=
zeichen“ sei, welches durch Preisschwankungen nicht wie die übrigen
Waaren alterirt werden könne. Mit Recht erwiderte aber der
Finanz=Minister Herr Frère=Orban darauf, daß man mit dieser
Theorie auf das Mittelalter zurückkomme, wo die äußere Prägung
für Alles, der innere Werth für Nichts galt, wo also für die
Fürsten keine rationelle Schranke bestand, jeder Münze nach Be=

Isaac Newton das Troy=Pfund Standard=Gold in 44½ Guineen à 21 s.
oder pr. Unze zu 3 £. 17 s. 10½ d. ausgemünzt werden. Da nun in der
darauf folgenden Zeit das Gold im Preise sank, während zugleich durch den
Handel eine größere Menge dieses Metalls nach England kam, so ward noth=
wendig Gold das übliche Zahlungsmittel und alles vollhaltige Silbergeld mußte
aus dem Verkehr verschwinden, weil dies Metall an sich auf dem Weltmarkte
mehr werth war, als im eigenen Lande als Münze. (Beer, Gesch. des Welt=
handels, II. Abth. S. 79.)

lieben einen fictiven Werth beizulegen. (Journal des Econom.
März 1861, S. 433.) Bis zu welcher Grenze das Geld als
Werthzeichen aufgefaßt werden darf, erhellt aus dem Folgenden.

5. Damit die Münzen ihre Dienste als feste Werthmesser
und Umlaufsmittel vollständig leisten können, müssen sie natürlich
selbst einen genau bestimmbaren Werth besitzen und dieser Werth
richtet sich, da alle Geldstücke Producte sind, nach den allgemeinen
Werthbestimmungen, also nach dem Metallgehalt und den Prägekosten. Genau zu diesem Werthe werden sie im Verkehre benutzt. Nur
mit zwei Abweichungen; nämlich 1) bei den groben Münzen schadet
eine geringe Abnutzung, die sie durch den Umlauf erhalten, ihrer
Umlaufsfähigkeit zu voll nichts, weil es mit zu großen Kosten verknüpft wäre, immer nur neugeprägte Münzen zu verwenden;
2) die Scheidemünzen werden sogar absichtlich über ihrem wahren
Werth in Umlauf gesetzt, weil sie mehr als Marken zur Bewerkstelligung der kleinen Umsätze im Inlande angesehen werden,
bei denen das wirkliche Werthverhältniß in den Hintergrund
tritt. Deshalb braucht auch Niemand größere Beträge in
Scheidemünzen anzunehmen, denn darin würde ein wahrer
Werthverlust liegen. Abgesehen von diesen beiden Ausnahmen
(und dem Remedium) gelten die Münzen nur zu ihrem wirklichen Werthe im Verkehr, und wenn eine Regierung versuchen
würde, geringhaltigere Münzen über ihrem Werth auszugeben,
so wäre das in Wirklichkeit nur ein Uebergang zu einem leichteren Münzfuß. Denn sobald man sich bewußt würde — und das
geschieht immer sehr bald, — daß die Münzen einen geringeren
Werth enthalten, müßten sofort alle Nominalpreise in die Höhe
gehen, um das entsprechende Werthverhältniß mit den Tauschgütern wieder herzustellen. Inzwischen aber würden die Schuldner,
welche ihre Verpflichtungen mit der verschlechterten Münze tilgten,
unbillig gewinnen, die Gläubiger verlieren, denn die letzteren
würden weniger an Werth erhalten, als ihnen gebührt. Aus diesem
Grunde, und weil jede Verwirrung des Geldwesens eine Lähmung
des Verkehrs und der Production nach sich zieht, muß jede Münzverschlechterung sorgfältig vermieden werden; auch ist es nothwendig, die durch den Umlauf über einen gewissen zulässigen Grad
hinaus entwertheten Münzen immer sofort einzuziehen und zu

voll umzuprägen, denn auch die Unterlassung dieser Maßregel wäre mit einem Uebergang zu einem leichteren Münzfuße verbunden. Eine nothwendige Folge der Verschlechterung der Münze durch den Umlauf, durch Beschneiden ꝛc. wäre auch die, daß der Marktpreis des edlen Metalls über seinen Münzpreis stiege, so daß man z. B. mit 30 Thalern kein Pfund rohes Silber mehr einkaufen könnte. Silber oder Gold als Metall und Silber oder Gold als Münze würden sich in ihrem Werth widersprechen; selbst vollwichtige Münzen würden in dieser Form weniger werth sein als in Barrenform. Nothwendiger Weise müßten sie sämmtlich in letztere Form umgeschmolzen oder als Rohstoff ins Ausland gesendet werden, wodurch dem Inlande die Prägekosten verloren gingen und das Geld seine Dienste nicht mehr leisten könnte, denn bis jene Aenderung des Münzfußes gesetzlich anerkannt wäre, hätte das edle Metall seine Eigenschaft als fester Werthmaßstab verloren.

Die Werthsdifferenz der Münzen zwischen ihrem Metall- und Umlaufswerth heißt Schlagschatz; sie ist nur eine Vergütung der Prägekosten für die Regierung und soll nie einen höheren als den letzteren Betrag erreichen.

§ 49.

Vom Geldbedarf.

Es erhellt, daß das Geld allgemeine, absolute Waare ist und nur Waare. Darin unterscheidet es sich von allen übrigen Werthgegenständen. Jedes andere Product hat einen zweideutig schillernden Character: es möchte gerne Waare werden, dahinter aber steckt noch der weitere Wunsch, irgend einem Bedürfniß zu dienen, d. h. zum Gut zu werden. Aber diese Umwandlung kostet der armen Waare das Leben; sie stirbt, umschlungen vom Bedürfniß; durch die Consumtion geht sie unter. Nicht so das Geld, das als solches keinem Bedürfniß dient; es liefert nur die Waare dem Bedürfniß in die Arme. Eben deshalb ist ihm auch die Productivität versagt, wie wir bereits oben sahen; das umlaufende Geld trägt keinen Zins, es bringt nur den Nutzen für die Volkswirthschaft, den etwa auch der Credit, die Arbeitstheilung ꝛc. bringen.

Wenn nun auch das Geld kein concretes Bedürfniß befriedigt, so hat doch jedes Land einen bestimmten Vorrath von edlen Metallen nöthig, einmal zu Schmuck, Zierrathen und technischen Verwendungen mancherlei Art, und dann, um Geld daraus zu machen. Letzteres könnte man ein Bedürfniß der Volkswirthschaft, als ein Ganzes gedacht, nennen, eine nothwendige Folge des Uebels, daß man es noch nicht dahin gebracht hat, Waaren auf Treu und Glauben in den Umlauf zu bringen. Der Geldbedarf hängt ab von der Höhe und Menge der Preissummen, die den Umlaufsacten zu Grund liegen. Die Geldsumme eines Landes ist also nicht Ursache, sondern Wirkung: die Preise sind nicht hoch oder niedrig, weil viel oder wenig Geld umläuft, sondern es läuft viel oder wenig Geld um, weil die Preise hoch oder niedrig sind. In dieser Beziehung ist auf die Bestimmgründe des Werthes zurück zu verweisen. Je werthvollere und zahlreichere Waaren umlaufen, desto mehr Geld bedürfen sie zu ihrer Vermittlung. Nur in einem reichen, viel producirenden Lande kann also viel Geld umlaufen. Hiezu muß der Werth des Geldstoffes selbst in Verhältniß gebracht werden; wird Silber oder Gold entwerthet, so ist natürlich eine größere Menge zur Herstellung der Werthgleichheit mit den Waaren nöthig. Der Einfluß der Preissummen wird aber durch zwei Momente aufgehalten, nämlich durch die Geschwindigkeit des Geldumlaufes und durch den Credit. Eine einzige Geldsumme kann beliebig viele Zahlungen bewältigen, wenn sie nur so schnell umläuft, daß sie immer zu rechter Zeit an denjenigen gelangen kann, an welchen eine Zahlung zu leisten ist. Betragen z. B. die Preissummen 1000 Millionen, aber mit jeder Geldsumme würden innerhalb einer bestimmten Zeit zwei Zahlungen gemacht, anstatt einer einzigen, so würden 500 Millionen ausreichen. Hiezu kommt aber noch abmindernd die Wirkung des Credits, einmal dadurch, daß Zahlungen überhaupt aufgeschoben werden und deßhalb der Geldbedarf innerhalb einer bestimmten Zeit sich mindert, dann aber durch Einführung einer Menge von Geldsurrogaten, Wechseln, Anweisungen, Banknoten u. s. w. Hiervon wird später noch ausführlicher die Rede sein. Die Umlaufsgeschwindigkeit des Geldes hängt ab von der Lebhaftigkeit des Waarenumsatzes, also von allen den Ursachen, welche die Umlaufsfähigkeit bestimmen. Denn es ist klar, daß überall da ein Geldumlauf veranlaßt ist, wo ein Tausch stattfindet.· Hieraus geht hervor, daß Geldreichthum und Reichthum nicht gleichbedeutend sind; der letztere ist in jedem Lande viel größer als der erstere, und der Unterschied ist um so bedeutender, je schneller das Geld umläuft und je mehr der Credit ausgebildet ist.

Jedes Land beschafft seinen Bedarf an edlen Metallen entweder durch eigene Production in Minen, Goldwäschereien 2c., oder durch den Handel. Im ersten Falle hängt der Metallwerth ab vorzüglich von den eigenen Productionskosten, welche durch das Gesetz der Rente bestimmt werden; im zweiten von den Productionskosten der Waaren, mit denen man die Metalle vom Auslande eintauscht (§ 112).*) Natürlich wählt man den wohlfeilsten Weg, also eigene Production in metallreichen, Handel in metallarmen Ländern. Es kann sogar ein Land den Metallhandel wählen, wenn es seine Metalle mit geringeren Kosten zu produciren vermöchte als das Ausland; nämlich wenn ihm die Waaren, gegen welche ihm dieses Metalle abläßt, noch wohlfeiler zu stehen kämen als seine eigenen Metalle. Da auf dem Metallmarkte alle Länder mit einander konkurriren, so wird der Metallwerth in dem Lande am niedrigsten stehen, welches seine Tauschwaaren mit den geringsten Kosten producirt, noch geringer, wenn der Vortheil des Marktes (§ 45.) auf seiner Seite steht. Die Behauptung, daß in allen Ländern die edlen Metalle wegen ihres allgemeinen Gebrauchswerthes und ihrer hohen Umlaufsfähigkeit einem gleichen Werthe zustreben, etwa mit Unterschied der Transportkosten, wäre

---

· *) Hier sind aber einige Vorbehalte zu machen, denen zu Folge der Metallwerth nicht genau nach diesem Maße sich reguliren kann. Wenn nämlich eine Verminderung der Productionskosten der Waaren eintritt, mit denen das Metall vom Auslande gekauft wird, so sind bedeutende Metallzuflüsse nothwendig, um ihren Werth im Lande entsprechend herabzudrücken, weil eine zu große Metallmenge in jedem Lande circulirt, als daß sofort ihr Werth durch weniger beträchtliche Zusätze beeinflußt werden könnte. Dies wird noch dadurch verstärkt, daß die Konkurrenz der Producenten gegenüber den ausländischen Metallverkäufern den Werth ihrer Waaren auf den durchschnittlichen Kostenbetrag drücken wird, was eine geringere Kaufsähigkeit derselben gegen edle Metalle zu Folge haben muß. Jene Wirkung wird auch in dem Falle eintreten, wenn edle Metalle im Erzeugungslande wohlfeiler hervorgebracht werden.

nur infofern richtig, als alle Länder diefelben Producte mit gleichen Koften hervorbrächten. Das ift aber fehr häufig nicht der Fall. Gleichwohl wird jedes Land diejenigen Producte auf den Metall= markt bringen, mit denen es am leichteften fremde Konkurrenz aushalten kann; also immerhin feine wohlfeilften und begehrteften. Kauft ein Land feine Metalle mit Rohftoffen, fo machen ihm an= dere Länder mit anderen Waaren, etwa Gewerbswaaren, damit keine Konkurrenz; der Werth der Metalle wird alfo für daffelbe von dem Marktpreis abhängen, der auf dem fremden Markt für feine Rohftoffe gilt. Wenn diefer die Koften, mit denen es die letzteren producirt, nicht überfteigt, fo wird der Metallwerth gleich fein den Productionskoften der Rohftoffe. Diefelben Gefetze wirken, wenn ein Land feine Metalle aus zweiter und dritter Hand bezieht. Natürlich kauft jedes Land da feine Metalle, nicht wo diefe überhaupt den geringften Werth haben, fondern den geringften Werth gegenüber feinen Waaren, d. h. wo es feine Waaren am theuerften anbringt; beides muß nicht immer zufam= men fallen. *) Denn manche Waaren können in Folge des Ren=

*) Die Anficht, daß die edlen Metalle einen allgemeinen Weltpreis haben und bei der geringften Abweichung hievon, die in einem Lande vorgehe, fich in Bewegung dahin fetzen, um diefelbe wieder auszugleichen, ift übertrieben. Einen allgemeinen Weltpreis der Metalle kann es gar nicht geben, weder in Bezug auf die Nachfrage, noch auf die Hervorbringungskoften, noch auf den Taufchhandel. Wäre dem fo, dann müßten die edlen Metalle fo lange unaus= gefetzt herumwandern, bis die Geldpreife gleicher Waaren in allen Ländern die= felben wären. Dies ift eine Schlußfolgerung, aus der die Unmöglichkeit der Vorausfetzung ficher hervorgeht. In England ift der Metallwerth geringer als an den meiften Orten des Continents und doch denkt Niemand daran, daß aus England die edlen Metalle fo lange auf den Continent fließen werden, bis ihr Werth beiderfeits al pari ftünde. Drei Vorausfetzungen gibt es für den Abfluß von Waaren ins Ausland, die niemals fehlen dürfen. Entbehr= lichkeit im Inlande, Wohlfeilheit, und Nachfrage im Auslande. Entbehrlich find nur diejenigen Waaren im Inlande, die dort Niemand kaufen will oder kann, das Gegentheil davon muß im Auslande ftattfinden. Daß diefe Mo= mente bei dem edlen Metalle in den verfchiedenen Staaten (abgefehen von ihren Erzeugungsländern) nur in geringem Maße zutreffen, bedarf keines Be= weifes. Es erfordert keine große Metallausfuhr aus England, um die eng= lifche Bank und Gefchäftswelt in Alarm zu verfetzen. Hiebei ift natürlich von den Edelmetallen nicht die Rede, die lediglich als Handelswaaren den engli= fchen Markt paffiren, um von da nach verfchiedenen Theilen der Erde trans=

tengesetzes in einem Lande hoch stehen, das hohen Metallwerth hat. In England steht der Metallwerth niedrig, aber man wird von dort keine Metalle mit Gewerbswaaren kaufen, sondern nur etwa mit Getreide 2c. Und ebenso strömen die edlen Metalle da=hin, wo sie am meisten ausrichten, d. h. wo sie die wohlfeilsten Waaren kaufen im Verhältniß zu denen, mit welchen sie selbst ein=getauscht oder hervorgebracht wurden.

Sind wohlfeile Metalle ein Vortheil für die Volkswirth=schaft? Natürlich für diejenigen, die sie zu Schmuck u. dgl. ver=wenden wollen, denn durch alle wohlfeilen Güter wird die Bedürf=nißbefriedigung vermehrt. In Bezug auf das Geld aber möchte man die Frage verneinen; denn der hohe Metallwerth vermindert ja das Geldbedürfniß, weil dabei jede Metallmenge verhältniß=mäßig mehr ausrichtet. *) Das Geld selbst dient keinem Be=dürfniß. Zudem bringt das Sinken des Metallwerthes alle

---

portirt zu werden. Abgesehen hievon gilt der Satz, daß immer nur Waaren gegen Waaren (außer Geld) ausgetauscht werden, wofür das Geld nur den Vermittler abgibt, auch zwischen mehreren Ländern, und es ist daher nicht der Metallwerth, sondern der gegenseitige Werth der Waaren, der ihren internatio-nalen Umlauf und im Anschluß daran zur etwaigen Ausgleichung auch den der Metalle verursacht.

*) Besonders seit Hume (Essays part II. ess. 3.) ist es üblich geworden, dem Geldreichthum und der Wohlfeilheit des Geldes jeden günstigen Einfluß auf die Volkswirthschaft eines Landes abzusprechen. Wohlfeiles Geld, sagt man, erhöht bald die Preise und dann hat die Nation blos den Vortheil (viel-mehr Nachtheil), daß sie mit höheren Ziffern rechnen und größere Geldsummen zählen, verpacken, verschicken muß. Hume sagt, wenn Großbritannien plötz-lich über Nacht 4/5 seines Geldvorraths verlöre, würden alle Preise so sehr sinken, daß alle Nationen englische Waaren kaufen und das entschwundene Geld bald wieder zurückbringen würden. Dies ist eine so mechanische Auf-fassung der Geldcirculation, daß man kaum glauben sollte, sie habe sich im Ernste aufstellen lassen, und doch hat man sie seit jener Zeit als eine der wich-tigsten Errungenschaften der Wissenschaft betrachtet. Selbst Rau (I § 272.) erkennt vermehrten Geldzuflüssen nur eine anfängliche günstige Wirkung auf den Gewerbfleiß zu, wobei er aber die großen Vortheile, die mit einer Steigerung der Production und des Umlaufs in Folge der Vermehrung und Verstärkung der Productivkraft des Landes verbunden sind, gänzlich unbeachtet läßt. Die bereitwillige Aufnahme jener Theorie läßt sich nur dadurch erklären, daß sie als eine vermeintlich scharfe Waffe gegen das Mercantilsystem angesehen wurde, dem man lange Zeit allen und jeden Werth abzusprechen beflissen war.

diejenigen in Nachtheil, welche fixe Geldbezüge einnehmen; also besonders Beamte und Pensionirte; denn der Staat ist gegen Niemanden zäher als gegen diese. Allein man muß dagegen bedenken, daß wohlfeile Production irgend einer Waare gleichbedeutend ist mit einer Ersparung an Arbeit und Capital, also einer Vermehrung der Productivkraft des Landes gleichkommt; es können also mit diesem Ueberschuß mehr andere Waaren producirt werden, die Bedürfnißbefriedigung steigt, während sie durch theure Metalle sinkt. Dieser Vortheil ist aber höher anzuschlagen als die Verminderung des Geldbedürfnisses, schon deswegen, weil diese durch schnelleren Geldumlauf und Ausbildung des Credits viel wirksamer hervorgebracht wird. Die Vermehrung der Production bewirkt an sich schon einen schnelleren Umlauf; und da die gesteigerte Production auch die Quantität der Umlaufsgegenstände vermehrt, also das Geldbedürfniß erhöht, so ist klar, daß dieser Aufschwung der Volkswirthschaft um so rascher und stärker vor sich gehen muß, je wohlfeiler das wesentliche Ergänzungsmittel hiezu, das Geld, beschafft werden kann. Wohlfeiles Geld wirkt also in doppelter Hinsicht äußerst vortheilhaft, in Bezug auf die Production und auf den Umlauf; auch die Einkommensumsätze werden erleichtert, die Vertheilung des Einkommens also gründlicher und wirthschaftlicher bewerkstelligt, als da, wo der hohe Preis des umlaufenden Mediums vielfach zu Naturalumsätzen (in Lohn, Rente) drängt. Ferner sind die Verluste durch Abnutzung, Verlieren ꝛc., die Kosten der Verzinsung um so geringer, je weniger Werth in den einzelnen Metallstücken steckt. Wohlfeile edle Metalle, wo sich eine blühende Industrie ihrer bemächtigt, bringen also unberechenbare Vortheile über ein Land. Außerdem schafft die Wohlfeilheit der edlen Metalle einen beträchtlichen Reservefond nicht nur in Schmucksachen, Geräthen ꝛc. ꝛc., sondern auch in Bezug auf den Geldkauf von Waaren aus solchen Ländern, wo der Geldwerth noch höher steht. *)

---

*) Auch in finanzieller Hinsicht, insbesondere zur Aufnahme von Staatsschulden und zur Bestreitung von Kriegskosten, verdient die Wohlfeilheit des Geldes unbedingt den Vorzug, wie schon Büsch bemerkte. (Geldumlauf, V. § 14.)

Hieraus ergibt sich nun, daß hohe Geldpreise die Begleiter sehr verschiedener wirthschaftlicher Zustände sein können. Sie können herrühren von hohem Gebrauchswerth, oder von hohen Productionskosten in Folge der Wirkungen des Rentengesetzes; oder auch von gesunkenem Metallwerth. Der erste Fall zeigt an sich schon einen hohen wirthschaftlichen Fortschritt an und beweist, daß der Luxus hoch gestiegen sein muß; ebenso der dritte, der das Kennzeichen einer vermehrten Wirksamkeit der Productivkräfte ist. Der zweite Fall ist ein nachtheiliger Zustand, weil er die Bedürf= nißbefriedigung schmälert; nach den obigen Betrachtungen über die Preisströmungen kann er jedoch nur bei einzelnen Waarengat= tungen vorkommen. Ist der Werth des Metalls wirklich ge= sunken, so müssen die Preise aller Waaren im Verhältniß gestiegen sein, und dies, besonders die dauernde Preissteigerung der Roh= stoffe, Lebensmittel und der Arbeit, ist ein äußeres Merkmal dieses Falles. Aber es kann nicht durchgehends mit practischem Erfolg benutzt werden, weil die meisten Waarenpreise in Folge der Schwankungen des Gebrauchswerthes und der Kosten stets der Richtung und dem Umfang nach in verschiedener Art wechseln.

§ 50.

Geschichte der Edelmetalle.

Aus dem Alterthum kann man in Bezug auf die Preise und den damit zusammenhängenden Werth der Edelmetalle wenig be= richten; die Nachrichten sind zu dürftig und unzuverlässig. Gleich= wohl weiß man, daß das Alterthum sehr reich war an edlen Me= tallen, die großentheils aus Asien kamen, weniger aus Europa; doch gab es in Macedonien viel Gold und besonders in Spanien viel Silber. Im Ganzen kann man annehmen, daß das Alter= thum mit seinen Metallreichthümern nicht fertig zu werden ver= mochte. Die Verhältnisse waren einfach, die Preise der gewöhn= lichen Lebensbedürfnisse können unmöglich hoch gewesen sein, der Handelsverkehr war großentheils Tauschhandel. Daher kommt es, daß im Alterthum das Schatzsystem sehr zu Hause war. Be= kannt sind die großen Schätze der persischen, indischen, egyptischen

Könige; auch in Tempeln wurde viel Gold und Silber niedergelegt, und manche derselben wurden dadurch zu förmlichen Metall-
banken. „Der Tempel zu Delphi erhielt jährlich, unter dem Schutze
Apollo's, beträchtliche Summen zu Depositum von Privatpersonen
und Stadtgemeinden. Die Priester, deren Vortheil es war, daß
das Gold sich an ihren Altären aufhäufte, ermunterten diese
Hinterlegungen und so wurde der Tempel zu Delphi eine in ganz
Griechenland anerkannte Depositenbank." (Blanqui.) Wurden
dann diese großen Metallmassen in Folge außerordentlicher Ereignisse auf einmal in den Verkehr gebracht, so konnte ein Sinken
ihres Werthes, folglich eine Erhöhung der Preise nicht ausbleiben.
Solcher Preisumwälzungen werden manche berichtet; z. B. aus
dem Jahrhundert nach dem peloponnesischen Kriege, in Folge der
Entleerung des perikleischen Schatzes, der Subsidiensendungen des
Perserkönigs und der Plünderung vieler Tempel. (Roscher.)
Auch in Rom hatte der enorme Geldzufluß unter Augustus aus
der reichen egyptischen Kriegsbeute eine Verdopplung des Preises
der Grundstücke und ein vorübergehendes Sinken des Zinsfußes
(§ 94.) zur Folge.

Während man in der römischen Kaiserzeit ein allmähliches
Sinken des Metallwerthes wahrnimmt, wobei jedoch eine entsprechende Preissteigerung auch von Seiten der Waaren selbst,
wegen erhöhter Kosten ꝛc. nicht zu vergessen bleibt, steigt im Mittelalter ihr Werth durchaus und beträchtlich. Vieles von dem, was
den Verheerungen der Völkerwanderung entronnen war, wurde
vergraben, Gewerbfleiß und Handel lagen gänzlich darnieder; zudem wanderten viele Metalle in den Orient, nach Indien, China,
um den Luxus der Großen zu befriedigen, und die Minenproduction
war sehr unergiebig. Nach Jacob hatten beim Sturz des römischen Reiches nur noch ca. 168 Mill. Pfd. Sterl. circulirt und
betrug die mittlere Ausbeute aus den europäischen Minen im
Zeitraum von 800—1500 nur ca. 2 Mill. Fr., sie war aber bedeutend stärker zu Ende als zu Anfang dieses Zeitraums, also
muß in den ersten Jahrhunderten der jährliche Zufluß viel unbe-
deutender gewesen sein.

Hieraus erklären sich die auffallend niedrigen Geldpreise des
Mittelalters; allmählich aber machte sich ein bedeutender Geld-

mangel fühlbar in allen Staaten Europas, mit Ausnahme der italienischen Städterepubliken, welche durch ihren ausgebreiteten Handel sich am leichtesten aus dem Orient versorgen konnten. Alle Schriften jener Zeit sind voll von überlauten Klagen über den Luxus der Großen, vornehmlich des Clerus, der vollends alles Gold und Silber aus dem Lande treibe.

Da kam denn die Entdeckung Amerikas (1492) sehr gelegen. Man darf annehmen, daß anfangs die aufgefundenen Silberschätze keine große Veränderung in den Preisen hervorbrachten, weil man der Zuflüsse bedurfte, diese übrigens auch nicht so sehr bedeutend waren, als man nach den fabelhaften Schilderungen hätte glauben sollen. Europa war eben damals an den Anblick größerer Silbermassen nicht mehr gewöhnt.

Nach Kolb wurden um 1500 jährlich gewonnen 1 Million Thaler an Gold und Silber, um 1550 jährlich 4 Millionen, um 1600 jährlich 15 Mill., um 1650 jährlich 23½, um 1700 jährlich 30½, um 1750 jährlich 49, um 1800 jährlich 76, um 1850 jährlich 177½ Mill.

Die Gesammtproduction wird von ihm in diesen viertehalb Jahrhunderten so angenommen:

Gold 3821 Millionen preuß. Thaler,
Silber 7925 „ „ „

zusammen 11,746 Millionen, wovon der allergrößte Theil aus Amerika kam.

Dazu Vorrath aus dem Mittelalter an Gold 80, an Silber 200, zusammen 280 Millionen; im Ganzen mit obiger Ausbeute 12,026 Millionen. Das Verhältniß des Goldes zum Silber betrug hierbei dem Werthe nach 33:67 und dem Gewichte nach 3:97 %.

Es ist von Interesse, die Veränderungen der Metallpreise seit der Entdeckung Amerikas bis auf die neueste Zeit zu verfolgen. Zu Anfang scheinen, wie bemerkt, die neu erlangten Schätze noch keinen Einfluß auf den Werth gehabt zu haben; sie waren im Verhältniß zum Bedarf zu unbedeutend und es wurden auch die Minen in Mexiko und Peru noch mit zu großen Kosten, namentlich des Holzes wegen, gebaut. Erst nach Auffindung der reichen Minen zu Potosi (1545) und in Folge der wichtigen Erfindung des Spa-

niers **Medina** (1557), das Silber anstatt mittelst des bisher an=
gewendeten Schmelzprozesses auf nassem Wege, durch Amalgami=
rung, auszuscheiden, begann ein rapides Steigen aller Preise. In
Paris kostete der Hectoliter Weizen, statt wie früher 14—16
Gramm Silber, das 2—3fache; die französischen Weizenpreise
stiegen pro Setier von 4,08 heutige Fr. in 1450—1500 auf
11,26 Fr. in 1521—1540, auf 32,51 Fr. in 1581—1600 (**Gar=
nier**); die niedersächsischen Roggenpreise betrugen 1525—1550
das doppelte wie 1475—1500 (**Roscher**.) In England stiegen die
Pachtschillinge in jener Zeit um nahezu das dreifache, von 5 auf
mehr als 14 Pfund Sterl.

Wenn auch dieses enorme Steigen der Preise nicht allein aus
dem Sinken des Metallwerthes, sondern auch aus häufigen
schlechten Ernten und namentlich aus den eingerissenen Münzver=
schlechterungen von Seiten der Regenten zu erklären ist, so bleibt
doch der hohe Einfluß des vermehrten Metallzuflusses unverkenn=
bar. Die Berichte aus jener Zeit sind voll von Klagen über die
allgemeine Theurung aller Dinge, über welche man sich wegen
Unbekanntschaft mit den volkswirthschaftlichen Gesetzen noch keine
Rechenschaft zu geben wußte. Es muß eine Verwirrung aller
Geldverhältnisse eingetreten sein.

Ungefähr 70 Jahre lang dauerte dieses Uebermaß der Metall=
zufuhren nach Europa; im zweiten Viertel des 17. Jahrhunderts,
von 1620 an, hörten die überraschenden Wirkungen allmäh=
lich auf. Gewerbe und Handel hatten sich ungemein gehoben,
der Luxus auch an Metallwaaren bedeutend zugenommen, die
Naturalwirthschaft entwickelte sich immer mehr zur Geldwirthschaft.
Alles das absorbirte die jährliche Metallausbeute und trug zur
Beseitigung des Mißverhältnisses bei. Ueberdies wurde von
jener Zeit an nicht nur der Geldbedarf ausgedehnter, sondern auch
die Ausbeute selbst verhältnißmäßig geringer. Von 1620—1700
blieb also der Geldwerth im Durchschnitt stationär.

Vom Anfang bis zur Mitte des 18. Jahrh. macht sich sogar
ein Steigen des Metallpreises bemerkbar, zu erklären durch die
relative Abnahme der Silberzufuhren und das stete Wachsen des
Bedarfes; hier beginnen nun auch schon die Metallsendungen
nach Asien, namentlich nach China und Indien, wichtig zu werden,

mit welchen Ländern sich ein ausgebreiteter Handel entwickelte und deren Producte fast nur mit Metall bezahlt werden konnten.

Nach der Mitte des 18. Jahrhunderts erneutes Sinken des Metallpreises, bemerkbar am Steigen der Getreidepreise. Es kostete z. B. in England der Hectoliter Weizen nach Macculloch

1745—1755 : 14,86 Fr.	= 66,87 Grammen feinen Silbers	
1755—1765 : 17,58 „	= 79,11 „ „ „	
1765—1775 : 22,94 „	= 103,23 „ „ „	
1775—1785 : 21,30 „	= 95,85 „ „ „	
1785—1795 : 24,28 „	= 109,26 „ „ „	
1795—1805 : 36,27 „	= 163,22 „ „ „	

Dieses Steigen, dem die übrigen Länder entsprachen, wurde hervorgerufen durch die bedeutend vermehrten Metallzufuhren aus Amerika.

Während nach Humboldt (nouv. Espagne) im letzten Zehent des 17. Jahrh. die jährliche Ausbeute nur 4,387134 Piaster betragen hatte, zwischen 1730 und 1739 nur 9,052973 Piaster, stieg sie

1750—59	auf 12,574960	Piaster
1770—79	„ 16,518173	„
1780—89	„ 19,350455	„
1790—99	„ 23,108021	„

Die Metalleinfuhr nach Europa hatte nach Humboldt betragen zwischen 1500—1545 jährlich 3 Mill., 1545—1600 11 Mill., 1600—1700 16 Mill., in der ersten Hälfte des 18. Jahrh. 22$\frac{1}{2}$ Mill.; dagegen in der zweiten Hälfte schon 35,300000 Millionen Piaster. Zu dieser hohen Steigerung trugen vornehmlich bei die reichen Silbergruben von Guanaxuato, besonders Valenciana.

Aber auch die Goldausbeute aus Brasilien war in diesem Zeitraum schon sehr beträchtlich; man schätzt sie von 1752—1773 auf 12000 Kilogramme, d. i. 41 Millionen Fr. Werth. Weniger beträchtlich, aber immerhin nennenswerth, war auch die Goldgewinnung in Neugranada und Chili.

Im ersten Viertel des 19. Jahrhunderts beginnen die Metallpreise wieder zu steigen. Die blutigen Bürgerkriege in den spanischen Kolonien Amerikas, welche sich vom Mutterland losrissen und unabhängig machten, hinderte sowohl die ununterbrochene Ausbeutung der Minen als auch die Zufuhren nach Europa. Dazu kamen die vielen Kriege in Europa, welche ein enormes Geldbedürfniß, namentlich in England (Subsidien) und Frankreich hervorriefen; auch wurde viel Gold und Silber vergraben. Mit dem Eintritt des allgemeinen Friedens hörten diese Ursachen auf zu wirken, aber sie wurden durch eine andere ersetzt, nämlich durch die Nothwendigkeit, das während der Kriege in ungeheuren Massen emittirte Papiergeld gegen Metall einzulösen, namentlich in Frankreich.

Seit dem zweiten Viertel des gegenwärtigen Jahrhunderts erschöpften sich diese Einflüsse; Handel und Wandel wurden belebter, die Gewerbe, die Landwirthschaft hoben sich in ungekannter Weise, und man begann nun allmählich auch auf dem Continent das Creditsystem auszubilden und so das höhere Bedürfniß nach Umlaufsmitteln zu paralysiren. Seit dieser Zeit ist der Silberwerth so ziemlich gleich geblieben; die allenfalls höheren Preise sind durch den gestiegenen Luxus, die Vermehrung der Bevölkerung und der Nachfrage, und etwa mancher Productionskosten zu erklären. In England sind die Getreidepreise nach Aufhebung der Zollschranken sogar gesunken.

Dagegen sind in Bezug auf das Gold in der neuesten Zeit Ereignisse eingetreten, deren Wirkungen sich noch nicht mit Sicherheit überblicken lassen, jedenfalls auch noch nicht vollständig zu Tage getreten sind.

Schon die Goldgewinnung aus dem Ural= und Altaigebirge in Rußland war sehr beträchtlich; sie betrug 1840 9046, 1843 schon 20,339, 1847 28,521, 1856 noch 25,000 Kilogramme.

Weit wichtiger aber ist die Entdeckung der Goldgruben in Californien 1848, dann in Australien 1851. Die declarirte Goldausfuhr von dort betrug nach zuverlässigen Angaben (Soetbeer):

Jahre	aus Californien		aus Victoria		aus Californien und Victoria zusammen	
	Gewicht Pfund	Werth Thaler	Gewicht Pfund	Werth Thaler	Gewicht Pfund	Werth Thaler
1848:50	213,400	98,164,000	—	—	213,400	98,164,000
1851	103,800	47,748,000	8,500	3,910,000	112,300	51,658,000
1852	137,800	63,388,000	159,000	73,140,000	296,800	136,528,000
1853	165,200	75,992,000	184,000	84,640,000	349,200	160,632,000
1854	154,800	71,208,000	140,000	64,400,000	294,800	135,608,000
1855	134,300	61,778,000	163,000	74,980,000	297,300	136,758,000
1856	152,600	70,196,000	175,000	80,500,000	327,600	150,696,000
1857	147,100	67,666,000	161,000	74,060,000	308,100	141,726,000
1858	143,100	66,826,000	148,000	68,080,000	291,100	133,906,000
1859	143,400	66,964,000	133,000	61,180,000	276,400	127,144,000
1860	127,400	58,604,000	118,000	54,280,000	245,400	112,884,000
1848:60	1,622,900	746,534,000	1,389,500	639,170,000	3,012,400	1,385,104,000

Rechnet man hiezu einen verhältnißmäßigen Zuschlag für die nicht declarirten Goldexporte aus Californien und Australien, sowie die Ergebnisse der sonstigen Goldgewinnung in den übrigen Ländern, so wird man die gesammte Zunahme der Goldgewinnung in den zwölf Jahren von 1849 bis 1860 auf einen Totalbetrag von ungefähr fünf Millionen Pfund Gold, oder einen Werth von 2300 Millionen Thaler veranschlagen dürfen. Das durchschnittliche Verhältniß der jährlichen Gold= und Silbergewinnung in den letzten zwölf Jahren war, verglichen mit demjenigen in früheren Perioden:

Jahre	Gold Pfund	Silber Pfund	Gold Thaler	Silber Thaler
um 1800	48,000	1,700,000	22,000,000	51,000,000
um 1846	90,000	1,500,000	41,000,000	45,000,000
1849—60	400,000	2,100,000	184,000,000	63,000,000

Es liegt nahe, bei dieser beispiellosen Vermehrung des Goldes eine ähnliche Preisrevolution zu befürchten, wie sie nach der Entdeckung Amerikas in Folge der Silberzufuhren stattfand. Die Ansichten über diesen Gegenstand sind gegenwärtig noch getheilt. Jedenfalls kann man bis jetzt eine nennenswerthe Goldentwerthung noch nicht behaupten, wenn auch eine noch länger in dem bisherigen Verhältniß fortdauernde Ausbeute eine solche Besorgniß vielleicht mehr begründen würde. Allein die Verhältnisse sind heutzutage ganz andere als zur Zeit der Entdeckung Amerikas. Damals war der Metallvorrath Europas klein, so daß beträchtliche Zuflüsse die bestehenden Preisverhältnisse in viel höherem Grade ergreifen mußten; je größer die bereits vorhandene Metallmenge ist, desto

größere Zufuhren sind nothwendig, um ein bemerkbares Mißverhältniß zwischen Angebot und Bedarf zu veranlassen. Auch sind
unsere Gewerbs= und Handelsverhältnisse völlig verschieden.

Während der Handel damals noch sehr unentwickelt, fast
nur auf den Orient beschränkt war, wird jetzt ein enormer Handel
zwischen allen Theilen der Welt getrieben, alle Länder haben regen
Gewerbfleiß, produciren und consumiren viel mehr, und besonders
ist auch in der Landwirthschaft der Gebrauch des Geldes viel aus=
gedehnter an die Stelle des bloßen Naturaltausches getreten.
Im Mittelalter war dagegen der größte Theil des Verkehres
Tauschverkehr, in Folge der grundherrlichen und Lehensverhältnisse.
Auch muß man bedenken, daß Amerika, Australien, Afrika jetzt
selbst ein bedeutendes Geldbedürfniß entwickeln, wovon allein schon
große Metallmassen verschlungen werden. Einen Anhaltspunkt
findet man darin, daß zur Zeit der Entdeckung Amerikas in den
großen italienischen Handelsstädten sich die Silberentwerthung im
Vergleich zu den übrigen Staaten Europas viel weniger geltend
machte, weil, in ähnlicher Weise wie bei uns jetzt, ihr Geldvorrath
und Geldbedarf größer war. Daß die Bevölkerung in geringerem
Verhältniß zunahm, als die Goldzuflüsse, ist von keiner Bedeu=
tung; denn die Höhe der Waarenpreise und die Summe der
Tauschgeschäfte sind das Entscheidende. In England ist von 1851
bis 1860 die Bevölkerung um ca. 10 % gewachsen, dagegen das
Gold zu einem Mehrbetrag von 40 % in den kleinen Verkehr ge=
drungen, ohne daß sich irgendwie eine Verminderung seines Wer=
thes herausgestellt hätte. Es zeigt dieses eine sehr bedeutende
Verbesserung in der wirthschaftlichen Lage der großen Mehrzahl
des Volkes an, namentlich auch ein Steigen des Arbeits=
lohnes. Endlich ist auch der Verbrauch der edlen Metalle für
den Luxus und zu technischen Zwecken einer enormen Steigerung
fähig und dem fortwährend zunehmenden Reichthum nicht unzu=
gänglich.*)

---

*) Newmarch (in Tooke's Gesch. der Preise VII.) gelangt nach
langen Untersuchungen und statistischen Erhärtungen zu folgenden Haupter-
gebnissen: 1. Es wird jetzt viermal so viel Gold jährlich producirt als bis
1848. 2. Der Gesammtvorrath von Gold hatte sich bis Ende 1856 um ¼,

Was schließlich das Werthverhältniß zwischen Gold und Silber betrifft, so wird dasselbe durch die allgemeinen Gründe bestimmt, also vornehmlich durch den Gebrauchswerth und die mittleren Productionskosten. Aus beiden Ursachen besitzt bekanntlich das Gold einen viel höheren Werth als das Silber, allein es kommen hiebei manichfache Veränderungen des Grades vor. Im Alterthum stand das Verhältniß durchschnittlich wie 1 : 10—12; ebenso im Mittelalter. Das heißt also, 1 Pfund Gold war soviel werth wie 10—12 Pfund Silber. Zu Anfang des 17. Jahrhunderts stieg das Verhältniß in Folge der amerikanischen Silberausbeute auf durchschnittlich 1 : 13, und bis Ende jenes Jahrhunderts auf 1 : 15,4. Die gesetzlichen Werthbestimmungen sind gegenwärtig 1 : 15,5 (Frankreich) und 1 : 15,98 (Nordamerika). Das thatsächliche Werthverhältniß scheint sich aber in Wirklichkeit in neuester Zeit zu Gunsten des Silbers zu neigen.

Nach Soetbeer betrug das Werthverhältniß des Goldes zum Silber, nach den Londoner Silberpreisen berechnet, durchschnittlich

$$1831—1850 : 15,78$$
$$1851—1860 : 15,35$$

d. h. das Gold ist gegen Silber um 2,7 % weniger werth geworden. Eine Veränderung, die freilich auch durch den gesteigerten Silberbedarf, besonders zu Sendungen nach Asien und durch die Annahme der Silberwährung in Holland (1830) erklärt werden kann, so daß nicht eine Verminderung des Goldwerthes, sondern eine Erhöhung des Silberwerthes vorläge; nach Soetbeer ist auch der Silberpreis in London von 1851—1860 gegenüber dem Zeitraum 1841—1850 um $3^1/_4$ % gestiegen.

---

3. die Goldcirculation um $1/_8$ vermehrt. 4. Arbeitspreise (Löhne) haben um 15—20 % zugenommen, besonders der Preis der gemeinen Handarbeit. 5. Verdoppelung des Exports und des ganzen Geschäftslebens seit den Goldentdeckungen und in Folge derselben. 6. Wahrscheinlich seien die Preise im Allgemeinen nicht auf die Dauer afficirt worden.

V. Vom Credit.

1. Vom Credit im Allgemeinen.

§ 51.

Wesen und Voraussetzungen des Credits.

Bei der bisherigen Betrachtung des Güterumlaufes haben wir immer stillschweigend vorausgesetzt, daß die Tauschgeschäfte, mittelst deren der Waarenumsatz bewerkstelligt wird, auch wirklich beiderseits vollzogen werden, daß also jede Tauschpartei das ihr nach den Gesetzen des Preises zukommende Werthäquivalent, sei es in einer bestimmten Menge von besonderen Producten, sei es in einer Summe Geldes, unmittelbar nach dem Abschluß des Tauschgeschäftes übertragen erhalte. Allein nicht immer, ja man kann sagen nur in den wenigsten Fällen, ist dieses in der That so; viel häufiger bleibt eine Partei mit ihrer Leistung oder Gegenleistung im Rückstande, so daß Alles, was die andere Partei zunächst aus dem Geschäfte erhält, nur in einem rechtlichen Anspruch auf künftige Nachleistung des versprochenen Gegenstandes besteht, wozu dann noch ein weiterer Anspruch auf Vergütung des Interesses kommen kann, das durch den gewährten Zahlungsaufschub dem nachsichtigen Gläubiger entgeht. Diese letztere Vergütung braucht aber nicht immer gestundet zu werden, vielmehr kann sie der seinerseits erfüllende Contrahent sofort an seiner Leistung in Abzug bringen, in welchem Falle eine — gesetzlich nicht selten zu Gunsten kurzsichtiger Schuldner untersagte — Vorausnahme des Interesses vorliegt.

Dieser freiwillig gestattete Aufschub einer Schuldtilgung ist der Credit.*) Er gibt, wie man sieht, „die Befugniß, über

*) Herr Dankwardt (Nationalökonomisch-civilistische Studien S. 35.) versteht unter Credit das Vertrauen, d. h. das Gefühl der Sicherheit, daß ein Werth, den man aufzuopfern im Begriffe steht, nicht verloren gehen, sondern entweder in derselben oder in einer anderen Form zurückkehren werde. —

fremde Güter gegen das bloße Versprechen des Gegenwerthes zu verfügen" (Roscher), und beruht auf dem stillschweigenden Vertrauen, daß dieses Versprechen zu rechter Zeit auch erfüllt werde.

Creditgeschäfte können in der manichfaltigsten Weise vollzogen werden. So in einfachen Darleihen mit oder ohne Verzinsung (weshalb die Definition Schäffle's als Nutzungskauf zu enge ist), in dem Vermiethen von Gebäuden, Verpachten von Grundstücken, Ausleihen von Büchern, Musikalien und anderen Gegenständen zu beliebigem Gebrauche, in dem Ankauf von Forderungen mit späterer Verfallzeit, in Vorauszahlungen oder Stundungen von Kaufpreisen, kurz in allen werthvollen Leistungen, sei es von Sachen oder Arbeiten, gegen spätere Bezahlung. Ueberall, wo Jemandem ein Werth anvertraut wird, — daher der Name von credere, glauben, vertrauen, — für welchen nicht sofortiger Ersatz erfolgt, ist ein Creditgeschäft vorhanden.

Die Voraussetzungen des Credits sind im Allgemeinen folgende zwei Umstände: 1. die Fähigkeit und 2. der Wille des Schuldners, seine schuldige Gegenleistung zu rechter Zeit zu erfüllen. Wo diese Voraussetzungen nicht bereits vorhanden sind, kann, ordentlicher Weise, ein Credit nicht gewährt werden; das Geschäft würde entweder in eine Schenkung oder in ein Hazardspiel übergehen, es wäre kein Tausch mehr.

Die Zahlungsfähigkeit des Schuldners braucht natürlich nicht im Zeitpunkt des Geschäftsabschlusses vorhanden zu sein, es genügt, wenn der Schuldner seine Verpflichtung zur Zeit der Fälligkeit erfüllen kann, wozu er ja gerade durch die Creditgewährung nicht selten erst in den Stand gesetzt wird, indem er mit Hülfe des erhaltenen Werthes productive Kräfte — Arbeitskraft, Kapitalien — entwickelt oder erwirbt, die ihm außerdem versagt gewesen wären. Der Zahlungswille dagegen würde zwar auch zur Verfallzeit genügen, allein solche moralische Eigenschaften lassen sich nicht nach Belieben ablegen oder aneignen; daher kann

---

Demnach ist also das Vertrauen eines Kochs, der Mehl, Eier, Holz ꝛc. ꝛc. opfert mit der Sicherheit, daß diese Werthe in der Form eines Kuchens wieder zurückkehren werden, — Credit.

zwar wohl eine völlig vermögenslose, keineswegs aber eine als unredlich erkannte Person Credit finden.

Die Fähigkeit, eine Schuld zu bezahlen, findet offenbar eine geringe Stütze an dem Besitz werthvoller Gegenstände auf Seiten des Schuldners, denn dieser Besitz kann in der kürzesten Zeit ver= schleudert oder verschlechtert werden. Der auf jener Voraus= setzung wesentlich beruhende Pfandcredit ist daher eine bedeutende Beschränkung für das Creditnehmen. Weit wichtiger ist die Fähigkeit des Schuldners, den Credit zu verwerthen, d. h. die Objecte desselben ununterbrochen mit Gewinn zu reproduciren. Diese Fähigkeit hängt aber von dem Besitz und von der productiven Verwendung von Güterquellen ab; daher man einem arbeitsamen, strebsamen Producenten viel lieber Credit gewährt, als einem Reichen, der das Erhaltene nutzlos verschwendet. Nur unehren= hafte, listige Leute pflegen aus der letzteren Art des Creditgebens eine unsaubere Quelle der Bereicherung zum Ruin leichtsinniger Schuldner zu machen.

Die Creditfähigkeit ist daher, außer der rechtlichen Gesinnung des Schuldners, bedingt 1. durch persönliche Arbeitskraft, 2. durch Kapitalbesitz, 3. durch sonstige Erwerbshoffnungen desselben; z. B. Erbrechte, Besitz vortheilhafter Lottoprämien, auch durch den Credit, den Jemand bei Anderen besitzt, durch Aussicht auf reiche Heirath u. dgl.

Hiernach ist der Credit nichts Willkürliches oder Zufälliges, sondern die nothwendige Frucht der Wirthschaftlichkeit und des blühenden Zustandes der Unternehmungen; jede Unternehmung, jede Wirthschaft erzeugt sich unter den nothwendigen Voraus= setzungen ihren verhältnißmäßigen Credit und ebenso jede Volks= wirthschaft als ein Ganzes. Denn wie weder Arbeitskraft noch Capital isolirt zu bedeutender productiver Wirksamkeit sich erheben können, so hängt auch der Geschäfts=Credit einer Person von dem gedeihlichen Zusammenwirken der productiven Kräfte in der Unternehmung ab; und da jede Unternehmung ein organisches Glied des Ganzen, mithin in seiner Lebensfähigkeit von der aller anderen Glieder des Wirthschaftskreises bedingt ist, so beruht der Credit vorzugsweise auf der die Blüthe jeder Einzelunternehmung bedingenden Blüthe des Ganzen. Die Creditfähigkeit ist daher nicht blos Wirkung, sondern auch Ursache; ein Credit stützt den Anderen. Die solidesten, festen Häuser sind die breite Grundlage dieses leider manchmal zu schwindelhafter Höhe aufgeführten Baues. Die wirthschaftliche Bedeutung des Credits liegt daher in einem gewissen Verhältniß enger Verbundenheit und Zusammengehörigkeit der Unternehmungen, welche die Umlaufsfähigkeit ihrer Producte mit allen dazu gehörigen günstigen Wirkungen in hohem Grade erhöht. Credit, kann man daher ferner sagen, ist Beschleunigung und Sicherung des Umlaufs. Ein bezeichnendes Product dieses allgemeinen Landescredits ist z. B. die Banknote (§ 68).

Wenn sich der Creditgeber lediglich auf den guten Willen seines Schuldners verläßt, so besteht für ihn die Gefahr, daß sein Vertrauen nicht selten getäuscht wird, entweder weil dieser absichtlich sich seiner Verbindlichkeit zu entziehen sucht oder doch die Höhe derselben bestreitet, oder auch weil er bis zur Verfallzeit die Mittel zur Abtragung der Schuld verloren hat. Der Gläubiger begnügt sich daher nicht immer mit dem bloßen Versprechen der künftigen Zahlung — Personalcredit, — sondern verlangt häufig noch eine besondere Sicherheit für sein Guthaben (Realcredit, satisdatio); entweder so, daß eine andere zahlungsfähige Person für den Fall ermangelnder Zahlung gutsteht (Bürgschaft), oder so, daß ein bestimmter Vermögenswerth sofort dem Gläubiger als Befriedigungsobject rechtlich gesichert wird, was man gewöhnlich unter Realcredit versteht, theils durch Besitzübertragung (Faustpfand), theils durch Constituirung eines dinglichen Rechtes an unbeweglichen Sachen (Hypothek), so daß er gegen jede Rechtsbenachtheiligung seines Schuldners geschützt ist, indem dieser entweder die factische oder doch die rechtliche Verfügung über den verpfändeten Gegenstand verliert. Da jedoch auch der Bürge in Vermögensverfall gerathen und das Pfand in seinem Werth verschlechtert werden kann, so ist die Aussicht, allenfalls auch gegen den Willen des Schuldners sich bezahlt zu machen, beim Realcredit kaum in stärkerem Grade vorhanden, als beim sog. personalen.*) Die segensreichen Wirkungen des Credits beruhen also

---

*) Unrichtig ist die Meinung des Hrn. Dankwardt, daß der Realcredit kein Credit, vielmehr ein Austausch von Werthen sei; der Hypothekschuldner

viel weniger auf der rechtlichen, als auf der thatsächlichen Sicher=
heit des Gläubigers, nämlich auf der Arbeitskraft oder dem
Capital und den wirthschaftlichen Verhältnissen des Schuldners
überhaupt. Auch entspricht der Personalcredit mehr dem Bedürf=
niß einer größeren Beweglichkeit der industriellen Geschäfte.

Wenn man sich dieses klar vergegenwärtigt, gelangt man
leicht zu einer tieferen Anschauung von den Grundlagen des ganzen
Creditwesens in einem Lande. Die Blüthe des Credits wird in
geradem Verhältniß stehen zur körperlichen, geistigen und sittlichen
Tüchtigkeit seiner Bewohner, zu ihrem Gemeinsinn, zur Menge
und Einträglichkeit seiner Capitalien, zur Blüthe seiner Wissen=
schaften und Künste, insbesondere der technischen, zur Sicherheit
und Raschheit seiner Rechtspflege, zur Pünktlichkeit und Stetigkeit
der Zahlungen, zur Oeffentlichkeit der Creditzustände, zur gesun=
den Entwicklung seines socialen und staatlichen Lebens überhaupt.
Nur in freien Staaten kann sich ein blühender Credit entfalten,
in rechtlosen scheint der Despot der einzige Creditgeber zu sein,
kein Unterthan ist des anderen und seiner selbst sicher.

Die Creditbeziehungen erstrecken sich sehr häufig nicht blos
auf zwei, sondern auf mehrere, ja viele Personen zusammen, wo=
durch sie oft zu einem sehr verwickelten, kaum zu entwickelnden
Knäuel werden, z. B. im Wechselverkehr, im Disconto= und Zettel=
wesen, in der Scontration. Man muß also das Wesen des Credits
immer fest vor Augen behalten.

---

behalte sein Gut in concreto und verkaufe es in abstracto. Diese Meinung,
die übrigens auf die verzinsliche Hypothekenschuld nicht einmal den concreten
oder abstracten Schein einer Anwendung leidet, beruht auf einer Verwechse=
lung zwischen Werth und Sache. Der Hypothekenschuldner behält vielmehr
neben der Sache den vollen Productionswerth seines Pfands, sogar der Faust=
pfandschuldner häufig den Consumtionswerth; wenigstens erhält diesen der
Gläubiger nicht, denn er darf das Pfand nicht consumiren. Mit demselben
Rechte könnte man sagen, auch der Personalcredit ist kein Credit, denn der
Gläubiger gebe sein Gut in concreto fort und behalte es in abstracto. Zu
welcher Nivellirung käme man mit dieser Sucht, den reichen Inhalt des Lebens
in einige wissenschaftliche Begriffe zu zwängen!

§ 52.

Wirkungen des Credits.

Es ist leicht, sich über Lord Pinto's Meinung lustig zu machen, daß der Credit, wie Capital, neues Vermögen schaffe. Allerdings ist der Credit im Allgemeinen keine Güterquelle, bringt aus sich selbst Nichts hervor, er ist ja nur ein Rechtsverhältniß und bewirkt zunächst nur eine andere Vertheilung des Besitzes unter den Gliedern einer Nation, als sie ohne ihn stattgefunden hätte. Würde man eines schönen Tages alle Forderungen und Schulden in einem Lande aufheben, so würde allerdings die Menge der Güter in demselben weder vermehrt noch vermindert, das Vermögensinventar der Nation würde im gegebenen Augenblick dieselbe Ziffer darstellen. Allein mit diesem allgemeinen Wesen des Credits ist die concrete Creditfähigkeit nicht zu verwechseln, welche sich eine bestimmte Unternehmung vermöge stabiler Solidität und Vertrauenswürdigkeit erworben hat. Die Fähigkeit, sofortige Zahlungen unterlassen und bis zu einem gewissen Grad über fremdes Vermögen nach Ermessen verfügen zu können, ist offenbar ein ideelles Product, eine wohlerworbene Frucht der Wirthschaftlichkeit und als solche auch mit productiven Wirkungen bekleidet. Der Credit in diesem Sinne ist unzweifelhaft eine Productivkraft von einem bestimmten berechenbaren Betrage, deren Erfolg sich in vermehrtem Geschäftsgewinn äußert. Wer immaterielle Capitalien anerkennt, muß auch dem concreten Unternehmungscredit eine Stelle unter ihnen einräumen*). Aber auch der

---

*) Man beruft sich gewöhnlich gegen diese Ansicht darauf, daß die äußeren Zeichen des Credits, wie Wechsel, Banknoten, nach erfolgter Einlösung sofort werthlos werden. Allein abgesehen davon, daß es sonderbar scheint, die Existenz eines Dinges zu läugnen, weil es eine Existenz von begrenzter Dauer hat, liegt hier eine Verwechselung von Ursache und Wirkung vor. Die Creditkraft liegt nicht in jenen Papieren, sondern in der Fähigkeit, solche Papiere mit gleicher Wirkung wie baare Zahlmittel zu gebrauchen. Product des Credits sind nicht diese Papiere, in die er sich augenblicklich kleidet, sondern die Gewinne, die aus den mit ihrer Hülfe zu Stande gebrachten Geschäften gemacht werden, und soweit er reicht, kann er jederzeit in neuer Form sich wieder bethätigen. Insofern der Credit sein reales Dasein in äußeren Zeichen, wie

Credit im Allgemeinen, als gesellschaftliche Kraft betrachtet, ist von den günstigsten Wirkungen für die productive Fähigkeit begleitet. Diejenigen, welche auf die Summe der Güter so großes Gewicht legen, vergessen doch, daß der Reichthum nicht von der Summe, sondern von der productiven Kraft des Vermögens abhängt (List), daß eine andere Vertheilung auch eine andere Verwendung des Vermögens zur Folge haben wird, daß namentlich das Capital an und für sich eine reine Abstraction, seine Existenz abhängig ist von der Verwendung, die einer Gütermenge thatsächlich gegeben wird. Hierauf hat nun aber der Credit den größten Einfluß.

1. Er schafft Capitalien, indem durch ihn Güter fruchtbar gemacht werden, die außerdem todt gelegen oder verzehrt worden waren; z. B. wenn eine Sparkasse kleine Ersparnisse des Arbeiters aufsammelt und auf Hypothek ausleiht; wenn eine Bank die Kassenvorräthe ihrer Kunden in ihre Keller leitet und zum Theile an productive Unternehmungen ausgibt; wenn das Ausland uns Capitalien leiht.

2. Er schafft Arbeitskraft, indem er dürftige, hoffnungsvolle Talente unterstützt oder Arbeiter mit Unterhaltsvorschüssen versieht.

3. Er vermehrt nicht nur die productiven Kräfte, er befördert auch ihre vollständigere, raschere, zweckmäßigere Ausnützung, indem er Capital und Arbeit in die Kanäle leitet, wo sie am vortheilhaftesten verwendet werden, indem er den Verzehrern Zahlungsnachsicht gewährt, wodurch diese wiederum freilich mehr verzehren, aber auch mehr produciren können und jedenfalls den Verkäufern vom Lager helfen. Man klagt über die Credite, welche die Geschäftsleute ihren Kunden gewähren müssen; man sollte aber auch bedenken, wieviel denn ohne Credit abgesetzt werden würde. Das bayrische Gesetz von 1859, welches diesen Credit auf höchstens drei Jahre beschränkt, dürfte in dieser Beziehung ziemlich zweischneidig sein.

Man kann billig zweifeln, ob der Credit mehr dem Schuldner

Wechseln, Banknoten 2c. bekundet, sind diese unter der Voraussetzung productiver Verwendung gleich dem Baargeld als Capital anzusehen. Man wendet ein: solche Schuldurkunden seien nur Anweisungen auf künftige Zahlung; allein was ist das Metallgeld anderes, als eine Anweisung auf andere Güter?

ober bem Gläubiger nützt oder dem ganzen Gemeinwesen. Jeden=
falls ist es immer leichter, sich durch eigene Anstrengung Ver=
mögen zu erwerben, wenn man nur einmal die erste Stufe der
Leiter erstiegen hat, als ohne eigene Anstrengung sein Vermögen
rentabel zu erhalten. Wer sich durch Unterstützung eines Talents
aufrichtigen Dank verdient, hätte vielleicht außerdem Mühe, sein
Geld nach Wunsch zu placiren. Was wäre die stolze, üppige, in=
telligente Grundaristokratie Englands, wenn ihr nicht ein zahl=
reicher Pächterstand die Last der Wirthschaft abnähme? Auf
welcher Stufe ständen unsere modernen Staaten ohne Banken und
Subscriptionsanlehen?

§ 53.
Verrichtungen des Credits.

Kein Gläubiger würde natürlich Credit gewähren, wenn er
den Gegenstand seiner Forderung selbst vortheilhaft verwenden
könnte, kein Schuldner Credit nehmen, wenn er sofort zahlen
könnte oder wenn ihm die sofortige Zahlung größeren Gewinn
brächte. Sehen wir jetzt von den Fällen ab, in denen der erlangte
Credit zur Ausdehnung bloßer Verzehrung benützt wird, so be=
stehen die Verrichtungen des Credits ersichtlich

1. darin, daß er vorhandene Productivmittel in diejenigen
Kanäle leitet, in denen sie gemäß dem Interesse der Betheiligten
und folglich auch der Gesammtheit am wirksamsten ausgebeutet
werden können. Indem so der Credit alle Lücken der Production
ausfüllt, ist er eine unentbehrliche Ergänzung der Arbeitstheilung,
die ja auch im Grunde in nichts weiter besteht, als in einem Cre=
ditiren der ganzen Persönlichkeit des Einzelnen an die Gesammtheit
aller Producenten.

2. darin, daß er alle Productivmittel in den fruchtbarsten
Anwendungskanälen erhält, vor unzeitiger Herausziehung schützt
und dadurch die Früchte am Baume der Production zu völliger
Reife gedeihen läßt. Der Credit befördert auf diese Weise das
Princip der Stetigkeit, der Werkfortsetzung in der Production, die
mit einem Creditiren der Vergangenheit an die Zukunft verglichen

werden kann und vermittelt die Ausgleichung der auch bei sorgfäl-
tigfter Voraussicht nie ganz zu vermeidenden Wechselfälle im Gelingen der Unternehmungen.

Der Credit ist ferner eine unentbehrliche Grundlage des
Großbetriebs und der beweglichen, jederzeit schlagfertigen Konkurrenz, somit nach allen Seiten hin eine wesentliche Bedingung für
die Anwendung der wirksamsten Hebel der Productivität.

3. darin, daß er eine Menge von Zahlungsgeschäften erleichtert, vereinfacht oder ganz aufhebt. Er erspart dadurch nicht nur
viele Zeit und Mühe, die man auf das Zählen, Aufbewahren und
Versenden von baaren Zahlungsmitteln verwenden müßte, sondern
bewirkt geradezu eine Vermehrung der productiven Kräfte, indem
er die mit jenen Geschäften verbundenen Kosten aufhebt und den
Aufwand für die Bewerkstelligung des Güterumlaufes auf der
Grundlage des metallischen Geldwesens um ein Beträchtliches
vermindert.

Nimmt man beispielsweise an, daß ein Land, wenn alle
Preise unmittelbar in Werthmetallen bezahlt werden müßten,
1000 Mill. Thlr. nöthig hätte, die durch die Anwendung des
Credits auf 500 Mill. herabgesetzt würden, so könnte die andere
Hälfte von 500 Mill. sammt der jährlichen Abnützung und Verzinsung dieses Werthes zur Hervorbringung anderer Güter verwendet, das Land somit durch den bloßen Credit um 500 Mill.
bereichert werden, es würden also um mehr als 500 Mill. Thlr.
Lebensmittel oder Genußgegenstände im Lande mehr hervorgebracht
und verzehrt werden können, ohne daß die Bevölkerung des Landes
mehr als vorher zu arbeiten brauchte.

Man begreift sonach leicht, daß in einem Lande wie England,
in dem die Ausbeutung des Credits wohl die höchste Stufe erreicht
hat, die Vermehrung des Reichthums in so riesigen Schritten vor
sich gehen kann, während andere Länder soviel unfruchtbare Mühe
und Kosten aufwenden müssen, nur weil in ihnen der Credit noch
nicht zur Blüthe gelangt ist. Creditlosigkeit ist daher bis zu einem
gewissen Grade gleichbedeutend mit Verarmung, sie reißt die empfindlichsten Lücken in alle Richtungen der Production mit derselben
vernichtenden Wirkung, als wenn eine Menge von Capitalien und
Arbeitskräften geradezu zerstört worden oder nicht vorhanden ge-

wesen wären. So hat ein französischer Schriftsteller nicht mit
Unrecht bemerkt, daß Frankreich im Jahre 1848 während zweier
Monate um 20 Milliarden ärmer geworden sei in Folge der
Schrecken der Revolution und der allgemeinen Lähmung der Ge=
schäfte durch das Aufhören des gegenseitigen Vertrauens und die
verlustvolle Realisirung vieler Schulden. Eine Verarmung, die
freilich durch die Wiederherstellung des Vertrauens mit einem
Schlage wieder gehoben, aber doch in ihren Folgen nie mehr ganz
beseitigt werden kann.

§ 54.

Von den Gefahren des Credits.

Man darf aber auch, um sich nicht allzu hastig in die be=
lebenden Arme des Credits zu werfen, seine Gefahren und Schatten=
seiten nicht vergessen. Der Credit ist, wie alles Gute, eines be=
deutenden Mißbrauchs fähig, und gerade seine überraschenden
Vortheile reizen nur allzu leicht dazu. Der Credit verleitet

1. nicht selten zu übermäßiger Verzehrung und Verschwen=
dung, verhüllt dem, der nicht immer genau nachrechnet und ein
sorgfältiges Verzeichniß seines Debet und Credit hält, die wahre
Lage seiner Wirthschaft und führt so sehr häufig den plötzlichen Ruin
des Consumenten und dadurch auch seines Gläubigers, des Pro=
ducenten, herbei. Auch ohne solche zerstörende Wirkung begünstigt
er doch ungerechtfertigten Aufwand und trägt dadurch allerdings
auch bei zur Lähmung des Ansammlungstriebes. Daher wurde
schon im römischen Reiche das Creditiren von Geld und geld=
werthen Sachen an Hauskinder mit dem Verluste der Forderung
bedroht durch das sog. Macedonianische Senatusconsult, das in
den Ländern des gemeinen Rechts heute noch in Kraft besteht und
von vielen Gesetzgebungen nachgeahmt wurde;

2. zu übermäßiger Ausdehnung der Speculation, zu Schwin=
delgeschäften (overtrading), die sich dadurch charakterisiren, daß die
Unternehmer die productive Kraft des Credits über seine zulässigen
Grenzen anzuspannen versuchen und so das Gleichgewicht zwischen
Production und Consumtion zu ihrem eigenen Schaden verrücken.

Die Explosion, die hier oft aus dem durch das Uebermaß des Credits unterminirten Bau der stetigen Hervorbringung erfolgt und viele Unternehmungen in den Abgrund der Absatzlosigkeit in Betreff ihrer angehäuften Waaren reißt, ist die gerechte Strafe dafür, daß die Unternehmer in blinder Gewinnsucht das richtige Verhältniß der ruhigen, gewohnheitsmäßigen Reichthumsvermehrung in der Nation verkannt haben.

Noch tadelnswerther sind Diejenigen, die sich des Credits lediglich zur absichtlichen Vorspiegelung gegenwärtiger oder zukünftiger Zahlungsfähigkeit bedienen, was namentlich durch die sogenannte Wechselreiterei geschieht, d. h. durch die Erdichtung wechselmäßiger Forderungen behufs Hinhaltung wirklicher Gläubiger. Um solche ungesunde Creditzustände zu verhüten, hat z. B. der Code Napoléon die sog. Platzwechsel, Wechsel zwischen Bewohnern desselben Orts gezogen, verworfen und sie sind auch an vielen Handelsplätzen verrufen, weil man bei ihnen einen solchen Mißbrauch des Credits vermuthet; denn an demselben Orte kann man Forderungen und Schulden auf viel einfachere und leichtere Weise ausgleichen, z. B. durch Buchcredite oder auch durch Baarzahlung.

3. besteht die höchst bedenkliche Gefahr einer allmähligen Verwirrung des Geldwesens, dessen gesunde Entwickelung nur auf einem freilich nicht genau und für alle Länder gleichmäßig fixirbaren, aber doch an äußeren Thatsachen ziemlich leicht erkennbaren Maße von metallenen Umlaufsmitteln beruhen kann. Wird der Geschäftscredit eines Landes bis zur Ueberschreitung dieses Maßes angespannt, also die Circulation mit einem Uebermaß von Geldsurrogaten, an sich werthlosen Stellvertretern des Metallgeldes überschwemmt, dann wankt die Production ähnlich einem kunstvollen Gebäude, dessen Grundpfeiler zerrüttet werden, die Preise erheben sich, um bald nur noch tiefer zu fallen, das sonst friedliche Niveau der Volkswirthschaft schwankt gleich dem stürmisch erregten Wellenschlage des Meeres und begräbt viele Betrüger und Unvorsichtige, aber auch viele Unschuldige unter dem Sturze falscher Berechnungen und getäuschten Vertrauens.

Je rücksichtsloser die ungesunde Ausbeutung des Credits betrieben wird, desto allgemeiner sind solche Krankheiten des Wirth-

schaftskörpers, desto bedenklicher aber auch der Einfluß, den Furcht
und vielseitige Rücksichten der Schonung und Unterstützung auf
die Entschlüsse der Einzelnen wie der Regierungen zu äußern ver=
mögen, desto mehr kann das ganze staatliche und sociale Leben
durch den Alles überwuchernden Geist materiellen Eigennutzes
beherrscht werden.

§ 55.

Von den Creditgesetzen.

Um die krankhaften Erscheinungen des Credits zu verhüten
und einzudämmen, muß durch Religion und Sitte jede Unredlich=
keit, jeder Leichtsinn im Schuldenmachen energisch gemißbilligt
und auf Verbreitung der Mäßigung und Solidität, insbesondere
unter den Geschäftsleuten hingewirkt werden.   Vor Allem aber
muß das Rechtsverhältniß zwischen Gläubiger und Schuldner, die
Art und das Maß der Forderung und Verpflichtung möglichst von
Zweifeln befreit sein und im Falle der Anfechtung durch Irrthum
oder bösen Willen durch die öffentliche Autorität leicht und rasch,
ohne Belästigung durch große Kosten und Zeitverlust, hergestellt
werden können, sowohl im Interesse des Gläubigers als des
Schuldners, weil Alles, was die Lösung des Creditverbandes er=
schwert, auch hemmend auf seine Anknüpfung zurückwirken muß.

Dazu dienen vor Allem einfache, klare, gemeinfaßliche Gesetze,
insbesondere Handels= und Hypothekengesetze; ein rasches, wohl=
feiles und bündiges Prozeßverfahren, das namentlich keine ge=
flissentliche Begünstigung des Schuldners enthalten darf.   Allzu
nachsichtige Schuldgesetze schmälern das Vertrauen des Gläubigers
und erhöhen doch nicht die Zahlungsfähigkeit des Schuldners.
Strenge, aber gerechte Behandlung des Letzteren ist ein haupt=
sächliches Erforderniß jeder guten Creditgesetzgebung, das nie
fehlen darf, wenn man die Creditfähigkeit heben will.   Diese wird
aber gelähmt in dem Maße, als man es dem Schuldner leicht
macht, die Befriedigung des Gläubigers mittelst prozessualischer
Ränke und Umständlichkeiten zu verzögern oder zu hintertreiben.
Daher ist der Wechselcredit gerade wegen der Wechselstrenge so

beliebt und wirkſam; dies ſollte aber auch für den Hypotheken=
credit mehr und mehr zur Geltung gelangen. Andererſeits jedoch
darf der Schuldner nicht Tücken und Demüthigungen preis=
gegeben ſein. Einkerkerung deſſelben iſt ein grauſames Zwangs=
mittel, das höchſtens als Strafe für dieſen, aber doch wohl kaum
als Befriedigungsmittel für den Gläubiger wirkt. Es ſuspendirt
die Arbeitskraft des Schuldners, alſo vielleicht das letzte Zahl=
mittel, das dieſem geblieben; zwangsweiſes Abverdienen der Schuld
wäre weder ungerechter, noch erniedrigender. Denn allerdings
iſt nur die freie Arbeit ganz ehrenvoll; aber in der gezwungenen
Arbeit liegt doch nur ein partieller, in der Schuldhaft dagegen ein
totaler Freiheitsverluſt. Zudem iſt die letztere in der frivolen Art,
wie ſie häufig vollzogen wird, ein Hohn auf den ſtrengen Ernſt
und die Gerechtigkeit des Geſetzes, beſtärkt den Schuldner in ſei=
nem leichtſinnigen Hang zu abenteuerlicher Mißachtung des Rechts,
und es zeugt dieſe ganze Einrichtung von dem Reſt des alten Vor=
urtheils, welches ſich in der Anſchauung des Geſetzgebers gegen die
Ehre der Arbeit erhalten hat. Man ſollte auch doch nicht ver=
geſſen, daß der Gläubiger, der leer ausgeht, wenn auch nicht den
Ruin des Schuldners verſchuldet, doch ſehr häufig ſeinen Verluſt
ſich ſelbſt zuzuſchreiben hat; daher denn auch oft das gehäſſige
Auftreten gerade der unvorſichtigen Gläubiger.

2. Von den Erſcheinungsformen des Credits.

§ 56.

Vorbemerkung.

Wo Credit gewährt wird, bleibt immer ein Schuldner mit
ſeiner Leiſtung im Rückſtand; dieſes Moment iſt daher das Weſen
aller Creditformen. Allein ihre äußere Geſtalt iſt ſehr manich=
faltig, und die Kette, an der der Credit im Verkehr fortläuft, iſt
ſo verſchieden und oft ſo verſchlungen, daß man die Erſcheinungen
im Einzelnen ſtudiren muß, um ſich über dieſes wichtige Element
der Volkswirthſchaft ganz klar zu werden; es iſt daher ebenſo
intereſſant als nothwendig, die einzelnen Theile des ganzen Credit=

gebäudes zu unterſuchen, wie der Anatom die Körper zerlegt, um die Organe und ihre Functionen für ſich und in ihrer Wechſelwir= kung beurtheilen zu können.

A. Vom Buchcredit.

§ 57.

Der Buchcredit beſteht einfach darin, daß der Gläubiger die erlangte Forderung in ſeinen Büchern gutſchreibt, (auf ſein Haben (Credit) bringt, dem Schuldner auf das Soll (Debet). Es kann eine Schuldurkunde aufgeſetzt werden oder nicht, je nach der Uebereinkunft der Parteien oder nach den beſon= deren Vorſchriften der Geſetzgebung; jedenfalls wäre ſie blos des Beweiſes willen wünſchenswerth. Die Forderung kann ent= ſprungen ſein aus Darleihen, Kauf, Pacht, Miethe, Schenkungs= verſprechen u. ſ. w.

Dieſe Art des Credits kann verſchiedene Veranlaſſungen haben:

1. Man will dem Schuldner Zeit laſſen zu zahlen oder größere Summen zuſammen kommen laſſen, um der Mühe öfterer kleiner Zahlungen überhoben zu ſein. Die meiſten Geſchäftsleute gewähren ihren ſtändigen Kunden ſolchen Credit, z. B. Buchhänd= ler, Schneider u. a. auf ein Jahr oder länger. Das Soll wird gelöſcht, ſowie die Zahlung erfolgt iſt*).

2. Man will die Zahlung durch Aufrechnung (Compenſation) einer Gegenforderung des Schuldners ermöglichen. A iſt Gläubiger des B; beide ſtehen aber in Geſchäftsverbindung und B kann in kurzer Zeit Gläubiger des A werden. Anſtatt daß nun B den A bezahlt, rechnet er ihm einfach ſeine nachher erlangte Gegenforderung auf, wodurch dann beide befreit ſind, ohne daß Einer von ihnen eine wirkliche Zahlung zu machen brauchte.

---

*) In Frankreich kommt es ſtatt des bei uns üblicheren Syſtems der Buchſchulden ziemlich allgemein vor, daß Wechſel auch von Privatleuten als Zahlungsmittel gebraucht werden, was in einiger Hinſicht, namentlich wenn es zum Prozeß kommt, erhebliche Vortheile bietet. Hiedurch wird die obige Veranlaſſung des Buchcredits weſentlich beſchränkt.

Eine solche Abrechnung kann nicht nur zwischen zwei, sondern zwischen drei und mehr Personen stattfinden. A hat von B, B von C, C von A, jeder für Waaren 1000 Thlr. zu fordern. Anstatt daß B an A, C an B und A an C zahlt, beauftragt B den C, für ihn an A zu zahlen; da aber C zugleich Gläubiger des A ist, rechnet er mit diesem einfach ab. Auch hier werden daher die Forderungen durch einfache Abschreibung gelöscht. Eine solche Abrechnung zwischen mehr als 2 Personen heißt Scontration.

An einem belebten Handelsplatze können unzählige Forderungen und Gegenforderungen entstehen. Um das Scontriren für die Geschäftsleute eines Platzes zu erleichtern und auszudehnen, können sie sich verabreden, wöchentlich einmal in einem bestimmten Lokal zusammenzutreten, um hier das Scontriren mit vollständigerer Uebersicht vorzunehmen. Hier können dann Millionen gegenseitig abgerechnet werden und nur die ungedeckten Ueberschüsse (Saldi) kommen zur wirklichen Auszahlung, wozu dann wenige Tausende genügen. Solche Anstalten (clearing-houses) bestehen in London, Newyork, Philadelphia u. a.*)

3. Um sich die Mühe der eigenen Abrechnung zu ersparen, können mehrere Personen einen Dritten mit diesem Geschäft beauftragen, der dann für sie das Ab- und Zuschreiben von Forderungen in seinem Buche übernimmt (Conto-Corrent). Jeder Theilnehmer hat dann eine laufende Rechnung, sein Soll und Haben in dem Buche des Geschäftsführers, das sich ändert je nach dem Stande seiner Forderungen und Schulden. A hat eine Forderung an B, die im Contocorrent auf dem Haben des A und Soll des B steht; wird A Schuldner des C, so wird das Haben des A gelöscht und auf das Haben des C gesetzt; wäre C Schuldner des B, so würde das Haben des B und das Soll des C gelöscht. Bleiben Ueberschüsse (Activsaldi), so werden sie dem Berechtigten gutgeschrieben; müssen diese Ueberschüsse erst einkassirt werden, so

---

*) Eine nützliche Einrichtung sind auch die sog. Termine in Mecklenburg, an welchen die Gläubiger und Schuldner jährlich mehrmals an bestimmten Orten zusammenkommen, um durch Abwickelung alter und Anknüpfung neuer Credite einen möglichst raschen und sicheren Capitalumlauf zu bewirken.

nimmt sie der gemeinschaftliche Geschäftsführer anstatt des Gläu=
bigers in Empfang; ebenso werden Passivsaldi für den Schuldner,
natürlich auf seine Rechnung, bezahlt. Zahlungen von und an
Personen, die nicht im Contocorrent stehen, besorgt gleichfalls der
Geschäftsführer.

Man sieht, daß dieser für alle Theilnehmer gemeinschaftliche
Buchführung und Kasse hält, eine Dienstleistung, wofür er natür=
lich seine Vergütung erhält, in Provisionen für jede Ueberschrei=
bung oder Kassa=Function, oder in der Befugniß, die in seinen
Händen verbleibenden disponiblen Summen lucrativ anzulegen.
Das Maß dieser letzteren Befugniß hängt ab von der Lebhaftigkeit
des Geschäftsverkehrs, von der Menge der Theilnehmer und von
dem Zustand des allgemeinen Vertrauens. Je häufigere und
größere Baarsummen ausgezahlt werden müssen, desto enger muß
natürlich diese Befugniß eingeschränkt werden.

Mit diesem Buchcredit kann dann zugleich, wie man sieht,
noch eine weitere Art des Credits verbunden sein, indem der Ge=
schäftsführer Activsaldi seiner Kunden in Händen behält oder
deren Passivsaldi berichtigt, also Schuldner oder Gläubiger
seiner Kunden wird. Das Verhältniß wird dadurch verwickelter,
aber auch zugleich nutzbringender oder gefährlicher, je nachdem der
Geschäftsführer das Maß seiner Befugniß einhält und die Theil=
nehmer ein richtiges Verhältniß ihrer Passiven und Activen fort=
während herzustellen vermögen. Alles dies hängt schließlich von
dem ungestörten Gleichgewicht zwischen Production und Con=
sumtion ab.

Die großen Vortheile aller dieser Arten des Buchcredits be=
stehen in der Befreiung von den Mühen und Kosten vieler Baar=
zahlungen und — hauptsächlich — in der beträchtlichen Vermin=
derung der nothwendigen Kassenvorräthe, also in der Erreichung
derselben productiven Dienste mit geringerem Capitalvorrath
(§ 53). Sie sind vorzüglich in England und Schottland, auch
unter den Landleuten, sehr in Gebrauch; in Deutschland, außer in
der industriellen Geschäftswelt, noch sehr wenig.

B. Vom Wechselcredit.

§ 58.

Wesen des Wechselcredits.

Der Wechselcredit unterscheidet sich dadurch vom Buchcredit, daß die entstandene Forderung nicht einfach im Geschäftsbuch gut- oder umgeschrieben wird, sondern daß der Gläubiger eine besondere Schuldurkunde erhält, die nach eigenthümlichen Formvorschriften ausgestellt sein muß. Diese Schuldurkunde heißt Wechsel. Sie stellt übrigens durch ihren Inhalt nicht blos einen Theil der Geschäftsbücher aller bei einem Wechselgeschäft Betheiligten dar, was auch bei einem gewöhnlichen Schuldschein der Fall sein könnte, sondern hat das Eigenthümliche an sich, daß die Schuld selbst lediglich von der Existenz und dem Inhalt des Wechselbriefes abhängt, insofern ihr die Vortheile einer Wechselschuld zukommen sollen. Dies hat darin seinen Grund, daß wegen der manichfaltigen Creditoperationen, welche durch den Gebrauch des Wechsels ganz besonders zwischen entfernt Wohnenden (Platzwechsel sind mißliebig) gemacht werden, die Prüfung anderer Voraussetzungen für die Richtigkeit der Schuld, als sie aus dem Wechselpapier selbst ersichtlich sind, ganz unthunlich wäre. Alle Wechselgeschäfte müssen daher, sofern sie Gültigkeit haben sollen, auf dem Wechselpapier oder auf besonderen damit in genauem Zusammenhang stehenden Urkunden selbst eingetragen werden, widrigenfalls sie jene Vortheile, die in einer strengeren und rascheren Eintreibung der Schuld bestehen, nicht genießen, sondern nach den Grundsätzen über gewöhnliche Creditgeschäfte behandelt werden. Wegen dieser namentlich für den Geschäftsverkehr, dem es um pünktlichen und schleunigen Vollzug aller Creditoperationen zu thun ist, wichtigen Vorzüge bietet der Wechsel größere Sicherheit für den Gläubiger, aber auch mehr Gefahr für den Schuldner, weshalb früher die Befugniß, Wechsel auszustellen, vielfach durch die Gesetze eingeschränkt war. Durch die Allgem. deutsche Wechselordnung ist jetzt jeder wechselfähig geworden, der sich überhaupt durch Verträge verpflichten kann.

Die verschiedenen Formen des Wechselcredits lassen sich am besten durch Erklärung der verschiedenen Wechselarten und Wechselgeschäfte darstellen. Man unterscheidet nämlich

1. **Eigene Wechsel** (billets à ordre), in denen der Schuldner einfach eine bestimmte Summe nach Wechselrecht zu leisten verspricht. Beispiel:

> Gegen diesen Solawechsel zahle ich am 1. März 1862 an Herrn Friedrich Müller die Summe von Thlr. 1000 Cour.
> Frankfurt am 1. März 1861.
>
> Hermann Schulze.

2. **Gezogene Wechsel**, (Tratte, lettre de change, bill of exchange), durch welche der Schuldner (Aussteller, Trassant) einen Dritten (Bezogenen, Trassaten) beauftragt, dem Gläubiger (Remittent) eine bestimmte Summe auszuzahlen. Beispiel:

> Frankfurt am 1. März 1861.
> Gegen diesen Solawechsel zahlen Sie am 1. März 1862 an Herrn Friedrich Müller die Summe von Thlr. 1000 Cour.
> An
> Herrn Carl Schmidt.
>
> Hermann Schulze.

3. Der Gläubiger kann aber auch sein Forderungsrecht aus dem Wechsel beliebig einem Dritten übertragen; dies geschieht durch Zuschreibung auf dem Rücken des Wechsels, Giro, Indossament. Ein solches Giro kann z. B. lauten (gewöhnlich):

> Für mich an Herrn Carl Meyer in Berlin.
> Frankfurt am 1. Juli 1861.
>
> Friedrich Müller.

4. Da nach den Grundsätzen des Rechtes gegen seinen Willen Niemand durch einen Dritten mit einer Verpflichtung belastet werden kann, so muß natürlich der Trassat, wenn er die ihm angesonnene Wechselschuld übernehmen will, seine Bereitwilligkeit hiezu erklären. Diese Annahme (Accept) muß gleichfalls auf dem Wechsel vorgemerkt werden.

Verweigert der Bezogene die Annahme, so bleibt der Aussteller allein wechselmäßig verpflichtet, der Gläubiger muß aber die Thatsache der verweigerten Annahme, um sich seine Rechte gegen den Aussteller zu wahren, durch einen Notar beurkunden lassen; dasselbe muß geschehen, wenn der Trassat trotz erfolgter Annahme am Verfalltage nicht zahlt. Diese Urkunden nennt man Proteste und zwar Mangels Annahme oder Mangels Zahlung.

Man sieht also, daß der Gebrauch des Wechselcrebits durch genaue Formvorschriften, an welche sich sehr verwickelte Rechtsverhältnisse anschließen, verbarrikabirt ist, weshalb er für den Ungeübten und Uneingeweihten ein gefährliches Crebitmittel bildet.

§ 59.

Vom Wechselcours.

Der Wechselcrebit kann in derselben Weise, wie der Buchcredit, zur Ausgleichung von Forderungen und Schulden benutzt werden; nur geschieht dies hier nicht durch einfaches Abrechnen, durch bloßes Zu- und Umschreiben in den Geschäftsbüchern, sondern durch Ausstellung und Aushändigung von Wechseln und Indossamenten. Ist z. B. A Gläubiger des B und Schuldner des C, so zieht er, da B die Annahme der Tratte nicht verweigern kann, auf B einen Wechsel, woburch dann dieser Schuldner des C wird. Ist B zugleich Gläubiger des D, so kann er auf diesen gleichfalls einen Wechsel ziehen, damit er an C zahle; wäre D Gläubiger des C, so kann er dann mit diesem einfach compensiren, wofür er dann den Wechsel ausgehändigt erhält. Oder hat A eine Zahlung an B zu machen, so kann er ihm einen Wechsel auf C, den er gerade in Händen hat, zuschreiben, giriren, so daß dann C die Zahlung an B zu leisten hat.

Der Wechsel ist also ein förmliches Zahlungsmittel (kaufmännisches Geld) und zwar ein sehr beliebtes, weil es die Mühe und Kosten von Baarsendungen erspart. *) Vermöge dieser Eigen-

---

*) Die große Beweglichkeit des Wechsels hat zur Folge, daß er im Verhältniß zum Metallgelde ein weit wirksameres Circulationsmittel abgibt. Ein in 3 Monaten fälliger Wechsel auf 3000 Thaler kann z. B. innerhalb dieser Zeit an den entlegensten Handelsplätzen eine weit größere Menge von Waaren in den Umlauf bringen, als dieses mittelst der Anwendung von Metallgeld möglich wäre. Allerdings ist das nur bei solchen Wechseln der Fall, die an großen Wechselplätzen zahlbar sind und auf sichere Firmen lauten.

schaft besitzt der Wechsel einen Werth wie baares Geld, weil man mit ihm denselben Erfolg hervorbringen kann; wie alle anderen Werthobjecte wird also der Wechsel zu einem Gegenstand des Verkehrs, preisfähig.

Der Preis der Wechsel (Wechselcours) hängt nun ab, wie der aller anderen Waaren, von dem Verhältniß, in welchem sie an einem bestimmten Platze nach einem anderen angeboten und begehrt werden, und von dem Geldbetrag, auf den ein Wechsel lautet. Der Preis des Wechsels wird mit dem Betrage, auf den er lautet, gleich sein, wenn gerade soviele Wechsel (ihrem Gesammtbetrage nach) angeboten als begehrt werden; er wird niedriger sein, wenn mehr, und höher, wenn weniger solche Wechsel angeboten als begehrt werden. Der Wechselcours kann also al pari, unter oder über pari stehen. Die Berechnung des Courses erfolgt nach der in Münze erhaltenen Menge feinen Metalles, welches für einen Wechsel bezahlt und durch den Besitz einer Wechselforderung erlangt werden kann (Wechselvaluta). *) Wenn ich also in Hamburg 1 Pfund feinen Silbers (30 Thaler) aufwenden muß, um in Wien 1 Pfund gleich feinen Silbers (30 Thaler oder 45 fl. östr.) ausbezahlt zu erhalten, so ist der Cours al pari; muß ich in Hamburg für einen Wechsel auf Wien zu 30 Thaler nur 27 Thaler aufwenden, also um 10% weniger, als ich in Wien dafür erhalte, so ist der Cours 10% unter pari; muß ich dagegen 33 Thaler aufwenden, um einen Wechsel auf Wien zu 30 Thaler zu erhalten, so ist der Cours 10% über pari. Da die Wohlfeilheit der Wechsel, wie die aller anderen Waaren, natürlich ein Vortheil ist, so nennt man in jenem Fall den Cours für Hamburg günstig, in diesem ungünstig: in einem Fall steht der Cours für Hamburg und gegen Wien, im zweiten Fall gegen Hamburg und für Wien. Diese Mehrdifferenz zwischen dem Wechselcourse und dem Wechselbetrage nennt man das Wechselagio (Aufgeld). Dieses Agio kann nicht

---

*) Wenn die Wechsel, welche gegenseitig zum Austausch kommen, auf verschiedene Metalle lauten, z. B. der eine auf Gold, der andere auf Silber, oder wenn sie eine verschiedene Verfallzeit haben, so muß im einen Fall das Werthverhältniß zwischen Gold und Silber, im anderen der Werth der Verfalldifferenz (Disconto) bei der Coursberechnung mit in Anschlag gebracht werden.

höher steigen, als der Vortheil werth ist, den man durch den Ge= brauch des Wechselcredits erlangt, weil man außerdem schlimmsten Falls Baarsendungen vorziehen würde; es findet also seine natür= liche Grenze 1. in den Kosten und Verlustprämien, die man für Münzsendungen tragen müßte, 2. in dem Preise des edlen Metalls, das man zur Baarsendung benutzen will. Das Agio kann daher um so höher stehen, je weiter die Entfernung ist, je gefahrvoller und schwieriger die Metallsendungen und je theurer man in einem Lande das edle Metall bezahlen muß. *)

Der Wechselcours bestimmt sich aber nicht blos nach dem Verhältnisse, in dem zwei Plätze bezüglich ihrer gegenseitigen Creditforderungen zu einander stehen, sondern nach dem Verhältniß der Creditforderungen aller Plätze, die mit einander Geschäfts= beziehungen unterhalten. Während z. B. der Cours auf Wien für Hamburg ungünstig steht, kann er für Frankfurt günstig stehen, das heißt, Wechsel auf Wien können in Frankfurt unter pari stehen oder doch wohlfeiler als in Hamburg sein; der Ham= burger Kaufmann kann also einen Frankfurter Wechsel kaufen und nach Wien zur Honorirung schicken, was eine Erniedrigung des Agios für Hamburg zur Folge haben muß. Würde für Ham= burg der Cours auf Frankfurt günstig stehen, so würde er den ge= kauften Wechsel mit einem Hamburger Wechsel bezahlen; außer= dem würde er suchen, wo er einen Wechsel auf Frankfurt am wohlfeilsten bekommen könnte. Schlimmsten Falls würde er eine Baarsendung nach Frankfurt vorziehen, weil sie ihm vermuthlich billiger zu stehen käme, als nach Wien. So kommt es, daß, außerordentliche Fälle abgerechnet, der Wechselcours gleichwie der Cours der edlen Metalle auf den großen Handelsplätzen einer durchschnittlichen Gleichheit zustrebt. Dies ist namentlich auf denjenigen Handelsplätzen der Fall, die demselben Staats= oder

---

*) Auf die Nachricht von Napoleons Entkommen von Elba stieg in Eng= land der Preis von Wechseln auf Continentalplätze um 10 %; dieses hohe Agio war ein Aequivalent nicht für die Kosten der Goldversendung, sondern für die Schwierigkeit Gold zu diesem Zwecke sich zu verschaffen. (Mill.) Gegenwär= tiges hohes Goldagio (33 %) in Nordamerika und in Folge dessen hoher Wech= selcours auf die europ. Plätze in Folge des Krieges zwischen den amerikanischen Freistaaten.

Handelsgebiet angehören, weil diese in viel engeren und umfassenderen Geschäftsbeziehungen unter einander stehen, als gegenüber dem Ausland. Darum sind für Deutschland namentlich die Wechselcoursnotirungen in Hamburg, Frankfurt und Augsburg entscheidend.

Bisher wurde der gewöhnliche Fall zu Grunde gelegt, daß Wechselforderungen durch Waarensendungen entstanden sind. Allein begreiflich können internationale Forderungen auch noch andere Ursachen haben, z. B. Besorgung von Fracht = und Commissionsgeschäften, Lieferung zinstragender Schuldpapiere (Actien, Staatsobligationen), ausländische Verzehrung (Absentismus) u. s. w. In allen dergleichen Fällen liegen jedoch immer nur Forderungen und Schulden vor, die durch Wechsel gedeckt werden sollen, und wenn durch sie auch die thatsächlichen Wechselverhältnisse zweier Länder stark beeinflußt werden können, so bleiben doch die Gesetze des Wechselverkehrs dabei unberührt.

Es ist eine Folge des Princips der Arbeitstheilung, daß der Ankauf und Verkauf von Wechseln Gegenstand eines besonderen Handelszweiges geworden ist. (Arbitragegeschäft.) Dieses Geschäft wird theils von Banken, theils von Einzelnen betrieben; die Vergütung, welche diese Mittelspersonen für ihre Dienste erhalten, nennt man Courtage. Da dieselben auch gewöhnlich die Baarsendungen besorgen, welche allenfalls für ungedeckte Forderungen des Auslandes (Passivsaldi) zu machen sind, so ist dieses ein weiterer Grund, der dem Steigen des Agios entgegenwirkt; denn durch die Wechselmakler wird dieses wohlfeiler besorgt.

§ 60.

Vom hohen Wechselconrse.

Aus den vorhergehenden Erörterungen erhellt, daß der Wechselcours zwar äußerlich die Summe Geldes bezeichnet, die man an einem Platze für einen Wechsel nach einem andern aufwenden muß, im Grunde aber gleichbedeutend ist mit dem Preise des auswärtigen Geldes auf dem einheimischen Markte. 100 Thaler in Hamburg können in Wien entweder wieder 100, oder

102 oder 98 Thaler u. f. w. kaufen und dem steht umgekehrt völlig gleich der Tauschwerth des Wiener Geldes in Hamburg. Da aber jede Geldsumme diejenige Waarenmenge bedeutet, welche damit eingekauft werden kann, so bedeutet der ausländische Wechselcours den Preis der ausländischen Waaren im Inland. Das Steigen oder Fallen des Wechselcourses ist daher gleichbedeutend mit dem Steigen oder Fallen der Preise ausländischer Waaren an einem Platze, und da ausländischen Waaren gegenüber das einheimische Geld keine andere Kaufbefähigung haben kann als gegenüber denselben inländischen, gleichbedeutend mit dem Steigen oder Fallen der Waarenpreise überhaupt.

Also wird ein Steigen des Wechselcourses bewirkt werden:

1. Durch Entwerthung des umlaufenden Mediums, von welchem dann eine höhere Summe aufgewendet werden muß, um die Verfügung über eine gleiche Waarenquantität, wie früher, zu erlangen. Dies kann geschehen durch übermäßige Emission von Papiergeld oder Bankzetteln (woran z. B. Oestreich leidet), oder durch Verschlechterung (zu hohe Tarifirung) der umlaufenden Münze, weil diese immer nur zu ihrem wahren Feingehalte im Verkehre, insbesondere im ausländischen Handelsverkehre angenommen wird.

2. Durch plötzliche Vermehrung der Nachfrage, sei es wegen außerordentlichen Bedarfs, z. B. in Folge von Kriegsereignissen, oder wegen gestiegenen Gebrauchswerthes in Folge zu geringen Angebots. So steigt in England sofort der Wechselcours, wenn wegen zu geringen Ernteausfalls Getreide vom Ausland in größeren Massen eingeführt, oder wenn edles Metall, das im Handelsverkehr immer nur als Waare in Betracht kommt, in großer Menge ausgeführt werden muß. Hierher ist auch der Fall zu rechnen, wenn ein Staat bei beschränkter Waarenausfuhr und starker Einfuhr einen großen Betrag von Schuldzinsen an das Ausland zu entrichten hat. Dies gilt z. B. von Oestreich gegenüber vielen europäischen Staaten, auch von Nordamerika gegenüber England. So hatte sich der declarirte Werth der Ausfuhr britischer und irischer Erzeugnisse nach den vereinigten Staaten 1856 auf 21,918,000 Pf. St. belaufen, während der Betrag an amerikanischen Papieren in den Händen englischer Capitalisten

von Einigen auf 80 Millionen Pf. St. geschätzt wird. (Preuß. Handels=Arch. 1858. II. S. 314.)

3. Durch übermäßige Waareneinfuhren einzelner Speculanten, welche auf diese Weise das herkömmliche Gleichgewicht zwischen Ein = und Ausfuhr verrückt haben und dadurch zu ihrer Strafe zu einem gesteigerten Aufwand für Deckung ihrer Schulden an das Ausland gezwungen werden.

Man sieht also hieraus, daß die Ursachen des Wechselcourses theils dauernder, theils vorübergehender Natur sind, theils den allgemeinen Zustand des Geld= und Handelsverkehrs in einem Lande, theils nur einzelne Unternehmer betreffen. Es müssen daher auch die daraus entspringenden Folgen durchaus verschiedener Art sein.

Da nämlich das Wechselagio im Allgemeinen aus einem Uebermaß von Schulden an das Ausland im Verhältniß zu den Forderungen an dasselbe entspringt, so wäre die natürliche Tendenz allerdings die, dieses Mißverhältniß durch vermehrten Waaren= export auszugleichen und so das normale, fortlaufende Gleich= gewicht zwischen Soll und Haben wieder herzustellen. Allein wie die Erfahrung zeigt, ist die Anwendung dieses Mittels nicht immer und nicht sofort möglich, weshalb der ungünstige Stand des Wechselcourses oft lange andauern kann. Dies wird klar bei fol= gender Betrachtung.

1. Rührt das Wechselagio von einer nachtheiligen Verwirrung des Geldwesens her, zunächst von einer ausschweifenden Papier= emission, welche eine Entwerthung, d. h. ein Sinken des speciellen Tauschwerthes des Papiergeldes hervorgebracht hat, so ist die Wirkung die, daß dadurch der ausländische Handel gelähmt ist. An sich zwar ist in diesem Falle das Wechselagio nur nominell oder scheinbar, denn keine denkbare Vermehrung der Papiercircu= lation kann das innere Werthverhältniß der Waaren und des Metalles untereinander verändern, und da Producte immer gegen Producte ausgetauscht werden, so kann ihr gegenseitiger Austausch in derselben Weise wie früher vor sich gehen, gleichviel unter welcher Bezeichnung ihres Werthes mit Papiergeld, von welcher ja das Ausland nicht betroffen wird. Das Wechselagio in Folge der Zerrüttung des inneren Geldwesens scheint daher

auf den ausländischen Handel keinen Einfluß üben zu können.
Dieses Resultat müßte sich einstellen, wenn Nichts weiter vor=
läge, als eine Vermehrung des circulirenden Mediums, ähnlich
wie seit der Entdeckung Amerikas die Metallmassen in den civili=
sirten Ländern eine ungemeine Steigerung erfahren haben. Allein
eine ausschweifende Papieremission bedeutet mehr als eine bloße
Vermehrung, nämlich, daß das bisherige Verhältniß des circuli=
renden Mediums und der sämmtlichen Tauschobjecte in Verwir=
rung gerathen ist, daß in die Circulation und folglich auch in die
Production Lücken gerissen wurden, denen zufolge die Masse der
Umlaufsmittel nicht mehr von den Tauschwerthen bewältigt wer=
den kann. Die Ursachen hievon können sein erschüttertes Ver=
trauen, ein falsches volkswirthschaftliches System, welches den
Aufschwung der Industrie hemmt, Kriege, übermäßige Steuern,
finanzieller Mißcredit u. s. w. Die Wirkungen solcher Zustände,
welche zunächst das Inland schwer betreffen, müssen sich auch auf
den auswärtigen Verkehr erstrecken. Die Waareneinfuhr von
außen ist erschwert; denn, da sich das Ausland nicht mit Papier
bezahlen läßt, so könnte dieses nur mit Metall oder Waaren ge=
schehen. Nun ist aber bei einer solchen Lage der Dinge das Me=
tall im Inlande theuer, folglich würden auch die mit Metall be=
zahlten Importwaaren dem Inlande theuer zu stehen kommen;
und da die andauernde Störung des Geldwesens auch auf die in=
ländische Production drückt, die eben unter solchen Verhältnissen
gewöhnlich noch mit anderen Uebelständen zu kämpfen hat, so kann
auch die Waarenausfuhr zu keiner rechten Blüthe gelangen. Der
hohe Wechselcours ist daher hier das Symptom tief liegender
Mißstände in den allgemeinen wirthschaftlichen Verhältnissen des
Landes, insbesondere schlimmer Finanzzustände, zumal wenn das
Finanzwesen mit dem Geldwesen des Landes in zu enge Berüh=
rung getreten ist. Hier kann also nur durch allgemeine Reformen
im Regierungs= und Finanzwesen geholfen werden. Da hiebei
das Wechselagio vielfach wie ein Schutzzoll wirkt, können sich
allerdings einzelne Fabrikanten dabei wohlbefinden; allein die
Verhältnisse im Ganzen sind krankhaft. Dies ist der gegenwärtige
Zustand (1861) in Oestreich. —
Liegt die Ursache des hohen Wechselcourses in der Verschlech=

terung der Landesmünze, wegen übermäßiger Abnützung oder wegen minderhaltiger Ausprägung, so ist das Agio zunächst gleichfalls nur ein nominelles, weil nur der innere Metallwerth über den wirklichen Preis entscheidet. Hier verliert außer denen, die fixe Geldeinnahmen beziehen oder in deren Händen sich die Münzen allmählich entwerthen, nur die Regierung, insoferne sie im ersteren Falle vollwichtiges Geld zu gleichem Werthe wie das entwerthete ausprägen und in Umlauf bringen muß. Da aber solche gute Münzen immer sofort aus dem Umlauf wieder verschwinden und zu Metallsendungen ins Ausland verwendet werden können, so kann hier sogar der Wechselcours in Wirklichkeit, so lange die Metallsendungen andauern, nicht unbeträchtlich sinken. *) Allein da auch in einem solchen Falle der Marktpreis des edlen Metalls über seinen Münzpreis gestiegen wäre, mithin kein fester Werthmaßstab mehr im Lande bestünde (§ 48), so könnten die nachtheiligen Folgen hievon auf die Production und den Handel nicht ausbleiben.

Insofern als in den beiden bisher betrachteten Fällen lediglich eine numerische Aenderung des Werthverhältnisses zwischen dem umlaufenden Medium und allen übrigen Tauschobjecten (Waaren) ohne irgend welche volkswirthschaftliche oder finanzielle Mißstände vorliegen würde, eine solche Veränderung aber, wie wir voraussetzen, im Auslande nicht stattgefunden hätte, könnte gleichwohl eine Rückwirkung auf den ausländischen Handel und folglich auf den Stand des Wechselcourses nicht ausbleiben. Denn da jene Aenderung nicht sofort mit einem Schlage und in gleichem Grade sämmtliche Waaren ergreifen, z. B. eine Erhöhung des Geldarbeitslohnes erst allmählich stattfinden könnte, müßte dieses offenbar einen Umschwung in den bisherigen Consumtionsverhältnissen

---

*) Auch hiefür bietet die Geschichte des östreichischen Kaiserstaates ein Beispiel. Als im Jahre 1786 die Proportion des Goldes zum Silber von 14,15 auf 15,28 erhöht wurde, entfernte sich, da diese Norm zu hoch war, das Silber aus Oestreich und später mußte der Cours auf Hamburg für 100 Thlr. Bco. vom Mittelpari zu 141$\frac{13}{16}$ Thlr. Wien. Cour. auf 150$\frac{5}{16}$ steigen; das Uebel wurde noch ärger, als Kriege dazu kamen und eine starke Vermehrung der Bancozettel erfolgte. (Staatsw. Aufsätze in strenger Beziehung auf Zeitumstände 1801. II. S. 1 ff.)

bewirken, wovon der auswärtige Absatz und Einkauf nicht unberührt bleiben könnten.

2. Muß wegen einer Mißernte oder wegen besonderer Ereignisse, z. B. für Kriegszwecke, Subsidien u. s. w. plötzlich Metall entsendet werden, so ist das Uebel, falls nicht die unter Nr. 1. betrachteten Mißstände zugleich mitwirken, in welchem Falle eine allgemeine Calamität sich einstellen kann, spezieller Natur und läuft im ersteren Falle mit einer vorübergehenden Vertheuerung der nothwendigsten Lebensbedürfnisse, im zweiten Falle mit einer kürzer oder länger andauernden Erhöhung der Regierungslasten ab. Nachfolgende reichlichere Ernten oder die Beendigung des Krieges ꝛc. verstopfen die Quelle solcher Uebel, deren nachtheiligen Folgen übrigens — bei sonst gesunden Zuständen — gleichzeitig andere Tendenzen (Einschränkung der Consumtion, vermehrte Ausfuhr, schnellerer Geldumlauf ꝛc. ꝛc.), entgegenwirken. Die übrigen, entbehrlicheren Waaren werden vergleichungsweise wohlfeiler und lassen sich leichter ausführen, zumal wenn das Land mit den golderzeugenden Ländern in unmittelbarem, lebhaftem Tauschverkehr steht. Die Kosten eines solchen Agios trägt also hier das ganze Land in höheren Lebensmittelpreisen oder vermehrten Steuern. Für diese Sätze bietet die neuere Geschichte Englands lehrreiche Beispiele. Würden freilich die Mißernten länger andauern oder die Goldländer in ihren Metallexporten nachlassen, so könnten auch hier am Ende schlimmere Folgen nicht ausbleiben; ein sehr capitalreiches Land hat aber Hülfsquellen in sich selbst, welche mit Erfolg über solche Krisen hinweghelfen.

3. Haben einzelne Speculanten zuviel eingeführt, so betrifft die Vertheuerung nur ihre Waaren, und ihr Gewinn schmälert sich um den Betrag, den sie an die Exporteurs als Agio zahlen müssen, um deren Wechsel auf das Ausland zu erhalten; ihre Einfuhr ist daher um diesen Betrag jedenfalls vertheuert. Ob sie in Wirklichkeit Verluste erleiden, hängt von den Preisen ab, die sie im Inlande für ihre Waaren finden. Was sie als Agio zahlen müssen, gewinnen die Exporteurs, die daher um so viel wohlfeiler ausführen können. Wird hierdurch eine Ausdehnung der Ausfuhr herbeigeführt, so kann das Gleichgewicht bald wieder hergestellt werden. Das Agio kann also bald eine Vertheuerung und in

Folge deffen möglicher Weife eine Befchränkung der Einfuhr, bald eine Verwohlfeilerung und in Folge deffen Vermehrung der Aus= fuhr zur Folge haben; hier liegt das Heilmittel in dem eigenen Intereffe der Unternehmer, das gegen Verlufte fofort reagiren wird. Finden diefelben freilich verlängerten Credit und verfuchen fie mit Hülfe deffelben unnatürlich hohe Preife zu erzwingen, fo kann auch hier eine Krifis ausbrechen, die fich in dem endlichen Riß des allzuftraff angefpannten und zuletzt verfagenden Credits äußern, aber den Markt von ungefunden, hohlen Unternehmungen reinigen wird. Der hohe Wechfelcours ift daher in folchen Fällen eine Warnung gegen Beharren auf dem betretenen Wege und eine unverkennbare Aufforderung, einen etwaigen gegenwärtigen mäßi= gen Verluft künftigem Rifiko vorzuziehen.

Man fieht hieraus, daß der hohe Wechfelcours (le désavan= tage de l'échange nach dem Ausdruck der franzöfifchen Mercan= tiliften) entweder das Symptom tiefliegender volkswirthfchaftlicher Uebel oder die unangenehme Folge zwingender Ereigniffe oder auch der Hinweis auf Befchränkung der Einfuhrbeftrebungen ift, keineswegs aber fchlechthin ein Verluft des davon betroffenen Landes, „weil es feine Waaren um ebenfoviel wohlfeiler verkaufen und die fremden Waaren um ebenfoviel theurer kaufen müffe." (Law.)

§ 61.

Vom niedrigen Wechfelcours.

Daraus geht aber auch hervor, daß der niedrige Wechfelcours nicht geradezu das Ideal des commerciellen Barometerftandes fein kann, wie gleichfalls die alte Mercantiltheorie behauptete. Wenn, nach dem reinen Silberwerth berechnet, 98 Thaler in Hamburg foviel werth find als 100 Thaler im Ausland, fo be= deutet das nur foviel, daß die fremden Waaren für Hamburg um 2 % wohlfeiler geworden find, in demfelben Verhältniß aber auch Hamburger Waaren für das Ausland theurer. Der Gewinn oder Verluft hieraus wird vermöge der Konkurrenz wahrfcheinlich nicht den aus= oder einführenden Kaufleuten, fondern den Con=

sumenten des Landes zufallen, welche die Gunst der Lage auszubeuten oder gegen die Ungunst zu reagiren suchen werden durch
Aenderungen in der Nachfrage. Dies ist eine natürliche Tendenz,
das Gleichgewicht wieder herzustellen. Die Kaufleute werden
nur insofern gewinnen oder verlieren, als sie ihr Geschäft entweder
ausdehnen können oder einschränken müssen. Letzteres ist aber
freilich auch ein Verlust für das Land, weil die Capital= und Ar-
beitsübertragung in andere Geschäfte nicht so augenblicklich von
Statten geht, also ein Theil der einheimischen Productivmittel brach
liegen wird. Dauert das Mißverhältniß länger an, etwa wegen
Vertheuerung des Rohstoffes im Ausland, z. B. durch Besteuerung
oder Krieg, oder wegen wirklicher Entwerthung des dortigen
Metalls, so wird allerdings das Inland eine Ausgleichung in
edlen Metallen zu empfangen haben; ein reeller Vortheil ist dies
aber nur dann, wenn es einen größeren Vorrath an Metall wirklich nöthig hat, außerdem wird es sofort wieder abfließen.

Kann aber das auswärtige Land keine Metalle zusenden
wegen mißlicher Geld= oder industrieller Verhältnisse, auch nicht
durch Vermittlung anderer Länder, dann muß der Handel dorthin
in der That eine Einschränkung erleiden, wenn ihm nicht auf unbestimmte Zeit Credit geschenkt werden will. Dann hat das Ausland in Wirklichkeit keine Mittel, einheimische Waaren zu bezahlen,
und die bisher für einen solchen Export bestandene Industrie muß
eine andere Richtung nehmen.

Das Agio des Auslandes ist daher in gesunden Verhältnissen
ein vorübergehender Vortheil für die einheimischen, dagegen ein
entsprechender Nachtheil für die auswärtigen Consumenten; bei
andauernd widrigen Umständen aber kann es dem Gewerbfleiß
und Handel eines Landes diejenigen Wunden schlagen, die mit ge-
zwungenem Uebergang in andere Bahnen der Industrie oder auch
mit Metallüberfülle verbunden sind.

§ 62.

Von Anweisungen.

Die Anweisungen sind eine mildere Nachahmung des Wech-
selpapiers; schriftliche Aufträge an einen Dritten, eine bestehende

Schuld zu bezahlen, und damit zugleich Anträge an den Gläubiger, von jenem Dritten Zahlung oder Zahlungsversprechen anzuneh= men. Da sie nicht die wechselmäßigen Kennzeichen enthalten, genießen sie auch nicht die Vortheile der Wechselstrenge, sind daher für Zahlungen unter Entfernten viel weniger zulässig und auch weniger im Gebrauch. Sie können daher auch nicht als kauf= männisches Geld, überhaupt kaum als Surrogate für wirkliches Geld dienen und schließen sich in ihren Functionen mehr an die Operationen des Buchcredits, besonders des Contocorrentgeschäfts an. Hier zahlt man nämlich oder läßt sich bezahlen mittelst Aus= stellung oder Annahme von Anweisungen auf den Geschäftsführer.

C. Vom Bankcredit.

§ 63.

Natur des Bankcredits.

Wenn man sich die manichfaltigen Geschäfte vergegenwärtigt, welche in einem Lande behufs Vollziehung des Güterumlaufes vorgenommen werden müssen, so muß einem industriösen Sinne bald die Frage aufstoßen, ob nicht der große hierdurch verursachte Aufwand an Zeit, Mühe und Kosten vermindert und die auf solche Weise erleichterte Arbeits= und Capitalkraft des Landes auf nütz= lichere, wirkliche Güter schaffende Zwecke verwendet werden kann. Der Produzent muß Kassenvorräthe halten, Gelder einnehmen und ausgeben, zählen, einpacken, nach ihrem Gewicht und Feingehalt prüfen, Credit gewähren und empfangen, Wechsel ausstellen und annehmen, kaufen und verkaufen, Gelder umwechseln, Darleihen machen und aufnehmen u. s. w. Man kann also fragen, ob nicht alle diese an sich unfruchtbaren Geschäfte durch Ausdehnung der Arbeitstheilung, des Betriebs im Großen, durch Vereinfachung der Creditoperationen wesentlich eingeschränkt und erleichtert werden können. Die bisherigen Betrachtungen haben nun schon ergeben, daß allerdings durch Compensation, Scontration, Contocorrent viel Mühe und Kostenaufwand erspart, daß sogar die Buchführung und einzelne Kassageschäfte von mehreren zusammen einem Dritten übertragen, daß der Wechselhandel zu einem besonderen Geschäfte gemacht werden kann. Immer aber bleiben hier die Einzelnen noch in den wichtigsten Angelegenheiten sich selbst überlassen, handeln isolirt und außer Zusammenhang mit dem Ganzen und zersplittern so einen beträchtlichen Theil ihrer Zeit, ihrer Kraft und ihres Credits. Wenn es gelänge, diese Isolirung und Zersplitterung aufzuheben und die vereinzelt wirkenden Kräfte zu einer Gesammtkraft zu erheben, so müßte hierdurch ein bedeutender Gewinn für die Hebung des Güterumlaufes und in Folge dessen rückwirkend für die Production selbst erlangt werden. Diese Aufgabe ist nun von den Banken erfaßt und innerhalb gewisser Grenzen mit großem Erfolge gelöst.

Schon im Alterthum hat es Bankanstalten gegeben, allein wir wissen wenig davon. Das vergleichungsweise tiefe Schweigen, das die antiken Schriftsteller über diesen Gegenstand beobachten, den sie kaum gelegentlich berühren, läßt sich schwer aus der Mißachtung erklären, in der das industrielle Leben insbesondere bei den stolzen Geistern der antiken Wissenschaft stand. Man muß denn doch annehmen, daß das Bankwesen bei den Alten auf einer tiefen Stufe stand und die griechischen und römischen Bankiers nicht viel mehr als bloße Geldwechsler und Metalldepositare gewesen sein können. Waren ihnen doch die hauptsächlichsten Creditinstrumente, Wechsel und Bankzettel, unbekannt. Zwar erzählt Blanqui (Gesch. der polit. Oekon. I. p. 31.) von fictivem Eisengeld, welches man in Griechenland als Surrogat des durch den Handel ausgeführten Gold- und Silbergelds, ähnlich wie Assignaten, geschlagen haben soll; aber selbst wenn dies öfter vorkam, konnte doch begreiflich Eisengeld nie in beträchtlichem Grade an die Stelle von Gold- und Silbermünzen treten, es scheint vielmehr als Nothgeld gedient zu haben, ähnlich wie z. B. Friedrich der Große im Drang der Noth sich zur Münzverschlechterung bequemen mußte.

Dagegen in der neueren und neusten Zeit hat sich das Bankwesen zu großer Blüthe und Wichtigkeit erhoben und wird mit staunenswerther Sorgfalt und Kunst geleitet und studirt. Man darf sich nur die hohe Bedeutung des Credits für die Volkswirthschaft vergegenwärtigen und erwägen, daß die Banken geradezu den großen Geschäftscredit eines Landes in Händen haben und verwalten, um diese Wichtigkeit der Bankinstitute zu begreifen.

Die Creditoperationen der Banken, welche der manichfaltigsten Art sind, lassen sich in folgende Hauptgruppen zerlegen. Sie besorgen

1. das Kassawesen und die Buchführung für die Einzelnen;
2. die Beschaffung des Zahlungsmittelbedarfes;
3. den Vollzug der Wechsel- und Depositengeschäfte;
4. die Aufnahme und Vollziehung von Darleihen.

Nach diesen allgemeinen Zweigen werden wir nun die Bankoperationen betrachten, worauf sich schließlich ein leichter Ueberblick über die Bankverhältnisse im Ganzen ergeben wird. *)

a. Vom Girobankgeschäft.

§ 64.
Wesen und Nutzen desselben.

Das Girobankgeschäft (Umschreibebankgeschäft) ist eine Verbindung des Kassageschäfts mit dem Buchcredit. Mehrere Geschäftsleute eines Platzes verabreden sich, eine ihrem gewöhnlichen Kassabestand entsprechende Metallmenge der Landeswährung in Barren oder Münzen, letztere nach ihrem reinen Metallwerthe geschätzt, zusammenzulegen; Jeder erhält ein Conto in der Bank zum Betrag seiner Einlage, ein Blatt im Bankbuche, auf dem sein Guthaben verzeichnet ist; hat er eine Zahlung zu leisten, so läßt er mittelst einer schriftlichen Anweisung die Summe von seinem Haben auf das Haben seines Gläubigers umschreiben, der auf diese Weise auch ohne eigene Einlage zu einem Bankconto kommen kann. Auf wessen Conto eine Summe als Guthaben übergeschrieben wird, dessen Activsaldo vermehrt sich um diesen Betrag. Der gesammte Metallvorrath der Bank ist daher gleich dem Betrage von baaren Zahlmitteln, über die jeder Theilnehmer

*) Reichen Aufschluß über die Verhältnisse des Bankwesens gibt Hübner die Banken, Leipzig 1854.

in jedem Augenblicke nach dem Stande seines Geschäfts verfügen kann, natürlich abgesehen von dem Kassabestand, den Jeder etwa noch außerdem auf eigene Rechnung hält. Die Theilnehmer können ihre Einlagen nach Belieben herausziehen, erhalten aber keine Verzinsung, sowenig als sie für ihre eigenen Kassenvorräthe Zinsen beziehen könnten*). Die Kosten des Bankgeschäfts werden durch einen kleinen Abzug an der Einlage und eine geringe Procentgebühr für jede Umschreibung bestritten.

Die Vortheile dieser Einrichtung sind folgende. Man vermeidet die Kosten und Unbequemlichkeiten häufiger Baarzahlungen, die durch Zählen, Einpacken, Transportiren der Baarsummen entstehen würden. Man ist der Lasten und Gefahren einer eigenen großen Kasse überhoben. Vor Allem aber erlangt man in dem Metallvorrath der Bank ein constantes, festes Werthmaß, das den Waarenpreisen zu Grund gelegt werden kann. Denn das eingelegte Metall bleibt unberührt in den Kellern der Bank liegen, ist keiner Abnützung, Verschlechterung durch den Gebrauch und absichtliches Wippen unterworfen und behält also unveränderlich den Werth, zu dem es in die Bank eingelegt war. Dies war ein erheblicher Vortheil in einer Zeit, wo die umlaufende Münze in Folge kurzsichtiger Münzpolitik beständigen Veränderungen ausgesetzt war, und die dringende Nothwendigkeit, den hiemit, besonders auf einem Platze, auf dem die verschiedensten Münzen vieler anstoßender Landesgebiete zusammenströmten, verbundenen Uebelständen für den Handelsstand vorzubeugen, ist auch die hauptsächlichste Veranlassung zur Einrichtung solcher Banken gewesen. Gegenwärtig, wo die Regierungen selbst auf Erhaltung einer gleichmäßigen, vollhaltigen Münze bedacht sind, und das Contocorrentgeschäft sich immer mehr ausbildet, ist jene Veranlassung so ziemlich weggefallen und das Bankgeld hat für die Geschäftswelt nur noch die allerdings nicht unwichtige Bedeutung, daß es ihr an einem Platze, wo auch heute noch wie z. B. in Ham-

---

*) Das heißt, sie erhalten keine förmlichen Zinsen von der Bank, wie wenn sie deren Darlehensgläubiger wären. Denn da Kassavorräthe einen Capitalbestandtheil bilden (§ 18.), müssen sie dem Unternehmer nothwendig, wie jedes Capital, eine Rente aus seinem Geschäftserlöse bringen.

burg viele verschiedenartige Münzen im Umlauf sind, eine feste, von der Münzpolitik der umliegenden Länder unabhängige Valuta bietet. Es besteht jetzt nur noch in Hamburg eine Girobank, früher auch in Amsterdam, Venedig, Nürnberg und einigen anderen Plätzen.

Der höhere Werth, den das Bankmetallgeld gegenüber der geringhaltigeren umlaufenden Münze hat, verschafft ihm ein Agio. Die Bankvaluta ist daher höher als die Landesvaluta; in Hamburg beträgt z. B. gegenwärtig das Agio 20 %, denn 4 Mark Banko sind gleich 5 Mark Courant oder 2 Thaler. Das Bankagio ist also gleich dem Unterschiede zwischen dem Werthe des Bankgeldes und dem Werthe des umlaufenden Geldes.

Um den von der Girobank verwalteten Buchcredit zu einem Gegenstand des Umlaufes zu machen (zu mobilisiren) und in ähnlicher Weise wie baare Zahlungsmittel oder Wechsel benützen zu können, wurde es auch üblich, dem Inhaber eines Bankcontos das Recht einzuräumen, Zahlungsanweisungen auf die Bank auszustellen oder sich von der Bank ausstellen zu lassen, zahlbar an den Inhaber (au porteur) binnen einer gewissen Frist. Solche Giroscheine, deren Gebrauch jedoch bedenklich ist, wenn sie auf zu kleine Beträge (Appoints) lauten, etwa unter 100 Thaler, weil sie dann leicht zur Ausgabe von uncontrolirtem Papiergeld gemißbraucht werden können, sind die Vorläufer der modernen Banknoten geworden.

§ 65.

Vorschriften für das Girobankgeschäft.

Soll die Girobank ihrer Aufgabe, als gemeinschaftlicher Kassier für alle ihre Theilnehmer zu dienen, fortwährend gewachsen sein, so müssen folgende Regeln von ihr beobachtet werden.

1. Der Baarvorrath der Bank darf nur in feinem, gemünztem oder ungemünztem Metall, am besten nur in dem der Landeswährung bestehen, damit die reine Metallvaluta, auf welche alle Theilnehmer der Bank rechnen, keinen Schwankungen ausgesetzt sei. Würden auch andere Metallbeträge oder sogar bloße Werthpapiere, wie Staatsschuldscheine, Eisenbahnactien u. dgl. eingelegt

werden dürfen, so würde die Bankvaluta in den Strudel der Werthschwankungen, z. B. des Goldes oder der Werthpapiere gezogen und der hauptsächlichste Zweck der Girobank wäre vereitelt; auch wären die Inhaber von Bankfolien, wenn etwa ihre Metall= einlage gegen Deponirung solcher Effecten herausgezogen worden wäre, in ihrem Anspruch, dieselbe jeden Augenblick nach Bedürfniß baar zurücknehmen zu können, in bedrängten Zeiten nicht wenig gefährdet. Die Bank würde dadurch aus einem Geldinstitute zu einem Creditinstitute.

Diese Vorschrift wurde in Hamburg während der Handels= krise von 1857 bedauerlicher Weise übertreten, indem Eisenbahn= actien und Staatspapiere im Betrage von 5 Millionen Mark Banco in die Bank gelegt wurden, eine nicht nur principwidrige, sondern auch ungerechte Maßregel, denn das Silber war Eigen= thum der Bankinteressenten und ward so ohne ihre Einwilligung gegen papiernes Unterpfand verliehen. *)

2. Aus gleichem Grunde muß die Bank darauf bedacht sein, daß ihr anvertraute Guthaben getreulich und ungeschmälert zu be= wahren und keine Erwerbsgeschäfte damit zu betreiben, da durch das Fehlschlagen solcher Unternehmungen der Credit der Einleger gefährdet würde.

Auch diese Vorschrift wurde häufig z. B. von der Amsterdamer Bank, die ihr Geld dem Staate lieh, mißachtet.

3. Jeder Theilnehmer muß zu jeder Zeit sein Guthaben her= ausziehen können, denn sonst würde er nicht mehr auf eigene Rechnung, sondern auf Rechnung des Bankcredits Geschäfte trei= ben und seine Giroanweisungen sänken von einem Werthzeichen zu einem bloßen Creditzeichen herab.

4. Die Bankvaluta muß unabhängig von dem Werth des umlaufenden Geldes nach dem reinen Metallwerthe der Einlagen berechnet werden, damit man sich ein festes unabänderliches Preis= maß erhält, das von den Schwankungen der Münzpolitik unbe= rührt bleibt.

---

*) Vgl. Büsch, Gesch. Beurtheilung der Handelsverwirrung von 1799, nebst Anm. von Hertz, Hamb. 1858.

b. Vom Zettelbankgeschäft. *)

§ 66.

Wesen der Zettelbanken.

Während die Girobank nur die ihr übergebenen Zahlungsmittel ihrer Theilhaber verwaltet, besteht eine andere, sehr wichtige
und ausgebreitete Aufgabe des Bankgeschäfts darin, den Zahlungs-
mittelbedarf für das Land selbst zu beschaffen. Solche Banken
handeln also mit Zahlungsmitteln, mit Geld, und zwar entweder
mit Münzen und Metallen, oder, weil man diese kostspielige und
unbequemere Art des Geldes immer möglichst vermeiden will, mit
Stellvertretern des Metallgeldes. Sie können, wie z. B. die
Bank von England, unter Aufsicht des Staates das Münzgeschäft
besorgen und die geprägte Münze Jedem, der ihrer bedarf, gegen
Rohmetall verkaufen, oder sie können Scheine, Zettel, Banknoten
ausgeben, welche auf bestimmte, runde Summen lauten und wie
baares Geld im Verkehre umlaufen sollen; da aber diese Zettel
auf Verlangen sofort gegen baar umgewechselt werden müssen, so
nehmen solche Banken auch hierdurch die Aufgabe der Beschaffung
baarer Zahlmittel auf sich, gleichviel ob sie die Münzprägung selbst
übernehmen oder nicht. Wegen dieser Ausstellung von Zetteln
hat man diese Banken vorzugsweise Zettelbanken genannt; sie
dienen als Geld- und Creditinstitute für den Verkehr und bilden
die Reservoirs für die verfügbaren Zahlmittel des Landes
(„Hoards").

Jeder solche Zettel stellt eine Schuld der Bank an den Inhaber dar; die Banknoten sind daher ihrer inneren Natur nach,
ebenso wie die Wechsel und Anweisungen, nur Creditscheine und
man kann durch sie im Grunde eine Schuld ebensowenig tilgen als
durch Ausstellung oder Uebertragung von Wechseln u. dgl., weil
der Empfänger nur eine Zahlungsanweisung, keinen wirklichen

---

*) S. besonders A. Wagner, Beiträge zur Lehre von den Banken 1857,
obwohl die Polemik dieses Schriftstellers gegen die neuere Einrichtung des
englischen Bankwesens (§ 68.) nicht völlig begründet ist.

Werth erhält; indessen können sie viel mehr wie jene Creditpapiere als allgemeine Umlaufsmittel gebraucht werden, weil ihre Uebertragung von allen Förmlichkeiten befreit und der Schuldner, d. i. die Bank, allgemein bekannt ist und daher nach seiner Creditwürdigkeit leicht beurtheilt werden kann. Die Banknoten dienen daher, ganz abgesehen von ihrer sofortigen Einlösbarkeit, geradezu als Geld (werden Papiergeld), und dies um so mehr, wenn sie sich im Verkehr eingebürgert haben und ein dauerndes Geldbedürfniß des Landes befriedigen. Zugleich sind sie wegen der Bequemlichkeit ihrer Behandlung weit beliebter als Metallgeld. Darin liegen ihre hohen Vortheile, aber auch ihre bedeutenden Nachtheile. Beide können um so größer sein, auf je kleinere Beträge (Appoints) sie lauten, weil sie dann in um so weitere Kreise des Verkehrs bringen und die Münze auch bei den kleinen Zahlungen des täglichen Lebens immer mehr verdrängen.

Eine Zettelbank kann vom Staate oder von Privatpersonen, sei es Einzelnen oder Mehreren zusammen (Actienbanken, joint-stock-banks) verwaltet werden. Wegen des Mißbrauchs, dem sie bei Finanzverlegenheiten der Regierungen, die hierin ein sehr bequemes Mittel erkannt haben, verdeckte Staatsschulden zu contrahiren, ausgesetzt sind, und wegen ihres großen Einflusses auf alle wirthschaftlichen Verhältnisse eines Landes, ist es jedoch zweckmäßig, sie lieber von unabhängigen, unter gesetzlicher Controle stehenden Personen (Gesellschaften) des Inlands betreiben zu lassen. Im Interesse der Einfachheit und Gleichförmigkeit des Geldverkehrs und der leichteren Ueberwachung scheint auch eine einzige Zettelbank (nicht Bank überhaupt), etwa mit Filialen in entfernteren Gegenden, den Vorzug zu verdienen. Das „Monopol" einer Centralbank ist der Erfahrung nach bei nüchterner und zweckmäßiger Verwaltung viel weniger gefährlich als das Haschen nach Geschäftemachen unter dem Drucke der Konkurrenz mehrerer Banken. Nur weil der Vertrieb der Banknoten am besten mittelst kaufmännischer Geschäfte erfolgt, kann man auch ihre Ausstellung einem kaufmännischen Institute, d. h. einer Bank überlassen; letzteres kann aber ebenso gut vom Staat selbst geschehen, wie das z. B. factisch in England seit der Peels acte von 1844 der Fall ist und auch in Preußen geschah, als dieser Staat 6 Millionen Kassenanweisungen ausfertigte und der Bank zum Vertriebe übergab. Nur die Fundirung muß sich anders gestalten, je nachdem der Staat oder eine Privatbank eine Zettelschuld contrahirt.

§ 67.

Von der Zettelfundation.

Unter Zettelfundation versteht man im Allgemeinen die Sicherung des Guthabens derjenigen, welche durch den Besitz von Zetteln Gläubiger der Bank geworden sind. Diese Deckung wird dadurch erreicht, daß die Größe des Bankvermögens, das in Metallen, Münzen, Gebäuden, Grundstücken, Forderungen und Werthpapieren aller Art bestehen kann, gleich sei dem ganzen Betrag der Zettelschuld, so daß im Falle völliger Heimzahlung derselben in Folge einer Liquidation kein Gläubiger an seiner Forderung Etwas verlieren würde. *) Daher wird gewöhnlich vorgeschrieben, daß eine Bank nie mehr Zettel ausgeben, überhaupt Schulden contrahiren darf, als ihr gesammtes Vermögen beträgt. Sinkt das Bankvermögen unter den Betrag der Zettelschuld, etwa wegen Entwerthung der Werthpapiere (Staatsschuldverschreibungen!) oder anderer ausstehender Forderungen der Bank, so muß in demselben Verhältniß auch der Werth der ausgegebenen Zettel sinken und diese müßten ein Aufgeld gegen Münze zahlen, wenn nicht für stricte Einlösung aller zur Baarzahlung präsentirten Zettel gesorgt würde, wie es z. B. in Oestreich gegenwärtig der Fall ist. Hier ist die Banknote eigentlich zur Staatsnote geworden, weil sich die Bank seit langem zum Werkzeug für Eingehung von Staatsschulden mittelst Vermehrung ihrer Noten gemacht hat, die daher fast in demselben Verhältniß entwerthet sein müssen, als der Credit des Staates selbst gesunken ist.

Weit wichtiger ist also die letztere Art der Fundirung, durch

---

*) Bei dieser zunächst liegenden Auffassung des Verhältnisses darf aber nicht übersehen werden, daß es auch noch andere Gläubiger der Bank gibt, nämlich vorzüglich Deponenten (§ 71.) und die Inhaber der Bankactien, von welch letzteren das Bankcapital eigentlich repräsentirt wird.

die allein eine Entwerthung der Zettel vermieden werden kann. Oder vielmehr nicht die wirkliche Existenz der Metallfundation ist es, welche die Entwerthung der Zettel verhindert, sondern in noch stärkerem Grade die öffentliche Meinung darüber, daß sie existire. Beides trifft aber nicht immer zusammen, wie wir später sehen werden. In dieser Beziehung klebt der Banknote jenes unerklärliche und unberechenbare Etwas an, das man Volksgunst „aura popularis" nennt. Da nämlich die emittirten Zettel nie sämmtlich und zu gleicher Zeit zur Heimzahlung zurückgebracht werden, weil man immer einen und zwar den größeren Theil zum Vollzuge von Umlaufsgeschäften im Verkehre nöthig hat, so genügt es, stets einen so großen Baarvorrath in der Bank vorräthig zu halten, daß alle voraussichtlich zur Baarzahlung einlaufenden Zettel ohne Verzug heimbezahlt werden können. Dies nennt man die Metallfundation der Banknoten. Die Metallfundation muß also im geraden Verhältniß stehen zum durchschnittlichen Betrag der zur Einlösung einlaufenden Zettel und im umgekehrten Verhältniß zum Bedarf des Landes an Umlaufsmitteln, denn je größer dieser Bedarf, desto weniger Zettel werden zur Einlösung präsentirt werden, oder desto geringer wird die Abnahme ihrer Umlaufsfähigkeit sein. Jener letztere wird aber bestimmt durch das Geldbedürfniß überhaupt (§ 49.) und durch die Menge und das richtige Verhältniß der im Umlauf befindlichen Münze, weil auch hiedurch das Einlösungsbedürfniß gemindert wird. Es ist daher ein beachtenswerther Grundsatz, daß die Metallfonds, durch welche die Papiervaluta aufrecht erhalten wird, nicht blos in den Kellern der Zettelbank liegen, und es folgt daraus, daß Papiergeld, welches ausschließlich oder fast ausschließlich im Verkehr umläuft, wenn einmal die zulässige Grenze der Emission überschritten ist, um so rascher und stärker sich entwerthen muß und andrerseits um so langsamer und schwieriger auf seinen Nominalwerth zurück zu bringen ist.

Die Sicherheit der Metallfundation wird unterstützt 1. durch die Benützung von Bankzetteln bei Schuldzahlungen an die Bank, worin eigentlich eine Compensation liegt, und 2. durch die sog. Steuerfundation, wenn Zahlungen an den Staat mit Banknoten gemacht werden können, die hauptsächlich (daher der Name) in

Entrichtungen von Steuern bestehen. Denn hieburch wird der Bedarf des Landes an baaren Zahlmitteln geringer.

Die Größe der Metallfundation kann also nicht von vorne= herein für alle Fälle fest bestimmt werden. Sie wird gering sein in ruhigen, blühenden Verhältnissen, bei lebhaftem Verkehr im Innern, starker Waarenausfuhr im Verhältniß zur Einfuhr (günstiger Handelsbilanz), überhaupt wenn Industrie und Handel sich in kräftigem Aufschwung befinden. Sie wird aber steigen müssen in unsicheren Zeiten, wenn das allgemeine Vertrauen schwindet und Jedermann, um sich vor Verlusten zu bewahren, gerne sein Vermögen in wirklichen Werthen realisirt. Die gewöhn= liche Vorschrift, daß ein Drittel der Noten baar gedeckt sein müsse, kann bald genügen, bald nicht, je nachdem der Bedarf an Umsatz= mitteln durch bloße Cred+itzeichen oder nur durch reelle Zahlmittel sich befriedigen läßt. Die beste Fundation einer Zettelbank ist die gute Fundirung ihrer Schuldner, also die beständige Rücksichtnahme auf die Verhältnisse des Marktes, und die hieburch geleitete Vor= sicht bei der Ausgabe ihrer Scheine, eine Vorsicht, die durch mechanische Vorschriften höchstens angewiesen, in keinem Falle aber ersetzt werden kann.

Der Gewinn, welchen eine Bank durch Emission von Zetteln macht, besteht in der Summe von Zinsen aus den von ihr unter irgend einem Titel dargeliehenen Summen, abzüglich 1. der Ver= zinsung ihres Baarvorraths und ihrer übrigen Capitalien (Ge= bäude, Grundstücke ꝛc.), 2. der von ihr bezahlten Arbeitslöhne, 3. des Betrags der Verlustgefahr, die aus dem Unterschied ihrer auf beliebige Vorzeigung fälligen Schulden und ihrer nur in ge= wissen Terminen zahlbaren Forderungen (vorzüglich Wechsel) ent= steht. Daburch erklärt sich benn ganz deutlich die natürliche Ten= denz der Banken, ihre Zettelausgabe möglichst auszudehnen, dagegen ihren Baarvorrath möglichst einzuschränken und immer nur möglichst kurzfällige, garantirte Forderungen zu erwerben. Handels= und Hypothekenbanken müssen daher sehr verschieden verwaltet werden.

§ 68.

Von der Ausgabe der Bankzettel.

Die Ausgabe (Emission) der Bankzettel erfolgt, wenn nicht die Bank etwa Zahlungen für die Staatskasse übernommen hat, z. B. die Auszahlung von Gehalten, von Staatsschuldzinsen u. f. w., größtentheils auf dem Wege kaufmännischer Geschäfte, nämlich 1. durch Gewährung von Darleihen auf Faustpfand oder Hypothek, 2. durch Ankauf (Discontirung) von Wechseln, 3. durch Rückzahlung von hinterlegten Geldern (Depositen). In allen diesen Fällen liegt ein Bedürfniß des Verkehres nach solchen Zahlmitteln vor, die leichter angenommen werden als gewöhnliche Creditpapiere, die also wegen ihrer allgemeinen Umlaufsfähigkeit wie baares Geld gebraucht werden können, und deßwegen haben die Anhänger der Bankfreiheit (banking principle) nach dem Vorgang der Engländer die Ansicht aufgestellt, die Ausgabe der Noten sei durch das Geldbedürfniß des Landes begrenzt und könne von der Bank, auch wenn sie dieses versuche, nie über diese Grenze hinaus mit Erfolg ausgedehnt werden. Denn jede zuviel ausgegebene Note sei im Verkehr überflüssig, kehre also nothwendig wieder zur Bank zurück und werde gegen Metall ausgetauscht, welches dann wie eine Waare ins Ausland geführt werde. Die Hauptregel für die Notenemission sei also die, immer soviel Metall in der Bank vorräthig zu halten, daß jede zur Einlösung präsentirte Note sofort gegen baar umgewechselt werden könne; hiedurch werde dann von selbst jedem Uebermaß von Noten und folglich auch jeder Entwerthung derselben vorgebeugt. Allein dies wird von der Erfahrung nicht bestätigt, vielmehr hat sich gezeigt, daß gerade bei dieser Praxis die Bank nicht immer im Stande ist, einen so großen Metallvorrath zu halten, daß dem Verlangen der Zettelinhaber nach Baareinlösung auch in bedrängten Zeiten Genüge geleistet werden könnte; und dann würde bei einer consequenten Durchführung jenes Princips die Geldcirculation des Landes immer mehr mit Papier angefüllt, immer mehr Metall ausgeführt und dadurch die metallische Grundlage, die einzige zuverlässige Sicherheit des Geldwesens untergraben.

Man muß vielmehr zwischen bauerndem und vorübergehendem Geldbedürfniß unterscheiden. Das erste beruht auf der festbegründeten Consumtionsfähigkeit des Landes, auf dem fortdauernd gleichen Verhältniß zwischen Production und Consumtion, wodurch alljährlich eine bestimmte Menge von Zahlungen veranlaßt wird, die nur langsam zunimmt mit der Erweiterung der allgemeinen Production und Consumtion überhaupt. Hier ist daher ein Anreiz zur übermäßigen Vermehrung der Zettelcirculation nicht gegeben.*)

Weit gefährlicher und verlockender sind vorübergehende Geldbedürfnisse, sei es des Staats, der entweder selbständig Papiergeld in Umlauf setzt oder mit Hülfe der Bank eine Anleihe aufnehmen will, oder einzelner Speculanten, die sich in ausgedehnte Geschäfte eingelassen haben und mit den Hülfsmitteln ihres Wechsel- und Buchcredits nicht mehr ausreichen**). Hier hängt der Credit der Bank und folglich der Werth ihrer Noten von dem guten Geschäftsstand ihrer Schuldner ab, also von dem blühenden Finanzwesen des Staats und von dem günstigen Erfolg der Geschäfte, welche mit Hülfe der aus der Bank gezogenen Noten gemacht wurden. Die Bank müßte also die Ausgabe von Noten verringern, wenn sie dem Credit des Staats oder dem günstigen Erfolg der mittelst ihrer Unterstützung beabsichtigten Privatspeculationen mißtraute. Weit mehr als auf die Größe ihres Baarvorrathes hat daher die Verwaltung einer Zettelbank auf die Art der Geschäfte, die mit Hülfe ihrer Zettel gemacht werden, und auf die günstige oder un-

---

*) Die wahre Fundirung der Noten, die dem nachhaltigen Geldbedürfniß entsprechen, ist daher nichts Anderes als das Gleichgewicht der Production oder der regelmäßige Umlauf der Productivkräfte in den wahrhaft productiven Anwendungskanälen, und die Metallfundation erscheint hiernach nur für die Fälle der unregelmäßigen Rückströmung (s. d. folg. §) erforderlich. Eine vorsichtige Bankverwaltung wird freilich diese Grenze nicht zu enge ziehen. Sind die Banken, wie z. B. in Schottland, nur lokale Institute, so ist dies ein wirksames Hülfsmittel zur Vorsicht und Wachsamkeit. Eine solche Einrichtung empfiehlt sich sehr; die wünschenswerthe Einheit des Geldwesens könnte dabei dadurch erreicht werden, daß diese Banken mit den Noten einer gemeinsamen Centrallandesbank operiren.

**) Wo die Regierung den Notencredit nicht zur Contrahirung großer Staatsanlehen mißbraucht, kann freilich durch Privatspeculationen der Betrag der umlaufenden Banknoten nicht leicht auf eine gefährliche Höhe gebracht

günstige Lage ihrer Schuldner zu sehen; denn ihr Credit hängt ganz von dem Credit dieser letzteren ab. Sind diese im Stande, jederzeit ihre Verpflichtungen gegen die Bank zu erfüllen, so besteht auch kein Grund, an dem Credit der Bank zu zweifeln und ihren Zetteln die Annahme zum vollen Nominalwerthe oder überhaupt den Umlauf im Verkehr zu versagen.

Man muß eigentlich eine Doppelnatur der Banknoten unterscheiden: sie sind theils Werthzeichen, sofern ihnen ein gleicher Metallvorrath in den Kellern der Bank entspricht, theils bloße Creditzeichen, insoferne ihre Gültigkeit im Verkehr nur auf dem Credit der Bank, d. h. eigentlich auf dem der Bankschuldner beruht.*) Je geringer der Metallvorrath zu ihrer allenfallsigen

---

werben; derselbe erfährt daher gewöhnlich verhältnißmäßig nur geringe Schwankungen, wie aus nachstehendem Beispiel erhellt. Im vereinigten großbrit. Königreich liefen im Ganzen an Noten um

in den Jahren			Pf. St.
1843	10.	December	35,531,152
1844	7.	„	38,847,540
1845	6.	„	41,327,022
1846	5.	„	40,678,357
1847	4.	„	35,484,316
1848	2.	„	33,672,069
1849	1.	„	33,798,138
1850	28.	„	34,095,962
1851	27.	„	34,032,108
1852	25.	„	39,904,419
1853	24.	„	39,567,852
1854	23.	„	38,258,367
1855	22.	„	37,898,956
1856	20.	„	38,206,074
1857	19.	„	37,581,999

(Hübner, Berichte d. stat. Centralarchivs, I. S. 17.)

*) Darin liegt das eigentliche Wesen der Banknote; sie ist verkörpertes Product des allgemeinen Landescredits und deßwegen nicht blos Schuldschein, Zahlungsanweisung, sondern wirkliches Geld und mit allgemeiner Umlaufsfähigkeit begabt. Banknoten und „andere Geldsurrogate," wie Wechsel, Anweisungen ꝛc. sind daher nicht blos dem Grade nach unterschieden, so wenig als sich die Privatwirthschaft nur dem Grade nach von der öffentlichen oder Volkswirthschaft unterscheidet. Zwischen beiden besteht vielmehr ein begrifflicher Unterschied. Die von einer Privatwirthschaft ausgegebenen Creditpapiere (Wechsel) können zwar gleichfalls in die allgemeine Circulation eintreten, aber nur als Waare, und man kann mit ihnen nur insofern zahlen, als man auch

Deckung ist, desto mehr nehmen sie die Natur von Creditpapieren an, hängt also ihr Werth von dem vorsichtigen Gebahren der Bank und ihrer Schuldner ab. Da man nun das Geldwesen nicht von den Creditoperationen von Privatpersonen abhängig machen darf und doch diese unmittelbar nicht beschränken kann, weil darin eine Verletzung der Handlungsfreiheit läge, so ist es zweckmäßig, ihre Bedeutung als Creditzeichen nur bis zu einem bestimmten Maximum gesetzlich zuzulassen, d. h. vorzuschreiben, daß von einem festbestimmten Betrage an für jede Note, die diesen Betrag übersteigt, der entsprechend gleiche Baarbetrag von der Bank vorräthig gehalten werden müsse.

Dieses ist in England durch die sog. Peel's=Acte im Jahre 1844 geschehen, in Folge des von Lord Overstone und Sir Robert Peel siegreich zur Geltung gebrachten currency principle*), wornach, da die Banknoten die Stelle der Münzen vertreten, die Vermehrung oder Verminderung der ersteren immer in gleichem Verhältniß wie die der letzteren erfolgen muß. Für jede Banknote, die über die Totalsumme von ca. 14 Millionen Pfund Sterling ausgegeben wird, muß also immer ein gleicher Betrag in Metall reservirt sein, zu welchem Ende die Bank in zwei Abtheilungen, in das Notenausgabe= und in das Bankdepartement getrennt wurde. Es können nach dieser Einrichtung, vorausgesetzt, daß der Metallvorrath der Bank nicht stärker anschwillt, was in günstigen Zeiten in der Regel der Fall ist (§ 69), in England die Banknoten nur bis zum Betrage von 14 Millionen als Creditzeichen umlaufen, alle übrigen sind Werthzeichen; ihre baare Einlösung ist daher vollständig gesichert, da man annehmen darf, daß mindestens 14 Millionen das dauernde Geldbedürfniß des Landes bilden, also dieser Betrag sich wohl beständig uneingewechselt im Verkehr erhalten kann. Ueberdies sind jene 14 Millionen durch Forderungen der Bank an den Staat gedeckt.

---

mit Waaren Zahlungen leisten kann; die Banknoten tragen dagegen das Merkmal öffentlichen Vertrauens an sich.

*) Auch in Oestreich ist neuerdings dieses Princip adoptirt, indem die östreich. Nationalbank nach dem Bankgesetz vom 27. December 1862 den Betrag, um welchen die Summe der umlaufenden Noten 200 Millionen übersteigt, in gesetzlicher Silbermünze oder Silberbarren gedeckt halten muß.

Diese Einrichtung hat sich nach dem Zeugnisse der einsichts-
vollsten englischen Nationalökonomen und nach dem Ausspruch
eines Parlamentscomité's im Jahre 1858 vollkommen bewährt,
wenngleich sie den ungestümen Creditforderungen der Speculations-
welt wenig zusagt. Jedenfalls kann man von ihr nicht behaupten,
daß sie dem stetigen Aufschwung der Production und des Handels
Großbritanniens hemmende Schranken setzte. Die britische Ausfuhr betrug, ungerechnet die Verschiffung von Vorräthen bei
Regierungstransporten,

1845 . . .	60'110,000 Pfd. St.,	
1852 . . .	78'076,000	„ „
1853 . . .	98'933,000	„ „
1856 . . .	115'826,000	„ „
1857 . . .	122'155,000	„ „
1860 . . .	135'842,817	„ „

Zugleich wurde der Zuwachs von Umlaufsmitteln im vereinigten Königreich nach Herrn Weguelin, damaligem Bank-
gouverneur, in den 6 Jahren vor 1857 auf 30 % geschätzt, was
eine enorme Vermehrung des Einkommens, folglich der Productivkraft des Landes anzeigt. (Preuß. Hand.-Arch. 1858. II. S. 311.)

Daß die Acte, um das Land vor einem aus Ueberspeculationen
drohenden Ruin zu bewahren, schon zweimal suspendirt wurde, ist
kein Grund gegen ihre Zweckmäßigkeit, sondern nur ein Beweis
dafür, daß es der Staat ausnahmsweise für gut finden kann, der
bedrängten Geschäftswelt durch Erleichterung des Credits mit
außerordentlichen Mitteln zu Hülfe zu kommen.

§ 69.

Von der Rückströmung der Zettel.

Durch die Rückströmung der Noten in die Bank wird die von
dieser eingegangene Zettelschuld getilgt, der der Bank vom
Publikum gegebene Credit gekündigt, entweder weil es der Bankzettel nicht mehr bedarf oder weil diese dem Geldbedürfniß nicht
mehr genügen. Man muß nämlich eine doppelte Art der Rück-

strömung unterscheiden, eine regelmäßige und eine unregelmäßige. (Wagner.)

1. Eine regelmäßige Rückströmung findet dann statt, wenn sich ein Schuldner der Bank seiner Schuld durch Zahlung mittelst Banknoten entledigt, also z. B. ein von der Bank empfangenes Darlehen heimzahlt oder eine von der Bank erworbene Wechselforderung entrichtet. Es ist jedoch nicht nöthig, daß solche Zahlungen an die Bank in ihren eigenen Noten gemacht werden; man kann sich dazu vielmehr auch des Metallgeldes bedienen und dieses wird dann geschehen, wenn das dauernde Geldbedürfniß des Landes durch die Zettelausgabe nicht überschritten ist, weil man gewöhnlich die Zettel wegen ihrer größeren Bequemlichkeit im Verkehr vorzieht. Hierdurch kann es kommen, daß sich große Metallvorräthe in der Bank anhäufen und die Zettel vorzugsweise zu Werthzeichen werden, und dieses ist im Grunde das Natürliche, weil es gefährlich ist, die Circulation des Landes überwiegend auf den Credit zu basiren. — Waren dagegen die Zettel in Folge eines vorübergehenden Bedürfnisses, zur Ausführung von Geschäftsspeculationen, begehrt, so ist die Rückströmung in Zetteln wahrscheinlicher, weil hier eine Aufnahme in den allgemeinen Verkehr nicht oder nur wenig stattfinden kann. Diese regelmäßige Rückströmung ist, wie man sieht, eine nothwendige Garantie für die Papiervaluta, in wirksamerer Weise als die äußere Schranke der Metallfundation, weil durch jene jedes Uebermaß der Emission verhütet wird; „te reflux is the great regulating principle of the internal currency". (Fullarton, on the regulation of currencies p. 67.)

2. Die unregelmäßige Rückströmung der Noten dagegen besteht darin, daß man sie zur Einlösung gegen Münze präsentirt; hier will also der Notenbesitzer die Summe wirklich baar ausbezahlt, auf welche die Note lautet. Ein solcher Begehr nach Metall kann verschiedene Ursachen haben: 1. Das Bedürfniß nach kleinerer Münze, als worauf die Note lautet, z. B. man läßt eine Note zu 100 Thaler umwechseln, um Zahlungen zu 5, 10, 25 Thaler machen zu können. 2. Die Nothwendigkeit, Zahlungen an solche Personen zu machen, die nur Metall annehmen, also namentlich an das Ausland oder an Landleute. 3. Das Bedürfniß nach

Metall, um es zu Schmucksachen u. dgl. zu verarbeiten. 4. Mißtrauen gegen die Creditwürdigkeit der Bank.

Aus dieser Aufzählung, welche die Fälle des unregelmäßigen
Rückflusses erschöpfen wird, geht noch deutlicher hervor, daß die
stricte Einlöslichkeit der Noten eigentlich mehr ein secundäres
Moment bildet; ihr Nutzen liegt weniger in der sicheren Aussicht
auf die künftige Abtragung der Schuld, die bei Wechseln, Anweisungen ꝛc. ꝛc. allerdings die Hauptsache ausmacht, als vielmehr
in der Leichtigkeit, eine Geldart je nach Bedürfniß mit einer anderen oder vielmehr Credit mit Baargeld vertauschen zu können.

Die erste Art der unregelmäßigen Rückströmung ist von geringem Belang und kann der Bank nicht leicht Verlegenheiten bereiten, weil im Verkehre schon immer eine hinreichende Menge
von Münze (oder auch Papiergeld) in kleineren Appoints umläuft,
übrigens auch das auf diese Weise in den Verkehr gelangte Metall
auf den natürlichen Wegen des Güterumlaufes regelmäßig wieder
in die Bank zurückkehren kann, so z. B. wenn solche kleinere
Münzsummen sich vermittelst der Effectuirung von Zahlungen in
den Kassen der Geschäftsleute ansammeln und von diesen auf die
oben angegebene Weise wieder zur Bank zurückgebracht werden.
Ebenso im dritten Fall, weil ein sehr bedeutendes plötzliches Bedürfniß nach Schmucksachen aus edlen Metallen sich nicht wohl
denken läßt. Desto wichtiger ist die zweite und vierte Art der
Rückströmung (drain und run auf die Bank), um so mehr, als sie
gewöhnlich beide zusammen vorkommen, indem bei großen Metall-
ausfuhren ins Ausland, durch die der Baarschatz beträchtlich ge-
leert wird, sich nicht selten Mißtrauen und „panischer Schrecken"
(panic) vieler Gemüther bemächtigt und dann Jeder sucht, für
Noten, die er in Händen hat, zuverlässigere Münze zu erhalten.
Geht dieses weit, so kann eine Bank in die Lage kommen, ihr Versprechen einer sofortigen Einlösung jeder ihr präsentirten Note
nicht mehr zu erfüllen, und es wird dann häufig die Nichteinlös-
barkeit (restriction) der Noten vom Staate bis auf Weiteres vorgeschrieben, um den Bestand der Bank selbst nicht zu gefährden.*)

---

*) Daraus geht zugleich hervor, daß die jederzeitige Einlösbarkeit nicht
absolut nothwendig für die Coursfähigkeit der Noten ist, und daß der Staat

Muß man in solchen Fällen annehmen, daß die Bank überhaupt, ihrem gesammten Vermögen nach, nicht zahlungsfähig sei, oder vermehrt sie ihre Zettelausgabe unter dem Schutze der Nichtein= lösbarkeit noch weiter, so können die Zettel im Werth sinken und ein Agio gegen Münze zahlen müssen. Um die mit solchen Uebel= ständen verbundenen schlimmen Wirkungen auf das Geldwesen des Landes zu vermeiden, ist es nothwendig, daß die Bank bei der Ausgabe ihrer Zettel die sorgfältigste Rücksicht auf die regelmäßige Rückströmung und auf die ihr jeweilig zur Verfügung stehenden Metallvorräthe nehme. Sie soll also 1. nur auf ganz sichere Pfänder leihen und nur kurzfällige, ganz gute Wechsel discontiren, damit sie jederzeit schnelle und sichere Einnahmen habe; 2. nicht zu gewagten, schwindelhaften Speculationen leihen, und 3. auf den Stand des Wechselcourses genau achten, insbesondere bei hohem Wechselcours, der ein allmähliches Ausströmen der Metalle anzeigt, ihre Zettelausgabe einschränken. Da dieses durch Er= höhung des Diskonts (§ 71) geschieht, so wird der hohe Wechsel= cours auch in der Regel einen hohen Diskont nach sich ziehen, der aber zugleich als Heilmittel gegen jenen wirkt; denn der hohe Diskont bewirkt eine Einschränkung der Geschäfte und folglich eine allmähliche Wiederherstellung des regelmäßigen Gleichge= wichts zwischen Ein= und Ausfuhr. Daher kann man auch den erhöhten Diskont als ein Agio zu Gunsten des Gleichgewichts zwischen Production und Consumtion betrachten, denn es ist ent= weder zu wenig (Mißernte) oder zuviel (Ueberspeculation) produ= cirt worden.*) In dieser Beziehung hat die alte Lehre von der Handelsbilanz durch die Zettelbanken wieder practische Bedeutung erlangt, da durch eine länger andauernde oder sehr beträchtliche Metallausfuhr zur Bezahlung fremder Importwaaren die Metall-

---

zur gesetzlichen Suspendirung der Baarzahlungen befugt gehalten werden muß, wenn nämlich die Bedrängniß der Bank nur von übertriebenem und unbegründetem Mißtrauen der Noteninhaber herrührt, gegen welches die bloße Erklärung, daß kein Grund zum Panic bestehe, wirkungslos bliebe.

  *) Folgendes war der Betrag der Wechselcreation und des Diskonts in Hamburg im Jahre 1857 (nach Michaelis in Pickford, volksw. Monats= schrift Bd. 3. S. 558).

fundation der Papiercirculation geschmälert und dadurch die letztere selbst in Verwirrung gebracht werden kann.

§ 70.

Vom Papiergeld.

Alle Werth= und Creditzeichen, die im Verkehr wie Geld um= laufen, können Papiergeld genannt werden. Das sind nun Bank= noten, Giroscheine, oder vom Staate emittirte Papiere, wie Schatzkammerscheine (checks), Kassenanweisungen, bons de trésor etc. etc.*) Sie erfüllen dabei aber immer nur eine Aufgabe,

Im Monat	Wechsel Mk. Bko.	Diskontosatz %
Januar	72,367,000	6
Februar	71,041,000	4³/₄
März	82,024,000	4
April	83,540,000	7³/₄
Mai	85,599,000	7¹/₂
Juni	88,185,000	5¹/₄
Juli	92,867,000	7¹/₂
August	89,150,000	6¹/₄
September	91,119,000	5³/₄
October	100,660,000	6¹/₂
November	89,897,000	8¹/₂
December	46,626,000	12

Bemerkenswerth ist an dieser Tabelle vorzüglich die starke Einschränkung der Wechselcreirung in den letzten Monaten des Jahres, als die Krise in voll= ster Blüthe stand, und das gleichzeitige Steigen des Diskonts.

*) Ich kann mich nicht davon überzeugen, daß der von Wagner, v. Mangoldt u. A. hervorgehobene principielle Unterschied zwischen Papier= geld und Banknoten oder anderen „geldsurrogirenden Creditpapieren" wirk= lich besteht. Credit= oder Schuldzettel sind beide Arten Papier, da sie ihrem Besitzer keinen reellen, objectiven Werth bieten, und ihr Cours, sowie die Schwankungen desselben werden schließlich von denselben Gesetzen beherrscht. Beruft man sich für die Banknoten ꝛc. auf das Merkmal der Einlöslichkeit, so kann dieses Merkmal fehlen, wie z. B. bei den Noten der östreich. National= bank, oder bei den Noten der englischen Bank unter Pitt, andrerseits kann es bei sog. Papiergeld vorkommen, wie z. B. bei den östreich. Bankozetteln von 1762—1796; wendet man ein, durch die Nichteinlöslichkeit würden Noten in Papiergeld umgewandelt, so halte ich das für Wortstreit, und mindestens kann man nicht sagen, daß durch die Einlöslichkeit Papiergeld in Creditzettel ver= wandelt wird, jedenfalls wäre damit Nichts gewonnen. Beruft man sich auf die Eigenschaft des Papiergelds als gesetzlichen Zahlungsmittels, so kann dieselbe

nämlich als allgemeine Umlaufsmittel; Werthmaß können sie nie sein, da sie in sich selbst keinen Werth besitzen, sondern immer nur einen Anspruch auf eine gewisse Metallgeldsumme gewähren. Wenn es also heißt, irgend eine Waare sei 100 Thaler in Papier werth, so meint man damit natürlich nicht etwa 5 Papierstreifen, von denen jeder auf 20 Thaler lautet, sondern soviele Silberthaler, als mit 100 Thalern in Papier erlangt werden können. Ebenso versteht man in Norddeutschland unter 100 Thalern Gold nicht 100 Goldthaler, sondern soviele Thaler Cour., als 100 Thaler Gold werth sind, d. h. soviel als nöthig wären, um einer solchen Verpflichtung nach der jetzt bestehenden Silberwährung zu genügen, die nach der früheren Goldwährung in Gold ausbezahlt werden mußte, also 100 Thaler Cour. mit einem Zuschlag von 13 1/3 proc. Das Papiergeld erfüllt aber nur dann seinen Dienst vollkommen,

---

gleichfalls dem sog. Papiergeld fehlen, z. B. bei den preußischen Tresorscheinen nach der Verordnung vom 5. März 1813; andererseits können Banknoten, z. B. die der Bank von England seit 1833, mit dem gesetzlichen Zwangscours versehen sein. Daß eine Bank sich mit ihren eigenen Noten bezahlen lassen muß, worin dann nicht eine Einlösung, sondern eine Compensation liegt, ist nichts Besonderes; dasselbe gilt für das vom Staate emittirte Papiergeld, widrigenfalls er sich einer Beraubung seiner Unterthanen schuldig macht. Nennt man Banknoten „trockene Sichtwechsel mit Blanco-Indossament," so ist das unrichtig, weil Noten an die formellen Umständlichkeiten des Wechselverkehrs nicht gebunden sind, denkt man dabei an die schließliche Baareinlösung, so ist dieses Moment, wie gezeigt, unwesentlich, aber auch, materiell, deßwegen unerheblich, weil immer nur ein und zwar der kleinere Theil der umlaufenden Noten zur Einlösung gelangt. Diese anscheinend scharfe Begriffsformulirung enthält überdieß den Keim mehrerer Irrthümer, daß nämlich sog. Papiergeld auch als Preismaß diene, was niemals der Fall sein kann; dann daß sich Banknoten nur dem Grade nach von anderen Schuldscheinen, wie Wechseln, Anweisungen, Depositenscheinen ꝛc. unterscheiden, während doch den letzteren das Merkmal des allgemeinen Vertrauens, worauf die Dienstleistung des Geldes als allgemeinen Umlaufsmittels beruht, nicht etwa nur in geringerem Grade, sondern gänzlich nicht zukommt, weßhalb es dem Staate niemals einfallen könnte, Wechsel ꝛc. mit Zwangscours zu versehen; daß es bei den Banknoten principiell nur auf die Einlösbarkeit, also auf die Größe der Metallfundation ankomme, während doch das wahrhafte Geldbedürfniß das Entscheidende ist. — Will man unterscheiden, so kann man nur sagen: Geld ist nur Metallgeld, weil nur dieses zugleich Umlaufsmittel und Werthmaß ist, alle anderen Geldarten sind Geldsurrogate, weil sie das Metallgeld nur in seiner einen Hauptfunction, als Umlaufsmittel, vertreten.

wenn es mit der gesetzlichen Münze al pari steht, weil sonst immer erst eine Umrechnung in die letztere stattfinden muß, um den wirklichen Werth einer Waare zu erfahren. Ueber pari kann es nicht leicht oder nur wenig steigen, weil man nie mehr als den Pari-Betrag in Metall damit erlangen kann.*) Dagegen kann es sehr häufig unter pari sinken, wenn seine stricte Einlösung in Metall nicht stattfindet oder wenn es in zu großer Masse ausgegeben ist, als daß es vom Verkehr bewältigt werden könnte. Der innere Grund einer solchen „Entwerthung" ist immer der Mangel einer genügenden Metallfundation oder geschwächter Credit des Emittenten oder auch Ueberschreitung des vorhandenen Circulationsbedürfnisses. Hierdurch erklärt sich, daß auch eine außerordentliche starke Papieremission nicht immer sofort von einer Entwerthung begleitet ist, wenn nämlich das neue Papier an die Stelle von bisher im Verkehr gebrauchten Umlaufsmitteln tritt. Diese Erscheinung zeigte sich bei der in Folge des nordamerikanischen Krieges von der Unionsregierung vorgenommenen Ausgabe von neuen Noten (legal tender notes). Die politische Krisis hatte mehrere Banken zur Liquidation gezwungen und ihre Papiercirculation wurde dadurch außer Cours gesetzt, zugleich verschwand aber auch das Metallgeld schnell aus dem Verkehre, sobald die Entwerthung des Papiers drohte oder begann. Die hierdurch entstandene Lücke in der Circulation, welche mindestens auf 200 Millionen Dollars zu schätzen war, wurde nun von den Noten der Regierung ausgefüllt und die wirkliche Entwerthung konnte erst beginnen, als das nachhaltige Circulationsbedürfniß überschritten war, eine Grenze, die überdies noch durch einige andere hinzutretende Umstände, wie zunehmenden Transport auf den Eisenbahnen, größere Activität in den Manufacturdistricten, Sold der Armeen, und namentlich die Benutzung der legal tender notes zu Rimessen nach dem Westen, an deren Stelle man sich früher Newyorker

---

*) So z. B. erhielt in Rußland zur Zeit der französischen Invasion das Papiergeld ein Agio; überhaupt ist ein solches in einem Lande möglich, das regelmäßig mehr Waaren aus- als einführt und daher regelmäßig einen Metallsaldo zu seinen Gunsten hat, weil dadurch das edle Metall, auch das gemünzte mehr und mehr zur bloßen Waare wird und, besonders aber das Gold, leichter Werthschwankungen unterliegt.

Wechsel bediente, gleichzeitig erweitert wurde. Darin allein lag der Grund, warum die Entwerthung längere Zeit ausblieb, nach einem halben Jahre aber um so stärker eintrat, und nicht etwa darin, wie man in Amerika anzunehmen geneigt war, daß die Wirthschaftsgesetze der alten Welt auf die Verhältnisse der neuen nicht anwendbar seien. (H. Löhnis, die verein. Staaten von Nordamerika.) Man darf jedoch nicht, wie Manche thun, glauben, daß der Betrag des Papiergeldes ohne Nachtheil so groß sein könne, als der Betrag der Münze, die ohne jenes im Umlauf wäre, weil der Waarenumsatz nur bis zu einer gewissen Grenze auf Credit gegründet, über diese Grenze hinaus aber das Metallgeld durch Nichts ersetzt werden kann. Diese Grenze läßt sich freilich nicht abstract und objectiv nach allgemeinen Grundsätzen, sondern nur mit Hülfe der Erfahrung und der steten Berücksichtigung concreter Verhältnisse bestimmen, weil sie nicht blos von wirthschaftlichen Thatsachen, sondern auch und zwar großentheils von dem Vertrauen des Publikums, einer sehr schwankenden Größe, abhängt. So kam es schon vor, daß ein gänzlich unbegründeter oder doch übertriebener „panic" eine Bank in unverschuldete Verlegenheiten stürzte. Wenn einmal der Lärmruf: Rette sich wer kann, ertönt, hört jede ruhige Ueberlegung und sichere Berechnung auf.

Die Entwerthung des Papiergeldes, die übrigens mit einer Entwerthung des Metallgeldes, worauf es lautet, nicht verwechselt werden darf, hat eine Erhöhung aller Preise zur Folge, die in Papiergeld ausgedrückt werden, weil man nun mehr Papier ausgeben muß, um den wahren Silberpreis zu treffen. Das Maß dieser Entwerthung erkennt man am besten in dem Unterschied der Quantität edlen Metalls, welches mit Münze und bezüglich mit Papier erkauft werden kann. Genau im Verhältniß der Entwerthung erhält das edle Metall eine Prämie (Agio), oder vielmehr leidet das Papier einen Abzug in seiner Kaufkraft (Diskonto). Es wäre jedoch ein starker Rechnungsfehler, den Betrag der Prämie und des Diskonts mit gleichen Ziffern anzusetzen, wie 1861 von Newyorker Blättern in Leitartikeln über finanzielle Fragen geschah. Als damals die Prämie des Goldes $33^{1}/_{3}\%$ betrug, war der Diskont nicht wieder mit $33^{1}/_{3}\%$, sondern nur mit 25% zu berechnen, denn $133^1/_3 : 100 = 100 : 75$. — Fände eine solche Entwerthung nur einmal statt, so hätte sie keine anderen Nachtheile, als daß man eine doppelte Rechnung, nach Metall und nach Papier, hätte und daß alle fixen Geldbezüge dem entsprechend regulirt werden müßten für den Fall, daß sie in Papier entrichtet werden sollten. (Vgl. jedoch § 60.) Allein hat die Entwerthung der Papiervaluta einmal begonnen, so bleibt sie nie auf einem Punkte stehen, sondern ist beständigen Schwankungen unterworfen, die von dem Bestande des Metallvorrathes und dem Credit des Papiergeldemittenten und seiner Hauptschuldner, etwa des Staates, abhängen. Hierdurch werden dann alle Werth= und Preisberechnungen unsicher, weil jeder Tag einen anderen Stand des Papiercourses (des Silberagios) bringen kann, und der Handel, insbesondere gegenüber dem Ausland, ist gelähmt. Es ist daher eine dringende Aufgabe jeder einsichtsvollen Regierung, dem Schwanken des Silberagios, überhaupt dem Silberagio ein Ende zu machen, vorzüglich durch Befestigung des geschwächten Credits und Wiederherstellung des allgemeinen Vertrauens; dann ist die Beischaffung eines zur etwaigen Einlösung erforderlichen Metall= vorrathes überhaupt mit keinen Schwierigkeiten verbunden.

Das Papiergeld kann entweder vom Staate unmittelbar, oder von Privaten mit Genehmigung oder sogar auf Rechnung des Staates ausgegeben werden. Dann liegt eine unverzinsliche Staatsschuld vor, während dies bei gewöhnlichen Bankzetteln, die gleichfalls zu Papiergeld werden können, nicht der Fall ist. Auch für das Staatspapiergeld kann die Einlösung durch baar ver= sprochen sein, sie kann jedoch durch ungehinderte Rückströmung des Papiergelds in die Staatskassen bei Zahlungen an diese mehr oder weniger ersetzt werden, wenn nur der Credit des Staates nicht wankt oder nicht im Uebermaß emittirt ist. Eine Verzinsung für Staatspapiergeld, das seine Dienste wirklich leistet, ist überflüssig, weil Geld im Umlaufe überhaupt keine Zinsen abwirft. Gleichwohl ist sie manchmal zugesichert worden, sowohl im Interesse seiner bereitwilligeren Aufnahme im Verkehr, als auch wenn man nur die die Eingehung einer vorübergehenden (schwebenden) Finanzschuld bezweckte.

c. Vom Wechsel- und Depositenbankgeschäft.

§ 71.

Die Banken können entweder wie gewöhnliche Kaufleute Wechsel auf- und verkaufen, um aus den Veränderungen des Wechselcourses wie aus dem gewöhnlichen Waarenhandel Gewinn zu ziehen, das ist jedoch kein eigenthümliches Creditgeschäft, sondern ein einfaches Handelsgeschäft, allerdings mit Creditpapieren; oder sie können Wechsel ankaufen, nicht des Wiederverkaufs wegen, sondern um die später fällig werdende Wechselvaluta selbst einzuziehen, anstatt des Wechselinhabers, der vielmehr auf die Bank seinen Wechsel girirt. Dieses Geschäft heißt Discontogeschäft und die Bank creditirt eigentlich hier dem Wechselverkäufer den Betrag der Wechselsumme bis zur Verfallzeit des Wechsels, der aber natürlich von dem auf dem Wechsel genannten Schuldner honorirt wird, und bezieht dafür die übliche Zinsvergütung (Disconto), die sofort am Kaufpreis des Wechsels von der Bank abgezogen wird. Das Discontiren ist daher Nichts anderes als ein Vorschußgeben gegen wechselmäßige Sicherheit.

Die Kaufsumme des Wechsels kann von der Bank entweder in Metall oder in Zetteln entrichtet werden, und wenn die Bank dabei selbst ein Zettelbankgeschäft betreibt, so ist das Discontiren ein sehr leichtes Mittel, um ihre Zettel in den Umlauf zu bringen. Um ein Uebermaß in der Zettelausgabe zu verhüten und den Credit der Bank selbst nicht zu gefährden, sollten nur solche Wechsel discontirt werden, die nach kurzer Frist (höchstens 3 Monaten) fällig werden und deren pünktliche Honorirung sicher ist; aus letzterem Grunde werden häufig drei gute Unterschriften auf dem Wechsel verlangt, d. h. es müssen drei Personen vorhanden sein, von denen die Bank mit Sicherheit auf Zahlung des Wechsels rechnen kann. Da hiedurch die Verlustgefahr für die Bank bedeutend gemindert, ja bei genauer Einhaltung fast gänzlich aufgehoben ist, so kann natürlich die Zinsvergütung um so geringer ausfallen; wo dies nicht der Fall ist, bezieht die Bank in der Höhe ihres Dis=

conts einen ungerechtfertigten Gewinn, der sich dann, wie z. B. bei der Bank von Frankreich, in hohen Dividenden und hohem Cours der Bankactien äußert, aber dem Interesse der Geschäftswelt Eintrag thut. Die Verbindung des Zettelgeschäfts mit dem Discontogeschäft hat zur Folge, daß in Zeiten, wo ein Ausströmen des Metalles ins Ausland zu befürchten steht, der Discont erhöht werden muß, um dieses Ausströmen zu hemmen, weil die von der Bank hinbezahlten Discontsummen zur Ausfuhr benutzt werden würden; wird hieburch einerseits vor gewagten, unvorsichtigen Speculationen gewarnt, so muß doch die Geschäftswelt ihre Zahlmittel um so theurer bezahlen und geräth dadurch entweder, bei Absatzstockungen, ins Gedränge, oder, wenn die Waareneinfuhr, z. B. von Getreide, unerläßlich ist, in die Nothwendigkeit, diesen Verlust auf die Waarenpreise zu schlagen, so daß die Consumenten darunter leiden. Daher wird der Gewinn, der in ruhigen Zeiten durch öfteren Umsatz der Capitalien mittelst des Discontirens der Volkswirthschaft zugeht, in schlechten Zeiten einigermaßen durch erhöhten Verlust aufgewogen.

Mit dem Discontogeschäft ist in der Regel auch das sog. Depositengeschäft verbunden. Die Bank nimmt nämlich auch Geldsummen sei es in Metall oder in Noten zur Verwahrung und verspricht deren Zurückgabe an den Deponenten zu beliebiger oder in verabredeter Frist. Deponirt werden aber im Allgemeinen diejenigen Geldbeträge, welche von ihren Besitzern nicht sofort nutzbar verwendet werden können. Die Bank, welche diese Beträge aufnimmt, wird dadurch zum Sammelpunkt (Reservoir) aller jeweilig fluctuirenden Geldmittel der Geschäftswelt. Dieses Geschäft ist für Zettelbanken ein Mittel, ihren Baarvorrath zu vermehren, überhaupt Erwerbsgeschäfte zu betreiben, da ein durchschnittlicher Betrag der Depositen, der sich durch die längere Geschäftsführung ergeben muß, immer in der Bank liegen bleibt, also von dieser frei verwendet werden kann. Die Depositen können verzinslich oder unverzinslich angenommen werden; letzteres, oder wenigstens ein ganz geringer Zins, ist vorzuziehen, damit die Bank nicht zu sehr zu Erwerbsgeschäften mit Hülfe der Depositen verleitet wird, durch welche allein sie den Depositenzins decken könnte. Denn durch das Fehlschlagen solcher Erwerbsgeschäfte würden sowohl die Depositengläubiger, als auch die Zettelinhaber gefährdet, letztere deßhalb, weil dadurch die fortwährende Herstellnng eines genügenden Baarvorrathes gefährdet wäre. Da auch die Depositen in der Regel jederzeit oder in kurzen Fristen zurückgefordert werden können, so sichert ein starker Baarvorrath, der dies lediglich im Verhältniß zu den ausgegebenen Noten ist, keineswegs weder das Interesse der Noteninhaber noch der Depositengläubiger; die ersteren sind dabei noch dadurch mehr gefährdet, daß sich die Noten wegen des Geldbedürfnisses länger im Umlauf halten, während die Depositen je nach Umständen häufiger in ihrem Betrag schwanken, weil sie schneller in die Banken ein= oder von ihnen ausfließen. Die Depositenverbindlichkeiten einer Bank können daher auch bei starkem Baarvorrath jede Sicherheit der Notengläubiger illusorisch machen. So hatte z. B. eines der bestverwalteten Institute, die preußische Bank, im September 1853 an Banknoten 20,034,000 Thlr. im Umlauf und dafür nach ihren Statuten 6,678,100 Thlr. Baarschaft in Kasse zu halten. Sie hatte aber in Wirklichkeit 14,908,400 Thlr. und daher weit mehr geleistet, als die Vorsicht des Gesetzgebers verlangte. Außer den Noten war aber die Bank 14,813,200 Thlr. an stets fälligen Depositen schuldig und nach dem Gesetz hätte sie noch weit mehr schulden können. Die Zurückforderungen dieser Depositen hätte also allein den ganzen Baarvorrath weggenommen und damit auch die Sicherheit für die. Banknoten. (Hübner, die Banken S. 62.) Aus diesem Beispiele ist übrigens zu entnehmen, in wie hohem Grade die Noten ihre Dienste verrichten, auch wenn ihre metallische Grundlage in der Bank gleich Null ist und sie zu reinen Creditzeichen werden, wenn nur das allgemeine Vertrauen ihnen volle Umlaufsfähigkeit verleiht. Die Lehre von der Metallfundation wird durch solche Beispiele freilich ziemlich prekär. Allein dieser scheinbare Widerspruch löst sich, wenn man erwägt, daß die Fundirung der Noten wesentlich auch auf der Metallcirculation des Landes beruht und die in die Bank fließenden Metalldeposita nur einen Theil der letzteren ausmachen, der von den jeweiligen Besitzern augenblicklich nicht verwendet werden kann. Nur darf man nicht durch Privilegirung einzelner Banken die freie Bewegung jener hemmen.

d. Vom Leihbankgeschäft.

§ 72.

Die Bank kann auch förmliche Darleihen geben entweder auf Faustpfand (Lombard) oder auf Hypothek *). Im ersteren Fall kann die Sicherheit geleistet werden durch Hinterlegung von edlen Metallen, sicheren Schuldeffecten, Actien, von Waaren, die nicht leicht einer Werthverminderung unterliegen und bequem aufbewahrt werden können, also namentlich Pretiosen, leicht verkäuflichen Waaren u. dgl. Das Darleihen wird gewöhnlich auf $^2/_3$ oder $^3/_4$ des Schätzungswerthes gegeben. Solche Darlehen sind für Geschäfts= leute nützlich, die sich in vorübergehender Geldverlegenheit befin= den, aber doch noch vollkommen sicher stehen. In England und Frankreich, auch in Deutschland haben sich förmliche Geschäfte, Waarendocks, gebildet, die auf verpfändete Handels=Waaren leihen und deren Empfangscheine (Recepisse) zum Schätzungsbetrage der Waaren selbst als Creditpapiere umlaufen können; dies ist jedoch gefährlich, weil solchen Creditpapieren kein vollzogener Kauf, also keine wirklich existirende, sondern nur eine mögliche Forderung ent= spricht, die aber auch ebenso gut nicht entstehen kann. Solche Waarenscheine eignen sich daher als Privatcreditpapiere nur zu einem sehr beschränkten Umlauf. Es ist dieß ein etwas kühner Versuch, dem besonders in bedrängten Zeiten, bei knappem Geld= markt, für die Geschäftswelt unangenehmen Unterschied zwischen Waare und Geld, zwischen Tauschwerth und Zahlmittel zu ent= gehen.

Darleihen auf Liegenschaften (Bodencredit) werden entweder in Metall oder Papier gegeben. In letzterem Falle muß die Bank sehr vorsichtig und nüchtern verwaltet werden, weil die Verzinsung und Heimzahlung des Capitals weniger sicher ist und häufig erst

---

*) Von Staatsanleihen vermittelst der Banken ist hier nicht weiter zu handeln, weil sie an sich nichts Eigenthümliches bieten, außer in so weit sie mit der Ausgabe von Noten in Beziehung stehen und mehr in das Gebiet der Finanzwissenschaft gehören, übrigens auch in neuerer Zeit mehr und mehr abkommen.

nach langer Frist erfolgt, also leicht ein Ausfall in den verfügbaren Mitteln der Bank entstehen kann. Jedenfalls erscheint es nicht rathsam, die für Noten und Depositen erforderliche Deckung mit der für die ausstehenden Hypotheken zu vermischen, sondern es ist vielmehr das Hypothekengeschäft besonders zu verwalten und das hiefür nöthige Capital durch Ausgabe von Actien oder von Pfand= briefen aufzubringen*). Die Heimzahlung geschieht entweder in gewöhnlicher Weise nach jedesmaliger Verabredung, oder in einem Zuschlag zum jährlichen Zins (in Annuitäten), wodurch dem Schuldner die allmähliche Befreiung von der Schuld erleichtert wird. Diese Hypothekenbanken, welche dem Grundbesitz das erfor= derliche Capital zuführen, sind sehr wichtige Hülfsmittel für die Hebung der Landwirthschaft, da die Grundbesitzer, sich selbst über= lassen und wegen der Umständlichkeit und Kostspieligkeit der gericht= lichen Privat=Hypotheken, nicht immer leichten und wohlfeilen Cre= dit finden.

e. Von den Bankgeschäften überhaupt.

§ 73.

Die bisher abgesondert betrachteten hauptsächlichsten Bank= geschäfte müssen nicht von den Bankanstalten einzeln, sondern es können mehrere, ja alle derselben zusammen betrieben werden.

---

*) Es können auch Pupillengelder, Einstandscapitalien, Cautionen, die dann durch gesetzliches Privilegium der Bank überwiesen sind, dazu verwendet werden. In Frankreich hatte sich nach Hübner (die Banken S. 108) auch der Gebrauch von Wechseln bei Hypothekenanleihen herausgebildet, indem die Bank neben der gewöhnlichen Hypothekarverschreibung noch Wechsel vom Schuldner empfing, welche sie an Capitalisten veräußerte und wobei sie die Vermittlung für die Verzinsung, Prolongirung rc. übernahm. Dieses System ist kostspielig und gefährlich. — Eine eigenthümliche Art von Hypothekarpfand= briefen bilden in neuerer Zeit die sog. Prioritätsactien von Eisenbahngesell= schaften, welche nicht am Gewinn oder Verlust der Eisenbahnunternehmung Theil nehmen, wohl aber insofern an dessen Erfolg betheiligt sind, als sie aus den Erträgnissen der Bahnen verzinst und heimbezahlt werden. Preußen und England hatten bis 1852 für circa 300 Millionen Thaler solcher Hypothekar= papiere in Umlauf.

So kann eine Bank das Giro- oder Contocorrentgeschäft, das Disconto- und Depositengeschäft, ja auch das Leihgeschäft betreiben, und hiezu kann sich noch die Ausgabe eigener Zettel gesellen. Es leuchtet ein, daß durch eine solche Verbindung der verschiedenartigsten Bankgeschäfte in einer Bank die Bankverwaltung selbst bedeutungsvoller und einflußreicher, aber auch zugleich schwieriger und gefährlicher wird. Indem die Banken alle disponiblen Capitalien in sich aufnehmen und an capitalbedürftige Unternehmer wieder hinausleiten, werden sie zu den hauptsächlichsten Kanälen für die Bewegung aller disponiblen Capitalien in der Volkswirthschaft; und da dieß immer mit Zuhülfenahme des Credits geschieht, werden sie geradezu zu großen Creditniederlagen, zu Comptoirs des allgemeinen Geschäftscredits im Lande, aus dem sich Jeder nach Bedürfniß zu befriedigen sucht, der mit seinem eigenen, vereinzelten Credit nicht ausreicht oder ausreichen zu können glaubt. Die Vortheile der Arbeitstheilung und Arbeitsvereinigung, des Betriebs im Großen treten hier in unverkennbarer Weise zu Tage.

Die hohe Nützlichkeit und Wirksamkeit der kaufmännischen Bankoperationen kann durch die Zettelausgabe noch gesteigert werden, indem hieburch der Credit in noch ausgedehnterem Maße ausgebeutet und an dem viel kostspieligeren Metallgeld in noch erhöhtem Grade gespart wird. Es ist aber durchaus nicht nöthig, daß jede Bank eigene Zettel verausgabt, weil das Gewinninteresse nur zu leicht zu übermäßiger Zettelemission reizt und so dem Geldwesen beständige Verwirrungen drohen. Vielmehr kann die Emission einer einzigen Landesbank überlassen werden, mit deren Zetteln sodann die anderen Banken ihre Geschäfte betreiben können. Dies ist z. B. in Bayern der Fall, wo sogar die kgl. Bank zu Nürnberg mit den Zetteln der Münchener Hypotheken- und Wechselbank, eines Privatinstituts, operirt. Die Meinung, daß durch Konkurrenz Mißgriffe in der Verwaltung der einzelnen Banken leichter und wirksamer geheilt werden, hat sich in der Erfahrung nicht bewährt und läßt sich auch nicht vertheidigen, da die Konkurrenz gerade zu wohlfeilerem Geschäftsbetriebe, mithin zu vermehrter Zettelemission und ungesunder Ausdehnung des Depositengeschäfts antreibt. Dagegen ist die Konkurrenz auf dem Gebiete der gewöhnlichen

Bankgeschäfte, mit Ausnahme des Zettelgeschäfts, allerdings sehr heilsam.

Die Banken betreiben häufig noch andere Geschäfte, als Commissionsgeschäfte, Handel mit edlen Metallen, mit Werthpapieren (Schuldbriefen), Auszahlungen und Einnahmen für die Staatskassen, Einziehung von Staatspapiergeld u. s. w. Da dies keine eigentlichen Creditgeschäfte, sondern gewöhnliche Handelsgeschäfte sind, so genügt es, hievon bloße Erwähnung zu thun.

D. Vom Gesellschaftscredit.

a. Wesen und Arten des Gesellschaftscredits.

§ 74.

Bei der bisherigen Erörterung der verschiedenen Glieder des wirthschaftlichen Creditsystems war immer stillschweigend vorausgesetzt, daß Creditnehmer und Creditgeber, in welcher Form sie auch diese Rolle einnehmen mögen, mittelst des Buch-, Wechsel- oder Bankcredits, sich unabhängig und ohne gegenseitiges Interesse gegenüberstehen und der Creditgeber höchstens darauf Rücksicht zu nehmen hat, daß der Schuldner mit dem erlangten Credit gut wirthschafte, damit er alle eingegangenen Verpflichtungen gegen jenen, seinen Gläubiger, genau erfüllen könne. Mochten hiebei Schuldner und Gläubiger eine einzelne, physische Person oder eine Gesellschaft mit oder ohne juristische Persönlichkeit sein, immer war nur ein Creditgeschäft zwischen zwei gegenüberstehenden Parteien vorhanden und eine gemeinsame Betheiligung an dem Geschäft, für welches Credit gegeben und genommen wurde, hinweggedacht. Es können nun aber auch Geschäfte in der Art betrieben werden, daß der Credit die wesentliche Grundlage einer gemeinsamen Geschäftsführung bildet und so Unternehmungen ins Leben ruft, die ohne ihn in dieser Gestalt nicht zu Stande hätten kommen können. Ein Kaufmann kann Forderungen gutschreiben lassen, Wechselschulden eingehen, Schuldner oder Gläubiger einer Bank werden, immer stehen hier Schuldner und Gläubiger mit einseitigem Interesse einander gegenüber, immer ist hier nur einseitiger Credit vorhanden. Wenn aber zwei oder mehrere Personen sich zu einer gemeinsamen Unternehmung verbinden und in gemeinschaftlichem Interesse an dem Gelingen einer solchen Unternehmung sich gegenseitig Credit geben, so entsteht daraus ein zweiseitiger oder Gesellschaftscredit. Der Gesellschaftscredit ist daher die Seele jeder Unternehmung, die von Mehreren, von einer Gesellschaft, auf gemeinschaftliche Rechnung, auf gemeinschaftliche Theilung des Verlustes und Gewinnes betrieben wird. Da jedes productive Unternehmen schlechthin die planmäßige Verwendung von Güterquellen, Natur, Arbeit und Capital erfordert, so kann auch eine gesellschaftliche Unternehmung nur auf Grundlage dieser zum verabredeten Productivzweck zusammengebrachten Güterquellen zu Stande kommen und in dem gemeinsamen Aufbringen und Verwenden der erforderlichen Productionsbedingungen besteht eben das Wesen der Gesellschaft; hiebei kann man die Güterquelle Natur außer Betrachtung lassen, da diese ja insgemein Jedem frei zur Verfügung steht und, weil sie im Allgemeinen keinen Bestandtheil der Productionskosten bildet, auch keinen Anspruch auf Vergütung hat. Der Gesellschaftscredit besteht nun darin, daß jeder Theilnehmer der Gesellschaft Capital oder Arbeit oder beides in die Unternehmung einschießt, ohne sofort dafür eine käufliche Vergütung zu erlangen, sondern um an dem endlichen Gewinn des Unternehmens Antheil zu erhalten oder den gemeinsamen Verlust für Alle mitzutragen. Der Gesellschaftscredit ist daher ein gegenseitiges Creditiren von Werthen im eigenen, unmittelbaren Interesse des Creditgebers; und aus diesem eigenen Interesse entspringt ein Anspruch auf Credit gegenüber jedem Theilnehmer, dem hinwiederum eine Verpflichtung zum Creditiren gegenüber allen Theilnehmern entspricht. In diesen wechselseitigen Ansprüchen und Verpflichtungen in Bezug auf den Credit selbst und die Erfolge des Credits besteht das Wesen der Gesellschaft; hier ist also jeder Creditgeber zugleich Creditnehmer, Gläubiger und Schuldner in einer Person.

Die Arten des Gesellschaftscredits sind sehr verschieden:

1. seinem Gegenstande nach, je nachdem ein Gesellschafter Capitalvermögen oder Arbeitskraft einschießt oder beides zugleich;

2. seinem Umfange nach, je nachdem man unbegrenzten oder

begrenzten Credit gibt, also seine ganze Arbeitskraft oder sein ganzes Vermögen dem Gesellschaftszwecke widmet oder sich nur zu bestimmt verabredeten Arbeitsleistungen oder Vermögensbeiträgen verpflichtet;

3. seiner Beweglichkeit nach, je nachdem er ein für allemal an der Person haftet, oder beliebig, mit allen Rechten und Pflichten, auf Andere, die dadurch Theilnehmer werden, übertragen werden kann.

Hiernach gestalten sich die verschiedenen rechtlichen Arten des Gesellschaftscredits.

Eine offene oder Collectivgesellschaft ist vorhanden, wenn alle Theilnehmer mit ihrer ganzen Persönlichkeit und folglich ihrem ganzen Vermögen sich gegenseitig creditiren und nach außen haften.

Eine stille oder Commanditgesellschaft, wenn nur einer oder mehrere offene Gesellschafter (Complementare) mit ihrer vollen Persönlichkeit und ihrem vollen Vermögen eintreten, dagegen andere (stille Gesellschafter, Commanditisten) nur mit bestimmten Capitalbeiträgen betheiligt sind.

Eine Actiengesellschaft, wenn die Betheiligung sämmtlicher Theilnehmer nur durch bestimmte Capitalzuschüsse erfolgt und die daraus hervorgehenden Rechte und Pflichten mittelst Uebertragung der darüber ausgestellten Urkunden, Actien, auch auf Andere übertragen werden können.

Auch die Commanditgesellschaft kann auf Actien gegründet werden, indem die Capitalbeiträge der stillen Gesellschafter wie bei der reinen Actiengesellschaft behandelt werden.

Während also die offene Gesellschaft die ganze Creditfähigkeit des Theilnehmers erfaßt, wie sie auf seiner Arbeitskraft und seinem Capitalvermögen beruht, und in dieser Unbegrenztheit und der dadurch bedingten nothwendigen Rücksichtnahme auf die Persönlichkeit von selbst die Beschränkung ihrer Anwendung findet, ergreift die Actiengesellschaft ihrem Zwecke nach nur das Capital und zwar nur Theile des Capitalvermögens der Mitglieder und läßt somit der Persönlichkeit und ihrem übrigen Capitale freien Spielraum.*) Wegen dieser Ungebundenheit ist sie ein beliebtes

---

*) Diese Befreiung der Persönlichkeit des Actionairs von den Ansprüchen des Gesellschaftscredits ist das Wesentliche der Actiengesellschaft und nicht, wie

Mittel, Unternehmungen ins Leben zu rufen, die vorzugsweise auf der Wirksamkeit des Capitals beruhen. Sie nähert sich daher in ihrer Eigenschaft dem gewöhnlichen Darlehen, hat aber vor diesem den Vorzug, daß hier der Credit nicht blos Capitalzins, sondern auch einen Antheil am Geschäftsgewinn (Dividende) verschafft, daher ein wirksameres Mittel der Bereicherung durch bloßen Capitalbesitz bildet. Der Actionair ist daher nie bloßer Darlehensgläubiger, wie z. B. der Käufer einer Staatsobligation, sondern er ist Gesellschaftstheilnehmer, allein gleichwohl nur vermöge einer Creditoperation. Die hohe Bedeutung des Actiengesellschaftscredits besteht darin, daß durch seine Anwendung große Unternehmungen mittelst bloßer Capitalzuschüsse Vieler zu Stande kommen, die außerdem an der Abneigung, in eine offene Gesellschaft einzutreten, gescheitert wären. Der Actiencredit ist daher ein sehr wichtiger Beförderer der Production im Großen und als Capitalvereinigung ein unentbehrliches Seitenstück zur Arbeitsvereinigung; er befördert aber zugleich auch die Capitaltheilung, indem er aus allen kleinen Kanälen Capitalien derjenigen Anwendung zuführt, die den meisten Erfolg verspricht. Dies wird dann durch die Ungebundenheit und Uebertragbarkeit des Actiencredits noch in hohem Grade erleichtert. Die offene Gesellschaft ist bestimmt für die Ausbeutung der Persönlichkeit und der eigenen wirthschaftlichen Kräfte, die sich eben deshalb, gehoben durch den gegenseitigen Credit, um so wirksamer entfalten können, während ein Nachtheil der Actiengesellschaften darin besteht, daß ihr Vermögen, obwohl eine Creditschöpfung und unter der Aufsicht aller Actionaire, doch größtentheils dem Einflusse derselben entrückt ist und so nicht nur zu einem Bereicherungswerkzeug für eigennützige Verwaltungsvorstände gemißbraucht, sondern auch geradezu dem Gründungszwecke entfremdet werden kann.

Die Commanditgesellschaft, welche an sich die Vorzüge der beiden anderen Arten vereinigen könnte, ist eben wegen ihres ge-

---

allerdings gewöhnlich ist, die Beschränkung seiner Haftbarkeit auf ein für allemal fixirte Capitalbeiträge. Eine Actiengesellschaft wäre auch dann noch vorhanden, wenn sie das ganze Capitalvermögen eines Theilnehmers dem Interesse der Gesellschaft unterwürfe.

mischten Characters schwerfälliger und daher auch wenig im Gebrauch.

Der Gesellschaftscredit ist übrigens nicht blos auf die genannten rechtlichen Arten der Gesellschaft beschränkt, sondern seinem Wesen nach überall da vorhanden, wo ein gegenseitiges Anvertrauen von Leistungen und Vermögensstücken im gemeinsamen Interesse stattfindet, so insbesondere zwischen Unternehmer und Arbeiter, Verpächter und Pächter (Gewährsverwaltung) u. s. w.

b. Von einigen besonderen Formen des Gesellschaftscredits.

§ 75.

Vorbemerkung.

Aus dem Wesen des Gesellschaftscredits geht hervor, daß er zu allen Zwecken benützt werden kann, die von Mehreren gemeinsam verfolgt werden; wesentlich ist nur, daß Jeder ein selbständiges eigenes Interesse am Gelingen des Werkes hat und für seine Mitwirkung nicht etwa blos verabredeten Lohn oder Capitalzins bezieht, denn Gehilfen oder reine Darleiher sind keine Geschäftsgenossen. Die Zwecke der Verbindung können nicht blos industrielle sein, sondern auch gesellige Vergnügenszwecke; auch die staatlichen und socialen Verbände, die aus dem Gemeinsinn von Gleichinteressirten entstehen, gehören nach ihrer wirthschaftlichen Seite hieher; ferner Lesevereine, wissenschaftliche Vereine zu gegenseitiger Belehrung und Unterhaltung, Museen, Harmonieen; jedes Mitglied zahlt Beiträge oder bringt Leistungen ein zur Beförderung der Bestrebungen jedes Einzelnen, und so werden solche Vereine zu sehr wichtigen Mitteln für Bildung und Belehrung oder zu dankenswerthen Anstalten für Erleichterung und Verbreitung der Annehmlichkeiten des geselligen Lebens. Die Wissenschaften und Künste verdanken solchen Vereinen nicht nur einen häufig sehr beträchtlichen Absatz, sondern selbst auch Förderung und Belebung. Auch die Gemeinde, ja der Staat selbst beruht in wirthschaftlicher Beziehung auf dem Gesellschaftscredit; sie sammeln gewissermaßen alle gemeinsamen Abgaben und Leistungen

in einem Behälter, um sie von da aus mit gemeinnütziger Wir=
kung zum Besten Aller wieder ausströmen zu lassen. Es ist
jedoch nicht nöthig, hier von diesen Gestaltungen der Gesellschaft,
über welche sich sehr viel Lehrreiches sagen ließe, weiter zu handeln;
dagegen gibt es einige Arten des Gesellschaftscredits, die theils
von besonderer Wichtigkeit für die Volkswirthschaft, theils schwie=
riger zu verstehen sind, die daher hier noch besonders besprochen
werden sollen.

§ 76.

Vom Commissionssystem.

Das Commissionssystem ist eine unvollkommene Art der Ge=
sellschaft; es besteht darin, daß ein Unternehmer seinen Gehülfen
außer dem festen Lohn noch einen Antheil am Gewinn der Unter=
nehmung zusichert und dadurch das Gelingen derselben auch zu
ihrem Interesse macht. Das Commissionssystem hat daher großen
Einfluß auf den Arbeitseifer, setzt aber strebsame, tüchtige und
kenntnißreiche Arbeiter voraus, weil stumpfen und trägen Personen
die Aussicht auf Gewinn gleichgültig und bei Ungeschickten dieser
Anreiz vergeblich ist. Es ist besonders da am Platz, wo der Er=
folg der Leistungen je nach dem Eifer der Betheiligten ein sehr
ungleicher sein oder auch durch Lässigkeit ganz vereitelt werden
kann. So bei der Schifffahrt, insbesondere beim Fischfang. —
Hieher gehört auch das Theilpacht= (Halbpacht= oder Metayer=)
System, wornach der Grundeigenthümer das Capital liefert und
dafür vom Theilpächter einen Theil, gewöhnlich die Hälfte des
Ertrags erhält. Auch zwischen Grundbesitzern und Gutsverwal=
tern oder zwischen Verpächtern und Pächtern kann eine Verab=
redung auf verhältnißmäßigen Antheil am Gewinn stattfinden,
wenn Ersterer das ganze Wirthschaftscapital stellt.

Ferner, wenn ein Commissionär im Auftrage eines Kauf=
manns den Verkauf von dessen Waaren an Dritte besorgt, so kann
er dafür eine Vergütung (Provision) in Procenten der verkauften
Werthe erhalten, oder auch noch eine besondere Prämie, wenn er
zugleich die Garantie übernimmt für richtige Entrichtung des

Kaufpreises (del credere steht). Dies bildet jedoch schon den
Uebergang zum Versicherungswesen.

§ 77.

Von Versicherungsgesellschaften.

Bei jeder Unternehmung besteht die Gefahr des Mißlingens,
sowohl in Bezug auf Production, als auf Absatz, die daher überall
in Anschlag zu bringen ist, wo es sich darum handelt, sich über die
Wahrscheinlichkeit des Erfolges und den zur Ueberwindung drohen=
der Gefahren nöthigen Kostenaufwand von vornherein Rechenschaft
zu geben. Das Mißlingen rührt jedoch von sehr verschiedenen
Ursachen her; sie können entweder in der Person des Unterneh=
mers oder außer ihm begründet liegen, von ihm verschuldet sein
oder nicht. Insoweit nun der Unternehmer durch eigene Schuld
Verluste erleidet, z. B. wegen Ungeschicklichkeit oder Nachlässigkeit,
wegen schlechter Auswahl seiner Arbeiter, wegen Ankaufs zu theurer
oder schlechter Rohstoffe, wegen Anwendung falscher Betriebs=
weise u. s. w., muß er die Folgen selber tragen und künftige Ver=
luste durch größere Sorgfalt zu vermeiden suchen. Ist aber die
Verlustgefahr eine solche, daß sie durch eigene Sorgfalt und Aus=
dauer nicht vermieden werden kann, so muß der Unternehmer, will
er nicht in Verlust gerathen, dies offenbar bei der Berechnung
seiner Kosten in Anschlag bringen, es muß also jede gelungene
Unternehmung zugleich die Kosten jeder mißlungenen mit ersetzen.
Allein der Verlust trifft die Einzelnen sehr ungleich und der Ersatz
der Verlustprämie ist daher etwas Ungewisses, es kann also die
Last der Versicherung, wenn sie jeder Einzelne für sich selbst über=
nehmen müßte, zu schwer werden. Hier tritt nun der Credit ins
Mittel und vertheilt diese Last auf Alle, die von gleichem Verlust
betroffen werden können, gleichheitlich, so daß Jeder mit geringem
Aufwande gesichert ist.*) Diese gleichheitliche Vertheilung der
Verlustprämie ist natürlich nur da möglich, wo sich zuverlässige

---

*) Vgl. z. B. die Tabelle in der nachfolgenden Anmerkung S. 363.

Durchſchnittsberechnungen über die Wahrſcheinlichkeit des eintre=
tenden Verluſtes anſtellen laſſen, alſo nur bei ſolchen Verluſtge=
fahren, die mit einer gewiſſen, durch häufige Beobachtungen nach=
gewieſenen Regelmäßigkeit wiederkehren und bei denen zugleich die
Größe des Schadens genau berechnet werden kann; das letztere
Erforderniß tritt jedoch zurück, wo ſich, wie z. B. bei der Lebens=
verſicherung, die Verſicherungsſumme beliebig nach der Höhe des
Einſatzes regeln läßt.

Verſichert kann Alles werden, was einer regelmäßigen Ge=
fahr der Vernichtung oder Verſchlechterung unterliegt; es gibt
alſo Lebens=, Mobiliar=, Immobiliar=, See=, Transport=, Hagel=
verſicherungen, Kranken=, Leichen=, Sterbe=, Altersverſorgungs=
kaſſen u. ſ. w. Ueberall ſucht man ſich durch vorgängige Beiträge
gegen die ſchlimmen Folgen des Todes, der Feuer= und Waſſers=
gefahr u. dgl. zu ſchützen.*)

Der Verſicherungscredit beſteht darin, daß man frühzeitig
Capitalbeträge leiſtet, die zum ſpäteren Erſatz des etwa eintreten=
den Schadens beſtimmt ſind. Man vertraut Hülfsbeiträge einer
gemeinſchaftlichen Kaſſe an, um ſeinerſeits für den Fall der Noth
ſofortiger Hülfe ſicher zu ſein. Es iſt ſomit eine Eigenthümlich=
keit des Verſicherungscredits, daß es möglicher Weiſe gar nicht
zum Rückerſatz kommt, wenn nämlich bei einem Theilnehmer die
Gefahr nicht zum Ausbruch gelangt. Dies iſt freilich bei den
Verſicherungen, die gegen die ſchlimmen Folgen von Todesfällen
für die Hinterbliebenen gerichtet ſind, nicht der Fall. Eine weitere
Eigenthümlichkeit beſteht darin, daß die Verwirklichung des Credits
von allen Theilnehmern, ſoferne ſie redlich ſind, durchaus nicht
gewünſcht und wenigſtens, wie bei der Lebensverſicherung, ſoweit
als möglich hinauszuſchieben geſucht wird. Dies iſt aber auch
die Grundbedingung für die Exiſtenz dieſes Credits, der nicht
dazu beſtimmt iſt, die Sorge vor Verluſten aufzuheben, ſondern
nur die ſchlimmen Folgen unabwendbarer Verluſte zu mildern.

---

*) Sogar eine Verſicherung gegen die durch Betrug und Diebſtahl ent=
ſtehenden Vermögensnachtheile hat man in England unternommen und zwar,
wie Engel (Zeitſchr. d. k. pr. ſtat. Bur. 1863 Nr. 6.) berichtet, mit gutem
Erfolge. Selbſt eine Virginitätsverſicherung wurde einſt verſucht.

Ueber den Versicherungscredit werden gleichfalls Urkunden ausgestellt, die nicht selten, wie z. B. die Lebensversicherungspolicen zu Gegenständen des Umlaufs werden, aber selbstverständlich nie den Dienst des Geldes versehen können; denn die Verhältnisse sind hier viel zu persönlich und individuell verschieden, als daß ein allgemeines Vertrauen Platz greifen könnte.

Der Versicherungscredit ist bald ein engerer, bald ein weiterer. Ersteres dann, wenn die Theilnehmer nur ihre wechselseitige Versicherung beabsichtigen ohne weiteren industriellen Zweck; hier besteht dann eine eigentliche Gesellschaft unter den Versicherten, die den jedesmaligen Schadenersatz nach Verhältniß unter einander vertheilen und sich gegenseitig verbürgen. (Gegenseitigkeitsversicherung). Letzteres dann, wenn die Versicherung durch eigene Unternehmer zu einem Handelsgeschäft mit der Absicht speculativen Gewinnes gemacht und von den Versicherten durch feste Beiträge erkauft wird. (Prämienversicherung). Ob die Gesellschaften öffentliche oder Privatgesellschaften sind, ist an sich gleichgültig, doch haben die öffentlichen Versicherungsanstalten manche Vorzüge vor den Privatunternehmungen voraus, wenn nur die Verwaltung sparsam geführt und die Regulirung und Vergütung des Schadens gesetzlich festgestellt wird. *) Die Größe des Gewinnes

---

*) Lehrreiche Aufschlüsse über das Versicherungswesen im preuß. Staate finden sich in einem Aufsatz in der Zeitschrift des kgl. preuß. stat. Bureaus 1862 Nr. 6. In einer daselbst angeführten Denkschrift über die Vorzüge der Sicherheit und Vertrauenswürdigkeit, welche die öffentlichen Anstalten vor Privatgesellschaften den Versicherten darbieten, heißt es: „Sie bieten dem Versicherten eine größere Sicherheit und Bequemlichkeit kraft des Inhalts des Versicherungsvertrags, kraft der unbeschränkten Haftbarkeit ihrer Theilnehmer, kraft der Verwaltung durch öffentliche Beamte, welche der Regel nach selbst Interessenten und überall nur Vertreter derselben und des gemeinnützigen Zweckes sind, eine größere Sicherheit fürs Immobiliar auch durch die Ausdehnung der Schadensvergütungsfälle auf Kriegsgefahr und die Gefahr bürgerlicher Unruhen. Daher haben die Eingesessenen Vertrauen zu der unparteiischen und gerechten Regulirung im Brandfalle, während solche bei den Privatgesellschaften durch reisende, nirgends vermöge ihrer eigenen Interessen mit dem Bezirk oder Ort verknüpfte Beamten geübt wird. Sie haben die wohlthätige Erfahrung, daß die Kriegsgefahr in den schweren Campagnen von 1806, 1807 und 1813 zum Wohl des Landes glücklich durch unsere Institute überwunden worden ist.“ Der Verfasser des vorhin genannten Auf-

hängt ab von der Menge und Größe der Prämien und von dem Betrag der Schadensersatzleistungen. Auch wo kein Gewinn beabsichtigt wird, ist es doch zweckmäßig, die Verlustprämien auf möglichst Viele zu vertheilen, damit auf den Einzelnen ein desto kleinerer Beitrag falle. Aus diesem Grunde, dann auch um sträflichem Leichtsinn entgegenzuwirken, ist häufig gesetzliche Zwangsversicherung vorgeschrieben, die sich aber nur gegenüber den Verwaltern fremden Vermögens und zum vorsorglichen Schutze für Wittwen und Waisen rechtfertigen läßt. Das letztere sollte aber nicht blos für Beamte, sondern vorzugsweise auch für die arbeitende Classe zur Pflicht gemacht werden.

§ 78.
Von Creditvereinen.

Sehr viele Unternehmer leiden an dem Mangel ausreichender Capitalien, sei es um sich von Unglücksfällen, für die keine Versicherung möglich ist, zu erholen, sei es um ihr Geschäft zu erweitern und dadurch die Menge der Erzeugnisse und den Reichthum des Landes zu vermehren. Nun hilft zwar hier der gewöhnliche Credit in sehr vielen Fällen aus; allein wir haben gesehen, daß insbesondere der Wechsel- und Bankcredit sehr schwierig zu handhaben, mit Gefahren verknüpft und an strenge Voraussetzungen gebunden ist, die nicht jeder Capitalbedürftige erfüllen kann; und selbst der gewöhnliche Buchcredit ist für den verschlossen oder doch zu theuer, der nicht das volle Vertrauen des kaltblütig berechnenden Capitalisten besitzt. Dadurch gerathen vorzüglich

---

satzes fügt hinzu: „Ist dieses Selbstlob keineswegs unanfechtbar, so muß es doch in vielfacher Hinsicht als wohlverdient anerkannt werden." — Der Umfang des öffentlichen Feuerversicherungswesens im preuß. Staate ist aus folgender Tabelle zu ersehen.

Jahre	Betrag der		Verhältniß der Brandschäden zur Versicherungssumme wie 1 zu
	Versicherungssum. Thlr.	Brandschäden Thlr.	
1828	711,108,461	2,255,968	315
1837	868,139,240	2,109,995	411
1855	1180,177,900	2,157,327	547
1860	1414,356,313	2,665,581	530

die Grundeigenthümer und kleinen Unternehmer wegen der ver=
hältnißmäßigen Unbeweglichkeit und Schwerfälligkeit ihres Betriebs
und der hieburch, sowie durch geringeres Vermögen verursachten
Creditlosigkeit in Nachtheil. Gegen diese Nachtheile ist nun ein
erfolgreiches Mittel gefunden, indem die Creditbedürftigen ihren
gemeinsamen Credit an die Stelle des vereinzelten Credits jedes
Einzelnen setzen und so mit Hülfe ihres vereinten Gesellschaftscredits
das Vertrauen und die Capitalien der Darleiher sich gewinnen.

Solcher Art sind die landwirthschaftlichen Creditvereine
(Landschaften), die zuerst in Folge der Leiden des siebenjährigen
Krieges in Schlesien im Jahre 1769 (nach Anderen viel früher schon
in Mecklenburg) nach dem Plan eines Kaufmanns Büring in
Berlin eingeführt wurden; dann die gewerblichen Vorschuß= und
Creditvereine (Volksbanken), deren Einrichtung und Verbreitung
in Deutschland vorzugsweise dem Verdienst des unermüdlichen
Herrn Schulze=Delitzsch zuzuschreiben ist.

Diese Vereine sind entweder in der Art wirksam, daß die
Betheiligten, Grundeigenthümer oder Gewerbsmeister, selbst die
Capitalien zusammenschießen, die an jeden Theilnehmer nach Maß=
gabe seines Bedürfnisses creditirt werden sollen, oder daß sie zwar
die Capitalien in gewöhnlicher Weise von Capitalisten aufnehmen,
allein als Gesellschaft an der Stelle des Einzelnen haften, der
daher nur Schuldner der Gesellschaft wird und von dieser gegenüber
den Capitalisten vertreten wird. Ebenso sind beide Methoden
zugleich anwendbar. Eine Unterart des landwirthschaftlichen
Credits besteht darin, daß der Creditbedürftige vom Verein Schuld=
scheine (Pfandbriefe) nach Verhältniß des Schätzungswerths seiner
Grundbesitzung ausgehändigt erhält, die er dann selbst im Publi=
kum zu verkaufen berechtigt ist. Der Verkaufspreis, den er so
erhält, bildet dann sein Anlehen, für das die Gesellschaft dem
Pfandbriefbesitzer und der Schuldner der Gesellschaft haftet. Hier
besteht aber die Gefahr, daß die Pfandbriefe unter Umständen
unter pari sinken können, was den Credit vertheuert und schwächt.

Die Vortheile dieser Einrichtung für den landwirthschaftlichen
Credit sind für den Schuldner: 1. Er kann mit größerer Leichtigkeit
die nöthigen Summen borgen und ohne erst Zwischenhändler
bezahlen zu müssen; 2. wegen der größeren Sicherheit des Gesell=

schaftscredits ist der Zins niedriger, weil die Assekuranzprämie sinkt; 3. es ist die Gefahr einer plötzlichen und unerwarteten Rückforderung beseitigt, die Schuld kann jedoch vertragsmäßig auf einmal heimbezahlt werden; 4. nach Umfluß einer bestimmten Reihe von Jahren wird der Borger schuldenfrei, indem er jährlich neben dem Zins einen kleinen Capitalbetrag entrichtet, amortisirt, wobei ihm die Vortheile der Zinseszinsenberechnung (compound interest) zu Gute kommen.

Auch für die Darleiher sind die Vortheile bedeutend: 1. Größere Sicherheit wegen des vereinigten Credits der Grundbesitzer und Gewißheit pünktlicher Zinsenzahlung, ohne daß der Darleiher sich an jeden einzelnen Schuldner zu wenden hat; 2. die Sorge wegen der Vertrauenswürdigkeit des Verpfänders oder des Werths des Pfands ist ihm abgenommen; 3. die Sicherheit, die er in Händen hat (Pfandbrief), ist ein leicht veräußerlicher Gegenstand, der Umlaufsfähigkeit im Verkehr besitzt und jeden Augenblick ohne Kosten zu Geld gemacht werden kann.

Unerläßliche Bedingung ist aber hiebei vor Allem ein vollständiges und genau geführtes Hypothekenbuch, das alle Nachforschungen über den Besitztitel erspart.

Bodencreditanstalten zu Staatsanstalten zu machen, ist nicht rathsam, wie das Beispiel des im Jahre 1852 in Frankreich gegründeten Crédit foncier beweist, der jedoch kein Creditverein ist.

Hiebei verdienen noch die in neuester Zeit, besonders in Sachsen, angeregten Hypothekenversicherungsanstalten eine Erwähnung. Diese Anstalten haben zunächst die Natur von Creditvereinen, insofern sie nur eine stärkere Concentration des Angebots und des Begehrs von Capitalien für den Grundbesitz, auch den städtischen, bezwecken. Allein diese ihre nächste Aufgabe steigert sich dadurch, daß sie den Hypothekengläubigern auch in solchen Fällen Deckung zusichern, wo die durchschnittliche Verlustgefahr überschritten ist, wo also das Unterpfand eine geringere Sicherheit bietet, sei es wegen geringerer oder unsicherer Ertragsfähigkeit der Grundstücke überhaupt, sei es für Hypotheken, die ein Grundstück zu einem höheren als dem gewöhnlichen verhypothecirbaren Betrage (gewöhnlich der Hälfte oder zwei Drittel) seines Werths belasten.

Durch diese Versicherung sollen also gute und minder gute Hypotheken auf eine durchschnittlich gleiche Bonität gebracht werden. Natürlich müssen auch hier die Schuldner für die Verlustgefahr Prämien an die Anstalt entrichten, aber diese selbst werden geringer, sowohl wegen ihrer Vertheilung über eine größere Anzahl, als auch weil die besseren Hypotheken für die schlechteren mit haften. Der Grundgedanke dieser Anstalten ist offenbar theoretisch richtig und gesund und sie können bei vorsichtiger Verwaltung sehr wohlthätig wirken; allein gewisse Gefahren lassen sich dabei nicht verkennen, wie sie überhaupt bei starker Anspannung des Credits zu drohen pflegen. Sie können zu übermäßiger Belastung des Grundeigenthums und dadurch zur Vergeudung von Productivkräften verleiten; für bedrängte Zeiten, z. B. Kriegszeiten, müssen sich die Gläubiger eine Suspendirung ihres Kündigungsrechtes gefallen lassen, was Viele zur Zurückhaltung oder anderweitigen Placirung ihrer Capitalien bestimmen kann; die Begünstigung der Speculation mit Grundbesitz ist bedenklich. Daher sind solche Anstalten nur dann zu rathen, wenn der Capitalreichthum beträchtlich ist und Gewerbe und Handel bereits stark mit Capital gesättigt sind.

In ähnlicher Weise beruhen die gewerblichen Vorschußkassen auf den Grundsätzen der gemeinsamen solidarischen Haftung aller Theilnehmer und der gegenseitigen Capitalbildung mittelst Selbsthülfe. Durch kleine, allmähliche Beiträge, die jedoch verzinst werden, erlangt man ein Recht auf Credit, und dieser wird noch gesteigert durch die Capitalien, welche die Gesellschaft vermöge ihres erweiterten Credits aufzunehmen im Stande ist. An diesen Vereinen ist zweierlei besonders zu loben, nämlich die nüchterne Ausbeutung des Credits nach reinen wissenschaftlichen Grundsätzen und die Unabhängigkeit von leidiger Staatshülfe.

Es haben sich auch Gesellschaften gebildet zum Zweck gemeinsamen Einkaufs wohlfeiler Rohstoffe oder gemeinsamer Benützung kostspieliger Maschinen, deren Anschaffung die Kräfte des Einzelnen übersteigen würde.

Es gibt ferner Creditvereine nicht zur Erleichterung der Production, sondern der Consumtion. Derart sind die sog. Consumvereine, die auf gemeinsame Rechnung Lebensmittel möglichst wohlfeil einkaufen und ohne Geschäftsgewinn, blos nach Anschlag der wirklichen Kosten, an die Theilnehmer ablassen. Alle diese Vereine sind, wo sie auf wirklichem Bedürfniß und nicht auf bloßem Thätigkeitsdrang unbeschäftigter Menschenfreunde beruhen, sehr nützlich. — Ein merkwürdiges Beispiel des gemeinsamen Verzehrungscredits waren die von Louis Napoleon eingerichteten sog. Bäckereikassen, die auf dem an sich richtigen Gedanken beruhten, den Unterschied der Brodpreise in theuren und wohlfeilen Jahren auf einen längeren Zeitraum gleichheitlich zu vertheilen; das Brod sollte von den Bäckern während der Theurung etwas wohlfeiler, dagegen nach dem Aufhören der Theurung in demselben Verhältniß zu etwas höherem Preise den Consumenten geliefert werden. Allein abgesehen von anderen Uebelständen, steht einem solchen Project der Umstand entgegen, daß hier der Credit zu verdeckt ist und deswegen die spätere erzwungene Heimzahlung auf zu große Abneigung stößt. Es setzt daher nothwendig eine obrigkeitliche Festsetzung der Brodtaxe und eine durchgreifende Organisation des Bäckereiwesens voraus, wobei eine starke Dotation von Seiten des Staates nicht zu umgehen ist.*)

§ 79.
Vom Mobiliarcredit.

Eine sehr gesteigerte Art des Gesellschaftscredits ist die Mobiliarcreditgesellschaft oder der Mobiliarcredit (crédit mobilier) schlechthin. Es ist eine Gesellschaft auf Actien, welche die Aufgabe hat, mit Hülfe ihres vereinten Credits alle kleinen verfügbaren Capitalien aufzusammeln und in Masse anderen großen Unternehmungen zuzuführen, die entweder bereits bestehen oder auch erst durch sie ins Leben gerufen werden sollen. Auch die Banken haben zwar diese Aufgabe, allein sie erfüllen diese nur mittelst eigentlicher Vorschußgeschäfte, vorzüglich in der Form des

*) Interessante Aufschlüsse über die Operationen der Bäckereikasse in Paris in 1859 und 1860 s. bei Block, annuaire de l'écon. polit. 1862 p. 259 ff. Im Jahre 1860 hatte die Kasse einen Vorschuß von über 19 Millionen Fr. gutzumachen.

Discontirens, und vereinigen nie ihr eigenes Interesse mit dem
ihrer Schuldner. Das letztere ist aber gerade beim Mobiliar=
credit der Fall, der eben deshalb unter den Gesellschaftscredit ein=
gereiht werden muß. Der Mobiliarcredit gibt nur zum geringsten
Theil Darleihen auf Faustpfänder, auf Liegenschaften gar nicht;
sein Hauptgeschäft ist, große Unternehmungen aller Art zu begrün=
den oder zu erweitern, dadurch, daß er seinen eigenen Credit zum
Credit der Unternehmung so lange macht, bis diese selbstständig
geworden ist und mit ihrem eigenen Capital und Credit weiter
wirthschaften kann. Er ist daher mit einem Dampfer zu ver=
gleichen, der nicht selbst Waaren transportirt, sondern nur be=
stimmt ist, große Schiffe ins Schlepptau zu nehmen, bis diese auf
hoher See sind und guten Wind haben. Der Name crédit mobilier (beweglicher Credit) ist daher allerdings bezeichnend, weil er
nicht an einem bestimmten Unternehmen haftet, sondern sich von
einem zum andern wirft und nur so lange dabei ausharrt, bis sein
Zweck der Aufhülfe und Beförderung erreicht ist. Allerdings legt
der Mobiliarcredit, wenn sich keine Gelegenheit zur neuen Be=
fruchtung anderer Unternehmungen zeigt, sein Capital auch dauernd
an, allein dann sinkt er zu einer gewöhnlichen Actiengesellschaft
herab, was nicht im Zweck seiner Gründung liegt.

Seinen Hauptzweck erreicht er nun dadurch, daß er die Actien
bestehender Unternehmungen aufkauft oder die Actien neuer aus=
stellt und hieburch zum Haupt= oder einzigen Unternehmer wird.
Vermöge seiner großen Capitalmacht, die ihm alle Vortheile des
Großbetriebs, der Arbeitstheilung, die tüchtigsten Arbeiter, die
höchsten Intelligenzen, kurz alle Bedingungen der höchsten Einträg=
lichkeit des Geschäftsbetriebs zur Verfügung stellt, bringt er die
Unternehmung in blühenden Stand, so daß sie einen hohen Ertrag
abwirft und ihre Actien im Cours steigen. Ist dies erreicht, so
hat er seine Aufgabe erfüllt, verkauft die Actien zu hohen Preisen
und verwendet den Erlös zu neuen Anlagen solcher Art. Das
Capital des Mobiliarcredits bewegt sich auf diese Weise in einem
beständigen Kreislauf von Unternehmung zu Unternehmung, hin=
terläßt überall die günstigsten Erfolge und ist so nicht nur eine
Quelle hoher Bereicherung für die Theilnehmer, welche die Actien
des Mobiliarcredits selbst besitzen, sondern auch für die Nation, in

welcher auf diese Weise eine Menge nützlicher Unternehmungen befruchtet und in die Höhe gebracht werden. Auch der Staats= credit kann hiebei seinen Vortheil finden, indem der Mobiliarcredit das Zustandekommen von Staatsanlehen befördert und einen hohen Cours der Staatsschuldverschreibungen zu Wege bringt.

Dies ist die unläugbar günstige Seite des Mobiliarcredits, allein gerade in seiner Beweglichkeit liegt die große Gefahr des Börsenspiels und der Ausbeutung des ersten überraschenden Er= folgs oder auch der verlockend hingestellten Hoffnung auf Erfolg. Solide Unternehmungen gründen und mit wohlverdientem Credit ausstatten ist eine sehr verdienstvolle und geniale Idee, eine An= wendung des Grundsatzes der Arbeitstheilung, welche die höchste Beachtung und Bewunderung verdient; allein wenn der Mobiliar= credit den Unternehmungscredit, den er geschaffen hat, im Stiche läßt und seine schöpferische Allmacht einem anderen Kinde zu= wendet, widerstrebt nicht die Natur des Credits einer solchen Wan= delbarkeit und muß man nicht fürchten, daß sich das Vertrauen der Capitalisten an die glänzenden Schachzüge des Mobiliarcredits kettet und dieser so seine eigenen Werke, kaum zur Reife gebracht, wieder zerstört? Und wenn diese Gefahr bei aufrichtigem Be= streben des Mobiliarcredits droht, was muß erst geschehen, wenn er, nur auf eigenen Gewinn, nur auf verlockende Dividenden für seine Actionäre bedacht, darauf ausgeht, von allen fruchtbringen= den Geschäften gleichsam die fette Sahne abzuschöpfen und so an= scheinend äußerst friedliche und uneigennützige, aber im Grunde höchst räuberische Streifzüge im ganzen Gebiet der Nationalwirth= schaft auszuführen?*) Wird nicht die ganze Production in fiebe=

---

*) Ueberdieß läßt sich das glänzende „Befruchtungsgeschäft" nicht in's Un= endliche fortsetzen, denn großartige Unternehmungen lassen sich vermöge des nothwendigen Gleichgewichts der Productionszweige nicht nach Willkür aus dem Boden stampfen. So mußte es, nachdem die glänzende Zeit der ersten Erfindung vorüber war, kommen, daß der französische Creditmobilier „gegen seinen Willen und gegen seine Tendenz in einigen Unternehmungen festgebannt, nicht nur den durch rasche Wiederholung so riesig angewachsenen Erfinder= und Befruchtungslohn der früheren Jahre verlor, sondern auch directe Ein= bußen durch die Entwerthung der ihm im Portefeuille gebliebenen Papiere erlitt." Dies erhellt aus nachstehender Tabelle, wonach sich in den zwei Jahren 1855 und 1857 der Bruttoertrag seiner Operationen folgendermaßen stellte:

rtſche Spannung verſetzt, eine Menge künſtlicher Treibhauspflanzen geſchaffen und der langſame und mühſame, aber um ſo lohnendere und zuverläſſigere Aufbau des Nationalreichthums untergraben? Und daneben muß man noch fürchten, daß der verlockende Gewinn des glänzenden Mobiliarcredits viele Capitalien aus kleinen An-

	1855	1857	Differenz
	Fr.	Fr.	Fr.
Erwerb und Ausgabe von Rente	51,276	491,066	+ 439,790
Erwerb und Ausgabe von Eiſenbahnactien und Obligationen	19,575,343	2,694,523	— 16,880,820
Erwerb und Ausgabe von verſchiedenen Actien	6,440,271	1,299,041	— 5,141,230
Commiſſionsgebühren und Zinſen auf Vorſchüſſe	1,427,478	2,709,357	+ 1,281,879
Reportgeſchäft in Renten und Actien	1,336,795	698,550	— 638,145
Verſchiedenes	3,039,613	90,269	— 2,949,344
Zuſammen	31,870,776	7,982,906	— 23,887,870

Die Hauptgeſchäfte, auf welche ſich der Credit mobilier bald verwieſen ſah, waren ſomit der Handel in Staatspapieren und das Commiſſionsgeſchäft. Damit war aber im Grunde das eigentliche Princip des Creditmobilier ſchon nahezu abgeſtreift und zu dem einer einfachen, wenn auch immer noch großartigen Actienunternehmung und Börſengeſellſchaft herabgeſunken. Lehrreich iſt in dieſer Beziehung eine Vergleichung der von der Direction veröffentlichten Jahresberichte von 1854 und 1857. Im erſteren erklärte die Direction offen, daß der Mobiliarcredit ſich in die Unternehmungen, an denen er ſich betheiligt, „nur mit einer weiſen Sparſamkeit und auf kurze Zeit einlaſſen,'' was ihm geſtatten werde, „ſeine Thätigkeit zu vervielfachen, in kurzer Zeit eine große Zahl von Unternehmungen zu befruchten und das Wagniß ſeiner Mitwirkung durch die Menge der theilweiſen Commanditen zu vermindern.'' Dagegen heißt es im zweiten: „Die Thätigkeit unſerer Geſellſchaft hat ſich im Jahre 1857 nicht durch neue Schöpfungen bekundet; im Gegentheil durch ein liberales und zugleich vorſichtiges Verhalten gegen die Unternehmungen, bei deren Erfolg unſere moraliſche Verantwortlichkeit mehr oder weniger gebunden ſein konnte; denn, haben wir auch keinen Anſpruch auf Unfehlbarkeit, ſo halten wir doch viel auf das Verdienſt, die von uns gegründeten Unternehmungen nicht preiszugeben und nie den Poſten zu verlaſſen, welchen die Ereigniſſe uns anweiſen können.'' — Darin lag in der That ein neues Programm, deſſen Abweichung von dem früheren leitenden Princip der Anſtalt augenfällig iſt. (Horn bei Pickford, Monatsſchrift II. S. 660 ff.) — Uebrigens betrug doch der Gewinn des Credit mobilier im Jahre 1862 im Ganzen 32,759,344 Fr., d. h. mehr als die Hälfte des ganzen Geſellſchaftscapitals, und der Cours ſeiner Actien ſtand am 16. April 1863 auf 1455. (Moniteur des intérêts mat. 19. April 1863.)

lagen reißt und in den anscheinend mühelosen, aber verwirrenden
Strudel der großen Unternehmungen stürzt, und so die unentbehrliche Grundlage der Nationalwirthschaft, das richtige Gleichgewicht
des Groß= und Kleinbetriebs vernichtet. Denn große, plötzliche
Gewinnste haben eine magische Anziehungskraft, aber die Sucht
nach Reichthum läßt nur allzu leicht vergessen, daß großer Gewinn
der Einen unzertrennlich mit entsprechendem Verlust der Anderen
verbunden ist. Nur durch Arbeit und Capital, in Verbindung mit
freien Naturkräften, werden wirklich neue Güter erzeugt, alle
Manipulationen, alle Combinationen, die nicht auf dieser Grundlage ruhen, sammeln nur die Früchte des allgemeinen Fleißes in
einzelnen Händen und lassen die große Mehrzahl enttäuscht und zu
Grunde gerichtet zurück.

Hienach muß man die Operationen des Mobiliarcredits beurtheilen; ihr wahrer Erfolg hängt ab von der dauernden Blüthe
der Unternehmungen, die er begründet, und alle Mittel, welche die
Actien des Mobiliarcredits über diese Grenze hinaus in die Höhe
treiben, sind Täuschung und Betrug und bereichern die kühnen
Speculanten auf Kosten des leichtgläubigen Publikums. Solche
künstliche Mittel, wie sie namentlich auf der Börse angewandt
werden, können allerdings dazu dienen, das Vermögen der Actionäre
in kurzer Zeit zu verdoppeln und zu verdreifachen, aber sie können
nicht den wahren Zinsfuß, der von der wirklichen Fruchtbarkeit der
Capitalanlagen abhängt, verändern, und liefern also höchstens
große Unternehmungsgewinnste für diejenigen, welche an der
Quelle der Geschäfte sitzen.

Der Nutzen des Mobiliarcredits besteht somit in einer noch
ausgedehnteren Befruchtung der productiven Unternehmungen, als
es dem bloßen Bankcredit möglich ist; allein die naheliegende Gefahr seiner Uebertreibung bedroht die Volkswirthschaft mit verderblicher Flatterhaftigkeit des Capitals und mit dem Gift der
mühelosen Abschöpfung unverdienten Gewinns, sowie mit dem
entsittlichenden Spiel unfruchtbaren Börsenschwindels.

Schon die preußische Seehandlung beruht auf dem Gedanken
der Unterstützung und Beförderung großer Unternehmungen mittelst Selbstbetheiligung; als eigentliches Vorbild des modernen
crédit mobilier, wie er in Frankreich im Jahre 1852 durch die

Gebrüder Péreire, Foulb und Foulb-Oppenheim gegründet wurbe und in faſt allen Ländern Europa's raſche Nachahmung fand, muß die von dem Schotten Law unter der Regentſchaft in Frankreich gegründete Bank betrachtet werden.

3. Von den Börſengeſchäften.

§ 80.

Ein großer Vortheil des Gebrauches der Creditverſchreibungen beſteht darin, daß ſie zwar nicht, wie die eigentlichen Banknoten, als Geld zur Beförderung des Güterumlaufes dienen, wohl aber ſelbſt Gegenſtände des Umlaufes werden können und ſo als beliebte Waare leicht von einer Hand in die andere gehen. Jeder, der eine Geldſumme beſitzt, kann auf dieſe Weiſe durch Ankauf von Staatsſchuldbriefen, Actien und ſonſtigen Obligationen in leichteſter Weiſe ſein Capital zinstragend anlegen, während der Verkäufer ſein Capital wieder flott macht und nach Belieben den erlangten Kaufpreis in andern Geſchäften, ſei es durch eigene Production oder durch Ausleihen u. ſ. w., unterbringen oder auch ſofort verzehren kann. Es wird hierdurch ein beſtändiger Wechſel in der Theilnehmerſchaft an gewinnbringenden Unternehmungen bewirkt, da jeder Käufer einer Actie, einer Staatsobligation zum Gläubiger deſſen wird, der dieſes Schuldpapier, um Credit zu erhalten, ausgeſtellt und in Umlauf gebracht hat. Insbeſondere Diejenigen, welche ihre Capitalien in jedem Augenblick auf die lucrativſte Weiſe anlegen wollen, werden geneigt ſein, dergleichen Schuldbriefe häufig zu kaufen oder zu verkaufen, je nachdem die Ausſicht auf Gewinn ſteigt oder fällt, den der Beſitz eines Creditpapiers gewährt. Dieſer Gewinn beſteht aber in dem Zins (Dividende), den das creditirte Capital durch ſeine fruchtbare Verwendung, z. B. in einer Eiſenbahn- oder Bergbauunternehmung abwirft, und der alſo den productiven Werth des Capitals, mithin den Kaufpreis (Cours) des darüber ausgeſtellten Schuldſcheines beſtimmt. Iſt z. B. der übliche Zinsfuß 5 %, ſo wird ein Capital, das in irgend einer Unternehmung 10 % abwirft, auch den doppelten Werth erhalten, alſo 200 werth ſein, denn 100 verhält sich zu 5 wie 200 zu 10; umgekehrt, wenn eine Unternehmung nur 4 vom Hundert abwirft, so ist der Werth der in ihr steckenden Capitalien um den fünften Theil gesunken, er wird also nur 80 betragen, denn 100 : 5 = 80 : 4.   Der Cours der Creditpapiere steigt oder fällt daher mit dem jeweiligen Stande des Staats= credits oder der Einträglichkeit der Unternehmungen, die mit Hülfe des creditirten Capitals betrieben werden, und diese Productivität hängt von den Ursachen ab, die bereits oben (§ 24.) besprochen worden sind.

Die große und stets zunehmende Zahl der Creditpapiere in Folge fortwährender Gründung neuer Unternehmungen und der Aufnahme neuer Staatsschulden und das beständige Schwanken ihres Courses hat nun einen eigenen Handel in's Leben gerufen, den Handel mit zinstragenden Schuldverschreibungen, Staats= obligationen, Rentenscheinen, Actien, Effecten aller Art, der vor= zugsweise Börsenhandel, Börsengeschäft genannt wird von dem Orte, wo die Kaufleute eines bestimmten Platzes zu bestimmten Zeiten zusammenkommen, um mit leichterem Ueberblick über Nach= frage und Angebot kaufmännische Geschäfte abzuschließen.   Die Börse ist daher vorzüglich der Ort, wo die Waarencourse, Wechsel= course und so auch die Course der eben erörterten Creditpapiere nach den Gesetzen des Preises festgesetzt und diese selbst gekauft und verkauft werden.

Diejenigen, welche für ihre Capitalien durch den Ankauf von Creditpapieren eine feste Anlage suchen, haben mit der Börse nichts zu schaffen, außer insofern sie nach den Notirungen der Börse ihre Entschlüsse und Aufträge bestimmen; dagegen wollen die Börsen= händler, wie alle Kaufleute, auch aus diesem Handel gewinnen, sie kaufen also nur, um wieder zu verkaufen, indem sie auf den Cours der Papiere speculiren.

So bilden sich an der Börse zwei Parteien mit entgegenge= setzten Interessen: die Partei derer, die ein Steigen (hausse), und die Partei derer, die ein Fallen (baisse) der Course erwarten. Die Haussiers kaufen, um später mit Gewinn wieder zu verkaufen, die Baissiers verkaufen, um einer Entwerthung des Papiers in ihren Händen zuvorzukommen und später wohlfeil wieder einzu= kaufen.

Die Börsengeschäfte sind manichfaltiger Art. Sie sind 1. Baarkäufe, wenn sofort nach Abschluß des Geschäfts das Papier übergeben und der Preis bezahlt wird; 2. Lieferungskäufe, wenn die Uebergabe und Zahlung erst nach einer bestimmten oder unbestimmten Frist erfolgen soll; 3. Differenzgeschäfte, wenn nicht der wirkliche Vollzug des Kaufes, sondern nur die Auszahlung des Gewinnes nach dem Unterschied des Courses vom verabredeten Kaufpreis beabsichtigt ist; z. B. wenn um 90 gekauft ist und der Cours zur Zeit der Lieferung auf 100 steht, so werden nur 10 als Gewinn vom Verkäufer an den Käufer (Haussier) entrichtet und der Verkäufer behält sein Papier; 4. Prämienkäufe, wenn eine Partei sich ausbedingt, gegen Zahlung einer Entschädigung (Prämie) vom Kauf zurücktreten zu dürfen und so einen noch größeren Verlust in Folge unerwarteter Coursschwankung abzuwenden; 5. Reportgeschäfte, wenn der Vollzug eines abgeschlossenen Kaufes, nachdem die verabredete Lieferungsfrist abgelaufen ist, noch auf längere Zeit hinausgeschoben wird. Das ist im Grunde ein Aufschub der Zahlung, also ein Creditiren des Kaufpreises, wofür eine Vergütung als Zins (report) an den Verkäufer entrichtet werden muß. Der Report wird daher durchschnittlich mit dem Discont auf gleicher Höhe stehen, er kann aber zu Zeiten, bei starken Schwankungen des Papiercourses, beträchlich höher steigen. Das Seitenstück hiezu ist der Deport. Wenn nämlich der Verkäufer zur Lieferungszeit die Papiere, die er liefern soll, nicht besitzt (à découvert verkauft hat), so borgt er sie von einem Andern mittelst eines Scheinkaufes mit verabredetem Wiederverkauf um niedrigeren Preis. Er kauft also z. B. um 99 und verkauft sie wieder um 98 1/2. Der Dritte erhält in diesem halben Procent eine Vergütung für die zeitweise Ueberlassung der Papiere als Deport. Der Report ist also ein versteckter Darlehenszins, der Deport ein versteckter Miethzins; jener wird vom Haussier, dieser vom Baissier entrichtet. Bedingung des Gewinns ist für jenen daß der Cours höher steigt, als der Report beträgt, für diesen, daß er um mehr als den Betrag des Deport sinkt, damit jener um soviel theurer verkaufen, dieser um soviel wohlfeiler kaufen kann.

Der Nutzen der Börsengeschäfte besteht darin, daß sie einen

geordneten sicheren Markt für die Creditpapiere schaffen und dadurch einen festen Werth und Marktpreis derselben ermöglichen; daß sie Diejenigen, welche ihre Capitalien in solchen Papieren anlegen wollen, der Mühe eigener Berechnung und Nachforschung überheben; daß sie die Creditwürdigkeit des Staats und der industriellen Unternehmungen an's Licht ziehen und dadurch zu ihrem wirthschaftlichen Aufschwung beitragen; daß sie durch alles dieses einen belebten, mit großer Sorgfalt und Intelligenz überwachten Capitalmarkt bilden. Allein dieses an sich verdienstliche Geschäft ist durch übertriebene Gewinnsucht zu einem tabelnswerthen Tummelplatz leidenschaftlicher Reichthumsjagd und krankhafter Speculationswuth ausgeartet; man folgt nicht dem natürlichen Steigen und Fallen des Courses, sondern sucht diesen durch unsittliche Börsenkünste, oft geradezu durch List und Betrug aller Art (Börsenenten) willkürlich zu bestimmen; man will nicht aus der Einträglichkeit der Capitalanlagen in den Unternehmungen, sondern aus der Leichtgläubigkeit und dem Irrthum Anderer gewinnen, und so repräsentirt der entartete Börsenhandel ein widernatürliches Schauspiel von Spiel und Wette und ein System von durchaus unfruchtbaren Besitzwechseln, durch welches eine Menge von Capital, Zeit und Kraft nutzlos vergeudet und von wahrhaft productiven Beschäftigungen abgezogen wird. Der Einfluß der Börsenwelt (der haute finance) hat es sogar dahin gebracht, das allgemeine Vertrauen in den Bestand der Staaten und die Blüthe der Industrie zu beherrschen und durch die Coursnotirungen an der Börse eine egoistische Kritik über Regierungsmaßnahmen und wirthschaftliche Unternehmungen auszuüben; eine politische Unart, von der sich auch der strengere, sittliche Ernst des deutschen Charakters nicht frei zu erhalten gewußt hat.

Drittes Buch.

Vom Einkommen.

I. Vom Einkommen im Allgemeinen.

§ 81.

Wesen des Einkommens.

Alle durch die wirthschaftliche Thätigkeit einer Nation hervorgebrachten Güter kann man von einem doppelten Standpunkte aus betrachten: als Ergebniß der Production und als Ergebniß des Umlaufes. Im ersten Fall nennt man sie Ertrag, im zweiten Einkommen. Würde Jeder nur für seine eigenen Bedürfnisse produciren, so wäre Ertrag und Einkommen sofort identisch, weil hier ein Umlauf nicht stattfände; wo aber die Arbeitstheilung eingeführt ist, muß dieser erst bewerkstelligt werden, damit sich der Productionsertrag in Einkommen umwandle. Das Einkommen ist also der durch den Güterumlauf an alle Glieder der Nation vertheilte Ertrag ihrer productiven Thätigkeit. Es ist somit klar, daß die Größe des Einkommens abhängt von der Größe des Ertrags; beides sind gleiche Größen. Aber nur für die ganze Nation als solche, nicht für die einzelnen Glieder; denn wer in Folge des Umlaufs einen Gewinn macht, bezieht mehr, und wer dabei verliert, weniger Einkommen als er producirt hat; und dazu kommt noch, daß Viele ein Einkommen haben, ohne überhaupt etwas producirt zu haben. Während sich daher der Ertrag nach der

Ergiebigkeit der Güterquellen richtet, wird das Einkommen von den Gesetzen des Umlaufes und Preises oder von sonstigen Ursachen des Besitzwechsels bestimmt; da aber nicht mehr vertheilt werden kann, als überhaupt erzeugt worden ist, so ist ersichtlich, daß die wirthschaftliche Vertheilung nicht minder wichtig ist wie die wirthschaftliche Verwendung der Güter, sowie daß den Gelüsten derer, welche ernten wollen, ohne gesäet zu haben, sowohl aus Gerechtigkeitssinn als aus wohlverstandenem Interesse aller Wirthschaften entgegengetreten werden muß. Es dürfen also keine Einrichtungen bestehen, wie Privilegien und Vorrechte irgend welcher Art, welche eine andere Vertheilung des Einkommens bewirken, als dem richtigen Verhältniß des Ertrags entspricht, insofern sie nicht auf die Vermehrung des Productionsertrages selbst günstig zurückwirken; mit anderen Worten, der Werth des Einkommens soll dem Werth des Ertrags jedes einzelnen Producenten möglichst gleich sein.

Dem Einkommen kann man eine dreifache Bestimmung geben: 1. man kann es zum eigenen Unterhalt und Genuß oder zu dem Anderer, z. B. durch Almosen, Geschenke verwenden; oder 2. man kann es unbenützt, todt liegen lassen; oder endlich 3. productiv anlegen, also in Capital oder Arbeitskraft für sich oder für Andere umwandeln. Welche dieser drei Verwendungsarten man wählen will, steht natürlicher Weise in Jedermanns Belieben, allein für den vernünftigen und pflichtgetreuen Wirthschafter bestehen doch gewisse Schranken, die er nicht ungestraft überschreiten darf. 1. Der natürliche Hergang der Production nimmt Vermögenstheile mit sich fort, die dadurch Bestandtheile des Products werden und eben deßhalb umlaufende Productivkräfte heißen. Hieher gehört also umlaufende Arbeitskraft und umlaufendes Capital in engerem Sinne, ferner die Abnützung dieser productiven Fonds, insofern sie als stehende gelten können. Alle diese Werthe müssen ihrem vollen Betrage nach in die Production, sofern sie fortgesetzt werden will, zurückerstattet werden, um den Fortbezug des Einkommens nicht zu gefährden; 2. unter denselben Gesichtspunkt fällt die Zurücklegung der Verlust- und Versicherungsprämien für Capital und Arbeit, die also gleichfalls von beliebiger Verwendung ausgeschlossen sind. Diese Beträge sind also keine neu producirten, sondern nur neu verwandelte Werthe; sie sind nur ihrer äußeren

Form und Erscheinung nach neu entstanden, in anderer Gestalt war ihr Werth bereits früher im Volksvermögen enthalten. Das jährliche Getreideerträgniß eines Landes war z. B. früher als Aussaat, als Dünger, als Futter der Arbeitsthiere, als Unterhalt der ländlichen Arbeiter, als ein Theil der landwirthschaftlichen Gebäude, Werkzeuge u. s. w. bereits seinem Werthe nach vorhanden, neu ist nur der Theil des Getreideerzeugnisses, der als die Nutzung aus dem gesammten Productionsaufwand durch das productive Zusammenwirken aller dieser Güterquellen zu Stande gebracht wurde. Das Einkommen ist daher zum größeren Theil Ersatz früheren Aufwandes, und nur zum kleineren Theil neues Product. Nur dieses letztere, welches nach Absetzung aller vorhin genannten Beträge vom ganzen Einkommen übrig bleibt, kann auch nach wirthschaftlichen Erwägungen frei nach Belieben verwendet werden, jedoch nach Maßgabe vorhandener Bedürfnisse.

Das Wort Einnahme hat keine besondere wirthschaftliche Bedeutung, es zeigt nur an, daß überhaupt Jemand in den Besitz einer Gütermenge, meist einer Geldsumme gekommen ist, wobei unentschieden bleibt, ob diese auch für ihn Einkommen ist. Was z. B. ein Verwalter für seinen Herrn, ein Beamter für den Staat einkassirt, ist für den Einnehmer kein Einkommen, es kann aber solches werden, wenn es ihm als Lohn u. s. w. bleiben soll. Die Einnahme bezeichnet daher jeden Punkt, dagegen das Einkommen den Schlußpunkt des Güterumlaufes.

§ 82.

Arten des Einkommens.

Da alles Einkommen nur eingetauschter Productionsertrag ist, so kann es auch nur in Producten bestehen, welche durch irgend ein Zusammenwirken von Güterquellen hervorgebracht worden sind, aber natürlich in Producten, also Gütern jeglicher Art. Also entweder in Geld oder in allen anderen Gütern, und man unterscheidet in dieser Beziehung Geld- und Sacheinkommen. Von diesen beiden ist das letztere bei weitem wichtiger, obwohl das erstere in den weitaus meisten Fällen die Vorbedingung desselben bildet. Denn da man Geld nicht um seiner selbst willen einnimmt, sondern nur, um andere Güter damit einzukaufen, so hängt der Werth des Einkommens von der Höhe des Sacheinkommens ab, nur das letztere wird ja wirklich verwendet, das Geld wird immer wieder ausgegeben. Gleichwohl ist die Größe des Geldeinkommens nicht gleichgültig; allein, um es richtig beurtheilen zu können, muß man den Werth des Geldes selbst kennen, oder, was dasselbe ist, die Geldpreise der Waaren. Zwei Personen können ein gleiches Geldeinkommen beziehen, aber ein ganz verschiedenes Sacheinkommen, wenn nämlich an den Orten, wo sie leben, die Waarenpreise verschieden sind. Das Sacheinkommen ist aber das wahre Einkommen, nach dem Jeder seinen Gewinn oder Verlust beim Tausche bemessen muß. Wenn die Waarenpreise steigen und das Geldeinkommen gleich bleibt, so ist das Sacheinkommen in der That gesunken; sinken die Waarenpreise unter gleicher Voraussetzung, so ist das Sacheinkommen gestiegen, weil man im ersten Fall jetzt weniger, im zweiten mehr Güter zur Verwendung erhält. Wenn das Geldeinkommen in demselben Verhältniß steigt oder fällt, als die Waarenpreise steigen oder fallen, so ist das wahre Einkommen gleich geblieben. 1000 Thaler richten in Bayern mehr aus als in Norddeutschland; mit 1000 Thalern bezieht man daher hier ein geringeres Einkommen als dort. Daraus ist ersichtlich, daß bei gleichbleibendem Geldwerth und gleicher Umlaufsgeschwindigkeit jede Vermehrung des umlaufenden Geldes eine Vermehrung des Sacheinkommens für ein Land bedeutet.

Unter Geldeinkommen ist hier nur der reine Metallwerth oder der Cours des Papiergeldes zu verstehen; ein Einkommen von 1000 Gulden östreichischer Währung ist größer als 1000 Gulden süddeutscher Währung, weil in jenen ein höherer Metallwerth steckt; ebenso sind 1000 Gulden in Papier ein geringeres Einkommen als in Metall, wenn das Papier ein Agio zahlt. Werden daher Staatsgläubiger mit entwerthetem Papier bezahlt, so sinkt ihr Einkommen, wenn ihnen nicht der Unterschied des Agios darauf gelegt wird.

Ebenso sind unter Waarenpreisen nur die Preise der Güter gemeint, auf deren Ankauf Jemand sein Einkommen wirklich verwendet. Ein Steigen des Champagners verringert das Einkommen der Reichen, nicht aber das des armen Taglöhners; ein Steigen des Brodes und Fleisches vermindert das Einkommen aller derer, die Brod und Fleisch genießen; aber diejenigen, deren Hauptnahrung in Brod und Fleisch besteht, leiden darunter mehr als Andere, die noch eine Menge andere Dinge genießen, weil bei jenen Brod und Fleisch einen viel größeren Bruchtheil des ganzen Einkommens bildet. Daher gibt eine Schätzung des Einkommens verschiedener Bevölkerungsklassen oder derselben Klasse zu verschiedenen Zeiten kein genaues Ergebniß, auch wenn man, im letzteren Fall, die Veränderung des Getreidepreises dabei in Anschlag bringt, weil das Verhältniß der Verzehrungsgegenstände zu einander nicht mehr dasselbe ist. Fünf Scheffel Getreide können für den, der fast nur auf Getreidenahrung angewiesen ist, ein reichliches Einkommen sein, aber spärlich für den, der neben der bloßen Leibesnahrung nach dem Culturzustande, in dem er sich befindet, die Befriedigung feinerer und zahlreicherer Bedürfnisse nicht umgehen kann. Dies muß berücksichtigt werden, wenn man die Lage der arbeitenden Klassen oder der Beamten sonst und jetzt vergleicht; der sociale oder standesmäßige Aufwand verschlingt immer mehr einen Theil des wahren Einkommens, vermindert also dieses in Wirklichkeit.

Ferner kommt auch die Güte der Waaren in Betracht, die das Sacheinkommen bilden; denn hiervon hängt die wirkliche Befriedigung des Bedürfnisses ab. Wenn in einer Stadt die Bäcker leichtes unschmackhaftes Brod backen, die Bräuer schlechtes Bier brauen, oder die Wirthe es verwässern, so mindern sie das Einkommen des größten Theils der Bewohner und zwar am meisten das der Armen, und bereichern sich dadurch unverdientermaßen auf deren Kosten. Ungerechte Richter, unbrauchbare Beamte zehren daher am Einkommen des Landes. Sparsame, geschickte, anmuthige Hausfrauen vermehren das Einkommen und die Annehmlichkeiten des Mannes dauerhafter und lohnender, als eine reiche Mitgift. Es hängt daher die Größe des Sacheinkommens nicht blos von der Menge, sondern wesentlich auch von dem Gebrauchswerthe der Güter ab, die in ihm enthalten sind. Die Größe des Einkommens zehrt sich übrigens gewissermaßen selbst auf; denn durch die übermäßige Menge der zu Gebote stehenden Güter sinkt die Fähigkeit und damit der Reiz des Genusses, daher wird der

Reiche so leicht blasirt, während für den Armen der Genuß verhältnißmäßig viel mehr werth ist, und ein Steigen seines Einkommens viel genußreicher und verlockender. Eine Schattenseite
oder auch eine Ursache hiervon aber ist, daß der Arme verhältnißmäßig viel weniger spart, als der Reiche.*)

Unter ursprünglichem Einkommen versteht man dasjenige,
das der Besitzer einer Güterquelle durch Austausch ihres Ertrages
erlangt; dem steht das abgeleitete gegenüber, welches ohne eine
entsprechende productive Leistung bezogen wird, also durch Almosen,
Geschenk, Erbschaft, Spiel, Wette u. s. w. Ein abgeleitetes Einkommen ist nur tabelfrei für den, der nicht mehr oder noch nicht
produciren kann. Es ist klar, daß man das letztere nur auf Kosten
des ursprünglichen beziehen kann, daher schmälern z. B. müßige
Mönche und Nonnen, überflüssige Beamte (Sinekuristen), ein
übermäßiger Armeestand unfehlbar das Einkommen aller arbeitsamen und sparsamen Leute. Denn nicht nur produciren sie selbst
nichts, sondern nehmen auch noch das in Anspruch, was Andere
producirt haben; der Rentier (Staatsgläubiger) dagegen verzehrt
eigenes ursprüngliches Einkommen aus seinem Capital. Pensio-
nisten und Relicten von solchen beziehen gleichfalls ursprüngliches
Einkommen, da Pensionen als Nachzahlung für frühere Arbeitsleistungen aufzufassen sind.

Angemessenes Einkommen kann man nennen, was mindestens
die nothwendigen oder standesmäßigen Bedürfnisse befriedigt, und
ein solches muß man aus Menschlichkeit und Billigkeit Jedem
wünschen. Angemessen ist daher das Einkommen des Beamten
nicht, der seinen Stand verläugnen muß, wenn er gleich sein
Auskommen hat; angemessen das Einkommen des erwachsenen Arbeiters nicht, der es zu keiner Ehe bringen kann, weil die Fortpflanzung der arbeitenden Klasse dadurch bedingt und die vernunft-
und sittengemäße Befriedigung eines angeborenen Triebes von

---

*) Aus dieser Betrachtung lassen sich Einwände schöpfen gegen die pro-
gressive Besteuerung des Einkommens der Reichen; umgekehrt aber ließe sich
wohl auch sagen, daß eine solche Besteuerung den Reichen insofern nützen
würde, als sie den Gebrauchswerth des ihnen verbleibenden Einkommensbe-
trages erhöhen müßte.

großer wirthschaftlicher Bedeutung ist; angemessen kein Einkommen, das geistig oder moralisch herabdrückt, oder in seinen Wirkungen der Menschenwürde Eintrag thut. Das Gewerbe niedriger Gaukler, unzüchtiger Schaustellungen, öffentlicher Dirnen liefert ein unwürdiges Einkommen; ebenso unmäßige, aufreibende Arbeiten. Ungesunde Nahrung, feuchte, dumpfe Wohnungen, gesundheitsschädliches Wasser und dergl. sind weitere Arten des unangemessenen Einkommens, denen die Gesellschaft nach Kräften entgegenwirken muß.

Freies Einkommen heißt derjenige Betrag des vollen Einkommens, der das angemessene übersteigt, also entweder capitalisirt oder für überflüssige Dinge ausgegeben werden kann. Ersparniß und Luxus haben also dieselbe Quelle, die entweder zur Versicherung der Zukunft oder zur Verschönerung der Gegenwart dient. Nach dem Besitz freien Einkommens soll Jeder streben, aber es ist nur für Personen von Geist und Charakter wünschenswerth, weil es von Anderen zu Geiz oder feiler Sinnenlust mißbraucht wird.

§ 83.

Vom rohen und reinen Einkommen.

Der Ausdruck rohes oder Bruttoeinkommen bedeutet nach der gewöhnlichen Erklärung das ganze jährliche Erzeugniß der Production, wie es durch den Umlauf zur Vertheilung gelangt ist, das reine oder Nettoeinkommen nur den nach Abzug aller Productionskosten übrig bleibenden Betrag desselben. Was aber unter Productionskosten zu verstehen sei, ist streitig und schwierig zu bestimmen. Ein Unternehmer rechnet von seinem Standpunkte aus unter die Kosten Alles, was an Werth in seinen Producten enthalten ist, wofür er also Ersatz erhalten muß, um nicht zu verlieren; also nicht nur Aufwand an umlaufendem und stehendem Capital und Versicherungsprämie, sondern auch Arbeitslohn und Capitalzins. Nach seiner Berechnung wäre also reines Einkommen nur der Gewinn in Folge günstiger Preisverhältnisse; reines Nationaleinkommen könnte es hiernach gar nicht geben, weil dieser Gewinn der Einen nothwendig von einem entsprechenden Verlust Anderer begleitet wäre. Dies ist eine hinreichende Widerlegung dieser

Auffaſſung, zugleich aber auch der Anſicht Abam Smiths, daß die Bereicherung der Inbividuen ſchon von ſelbſt bie der Nation im Ganzen mit ſich bringe. Verſteht man bagegen unter Productionskoſten nur ben Werth ber am Anfang ber Productionszeit bereits im Volksvermögen befinblichen Güterquellen, ſo enthielte reines Einkommen bie am Schluß ber Production neu hinzugekommenen Werthe, alſo, was bas Capital betrifft, nur ben reinen Zins, unb vom Arbeitslohn nur, was übrig bleibt nach Abzug beſſen, was nöthig iſt zur Wieberherſtellung ber erſchöpften Arbeitskraft bes Arbeiters ſelbſt, bann nach Abzug ber Verſicherungsprämien unb bes Unterhaltsbebarfes für bie Arbeiterfamilie. Denn auch bieſe beiben letzten Abzüge müßten gemacht werben, um bie Arbeitskraft vor Unfällen zu ſchützen unb ihre Fortpflanzung zu ſichern. Das hienach verbleibenbe reine Einkommen wäre eine wirkliche Vermehrung bes Volksvermögens unb böte bie Mittel zum Steigen ber Volkszahl ober ber Genüſſe ober von beiben. Allein bas reine Einkommen in bieſer Bebeutung, obwohl wichtig für bas wiſſenſchaftliche Verſtänbniß unb bie ausſchließliche Bebingung für bas wirkliche Wachsthum bes Volksreichthums, iſt boch eine unfaßbare Größe, ba ſeine Beſtanbtheile nur in Gebanken ausſcheibbar ſinb. Auch kümmert ſich ber Einzelne nicht um bieſes reine Einkommen, ba es ihm nicht barauf ankommt, bas Volksvermögen zu vermehren, ſonbern ſich unb ben Seinen Mittel zu reichlicher Verzehrung zu ſchaffen; unb hiernach wird von Jebem ber Erfolg ſeiner probuctiven Thätigkeit bemeſſen. Es iſt baher zweckmäßiger unb practiſch richtiger, als reines Einkommen benjenigen Betrag bes ganzen zu bezeichnen, ber von ſeinem Beſitzer ohne Gefährbung ſeiner Nachhaltigkeit verzehrt werben kann ſowohl für ben Unterhalt als für ben bloßen Genuß; unb hiernach iſt zu unterſcheiben ber reine Arbeitslohn, ber reine Capitalzins unb ber Gewinn. Gleichgültig iſt hiebei, ob bie Verzehrung nach eigenem Antriebe erfolgt ober in Folge geſetzlichen Zwangs, alſo z. B. burch Beſteuerung, ober auch in Folge wirthſchaftlicher ober ſocialer Nöthigung, z. B. burch Rückſicht auf bie Erhaltung ber Leiſtungsfähigkeit bes Arbeiters ober auf ſtanbesmäßigen Aufwanb. Denn in allen bieſen Fällen wird boch gleichmäßig Bebürfnißbefriebigung erreicht, alſo ber Productionszweck erfüllt.

Hiemit erledigt sich, wie es scheint, in ungezwungener Weise die oft behandelte Frage, ob das rohe oder das reine Einkommen wichtiger sei. Diese Frage ist, so gefaßt, unrichtig gestellt; man muß sich vorher darüber einigen, ob reines Einkommen im theoretischen oder im practischen Sinne gemeint sei, ob man die Zukunft oder die Gegenwart im Auge habe. Denn da das reine Einkommen im ersten, theoretisch richtigeren Sinn nur auf die Vermehrung des Volksvermögens von Einfluß ist, im zweiten Sinne dagegen den Grad der gegenwärtigen Bedürfnißbefriedigung anzeigt, so ist die Größe des letzteren ohne Zweifel wünschenswerther, weil es zugleich das angemessene Einkommen des ganzen Arbeiterstandes enthält, welches nach theoretischen Grundsätzen zum Aufwand, daher zum rohen Einkommen gerechnet werden müßte. Allein da auch Capitalzins und Gewinn zu keinen anderen Zwecken als zum Unterhalt und Genuß verwendet werden können, so steht dieses unzweifelhaft reine Einkommen mit dem anderen auf gleicher Stufe.

Manche (Say) halten das ganze rohe und reine Einkommen für gleichbedeutend, weil der ganze rohe Werth aller Producte an den einen oder anderen Producenten durch den Umlauf vertheilt und schließlich verzehrt werde. Was also z. B. ein Unternehmer für Arbeitslohn ausgebe und daher als Kostenaufwand zum Bruttoeinkommen rechne, sei für den Arbeiter reines Einkommen, das von ihm verzehrt werde; und da dieses von allen Dienstleistungen gelte, die bei der Verfertigung eines Products mitgewirkt haben, so sei der Totalwerth aller Producte derselbe, wie die Summe der Nettoproducte aller Producenten. Gegen diese sehr verlockende Ansicht muß man sich aber doch bei näherer Ueberlegung erklären, da sie das Wesen des Umlaufes als eines Austausches zweier Werthe übersieht; allerdings verzehrt der Arbeiter seinen Lohn als reines Einkommen, allein um dieses zu erhalten, mußte er seinen Arbeitsertrag an den Unternehmer dahingeben und diesen kann der Unternehmer, in welcher Form er ihn auch erhält, nicht verzehren, wenn er nicht den ungeschmälerten Fortbezug seines Einkommens gefährden will; denn der Arbeitslohnvorschuß ist für ihn nicht Capitalrente, auch nicht Arbeitslohn, sondern Auslage bereits vorhandener Productivkräfte selbst, und diese muß unbestritten vom ganzen Einkommen abgezogen werden, um das reine zu finden. Allerdings kann dieser Ersatz wieder für Andere reines Einkommen werden, aber dann müssen diese wiederum den Werth davon an den Unternehmer vergüten und dieser darf ihn wieder nicht verzehren. Man sieht also hieraus, wie durch den Umlauf ein ununterbrochener Umsatz von Capitalien und Arbeitsleistungen bewirkt wird, bei dem für alle, die ihr Capital oder ihre Arbeitskraft dazu hergegeben haben, immer neues, reines Einkommen abfällt.

Diese Betrachtung beweist zugleich, daß nur das reine Einkommen sich aus Capitalnutzungen und Arbeitsleistungen zusammensetzt, während das rohe daneben noch Capitalersatz und Versicherungsprämien enthält.

§ 84.

Vom Gewinn.

Denkt man sich die Production im Augenblick des Abschlusses stillstehend, so hat jeder Producent im Productionsertrag den Werth von Capitalien und Capitalzinsen, sowie von Arbeitsleistungen in Händen. Beginnt nun der Austausch, so kann dieser nach zwei Seiten hin betrachtet werden. Jede Tauschpartei erhält Güter, die sie vorher nicht hatte, und da jede nur nach Maßgabe ihrer Bedürfnisse eintauscht, so erhält jede neue Gebrauchswerthe, durch deren Verwendung erst der Zweck der Wirthschaft erreicht wird. Hierin besteht die eine Art des Gewinnes beim Tausche, und da Jeder nach möglichst hohen Gebrauchswerthen strebt, in keinem Fall aber geringere Gebrauchswerthe annehmen wird, als er selbst dahingab, so wirkt der Umlauf dahin, jedes Gut an diejenige Person zu bringen, die ihm den höchsten Gebrauchswerth beilegt. Hiebei ist es denkbar, daß Jeder nur soviel an Tauschwerth erhält, als er dahin gegeben hat, und der Gewinn aus dem Gebrauchswerth wäre daher der einzige, den man in solcher Lage machen könnte. Dieser Gewinn wäre aber schon ein sehr beträchtlicher; wer z. B. jährlich eine Million Nadeln producirt, könnte vielleicht davon nur 50 selbst gebrauchen; alle übrigen wären ihm werthlos. Nun erhält er aber dafür durch den Umlauf Brod, Fleisch, Wein, Kleidung, Wohnung u. s. w., kurz eine Menge von Dingen, die zu den Nothwendigkeiten und Bequemlichkeiten seines Lebens beitragen. Und in diesem Fall befindet sich unter der Herrschaft der Arbeitstheilung Jeder; einen solchen Gewinn machen also Alle.

Es ist zweitens auch möglich, daß der Umlauf die Tauschwerthe anders vertheilt, als nach dem Grundsatz der Gleichheit. Hier muß daher der Eine verlieren, was der Andere gewinnt, denn ein Reservefond, aus dem Manche einen Gewinn ohne Benachtheiligung Anderer beziehen könnten, ist in der Volkswirthschaft nicht vorhanden, weil alle Werthe ohne Ausnahme bereits vertheilt sind. Ein solcher Gewinn wird nun überall da gemacht, wo die Verhältnisse des Marktes sich zu Gunsten einer Partei gestellt haben, zwangsweise oder ohne Zwang. Also wird der Käufer gewinnen, wenn der Verkäufer zu Schleuderpreisen oder aus Noth verkauft; wenn er ein Propol besitzt, wenn die Nachfrage geringer ist als das Angebot. Der Verkäufer wird gewinnen durch ein Monopol, durch starke Nachfrage u. s. w.

Außer diesen Ursachen, die mehr oder minder dem eigenen Einflusse der Producenten entzogen sind, ist aber eine andere besonders wirksam und zugänglich, nämlich, die in der Verminderung der Productionskosten liegt. Denn insofern gleiche Waaren in der Regel auf demselben Markte auch gleiche Preise haben, erhalten alle Verkäufer eines Marktes für ihre Waaren verhältnißmäßig gleiche Vergütung; wer aber wohlfeiler producirt hat, als der Kostenpreis der übrigen beträgt, erhält dadurch mehr als er aufwandte. Dieser Ueberschuß ist sein Gewinn; wer dagegen gerade um den Marktpreis producirt hat, erhält diesen Gewinn nicht, aber er hat doch auch keinen Verlust, weil er doch wenigstens volle Vergütung seines Aufwandes erhält. Da nun auf diesen Gewinn alle Producenten erpicht sind, so strebt jeder, so wohlfeil als möglich zu produciren, und dieses kommt natürlich den Käufern zu gute. Diese sind aber selbst wieder Producenten und verfolgen daher ein gleiches Streben. Daher haben zwar die Productionspreise einerseits eine beständige Tendenz zur Abnahme, allein die Gewinne auf der anderen Seite eine beständige Tendenz zum

Wachſen, und da zu keiner Zeit alle Producenten mit gleichen
Koſten produciren, ſo kann auch der Gewinn in dieſer zweiten
Bedeutung nicht aus dem Syſtem des Umlaufes vertilgt werden.
Er muß aber, und dies rechtfertigt ſeine Exiſtenz, als eine Prämie
aufgefaßt werden, welche die Käufer zahlen, um künftig wohlfeiler
einzukaufen und ſo ihr Sacheinkommen zu vergrößern.*)

---

*) Die ſeit Ab. S m i t h herrſchende Gewohnheit, den Koſtenpreis als den
natürlichen Preis anzuſehen, verleitet die Meiſten, in der Vergütung der
Koſten an die Producenten das ökonomiſche Gleichgewicht zu erblicken, welches
durch Ausdehnung oder Einſchränkung der Production, je nach den Umſtän-
den, herbeigeführt werde. Abgeſehen davon, daß dieſes immer nur ein Er-
ſtreben, kein wirkliches Eintreten des Gleichgewichts wäre, läge in dieſem
mechaniſchen Anſchwellen und Zuſammenziehen kaum Etwas, das der vielen
Worte werth wäre, die darüber gemacht werden. Der Gewinn, die Seele
und Triebkraft jeder Production, müßte aus dieſem Syſtem ſtationären
Gleichgewichts, wenn ſeine Anhänger conſequent wären, gänzlich verbannt
werden; er erſcheint nach ihnen immer als Etwas, das eigentlich nicht ſein
ſollte, als eine Störung der natürlichen Harmonie, während doch jeder Producent gerade im Gewinn den Zielpunkt ſeines ganzen Strebens findet. Unſere
Erklärung des natürlichen Preiſes (§ 44) befreit uns von dieſer Inconſequenz;
hienach iſt der Gewinn nicht ein entbehrlicher Ueberſchuß, ſondern der nothwendige Begleiter, das Kennzeichen des natürlichen Preiſes und die natürliche
Harmonie des wirthſchaftlichen Lebens erblicken wir in der vollkommen und
allſeitig durchgeführten Herrſchaft dieſes natürlichen Preiſes. Dieſe Geſtal-
tung und Bewegung des Preiſes allein bedingt den Fortſchritt in der Production, ſei es quantitativ ſei es qualitativ, und damit die wirthſchaftliche Blüthe
eines Landes; nur muß man ſich hüten, die Preiſe iſolirt, getrennt von ihren
Wirkungen, als einzelne Thatſachen aufzufaſſen und überall, wo ein Ueberſchuß über die Koſten gezahlt wird, von Unnatur und Verluſt zu ſprechen.
Das in jeder Geſellſchaft herrſchende Princip der Trägheit muß häufig durch
künſtliche und auf den erſten Blick ein Opfer enthaltende Reizmittel überwunden werden. Wenn Fortſetzung und Erweiterung der wirthſchaftlichen Thätigkeit das nächſte und natürliche Ziel der auf Vermögen gerichteten Beſtrebungen
eines Volkes ſind, dann erſcheint auch von dieſem Geſichtspunkt aus derjenige
Preis als natürlich, der zu dieſer Fortſetzung und Erweiterung ermuntert
und befähigt; laufen bei dieſem Entwicklungsgange Verluſte Einzelner, Producenten oder Conſumenten, mit unter, ſo wird der Oekonomiſt, den Blick
auf das Ganze gerichtet, darin nichts Unnatürliches erblicken, ſondern ſich erinnern, daß die Volkswirthſchaft niemals, wenn ſie aufrichtig ſein will, Geſetze
allgemeiner Glückſeligkeit, ſondern nur die Geſetze lehren kann, nach welchen
ſich Reichthum und Armuth, je nach den Handlungen und Verhältniſſen
der Glieder der Geſellſchaft, über die Einzelnen vertheilen. Selbſt ungerechte
Gewinnſpeculationen können von wohlthätigen Folgen begleitet ſein. Als die

25 *

Die Ursachen der wohlfeileren Production sind höchst manichfach, sie beruhen aber alle auf einer wirksameren Verwendung von
productiven Kräften; z. B. auf natürlicher Fruchtbarkeit, günstiger
Lage, besseren Rohstoffen, angebornem Talent, Geburtsvorzügen,
zweckmäßigerer Ausbeutung der Arbeitstheilung, des Großbetriebs,
des Credits, geheimen Productionsvortheilen, Erfindungen und
Verbesserungen, die noch nicht allgemein zugänglich geworden sind,
u. s. w. Mit all' diesen und ähnlichen Waffen kämpft die Pro-
ductionswelt unter sich zum Vortheil der Consumenten, weßhalb
das Sacheinkommen eine natürliche Tendenz zum Steigen hat,
wo nicht andere Hemmnisse dagegen streiten. Dies wird bei
der Betrachtung der einzelnen Einkommenszweige noch deutlicher
werden.

Dieses Streben nach beständiger Verminderung der Productionskosten findet aber seine natürliche Grenze an der Ausdehnungsfähigkeit der Productivität der Güterquellen, die, einem
Gummibande vergleichbar, bei längerer Anspannung immer zäher
wird; man muß daher die allmähliche Erschöpfung einer Art von
Productionsmitteln immer wieder durch andere ersetzen. Auch
künstliche Anordnungen, Privilegien, Zollgesetze u. dgl. können der
natürlichen Ausgleichung der Gewinne und der Vergrößerung des
Sacheinkommens der Consumenten entgegenstehen. Hier kann man
sich schließlich nur durch Aufsuchen eines anderen Marktes, also
durch Veränderung der Verzehrung helfen.

Besitzer der Kohlenwerke zu Couchant de Mons in Belgien 1854 sich verabredeten, gemeinschaftlich ihre Production einzuschränken, um durch Verminderung des Angebots den Kohlenpreis in die Höhe zu treiben, gelang es ihnen,
den Preis für 1000 Kilogr. von 7 oder 8 Fr. auf 13½ Fr. zu bringen und
sie realisirten ansehnlichen Gewinn. Allein dieser hohe Preis ermuthigte zur
Ausbeutung anderer Kohlenbecken in Belgien und Frankreich, so von Charle-
roi und Pas-de-Calais; und so wurde eine Vermehrung der Production und
eine Konkurrenz geschaffen, die von dem günstigsten Erfolge für die Kohlen-
consumenten begleitet war. (Molinari, Questions I. p. 81.) Eine durch
schrankenlose Konkurrenz noch verstärkte Gefahr ist dabei aber die, daß die
Producenten mehr nach absoluter, als nach relativer Preisermäßigung streben,
was den Consumenten keinen wahren Vortheil bringt, noch weniger den Arbeitern.

§ 85.

Von den Zweigen des Einkommens.

Da jedes, auch das reine Einkommen, nur in Producten besteht und durch den gegenseitigen Austausch des Ertrags der Güterquellen gewonnen wird, so kann es zunächst nur zwei große Zweige
des Einkommens geben, Einkommen aus Arbeit und aus Capital.
Denkt man sich das ganze Productenerträgniß zusammengeworfen,
so erhalten die Arbeiter daraus ihren Antheil als Arbeitslohn und
die Capitalisten als Zins oder Rente; eine andere Vertheilung ist
nicht möglich, weil sonst Niemand einen Werth zum ganzen Ertrag
geliefert hat. Allerdings beziehen aus Lohn oder Rente Manche
ein abgeleitetes Einkommen oder Gewinn; allein hievon ist es nicht
nöthig weiter zu sprechen. Die freien Naturkräfte können kein
selbständiges Einkommen liefern, weil sie selbst Nichts kosten, also
keiner Werthschätzung unterliegen und eine Ausscheidung von
Kostenaufwand und Ertrag nicht zulassen; sie erhöhen nur den Ertrag der beiden anderen Güterquellen, vergrößern also das Sacheinkommen der Arbeiter und Capitalisten. Dagegen ist das Einkommen aus der Bodenproduction zu Folge des Mitwirkens der
ursprünglichen Naturkräfte von Manchen zu einem besonderen Ein-
kommenszweig als Grundrente erhoben, zwar unrichtig, aber doch
so, daß eine Erörterung dieses Gegenstandes nicht zu umgehen ist.
Endlich ist die Stellung des Unternehmers, der die Wirksamkeit
der Güterquellen zu selbständigem Betrieb und damit zu einer geschlossenen Gesammtkraft zusammenfaßt, in dieser Beziehung eine
eigenthümliche, so daß dessen Einkommen, Unternehmergewinn,
gleichfalls besonders behandelt werden muß. Die Betrachtung
der einzelnen Einkommenszweige zerfällt daher in die Lehre

1) vom Arbeitslohn;
2) von der Capitalrente, und im Anhang hiezu von der
   Grundrente;
3) vom Unternehmergewinn.

Da sich das Einkommen nur durch den Umlauf bildet, so muß
diese ganze Lehre nach den Gesetzen des Preises erörtert werden,

die daher nur als eine besondere Anwendung der Preistheorie erscheint.

II. Vom Arbeitslohn.

§ 86.

Wesen des Arbeitslohns.

Was der Arbeiter durch productive Anwendung seiner persön= lichen Kräfte des Körpers, Geistes und Willens leistet, ist Product oder Ertrag der Arbeit. Dieser Erfolg der Arbeit besteht also in der Hervorbringung eines Guts oder einer neuen Brauchbarkeit, deren Dasein man lediglich dem Arbeiter verdankt, und muß, wenigstens in Gedanken, wohl ausgeschieden werden von den Thei= len des ganzen Productionsertrags, welche durch die Mitwirkung von Capital und freien Naturkräften hervorgebracht werden. Wenn es sich also um den Werth eines bestimmten Products, z. B. eines Scheffels Getreide, handelt, so kommt, da die Naturkräfte keinen Tauschwerth haben, nur ein Theil davon auf Rechnung der Arbeit, der andere auf Rechnung des dabei mitverwendeten Capi= tals (und der Unternehmung), und genau in demselben Verhältniß, als Arbeit bei der Erzeugung dieses Scheffels Getreide aufgewen= det wurde, wird sein Werth mit Rücksicht auf Arbeit bestimmt oder als Ertrag der darauf verwendeten Arbeit angesehen. *)

---

*) Von Volksagitatoren wird häufig der auf Erregung von Neid und Er= bitterung berechnete Satz ausgesprochen, daß aller Reichthum und Luxus der höheren Classen nur von den Händen der Arbeiter hervorgebracht werde. Dies ist handgreiflich falsch. In jedem Product einer civilisirten Nation steckt außer Arbeit noch soviel an Capital, Kunst, gesellschaftlichen Kräften, Unternehmungs= aufwand und Risiko, was Alles von den Arbeitern nicht herrührt, daß das Verdienst derselben daran häufig auf einen verschwindend kleinen Betrag sinkt und höchstens als das eines socius principalis geschätzt werden kann. — Eine ganz andere Frage ist es, wenn durch ungünstige Wirthschaftsentwicklung der Arbeitswerth über Gebühr herabgedrückt oder der Antheil der Arbeiter am Gesammtproduct zu Gunsten anderer Classen geschmälert wird, worauf wir noch kommen werden.

Diesem Arbeitsertrag entspricht nun das Arbeitseinkommen oder der Arbeitslohn, den der Arbeiter gegen Hingabe des Ertrages erhält. Man muß auch hier Roh- und Reinertrag, Roh- und Reineinkommen unterscheiden. Da wir unter reinem Einkommen Alles verstehen, was von seinem Besitzer verzehrt werden kann, ohne den Fortbezug des Ertrages und damit des Einkommens zu gefährden, so muß, um den reinen Arbeitslohn zu finden, Folgendes von dem, was der Arbeiter als rohes Einkommen erhält, abgezogen werden: 1. der aus dem Aufwand von Capital bei Gelegenheit der Arbeit herrührende Ertrag, z. B. aus der Anwendung von Instrumenten, Geräthen, aus Reisekosten; 2. die Versicherungsprämie für Krankheiten, Unglücksfälle, kurz für alle Fälle unfreiwilliger Arbeitsunfähigkeit während der dem Arbeiter zukommenden mittleren Lebensdauer. Die Mittel hiezu muß das Roheinkommen liefern, insoweit die Gefahr aus der Arbeit selbst herrührt, weil es keinem Arbeiter zugemuthet werden kann, seine durchschnittliche Lebenszeit durch Arbeitsverrichtungen zu gefährden. Wenn ein Arbeiter sich einen solchen Reservefond nicht bildet, was durch Einlage in Spar-, Lebensversicherungskassen ꝛc. sehr leicht geschehen kann, so verzehrt er einen Theil seines rohen Einkommens und mindert damit allmählich seine Arbeitskraft und also auch die Productivkraft der Nation, er gleicht einem Capitalisten, der allmählich sein Capital aufzehrt. Hieraus geht die Fehlerhaftigkeit eines Wirthschaftssystems hervor, welches dem Arbeiterstande diese Versicherungsprämie nicht bietet. Dies ist ein z. B. durch Arbeitsstockungen aufgedeckter wunder Fleck des Maschinensystems. 3. Der Unterhalt für Weib und Kinder, wohin zugleich alles das gerechnet werden muß, was der Arbeiter aufzubringen hat, um die Gründung einer Familie vorzubereiten, also mindestens die Kosten der Verehelichung, der Hauseinrichtung, soweit sie vom Mann zu liefern ist, u. s. w. Dieser Abzug, der natürlich um so geringer ist, je mehr Weib und Kind selbständig zum Unterhalt beitragen, gehört offenbar deßwegen nicht zum reinen Einkommen des Arbeiters, weil nicht dieser, sondern seine Familie ihn verzehrt. Das innere Verhältniß ist aber dieses, daß dieser Theil des Aufwandes nothwendig ist, um die Arbeitskraft der Nation auf gleichem Stande zu erhalten; er muß also unzweifelhaft von der persönlichen Bedürfnißbefriedigung des Arbeiters ausgeschieden werden.*) Wollte man auch den ganzen Verzehrungsaufwand einer Familie als eine ungetheilte Ausgabe des Hausvaters betrachten, wodurch aber die Familienglieder in die unwürdige Stellung bloßer Aufwandsgegenstände des Familienhauptes gebracht würden, so ist es doch deßwegen gut, ihn zum Roheinkommen zu rechnen, um den Arbeiter von vorneherein an seine Pflicht zur Gründung eines Hausstandes zu erinnern und ihn im Hinblick darauf frühzeitig an ein mäßiges und sparsames Leben zu gewöhnen, und dann um der ganzen Familie klar zu machen, daß die Nachkommen nothwendig wieder zu Arbeitern herangebildet werden müssen, also der Luxus in der Familie erst nach Einhaltung dieser Grenze beginnen darf.

Was nach allen diesen Abzügen übrig bleibt, ist reiner (zugleich auch steuerfähiger) Lohn für die Person des Arbeiters, muß also die Mittel zu seinem angemessenen und standesmäßigen Unterhalt bieten. Als angemessener Lohn kann aber nur der gelten, welcher dem Arbeiter diejenigen Mittel zu seinem Unterhalt liefert, die er zur ungeschmälerten Forterhaltung seiner gesammten Arbeitskraft nöthig hat. Es genügt hiezu nicht die bloße unentbehrlichste Leibesnahrung und Nothdurft, sondern der Unterhalt des Arbeiters (und seiner Familie) muß so beschaffen sein, wie er nach dem jeweiligen Culturzustande einer Nation als wesentliche Bedingung eines menschenwürdigen Daseins aufgefaßt wird. Sinkt der Lohn unter diese Grenze, muß z. B. der Arbeiter in feuchten, dumpfen Kellern wohnen, seine Blöße mit Lumpen bedecken, die Rücksichten der natürlichen Schamhaftigkeit durch das Zusammenleben in der Familie verletzen, so befindet sich der Arbeiterstand in

---

*) Vom Standpunkt der ganzen Volkswirthschaft aus betrachtet, hat die arbeitsfähige Bevölkerung, hier die Weiber mit eingerechnet, die Arbeitsunfähigen, also vor allem die Jugend und das Greisenalter zu ernähren. Diese Last ist natürlich um so geringer, je stärker das Verhältniß der Arbeitsfähigen zu den übrigen Altersclassen. Nach dem Census von 1851 rechnete man in Großbritannien auf 1000 Personen 451 P. unter 20 und 72 P. über 60 Jahren, also 523 P. zwischen 20 und 60; dagegen gab es 1857 in der Colonie Victoria auf 1000 Personen nur 396 unter 20 und über 60 Jahren, folglich 604 zwischen 20 und 60 Jahren. Die Unterhaltslast war daher in England für die arbeitsfähige Bevölkerung um circa 8 % größer als in Victoria.

einer krankhaften Lage, welche auf eine ungesunde Richtung der Nationalwirthschaft schließen läßt. Aus welchen Gründen dergleichen eintreten kann, werden wir später darlegen.

Für die höheren Arbeiterclassen genügt nicht dieser bloße Unterhalt, sondern ihre Stellung in der Gesellschaft erfordert die Befriedigung feinerer Bedürfnisse, um ihnen das Maß geistiger Frische und reiner unabhängiger Gesinnung zu sichern, das sie zur ersprießlichen Erfüllung ihrer Pflichten bedürfen. Es sind das diejenigen Arbeiter, denen vorzugsweise die Leistungen auf dem geistigen und sittlichen Gebiet übertragen sind, womit sich Nahrungssorgen, aber auch die bloße Befriedigung der thierischen Lebsucht durchaus nicht vertragen würden. Ihrem höheren Berufe, von dessen rechter Ausübung die Erhaltung der höchsten Güter der Menschheit, Religion, Recht, Wissenschaft, Kunst, abhängt, muß auch eine höhere, freiere Lebensstellung und eine reichere Auswahl der Genüsse entsprechen. Die Nation ehrt in den Vertretern dieser höheren Berufsarten sich selbst, aber sie macht ihnen damit kein Geschenk, das dem Gesetz der Werthvergütung widersprechen würde. Denn ein solcher Ehrenlohn (Honorar) oder das standesmäßige Auskommen ist die unerläßliche Bedingung für die Würde und den Erfolg der geistigen und sittlichen Verrichtungen. Das Honorar (Gehalt, Gage) ist am besten ganz oder zum großen Theil fix zu normiren, weil sich mit der nothwendigen Würde und Unabhängigkeit der höheren Berufsclassen das Getümmel des Marktes und wiederkehrende Preisschwankungen nicht vertragen.

Endlich verdient noch der sog. freie Lohn eine Erwähnung, der jedem Arbeiter zu Theil werden muß als Vergütung für seine Unterwerfung unter das Joch der Arbeit. Jede Arbeit ist nämlich, auch für den Arbeitsliebenden, eine Last, eine Erniedrigung, der man sich nur unterzieht, um durch sie zu größerer Freiheit zu gelangen. Wie aber schon die Weisen des Alterthums (Cicero, Socrates) hervorhoben, ist derjenige nicht frei, der nicht zuweilen die Bande des leidigen Ringens um Unterhalt abschütteln kann (qui non aliquando nihil agit). Dasselbe spricht die heilige Schrift aus: Du sollst dem Ochsen, der da drischet, das Maul nicht verbinden. Der freie Lohn besteht daher in einem gewissen reichlicheren Maß des Genusses, als zur genauen Erfüllung des angemessenen oder standesmäßigen Bedarfes nöthig wäre. Durch ihn erhält der Arbeiter erst rechte Freude am Dasein, frische Lust zum Schaffen und eine Sicherung vor der Gefahr, sich durch jedes Mißgeschick sofort erschöpft und niedergedrückt zu sehen. Er ist daher auch kein Geschenk, sondern ein wohlthätiger, von jedem Unternehmer wohl zu beachtender Sporn zu regsamem Arbeits- eifer, ja man kann es geradezu sagen, der belebende Nerv der ganzen Nationalarbeit. Ohne ihn sind die Arbeiter nur Produc- tionswerkzeuge, eine untergeordnete Menschenclasse, die man füttert, damit sie sich an den Karren der Arbeit spannen lassen. In dieser unwürdigen Stellung befinden sich die Sclaven, aber sogar diese werden von ihren Herren, sei es aus Menschlichkeit oder aus Be- rechnung, nicht selten zum freien Genusse zugelassen. Ohne freien Lohn ist der Arbeiter schlechter gestellt als das Capital, welches neben seinem vollen Ersatz noch einen Zins abwirft. Die bloße Vergütung für gelieferte (umlaufende) Arbeitskraft kann dem Ar- beiter so wenig genügen, wie dem Capitalisten der bloße Rückersatz des zur Production verwendeten Capitals. In der Arbeit liegt so gut wie im Capital eine selbständige Productivkraft und der Ar- beiter bringt mit seinem Verzicht auf das Vergnügen der Trägheit so gut ein Opfer, wie der Capitalist mit seiner Entsagung auf den sofortigen Genuß seines Vermögens.

§ 87.
Bestimmgründe des Arbeitslohns.

Da der Arbeitslohn der Preis für die productive Leistung des Arbeiters ist, aber nicht reiner Waarenpreis, sondern wesentlich Nutzungspreis, so muß er auch durch die Gesetze des Preises be- stimmt werden. Er hängt also im Allgemeinen ab von der Nach- frage nach Arbeit im Verhältniß zu ihrem Angebot. Die Nach- frage geht zwar in der Regel vom Unternehmer aus, der den Ar- beiter in seinem Dienste anstellt und auch häufig aus seinem (umlaufenden) Capital bezahlt, und deßhalb glauben Viele, der Arbeitslohn richte sich nach der Größe des vorhandenen Capitals.*)

---

*) Auch wenn man diese Ansicht darauf reducirt, daß die Höhe des Lohns durch das Verhältniß des umlaufenden Capitals zum Arbeitsangebot bestimmt

Allein nicht alles Capital wird zur Bezahlung von Arbeitern verwendet, denn es gibt ja noch viele andere Arten von Capital,
durch die man gerade Arbeit ersparen will, also hauptsächlich Werkzeuge, Maschinen, Arbeitsthiere; ferner werden nicht alle Arbeitsleistungen durch Unternehmer vermittelt, vielmehr viele unmittelbar den Consumenten geliefert, wo sich nämlich das Arbeitsproduct
nicht an einem äußeren Stoffe verkörpern und aufbewahren läßt
(Bediente, Künstler u. s. w.), hier wird also sofort das Einkommen
der Consumenten gegen Arbeitsleistungen ausgetauscht. Wo aber
auch der Unternehmer wirklich die Nachfrage anstellt, kann er doch
nicht mehr Arbeitsproducte auf die Dauer begehren, als er wieder
an die Consumenten abzusetzen sicher ist; wenn endlich auch manche
Arbeitsproducte nicht sofort von Consumenten, sondern zunächst von
Unternehmern gekauft werden, die sie erst wieder weiter verarbeiten
lassen, so müssen sich doch auch diese und alle folgenden Unternehmer an die schließliche Nachfrage der Consumenten halten, damit
sie ihre Artikel nicht unverkauft auf dem Lager behalten. Die
wahre Nachfrage nach Arbeit geht daher einzig und allein von den
Consumenten aus, die, soferne sie nicht ihren Vermögensstamm angreifen, aus ihrem Einkommen den Arbeitslohn entrichten oder ihr
Einkommen gegen das Arbeitsproduct austauschen. Daß die Con-

---

werbe, so wäre dieselbe nur unter der Voraussetzung richtig, daß alle Nutzungen aus Arbeit und Capital, die als Einkommen an die Arbeiter fließen, vorher eine Umwandlung in die Capitalform erfahren. Das ist nun aber offenbar
nicht der Fall, weder für den Sachlohn, noch für den Geldlohn. Denkt man
nur an diejenigen Arbeiter, welche ihren Lohn ausschließlich in regelmäßigen
Geldzahlungen vorausbeziehen, so hätte man nur eine Formel für den Geldlohn, der aber durchaus nicht das Entscheidende ist. Abgesehen hievon, ist der
Werth dieser Formel überhaupt nicht recht einzusehen, einerseits müssen dabei
soviele Abzüge und Vorbehalte gemacht werden, daß die Antwort dunkler aus-
fällt als die Frage, andrerseits verleitet sie zu dem längst überwundenen Irr-
thume, als lebten die Arbeiter vom Capital der Unternehmer. Will man mit
dieser Formel andeuten, daß eine Vermehrung oder Verminderung des umlaufenden Capitals ein proportionales Steigen oder Fallen des Lohnes verur-
sache, so ist auch dieses nicht als Regel anzunehmen; denn wenn dabei zugleich
die Rente sinkt oder steigt, so werden im ersten Falle die Arbeiter, wenigstens
insoweit sie stehende Arbeitskraft auf den Markt bringen, gleichfalls von einem
Sinken, und nur im zweiten Falle von einem Steigen ihres Lohnes betroffen
werden. (§ 88.) Und auch die letzte Wirkung wird nur vorübergehend eintreten,
wenn sich die Arbeiterbevölkerung vermehrt.

sumenten in Wirklichkeit den Kaufpreis für die Arbeitsproducte an den Unternehmer (Verkäufer) und diese erst an die Arbeiter den Lohn zahlen, ändert Nichts an dem Wesen der Sache; denn nur soviel, als jene von den Consumenten erhalten, können sie wieder an die Arbeiter hinausgeben, ihr eigenes Capital wäre gar bald aufgezehrt, wenn es nicht immer wieder durch die Zahlungen der Consumenten erneuert und vermehrt würde. Ueberdieß kann das z. B. in den Banken bereit liegende Unternehmungscapital sehr beträchtlich sein und doch keine Nachfrage nach Arbeit hervorrufen, wenn sich nämlich keine Consumenten finden, welche entsprechende Kaufmittel besitzen. Diese Kaufmittel, d. h. das Einkommen der letzteren, können aber nur in Arbeitsleistungen und Capitalnutzungen bestehen, deren Gebrauchswerth durch die Ergiebigkeit der bei ihrer Entstehung wirksam gewesenen Naturkräfte und durch den Stand der productiven Kunst in jedem Lande bedingt ist. Ihr Einkommen und damit die Nachfrage nach Arbeit muß also um so größer sein, je mehr und je erfolgreicher Arbeit und Capital zur Production verwendet werden. Kaufen freilich die Consumenten lieber Capitalnutzungen, d. h. solche Gegenstände, die vorzugsweise durch Capital entstehen, z. B. Maschinenproducte, so würde dieses bei gleichbleibendem Gesammteinkommen die Nachfrage nach Arbeit schmälern, aber doch nie ganz aufheben, weil das Capital nie allein, sondern immer nur mit Beihülfe von wenigstens einiger Arbeit productiv wirken kann; ferner weil die Verfertigung z. B. der Maschinen selbst wieder eine entsprechende Arbeitsverwendung erfordert. Jene Gefahr besteht aber doch und wächst immer mehr, je theurer die Arbeit ist, und je wohlfeiler man produciren muß, um sich Absatz zu sichern.

Das Angebot von Arbeit besteht in dem Angebot von Arbeitskräften, richtet sich also nach der Zahl und nach der productiven Leistungsfähigkeit derer, die arbeiten wollen. Die Zahl allein entscheidet nicht, weil der geschicktere Arbeiter mehr leistet, also den minder geschickten überflüssig machen und verdrängen wird. Ein Arbeiter, der das Doppelte leistet, bildet ein Angebot von zwei einfachen Arbeitskräften. Die überlegene Productivkraft der besseren Arbeiter ist daher eine Ursache der Erniedrigung des Lohns für alle geringern Arbeiter, die denselben Berufszweig erwählt haben.

Die Summe des Angebots von Arbeit in einer Nation richtet sich nun nach der Volkszahl, nach dem Verhältniß der arbeitsfähigen Altersclassen zur Gesammtbevölkerung, nach dem Verhältniß der Geschlechter, und nach den Eigenschaften derer, die arbeiten können und arbeiten wollen. (§ 34.) Der Wille zu arbeiten ist mehr oder weniger lebhaft, je nachdem eine Person lebhaftes Verlangen nach dem Bezug von Lohn empfindet. Capitalisten, die ein reichliches Einkommen aus Capital beziehen, werden daher das Angebot von Arbeit nur wenig verstärken. Dagegen die Classe der armen Arbeiter, die nur vom Lohn lebt, muß nothwendig und jederzeit dringend ihre Arbeit ausbieten, was mit ein Grund ist, warum der arme Arbeiter sich eher mit einem verhältnißmäßig niedrigeren Lohn begnügen muß *), insbesondere in rauhen, dürftigen Gegenden oder im Winter, weil hier das stete Bedürfniß nach Unterhalt viel dringender sich geltend machte. Je stärker aber das Angebot, desto niedriger der Preis; so liegt im Einkommen des Armen eine unwillkürliche, beklagenswerthe Ursache zu noch weiterer Verminderung. Der Schluß, den Adam Smith aus einem stärkeren Sommerlohn im Gegensatz zum Winterlohn auf die günstige Lage des Arbeiterstandes machen zu können glaubte, ist daher nicht probehaltig; es ist vielmehr sehr leicht möglich, daß der Sommerlohn nur eben zum Unterhalt hinreicht, dagegen der Winterlohn Entbehrungen verursacht. Jener kann höher sein, weil im Sommer die Nachfrage nach Arbeit stärker, dagegen das Angebot im Ver-

---

*) Ein bezeichnendes Phänomen war in dieser Beziehung das plötzliche Steigen des Lohnes auf den englischen Antillen nach der Aufhebung der Sclaverei. Die Kosten der Tagesarbeit eines Sclaven überstiegen nicht 1 Fr. oder 1 Fr. 25 C. Kaum war die Emancipation proclamirt, als der Arbeitslohn auf eine wahrhaft excessive Höhe stieg. Für eine Arbeit, die in Europa mit 1—1½ Fr. bezahlt wird, verlangten und erhielten jetzt die Sclaven 2, 3, 4, 5 und 6 Fr. und in der Erntezeit 15 und 16 Fr. Und doch fuhr die große Mehrzahl der emancipirten Neger fort, auf den Pflanzungen zu arbeiten. Der Grund davon lag darin, daß die Neger jetzt vom Zwang zur Arbeit befreit waren, und nicht wie Molinari (Questions d'écon. polit. I. p. 48.) meint, in dem verhältnißmäßig geringen Ausfall des Ausgebots von Arbeit. Diejenigen Arbeiter, welche lieber hungern, als für geringen Lohn arbeiten, sind daher immer eines verhältnißmäßig hohen Lohnes sicher; Aehnliches gilt auch in Bezug auf die Capitalrente (§ 94. Nr. 3). Freilich gehört ein günstiges Klima dazu, um einen solchen Entschluß durchzuführen.

hältniß zur Winterszeit durchschnittlich geringer sein wird. In Städten ist im Allgemeinen mehr Nachfrage nach Arbeit, also auch der Arbeitslohn höher als auf dem Lande; allein, Alles zusammengenommen, ist auch das Leben in Städten theurer, wenigstens die Qualität der von den Arbeitern verzehrten Unterhaltsmittel häufig geringer (Verfälschungssystem städtischer Detailverkäufer; Bedürfniß von Consumvereinen in Städten überwiegend). Wo das Sacheinkommen der Arbeiter in Städten wirklich höher ist, wird die Ursache davon hauptsächlich in höheren Ansprüchen an ihre Leistungsfähigkeit liegen, allenfalls auch in der größeren Auswahl von Arbeitsgelegenheit, also in stärkerer Umlaufsfähigkeit. (§ 88.) Aus diesem Grunde ist der Lohn der ländlichen Arbeiter vielleicht mehr dem Herkommen unterworfen. Der Reiche besitzt ein natürliches Mittel zur Steigerung seines Lohnes in seiner gesicherten Lage, ein Vortheil, der z. B. von Berühmtheiten, wenn sie nur einmal im Trocknen sitzen, oft über Gebühr ausgebeutet wird. Wir haben aber auf der anderen Seite auch gesehen, daß diese Prämie des Reichen dadurch aufgewogen wird, daß die Freude am Genuß im umgekehrten Verhältniß zur Höhe des Einkommens steht.

Wenn übrigens auch durch Nachfrage und Angebot von Arbeit im Grunde nur Consumenten und Arbeiter einander gegenüber stehen, so darf doch die Vermittlung dieses Verhältnisses durch die Unternehmer nicht gänzlich unbeachtet bleiben. Die Letzteren kaufen in der That die ursprüngliche Arbeitsleistung und von ihrer Berechnung hängt daher auch zunächst die Nachfrage nach Arbeit ab. Sie wirken durch zweckmäßige Verbindung des Capitals mit der Arbeit auf die Güte ihrer Artikel und dadurch sowie durch verschiedene andere Anlockungsmittel auf die Kauflust der Consumenten; stockt der Absatz, so lassen sie oft auf Lager arbeiten und setzen dadurch den Begehr von Arbeit fort, bis der der Consumenten sich wieder einstellt. Ein wohlhabender, umsichtiger und speculativer Unternehmerstand ist daher Grundbedingung für die vortheilhafte Regulirung eines festen Arbeitslohns. Endlich aber sind es allein die Unternehmer, welche den Lohn im Einzelnen an die Arbeiter vertheilen, da die Consumenten nur den Kaufpreis des ganzen Products zahlen, ohne Rücksicht darauf, wieviel davon zur

Belohnung der Arbeit verwendet werden muß. So sind denn auch nur die Geschäftsherren oder Unternehmer, und nicht das consumirende Publikum, den Arbeitern verantwortlich für die Gewährung ihres Lohnes und damit für die Erhaltung ihrer Arbeitskraft. Wenn daher, wie es im Januar 1863 in der preußischen Abgeordnetenkammer bei Gelegenheit einer Besprechung der Baumwollennoth ausgesprochen wurde, die preußischen Fabrikanten durchdrungen waren von der Pflicht, ihren Arbeitern auch in Gewerbskrisen Arbeit und Unterhalt fortzugewähren, so war dieses ohne Zweifel nicht nur sehr ehrenwerth, sondern auch sehr verständig. Es war überflüssig, darüber zu streiten, ob jene Pflicht eine rechtliche oder nur eine moralische sei, d. h. nur vom guten Willen abhänge; jedenfalls ist es eine durch dringende wirthschaftliche Erwägungen gebotene Pflicht, die füglich auch zu einer Rechtspflicht erhoben werden könnte, gerade so wie man ohne Bedenken großen industriellen Unternehmungen die Anlage eines Reservefonds zur Sicherung des Capitals der Actionäre vorschreibt. Die Arbeit verdient so gut wie das Capital einen Anspruch auf Sicherheitsleistung gegen außerordentliche Verluste, denn Arbeit bildet so gut wie das Capital einen wesentlichen Grundstock des Vermögens der Einzelnen und einer Nation im Ganzen. In der Unterlassung solcher Fürsorge für die Arbeiter liegt zum Theil eine Begründung der Vorwürfe, daß die Arbeiter dem Capital und den großen Unternehmern hülflos preisgegeben seien.*) Diese Fürsorge könnte ganz gut dadurch ausgeübt werden, daß man allen Fabrikherren die Anlage eines Arbeiterreservefonds in der Form von Noth- und Hülfskassen, oder wie man sie nennen würde, zur Pflicht machte; die Größe dieses Fonds müßte regulirt werden im Verhältniß zur Zahl der Arbeiter, die eine Unternehmung dauernd beschäftigt, ausgeschlossen müßte aber sein die Bildung des Fonds durch Abzüge am Lohn der Arbeiter. Darin läge zugleich ein wirksameres Heilmittel gegen Ueberproduction, als die gang und gäben polizei-

---

*) Auch das deutsche Handelsgesetzbuch ist von dieser „hergebrachten Ueberhebung des Capitals über Intelligenz und Arbeitskraft" befangen, indem es die Verzinsung der Capitaleinlagen als eine vorweg zu tilgende Schuld der Gesellschaft an die Gesellschafter erklärt.

lichen Palliativmittel zu bieten vermögen. Allein es ist nicht zu verhehlen, daß solche strenge Vorschläge wohl immer scheitern werden an dem Einfluß der Fabrikanten, die sich einer Erhöhung der Preise ihrer Artikel, wie sie in Folge ihrer Durchführung eintreten müßte, mit Macht entgegenstemmen würden. Die Ausfuhrziffer könnte ja darunter leiden! —

Die Vertheilung des Arbeitslohns wird nun aber vorzüglich bestimmt durch den Werth der Arbeit.

§ 88.

Vom Werthe der Arbeit.

Der Werth der Arbeit hängt ab, wie der Werth aller Dinge, vom Gebrauchswerth, von der Umlaufsfähigkeit (Freizügigkeit und Wanderlust) und von den Kosten.

Der Gebrauchswerth der Arbeit richtet sich nach den allgemeinen Gesetzen über den Gebrauchswerth überhaupt. Daher wird diejenige Arbeit den höchsten Gebrauchswerth haben, welche das höchste Bedürfniß auf die beste und schnellste Weise befriedigt; er hängt also nicht blos von den persönlichen Fähigkeiten der Arbeiter ab, Fleiß, Geschicklichkeit, Ausdauer, Gewandtheit u. s. w., sondern auch von dem Verhältniß, in dem Arbeitsproducte von den Käufern wirklich begehrt werden. Der tüchtigste Arbeiter kann broblos werden, wenn seine Leistung nicht mehr Gegenstand der Nachfrage ist. Daher sind die Arbeiter, welche vorzugsweise für Artikel der Mode, der Laune, des wechselnden Geschmacks arbeiten, oder deren persönliche Eigenschaften schnell vergehen oder leicht verschmäht werden können, (z. B. Opernsänger), bald glänzend daran, bald in Armuth. Solche Arbeiter müssen also vor Allem auf Zurücklegung einer Sicherheitsprämie bedacht sein, und ihr reines Einkommen wird sich mit Rücksicht hierauf meist viel geringer herausstellen, als die großen Summen, die solchen Personen während ihrer Blüthezeit häufig für ihre Leistungen gezahlt werden, nachzuweisen scheinen. Seltene Talente sind immer wegen ihrer hohen Leistungsfähigkeit hoch bezahlt, weil hier von einer Einwirkung der Kosten auf den Preis nicht die Rede sein kann

Indessen kann der Gebrauchswerth der Arbeit nie so hoch steigen, als der von fertigen Artikeln, z. B. von Brod in einer belagerten Stadt, weil man Arbeit nur sucht, wenn wirklich producirt werden kann, durch die Production aber das Mißverhältniß zwischen Bedürfniß und Angebot wenigstens einigermaßen beseitigt wird. Er kann aber auch, außer bei Gebrechlichen, Greisen ꝛc., nie ganz verschwinden, weil die Fähigkeit zu gemeiner Handarbeit immer bleibt. Wichtig ist daher für den Arbeiter die schon im Wesen der Menschennatur begründete Vielseitigkeit seiner Leistungsfähigkeit; übermäßige Specialisirung der Arbeitskraft, wie sie z. B. durch zu weit gehende individuelle Arbeitstheilung in Verbindung mit dem Maschinensystem herbeigeführt wird, welches ganze Seiten der menschlichen Arbeitsfähigkeit brach legt, ist in dieser Hinsicht kein wünschenswerther Zustand, selbst nicht für die Consumenten, wenn man nur nicht einzig und allein den Blick auf die Wohlfeilheit einzelner Artikel richtet.

Die Freizügigkeit und Wanderlust der Arbeiter dienen dazu, eine Ausgleichung der Arbeitswerthe in verschiedenen Gegenden herbeizuführen. Ein allgemeiner Grundsatz ist hier der, daß die Transport- oder Uebersiedlungsfähigkeit des Arbeiters um so größer ist, je mehr stehende Arbeitskraft in ihm aufgehäuft ist, gerade so wie Gewerbswaaren transportabler sind als Rohstoffe, Branntwein transportabler als Getreide u. s. w. Wo jene durch Gesetze, religiöse und politische Unduldsamkeit, Vorurtheile, theure Reiseanstalten ꝛc. gehemmt sind, kann sich leicht ein dauerndes Mißverhältniß des Werths zum Preise der Arbeit einstellen, zum Schaden oder zum Vortheil der Arbeiter. Man sollte daher dem natürlichen Streben der Arbeiter, immer die lohnendste Arbeit aufzusuchen, durch Erschwerung der Aus- und Einwanderung von Land zu Land und Ort zu Ort nicht künstliche Hindernisse bereiten, am allerwenigsten aber beschimpfende Vexationen entgegensetzen.*)

---

*) Wie beschämend lautet der bekannte Spruch:
„Wer's Wanderbuch
Durch Deutschland trug,
Von Schmach und Trug
Litt er mehr als genug!"

Indeffen ift auch, abgesehen von Erwägungen der Politik, ein beständiges Ab= und Zuwandern der Arbeiter nicht wünschenswerth, weil dadurch das feste Band mit dem Arbeitsherrn, die Solidität und das Einleben der Arbeiter in ihren Dienst unmöglich gemacht wird. Ein Arbeiter, der oft seinen Herrn wechselt, muß immer mit Mißtrauen betrachtet werden. „Immer sind es die wandernden Arbeiter, die Fremden, die Unverheiratheten, kurz Alle, die nicht an einen häuslichen Herd gebunden sind, welche die schlechtesten Sitten haben und am wenigsten sparen." (Villermé, Tableau II. p. 64.) Es werden daher mit Recht oft Belohnungen ausgesetzt für langes, treues Verhalten in demselben Dienste.

Aehnliches gilt vom Uebergang von einer Beschäftigung in die andere, der oft erschwert ist durch Zunft= und Gewerbegesetze, Vorbereitungs=, Prüfungszwang, Einzugsgelder u. dgl. Solche Hemmnisse können der vortheilhaftesten Ausbeutung der Arbeitskraft schaden, indem sie die freie Bewegung des Arbeiters hindern; sie können aber auch nützen, indem sie zu heilsamer Ausdauer ermuthigen und vor leichtsinnigen Veränderungen bewahren. In Ländern, die rasch aufblühen wollen und eine Menge lohnender Erwerbsquellen darbieten, ist diese Art der Freizügigkeit unentbehrlich; aber auch in Ländern alter Cultur sollte sie wenigstens für verwandte Gewerbe gestattet sein, um den Vorwurf der Bevormundung der freien Persönlichkeit zu beseitigen. Denn ohnehin ist ja, wie Adam Smith sich ausdrückt, der Mensch auch in dieser Beziehung die am schwersten zu transportirende Waare.

Für die Umlaufsfähigkeit der Arbeit ist endlich noch wichtig der freie Zugang zu allen Beschäftigungen und Berufszweigen, der nicht durch Kastengeist, Geburts=, Standesprivilegien gehemmt sein darf; denn hiedurch ist die erfolgreichste Vertheilung der Naturanlagen und Bildungsmittel über alle Arbeitszweige bedingt.

Den größten Einfluß auf den Werth der Arbeit haben aber endlich die Kosten. Darunter ist die ganze Summe des Aufwandes und der Opfer zu verstehen, der sich der Arbeiter bei der Arbeit oder beim Erwerbe seiner Arbeitskraft unterziehen muß. Also vor Allem die Last der Arbeit selbst, die in der Unterwerfung unter das Joch der Arbeit liegt und dem Arbeiter den Anspruch auf den sog. freien Lohn gewährt. Die persönliche Anstrengung, welche der Arbeiter behufs Erwerbung und Ausbildung seiner Arbeitskraft durch fortwährendes Lernen und Ueben auf sich nimmt und zwar noch außer den sachlichen Productionskosten, — denn mit dem bloßen Ankaufe von Lehrbüchern, Instrumenten, mit der Bezahlung von Lehrgeldern u. s. w. wäre natürlich noch nichts gewonnen —, muß gleichfalls ihre Vergütung finden, denn sie trägt ebenfalls, und zwar oft in sehr hohem Grade, namentlich bei den geistigen Verrichtungen, zur endlichen Herstellung des Werthes der gesammten fertigen Arbeitskraft bei. Je mehr Mühe, Fleiß, Ausdauer, Entsagungskraft, Muth und Selbstüberwindung also die Erlernung einer Verrichtung irgend welcher Art erfordert, desto höher muß der Werth solcher Arbeiter sein. Diese persönliche Anstrengung kommt auch bei vorübergehenden Leistungen der fertigen Arbeiter in Anschlag; also werden dieselben in allen Fällen höher gelohnt werden müssen, wo man angestrengtere oder längere Arbeiten von ihnen verlangt, z. B. in Zeiten der Noth oder bei plötzlich gestiegener Nachfrage u. s. w. Es wird hier gewöhnlich ein Zuschuß zum gewöhnlichen Lohne bewilligt, z. B. für Soldaten im Felddienst; für ländliche Arbeiter in der Erntezeit u. dgl. Aus diesem Grunde ist auch in der Regel der Stücklohn höher als der Zeitlohn. Endlich kommt hinzu noch der Aufwand von Sachgütern zum Unterhalt und zur Heranbildung des Arbeiters. Dieser gesammte Aufwand von persönlicher Anstrengung und Sachgütern hat als Erfolg die Herstellung einer bestimmten Tauglichkeit zu irgend einer oder zu mehreren Berufsarten und bestimmt daher den Werth jedes einzelnen Arbeiters, wovon schließlich, mit gleichzeitiger Rücksicht auf Gebrauchswerth und Umlaufsfähigkeit, die Höhe des Lohnes abhängen muß. Wird ein Arbeiter theilweise unentgeldlich, z. B. auf Staatskosten herangebildet, so muß in demselben Verhältniß, wenn auch der Gebrauchswerth seiner Arbeit derselbe bliebe, doch der Lohn geringer ausfallen, denn eine Vergütung für einen Aufwand, den er selbst nicht gemacht, kann er nicht beanspruchen. Daher drücken weitverbreitete Armenunterstützungen unausbleiblich den Lohn herab; dies ist auch der Grund, warum die öffentlichen Besoldungen für niedere Staatsdiener oder Geistliche, wenn Viele von ihnen mittelst Stipendien und ähnlicher Geschenke herangebildet werden, verhältnißmäßig gering sind gegenüber den Löhnen von Privatbediensteten, die sich ganz auf eigene Kosten ausbilden müssen. Oder man kann auch sagen, daß sie gewissermaßen einen Theil ihres künftigen Lohnes vorausbeziehen.

Man könnte — und dies geschieht auch von Vielen — die fertige Arbeitskraft eines Individuums gleich einem Capital betrachten, das in derselben Weise wie alle anderen Capitalien zur Production mitwirke und hiefür auch dieselbe Vergütung erhalte. Dann wäre der Arbeitslohn nichts weiter als ein gewöhnlicher Capitalzins und denselben Gesetzen wie dieser unterworfen. Hieran ist aber nur soviel richtig, 1) daß die Productionskosten der Arbeit nach demselben Verhältniß vergütet werden müssen wie der Capitalaufwand bei der Production, weil sonst das richtige Gleichgewicht zwischen Arbeit und Capital, wie es in jedem Productionszweig erforderlich ist, nicht hergestellt werden könnte. Sinkt also z. B. die Capitalrente, so muß in demselben Verhältniß mit Rücksicht auf das durch die Heranbildungskosten in den Arbeiter gelegte Capital auch der Lohn sinken.*) Wäre dies nicht der Fall, so würden die Arbeiter einen Gewinn beziehen, dem aber doch bald wieder, in Folge der Konkurrenz, durch Vermehrung der Arbeiterbevölkerung und Beschränkung der Capitalansammlung entgegen gewirkt würde. Denn es ist nicht einzusehen, warum ein gegebener

---

*) Daß im Arbeitslohn ein ähnlicher Bestandtheil wie der Capitalzins stecken muß, scheint mir unzweifelhaft, einmal nach dem, was § 86 über den freien Lohn gesagt ist, dann aber auch, weil man sonst annehmen müßte, daß der Arbeiter mit dem, was er von sich aus in die Production einwirft, also mit seiner ganzen fertigen Arbeitskraft, die er dem Unternehmer anbietet und zu der doch der laufende Unterhalt in geringem Verhältniß steht, gar nicht productiv wirkte. Denn ein Arbeiter, der nur sich selbst verköstigt und Weib und Kind ernährt, wäre nichts als ein durchlaufender Posten in der Volkswirthschaft. An dieser irrthümlichen Auffassung des Arbeitslohns sind hauptsächlich zwei Umstände schuld, einmal der Einfluß der englischen Schriftsteller, die dem Arbeiter stets nur den nöthigen Unterhalt zuerkennen, und dann die gänzliche Nichtberücksichtigung der stehenden und umlaufenden Bestandtheile der Arbeitskraft. Allein es wird sich unten zeigen, warum es fast unmöglich ist, daß jede, auch die niedrigste Classe der Arbeiter es regelmäßig bis zum freien Lohn bringe. — Man kann aus diesen Rücksichten zwar von einem angemessenen Lohne sprechen, aber von einem naturgemäßen Lohne so wenig wie von einem naturgemäßen Zins.

Gütervorrath, zur Bildung von Arbeitskraft verwendet, ein höheres Einkommen abwerfen soll, als wenn er zu Capital verwendet wird.*) Umgekehrte Gegenwirkungen müßten sich geltend machen, wenn der Capitalzins verhältnißmäßig höher wäre, als der Lohn. Diesen letzteren aber geradezu als Zins zu behandeln, ist verwirrend; denn nicht nur, daß beim Zins ein ähnlicher Bestandtheil, wie der freie Lohn, nicht vorkommt, kann der Lohn durch persönliche An= strengung oder Lässigkeit jederzeit gesteigert oder vermindert wer= den, was beim Capital durchaus nicht möglich ist, weil dieses in sich selbst keinen persönlichen Arbeitswillen trägt. 2) Kann man die Arbeitskraft in ähnlicher Weise wie das Capital in eine stehende und umlaufende eintheilen. Die erstere ist diejenige, welche dem Arbeiter trotz der productiven Anwendung verbleibt, z. B. Kennt= nisse, Fertigkeiten,**) und der Lohnbetrag hiefür kann theils wie ein reiner Zins verzehrt, theils muß er als Amortisirungsquote zu= rückgelegt oder zur Gründung einer Familie und damit zur Wieder= erstattung der durch Alter und Tod schwindenden und aufgehobenen Arbeitskraft in den Nachkommen verwendet werden. Hieburch wird es um so klarer, daß ein Arbeiter, der seinen ganzen Lohn für sich verzehrt, damit einen Theil des Bruttoeinkommens und folg= lich der nationalen Arbeitskraft allmählich consumirt. Die um= laufende Arbeitskraft ist diejenige, welche als Werthbestandtheil

---

*) Diese Erwägung wird natürlich bei einzelnen Menschen nicht leicht zur practischen Anwendung gelangen. Aber im Ganzen der wirthschaftlichen Entwicklung eines Volkes muß es sich in der oben genannten Hinsicht ent= scheiden, ob die verfügbaren, neu erzeugten Productivkräfte als Arbeitskraft oder als Capital zur Verwendung gelangen. Da nun der Ertrag aller Pro= ductivkräfte ein durchschnittlich gleicher ist, so ergibt sich daraus der wichtige Satz, daß die Nachfrage nach — und folglich auch die Erzeugung von — Menschen im gleichen Verhältniß stehen muß zur Productivität des Capitals. Daher ist das Capital wenigstens in populationistischer Beziehung den Arbei= tern nicht feindlich; und es wäre dieses eine der schönsten Aeußerungen der volkswirthschaftlichen Wechselwirkungen, wenn es in der Volkswirthschaft mit numerischen Verhältnissen gethan wäre.

**) Jeder Arbeiter, der durch hinzutretenden laufenden Unterhalt zur Lie= ferung von Diensten irgend welcher Art fähig wird, ist gleich einer fertigen Maschine, die durch Beaufsichtigung, Oelung, Heizung ꝛc. in Bewegung ge= setzt wird. Ein ähnlicher Ausspruch findet sich schon bei Ab. Smith, allein es sind keine Consequenzen daraus gezogen.

zu ihrem vollen Betrage ins Arbeitsproduct übergeht. Hieher
gehört der ganze laufende Unterhalt und Alles, was zur Wieder=
herstellung der durch die Arbeitsleistung erschöpften Arbeitskraft
dem Arbeiter gewährt werden muß.*) Dieser umlaufende Unter=
haltsbetrag sammt dem freien Lohn ist bei denjenigen Verrichtun=
gen, welche die ganze Arbeitszeit in Anspruch nehmen oder doch
keine Freiheit zu anderweitiger Beschäftigung lassen, die unterste
Grenze des Lohnes, weil ohne ihn der Arbeiter ja gar nicht exi=
stiren könnte; er muß also auch für Feiertage oder sonstige in der
Natur des Geschäfts liegende Arbeitsunterbrechungen dem Arbeiter
gewährt werden. Der Lohn muß aber tiefer sinken in demselben
Verhältniß als nicht der ganze Werth der Arbeitskraft zu einer
Verrichtung gefordert wird, also z. B. für Nebenarbeiten, oder
wenn der Arbeiter wenigstens einer anderen Beschäftigung sich
widmen könnte. Denn der Arbeiter erhält immer nur soviel an
Lohn, als der Werth seiner Leistung beträgt. Umgekehrt muß
der Lohn immer höher steigen, je größer die persönliche Anstren=
gung ist oder ein je werthvolleres Capital im Arbeiter steckt. Denn
kein Arbeiter würde sich zu jener bequemen oder Ausgaben machen
zu seiner Heranbildung, wenn er nicht der entsprechenden Vergü=
tung hiefür sicher wäre. Hieraus ersieht man zugleich, daß der
sog. standesmäßige Lohn, das Honorar, (abgesehen von seiner je=
weiligen Höhe) nicht auf Convenienz oder Herkommen beruhen
kann, sondern nur deßwegen gewährt wird, weil die Consumen=
ten vermöge des höheren Werthes solcher Arbeiter auch werth=
vollere Leistungen empfangen. Mit der bloßen Lebsucht (und
einem verhältnißmäßigen freien Lohn) aber müssen sich diejenigen
Arbeiter begnügen, welche nur umlaufende Arbeitskraft verdingen

---

*) „Wie bei dem Menschen und arbeitenden Pferde steht die Erschöpfung
im geraden Verhältniß zur geleisteten Arbeit. Durch die richtig gewählte
Nahrung wird in dem Menschen, wie in dem Thiere, die Fähigkeit wieder
hergestellt, am nächsten Tage die nämliche Arbeit wie am vorhergehenden zu
verrichten. Ein jedes Mißverhältniß in den Bestandtheilen der Nahrung be=
dingt ein Mißverhältniß in der erzeugten Kraft und bringt zuletzt einen
Krankheitszustand hervor." (J. v. Liebig, über Theorie und Praxis in der
Landwirthschaft S. 54.)

können, indem sie keiner anderen Leistung fähig sind, als der rohen Arbeit der Hände oder überhaupt der mechanischen Arbeitskraft. Würde aber, trotz bloßer Verwendung des physischen Körpers, eine besondere Selbstüberwindung erfordert, so müßte auch hier der Lohn steigen, weil dann ein weiterer persönlicher Aufwand hinzukäme; deßhalb wird z. B. Modellstehen, Bühnenkunst und ähnliches theuer bezahlt.

Der Werth der Arbeit richtet sich, soweit er aus den Heranbildungskosten entspringt, nach dem Werth der dabei aufgewendeten Güter. Also vor Allem nach den Preisen der Lebensmittel Nahrung, Wohnung, Kleidung. Daher muß an sich, soweit keine Gegenwirkungen durch Nachfrage und Angebot oder Herkommen u. dgl. eintreten, der Lohn steigen oder fallen mit dem Steigen oder Fallen der Lebensmittelpreise, und zwar in desto stärkerem Grade, einen je größeren Theil vom ganzen Lohn der bloße Unterhaltsbetrag ausmacht. Denn den Lebensunterhalt muß jede Arbeit gewähren, gleichviel mit wieviel Silber oder Gold er gekauft werden muß; von Metall oder Papier kann Niemand leben. Aus denselben Gründen aber, aus welchen überhaupt Werth und Preis nicht immer gleich stehen, kann auch der Arbeitslohn trotz der Schwankungen der Lebensmittelpreise, namentlich wenn diese nur kurz vorübergehend sind, unbeweglich bleiben, was für die Arbeiter sowohl Gewinn als Entbehrung zur Folge haben muß. Die Veränderungen in den übrigen Waarenpreisen sind von geringerem Einfluß, weil sie, namentlich bei den gemeinen Arbeitern, nur einen kleinen Bruchtheil der Kosten der ganzen Ausbildung betragen. Die Vergütung der persönlichen Anstrengung und die Höhe des freien Lohns muß sich richten nach der Größe der ersteren in Verbindung mit dem Grade, in welchem die Arbeiter das Opfer der Arbeit unangenehm und lästig empfinden; hierauf haben Einfluß ein erschlaffendes oder stärkendes Klima, der Nationalcharacter, minderer oder höherer Bildungsgrad, Leichtigkeit oder Schwere der Arbeit (Arbeitstheilung) u. s. w.

Die natürlichen Anlagen und Fähigkeiten werden in der Regel nicht vergütet, obwohl sie in hohem Grade zum guten Erfolge der Arbeit beitragen, weil sie den Arbeiter selbst nichts kosten. Zu jedem Berufe findet sich im Allgemeinen eine hinreichende Anzahl

von Arbeitsluftigen, welche durch gegenseitige Konkurrenz den Lohn
auf den durchschnittlichen Kostenbetrag herabdrücken, die also auch
bei durchschnittlich gleichen Kosten und Naturanlagen einen durchschnittlich gleichen Arbeitswerth darstellen werden. Der Gebrauchswerth ist aber die höchste Grenze des Preises, weil niemand eine Arbeit theurer bezahlt, als sie ihm Vortheil bringt.
Ausnahmen von diesem Grundgesetz können nur stattfinden bei
ganz seltenen Talenten, die außer aller Concurrenz stehen, oder bei
Minderbegabten, die sich aus Ehrgeiz oder Unkenntniß in eine
höhere Berufsclasse aufschwingen wollen. Erstere werden über,
letztere unter ihrem Kostenaufwande bezahlt. Müssen freilich,
wegen gesteigerten Bedürfnisses, auch von der Natur weniger Be-
günstigte zur Deckung der Nachfrage herangezogen werden, dann
müssen diese im Verhältniß ihres vollen Kostenaufwandes belohnt
werden und alle Talentvolleren beziehen einen Gewinn, der aber
durch vermehrten Zudrang Gleichbefähigter bald wieder ausgeglichen sein wird.

Jede Erziehung eines Arbeiters kann man als eine Unternehmung betrachten, deren Erfolg sehr häufig durch Unfälle, Krankheiten, Veränderungen in der Nachfrage und sonstiges Mißgeschick
entweder ganz vereitelt oder doch oft nach kurzem Bestande wieder
verloren geht. Sehr viele gelangen gar nicht an das Ziel ihrer
Wünsche und wenden also viele Kosten umsonst auf. Je höher die
Treffer, desto zahlreicher sind die Nieten. Im Lohn der Wenigen,
welche glücklich das Ziel erreichen, muß also ein hoher Anreiz liegen,
damit Viele sich auf eine Laufbahn begeben, auf der doch die Meisten
sich vergeblich bemühen. Daraus erklärt sich zum Theil die anscheinend unverhältnißmäßig hohe Belohnung der höchsten Angestellten im Staats-, Kriegs- und Kirchendienste, der Koryphäen in Kunst
und Wissenschaft. Ein General, eine Primadonna bezieht also
eigentlich den Lohn für alle diejenigen Berufsgenossen mit, die von
ihrem Vertrauen auf ihr gutes Glück getäuscht wurden. Die
bloße Berechnung des Werthes würde eine solche Lohnhöhe sehr
oft nicht rechtfertigen, aber der äußere Erfolg muß hier für wahres
Verdienst gelten, freilich nicht selten mit Hülfe tadelnswerther
Vorurtheile, wie z. B. des Grundsatzes der Ancienität, wiewohl
daneben auch das, was J. Möser zu Gunsten dieses Grundsatzes

angeführt hat (Patriot. Phant. II. S. 183), immerhin beherzigens=
werth bleibt.*)

Wenn man sich die drei Ursachen, von welchen der Werth der
Arbeit abhängt, vergegenwärtigt, so gelangt man zu der Einsicht,
daß der Gebrauchswerth die höchste, der Bildungsaufwand die
niederste Grenze dieses Werthes bildet und der Umlauf die Auf=
gabe hat, diesen beiden Ursachen ihre volle Wirksamkeit zu sichern.
Weniger als den Kostenersatz wird kein Arbeiter nehmen, mehr als
der Gebrauchswerth beträgt, kein Unternehmer oder Käufer bezah=
len, es ist daher wünschenswerth, daß die Arbeiter nie mehr auf=
wenden, als dem wahren und dauernden Bedürfniß entspricht, da=
mit einerseits dieses letztere jederzeit vollständig befriedigt und
andererseits kein Aufwand ohne vollen Ersatz gemacht werde.
Dieses hängt nun ab von der richtigen Wahl des Berufes nach
Maßgabe des bestehenden Bedürfnisses nach Arbeit und der natür=
lichen Anlagen der Arbeiter. Nur auf diese Weise kann der Vor=
theil der Arbeitstheilung zur vollen Entfaltung gelangen.

Knüpft man diese Darstellung an dasjenige an, was früher
über die Vertheilung des Einkommens im Allgemeinen gesagt
wurde, so ergibt sich, daß der Werth der Arbeit es ist, der es dem
Arbeiter möglich macht, den ihm gebührenden Antheil aus dem ge=
sammten Volkseinkommen sich zuzueignen. Dieser Antheil zerfällt
nun, wie jedes Einkommen, in zwei Hauptbestandtheile, nämlich

---

*) Wenn man alles dieses und noch mehreres, was hier einschlägt, be=
rücksichtigt, so ist doch nicht zu verkennen, daß gegenwärtig mit der Bezahlung
gewisser Dienstleistungen wie von Opernsängern und dergleichen „Künstlern"
ein Luxus getrieben wird, der jedes billige Verhältniß übersteigt. Solche wahr=
haft übertriebene Gehalte, wie sie z. B. in Paris, Wien ꝛc. gezahlt werden,
erscheinen schon deßhalb nicht gerechtfertigt, weil sie doch meistens im Dunkel
und in kleinlichem Luxus vergeudet werden, während große Einkünfte ihrer
gesellschaftlichen und politischen Bedeutung nach ihrem Besitzer eine hervor=
ragende Stelle und wichtige Pflichten gegen das Gemeinwesen zuweisen sollten.
Große Belohnungen für verhältnißmäßig geringfügige Leistungen sind daher
immer ein Armuthszeugniß für die Gesellschaft, in der sie gegeben werden.
So sagt auch L. Stein mit Recht: „für das Ausgezeichnete ist der Lohn stets
außerordentlich groß, wenn die Leistungen ausgezeichneten Genuß für Alle
bringen, dagegen gering, wenn sie große verbreitete Bildung voraussetzen, um
verstanden zu werden." D. h. jenes sollte so sein.

1. Erſatz bereits vorhandener Productivkräfte oder des Stamm=
fonds an Arbeitskraft und 2. neuen Ertrag. Der erſte Beſtand=
theil ſetzt ſich zuſammen aus dem laufenden Unterhalt, dem Betrag
für die Wiederherſtellung der erſchöpften Arbeitskraft und den
Amortiſirungs= und Verſicherungsquoten, von denen beſonders die
erſtere für die Aufziehung und Heranbildung der kommenden Ar=
beitergeneration verwendet werden muß. Der zweite iſt der freie
Lohn, womit man zugleich die zins= oder rentenartige Vergütung
der ſtehenden Arbeitskraft verbinden kann, auf welche letztere aber
der Arbeiter nur dann Anſpruch hat, wenn der Fond, aus dem ſie
ſtammt, von ihm ſelbſt herrührt, während außerdem irgend ein
Capitaliſt ſie als Rente bezieht. Dieſen zweiten Beſtandtheil
könnte man Arbeitsrente nennen, womit jedoch der Arbeitslohn im
Ganzen nicht zu verwechſeln iſt. Vom Standpunkte des Arbeiters
ſind alle Beträge der erſten Gattung ſeine Arbeitskoſten und er er=
hält alſo in ihnen nur die volle Vergütung des von ihm gelieferten
Koſtenaufwandes; damit dies wirklich der Fall ſei, muß der Ge=
brauchswerth ſeiner Arbeit demjenigen Gebrauchswerth entſprechen,
der innerhalb jeder Geſellſchaft nach dem jeweiligen Stande der
productiven Entwicklung einem beſtimmten Koſtenbetrage ankleben
muß. Iſt der Gebrauchswerth dem Bedürfniſſe gemäß getroffen
und ſind die Koſten im richtigen Verhältniß zur Höhe der nationalen Productivität aufgewandt, ſo ſind damit auch die Bedingungen für den Reinertrag aus Arbeit erfüllt. Nun entſcheidet
aber im wirklichen Verkehre nicht der Werth, ſondern der Preis
der Arbeit über die wahre Vergütung der Arbeitsleiſtungen,
und der Arbeitspreis oder der Lohn kann je nach den Schwankungen des Marktes bald über bald unter dem Werth der Arbeit
ſtehen. Sind gewiſſe Preisverhältniſſe dauernd, ſo müſſen ſie
nothwendig auf die Werthverhältniſſe zurückwirken aus den Gründen, die bereits in der Lehre vom Preis erörtert ſind. So ergibt
ſich eine dauernde oder vorübergehende Höhe oder Niedrigkeit des
Lohnes, worüber die folgenden Erörterungen Aufſchluß geben
werden.

§ 89.

Vom hohen Arbeitslohn.

Der Ausdruck hoher Arbeitslohn hat eine dreifache, wohl zu unterscheidende Bedeutung:

1. Hoher Geldlohn, wenn nämlich den Arbeitern zur Vergütung für ihre Arbeitsleistung eine große Summe Geldes, sei es in Münze oder Papier, ausbezahlt wird. Ein hoher Lohn in diesem Sinne ist aber nur dann von Vortheil für die Arbeiter, wenn die Preise der Güter, welche sie verzehren, nicht in demselben Verhältniß gestiegen sind, weil der wahre Werth jedes Einkommens nur nach der Höhe des Sacheinkommens geschätzt wird. Wenn der Arbeiter in demselben Maße, als er mehr Geld einnimmt, auch wieder mehr ausgeben muß, so hat er nur das Vergnügen, mit einer größeren Kasse zu wirthschaften, mehr consumiren kann er nicht. Indessen ist doch der hohe Geldlohn als solcher nicht blos ein numerisches Verhältniß. Da er nämlich eine ziemliche Wohlfeilheit des Geldes voraussetzt, so wird er auch enge mit den Ursachen und Wirkungen eines solchen Zustandes der Dinge zusammenhängen. (§ 49.) Er beweist vor Allem, daß die Arbeiter ihren Lohn vorwiegend in Geld, nicht mehr in Naturallieferungen erhalten, was eine größere Freiheit und Selbständigkeit des Arbeiterstandes anzeigt und eben damit auch eine größere Umlaufsfähigkeit der Arbeit; er beweist ferner einen hohen Aufschwung der Gewerbsindustrie und des Handels, sowie einen starken und raschen Güterumlauf, was auf eine stärkere Nachfrage nach geschickter gewerblicher Arbeit und auf eine reichlichere Versorgung der Arbeiter mit Gewerbswaaren schließen läßt; ferner daß die Arbeiter einerseits in der Wahl ihrer Genüsse freier und anderseits zur Ansammlung von Ersparnissen fähiger geworden sind. Der hohe Geldlohn deutet somit auf eine steigende Emancipation und Gleichstellung der Arbeiter mit den übrigen Classen der Gesellschaft hin, zunächst in wirthschaftlicher, dann auch in socialer und politischer Hinsicht, und mit ihm beginnen daher auch die Freiheitsbestrebungen der Arbeiter in Staat und Gesellschaft

eine wichtige Rolle zu spielen. Auf der anderen Seite unterwirft jedoch der hohe Geldlohn die Arbeiter ebenso wie alle Uebrigen den gelegentlichen Schwankungen der Waarenpreise auf dem Markte. Um nun ihr Sacheinkommen nicht zu gefährden, wäre es nöthig, daß der Geldlohn immer mit den Waarenpreisen steige oder falle. Allein dieses ist, namentlich bei fixen Besoldungen, Pensionen u. dgl., nicht immer der Fall, weil die Wirkungen jener Schwankungen sich nicht sofort über alle Preisverhältnisse aus= breiten. Bei Mißernten und sonstiger Theuerung sinkt daher das Sacheinkommen der Arbeiter und gerade die Armen, welche sich nicht in anderen Ausgaben, die ihnen meist versagt sind, einschrän= ken können, müssen Entbehrung leiden. Man kann hier durch Theuerungszulagen, Armenunterstützungen helfen, allein man sollte damit nicht zu rasch vorgehen; denn werden die Kaufmittel der unteren Classen auf diese Weise vermehrt, so müssen die Preise durch die starke Nachfrage nur noch mehr steigen, weil die Menge des Vorraths ja durch Geldvertheilung nicht vermehrt wird. An und für sich besteht auch kein wirthschaftlicher Grund, die Arbeiter von den Einflüssen vorübergehender Preisschwankungen zu befreien; dies wäre freilich im Interesse der Volksmoral zu wünschen, denn z. B. die Kriminalität, die Heirathsfrequenz, bei manchen Völkern auch die Zahl der unehelichen Kinder (Horn) steigen und fallen genau in demselben Verhältnisse wie die Getreidepreise. Und hierin liegt ein weiterer Beweis dafür, daß der hohe Geldlohn, von so gün= stigen Wirkungen er auch im Allgemeinen begleitet ist, doch nicht unbeträchtliche Gefahren für die Gesellschaft mit sich bringt. Da= her ist es hier um so mehr Pflicht der Arbeiter und der Gesell= schaft, für Entwicklung höherer moralischer und geistiger Bildung in jenem Stande zu sorgen.

2. Hoher Lohn wegen hohen Werthes der Arbeit. Dies ist die Verwirklichung des Gesetzes der Werthvergütung, nach welchem Jeder nach seinen Leistungen belohnt werden soll.*) Der Geld-

---

*) Männer leisten im Allgemeinen mehr als Weiber, daher ist der Lohn für Männerarbeit insgemein höher als der für Weiberarbeit. Nach Hübner (Berichte des stat. Centralarchivs Nr. 3. S. 52.) war der durchschnittliche ge= werbliche Arbeitslohn im Jahre 1857 in Großbritannien nach folgenden Sätzen abgestuft:

lohn könnte hiebei hoch oder niedrig sein, letzteres dann, wenn alle Güter wohlfeil sind, was jedoch nicht mehr durchgehends der Fall sein wird. Der hohe Lohn in diesem Sinne setzt ein hohes Volks-einkommen und hohe Tüchtigkeit des Arbeiterstandes voraus, weil er durch die Richtung der Nachfrage auf viele sorgfältig und gut gearbeitete Waaren und durch gesteigerten sachlichen und persön-lichen Aufwand bedingt ist. Er ist natürlich zunächst für die Ar-beiter vom höchsten Werthe, weil er ihnen die Mittel gewährt, reichlich und gemächlich zu leben. Aber auch die übrigen Volks-glieder leiden davon keinen Nachtheil, denn je mehr die Arbeiter leisten, desto höher steigt auch das Sacheinkommen im Ganzen. Jeder hat lieber mit tüchtigen, als mit untüchtigen Arbeitern zu thun, weil die ersteren besser, wohlfeiler, ausdauernder arbeiten und zu Verbesserungen und Erfindungen in ihrem Berufe weit eher fähig sind. Der hohe Arbeitslohn in diesem Sinne wird beson-ders begünstigt durch die Ausbreitung der natürlichen Arbeitsthei-lung, der qualifizirten Arbeitsvereinigung, des intensiven Groß-betriebs und der intensiven Konkurrenz, kurz durch Alles, was die Intensität und Veredlung der wirthschaftlichen Bestrebungen ver-stärkt; und er wird daher in dem Wirthschaftssystem oder in den-jenigen Industriezweigen vorherrschen, die solchen Bestrebungen mehr Zugang und Einfluß verschaffen. Ein Begleiter dieses hohen Lohnes ist regelmäßig auch niedriger Rentensatz. (§ 95.) Noch muß hervorgehoben werden, daß ein hoher Lohn dieser Art

	England		Schottland		Irland	
	Thlr.	Sgr.	Thlr.	Sgr.	Thlr.	Sgr.
Für einen Mann mit irgend einer Fertigkeit	1	10	—	25	—	20
Für Taglöhner	1	—	—	$16\frac{2}{3}$	—	$13\frac{1}{3}$
Für Frauen und Mädchen über 16 J. mit einig. Fertigkeit .	—	20	—	15	—	10
Für dergl. Taglöhnerinnen .	—	$16\frac{2}{3}$	—	$11\frac{2}{5}$	—	$6\frac{2}{3}$
Für Kinder unter 16 Jahren						
Mädchen	—	$8\frac{1}{3}$	—	7	—	$5\frac{4}{5}$
Knaben	—	$8\frac{1}{3}$	—	$6\frac{2}{3}$	—	5

Innerhalb der einzelnen Gegenden und Industrieen finden natürlich große Abweichungen von diesem Durchschnitt statt; das Maximum scheint sich aber nur in einzelnen Fällen für Werkführer 2c. auf 2—3 Thaler per Tag zu erheben.

für die Nationalproduction geradezu eine Ersparung bewirkt. Ge=
setzt ein Arbeiter wird doppelt so hoch belohnt als ein anderer, so wird
er auch das Doppelte leisten; allein er braucht doch nur Unterhalt
für eine Person und die Ausgabe, die man außerdem für den
Unterhalt des zweiten hätte bestreiten müssen, kann für andere
Zwecke verwendet werden. Mit anderen Worten, die General=
kosten der Nationalarbeit sind bei hohem Arbeitswerthe geringer;
ähnlich wie es vortheilhafter ist, sich einen Rock machen zu lassen,
der 2 Jahre hält, statt einen einzigen für nur ein Jahr; denn im
ersten Fall hat man den Schneider nur alle zwei Jahre zu bezahlen,
im zweiten dagegen in jedem Jahr. Schlägt man den nothwen=
digen Lebensunterhalt einer Person nur auf 100 Thaler an, so
erspart eine Nation, deren Arbeiter das Doppelte wie die einer
anderen leisten, auf jede Million Arbeiter 100 Millionen Thaler,
die sie zur Erhöhung ihrer Genüsse verwenden kann; und daran
nehmen nun aber auch die werthvolleren Arbeiter Theil. Die an=
dere Nation muß, um ein gleiches Einkommen zu erzielen, je 2 Mil=
lionen Arbeiter ernähren. Sie ist also bei gleichem Bruttoertrag
um die Hälfte ärmer, und ihre Steuerfähigkeit um denselben Be=
trag geringer; sie hat nur den Vortheil einer höheren Kopfzahl.
Da nun ferner in der letzteren Nation auch die mittlere Lebensdauer,
wegen schlechterer Lebensweise, offenbar geringer, die Mortalität
der Kinder aber stärker sein wird, so begreift man die enormen
Verluste, welche die Arbeiterbevölkerung durch Mangel an Streb=
samkeit und geringe Leistungen dem Volksvermögen bereiten muß,
ebenso aber auch ein Wirthschaftssystem, welches viele Arbeiter zu
rohen, mechanischen Handlangern auf Lebenszeit erniedrigt, denn
die ganze Summe von Leistungsfähigkeit, welche von solchen Ar=
beitern durch höhere persönliche Anstrengung hätte erworben wer=
den können, geht dadurch der Nation verloren. Diese Verluste
sind deutlich genug auch in anderer Beziehung, z. B. wenn es sich
um militärische Tüchtigkeit handelt; die steigende Nothwendigkeit,
das Conscriptionsmaß herabzusetzen, die wachsende Anzahl der
Untauglichen 2c. geben hievon Zeugniß. Die Klagen über abneh=
mende Mannestüchtigkeit sind also durchaus nicht so sentimental,
als wofür manche Oekonomisten sie ausgeben. Der Wahn, daß
ein hoher Arbeitslohn der Production nachtheilig sei, ist daher ge=

rabezu lächerlich. Die Engländer, welche gute Rechner find, wissen ihren hohen Arbeitslohn sehr wohl zu schätzen, und verspotten mit Recht die Bedenken, die ihnen in dieser Beziehung von anderen Nationen entgegengehalten werden. Im hohen Arbeitslohn steckt dann regelmäßig eine größere Quote freien Lohns und er pflegt sich daher auch einzustellen in Folge größerer Freiheit der Arbeiter und höherer Achtung der Arbeit. Darum sind die Sclaverei, Leibeigenschaft und alle Einrichtungen, welche den Aufschwung des Arbeiterstandes niederhalten, offenbar tödtliche Streiche auf das Nationalvermögen; nur Einzelne, denen eine große Masse solcher werthloser Arbeiter dienen muß, können sich dabei wohl befinden.

3. Hoher Lohn in Folge der Schwankungen des Arbeitsmarktes. Hier ist die Arbeit theuer, nicht weil sie hohen Werth hat, sondern weil die Nachfrage darnach das Angebot übersteigt. Ein solches Verhältniß kann nicht zugleich bei allen Arbeiterclassen und auch nie auf lange Dauer eintreten; es müßte denn, wie z. B. in jungen Colonieen mit einem Ueberfluß an reichen Naturkräften, das Feld der Ausbeute so lohnend sein, daß nie genug Arbeitskräfte zu haben wären. Hier kann sogar gerade ein starker Zuzug von Arbeitskräften auf Erhöhung des Lohns wirken, weil dies einen raschen Aufschwung der Production ermöglicht. So stellte sich in der Colonie Victoria in den Jahren, in welchen die Einwanderung ihr Maximum erreichte, der Lohn unveränderlich höher, als in anderen Jahren, und mit dem Nachlaß derselben erfolgte auch eine entsprechende Lohnverminderung. *) In den Jahren 1852,

---

*) Dabei ist auch nicht zu übersehen, daß die Preise aller Consumgegenstände fielen und zwar in stärkerem Verhältniß. Der reichlich bemessene Wochenlohn eines Handwerkers, der die volle Zeit arbeitete, würde betragen haben

1854 zu 30 s. per Tag 9 £. — per Woche
1857 „ 15 „ „ „ 4 „ 10 s. „ „
1861 „ 12 „ „ „ 3 „ 12 „ „ „

Er würde also von seinem Lohn, da der Consumaufwand 1854: 7 £. 3½ d, 1857: 3 £. 13 s. 4½ d., 1861: 2 £. 7 s. 4 d. betrug, wöchentlich von seinem Lohn übrig behalten haben:

1854: 1 £. 19 s. 8½ d.
1857: — „ 16 „ 7½ „
1861: 1 „ 4 „ 8 „

1853 und 1854, wo die hohe Zahl von resp. 94,664, 92,312 und 83,410 Einwanderern ankam, waren die Arbeitslöhne höher als zu irgend einer andern Zeit. Wird dagegen nur ein größerer Theil des Volkseinkommens aus irgend einem Grunde auf den Ankauf gewisser Arbeitsleistungen oder Producte verwandt, so müssen nothwendig andere in demselben Verhältniß weniger begehrt werden; denn die Richtung der Nachfrage hat keinen Einfluß auf die Größe des Einkommens. In Kriegszeiten z. B. gewinnen alle Unternehmer und Arbeiter, welche die Bedürfnisse der Armee befriedigen; allein andere Unternehmungen stocken, weil den Käufern die Mittel zur Unterhaltung einer gleichen Nachfrage fehlen. Es kann sich hier oft ein äußerer Anschein von Wohlstand über die Nation verbreiten, der in Wahrheit nur bei einzelnen Classen auf Kosten aller übrigen vorhanden ist. Wenn ein solcher Zustand nur kurz andauert, so muß der Gewinn der Arbeiter auch bald wieder aufhören; ist er von Bestand, dann wird ein Zudrang aus den anderen Classen schon deßwegen stattfinden, weil hier nun Arbeiter entbehrlich geworden sind. Es ist freilich — und dies ist der günstigste Fall — auch möglich, daß der gesteigerte Begehr gewisser Arbeitsleistungen von einer Vermehrung des ganzen Volkseinkommens herrührt;*) in diesem Falle leiden die übrigen Classen

---

Folgendes war der Kostenaufwand für wöchentlichen Unterhalt in Victoria für eine Handwerkerfamilie mit Mann, Frau und 3 Kindern.

Consum	1854 Pfd.	s.	d.	1857 Pfd.	s.	d.	1861 Pfd.	s.	d.
Brod 28 Pfd.	—	12	6	—	6	8¾	—	5	3
Rind= od. Hammelfl. 21 Pfd.	—	15	9	—	12	3	—	6	10
Kartoffeln 21 Pfd.	—	5	10½	—	2	10½	—	1	—
Mehl 5 Pfd.	—	2	2	—	1	2¼	—	1	—
Thee 1 Pfd.	—	2	—	—	2	6	—	2	9
Zucker 6 Pfd.	—	3	—	—	2	6	—	2	3
Seife 3 Pfd.	—	1	—	—	1	—	—	—	9
Lichter 2 Pfd.	—	1	6	—	1	4	—	1	2
Butter 2 Pfd.	—	9	—	—	5	6	—	3	—
Brennholz ¼ Ton	—	13	6	—	6	—	—	4	—
Wasser, 1 Fahrt	—	10	—	—	5	—	—	2	—
Miethe	2	—	—	—	10	—	—	6	—
Kleidung	—	15	—	—	10	—	—	6	—
Schulgeld, Erzieh. d. Kinder .	—	3	—	—	3	—	—	3	—
Sa.	7	—	3½	3	13	4½	2	7	4

*) Dies ist häufig eine Veranlassung, daß der Lohn gewöhnlicher Fabrikarbeiter in die Höhe geht, besonders in solchen Fabrikzweigen, die eines großen

nicht, und diejenigen, denen die Nachfrage sich zuwendet, machen einen besonderen Gewinn. Verwenden sie diesen zur Erhöhung des Werthes ihrer Arbeit, so wird ihr Lohn dauernd steigen in der zweiten Bedeutung des Worts; wollen oder können sie dieses nicht, so wird entweder eine Zunahme in der Volkszahl und dadurch eine Ausgleichung zwischen Nachfrage und Angebot von Arbeit stattfinden, oder ein Zudrang von Capitalisten in den Arbeiterstand mit gleicher Wirkung, oder eine Vermehrung der Capitalien, wenn nämlich die Arbeiter Ersparnisse machen. Auch dieses wird mittelbar eine Vermehrung der Bevölkerung, vielleicht durch Einwanderung, oder auch eine Auswanderung des Capitals zur Folge haben, wodurch dann nur eine Erhöhung der Genußfähigkeit des Inlandes bewirkt werden wird. Eine Herstellung der Verhältnißmäßigkeit gleichen Lohnes wird aber in Folge der Concurrenz unter allen Arbeitern nicht ausbleiben, wenn nur der Umlauf nicht gehemmt ist. Die ungünstigste Folge eines solchen Aufschwungs ist aber die, daß die Arbeiter den höheren Lohn nur zur Vermehrung ihrer häufig verwerflichen Genüsse verwenden, in welchem Fall weder die Nation noch die Arbeiter daraus einen wahren Vortheil erlan-

---

Aufschwungs fähig sind. Nach Quarterly Review vol. 108 p. 86 ff. stieg zwischen 1839 und 1859 der Lohn in Manchester und den benachbarten Städten für Baumwollarbeiter durchschnittlich zwischen 12—25 %, in den Seidenmanufacturen um 11—33 %, in den mechanischen Zweigen von 3—20 %, in verschiedenen anderen Beschäftigungen um 11—22 %. Daß dieses Steigen aus dem vorhin angegebenen Grunde herrührt, ist daraus zu entnehmen, daß in obigem Aufsatze nicht eine Auswanderung aus England, sondern eine Einwanderung in dessen Manufacturdistrikte ein wahrhaftes Bedürfniß genannt und für die Reduction des Lohnes hauptsächlich eine doppelte Ursache hervorgehoben wird, nämlich Minderung der Nachfrage nach gewissen Artikeln und Verbesserungen im Maschinenwesen, welche die Anwendung der Handarbeit beschränken. Die Art und Weise, wie jene Löhne verwendet werden, läßt sich aus folgenden Bemerkungen entnehmen: 1. Selbst die best bezahlten englischen Arbeiter gehören wegen ihres Mangels an Selbstbeherrschung zu den ärmeren Classen; 2. man berechnet, daß z. B. die Arbeiter in Preston 22 % ihres ganzen Lohnes vertrinken, daß es 1859 im ganzen Königreich 152,222 Schenken für geistige Getränke und nur 606 Sparkassen, in Manchester allein 6306 Schenken und in ganz Lancaster nur 30 Sparcassen gab; 3. die Sparkasseneinlagen pro Kopf der Bevölkerung betrugen 1858 in den landwirthschaftlichen Distrikten 1 L. 10 s. bis 3 L. 6 s., in den Manufacturdistrikten 1 L. 5 s. bis 1 L. 12 s.

langen und nur von einem ungesunden Ueberwuchern einzelner
Productionszweige zu Gunsten einzelner Classen gesprochen werden kann.

Da die gesteigerte Nachfrage die Preise der davon betroffenen
Arbeiten erhöht, so leiden darunter nicht blos die Capitalisten,
sondern auch alle andern Arbeiter, mag sie nun von der Regierung
oder von Privatpersonen ausgehen, denn im ersten Fall muß die
ganze Bevölkerung, also auch die Arbeiter, mehr Steuern entrichten, im zweiten Fall befinden sich unter den Consumenten auch die
Arbeiter. Eine allgemeine Calamität des ganzen Arbeiterstandes
aus diesem Grunde ist daher so wenig möglich, als eine allgemeine
Blüthe; beides dagegen wohl, wenn der wirkliche Werth der Arbeit
dauernd sinkt oder steigt. Da nun ein wirksamer Anreiz zur Erhöhung des Arbeitswerthes nur in dauernd hohem Lohne liegt, so
kommen wir hiemit wieder auf unseren früheren Satz zurück, daß
der Arbeitslohn allgemein und dauernd nur steigen kann, wenn
das Volkseinkommen selbst nachhaltig steigt.

Würden die Arbeiter immer nur ihrem wohlverstandenen Interesse folgen, so könnte auch ein hoher Lohn in der dritten Bedeutung ihnen nur Vortheil bringen; allein in jeder Bevölkerung gibt
es eine rohe, träge und unbesonnene Classe von Arbeitern, die
sich lieber Ausschweifungen und Lastern ergeben, als einem nüchternen, beharrlichen Streben nach Vervollkommnung. Deren
Lohn muß daher immer tiefer sinken, und zwar um so tiefer, je
mehr die Tüchtigen die dauernde Nachfrage an sich ziehen, so daß
jene immer mehr von der Hand in den Mund ein elendes Leben zu
fristen verurtheilt sind. Daß der hohe Lohn, wenn er nur andauert, an sich schlimme Wirkungen auf die Nüchternheit und Kraft
der Arbeiter äußere, kann im Allgemeinen nicht nachgewiesen werden; vielleicht nur da, wo das Laster, besonders die Trunksucht,
bereits vorher eingerissen war, oder bei solchen Arbeitern, die an
einer temporären Unsicherheit des Lohnbezugs leiden und sich
einer übermäßigen Ungebundenheit des Lebens erfreuen. Daher
will man allerdings die Erfahrung in England und Frankreich gemacht haben, daß besonders die Fabrikarbeiter mehr zur Zügellosigkeit neigen und weniger sparen, als häusliche Arbeiter und
Handwerksgehülfen. Im Uebrigen ist der hohe Lohn als wirk-

fames Mittel zur Veredlung und körperlichen wie geistigen He=
bung des Arbeiterstandes durchaus zu wünschen.

§ 90.

Vom niedrigen Arbeitslohn.

Ein niedriger Arbeitslohn kann entweder niedrigen Geldlohn
oder geringen Werth der Arbeit bedeuten, oder auch aus Schwan=
kungen in der Nachfrage nach Arbeit zum Nachtheile einzelner Ar=
beiterclassen entstehen und seine Ursachen und Wirkungen ergeben
sich aus dem Vorhergehenden in umgekehrter Weise wie die des
hohen Lohnes von selbst.*) Insoferne nun der niedrige Lohn ein
geringes Sacheinkommen andeutet, kann dasselbe noch völlig aus=
reichend sein zum angemessenen Unterhalt der Arbeiter und ihrer
Familien; finden sie sich aber in ihren Lebensansprüchen unbefrie=
digt, so würden vermehrte Anstrengung oder die Concurrenz die
Mittel sein, um entweder durch Erhöhung ihres Arbeitswerthes
oder durch Aufsuchen des günstigsten Marktes für ihre Leistungen
ihren Lohn zu steigern. Es scheint somit die Höhe des Lohnes in
der Hand der Arbeiter selbst zu liegen, wenn auch nicht, wie Manche
annehmen, deßwegen, weil sie durch zähes Festhalten an einer ge=
wissen ihnen allein angemessen scheinenden Lebensweise (Standard
of life) die Arbeitgeber zwingen können, ihnen mindestens die

---

*) Ein niedriger Arbeitslohn deutet an, daß nach den bestehenden Wirth=
schaftsverhältnissen nur ein geringer Betrag von Productivkraft im einzelnen
Arbeiter stecken darf. Solche Arbeiter sind leicht in Masse aufzuziehen, ohne
große Kosten und Mühe, auch muß der Mangel an Qualität durch die stärkere
Zahl ersetzt werden, gering gelohnte Arbeiter nützen sich schneller ab und ma=
chen neuen Nachkömmlingen früher Platz, die Geschlechter nähern sich da leichter
einander, wo die sociale Entwicklung vorzüglich unter dem Einfluß der Wirth=
schaftsverhältnisse an ihnen kaum andere Unterschiede anerkennt und aufkommen
läßt, als eben den geschlechtlichen. Aus diesen und einigen anderen Gründen,
die hier nicht weiter erschöpft zu werden brauchen, erklärt sich die scheinbar pa=
radoxe Erscheinung, daß der niedrige Arbeitslohn sehr befördernd auf die Po=
pulationsvermehrung wirkt. Hiedurch erklärt sich auch, warum bei niedrigem
Zinsfuß, der an sich der Zunahme der Bevölkerung erschwerend entgegen wir=
ken müßte, doch die Volkszahl rasch zunehmen kann, weil eben die unteren
Classen ein immer stärkeres Contingent liefern.

Mittel zur Durchführung dieser Lebensweise im Lohn zu reichen, sondern weil der Werth der Arbeit und damit die Hauptursache jedes Lohnes zum größten Theil von dem Verhalten der Arbeiter selbst abhängt. Nimmt man nun an, daß von Natur alle Arbeiter nach Erweiterung ihrer Genüsse streben und daß, wenn auch Einzelne unter ihnen tiefer sinken, doch die große Mehrzahl stets auf Erlangung eines möglichst hohen Lohnes hinarbeiten wird, daß ferner die fortwährende Zunahme des Capitals, der Bevölkerung das Einkommen und damit die Mittel zur Arbeits=Nachfrage stets vermehrt und durch die unzähligen Erfindungen und Verbesserungen in der Industrie alle Bedürfnisse und Annehmlichkeiten des Lebens in immer weiteren Kreisen auch den Arbeitern zu Theil werden können, so scheint ein dauernd niedriger Lohn für ganze Arbeiterclassen kaum möglich und viel eher ein fortwährendes Steigen desselben angenommen werden zu müssen. Dennoch gibt es bei allen und gerade bei den reichsten Völkern eine nicht unbeträchtliche Anzahl von Arbeitern, welche keinen angemessenen Lohn beziehen und sogar in Bezug auf ihren nothwendigen Unterhalt häufig gefährdet sind; die in Elend und Schmutz, ohne festen Besitz, ohne freies Einkommen dahin leben, die also, man kann es nicht läugnen, zu den Zwecken der Industrie nahezu wie menschliche Arbeitsthiere ausgebeutet werden.*) Käme diese Erscheinung nur vereinzelt vor, so wäre sie leicht zu erklären und geringerer Beachtung von unserem Standpunkt aus werth, allein das Fortschreiten der Nationen zu Reichthum und Glanz hat, wie die tägliche Erfahrung lehrt, die Entstehung ganzer Classen von solchen Unglücklichen zur Folge und der Pauperismus (Massenarmuth) oder das Proletariat ist zu einem stehenden Uebel der modernen Wirthschaftsentwicklung

---

*) Wenn man, wie so häufig geschieht, die Lehre vom Arbeitslohn vorwiegend auf den Grundsatz des nothwendigen Unterhalts basirt, so ist dies theils nicht erschöpfend, theils völlig unrichtig; der freie Lohn, die einzige wahre Belohnung der Arbeitsanstrengung, kann damit gar nicht erklärt werden, ebenso wenig die Thatsache, daß sehr viele Arbeiter über und viele unter jener Grenze belohnt werden. Ebenso gut könnte man behaupten, daß der Preis keines Artikels, der von Arbeitern verzehrt wird, die Grenze der Zahlungsfähigkeit der letzteren übersteigen dürfe, denn die Preise müßten doch im Einklang stehen mit dem, was die Arbeiter bezahlen könnten. Jene Behauptung macht die Arbeiter, diese die Unternehmer zu Sclaven des Productivzweckes.

geworden. Die Entstehung des Proletariats, also des besitzlosen Arbeiterstandes ohne freies Einkommen, blos, wie z. B. Malthus wollte, auf das Uebermaß von Bevölkerung gegenüber den Unterhaltsmitteln zurückzuführen, ist nicht erschöpfend, denn jede Bevölkerung erzeugt sich, bei einem gegebenen Stande der Gesittigung, diejenige Menge von Nahrungsmitteln, die ihrer Productionsfähigkeit entspricht. Uebervölkerung ist eben so wenig eine Ursache des Pauperismus, wie der Auswanderung. Herr Légoyt (Emigr.-europ. p. 176) sagt in dieser Beziehung: „Die Schriftsteller, welche die herrschenden Ursachen der europäischen Auswanderung abgehandelt haben, haben in die erste Reihe ein Uebermaß der Bevölkerung im Verhältniß zu den Subsistenzmitteln gesetzt; aber sie haben keinen Beweis zur Stütze ihrer Ansicht erbracht. In der That und nach den glaubwürdigsten Zeugnissen vermehren sich die Subsistenzmittel in Europa rascher als die Consumenten. In Frankreich hat zugestandenermaßen in den letztverflossenen 50 Jahren der Ackerbau sein Erzeugniß verdoppelt, während die Bevölkerung nur um ein Dritttheil anwuchs." Hiezu bedenke man, daß Deutschland jährlich eine bedeutende Menge von Lebensmitteln aller Art ausführt und doch eine starke Auswanderung und dazu bereits die Keime des Pauperismus aufzeigt. Vielmehr lagern sich im gesellschaftlichen Körper, wie im Körper des einzelnen Menschen, die Wirkungen widriger Umstände und Einflüsse ab, soweit sie nicht von günstigen Gegeneinflüssen beseitiget werden; während aber beim physischen Körper sich hienach allgemeines Wohl= oder Uebelbefinden äußert, kann man wohl auch über das Befinden des gesellschaftlichen Körpers nach allgemeinen Ueberblicken und Vergleichungen ein Gesammturtheil fällen, aber Wohlsein und Mißstände finden sich, da der gesellschaftliche Körper, um uns eines juristischen Ausdruckes zu bedienen, eine universitas corporum distantium bildet, hier über getrennte Gruppen vertheilt, bei welchen die Ursachen dieses oder jenes Zustands in überwiegendem Grade oder ausschließlich wirksam sind. Erinnert man sich, daß der Fortschritt zu Reichthum und Vermehrung der Genüsse von dem Grade abhängt, in welchem irgend eine Gesellschaft den verderblichen Folgen des Gesetzes der Rente entgegen zu wirken im Stande ist, so wird man die Ursachen des proletarischen Zu=

ſtandes gerade auf dieſer Seite zu ſuchen haben. Je höher die
Geſellſchaft ſteigt, deſto mehr Arbeit oder Capital oder productive
Einſicht und Geſchicklichkeit iſt nothwendig, um das Geſetz der
Rente zu überwinden und zu überbieten; bloße Arbeit erzeugt
immer weniger, der bloßen, rohen Arbeit muß alſo auch ein immer
kleinerer Antheil am Geſammterzeugniß zufallen. Hieburch wer=
den die gemeinen Arbeiter gewiſſer Maßen zu Parias der Geſell=
ſchaft, der Niederſchlag des Rentengeſetzes, über welchem die be=
günſtigteren oder tüchtigeren Glieder der Geſellſchaft ſich zu höherem
Reichthum und Wohlſtand emporſchwingen. Dieſer allgemeinen
Anſchauung braucht man nur einzelne Betrachtungen hinzuzufügen,
um ſich darüber völlig klar zu werden.

1. Da man den ſchlimmen Folgen des Rentengeſetzes nur
durch vermehrte Arbeit, Erſparniß oder durch die auf vermehrte
Kenntniſſe geſtützten Fortſchritte in der productiven Verwendung
beider entgehen kann, ſo muß ſich Noth und Elend da immer mehr
einbürgern, wo dieſe Gegenwirkungen nicht eintreten. Trägheit,
Verſchwendung und Unwiſſenheit ſind aber gerade die Untugenden
des Proletariats.

2. Dieſe Untugenden ſind jedoch nicht etwa dem Proletariat
ſelbſt ausſchließlich und individuell zur Laſt zu legen. Es ſind
Thatſachen, die als vorhanden erklärt werden müſſen und die auch
großentheils aus der Entwicklung der Wirthſchaftsgeſetze erklärt
werden können. Es fragt ſich, warum befindet ſich das Proletariat
in ſolchen Zuſtänden, daß in ſeinem Bereiche Laſter, Elend und
Hülfloſigkeit ſich in erſchreckendem Grade einbürgert. Nun kann
eben dieſe Claſſe nicht immer den Werth ihrer Arbeit ſteigern,
ſelbſt wenn ſie den Willen dazu hätte, weil geſellſchaftliche, poli=
tiſche, wirthſchaftliche Einrichtungen, häufig durch die Geſetzgebung
ſanctionirt, im Wege ſtehen oder weil das eingebürgerte Elend
alle Kraft zur Erhebung und Verbeſſerung vernichtet hat. „Man
gelangt immer nur mit äußerſter Anſtrengung aus einer tieferen
Stufe auf eine höhere und die in einen gewiſſen Zuſtand der Er=
niedrigung geſunkenen Familien ſind dem Looſe preisgegeben,
darin zu verharren, deßwegen, weil ſie einmal ſo tief geſunken ſind."
(Dunoyer, nouv. traité de l'écon. sociale I, p. 9). Dieſes
traurige Loos findet ſeine Erklärung in den unvermeidlichen

Schattenseiten der wirthschaftlichen Entwicklung. Um nur einen Punkt hervorzuheben, so trägt das Maschinenwesen nach unbestreitbarer Erfahrung in hohem Grade zur Zerrüttung der Ehe und der Familiensitte bei; „die Zerrüttung der Ehen ist aber ein Hauptgrund der Armuth." (Stahl, parlam. Reden S. 106.) Ferner verlangt die Maschinenarbeit sehr häufig nur ganz rohe kunstlose Handarbeit, wobei eine höhere Ausbildung des Arbeiters unnütz wäre, also auch nicht vergütet werden kann. Die Arbeitstheilung in ihren äußersten Spitzen, wie sie gerade durch die Maschinen befördert wird, legt ganze Seiten der menschlichen Arbeitskraft brach und macht den Arbeiter zu einem Anhängsel der Maschine. Die Production im Großen vermehrt die Absatzstockungen und Handelscrisen, deren schlimme Wirkungen dann auch mit überwältigender Macht auf die kunstlose, einseitige Arbeit zurückfallen. Wo die Arbeit erniedrigt, wo sich die Arbeiter vermöge gesetzlicher oder herkömmlicher Hindernisse nie auf eine höhere Stufe schwingen können, da bleibt auch der Lohn immer ungenügend; so namentlich wenn geistiger, willkürlicher Druck auf den Massen lastet und Stumpfsinn erzeugt. Aehnliche Wirkungen haben ungünstige Agrarverhältnisse, wie allzugroße Gebundenheit oder Zersplitterung des Grundbesitzes, Frohnden, schlechte Heimathsgesetze ꝛc.

3. Verwendet man zu solchen Arbeiten, für welche die Arbeitskraft eines vollkommen gereiften Mannes zu kostspielig wäre, Weiber und Kinder, und das Interesse der um Absatz kämpfenden Unternehmer, die immer wohlfeiler produciren müssen, drängt diese allerdings unwiderstehlich dazu, so zerstört man das Behagen und die Annehmlichkeiten der Häuslichkeit, gefährdet die Würde und Sittlichkeit der Weiber, schwächt die kommenden Generationen und untergräbt so die sittliche und physische Kraft des ganzen Geschlechts.*)

4. Ist einmal diese Bahn betreten, so gesellt sich zu den im

---

*) Nach Hübner (Berichte des stat. Centralarchivs Nr. 3. S. 50.) waren im Jahre 1856 in sämmtlichen Manufacturfabriken Großbritanniens und Irlands folgende Arbeiter verwendet:

im Ganzen	682,497
darunter männliche	273,137
„ weibliche	409,360

industriellen Fortschritt selbst liegenden Schattenseiten der Cultur immer mehr die Unfähigkeit der untersten Arbeiter, sich durch eigene Kraft wenigstens auf der Stufe zu erhalten, welche noch den wirthschaftlichen Anforderungen selbst entspräche; es bürgern sich vielmehr in Folge schlechter Nahrung (Kartoffeln!) und besonders entsetzlich elender Wohnungsverhältnisse Laster, sittliche und körperliche Verkommenheit, Stumpfsinn und Leichtsinn in dieser Classe immer mehr ein, und die Wirkungen des Rentengesetzes erzeugen so mittelbar eine sociale Krankheit, welche theils in unrettbarer Versunkenheit der niedrigsten Arbeiterclassen, theils in allgemeiner Unzufriedenheit und Mißstimmung gegen die bestehenden Zustände überhaupt sich äußert. Dann suchen sich diese Arbeiter durch Trunksucht, zügellose Befriedigung des Geschlechtstriebs in und außer der Ehe, ungesetzliches Auftreten für die Schmerzen der socialen Krankheit, von der sie ergriffen sind, zu entschädigen, haschen nach betäubenden und aufregenden vermeintlichen Heilmitteln, die aber das Uebel nur noch schlimmer machen und tiefer einwurzeln, während seine eigentliche Ursache in progressivem Verhältniß ungestört fortwirkt. Diese Uebel treten am grellsten auf, wenn noch außerordentliche Calamitäten, wie Productionscrisen, hinzutreten; wie z. B. so häufig eine Absatzstockung der Baumwollfabriken von Lancashire dahin führt, daß „ganz

---

männliche

unter 13 Jahren	. . . .	26,490
von 13—18 Jahren	. . . .	70,247
über 18 Jahren	. . . . .	176,400

weibliche

unter 13 Jahren	. . . .	25,982
über 13 Jahren	. . . .	383,378

Auf die einzelnen Hauptfabrikationszweige vertheilt, ergeben sich folgende Zahlen:

	Männliche	Weibliche
Baumwolle . . .	157,186	222,027
Wolle	45,583	33,508
Kammgarn . . .	30,023	57,771
Flachs	23,446	56,816
Seide	16,899	39,238
Total	273,137	409,360

England einem Kranken gleicht, der sich auf seinem Schmerzens=
lager hin= und herwälzt." (Roscher).

§ 91.

Von der Abhülfe gegen niedrigen Arbeitslohn.

Bei der Beurtheilung des niedrigen Lohnes muß man sich
vor zwei Extremen hüten, vor leichter Hinwegläugnung und vor
Uebertreibung. Allerdings ist der Pauperismus nicht, wie er von
Manchen*) dargestellt wird, der vorherrschende Typus der mo=
dernen Industriestaaten, nicht ausschließliche Folge des Maschinen=
systems, er existirt auch im Handwerk und im Grundbesitz, in
Staaten, die nichts weniger als jenem System ergeben sind; allein
immerhin darf man die wirthschaftlichen Fortschritte der Neuzeit
nicht dergestalt überschätzen, daß man den Pauperismus entweder
ganz läugnet oder doch nur als geringfügigen und vorübergehenden
Ausnahmezustand hinzustellen sucht. Die tiefste Stufe des Lohnes
ist die, welche nicht einmal mehr den nothdürftigsten Unterhalt ge=
währt; daneben aber kann er auch darin bestehen, daß zwar der
nothdürftige, aber nicht mehr der angemessene Lohn erreicht wird;
oder zwar der angemessene, mitunter vielleicht auch ein reichlicher,
aber um den Preis kürzerer Lebensdauer, moralischer und häus=
licher Erniedrigung und geistiger Versumpfung; oder er unterliegt
fortwährenden Schwankungen, so daß die sichere Versorgung,
besonders im Alter fehlt; oder er macht den Arbeiter zu einem
mechanischen Lastthier. Dieser niedrige Lohn besteht, in welcher
Gestalt er auch auftreten mag; und er wird nicht dadurch hinweg=

---

*) Eine grelle Darstellung des englischen Pauperismus rührt her von
Engels, Lage der arbeitenden Classen in England 1848. — Für französische
Verhältnisse ist belehrend Villermé, tableau de l'état physique et moral
des ouvriers 1840. Bécharb, de l'état du pauperisme en France 1852.
Die Literatur über den Pauperismus in diesen beiden Ländern ist sehr zahl=
reich, ein Beweis, daß die Sache existirt. — In Deutschland ist das Elend,
Localverhältnisse ausgenommen, wohl kaum noch eine Massenerscheinung ge=
worden. — Eine zu günstige Kritik übt Hildebrand Nat.=Oekon. der Gegenw.
und Zukunft, S. 170 ff.

disputirt, daß man den durchschnittlichen Kopfverbrauch einer ganzen Bevölkerung an Weizen oder anderen Dingen höher berechnet
als früher oder in minder entwickelten Ländern, oder daß man sich
auf die steigende Höhe der Sparkasseneinlagen, auf das durchschnittliche Steigen der Lebensdauer, auf die wachsende Verwendung von größeren Arbeitermassen in den Fabriken, auf die steigenden Aus- und Einfuhrziffern u. dgl. beruft. Es handelt sich
hier nicht um ein Durchschnittsverhältniß, sondern um einen
Gegensatz; wenn eine Million Arbeiter unter dem Druck zu niedrigen Lohnes leidet, so wird diese Thatsache nicht dadurch aufgehoben, daß zehn oder zwanzig andere Millionen sich eines höheren
Lohnes erfreuen. Auch handelt es sich nicht um eine Vergleichung
mit der Vergangenheit, sondern um einen Gegensatz in der Gegenwart; und die Volkswirthschaftslehre bleibt so lange unvollständig,
als sie die düsteren Schattenseiten der volkswirthschaftlichen Entwicklung, die gleichfalls auf Gesetzen beruhen müssen, ignorirt oder
unerklärt läßt, sich nur mit den Gesetzen der Reichthumsvermehrung für die glücklichen Glieder der Gesellschaft beschäftigt und
keine Heilmittel für Massenarmuth anzugeben vermag.

Es fragt sich, ob es solche Heilmittel gibt und mit welchem
Erfolg sie angewendet werden können. In dieser Beziehung sind
verschiedene Gegenwirkungen denkbar:

1. Ausbildung der Armenpflege. — Dieses System ist namentlich in England angewendet, aber ohne sonderlichen Erfolg.
Man behauptet zwar, daß die Anzahl der Armen abnehme; allein
diese Abnahme scheint mehr der starken Auswanderung aus diesem
Lande, sowie dem Umstande zuzuschreiben, daß seit der Reform der
englischen Armengesetzgebung im Jahre 1834 die Unterstützung
karger und nur unter harten Bedingungen gereicht wird. Ueberdieß ist die Anzahl der officiellen Armen nicht die der wirklichen
Armen. Abgesehen hievon ist das Almosen nicht eine Verbesserung
des Einkommens aus Arbeit, sondern nur ein Zusatz zum Lohne,
im Grunde also nur eine Beseitigung des Symptoms, nicht der
Ursache des Uebels. Das Almosen ist sogar eines der schlechtesten
Gegenmittel. Die Armenpflege, als eine polizeiliche Function,
soll nur individuelle Leiden mildern, sie kann niemals als organisches Glied eines volkswirthschaftlichen Systems wirken. Ein

Syftem, das sich nur auf der Krücke des Almosens erhalten kann,
ist lahm und krank, es beweist, daß die Arbeit in ihm ihre Gel=
tung und Wirksamkeit verloren hat. Ueberdies erniedrigt, be=
schämt und entsittlicht das Almosen den Arbeiter *); tüchtige und
ehrliebende Arbeiter ziehen sich davor zurück, leichtsinnige, träge
und gewissenlose reizt es zu übler Wirthschaft und unkluger Ehe=
schließung; weitverbreitete Armenunterstützungen drücken noch dazu
im Allgemeinen den Lohn herab und bringen so auch die besseren
Arbeiter um einen Theil des ihnen gerechter Weise zukommenden
Verdienstes.

2. Beschaffung wohlfeilerer Unterhaltsmittel. — Auch auf
dieses Mittel legt man vornehmlich in England Gewicht und be=
strebt sich, zu immer niedrigeren Preisen Nahrungsmittel vom
Auslande einzuführen. So führte es in den Jahren 1843 und
1844 an Cerealien in runder Summe 4½, in 1860 und 1861 zu=
sammen 30½, im letzten Jahre allein über 16 Millionen Quar=
ters ein. Den Verbrauch per Kopf zu 4 Quarter gerechnet,
nähren sich sonach 4 Millionen in England von ausländischem Ge=
treide; für einen großen Theil seiner Bevölkerung ruht also die
Grundbedingung der animalischen Existenz im Auslande, theil=
weise im entferntesten Auslande (Amerika, Australien). Die
Gefahr einer solchen Aushülfe liegt auf der Hand. Doch prüfen
wir näher. Wohlfeile Nahrungsmittel können sowohl im Inlande
als vom Auslande erlangt werden. Im ersten Fall kann aller=
dings die Productivität der Arbeit und des Capitals in Bezug auf
Grund und Boden gestiegen sein; der Ertrag kann steigen bei
gleichem, oder gleich bleiben bei vermindertem Kostenaufwand.

---

*) Wenn arbeitskräftige Individuen mittelst öffentlicher Almosen ernährt
werden müssen, so ist das ein Zeichen, daß das System Arbeitskräfte aufge=
bracht hat, die nur durch zeitweilige Vergebung von anderweitigem Vermögen
erhalten werden können. Offenbar ist das Gemeinwesen berechtigt, eine Ge=
genleistung zu verlangen, allein wohin führt das? Oeffentlichen Nachrichten
zufolge sollten die Baumwollarbeiter in Lancashire, die wegen Ausbleibens der
gewohnten americanischen Baumwollzufuhr durch Almosen unterhalten wer=
den mußten, von den öffentlichen Behörden zu Straßenarbeiten ꝛc. verwendet
werden; allein sie weigerten sich dessen und drohten mit Aufruhr, wohl fühlend,
daß sie auf diesem Wege nicht mehr weit von der Stellung öffentlicher Sclaven
entfernt wären.

Dies ist jedoch eine Hypothese, die der Wirklichkeit kaum entspricht. Die Erfahrung zeigt, daß die Productivität der Arbeit und des Capitals im Grund und Boden, wegen des in hohem Grade unentbehrlichen Mitwirkens unberechenbarer Naturkräfte, am wenigsten einer beträchtlichen Steigerung fähig ist. Ein Fallen des Preises der Bodenproducte kann in der Regel nur erreicht werden durch ein Herabsteigen zu tieferen Wirthschaftssystemen, z. B. von der Wechselwirthschaft zum Dreifelbersystem, oder es treibt zu anderen Uebeln, zum Latifundienwesen mit Umwandlung des Ackers in Weide oder zur Zwergwirthschaft. In beiden Fällen wird Arbeit und Capital brach und der Industrie zugewiesen; dies ergibt eine stärkere Ausdehnung des Systems, in welchem ein Hauptsitz des Proletariats liegt, eine Vermehrung des Angebots von Arbeit und eine Verminderung ihrer Nachfrage; denn niedrige Preise der Bodenproducte vermindern die Kaufkraft des Grundbesitzes und folglich die Nachfrage nach Arbeit. Eine Heilung ist hier nirgends zu erblicken.*) Die Industrieproducte müssen Absatz im Auslande suchen, und Lebensmittel von dort einkaufen. Dies führt uns auf den zweiten Weg, den verderblichsten von allen. Denn er verlegt den Schwerpunkt der Production, die Lebensmittel- und Rohstoffgewinnung, in das Ausland und bewirkt dadurch, abgesehen von der möglichen Bedrückung des heimischen Ackerbaues**), eine unbedingte Abhängigkeit von einer Reihe

---

*) Absolute Wohlfeilheit der Lebensmittel ist auch noch in anderer Beziehung nicht zu wünschen, nämlich wegen der größeren Gefahr einer Hungersnoth für das ganze Land. So führt der in solchen Dingen wohlunterrichtete v. Thünen (Isol. Staat. I. S. 257) aus, daß wenn in einem wohlhabenden Lande das Vieh mit Kartoffeln gemästet wird, was einen hohen Preis des Fleisches voraussetzt, in einem Mißwachsjahre das Vieh mager geschlachtet, dagegen die Kartoffel direct zur menschlichen Nahrung verwandt werden kann, wodurch die sonst in Fleisch verwandelte Nahrungsmasse verfünffacht wird; es ist also kaum möglich, daß ein Land, welches diese Stufe des Wohlstandes erstiegen hat, jemals von einer Hungersnoth heimgesucht wird. Ferner kann nur in einem solchen Lande ein blühender Getreidehandel bestehen.

**) Die Ansichten über diesen Punkt in Bezug auf England sind getheilt. Carey (Principles II. p. 72 ff.) sucht unter Berufung auf sehr gewichtige Autoritäten, z. B. Caird English Agriculture, einen verhängnißvollen Rückschritt der britischen Landwirthschaft nachzuweisen, auch Porter (Progress of nation p. 138 ff.) gibt schwankende Belege. Andere, wie Escher (Handbuch

unberechenbarer und jeder sicheren Beherrschung entzogener Um=
stände, welche durch eine Blokade, einen unglücklich geführten
Krieg oder durch siegreiche Konkurrenz anderer Völker bis zur
Vernichtung aller Handelsblüthe führen kann. Ueberdies hat
auch diese Methode ihre Grenze, wie bereits früher bemerkt wurde.
(§ 19. 37.) Ein diesem System ergebenes Volk muß seine Ma=
nufacturindustrie ins Unendliche ausdehnen, denn es handelt sich
hier nicht mehr blos um Gewinn, sondern um die Existenz;
größte Wohlfeilheit und Verdrängung der Konkurrenten vom
Markt ist seine Aufgabe, und dieser Zweck wird dann auch durch
eine heimtückische und grausame Politik gegenüber allen Völkern,
die mit ihm konkurriren könnten, erstrebt. Wie kann nun aber
bei dem eisernen Gebot der Wohlfeilheit der Arbeitslohn steigen?
Noch schlimmer steht die Sache, wenn die Lebensmittel nur deß=
halb wohlfeiler werden, weil sie von schlechterer Qualität sind;
wenn man also von Weizen oder Roggen zu Hafer oder Kartoffeln,
von Bier und Wein zu Branntwein, von Kaffee zu Rüben über=
geht. Denn hier wird nicht nur der Lohn, sondern die Kraft des
Arbeiters selbst untergraben und seine Leistungsfähigkeit immer
geringer. In Bezug auf Fleisch ist das ohnehin schon gewöhnlich
der Fall, da es wegen mangelhafter Versorgung des Marktes
wenigstens in guter Qualität in der Regel nur von den Wohlha=
benden genossen werden kann. Hiebei ist noch zu bedenken, daß
Wohlfeilheit der Unterhaltsmittel, wenn sie andauert, unfehlbar
auch den Geldpreis der gemeinen Arbeit mindert, also doch dem
Arbeiter keine Abhülfe schafft; inzwischen hat sich vielleicht die
Bevölkerung aus Anlaß einiger guter Jahre vermehrt und es steht

---

der pract. Politik I. § 64 ff.), bemühen sich, die Agriculturverhältnisse Eng=
lands als höchst günstig darzustellen. Offenbar ist die englische Statistik über
diesen Gegenstand mangelhaft, worüber sich auch Porter beklagt; ferner han=
delt es sich nicht darum, was England im Verhältniß zu anderen Völkern,
sondern im Verhältniß zum Wachsthum seiner Bevölkerung und seiner Indu=
strie an Agriculturproducten producirt. Im Allgemeinen kann man wohl
zu dem Urtheil gelangen, daß bei der enorm steigenden Cerealieneinfuhr und
bei der starken Auswanderung die englischen Agriculturverhältnisse nicht
durchaus blühend sein können. Vgl. auch Quarterly Review vol. 86 p. 174.
„The depression of that great interest (the agricultural) is aknowledged
and deplored.“

vermehrtes Angebot von Arbeit in Aussicht. Dies muß wieder auf den Lohn drücken. Daß die Auswanderung, also das Aufsuchen wohlfeiler Nahrung am Erzeugungsort, keine dauernde Hülfe bringt, wurde schon früher hervorgehoben. Endlich bezeugt die statistische Erfahrung, daß niedrige Lebensmittelpreise die Armenlast erhöhen, was sich aus der geminderten Kauffähigkeit der grundbesitzenden Klasse erklärt. *)

Ueberhaupt hat es mit der Wohlfeilheit, die immer ein Hauptargument für die Freihändler abgeben muß, eine eigene Bewandtniß. Die Wohlfeilheit wird als reiner Gewinn angepriesen, denn nach dem Satze J. B. Say's, daß in Wahrheit nur Producte gegen Producte ausgetauscht werden, scheint es gleichgültig, ob für

---

*) In einem englischen Parlamentsberichte der Armencommission heißt es: „Stand der Weizen niedrig, so war die Armenrate hoch; wenn der Weizen hoch stand, dann war sie niedrig." Sir Robert Peel, in einer Parlamentsrede vom Jahre 1849, nannte diese Angabe thöricht; allein er hat sie nach dem, was unsere Quelle (Quarterly Review vol. 86. p. 165) enthält, nicht widerlegt. Nachstehende Tabelle erbringt den Beweis.

Sieben Jahre mit höchstem Weizenpreis.

Jahre	Durchschnittlicher Weizenpreis		Betrag der Armenunterstützung	Betrag der Unterstützung auf den Kopf der Bevölkerung	
	s.	d.	L.	s.	d.
1838	55	3	5,186,389	5	5¼
1839	69	4	5,613,939	5	8¾
1840	68	6	6,014,605	5	10½
1841	65	3	6,351,828	6	0½
1842	64	0	6,552,890	6	1¾
1847	59	0	6,964,825	6	2½
1848	64	6	7,817,430	7	1¾
Durchschnitt	63	8	6,357,435	6	1

Sieben Jahre mit niedrigstem Weizenpreis.

Jahre	Durchschnittlicher Weizenpreis		Betrag der Armenunterstützung	Betrag der Unterstützung auf den Kopf der Bevölkerung	
	s.	d.	L.	s.	d.
1835	44	2	7,373,807	7	7
1836	39	5	6,354,538	5	4¾
1837	52	6	5,294,566	5	5
1843	54	4	7,085,575	6	5¼
1844	51	5	6,847,205	6	0¾
1845	49	2	6.791,006	6	0¾
1846	53	3	6,800,623	5	10½
Durchschnitt	49	2	6,649,620	6	3

einen Thaler sechs Pfund Kaffee gegen einen Scheffel Weizen oder zwölf Pfund gegen zwei Scheffel ausgetauscht werden, der Gebrauchswerth wird davon nicht berührt, und der Bevölkerung strömen reichlichere Mittel der Bedürfnißbefriedigung zu. Diese Argumentation ist aber eine starke Täuschung. Jener Satz von Satz ist nur wahr für den Waarenpreis, nicht für den Nutzungspreis, und man darf nicht, wie die Ausländer fast durchgehends thun, Nützlichkeit mit Gebrauchswerth verwechseln. Wohlfeilheit erniedrigt den Gebrauchswerth. Denn der Gebrauchswerth richtet sich nicht blos nach den objectiven Eigenschaften eines Gutes, sondern nach der Rangstufe des Bedürfnisses, wofür es dienen soll; nun sinkt aber jedes Bedürfniß im Range, je leichter es befriedigt werden kann. Sinkt auf diese Weise der Gebrauchswerth eines Products, so muß auch der Gebrauchswerth und folglich der Tauschwerth der Productivkraft sinken, mittelst deren es hervorgebracht ist oder die sich mit ihm verbindet, und zwar in stärkerem Verhältniß.*) Sinkt also der Werth der Rohstoffe und Lebensmittel, so sinkt auch der Rohstoff- und Unterhaltswerth der Arbeit, und folglich auch der Werth der Arbeitsnutzung, dieser aber in stärkerem Verhältniß. Die Erniedrigung der Lebensmittelpreise, zumal in Verbindung mit der Ausbreitung der mechanischen

---

*) Dies erklärt sich durch das Gesetz des zusammenhängenden Preises. Wenn mehrere Güter zusammen einem Bedürfnisse dienen und eines davon an Gebrauchswerth verliert, so müssen davon auch die übrigen ergriffen werden, insofern sie nicht zugleich für ein anderes, höher stehendes, brauchbar sind. Ist z. B. wegen starker Wohlfeilheit des Kaffees das Kaffeebedürfniß im Rang gesunken, so muß auch der Gebrauchswerth des Zuckers, der Kaffeegeschirre ꝛc. herabgehen; denn so wenig man einen Pflug mit Diamanten besetzt, so wenig wird man wohlfeilen Kaffee mit theurem Zucker verbinden; der Gebrauchswerth eines Gutes kann nicht im Mißverhältniß stehen zu seinem Bedürfniß. Nun ist aber die Arbeit eine zusammengesetzte Leistung; sie repräsentirt einmal Rohstoff oder Unterhaltswerth, und dann den Werth der persönlichen Arbeitsanstrengung, wofür man freien Lohn bezieht. Sinkt der erstere, so muß nothwendig auch der letztere sinken, denn unmöglich kann die Arbeitsanstrengung hoch im Werth stehen, wenn sie sich mit einem niedrigen Mitfactor verbindet. Sinkt also der Preis des Unterhalts, so muß der Arbeitslohn aus einem doppelten Grunde sinken, nicht blos wegen gesunkenem Unterhaltswerths, sondern auch wegen gesunkenen Arbeitswerths. Er sinkt also in stärkerem Verhältniß und dies um so mehr, eine je stärkere Proportion des Lohnes der Unterhaltsbetrag ausmacht, also vornehmlich bei gemeiner Arbeit.

Arbeitstheilung, wird also niemals eine Lohnerhöhung zur Folge haben, sondern im Gegentheil eine Erniedrigung.

Wohlfeilheit des Unterhalts kann auch herbeigeführt werden durch Erniedrigung oder Beseitigung der auf den Producten lastenden Handelsgewinne, vorzüglich des Kleinhandels; hierzu dient die Gründung von sog. Consumvereinen, deren Mitglieder auf eigene, gemeinsame Rechnung Lebensmittel im Großen aufkaufen und ohne Gewinnzusatz an die Theilnehmer ablassen. Solche Vereine wirken unstreitig wohlthätig, wenn sie sich auf kleinere Arbeiterkreise erstrecken; würde sich aber der ganze Arbeiterstand oder die Mehrzahl dieses Mittels bedienen, so stünde dies ganz gleich einer allgemeinen Verwohlfeilerung des Unterhalts und die nachtheiligen Wirkungen auf den Lohn könnten nicht ausbleiben. *) Nur würden sie in diesem Falle, wenn sonst keine Wendung zum Schlimmern einträte, sich in geringerem Grade einstellen, weil die Preiserniedrigung durch eigene Thätigkeit der Arbeiter bewirkt wäre. Immerhin aber erscheinen dergleichen Mittel wie Lazarethmittel; denn ein System kann nicht gesund sein, das sich einem wichtigen und nützlichen Gliede gegenüber abwehrend verhalten muß. Wenn die von den Arbeitern consumirten Producte den üblichen Handelsgewinn nicht mehr ertragen, so ist dies ein Zeichen, daß der Arbeitswerth im Verhältniß zum Werth jener Producte zu tief steht; Erhöhung des Arbeitswerthes wäre also ein weit vorzüglicheres Mittel als Erniedrigung jenes Productenwerthes, denn jene würde den Arbeiter auf eine höhere Stufe heben, diese beläßt ihn auf seiner tieferen Stufe, wenn sie ihn nicht noch tiefer drückt.

3. Beschränkung der freien Konkurrenz. — Hierüber sind die Meinungen sehr getheilt. Die Einen schreiben der unbeschränkten, die andern der gehemmten Konkurrenz alles Elend der arbeitenden

---

*) Im Interesse der Arbeiter scheint daher das Princip der englischen Consumvereine (stores) vorzuziehen, nach welchem die Waaren an die Mitglieder nicht zu niedrigeren als den gewöhnlichen Detailpreisen verkauft, dagegen die durch wohlfeilen Einkauf erlangten Gewinne zu Gunsten der Theilnehmer capitalisirt werden und ihnen Dividenden abwerfen. Es ist dies ein sehr glücklich gewähltes Mittel, um die Gewinne des Handels in bedürftigere Kanäle zu leiten.

Klassen zu. Beides ist vielleicht ebenso richtig wie unrichtig. Konkurrenz kann an sich den Lohn, überhaupt den Preis, weder erhöhen noch erniedrigen, ihre nächste Wirkung ist die einer durchschnittlichen Gleichheit, einer Ausgleichung des Zuviel oder Zuwenig. Uebrigens ist die Frage, was unter Konkurrenz verstanden wird. Die intensive Konkurrenz, welche durch Erhöhung der Leistung das Feld zu behaupten sucht, ist sicherlich nur wünschenswerth; allein gerade diese ist den vom niedrigen Lohn gedrückten Arbeitern von ihnen selbst aus unmöglich, wie oben gezeigt wurde. Bleibt die extensive Konkurrenz, welche die Konkurrentenzahl zu vermindern strebt. Wir stoßen hier wieder auf die Lehre des Malthus, daß die Ueberzahl der Arbeiter an ihrem Elend schuld ist und daß die Herstellung einer gehörigen Proportion der Bevölkerung zu den Unterhaltsmitteln das alleinige Heilmittel abgeben kann. Allein diese Lehre, welche überdieß auf ein Lebensmittel importirendes Land nicht im Mindesten paßt, da es sich für ein solches Land nur um die richtige Proportion zum Absatz von Manufakturwaaren nach Außen handeln könnte, ist einerseits in grausamem Widerspruch mit einer der Hauptgrundlagen jedes Wirthschaftslebens, indem es den Arbeitern beständig eine Unterdrückung des aus der Menschennatur unvertilgbaren Familientriebes zur Pflicht macht, andererseits unausführbar, insofern sie eine beständige künstliche Verkürzung des Arbeitsangebots gegenüber dem Bedürfniß bewerkstelligen will, die auf die Dauer doch nicht Platz greifen kann. Welchen Anspruch auf Achtung hätte ein System, das mit natur= und principwidrigen, mit künstlichen und doch keiner dauernden Wirkung sicheren Mitteln der Vermehrung der Productivkräfte in seinem Schooße entgegen wirken muß? In diesem Vorschlage, der noch einem J. St. Mill als der Ausbund wirthschaftlicher Klugheit erscheint, offenbart sich die ganze Hohlheit einer Lehre, die nur nach dem gegenseitigen Verhalten numerischer Größen ihre Grundsätze normirt. Diese Lehre ist aber auch unrichtig. Der Lohn ist nicht niedrig, weil zu wenig oder zu theuere Unterhaltsmittel hervorgebracht werden; er ist nicht niedrig, weil Andere zu wenig produciren, sondern weil die Arbeiter zu wenig hervorbringen, weil sie nach dem System, in dem sie arbeiten, widerstandslos zu niedriger Leistungsfähigkeit herabgedrückt sind.

Die ganze Werthlehre. wäre aus der politischen Oekonomie zu streichen, wenn die Zahl der Arbeiter für ihren Lohn entscheidend sein würde.*) — Man könnte ferner an eine Vermehrung der Umlaufsfähigkeit denken, die den Arbeiter von drückender localer Konkurrenz befreien und in den Stand setzen würde, die jeweilig lohnendste Beschäftigung im In= oder Ausland aufzusuchen. Diese Umlaufsfähigkeit kann allerdings eine gerechtere Vertheilung des Lohnes bewirken, indem sie dem jedesmaligen Bedürfniß nach Arbeit rasche und ausreichende Befriedigung sichert. Allein in dieser Beziehung ist die Arbeit schon frei, wenigstens bestehen nirgends nennenswerthe Schranken. Der englische, der deutsche, der französische Arbeiter kann überallhin seine Arbeitskraft zu Markte tragen; zur Sache ist damit wenig gewonnen. Wo die Ursachen des Pauperismus fortwirken, verfallen ihm die Arbeiter, mögen sie eingeborne oder eingewanderte sein. Auch in massen= hafter Auswanderung vermag ich keine wirkliche Heilung zu er= blicken. Entweder entvölkern und bekapitalisiren sie ein Land und bringen es in die Gefahr des Verfalls; oder es muß eine Aende= rung im System vorgenommen werden, wenn die entstandene Lücke nicht bald wieder in derselben Weise wie früher ausgefüllt sein soll. Unter dieser Voraussetzung wäre aber die Auswanderung gar nicht nöthig gewesen. Ferner sind die wandernden Arbeiter in der Regel entweder sehr tüchtig, dann suchen sie nur sich schneller und leichter aufzuschwingen, fallen also nicht in unsere Kategorie, oder sie sind untauglich und lieberlich, dann wird ihre Entfernung den Zurück= bleibenden keine Erleichterung gewähren. Wo periodische Wan= derungen, mit der Absicht der Rückkehr nach gemachtem Erwerbe, zur Gewohnheit geworden sind*), da mag diese Ausdehnung des

---

*) Siehe überhaupt über diese Lehre Carey, principles (1859), bes. Band 3. cap. 49.

**) S. viele Beispiele hierüber bei Roscher I. § 177. So wandern jähr= lich zur Zeit der Hopfenernte viele Arbeiter, besonders weiblichen Geschlechts, aus der bayerischen Oberpfalz in das benachbarte Mittelfranken, um das viele Hände erfordernde Geschäft des „Hopfenblattens" zu besorgen, und bringen den Geldverdienst nach Hause, von dem sie im Winter, wo es ihnen an Arbeit mangelt, leben. Allein es wird stark über Vermehrung der Unsittlichkeit ge= klagt. Auch nach Mecklenburg werden zur Erntezeit ganze Arbeitertrupps über Hamburg auf Accord eingeführt.

Arbeitsfeldes, eine Art territorialer Arbeitsvereinigung, zunächst wohl in der Regel Gutes stiften, wenn das Erworbene sorgsam nach Hause gebracht und zur Gründung oder Erleichterung des Nahrungsstandes verwendet wird. Allein daneben besteht die Gefahr der Einschleppung von Liederlichkeit, abenteuerlichem Hang und Verschwendung; ferner wird der Lohn offenbar in beiden Ländern niedergedrückt werden und besonders im aussendenden Lande wird er sich schwerer heben können, weil der ausländische Zuschuß den Anreiz zur Vermehrung der einheimischen Productivität aufheben kann. — Was endlich noch die Steigerung des Arbeitsbegehrs durch Vermehrung des Kapitals oder richtiger der Kauffähigkeit der Consumenten betrifft, so wurde über diese Eventualität bereits oben gesprochen; eine Lohnerhöhung wird daraus auf die Dauer nur hervorgehen, wenn die Arbeiter zugleich den Werth ihrer Arbeit zu erhöhen vermögen, was jedoch nicht allein von ihnen selbst abhängt.

Mit diesen allgemeinen Bemerkungen ist freilich die Frage der freien Konkurrenz in Bezug auf die Stellung der Arbeiter noch nicht erschöpft. Der Grad, zu welchem die Konkurrenz in einem Lande frei ist, bestimmt in hohem Maße den ganzen wirthschaftlichen Charakter desselben und es müßten, um die Untersuchung bis ins Einzelne zu verfolgen, alle Verhältnisse der Bodenbewirthschaftung, des Grundbesitzes, des Gewerbewesens, des Zollwesens 2c. abgehandelt werden. Das Detail dieser Lehren, welche in das Gebiet der Volkswirthschaftspolitik gehören, kann in der allgemeinen Volkswirthschaftslehre keine Stelle finden. Wie die einzelnen Wirthschaftszweige auch in einem Lande gesetzlich organisirt sein mögen, immer werden sie sich nach Maßgabe ihres Bedürfnisses eine bestimmte Quantität und Qualität der Arbeit erzeugen, welche mit den Bedingungen ihrer Wirksamkeit harmoniren müssen. Immer ist aber diejenige Organisation vorzuziehen, welche das Feld der Beschäftigung für die Arbeiter intensiv erweitert und sichert, welche ihnen gestattet, den Werth ihrer Arbeit zu erhöhen, die moralische Achtung der Arbeit erhebt und die Bedingungen der siegreichen Konkurrenz nicht in das Ausland verlegt, sondern in dem heimischen Wirthschaftsgebiete und in möglichster Nähe concentrirt.

4. Affociation*). — Der Grundgedanke dieses Systems ist der, die Arbeiter von dem Drucke fixirten Lohnbezugs zu befreien, indem man es ihnen möglich macht, gesellschaftliche Unternehmungen auf eigene Rechnung zu betreiben und so ihr Einkommen durch Hinzutreten des Unternehmungsgewinnes zu vergrößern. Durch gemeinsame „Cooperation" soll die Scheidewand zwischen Arbeitern und Unternehmern, welche aus ihnen feindliche Parteien macht, vernichtet und die einzig wahre und würdige Organisation der Arbeit herbeigeführt werden. Von der Ausführung dieses Systems verspricht man sich auch hohe moralische und politische Vortheile für den Arbeiterstand.**) Beurtheilt man unbefangen diese Vorschläge, welche von ihren Verfechtern mehr oder minder weit, von einfacher Begünstigung durch die Staatsgewalt bis zur Aufhebung aller Konkurrenz und factischer Einführung der Gütergemeinschaft, ausgedehnt werden, so ist nicht einzusehen, warum Arbeiter, welche die erforderlichen persönlichen Eigenschaften, Capitalien und Neigung dazu besitzen, nicht selbständig Unternehmungen gründen sollen, um selbständigen Besitz zu erwerben und sich auf eine höhere sociale Stufe zu schwingen. Allein dies ist den Arbeitern nirgends verwehrt und auch nicht der Kern der Sache. Auch handelt es sich nicht etwa blos um Einführung oder Erweiterung des Commissionssystems (§ 76.), welches allerdings auch bei manchen industriellen Unternehmungen Eingang finden kann. Jene Vorschläge bezwecken ihrem eigentlichen Wesen nach eine Aufhebung

---

*) Man unterscheidet distributive Affociationen, welche sich bemühen, ihren Mitgliedern billigere und bessere Waaren abzulassen, also Consum-, Rohstoffvereine, und productive oder Vereinigung mehrerer Arbeiter zum gemeinschaftlichen Selbstbetrieb einer Unternehmung. Von den letzteren ist hier die Rede.

**) Manche schreiben die häufigen Ueberproductionen und Absatzstockungen nur der maßlosen Gewinnsucht der großen Einzelunternehmer zu und glauben, daß cooperative Arbeiter, von denen Jeder einen verhältnißmäßig viel kleineren Gewinn erwarten könnte und durch ein Mißlingen gleich in seiner Existenz bedroht wäre, hierin viel maßvoller verfahren würden. Ich halte das für eine Illusion. Die Ursache jener Uebel liegt nicht in Persönlichkeiten, sondern im System, im Maschinenwesen, Großbetrieb, in der Arbeitstheilung rc.; wenn Arbeiterassociationen, wie sie nicht anders können, dieses System fortsetzen, ja noch erweitern, werden sie gleichen Uebelständen preisgegeben sein.

der freien individuellen Wirthschaftsbestrebungen und künstliche Organisation der Erwerbsverhältnisse von Seiten der Staatsgewalt mittelst Depossessionirung der bestehenden Privatunternehmungen und öffentlicher Creditgewährung an die Arbeiter, die sogar bis zur Zinsgarantie gehen soll. Mit anderen Worten, der Staat soll sich in eine wirthschaftliche Association zu Gunsten der Arbeiter, wobei man hauptsächlich die Fabrikarbeiter im Auge hat, verwandeln; das Mittel hiezu ist democratischer Terrorismus und Einführung des allgemeinen Wahlrechts. Hier ist nun vorerst zu bemerken, daß dieses Project unsere Frage nicht trifft; denn seine Ausführung, vorausgesetzt daß sie möglich wäre, würde nicht das Einkommen aus Arbeit, sondern nur das Einkommen der Arbeiter vermehren, was diese ebenso gut und viel einfacher durch Sparkasseneinlagen, Actienzeichnung, Erwerbung von Grundbesitz ꝛc. erreichen können. Ferner denkt man dabei immer nur an die Fabrikarbeiter, die doch nicht den ganzen Arbeiterstand ausmachen; die Lage der übrigen gewerblichen Arbeiter, des ländlichen Proletariats — denn es sollen doch wohl nicht auch landwirthschaftliche atéliers coopératives errichtet werden — läßt man unberücksichtigt, ein kleines Versehen, über welches aber die Weltverbesserer, welche gerne den Staat auf dem Höcker ihrer Intelligenz tanzen lassen möchten, stillschweigend hinwegzuschlüpfen pflegen.*) Sodann enthält dieses Project einen auffälligen inneren Widerspruch. Wenn der hinzutretende Unternehmergewinn dem niedrigen Unterhaltsbetrage abhelfen soll, so müßte er um so höher werden, je nie-

---

*) Louis Blanc will allerdings auch eine landwirthschaftliche Reform und macht den Vorschlag, das Erbrecht für Seitenverwandte aufzuheben und die so herrenlos werdenden Güter den Gemeinden zu unveräußerlichem Besitz anheimfallen zu lassen, auf welchen dann alle ländlichen Arbeiter, die sich dazu melden würden, Beschäftigung finden könnten. Rechtsberaubung und Aufhebung des Privateigenthums auf der einen, die Aussicht, niemals zu Selbständigkeit und Besitz zu gelangen, und die Bildung von großen, öffentlichen Sclaven ähnlichen Arbeitermassen auf der anderen Seite sind hienach die Mittel, durch welche eine agrarische Reform bewirkt werden soll. Ein neuerer Vorschlag von E. Pfeiffer (Ueber Genossenschaftswesen S. 164 ff.), der im Ganzen auf allmähliche Einführung von intellectuellem Miteigenthum an Großgütern hinausläuft, erscheint nicht weniger unausführbar und beruht auf

briger der Lohn. Nun ist aber, abgesehen davon, daß der Gewinn gar nicht garantirt werden und häufig in Verlust umschlagen kann, nicht zu ersehen, wie niedrig gelohnte Arbeiter einen steigenden Gewinn hervorbringen sollen; denn der Gewinn, den nach dem jetzigen System ein Privatunternehmer aus seinem Geschäft bezieht, würde, über Hunderte und Tausende von Arbeitern vertheilt, für jeden Einzelnen eine verschwindend kleine Quote ausmachen. Niedriger Lohn und hoher Gewinn, in einer Person vereinigt, sind eine Unmöglichkeit. Nur solche Arbeiter, die für sich schon einen hohen Lohn erringen würden, könnten auch hohen Gewinn erwarten, überhaupt selbständige Unternehmungen gründen; und dies ist auch der Grund, warum einzelne Unternehmungen, die in Frankreich und England von Arbeitern selbstthätig gegründet wurden, Erfolg hatten. Es ist aber zu bedenken, daß diese Unternehmungen unter dem jetzigen System sich erhielten, nicht unter einem, das bisher nur in exaltirten Köpfen existirt, daß sie auf Privateigenthum, auf Selbsthülfe, auf Konkurrenz, auf Unternehmergesinnungen beruhen, und nicht auf jener tabula rasa, auf welcher den Arbeitern allen Erfahrungen und wirthschaftlichen Grundsätzen zuwider von politischen Schwärmern verlockende Luftschlösser vorgespiegelt werden. Ihr Gelingen kann daher nicht den mindesten Beweis liefern für die practische Ausführbarkeit jener Projecte. Die Verbesserung des Looses der Arbeiter kann nur dadurch erreicht werden, nicht daß eine andere Vertheilung des Gesammtproducts erzielt oder daß überhaupt mehr producirt wird, sondern daß von den Arbeiten mehr producirt wird, daß sie einen höheren Werth in die Production einwerfen, um einen höheren Werth durch den Umlauf zurückzuerhalten. Soviel ist richtig, daß die Arbeiter, im Ganzen genommen, den niedrigen Lohn nicht ausschließlich selbst verschulden, daß insbesondere das extensive Fabriksystem, die wohlfeile Massenproduction, die Ausbeutung der mechanischen Arbeitskraft den Arbeiterstand niederdrücken. Die Abhülfe liegt aber nicht in radicaler und roher Umstürzung der bestehenden Verhältnisse, son-

---

gänzlicher Verkennung der Tendenzen der bäuerlichen Bevölkerung. Charakteristisch ist, daß zu seiner Vertheidigung auf die altdeutsche Feldgemeinschaft und die Einrichtungen in Rußland und Serbien hingewiesen wird!

dern in dem besonnenen und grundsätzlichen Einlenken auf dasjenige System, das wir an vielen Stellen dieser Schrift als das
intensive bezeichnet haben. *)

5. Recht auf Arbeit. — Die Gegner dieser Forderung, deren Erfüllung allerdings alles Elend der Gütergemeinschaft und der gesellschaftlichen Nivellirung zur Folge haben würde, begnügen sich gewöhnlich damit, diese verderblichen Folgen auszumalen und die Gesellschaft vor solchem Unheil zu verwahren. Allein es scheint mir
passender, nach Mitteln zur Beseitigung der Ursachen jenes Nothrufes
zu forschen, als über seine Verwirklichung ein abweisendes Urtheil
zu fällen. Wir verstehen unter dem Recht auf Arbeit nicht jenen
revolutionären Anspruch der Arbeiter, unter allen Umständen
Beschäftigung und Lohn von der Staatsgewalt zu erhalten.
Richtig aufgefaßt, ist das Recht auf Arbeit nicht ein Anspruch

---

*) In Frankreich haben die Erfahrungen der Jahre 1848 und 1849 mit
den durch Staatscredit gegründeten associations industrielles die Neigung
dazu wohl gründlich beseitigt, vgl. Louvet, curiosités d'écon. polit. p. 335
ff. — In Deutschland sucht besonders Prof. Huber für Verbreitung und
Ausführung der Associationsidee auf friedlichem Wege zu wirken; allein bei
aller Achtung vor seinen wohlwollenden und ehrenwerthen Gesinnungen,
scheint er doch über die inneren Ursachen des bestehenden Systems nicht völlig
im Klaren zu sein. Neuestens (Frühjahr 1863) tritt Hr. F. Lassalle, der
Lust zu haben scheint, ein deutscher Louis Blanc zu werden, als Verfechter
des Projects auf, allein, zur Ehre des deutschen Arbeiterstandes sei es gesagt,
mit wenig Erfolg. Er geht z. B. davon aus, daß in Preußen 89 % der Bevölkerung nur ein Einkommen bis zu 200 Thalern jährlich beziehen und daß
diesem elenden Zustande der großen Mehrzahl nur durch Bemächtigung der
Staatsgewalt behufs Durchführung der Arbeiterassociation abgeholfen werden könne. Hätte er sich vergegenwärtigt, wieviel von dem Einkommen der
$\frac{1}{2}$ %, die über 1000 Thaler beziehen, auf Unternehmergewinn fällt und wieviel
bei einer Vertheilung desselben an 89 oder 96 % des Volks auf den Einzelnen
fallen würde, so würde er sich wohl besonnen haben, auf finanzielle und rechtliche Ungeheuerlichkeiten eine Agitation gegen die bevorrechtete „Bourgeoisie"
zu gründen, die doch nur auf fruchtlose Aufregung hinausläuft. Woher soll denn
z. B. das Capital kommen, das der Staat den Arbeitern zur fabrikmäßigen
Großproduction vorschießen soll? Kann der Credit oder der Absatz einfach
decretirt werden? Ist überhaupt die Ausdehnung des Fabriksystems ein Vortheil für die Arbeiter? Und wie steht es mit der gegenseitigen Konkurrenz sub-
ventionirter Unternehmungen? Es ist beklagenswerth, daß den Arbeitern
Dinge vorgepredigt werden können, die vor den einfachsten Elementarkennt-
nissen der Volkswirthschaft in Nichts zerfließen.

auf Lohn oder eine bestimmte Lohnhöhe, oder auf Almosen, sondern
ein Anspruch, durch Arbeit — und nicht durch Almosen, durch Prostitution, durch Zerreißung aller häuslichen Bande, durch Verzicht
auf die Würde der Menschennatur, angemessen und sicher ernährt
zu werden. Die Arbeit soll eine Wahrheit, zu ihrer vollen Bedeutung gebracht werden; nur so verstanden hat das Recht auf
Arbeit einen Sinn. Gegen diese Forderung kann Nichts einge-
wendet werden. Der Arbeiter ist seines Lohnes werth; wer seine
Persönlichkeit einem wirthschaftlichen Zweck widmet, soll auch durch
den Erfolg seine Persönlichkeit garantirt erhalten. Das Mittel hiefür ist der Lohn, und der Arbeiter kann mit Recht verlangen, daß
sein Lohn angemessen, dauernd und sicher sei. Es handelt sich
aber hier nicht um radicale und terroristische Garantiemittel auf
Kosten der günstiger gestellten Classen der Gesellschaft, sondern
nur um gewisse mit dem Rechtsprincip durchaus verträgliche
Normen, welche den Arbeiter vor willkürlicher Ausbeutung und
Entlassung schützen. Das Recht auf Arbeit in diesem Sinne ist
auch nichts Neues, sondern längst anerkannt. Die den häuslichen
Dienstboten zustehenden Kündigungstermine sind nur eine Anerkennung ihres Anspruches, nicht willkürlich und plötzlich entlassen
zu werden; in manchen Gegenden Deutschlands, z. B. in Mecklenburg, in Preußen, steht das bäuerliche Feldgesinde in einem festen
Contractverhältnisse zu den Gutsbesitzern, das häufig auf Lebenszeit normirt ist oder doch auf mehrjährige Dauer abgeschlossen
werden muß. Die Erfahrung lehrt überall, daß, wo die Arbeit,
auch der Lohn gesichert ist und daß sich mit der Sicherheit auch
regelmäßig die Angemessenheit einstellt. Ein Arbeiter, der um
seines Unterhalts willen arbeitet und jeden Augenblick einseitig
entlassen werden kann, muß schon um deßwillen mit dem niedrigsten Lohne vorlieb nehmen und richtet darnach auch seinen
Arbeitseifer ein. Fluctuirende Arbeiter muß es überall geben,
um Schwankungen im Bedürfniß befriedigen zu können, allein
diesem Umstande kann Rechnung getragen werden. Ein Gesetz,
welches vorschriebe, daß Arbeitsverträge zwischen Fabrikherren
und Arbeitern nur auf 6 Monate oder 3 Wochen geschlossen
werden dürfen und daß die Zahl der auf 3 Wochen angenommenen Arbeiter niemals 20% der dauernd Engagirten übersteigen

dürfe, würde eine, sowie mir scheint, sehr nützliche und wirksame
Anerkennung des Rechts auf Arbeit sein und sowohl der unge=
hemmten Speculationssucht und ausbeutenden Willkür der Fabrik=
herren, als auch der abenteuerlichen Ungebundenheit und Isolirt=
heit der Arbeiter sehr wahrscheinlich ein Ende machen. Möglich,
daß durch eine solche Vorschrift die freie Bewegung der Unterneh=
mungen gehemmt wäre, allein dies würde nur der zügellosen
Speculation und der steten Gefahr von Krisen Schranken setzen;
selbst wenn die Unternehmer zeitweilig in Verluste kämen, wenn
sie trotz mangelnder Aufträge ihre Arbeiter behalten müßten, so
schiene mir dies eine viel zweckmäßigere Methode, die Arbeiter am
Gewinne der Unternehmung theilnehmen zu lassen, als jene halt=
losen Umwälzungsprojecte; oder die Unternehmer würden Reserve=
fonds anlegen müssen, auf welche die Arbeit ebenso gut Anspruch
hat, wie das Capital. Solche Lasten würden vielleicht die Fabrik=
producte etwas vertheuern, wenn nicht die sicherlich steigende Pro=
ductivität der Arbeit ein Gegengewicht abgäbe; allein mit Wohl=
feilheit um jeden Preis kann sich ohnedieß Niemand befreunden,
dem es wahrhaft um Erleichterung der arbeitenden Classen zu
thun ist. Die Berechtigung zur Erlassung eines solchen Gesetzes
könnte dem Staat gewiß nicht abgesprochen werden; hat er doch
auch schon die Arbeitszeit, besonders für Kinder, durch Macht=
spruch geregelt. Man könnte vielleicht einwenden, daß schon jetzt
die meisten Arbeiter auf Jahre hinaus in einer Fabrik arbeiten;
allein das ist nur ein thatsächlicher, kein rechtlicher Zustand, die
Gefahr der Entlassung ist eben das Gefährliche. Was ist im
Ganzen und Großen das Eigenthum anders, als die rechtliche
Gewähr der Früchte des Besitzstandes; die rechtliche Gewähr der
Arbeit gibt den Arbeitern Eigenthum und gewinnt sie dem Gesetz.
Oder man könnte entgegnen, die Sicherheit ihrer Lage möchte die
Arbeiter zu blinder Vermehrung ihrer Zahl anreizen. Gesetzt dem
wäre so, ist Populationsvermehrung bei gesichertem Nahrungs=
stand ein Unglück? Allein dem wird nicht so sein, so wenig als
der Mittelstand und die Reichen sich blind vermehren; nur die
Bettler, diejenigen, welche Nichts zu verlieren haben, sind leicht=
sinnig im Kinderzeugen. — Durch welche Mittel man nun auch
eine Sicherung des Nahrungsstandes für die Arbeiter bewirken

will, diese Sicherheit, die Dauer der Beschäftigung ist eine unabweisbare Forderung und ohne sie ist keine wirkliche Verbesserung
der arbeitenden Classen denkbar. Man pflegt es zu rühmen, daß
(in günstigen Zeiten) die Fabrikarbeiter sich besser stehen als die
ländlichen Arbeiter; wenn dem so ist, dann gebe man ihnen noch
die Garantie dieses Vorzugs und ein bedeutender Anstoß des Proletariats wird entfernt sein. —

Die vorstehenden Erörterungen betreffen vorzüglich die
Fabrikarbeiter, deren proletarischer Zustand am meisten in die
Augen fällt und die größten und dringendsten Gefahren für die
Staatsgesellschaft hervorbringt. Das ländliche Proletariat,
welches übrigens weniger vom Mangel des nothwendigen, als
des angemessenen Unterhaltes leidet, entspringt hauptsächlich aus
extremer Richtung zum Großgüterwesen oder zur Zwergwirthschaft. Der letztere Gegenstand gehört nicht hieher, weil die
bäuerlichen Zwergwirthe nicht als eigentliche Arbeiter, die für
Andere um fixen Lohn arbeiten, aufzufassen sind. Der ländliche
Großbetrieb erzeugt den niedrigen Lohn vorwiegend aus zwei
Ursachen, der persönlich abhängigen und gedrückten Stellung der
Arbeiter und der Neigung der großen Besitzer, an der ihnen zu
theuer scheinenden Arbeit möglichst zu sparen. In ersterer Beziehung kann durch eine weise und kraftvolle Gesetzgebung dahin gewirkt werden, daß den Arbeitern ein gewisser Grad rechtlicher
und politischer Freiheit, zweckmäßiger Unterricht, gesetzlicher
Schutz bei der Eingehung ihrer Dienstcontracte und vor Allem
die Möglichkeit durch Fleiß und Sparsamkeit kleinen Grundbesitz
zu Eigenthum zu erwerben gewährt werde. In zweiter Beziehung scheint mir die Dauer der Diensteszeit gleichfalls von Belang; viel wichtiger aber, da die Grundbesitzer nicht angehalten
werden können, auf längere Zeit Arbeiter zu unterhalten, für
deren Lohn sie im Arbeitsproduct keinen vollen Ersatz finden, ist
eine solche Entwicklung der Landwirthschaft, daß der Steigerung
des Ertrages fortwährend ein vermehrtes Bedürfniß nach Arbeit
entspricht. Dies hängt nun theils von den Fortschritten der landwirthschaftlichen Technik ab, theils von der Gestaltung der
Grundbesitzverhältnisse, insbesondere von der Bildung und Erhaltung eines tüchtigen Bauernstandes, theils aber von der Ent-

wicklung der Industrie und des Handels, inwieferne dieselbe auf
den intensiven Aufschwung des Ackerbaues günstig einzuwirken
vermag oder nicht.

Die bisher betrachteten Heilmittel sind lediglich formeller
Natur und es wurde zu zeigen versucht, inwieweit dieselben das
Loos der Arbeiter zu verbessern vermögen. Wenn einzelnen von
ihnen diese Wirkung zukommt, so ist sie indirect und vor Allem
durch das Verhalten der Arbeiter selbst bedingt, also prekär.
Direct kann der Lohnsatz nur gesteigert werden durch Steigerung
der Productivität oder des Werthes der Arbeit. Es besteht eine
nothwendige Wechselwirkung zwischen Werth, Lohn und Begehr
der Arbeit. Alle Heilversuche außerhalb dieses gesetzmäßigen
Kreises sind nur Palliativen. Nun lehrt v. Thünen in seinem
„Isolirten Staat" sehr richtig: Eine Steigerung des Lohnes bei
gleichbleibendem Werth der Producte bewirkt eine Verminderung
der anzustellenden Arbeiter und eine Verringerung des Ertrags,
umgekehrt eine Steigerung des Werths der Producte (ohne Zu=
thun der Arbeiter) bei gleichbleibendem Arbeitslohn die Anstellung
von mehr Arbeitern und einem größeren Ertrag. Daraus läßt
sich folgern: 1. Der reelle Lohn kann niemals in die Höhe gehen,
wenn der Werth des Arbeitsproducts gleichbleibt oder sinkt.
2. Nimmt der Lohn, zufolge äußerer Ursachen, eine steigende
Tendenz an, so wird eine Entlassung der Arbeiter bis zu dem
Punkt stattfinden, auf welchem die Größe des Lohnes mit dem
Werth des Arbeitsproducts im Gleichgewicht steht. Oder die
Arbeiter müssen sich, um der Nahrungslosigkeit zu entgehen, mit
geringerem Lohn begnügen, der sich dann über sämmtliche Arbeiter
gleicher Kategorie erstreckt; Schwankungen des Lohnbetrags haben
daher die Tendenz, diesen selbst zu erniedrigen. 3. Dieselben
Wirkungen müssen sich einstellen, wenn der Werth des Arbeits=
products sinkt. Nun hängt aber der Werth der Arbeitsleistung
nicht blos von den persönlichen Fähigkeiten des Arbeiters ab,
sondern nach dem Gesetz des zusammenhängenden Preises wesent=
lich auch von der Ergiebigkeit und dem Werth des Objects, worauf
die Arbeit gerichtet wird, und auf diesen Umstand sind, kurz
zusammengefaßt, von Einfluß die Ergiebigkeit der Naturkraft oder
die Höhe der Productionskraft im Allgemeinen, die technische

Vollendung des Capitals und die Eigenschaften der Unternehmer.
Die Arbeiter vermögen für sich allein, als Stand, niemals den
Werth ihrer Arbeit in dem Grade zu steigern, daß ihr Lohn in die
Höhe ginge, und es ist höchst kurzsichtig, sie immer auf Aneignung
besseren Unterrichts, Selbsthülfe, Sparsamkeit, Beschränkung
im Kinderzeugen 2c. zu verweisen. Dergleichen Eigenschaften dür=
fen nicht fehlen; aber sie reichen allein nicht aus und stellen sich ein
mit steigendem Werth der Arbeit. Hienach können wir schließen:
1. Der Lohn für ländliche Arbeit kann nur steigen, wenn die bald
erschöpfte Naturkraft durch steigende Kunst im Anbau des Bodens
und steigenden Werth der Bodenproducte, sei es wegen Erhöhung
ihrer Qualität, sei es wegen Steigerung ihres Ertrags oder Be=
gehrs, ersetzt wird; daher ist z. B. die vorherrschende Kartoffel=
wirthschaft eine nothwendige Ursache der Lohnerniedrigung. 2. Der
Lohn für gewerbliche Arbeit kann nur steigen, wenn die Gewerbs=
producte an Werth zunehmen und dies geschieht entweder dadurch,
daß der Rohstoff= oder Unterhaltswerth steigt oder daß kunstvolle
Arbeit an wohlfeilen Rohstoffen vernichtet wird. Wohlfeilheit der
Producte, das große Argument der „Freetraders", ist fast nach
allen Seiten ein Danaergeschenk, besonders für die Fabrikindustrie,
die dem Werth der Rohstoffe verhältnißmäßig nur wenig zufügt.
Soll die Wohlfeilheit aus der Volkswirthschaft gänzlich verbannt
werden? Sicherlich nicht. Nach relativer Wohlfeilheit der Pro=
ducte muß unbedenklich gestrebt werden; die Rolle der absoluten
Preiserniedrigung aber muß dem Capital zufallen mittelst Unter=
stützung und Erleichterung der Arbeit, aber nicht mittelst Erniedri=
gung der Arbeitsleistung. Das Problem des hohen Arbeitslohns
liegt also darin, daß das Capital der Arbeit immer mehr die leich=
ten und geringfügigen Verrichtungen abnimmt, sowie daß die Kon=
kurrenz nicht stets zu absoluter Preisverminderung zwingt, und darin
besteht die Unvollkommenheit des Maschinensystems, daß es diese
Aufgabe bis jetzt noch nicht gelöst hat, vielleicht gar nicht zu lösen
vermag. Ein System aber, welches immer mehr zur wohlfeilen
Massenproduction, zur Erniedrigung der Gebrauchswerthe, zur
Vermehrung großer Arbeitermassen hindrängt, ist ein verfehltes
und benachtheiligt die Arbeiter, die große Masse der Bevölkerung.

§ 92.

Vom Lohnzwange.

Wenn man durch Zwangsmittel eine angemessen scheinende Höhe des Lohns herstellen will, so ist dagegen zu bedenken, daß sie entweder überflüssig sind, wenn sie der Natur der wirthschaftlichen Gesetze entsprechen, oder unwirksam und schädlich, wenn sie diesen entgegenwirken sollen.

Sollen obrigkeitliche Lohntaxen dem Arbeiter ein Minimum des Lebensunterhaltes sichern, so ist es an sich schon immer mißlich und ruft Mißvergnügen nach allen Seiten hervor, wenn der Staat sich in Dinge gebieterisch einmischt, die ihrer Natur nach der freien persönlichen Disposition überlassen bleiben müssen. Ferner bereitet die Festsetzung eines solchen Minimums bei der Verschiedenheit der Anschauungen, Ansprüche und Bedürfnisse, bei der hohen Dehnbarkeit der menschlichen Leistungsfähigkeit ungemeine Schwierigkeit und eine gewisse Willkür könnte auch beim besten Willen nicht vermieden werden. Ließe man, wie es nicht anders möglich wäre, den Familienstand unberücksichtigt, so wäre wahrscheinlich gar Nichts gewonnen; auf den Stücklohn könnte eine solche Vorschrift schon gar nicht angewendet werden. Sie wäre aber auch nicht durchführbar, wenn man nicht eine völlige Stabilität der Volkswirthschaft und einen totalen Abschluß nach außen voraussetzte oder beabsichtigte; denn der Unternehmer kann nie mehr geben, als der Werth der Arbeitsleistung beträgt, und die sichere Aussicht auf einen gewissen unentziehbaren Lohn würde die Arbeiter leicht zu Trägheit und Leichtsinn verleiten. Hebt man den Stachel der Konkurrenz und der drohenden Broblosigkeit auf, so macht sich besonders in einer bereits gesunkenen Bevölkerung der Trieb der Trägheit und mühelosen Genußsucht nur noch stärker geltend. So ist auch z. B. der im Februar 1848 von der französischen provisorischen Regierung durch Errichtung der Nationalwerkstätten unter Leitung des Emil Thomas gemachte Versuch, wornach jeder Arbeiter ohne Rücksicht auf die Arbeit, die er leistete, täglich 2 Fr., und wer gar keine Arbeit finden konnte, täglich 1 1/2 Fr. erhielt, wie voraussichtlich war, kläglich gescheitert.

Aehnliches gilt von einem Lohnmaximum. Mag dieses die Erniedrigung der Waarenpreise oder den Schutz der Unternehmer vor übermäßigen Anforderungen der Arbeiter zum Zweck haben, immer ist es willkürlich, ungerecht und schädlich und verleitet die Arbeiter zu Haß und Aufruhr. Es ist am wenigsten empfehlens= werth, die Consumenten und Unternehmer auf Kosten der Arbeiter zu begünstigen. Werden solche Vorschriften wirklich mit Zwang durchgeführt, so müssen sie, wie die geschichtliche Erfahrung lehrt, Verschlechterung der Arbeit, Arbeitseinstellungen und schließlich gewaltthätige Auflehnung dagegen zur Folge haben.

Anders müssen die fixen Lohnbezüge im Staats=, Kirchen= Militärdienste oder auch in gewissen, einer ungehinderten Konkur= renz nicht fähigen Erwerbszweigen beurtheilt werden. Im letz= teren Falle, wie bei Fiakern, Apothekern, Hebammen auf dem Lande ist es zweckmäßig, das Publikum vor selbstsüchtiger Ausbeu= tung zu schützen; im ersteren Falle verträgt der höhere Zweck des öffentlichen Dienstes kein regelloses Unter= und Ueberbieten. Willkür und Ungerechtigkeit liegt jedoch hierin nicht, weil auf diesem Gebiet das Bedürfniß viel langsamer wechselt, daher die festge= setzten Preise, die aber doch von Zeit zu Zeit sorgfältig revidirt werden müssen, richtiger und dauernder sein können. Hier ist es dann nur Aufgabe der Arbeiter, den Werth ihrer Leistungen in das genaue Gleichgewicht zu setzen mit dem Lohn, der als im öffent= lichen Interesse liegend angenommen ist.

Endlich ist auch eine unmittelbare Einwirkung der Arbeiter vermittelst Anwendung einer geschlossenen Gesammtkraft auf die Bestimmung des Lohnes möglich. Ohne Zweifel ist es zulässig und bis zu einem gewissen Grade unbedenklich, wenn die in einer Unternehmung vereinigten Arbeiter in Verbindung dem Unterneh= mer gegenübertreten, um nicht durch Zersplitterung dessen Willkür und überlegenen Stellung schutzlos preisgegeben zu sein und so auf dem Weg friedlicher Verständigung durch nachdrückliche und gemeinschaftliche Geltendmachung gerechter Ansprüche eine möglichst günstige Lage zu erzielen. Höchst verwerflich und schädlich sind aber gewaltsame Einwirkungen der Arbeiter auf die Bildung des Lohnes, wie sie in neuerer Zeit häufig, besonders in England, durch verabredete Arbeitseinstellungen (strikes) versucht werden, und wegen ihrer weitverbreiteten Durchführung nicht immer ohne Erfolg.*) In England ist eine Arbeiterverbindung organisirt, welche besonders die Höhe der Arbeitslöhne und die Dauer der Arbeitszeit in allen Zweigen der Arbeit zu überwachen hat. Sie gebietet mit unumschränkter Macht über die Arbeiter; wer sich den Befehlen der Anstifter und Vorstände nicht fügt, wird auf alle Weise gequält und mißhandelt. Das Hauptcomité befindet sich in London und hat seine Agenten in allen Provinzen. Es gibt in England nicht weniger als 92000 solcher Gesellschaften (trades-unions) mit ca. 600000 Mitgliedern, die über einen Fond von mindestens 300000 Pfund Sterl. gebieten, womit die Strikes durchgesetzt werden. Jeder Arbeiter muß wöchentlich einen Penny einzahlen. Ihr Zweck ist, die Bethätigung höherer Körperkraft, höheren Fleißes und geistiger Fertigkeiten zu hindern, die besten Arbeiter niederzudrücken und die schlechten vor Konkurrenz zu schützen; also dem in höherer Ausbildung liegenden vermehrten Angebot von Arbeit Schranken zu ziehen, die kein Mitglied über- schreiten darf und nur wenige Nichtmitglieder zu überschreiten wagen, kurz alle Trugschlüsse des Schutzsystems gewaltsam auf die Arbeit anzuwenden. Ein solches System muß offenbar nicht nur die Arbeiter selbst benachtheiligen, indem es sie des freien Marktes für ihre Arbeit und der vollen Verwerthung ihrer Fähigkeiten be- raubt; es schadet auch in hohem Grade den Unternehmern durch Erhöhung ihrer Kosten und Verminderung der Arbeitsleistungen der Arbeiter und dann der ganzen Nation, indem es die Productiv- kraft und folglich den Reichthum des Gemeinwesens verstümmelt. Daß solche Verbindungen ihre Mitglieder auch zu Sittlichkeit und Fleiß innerhalb des angenommenen Leistungsmaßes nöthigen, ist kaum glaublich; im günstigsten Falle rufen sie nur Gegenverbin- dungen der Unternehmer hervor, welche doch auf Grund ihres Capitalbesitzes mächtiger sein werden, falls nicht schließlich die rohe Gewalt entscheiden soll. Dies ist dann freilich die letzte Zu- flucht des Proletariats. Obwohl man sich in England gegen Be- strafung solcher Verbindungen erklärt, scheint doch eine zu weit

---

*) Vgl. v. Mangoldt über Arbeiterverbindungen und Arbeitseinstel- lungen in England. Zeitschr. für Staatswiss. 1862. S. 609 ff.

gehende Nachsicht bedenklich, schon weil sie den Geist der Zusammen= rottung und brutalen Gewalt in die Bevölkerung pflanzen. Ein Recht zu kündigen hat jeder Arbeiter; allein hier liegt noch mehr vor, nämlich ein hinterlistiges System von Angriffen auf die Pro= ductivkraft der Nation. Warum soll eine Ruthe Landes mehr Schutz haben als der Fleiß und die Moral der tüchtigen Arbeiter? Verabredungen der Unternehmer fallen unter diesen Gesichtspunkt nicht und können durch Konkurrenz vereitelt werden; gerade diese wird aber durch die trades-unions der Arbeiter vernichtet. Uebri= gens müssen feindselige und hinterlistige Coalitionen der Unter= nehmer gleichfalls der Strenge des Gesetzes unterliegen.

III. Von der Capitalrente.

§ 93.

Wesen der Capitalrente.

Was durch Verwendung des Capitals bei der Production hervorgebracht wird, ist Product oder Ertrag des Capitals. Dieser Erfolg der Capitalverwendung besteht, wie bei der Arbeit, in der Hervorbringung eines Guts oder einer neuen Brauchbarkeit, deren Dasein man blos der Mitwirkung des Capitals verdankt, und muß in Gedanken wohl ausgeschieden werden von den Theilen des ganzen Productionsertrags, welche durch Arbeit oder Mitwirkung freier Naturkräfte entstanden sind. Ist also der Werth eines be= stimmten Products, z. B. eines Scheffels Getreide, zu bestimmen, so kommt, da die freien Naturkräfte keinen Werth haben, nur ein Theil auf Rechnung des Capitales, der andere auf Rechnung der dazu gelieferten Arbeit, und genau in demselben Verhältniß, als Capital hiebei mitwirkt, wird sein Werth mit Rücksicht auf Capital bestimmt oder als Ertrag des dabei aufgewendeten Capitales an= gesehen. Manche Producte können auch, in einem gegebenen Zeit= punkte, ausschließlich als Capitalertrag angenommen werden; legt man z. B. jungen Wein in den Keller und bringt die Arbeit des Einlegens als Werthzuschlag zum Werth des Weins, Fasses,

Kellers in Ansatz, so bildet die durch die Gährung nach Umfluß eines Jahres bewirkte Verbesserung der Güte das Capitalproduct, dessen Werth sich in dem Unterschied des Most= und Weinpreises offenbart. Dieser Ertrag ist die Rente.

Hier wie in allen anderen Fällen kann aber das ganze Pro= duct, soweit Capital mitwirkte, als Capitalertrag betrachtet werden. Diesem Capitalertrag entspricht nun nach beendigtem Umlauf das Einkommen aus Capital, und zwar rohes und reines. Das letztere ist auch hier dasjenige, was der Capitalist verzehren kann, ohne den Fortbezug seines Einkommens, also den vollen Werthbestand des Capitales, zu gefährden. Um dieses zu finden, müssen, analog wie beim Arbeitslohn, folgende Abzüge stattfinden: 1. Der aus dem Aufwand von Arbeit bei Gelegenheit der Capitalverwendung her= rührende Ertrag, also der Lohn des Unternehmers, wenn er etwa selbst mitgearbeitet hätte, ferner die Kosten und Mühe des Capital= verleihens. 2. Die Versicherungsprämie für Verluste an Capital oder Rente. Für den Capitalstamm ist dieses selbstverständlich, weil ohne solche Prämie bei eintretendem Verlust ein Theil desselben verloren wäre; aber auch für die Wahrscheinlichkeit des Renten= entgangs muß eine Deckung geleistet werden, weil sonst wenigstens für die Periode, in der die Rente nicht einkäme, das Capital als verloren angesehen werden müßte. 3. Der Rückersatz des bei der Production aufgewendeten Capitals; dies begreift das ganze um= laufende Capital nebst der Abnützung des stehenden. Denn auch dieser Theil des rohen Ertrags ist kein neu entstandenes Product, sondern hat nur in Folge der Production eine Umwandlung seiner äußeren Gestalt erfahren. Was z. B. früher Wolle war, ist jetzt Tuch geworden; während der Unternehmer vorher eine neue Ma= schine hatte, muß er sie jetzt ausbessern lassen; der erschöpfte Boden muß durch Dünger wieder gekräftigt werden u. s. w.

Während der Arbeiter mit seiner Familie von dem abstracten rohen Einkommen wenigstens den Unterhaltsbedarf verzehrt, kann der Capitalist von allen genannten Abzügen gar Nichts verzehren, wenn er nicht sein Capital vermindern will; bei ihm fällt also das reine und verzehrbare Einkommen zusammen, wogegen practisch für den Arbeiter ein Theil des rohen zum reinen d. h. verzehrbaren Einkommen gerechnet werden muß. Dagegen kann das freie Ein=

kommen des Capitalisten nicht unmittelbar mit der Capitalrente in Verbindung gebracht werden, weil es ganz von zufälligen Umständen abhängt, ob der Unterhalt des Capitalisten blos aus der Rente bestritten wird und wieweit diese selbst reicht, und weil eine Wechselwirkung des Rentenbezugs und Genusses auf den Capitalertrag nicht besteht; denn der Capitalist als solcher trägt mit seiner Person zur Production nichts bei und das Capital als Gegenstand der menschlichen Herrschaft bedarf keines belebenden persönlichen Anreizes, wie der Arbeiter. Selbst beim Sclaven, der als Capital betrachtet werden muß, kann dergleichen nicht vorkommen, weil er den Ertrag seiner productiven Thätigkeit nicht voll genießt. Ob daher der Capitalist freies Einkommen bezieht, hängt blos von der Größe seines ganzen Capitalbesitzes ab oder auch von seiner Thätigkeit, wenn er etwa nebenbei Arbeiter ist. Ein Anreiz zur weiteren Capitalansammlung liegt dagegen für den Capitalisten im Gewinn, aber nicht in der Rente.

Der Capitalist kann seine Rente beziehen entweder durch eigene Verwendung des Capitales zu productiven Zwecken oder durch Ausleihen an Andere; und hiernach ist sie entweder eine ursprüngliche oder ausbedungene Rente. Im letzten Falle kann das Capital verzehrt oder gleichfalls productiv angelegt werden, und dem schon früher betrachteten Unterschied von scheinbarem und wirklichem Capital entspricht daher eine scheinbare und wirkliche Rente. Diesen Unterschied beachten wir jetzt jedoch nicht, weil es sich hier nicht um den Bestand der nationalen Güterquellen, sondern um Einkommen aus Capital handelt und die allgemeinen Gesetze dieses letzteren für den Capitalisten durch die Art der Verwendung ausgeliehener Gütervorräthe nicht verändert werden. Es genügt hier, darauf hinzuweisen, daß ein Theil der Renten nicht von wirklichem Capital herrührt. Das kann namentlich bei den Renten der Staatsgläubiger der Fall sein.

Capital kann ausgeliehen werden mittelst aller möglichen Formen des Umlaufs, durch welche Güter von einer Hand in die andere gebracht werden, also mittelst Vermiethung von Gebäuden, Verpachtung von Grundstücken mit allem Inventar an Vieh, Geräthschaften u. s. w., Vermiethung sonstiger Productionsmittel, wie Maschinen, Pferde, Bücher ꝛc.; endlich auch durch Ausleihen von Geldsummen, mit denen dann der Borger das Capital in der Form, in der er es bedarf, sich anschafft. Mag man nun eigenes oder fremdes Capital bei einer Production verwenden, in jedem Falle muß man von dem Erlöse aus dem gewonnenen Ertrag die oben aufgezählten Abzüge machen, um das reine Capitaleinkommen zu finden; und diese Abzüge werden sich richten müssen nach der Sicherheit und Leichtigkeit der Production und des Absatzes der Producte. Je geringer also diese Abzüge, um so niedriger kann man die Preise stellen. Daher sind z. B. Modewaaren oft unverhältnißmäßig theuer, nicht wegen kostspieliger Production, sondern weil der Producent befürchten muß, bei plötzlichem Wechsel des Geschmacks einen großen Theil seines Lagers unverkauft zu behalten. Jene Abzüge muß aber auch der Capitalist machen, weil er sich nur selten mit der reinen Rente begnügen kann. Er hat nicht nur die Mühe und Kosten des Ausleihens, wofür er sich häufig, wenn er viele Capitalien ausstehen hat, einen eigenen Bediensteten halten muß; er muß auch die Gefahr des Capital- und Rentenverlustes in Anschlag bringen, je nach den persönlichen Eigenschaften seines Schuldners, der Art der Verwendung des Capitals, insbesondere der Sicherheit und Einträglichkeit des Geschäfts, nach der ihm gegebenen Versicherung, z. B. durch Pfand, Bürgschaft, oder ohne solche, ferner je nach dem Zustand der Rechtspflege und überhaupt der staatlichen und socialen Ordnung. Denn von allen diesen Umständen hängt sowohl sein Vertrauen als auch die Sicherheit der Capital- und Rentenzahlung ab. Ein Zurücklegen für Capitalersatz wird beim Ausleiher nicht leicht vorkommen, da ihm in der Regel das Capital in demselben Stand zurückerstattet werden muß; doch muß der Verpächter und Vermiether wegen der allmählichen Werthverminderung der stehenden Capitalien auch in Folge ordnungsmäßigen Gebrauchs auf Anlage eines Erneuerungsfonds (Neubaurente) bedacht sein.

Es erleichtert daher das Verständniß, wenn man die Capitalrente nur auf einer Seite und zwar auf Seiten dessen betrachtet, an den sie schließlich gelangt, nämlich des Capitalisten. Und am reinsten tritt das Verhältniß hervor, wenn man den Capitalisten als Ausleiher betrachtet, da ja der Capitalist als solcher kein Unternehmer ist, sondern nur als Repräsentant des Capitales in Betracht kommt; aber auch wenn er wirklich sein Capital selbst productiv verwendet, doch sich dieselben Abzüge machen muß, wie wenn er Schuldner eines Anderen wäre. Die Rente nun, die der Capital= ausleiher erhält, nennt man gewöhnlich Zins, also Miethzins, Pachtzins, Geldzins (Interesse). Eine besondere Art des Geld= zinses ist der Diskonto.

Der Zinsfuß bezeichnet die Höhe des Zinses im Verhältniß zum Capitalstock und wird gewöhnlich, wie Jedermann weiß, in Procenten ausgedrückt, indem man den Werth des Capitals auf Hundert reducirt. Ein Zins zu 5% bedeutet also, daß jedes Ca= pital im Werth zu 100 Thalern 5 Thaler an jährlichem Zins ab= wirft. In diesem Zins steckt aber dann nicht blos die reine Rente, sondern auch die Kosten= und Verlustprämie. Nur wo eine solche nicht veranlaßt wäre, würde die reine Rente, dann natürlich nie= riger, dem vollen Zins gleichkommen; dies ist bei manchen voll= kommen sicheren Staatsschuldzinsen der Fall.

§ 94.

Vom Zins.

Da der Zins den Preis für die Capitalnutzung bildet, so muß seine Höhe, wie die aller übrigen Preise, vom Verhältniß zwischen Nachfrage und Angebot von Capitalien abhängen, ver= glichen mit dem Werth der Capitalnutzung selbst. Lassen wir den Fall, daß das Capital vom Borger unproductiv verzehrt wird, einstweilen außer Betracht, so wird die Nachfrage zunächst von Unternehmern ausgehen, welche Capital in ihren Geschäften ver= wenden wollen und auch für die Entrichtung der Zinsen und die schließliche Capitalheimzahlung an den Darleiher zu sorgen haben; da aber Nachfrage nach Capital nichts Anderes ist, als Nachfrage nach Capitalproducten, so muß man auch hier immer im Auge be= halten, daß die wirkliche Ursache der Nachfrage in dem Verhalten der Consumenten liegt, denn die Unternehmer können nicht mehr Capitalproducte begehren, als sie sicher sind an die Consumenten abzusetzen. Aus den von den Letzteren gezahlten Preisen muß auch der Unternehmer die Zinsentrichtung und die endliche Capital=

heimzahlung bewirken. Nach dem Kaufvermögen und der Kauf=
lust der Consumenten richtet sich daher vor Allem der Capitalbe=
gehr der Unternehmer und die Höhe des Zinses, den sie zu ent=
richten im Stande sein werden. Je höher also die Preise einer
Waare steigen, um so höher kann auch der Zins des Capitals sein,
mit dessen Hülfe die Waare hervorgebracht wird; die Konkurrenz
der Unternehmer wird aber gegenseitig eine Ausgleichung bewirken
und den Zins verhältnißmäßig in allen Geschäften gleich stellen,
um so mehr als die Darleiher in diese keinen genauen Einblick
haben und das Capital aus sich selbst gewissermaßen mechanisch
wirkt, weil in ihm kein bewegender Wille lebt. Der Zins kann
daher nur verschieden sein mit Rücksicht auf die Entschädigung für
die Verlustgefahr, weil diese nicht bei allen Geschäften gleich ist.
Da aber die Unternehmer nicht blos die Aufträge der Consumenten
an die Capitalbesitzer überbringen, sondern selbständig speculiren
und sich in der Ergreifung und Ausdehnung von Unternehmungen
von ihren eigenen Erwägungen leiten lassen, wobei sie freilich nicht
selten zu ihrem Schaden die wirkliche Kauffähigkeit des Pu=
blikums nicht genug beachten, so dient es zur Vereinfachung, die
Nachfrage nach Capital als von den Unternehmern ausgehend zu
betrachten. Diese richtet sich nun 1. nach der Menge und Ein=
träglichkeit offenstehender Unternehmungen und diese sind bestimmt
hauptsächlich durch die Größe und Kauffähigkeit der Bevölkerung,
auch der ausländischen, wenn diese einheimische Producte kauft;
2. nach dem verhältnißmäßigen Vorrath an anderen Güterquellen,
weil ohne diese in der Regel das Capital nicht productiv wirken
kann; also nach den zu Gebote stehenden Natur= und Arbeitskräf=
ten. Im Grunde wird freilich, je ergiebiger die Naturkräfte und
je fleißiger und geschickter die Arbeiter sind, desto weniger Capital
zur Erzielung eines gegebenen Productenquantums erfordert; also
stünde eigentlich die Ergiebigkeit und Menge der übrigen Productivkräfte im umgekehrten Verhältniß zum Capitalbedarf. Allein da
unter solchen Umständen die Producte auch wohlfeiler oder besser
werden, so steigt ihr Begehr von Seiten der Consumenten oder
dieser wendet sich doch in höherem Grade anderen Artikeln zu,
deren vermehrte Hervorbringung daher mehr Capital erfordert.
Steigt z. B. der Ertrag der Bodenproduction, vorzüglich an

Lebensmittteln, so kann man von ihnen mehr zum Austausch gegen
Gewerbswaaren anbieten, und da auch diese bei wohlfeilerem
Rohstoff oder steigender Productionskunst wohlfeiler oder besser
werden, so wird sich das gewerbliche Einkommen vermehren und
man kann mehr persönliche Dienste kaufen, was wieder auf den
Begehr der Lebensmittel, Gewerbswaaren u. s. w. zurückwirken
muß. So wird sich bei hoher Ergiebigkeit der übrigen Güterquellen auch ein gesteigerter Capitalbegehr je nach der Richtung
der Bedürfnisse und des Geschmacks der Käufer über alle Erwerbszweige verhältnißmäßig vertheilen und dieser läßt sich auch
leicht befriedigen, weil das unter solchen Umständen sich bildende
freie Einkommen die Capitalansammlung ermöglicht. Der Capitalbegehr ist übrigens verhältnißmäßig geringer, je schneller das Capital in den Unternehmungen umläuft, also je ausgedehnter man
sich des Credits bedient und je rascher der Absatz erfolgt. Hierauf hat Einfluß der Zustand der Rechtspflege, die Stetigkeit und
Regelmäßigkeit des Einkommens, die Nüchternheit und Umsicht
des Volkscharakters, der Unternehmungsgeist der Producenten,
der gute Zustand der Transport- und Communicationsanstalten.
Diese Lebhaftigkeit der Wirthschaft kann aber manchmal die Unternehmer zu übermäßigem Capitalbegehr verleiten, womit die
Kauffähigkeit und Kauflust des Publikums nicht gleichen Schritt
hält; dann treten Capitalverluste für die Unternehmer, und wenn
die Ueberfüllung mit Capital in ausgedehntem Maße stattfand,
Handelskrisen ein. Es ist also wichtig, sich immer des Grundsatzes
bewußt zu bleiben, daß der eigentliche Begehr von Capitalnutzungen von den Consumenten ausgeht. 3. Ein eigenthümlicher
Capitalbegehr nur von Seite der Unternehmer wird hervorgerufen
durch Credit- oder Absatzstockungen. Wenn nämlich das gegenseitige Vertrauen der Unternehmer in ihre Zahlungsfähigkeit
wankt in Folge mißlungener Speculationen, mangelnden Absatzes
oder ungünstiger äußerer Verhältnisse im Staats- und politischen
Leben, so sind alle Geschäftsleute, vorzugsweise aber an ihrer
Stelle die Banken gezwungen, eine größere Kasse zu halten, um
prompte Zahlung leisten zu können, besonders deßwegen, weil
Creditzahlungen mittelst Buchcredit, Wechsel u. dgl. jetzt die
frühere Sicherheit verloren haben. Dieser Capitalbegehr ist zwar

nicht unfruchtbar, weil er über die Krisen hinweghilft und zur Wiederherstellung des allgemeinen Vertrauens beiträgt, aber er ist doch nur ein nothwendiges Uebel, dessen man sich bedient, wie die Arznei gegen eine Krankheit. Wenn das Capital im Inlande zu diesen Zwecken fehlt, weil es aus den absatzlosen Unternehmungen nicht mehr losgemacht werden kann, muß man oft, wie z. B. im Jahre 1857 in Hamburg geschah, Capital vom Auslande holen, oder es werden auch eigene Anstalten, Leihbanken, Discontogesellschaften errichtet, welche mit vereinten Mitteln den bedrängten Unternehmern das nöthige Capital zuführen.

Der Leihbegehr zu anderen Zwecken, also zur Ausbildung von Arbeitskraft oder zur Verzehrung, ist eigentlich kein Capitalbegehr, obwohl er die Vernichtung von Capital zur Folge hat, wofür aber im ersteren Falle eine neue Productivkraft, nämlich Arbeit, entsteht. Da man Arbeitskraft nur herstellt, wenn man ihrer üblichen Vergütung in den Preisen der Arbeitsproducte sicher ist, so richtet sich diese Art des Capitalbegehres nach der Nachfrage nach Arbeit und der Arbeiter hat nur die Aufgabe, aus dem Arbeitsertrag Zins und Capital an den Darleiher zurückzuerstatten. Eine productive Wirkung dagegen liegt gar nicht vor, wenn für Zwecke der Verzehrung geborgt wird; die Stärke dieses Begehres hängt ab von der Menge und Dringlichkeit der Bedürfnisse im Vergleich mit den eigenen Mitteln des Borgers, sie wird also zunehmen in Theurungszeiten, bei außerordentlichen Bedürfnissen, z. B. zu Kriegen u. dgl. Der Zins muß hier um so höher sein, je geringer das Vertrauen zum Borger ist und je dringlicher seine Nachfrage. Leichtsinnige Verschwender bewilligen hier oft enorme Zinsen.

Das Ausgebot von Capital ist zunächst bedingt durch die Menge der vorhandenen Capitalien, und diese durch die Stärke des Ansammlungstriebes und die Größe des freien Einkommens. Auch hier kommen im Grunde nicht blos die zum Ausleihen bestimmten Capitalien in Betracht, da die Zinsen aus den Preisen der Capitalproducte bestritten, diese letzteren aber, gegenüber einer gegebenen Nachfrage, durch das Ausgebot sämmtlicher Capitalnutzungen bestimmt werden müssen. Da indessen alle Capitalrenten vermöge der Konkurrenz einer durchschnittlichen Gleichheit

zuftreben, fo ift es nicht unrichtig, nur das Ausgebot verleihbarer
Capitalien und hier wieder nur das Verhältniß zwischen Unternehmern und Darleihern ins Auge zu faffen, um fo mehr, als die
letzteren auf die Dauer nur foviel an Zinsen einnehmen können,
als die erfteren aus den Preifen ihrer Producte zu erlöfen im
Stand find. Damit nun die vom Sparfinn angefammelten Capitalien auch wirklich ausgeboten werden, muß nicht nur die Entrichtung des Zinfes ficher, fondern diefer auch fo hoch fein, daß es
fich des Opfers des Ausleihens verlohnt. Da aber ein geringer
Zins immer noch beffer ift als gar keiner, fo wird nicht leicht ein
aufgefammelter Gütervorrath todt liegen bleiben, wenn nur Gelegenheit zur fruchtbaren Anlegung befteht. Es kommt alfo an
auf die Blüthe der Production, auf das Beftehen von Capitalan-
ftalten, wie Sparkaffen, Leihbanken, auf die Entwicklung des
Credits, auch infofern als hievon die nothwendige Größe der
Kaffenvorräthe abhängt, auf die Lebhaftigkeit und Ausdehnung des
Confumverkehrs, wodurch die Größe der nothwendigen Confum-
vorräthe bedingt wird u. f. w.

Die Geldmenge eines Landes hat im Ganzen und Großen
auf das Capitalausgebot keinen Einfluß, da Geld und Capital
nicht identifch find. Da aber jede Geldfumme von ihrem Befitzer
in Capital verwandelt werden kann, fo wird ein Geldzufluß, wenn
er nicht zur Beftreitung der Einkommensumfätze verwendet werden
muß, auch in der Regel eine Capitalvermehrung zur Folge
haben.*) Die Vermehrung der Geldmenge bewirkt daher fehr

---

*) Ift die Metallzunahme eine plötzliche und fo ftark, daß die Capitalzu-
nahme damit nicht gleichen Schritt halten kann, dann zeigt fich, daß Capitalreichthum etwas Anderes bedeutet als Metallreichthum, daß das Geld nur im
geringem Maße als Capital wirkt und in diefer Funktion in hohem Grade
durch den Credit erfetzt werden kann. Der damit verbundene Auffchwung der
Production wird dann leicht überfpannt und das Gleichgewicht geftört. Dies
zeigte fich in Folge der enormen Goldausbeute beim Beginn des letzten Jahr-
zehents. „Merkwürdig und bezeichnend ift es, daß gleich in Nordamerika
mit der erweiterten Geldcirculation eine noch rafchere Erweiterung der Creditoperationen eintrat. Die vereinigten Staaten fchickten in den erften Jahren
mehr Actien und Obligationen als Geld nach Europa. Weshalb nahmen fie
Credit, da fie doch Zahlmittel befaßen? — Ganz einfach aus dem Grunde,
weil fie zu den vermehrten Zahlmitteln des vermehrten Capitals bedurften,

häufig ein Sinken des Zinsfußes, aber nicht weil durch das Geld selbst und unmittelbar die Capitalien vermehrt würden, sondern nur deshalb, weil mit ihm eine Menge neuer Capitalien angeschafft werden kann, die also auf diese Weise mittelst Geld mittelbar ausgeboten werden. So können auch Actiendividenden, Bankdiscontos, Reports nur aus den Preisen für die Producte der Capitalien bestritten werden, auf welche sie lauten. Geldreiche Länder haben daher nur dann einen hohen Zinsfuß, wenn die Productivität ihrer Capitalien durch allgemeine Calamitäten beeinträchtigt, aber auch wenn die Nachfrage nach Capital oder die Verlustgefahr sehr stark ist. Wo also eine Bank als hauptsächliches Capital- und Creditreservoir eines Landes zu betrachten ist, da wird allerdings die Größe ihres Metallvorrathes und die Höhe ihres Disconts als ein wichtiges Kennzeichen der verfügbaren Capitalmenge, besonders für Industrie und Handel zu gelten haben.

§ 95.

Vom Werthe der Capitalrente.

Der Werth der reinen Capitalrente wird nach den gewöhnlichen Gesetzen bestimmt durch Gebrauchswerth, Umlaufsfähigkeit und Kosten.

1. Da das Capital nur als Productivkraft Bedeutung hat,

---

um gegen diese Zahlmittel verkaufen zu können. Hätten sie das Gold nach Europa geschickt, so hätte der Impuls zu einer so großartigen Erweiterung ihrer heimischen Production gefehlt, weil die heimischen Käufer gefehlt hätten. Europa gab den Credit gern, weil Amerika Zahlmittel besaß, es dachte nicht daran, daß die Production nicht nur Zahlmittel, sondern auch Capital voraussetzt, und daß die Amerikaner schließlich mit dem Golde ihre Eisenbahnen und Schiffe nicht beschäftigen, daß sie vom Golde nicht leben konnten. — In Europa ging es ähnlich... Man hatte unter Anstrengung des Credits gekauft und gekauft, man hatte die Preise der Rohstoffe und Nahrungsmittel auf's Unglaubliche gesteigert und als man es zu einer nie gesehenen Erweiterung der Production gebracht hatte, da fehlten die Käufer und sie mußten fehlen, weil zur Kaufkraft der Menschen mehr gehört als eitel Gold, weil dazu Capital gehört und weil gerade dies den falliten Nordamerikanern fehlte. Als im Herbste 1857 der Abnehmer in Nordamerika fallirte, mußte auch der Producent in Europa falliren." (Michaelis in Pickford, volksw. Monatsschrift 3. Bd. S. 544 ff.)

so muß sein Gebrauchswerth (oder hier richtiger Productivwerth) abhängen von dem der Capitalnutzung, also von dem Ertrag der Capitalverwendung. Es ist hier nicht die Rede von dem Gebrauchswerth einzelner Capitalgegenstände, eines Hauses, einer Maschine, die im Verkehr zunächst als Waaren in Betracht kommen und ja auch zu reinen Genußzwecken verwendet werden können, sondern von dem abstracten Werth des Capitals in jeder Gestalt, am besten vorgestellt in der indifferenten Form des Geldes, die je nach Belieben in jede Capitalform umgewandelt werden kann. Es fragt sich also, welches ist der Ertrag oder die Nutzung, die durch productive Verwendung einer bestimmten Werthquantität, z. B. von 100 Thalern, in der Form von Capital erzielt werden kann?

Ad. Smith hatte über diesen Punkt sehr unklare und widersprechende Ansichten, wie aus folgenden Stellen seines Werkes hervorgeht. „Wenn die fruchtbarsten und bestgelegenen Ländereien sämmtlich in Besitz genommen sind, kann weniger Gewinn gemacht werden durch den Anbau des Bodens von schlechterer Qualität und ungünstigerer Lage und weniger Zins kann, auch für den so verwendeten Capitalstock gezahlt werden." — „Verminderung des Capitalprofits ist die natürliche Folge der Blüthe des Handels oder eines größeren darin verwendeten Capitals." — Wenn die Capitalien vieler reicher Kaufleute in denselben Geschäftszweig gesteckt werden, muß ihre gegenseitige Konkurrenz natürlicher Weise den Gewinn vermindern; und wenn eine solche Capitalvermehrung in allen Geschäftszweigen eines Landes stattfindet, muß die gleiche Konkurrenz dieselben Wirkungen in allen hervorbringen." (I. cap. 9.) „Der Werth, den die Arbeiter den Rohstoffen beilegen, zerfällt in zwei Theile, von denen der eine den Arbeitslohn zahlt, der andere den Gewinn ihres Verwenders vom ganzen Betrag des Capitals und des von ihm vorgestreckten Lohnes." (I. cap. 6.)

Hiernach wäre die niedrige Capitalrente (Zins und Gewinn folgen nach Ad. Smith immer denselben Gesetzen) einmal die Folge abnehmender Naturkraft, was doch offenbar als ein ungünstiges Zeichen aufgefaßt werden müßte, das anderemal ein Zeichen fortgeschrittener Prosperität; bald ist sie eine nothwendige

Folge steigender Konkurrenz wegen vermehrten Capitals, bald ein Abzug von Arbeitsertrag; bald ist sie eine Folge geringen Erlöses aus den Probucten, bald bestimmt die Capitalrente den Preis der letzteren.

Der Hauptirrthum, den wir aus diesem Chaos hervorheben wollen, ist der von uns früher selbst getheilte, daß die Probuctivität des Capitals von dem Grabe der Ergiebigkeit der Naturkräfte abhänge, d. h. mit anderen Worten, daß das Capital keine eigene Probuctivität besitze. Wäre dieses richtig — und über jenen Irrthum sind die meisten Nachfolger Smith's im Wesentlichen nicht hinausgekommen,*) — so müßte man das Capital als selbstänbigen Factor aus der Reihe der Probuctivkräfte streichen. Soll die Ergiebigkeit der Naturkraft den productiven Werth des Capitals bestimmen, so geräth man in Widerspruch mit den ersten Gesetzen der Volkswirthschaft. Reiche Naturkräfte bedeuten offenbar großen Ertrag mit verhältnißmäßig geringen Kosten; die Producte müssen also wohlfeil sein und können keinen hohen Zins tragen, ba ihr Preis selbst niedrig steht. Nun ist aber auf früheren Culturstufen, wo Naturkräfte in Fülle zu Gebote und die Preise niedrig stehen, der Zins hoch. Umgekehrt abnehmende Naturkräfte bedeuten geringen Ertrag mit hohen Kosten, also hohe Preise; gleichwohl soll hier der Zins niedrig sein. Man hilft sich zwar damit, daß der Arbeitslohn steige; allein wie kann der Lohn auf Kosten des Zinses steigen, zumal wenn er, wie man immer glaubt, zum umlaufenden Capital gehört und keinen Bestandtheil des Reinertrages bildet? Dies ist nun zwar gleichfalls unrichtig; der Arbeitslohn ist zum Theil Reinertrag, allein er schmälert niemals die Rente, höchstens den Unternehmungsgewinn in Folge von

---

*) J. B. Roscher, I. § 185. Er sagt ferner, der Gebrauchswerth der Capitalien sei gleichbedeutend mit der Geschicklichkeit der Arbeiter und Ergiebigkeit der Naturkräfte, welche bamit verbunden werden. § 183. Unb doch spricht er von einer „wirklichen Productivität der Capitalien." § 189. J. St. Mill (IV. cap. IV. § 3.) sagt, in jeder Gesellschaft gebe es ein Minimum des Capitalgewinns, welches den Ansammlungstrieb zufrieden stelle; allein er sagt nicht, warum dieses Minimum bald in 30 unb 40, bald in 1 unb 2 % bestehe; ferner nicht, warum die Capitalansammlung um so stärker vor sich geht, je geringer dieses Minimum ist.

Preisschwankungen. Man muß sich aber gegen diese ganze An=
schauung auch noch wegen ihrer Consequenzen erklären, die
J. St. Mill (l. c. cap. V. § 1 ff.) sich nicht gescheut hat, als
neue Wahrheiten auszusprechen. Ist nämlich hoher Capitalzins
ein productiver Gewinn, dann muß man Alles begünstigen, was
ein Volk wieder zu ihm zurückführen kann: also Auswanderung,
weil diese den Begehr von Bodenproducten mindert und von dem
Anbau der ungünstigsten Bodenclassen befreit; unproductive Ca=
pitalvergeudung, weil das Capital in fortgeschrittenen Ländern
eine Tendenz des Ueberflusses hat; Kriege, weil die dadurch ver=
zehrten Capitalien doch rasch wieder anwachsen, Capitalausfuhr,
übermäßige Capitalanlegung in kostspieligen Unternehmungen, wie
Eisenbahnen, kurz Alles, was eine Reinigung vom Capitalüber=
fluß bewirke. Denn alles das steigere ja den Zins und das Ca=
pital könne um so schneller wieder zufließen! Dieses wird genügen,
um die Meinung, als verhalte sich die Vergütung für Capitalbe=
nützung proportional der Ergiebigkeit der dabei mitwirkenden Na=
turkräfte, in ihrer Haltlosigkeit zu erweisen.

Die Schwierigkeit besteht darin, die Thatsache des mit fort=
schreitendem Reichthum sinkenden Zinsfußes mit der steigenden
Productivität des Capitals in Einklang zu bringen. Daß diese
Productivität immer mehr zunimmt, lehrt ein Blick auf die Fort=
schritte der Technik; man vergleiche Pfeil und Bogen mit einem
Schießgewehr, die Verbesserungen der Spinnmaschinen, der Web=
stühle, der Pflüge u. s. w. Nun lehrt Carey (princ. of soc.
science cap. 41.), daß die steigenden Fortschritte der Production
die Reproductionskosten und folglich auch den Werth aller vorher
vorhandenen Capitalien vermindern; deßhalb müsse auch ein ge=
ringerer Zins für ihre Benützung gegeben werden. Allein dies
ist zum Mindesten unrichtig hingestellt; denn es handelt sich nicht
um den Werth des Capitalstamms, sondern um den der Capital=
nutzung. Die Frage ist zu beantworten, nicht warum für eine Ma=
schine, die früher 100, jetzt 80 kostet, jetzt 4 statt früher 5 an Zins
gegeben werden, sondern warum der Zins für einen Werth von
100 früher 5, jetzt 4 beträgt. Der Werth der Nutzung sinkt oder
steigt nicht nothwendig mit dem Werth des Stammes.

Immerhin aber vertritt Carey die allein richtige Idee, die

schon v. Hermann (Staatsw. Unters. S. 250 ff.) ausgesprochen, aber nicht scharf genug hervorgehoben hat, daß die größere Productivität des Capitals den Zins herabdrücke. Der Zins steht nicht im directen, sondern im umgekehrten Verhältniß zur Productivität, gerade so, wie die Kosten im umgekehrten Verhältniß zur Leichtigkeit der Production. Je ergiebiger die Capitalverwendung, desto geringeren Werth besitzt das daraus erzielte Product. Der sinkende Zinsfuß ist nicht eine Folge der Schwierigkeit, sondern der Leichtigkeit der Production; nicht eine Folge oder ein Zeichen, sondern ein Hinderniß der Theuerung.

Um sich dies zu erklären, denke man an das Wesen des Gebrauchswerthes. Der Gebrauchswerth des Capitals kann nur in dem seines Products bestehen; dieser muß aber sinken, je leichter und wohlfeiler man mittelst Capitalverwendung Bedürfnisse befriedigen kann. Es scheint näher zu liegen, um so mehr für die Nutzung einer Productivkraft zu bezahlen, je mehr man mittelst derselben hervorbringen kann. Allein dies wäre eine Verwechselung zwischen Größe und Werth des Ertrags, und man muß sich erinnern, daß Menge und Werth in diametralem Gegensatz stehen.

Das Capital enthält als Productivkraft zwei wesentliche Momente; es ist Ergebniß der Kunst und der Ersparung. Das letzte Moment beeinflußt, wie wir später sehen, die Kosten der Capitalnutzung; hier wollen wir kurz hervorheben, daß von dieser Seite aus keine Tendenz zum Steigen entgegenwirkt, denn der Gebrauchswerth einer Ersparung wird offenbar um so geringer, je größer und sicherer begründet das laufende Einkommen eines Individuums oder einer Nation ist. Unter Kunst verstehen wir auch hier, wie überall, die Gesammtheit aller durch menschliche Intelligenz, Geschicklichkeit und Ausdauer bewirkten Fortschritte im Wirthschaftsleben. Die Ursachen der steigenden Productivität des Capitals sind also zweierlei: technische und wirthschaftliche. Ueber die ersteren müssen die technischen Wissenschaften Auskunft ertheilen, die letzteren sind keine anderen als die bereits im Abschnitte von der Production und vom Umlauf erörterten. Also besonders Theilung und Vereinigung des Capitals, Großbetrieb, Konkurrenz, Ausbildung des Geldwesens, des Credits, der Umlaufsfähigkeit u. s. w. Man darf übrigens die Wirkung des Capitals nicht isolirt an

einzelnen Capitalarten auffassen; die steigende Productivität des
Capitals ist eine Folge der Gesammtentwicklung der durch das
Band des Verkehrs geeinigten Wirthschaften. Die kunstvollste
Maschine ist nur in dem Grade productiv, als ihr ununterbrochen
und sicher große Rohstoff = und Hülfsvorräthe (Baumwolle,
Kohlen) zu Gebote stehen; der kraftvollste Dungstoff ist unproduc=
tiv, wenn eine Bevölkerung den intensiven Landbau nicht kennt
oder nicht ausüben kann. Und da das Capital zwar eine eigene
Productivkraft besitzt, diese aber in der Regel nur in Verbindung
mit Arbeit entfalten kann, so ist sie allerdings durch Volkszahl
und Arbeitsgeschicklichkeit bedingt; allein dieses sind nur Beding=
ungen, keine Ursachen. Daraus wollen wir nur zwei wichtige
Folgerungen ableiten: 1. die Vermehrung der Capitalien ist ein noth=
wendig begleitender Umstand, aber keine Ursache, eher eine Wir=
kung der steigenden Productivität des Capitals; 2. diese ist um so
größer, je sicherer, stetiger und näher die Bedingungen seiner Wirk=
samkeit sich verhalten. Daher hat z. B. der Bezug von Rohstoffen
aus und der Absatz nach der Ferne eine Tendenz, die Productivität
des Capitals zu beschränken. Auswanderung, Capitalvergeudung,
Kriege u. s. w. werden also den Zins allerdings erhöhen oder ihn
abhalten, noch weiter zu sinken; allein nicht aus dem absurden
Grunde, weil dadurch eine größere Ergiebigkeit des Capitals her=
beigeführt würde, sondern weil dadurch Lücken in die Gesammtur=
sachen dieser hohen Ergiebigkeit gerissen würden. Sie wären also
kein Vortheil, sondern ein Nachtheil. Sollte je der Zins auf Null
sinken, so wäre dieses nicht, weil die Productivität des Capitals
verschwunden, sondern weil diese so sehr gestiegen wäre, daß Ca=
pitalproducte keinen Gebrauchswerth mehr hätten. Das Ca=
pital stünde dann gleich der unentgeltlichen Naturkraft und nur
die Arbeit könnte noch Werthe erzeugen. Dann könnte offenbar
Capital nicht mehr an Andere gegen Vergeltung verliehen werden;
alle Capitalisten müßten arbeiten, um neue Werthe zu erhalten,
oder von ihrem Capital leben. Ihre Arbeit käme aber dann gleich
dem mühelosen Abschöpfen der Naturgaben; sie bestünde vielleicht
in dem Druck auf eine Maschine, im Umdrehen eines Hahnes ꝛc.;
die Capitalaufzehrung würde Ursachen einer so hoch gesteigerten
Productivität zerstören, also die Möglichkeit des Zinses wieder

herbeiführen. Das völlige und dauernde Verschwinden des letzteren ist daher kaum zu denken.

Der Gebrauchswerth der Capitalnutzungen beruht also nicht auf ihren objectiv nützlichen Eigenschaften, sondern auf ihrem Verhältniß zur Leichtigkeit der Bedürfnißbefriedigung. Der Gebrauchswerth zeigt immer den Grad an, in welchem der Bedürfnißbefriedigung Schwierigkeiten entgegen stehen; die Kosten den Grad, zu welchem diese Schwierigkeiten persönliche Unannehmlichkeit verursacht haben. Beides sind offenbar correspondirende Größen. Der Gebrauchswerth der Capitalnutzung richtet sich daher nicht nach ihren objectiv nützlichen Eigenschaften, auch nicht nach ihrer Größe, sondern nach dem Rang, den das mittelst Capitalverwendung zu befriedigende Bedürfniß einnimmt und nach dem Gefühl der Entbehrung, das durch Nichtbefriedigung hervorgebracht würde. Ein Scheffel Weizen kann heute dieselbe Nährkraft enthalten, wie vor tausend Jahren; allein sein Gebrauchswerth ist unstreitig geringer, seit intensive Wirthschaft und Handel die Gefahren der Mißernte beschränken und immer mehr andere Nahrungsgegenstände zur Verfügung gestellt sind. Es ist daher auch nicht wahr, daß sich bei sinkendem Zinsfuße der proportionale Antheil der Capitalisten am Gesammtproduct vermindere, wofür man sie mit dem Wachsen ihres absoluten Antheils zu trösten sucht; nicht ihr Antheil, sondern nur der Werth ihres Antheils mindert sich. Und hiebei ist zu bemerken, daß dies nicht nothwendig eine relative Werthabnahme ist, weil sich der Werth des Antheils der anderen Classen gleichfalls vermindern kann, sodann daß der Werth nichts über die wirkliche Größe der Consumtion entscheidet, denn in einem höheren Werth kann auch nur eine gleiche Consumtionskraft stecken, so z. B. wenn der Geldlohn für Arbeit steigt, aber nur weil der Werth des Unterhalts zugenommen hat.

Hieraus ist die Verschiedenheit des Zinsfußes in verschiedenen Zeiten und Ländern zu erklären. Ein großer Theil dieser Verschiedenheit ist allerdings auf Rechnung der Verlustgefahr zu schreiben, aber diese allein ist nicht entscheidend; sonst könnte z. B. nicht der Zinsfuß in einem und demselben Lande, das sich in allen seinen Theilen gleicher Rechtssicherheit und productiver Zustände erfreut, eine verschiedene Höhe zeigen. In Städten ist der Zins regelmäßig niedriger, als auf dem Lande. Ferner betrug z. B. nach Schlözer zu Anfang dieses Jahrhunderts der russische Zinsfuß in den Ostseeprovinzen 6, in Moskau 10, in Taurien 25, in Astrahan 30 %. Der Grund ist der, daß die Gesammtbedingungen für die Productivität des Capitals nicht überall gleich entwickelt sind. Daher kann auch die Einführung künstlicher Maschinen und anderer hoch gesteigerter Capitalarten in junge Länder doch hier nicht den Zinsfuß dem in alten Ländern gleich setzen; denn es kommt nicht allein an auf die technische Vollendung der Productivmittel, sondern auf die Vereinigung aller jener langsam reisenden und sich im Verlauf der Entwicklung stets noch erweiternden Bedingungen, welche die Gebrauchswerthe so tief herabdrücken. Obwohl daher der Zins an sich die selbständige Vergütung für die eigenthümliche Mitwirkung des Capitals bei der Production ausmacht, erhält er doch die Voraussetzungen seiner Größe aus dem gesammten Zustande eines Wirthschaftskreises und er kann daher auch in hohem Grade als Barometer für das wirthschaftliche Gedeihen eines Volkes im Ganzen betrachtet werden.

Nun ist aber ferner die Productivität des Capitals sehr verschieden in Bezug auf die einzelnen Gewerbszweige und Capitalarten, nicht nur weil sich nicht überall wirthschaftliche und technische Verbesserungen in gleichem Maße anbringen lassen, sondern weil viele Unternehmer aus Schlendrian oder Unfähigkeit, aus Mangel an Credit, an Transportgelegenheit 2c. nicht alle dergleichen Verbesserungen sogleich ergreifen. Es fragt sich also, wie bei dieser thatsächlichen Verschiedenheit der Ergiebigkeit der Capitalien eine einheitliche Zinshöhe sich bilden kann und aus welchen Einflüssen ein solches einheitliches Maß abgeleitet werden muß. Denn ohne solche Einflüsse müßte es eigentlich so viele Zinsfüße geben, als Capitalien mit ungleicher Ergiebigkeit in den Geschäften angelegt werden können.

Wo der Capitalmarkt frei ist und von Jedem nach seiner Wahl Capitalien angeboten und gesucht werden können, zugleich durch Ausbildung des Geldwesens und der Creditanstalten für Concentrirung und Erleichterung aller dabei vorkommenden Operationen gesorgt ist, können jene thatsächlichen und industriellen

Verschiedenheiten offenbar keine Wirksamkeit äußern und es muß
sich aus dem gegenseitigen Bestreben der Capitalisten und Unter=
nehmer, den höchsten Zins zu erhalten und den niedrigsten Zins
zu geben, in Folge der Konkurrenz ein durchschnittlich gleicher Satz
für die Vergütung der Capitalbenützung bilden, gerade so wie sich
für alle übrigen Waaren ein durchschnittlich fester Marktpreis
ergibt ohne Rücksicht auf die speciellen Gebrauchswerthe und
Kosten in Ansehung der Käufer und Producenten. Diesen durch=
schnittlichen Markt= oder Landeszins, der sich nach der durch=
schnittlichen Productivität der Capitalien in einem Lande oder
Wirthschaftskreise richtet, muß jeder Creditsuchende bezahlen, und
es ist seine Aufgabe, seine Wirthschaft so zu betreiben, daß er diese
mittlere Höhe der Productivität erreicht oder überbietet, was
ihm den Ersatz seiner Kosten sichern oder — im zweiten Falle —
zu Gewinn verhelfen würde. Es fragt sich aber, was als mittlere
Productivität oder als mittlerer Zinsfuß zu gelten habe. Die=
jenigen, welche glauben, daß immer die höchsten nothwendigen
Kosten den Preis reguliren, müssen consequenter Weise auch die
unergiebigste, aber gleichwohl nothwendige Capitalverwendung
zum Maßstab nehmen. Dies hätte offenbar die Folge, daß die=
jenigen, welche mit dem höchsten Erfolge, also mit den niedrigsten
Zinssatze zu produciren vermögen, gleichwohl einen höheren Zins
zu entrichten hätten, was sie natürlich an der stufenweisen Er=
niedrigung ihres Preises verhindern würde. Ja es läßt sich die
Frage aufstellen, wie bei jenem Gesetz, wenn es richtig wäre,
überhaupt ein wirthschaftlicher Fortschritt gemacht werden könnte.
Wir müssen uns vielmehr auch hier zu der Ansicht bekennen, daß
die durchschnittlich günstigste Capitalverwendung den Maßstab ab=
gibt, daß also der natürliche Preis und Werth der Capitalnutzung
derjenige ist, der sie ihrer höchsten Ergiebigkeit zuführt. Eben hier=
nach regelt sich denn auch der Marktpreis der Capitalprodukte, so
daß Alle, die nur mit höheren Kosten produciren können, entweder
an ihrem Gewinn abbrechen oder mit Verlust fortproduciren oder
ihre Production aufgeben müssen, um Anderen Platz zu machen, deren
Productionskunst mehr mit dem natürlichen Rentensatze harmonirt.
Dies ist zugleich eine Erklärung dafür, warum das Capital eine
innere, unabweisbare Tendenz hat, der höchsten Ergiebigkeit, also

der niedrigsten Rente zuzustreben, warum der Industrie und dem Handel die Capitalien in größerer Fülle zufließen als der Boden-production, weil eben diese, dem unberechenbaren und schwankenden Einfluß oder Widerstand der Naturkräfte mehr ausgesetzt, in ver-hältnißmäßig geringerem Grade technischer und wirthschaftlicher Fortschritte fähig ist als jene. Es könnte zwar scheinen, als ob die Capitalisten lieber den höchsten Zins für ihre Capitalien such-ten, denn dies würde ihnen größere Werthe zur Verfügung stellen und sie könnten damit doch die wohlfeileren Producte des Handels und der Industrie in größerer Menge einkaufen. Allein dieser Vortheil wäre mit innerem Widerspruch behaftet und außerdem nur scheinbar. Würde wegen der höheren Verzinsung alles Ca-pital dem Grund und Boden zuströmen so wäre dabei eine Aus-dehnung der Gewerbe und des Handels undenkbar; ferner ent-scheidet nicht allein die Größe des Zinses, sondern auch die Leichtigkeit und Sicherheit seines Bezugs und die jederzeitige Mög-lichkeit, über die Capitalnutzung nach Belieben zu verfügen. Diese Eigenschaften besitzen aber die Handels- und Industriecapitalien, weil in ihnen viel mehr Capital sich flüssig befindet, in höherem Grade, als die Bodencapitalien. Ein höherer Zins aus festsitzen-dem Capital hat daher für den, der sein Capital nach Gefallen in der verschiedensten Weise anlegen will, gleichwohl einen geringeren Werth als ein niedrigerer, der aber die prompteste Verfügung über das Capital selbst gewährt. Die Capitalisten werden also zur Vergütung für jenen Uebelstand einen höheren und zugleich stetigen Zins fordern, ohne jenen Uebelstand aber sich mit einem niedrigeren, aber auch schwankenderen Zinse begnügen. So kommt es, daß Capitalien mit dauernder Anlage eine ruhige Mitte (4—6 %) halten zwischen den Springen des Disconts, der für industrielle und commercielle Capitalien gegeben wird (2—12 %); ferner, daß sich das Capital eines Landes doch ziemlich gleichmäßig über Landbau, Industrie und Handel vertheilt, allerdings mit vorherrschender Neigung für letztere, ein Uebelstand, dem durch die oben besprochenen Creditanstalten, allenfalls auch durch gesetz-liche Normirung des Zinsfußes abgeholfen werden kann. Ferner erklärt sich aus dieser Darstellung, wie bei steigendem Capital-reichthum und fortschreitender Productionskunst die Capitalpro-

buction eine Tendenz erhält, zu überwiegen und den wirthschaftlichen Character eines Landes zu bestimmen, wie Handel und
große Industrie immer mehr Capitalien aufsaugen, zugleich aber
immer mehr die Gebrauchswerthe erniedrigen und zu wohlfeiler
Production drängen, wie das große Capital immer größere
Wirthschaftskreise überfluthet und bei seiner überwuchernden
Tendenz im eigenen Fette zu ersticken droht, wie von Seiten
der Capital- und Massenproduction immer lautere Ansprüche
auf Ungebundenheit und Erweiterung ihrer Grenzen erhoben
werden, eine Entwicklung, die sich als ein folgerechter Kampf
zwischen Ursache und Wirkung, zwischen steigender Productivität
und sinkendem Gebrauchswerth enthüllt, die aber durch die
Wirthschaftspolitik auf die Bahn des intensiven Betriebs und
des Gleichgewichts der großen Productionsgruppen hingelenkt werden muß.

Der Zins aus den Bodencapitalien verhält sich im Allgemeinen nicht anders als der aus den Handels- und Industriecapitalien,
doch haben jene gewisse Eigenthümlichkeiten an sich, vermöge deren
zugleich ihre Verzinsung einigen Besonderheiten unterliegt. 1. Ihr
Ertrag ist von Jahr zu Jahr wegen der Wechsel der Witterung
und sonstiger Naturereignisse ziemlich schwankend, und erst in
längeren Perioden stellt sich eine gewisse Regelmäßigkeit ein, die
einen durchschnittlichen Ertrag berechnen läßt, dem entsprechend
ist auch der Zins in einer dauernden mittleren Höhe normirt.
2. Der Anbau des Bodens erfordert verhältnißmäßig mehr
stehendes Capital in Bodenmeliorationen (Bewässerungen 2c.),
Wegeanlagen, Gebäude, Viehstand, Holzbeständen u. s. w. Da sich
nun das stehende Capital nur in längeren Fristen reproducirt und
in der Regel, ohne die Bodenwirthschaft zu gefährden, nicht mehr
herausgezogen werden kann, so ist dadurch dem Capitalisten die
schnelle Verfügung über sein Capital geschmälert, wofür er einen Ersatz
in einem etwas höheren Zinse erhalten muß. 3. Die Bodencapitalien sind, wie bereits bemerkt, verhältnißmäßig in geringerem
Grade fortschreitender Verbesserung fähig, und die Bodenproducenten haben daher Mühe, ausreichende Capitalien zum üblichen
Zinsfuß bei blühenden Industrie- und Handelsverhältnissen zu

finden*), was die Bodenproducte im Verhältniß zu den übrigen vertheuert und ihren Markt begrenzt. Die Bodencapitalien sind daher durchaus nicht fähig, höhere Lasten zu tragen als die übrigen, z. B. in Bezug auf Besteuerung. Auch ist es nicht durchaus zu billigen, wenn man den Bodencredit dadurch erschwert, daß man den Grundbesitzern neben der jährlichen Verzinsung noch einen Amortisationsbetrag auflegt, was sie zwingt, ihr Capital flüssiger zu erhalten, als es in ihrem Interesse liegt. 4. Die Bodenproduction ist der größten Dauer und Stetigkeit fähig, denn sie befriedigt durch Lieferung der unentbehrlichen Lebensmittel und Rohstoffe die wichtigsten, bringendsten und weitverbreitetsten Bedürfnisse; auch ist sie wegen des großen Volumens ihrer Producte mehr auf den nächsten Markt angewiesen und den Schwankungen der Speculation und der Konkurrenz weniger ausgesetzt; ein Vortheil, der bei steigender Bevölkerung und zunehmendem Wohlstand an Umfang und Sicherheit zugleich wächst. Dies erzeugt unter den angegebenen Voraussetzungen namentlich für die seit längerer Zeit sorgfältig bewirthschafteten und für den Transport günstiger gelegenen Grundstücke eine Sicherheit und Leichtigkeit des Absatzes, die von den günstigsten Wirkungen auf den Betrieb begleitet ist und die Natur eines ideellen Capitals annimmt mit selbständigem Werth und entsprechender üblicher Verzinsung (§ 18). Diese besondere Art des Zinses, die man mit dem Namen Grundrente bezeichnen kann, obwohl sie auch bei fest= und altbegründeten Gewerbsunternehmungen (Firmen) vorkommt, rührt jedoch nicht her, wie man seit Ricardo so allgemein lehrt, von höheren Naturkräften des Bodens**), denn diese sind entweder längst nicht mehr vorhanden oder doch, wie bei städtischen Bauplätzen, von gar keinem Belang; denn die Lage ist keine natürliche Eigenschaft.

---

*) S. z. B. über desfallsige Klagen aus Sachsen, dem industriellsten Land des Zollvereins, Th. Günther, die Reform des Realcredits. Dresden 1863.

**) Von dem Seltenheitspreise, z. B. für ausgezeichnete Weinlagen, ist hier ebenso wenig die Rede, wie z. B. von der hohen Vergütung für ausgezeichnete, seltene Talente; denn beide entziehen sich dem durchschnittlichen Wirken der Wirthschaftsgesetze. S. noch § 99 ff.

Noch ein möglicher Einwand ist zu beleuchten, daß nämlich wenn die steigende Ergiebigkeit der Productivkräfte den Werth ihrer Benutzung herabbrückt, diese Wirkung doch auch in Bezug auf die Arbeit eintreten müßte; nun habe aber der Arbeitslohn trotz unstreitig zunehmender Productivität der Arbeit eine Tendenz zu steigen. Hierauf ist zu erwidern: 1. Dieser Einwand findet jedenfalls auf den umlaufenden oder Rohertrag der Arbeit keine Anwendung, denn hier muß das Gesetz der Reproduction vollständig zur Geltung gelangen und eine Herabbrückung jenes Betrages ist höchstens dem Werthe nach, der Sache nach aber nur bis zu einer gewissen Grenze möglich. Da nun aber der Unterhaltswerth verhältnißmäßig am meisten der Erniedrigung widersteht, so kann auch eine Herabbrückung des Werths der Arbeitsnutzung am wenigsten Platz greifen. 2. Der reine Arbeitslohn setzt sich zusammen aus der Vergütung für die persönliche Arbeitsanstrengung — freier Lohn — und für die Benützung der stehenden Arbeitskraft, die, insofern sie aus materieller Verwendung herstammt, allerdings wie eine Art Zins zu betrachten ist. Nur für den letzten Bestandtheil wäre eine allmähliche Erniedrigung denkbar, und sie muß sich auch geltend-machen, insoweit nicht der eigentliche freie Lohn ein Gegengewicht abgibt. Dieser aber hat offenbar eine Tendenz zum Steigen, insofern bei zunehmendem Reichthum und steigender Achtung und Ehre der Arbeit die persönliche Anstrengung ein verhältnißmäßig größeres Opfer ausmacht. 3. Während das Capital gewissermaßen mechanisch aus sich selbst wirkt, ist der Werth der Arbeitsleistung durch die manichfaltigsten individuellen Besonderheiten bedingt, es kann daher im Menschen das Gesetz der sinkenden Gebrauchswerthe nicht entfernt mit jener Regelmäßigkeit und Unaufhaltsamkeit auftreten, wie beim Capital. Nur wo der Werth eines Products vorherrschend durch den der Capitalverwendung bestimmt wird, wie bei der niedrigen Maschinenproduction, muß das Sinken der Gebrauchswerthe nach dem Gesetz des Zusammenhanges auch die Arbeit ergreifen; dadurch wird eben das Proletariat erzeugt, dessen Lohn eine sinkende, oder doch keine steigende Tendenz hat, wie oben nachgewiesen wurde.

2. Die ausgleichende Bewegung des durchschnittlichen Werthes der Rente wird in hohem Grade beschleunigt oder aufgehalten je

nach der größeren oder geringeren Beweglichkeit oder Umlaufs=
fähigkeit der Capitalien selbst. Würden alle vorhandenen Capi=
talien in jeder Unternehmung ein für allemal festsitzen oder könnten
die neugebildeten Capitalien nicht beliebig dahinfließen, wo der
höchste Erfolg zu erwarten steht, so ließe sich eine durchschnittlich
gleiche Rente höchstens durch zufällige Umstände denken. Das
allgemeine Streben des Capitals, immer den höchsten Gewinn
aufzusuchen und dadurch den Gegensatz hoher und niedriger Ren=
tirung fortwährend mehr auszugleichen, liegt daher im natürlichen
Interesse der Producenten und Consumenten und sollte durch künst=
liche Anordnungen nur insoweit gehemmt werden, als es das
Gleichgewicht in der nationalen Wirthschaft nothwendig erheischt.
Die Umlaufsfähigkeit des Capitals hängt von den manichfaltig=
sten Umständen ab, von denen gelegentlich schon früher zum Theil die
Rede war und nur die hauptsächlichsten hier noch aufgezählt wer=
den sollen. 1. Von dem Grade, in welchem die Konkurrenz in
einem Lande frei gegeben ist. 2. Von der Eigenschaft des Capitals
als stehendes oder umlaufendes, weil das letztere nach jedem Be=
triebsabschnitt wieder zu seinem vollen Werthe flott wird und daher
von da beliebig in anderen Geschäften untergebracht werden kann.
Das stehende erfüllt diesen Kreislauf erst in längeren Zeiträumen,
unterliegt daher für längere Zeit der einmal gewonnenen Rentabili=
tät; daher können Gebäude, Grundstücke, Gewerbseinrichtungen (ja
selbst die stehende Arbeitskraft) länger einen außergewöhnlich hohen
oder niedrigen Gewinn bringen, wobei jedoch allerdings zu bedenken
ist, daß das umlaufende Capital nach Umständen in stehendes um=
gewandelt werden kann. Daher wird neu hinzutretende Konkurrenz
häufig eine Ermäßigung hohen Gewinnes bewirken. 3. Von der
Schnelligkeit des Umsatzes; ein Capital, das sich im Jahre blos
einmal umsetzt, ist unbeweglicher als dasjenige, welches sich im
Jahre zwei= oder dreimal und öfter umsetzt; der Zinsfuß von Han=
delscapitalien (Disconto) schwankt mehr als der landwirthschaft=
liche. Hierauf ist aber das Klima (mehrfache Ernten im Jahr),
die Natur des Geschäfts (Local= oder überseeischer Handel), die
Lebhaftigkeit und Größe des Absatzes (Lebensmittel, Modewaaren),
die Natur des Geschäfts, je nachdem es mehr mit umlaufendem
Capital (Arbeit) oder mehr mit stehendem betrieben wird, der

Zustand der Transport- und Communicationsanstalten, die Geschicklichkeit und Berechnungsgabe der Unternehmer u. s. w. von Einfluß. 4. Von dem Zustand des Creditwesens in seinem ganzen Umfange, weil der Umlauf der Capitalprodukte dann immer weniger von der sofortigen Zahlungsfähigkeit der Käufer abhängt. 5. Von dem Unternehmungsgeist und der Industrialität eines Landes, weil sehr viele Capitalien nur bei einem gewissen Stande der Kenntnisse und Fertigkeiten mit Erfolg benutzt werden können. 6. Von den Einrichtungen des Zollwesens und der Besteuerung, weil dieselben den Uebergang zu anderen Erwerbszweigen erleichtern oder erschweren und den zu erwartenden Gewinn schmälern oder erhöhen können. 7. Von der Fähigkeit und Lust zur Aus- oder Einwanderung. 8. Von der Größe des freien Einkommens, also des Reichthums, weil hiedurch hauptsächlich die Fähigkeit und der Trieb zur weiteren Capitalansammlung bedingt sind. 9. Von dem Zustand der Rechtspflege, der inneren Staatsordnung und der internationalen Verhältnisse u. s. w.

3. Da die Capitalrente nicht vom Unternehmer oder Capitalisten producirt wird, sondern die mühelose Folge der im Capital selbst liegenden Productivkraft ist, so könnte man hier nur von den Productionskosten des Capitales sprechen. Allein wasdas Capital seinen Besitzer kostet, bestimmt nicht die Höhe der Rente, sondern nur den Werth des Capitales selbst und zwar nach Maßgabe des bereits feststehenden Zinsfußes; denn, wie wir oben sahen, der übliche Zins, der durch irgend eine Capitalverwendung erlangt werden kann, ist die eigentliche Quelle des Capitalwerthes. Die Rente selbst wird aber erzeugt durch Ansammlung und productive Anlegung von Capital; das hierin liegende Opfer wird also von den Capitalisten als Kostenaufwand behufs Herstellung der Rente zu bemessen sein. Die Größe dieses Opfers („travail d'épargne") ist nun aber gleich der Größe des Verlustes, dem sich der Capitalist durch die Hingabe des Capitals zur Production sicher oder doch voraussichtlich unterzieht und hängt also wesentlich ab 1. von dem Werthe des Ertrags, den das Capital abwirft (s. oben Nr. 1); denn genau diesem Werth entsagt der Capitalist für seinen Gebrauch, um ihn in einer Unternehmung durch Andere verwenden zu lassen. 2. Von dem Einfluß dieser Entsagung auf die Höhe der laufenden

Bedürfnißbefriedigung. Daher können sich reiche Völker mit einem
geringeren Zinsfuß begnügen als ärmere, weil die letzteren, wenn
sie sich um der Capitalansammlung willen vielleicht in ihrem angemessenen Unterhalte Beschränkungen auferlegen, hiemit ein
größeres Opfer bringen. Ferner ist offenbar das Uebersparen
für den, der daran nicht gewohnt ist und wenig Neigung hat Opfer
für die Zukunft zu bringen, eine größere Last als für denjenigen,
der vom Spargeiste und von der Sucht reich zu werden erfüllt ist.
Daher rührt z. B. der durchschnittlich niedrigere Zins bei den
arbeitsamen und nüchternen Nationen Europa's (besonders bei den
Holländern und Engländern) im Gegensatz zu den sorgloseren und
trägeren Bewohnern Asiens. 3. Von der Sicherheit und Bequemlichkeit der Capitalplacirung, weil dies den Entschluß und die Ausführung des Entschlusses zu sparen erleichtert und die Verlustgefahr schmälert. Die umständlichen Förmlichkeiten des Bodencre-
dits erhöhen diesen Zins, im Gegensatz zum Zins von völlig
sicheren Creditpapieren, den man durch bloßen Ankauf solcher Papiere erlangt. Dieser Punkt ist übrigens von noch größerer Wichtigkeit für die Höhe der Kosten- und Verlustprämie, die ja gleichfalls im Zins steckt.*) 4. Von den Mühen und Auslagen, die
man beim Ausleihen von Capitalien über sich nehmen muß. In
dieser Beziehung leisten Geld und Credit unschätzbare Dienste.

Der nach diesen Grundsätzen sich bildende Werth der Rente
ist nun die Grundlage für den Preis der Capitalnutzungen oder
den eigentlichen Zins, und zwar sowohl für den Marktpreis
(Landeszinsfuß) als auch für den jedesmaligen Preis oder Zins
im einzelnen Falle. Um diesen Mittelpunkt wird der Zins, wie
alle übrigen Preise, stets fluctuiren, je nachdem mehr Capital
ausgeboten oder begehrt wird; die Rente und der Zins werden
also im Allgemeinen die Neigung haben, sich gleich zu sein. Jedoch
unterliegt die Rente oder der eigentliche Capitalertrag wegen der
häufigen Waarenpreisschwankungen und der daraus hervorgehenden Verschiedenheit in der Einträglichkeit der Geschäfte stärkeren

*) Daher steigt in Zeiten von Handelskrisen, wo die Geschäftswelt viel
flüssiges Geld zu Capitalzwecken (§ 94) nöthig hat, der Discont oft um das
Drei- bis Sechsfache.

und häufigeren Veränderungen, als der auf fester Verabredung beruhende Zins; ferner wird der Zins auch deßhalb in der Regel niedriger sein als der wirkliche Capitalertrag, weil der Unternehmer das Risiko der Capitalanlage in viel stärkerem Grade trägt als der Darleiher und auch nicht die gleiche Regelmäßigkeit und Stetigkeit der Einnahme wie dieser genießt. Immer aber muß man als Grundsatz festhalten, daß die Größe oder das Angebot des vorhandenen Capitals im Verhältniß zur Nachfrage immer nur auf den jeweiligen Preis der Rente wirkt, dagegen der wirkliche Werth der Rente den steten Ausgangspunkt des letzteren bildet, daß daher auch bei fortwährender Capitalvermehrung der Zinsfuß gleich bleiben oder sogar steigen kann, wenn nämlich der durchschnittliche Capitalertrag selbst gleichbleibt oder sinkt.

Wohl unterscheiden muß man den Zinsfuß oder Rentensatz, der das Verhältniß der Einträglichkeit eines bestimmten Capitalstammes anzeigt, von dem Rentenbetrag, welcher sich aus der Summe der Renten zusammensetzt, die ein Einzelner oder eine Nation in einem gegebenen Zeitraum bezieht. Der Rentensatz kann sinken, dagegen der Rentenbetrag gleichzeitig steigen, wenn nämlich die Summe aller Capitalien im Lande in stärkerem Verhältniß zunimmt und dies ist bei einer fleißigen und nüchternen Bevölkerung immer der Fall. Der hohe Rentenbetrag stellt sich bei sinkendem Zinsfuße nothwendig von selbst ein, denn in dem Grade, als die Gebrauchswerthe der Capitalproducte sinken, wird die Capitalisirung immer größere Dimensionen annehmen. Großer Capitalreichthum sammelt sich an, nicht wie man z. B. nach J. St. Mill glauben sollte, trotz, sondern umgekehrt wegen sinkenden Rentensatzes. Der Rentenbetrag bestimmt daher die Größe des Einkommens und damit die Steuerfähigkeit, sowie den Stand der allgemeinen Bedürfnißbefriedigung im Lande. Ein hoher Rentenbetrag ist daher auch für den Einzelnen ein erwünschtes Mittel, um immer höhere Werthe in jeder beliebigen Form aus dem Gesammtertrage der Production mittelst des Umlaufes an sich zu ziehen.

§ 96.

Vom hohen Zinse.

Im Vorausgehenden wurden die Gesetze erörtert, denen die Bildung und Bewegung des reinen Zinses oder der eigentlichen Capitalrente unterworfen ist. Indessen ist dieser reine Zins in der Wirklichkeit wohl eine seltene Erscheinung; wie bereits erwähnt, gesellt sich zu ihm in der Regel eine gewisse Vergütung für die Gefahren und Auslagen der Capitalverleihung. Indem wir von der Kostenvergütung, als einem geringfügigen und leichtverständlichen Bestandtheile absehen, kann daher der volle Zins hoch oder niedrig stehen sowohl aus Gründen der Assekuranzprämie als des reinen Rentenwerthes; und umgekehrt können sich beide Ursachen das Gegengewicht halten und eine mittlere Höhe des vollen Zinses hervorbringen, was aber der seltenere Fall sein wird. Wir betrachten nun nach jenen beiden Seiten zuerst die eigenthümlichen Ursachen und Wirkungen des hohen Zinses.

1. Wenn die Mitwirkung des Capitals bei der Production durch eine hohe Assekuranzprämie vertheuert wird, so bedeutet das eine große Unsicherheit des Capitalertrags und einen unvollkommenen Stand des Rechtsschutzes. Jene kann liegen in dem unsicheren Erfolg des Productionsprocesses selbst, oder auch in Schwierigkeiten und Gefahren beim Absatz, beim Transport oder bei der Aufbewahrung, sei es daß die Natur einer Unternehmung keine größere Sicherheit zuläßt, z. B. bei der Rhederei, beim Seehandel, bei neuen und gewagten Geschäften, oder daß übermäßige Konkurrenz, Schwindelhaftigkeit und Ueberspeculation schuld sind. Unter diesem fassen wir Alles zusammen, was das Vertrauen erschüttert und die Sicherheit der Personen und des Eigenthums verletzt, also mangelhafte Gesetzgebung und Rechtspflege, politische Thrannei, Kriege, Blokaden, politische Unruhen rc.; auch schon die Befürchtung, daß solche Uebelstände eintreten werden, und die künstlich erregte öffentliche Meinung, daß bestehende politische oder rechtliche Zustände nicht haltbar seien, gehören hieher. Das Zeitalter der Revolutionen und Revolutionsbedrohungen, in dem die gegen=

wärtige Generation lebt, ist daher eine Periode von Productions=
verlusten; und diejenigen, welche diesen Zustand verschuldet haben
oder verschulden, schlagen dem Wirthschaftsvermögen der Nationen
tiefe Wunden. Denn durch die Assekuranzprämie, welche dem
Unternehmer in den Preisen seiner Waaren ersetzt werden muß
und sich aus den durchschnittlich eintretenden oder zu befürchtenden
Verlusten ergibt, werden alle Producte direct vertheuert, ohne daß
für die Bedürfnißbefriedigung ein entsprechender Zuwachs erfolgt.
Die Assekuranzprämie vermehrt weder die Menge noch die nutz=
baren Eigenschaften der Erzeugnisse, sondern dient blos zur Be=
streitung der Verlustbeträge; sie ist daher eine unproductive, aber
gleichwohl unerläßliche Auslage und steht in ihren Wirkungen
gleich einer starken Abnahme des Naturfonds oder einer geringeren
Ergiebigkeit der Arbeit und des Capitals. *) Manchmal scheint
die Prämie nur hoch, während sie es in Wirklichkeit nicht ist und
der Zins nur aus besonderen Gründen in Theilerträgnissen zu=
sammengedrängt werden muß; z. B. Badeunternehmer, Apotheker
schlagen einen hohen Zins auf ihre Preise, weil sie ihre Capitalien
nur zu gewissen Jahreszeiten oder in gewissen Portionen wirken
lassen können. Im ersteren Fall muß aber der Zins für die
Sommersaison den ganzen Jahreszins, im zweiten Falle der Zins
aus den verkauften Waaren den aus den unverkauften und verdor=
benen Waaren mit enthalten; und nur insofern kann eine Verlust=
prämie darin stecken, als der Wechsel der Mode, die Ungunst der
Witterung oder die Schwankungen des Gesundheitsstandes den
Absatz gefährden. Zuweilen muß auch die Verlustgefahr vergütet
werden nicht für die betreffende Capitalverwendung selbst, sondern
zur Deckung anderer Capitalien, deren Ertrag durch ungünstige
Ereignisse gefährdet ist. So entschließt sich gern Jedermann zu
hohen Zinsen, um drohenden Verlust oder gar Bankerott abzu=
wehren; daher der hohe Discont in Handelskrisen. Durch ver=
einten Credit kann solchen schlimmen Zufällen wirksam vorgebeugt

---

*) Die hohe Assekuranzprämie ist daher nur eine besondere Ursache oder,
man könnte selbst sagen, eine besondere Bezeichnung der Zinssteigerung über=
haupt, und es liegt darin ein neuer Beweis gegen die Meinung, als sei der
Zins hoch bei größerer Ergiebigkeit der Capitalverwendung.

werden, wie im Abschnitt vom Credit gezeigt wurde. Leihbanken, Discontogesellschaften, Versicherungsgesellschaften dienen daher dazu, eine übermäßige Zinshöhe aufzuhalten.*) Auch in einer blühenden Volkswirthschaft, die nicht an jenen allgemeinen Ursachen des hohen Zinses leidet, kann derselbe doch nie ganz beseitigt werden, so lange sie sich nicht auf den stationären Zustand verwiesen sieht; denn neue Capitalzuflüsse, neue Bedürfniße, neue Erfindungen, neue Absatzgebiete drängen dann unaufhörlich zu neuen Speculationen und neuen Productionsarten. Hier ist denn eine gewisse Speculationsrichtung auf unsichere gewagte Geschäfte unvermeidlich, aber auch nicht schädlich, wenn nur schließlich der Erfolg lohnend und dauernd ist. Die hiefür ausgesetzten Verlustprämien können später reichliche Früchte bringen und die anfängliche Vertheuerung kann bald bei Umsicht und Ausdauer einen stetigen Rückgang nehmen. Man darf daher auf die Speculanten nicht geradezu mit Tadel und Verachtung blicken; sie sind unentbehrliche Glieder im wirthschaftlichen Getriebe, soferne sie nicht auf Leichtgläubigkeit, Unwissenheit und Zufall hin speculiren. Uebrigens bringen hohe Verlustprämien auch den Vortheil, daß sie vor leichtsinnigem Creditnehmen warnen und sowohl dem waghalsigen Unternehmungsgeist als auch der verschwenderischen Verzehrung Schranken legen.

Dem hohen Zinsfuße in diesem Sinne kann wirksam nur abgeholfen werden durch Beseitigung seiner Ursachen; also durch Vermehrung und Befestigung der thatsächlichen und rechtlichen Sicherheit der Unternehmungen. Daher ist z. B. die Werkfortsetzung im Allgemeinen und im Einzelnen eine mächtige Ursache der Zinserniedrigung; ferner steigende Ausbreitung und Concentrirung des Marktes, also Anwachs der Bevölkerung, zunehmender Wohlstand, Verbesserung der Transportmittel. Je mehr die räumlichen, zeitlichen und wirthschaftlichen Hindernisse fallen,

---

*) Hieran ist zu erkennen, wie das Discontiren den Zins der Handels- und Industriecapitalien erniedrigt. Indem es nämlich diese früher flott macht, als es außerdem die Fähigkeit zur baaren Zahlungsleistung erlauben würde, vermehrt es diese effectiv und bringt so alle jene günstigen Wirkungen hervor, welche mit dem rascheren und stärkeren Einbringen des Capitals in die verschiedensten Unternehmungen verknüpft sind.

welche den Producenten vom Consumenten trennen, desto leichter kann der Zins sinken; daher halten die anf entfernten Absatz gerichteten Productionszweige diese Tendenz auf und bewirken somit auch eine Vertheuerung in den übrigen Erwerbszweigen eines Landes. Größere Capitalzuflüsse erniedrigen den Zins nur, insofern damit den eigentlichen Ursachen seiner Höhe entgegengewirkt wird, was, wie man sieht, in verschiedener Weise geschehen kann. Uebrigens kann sich unter solchen Umständen das Capital nur langsamer ansammeln, weil immer ein Theil unproductiv vergeudet werden muß. Dies gilt auch vom Einströmen ausländischer Capitalien. Nur sehr capitalreiche Länder können sich dazu entschließen und nur, wenn gewisse Garantieen, z. B. von Seiten der fremden Regierung, geboten sind. Der hohe Zins an sich wäre keine Lockung vielmehr ein Warnungszeichen.

Daß auch einzelne Schuldner, je nach dem Grade der von ihnen gebotenen Sicherheit, höheren Zins bezahlen müssen, hängt mit den persönlichen Bedingungen der Creditwürdigkeit zusammen und braucht hier nicht weiter erörtert zu werden.

2. Der Zins muß hoch stehen bei geringer Ergiebigkeit und hoher Schwierigkeit der Capitalverwendung. Es wird dieser Satz, nachdem er im Vorausgehenden erläutert wurde, nicht mehr paradox erscheinen. Der Gebrauchswerth der Capitalproducte steht hier hoch wegen ihrer geringen Menge und wegen des hohen Ranges der Bedürfnisse, welche durch sie befriedigt werden sollen. Immer ist damit verbunden geringer Capitalvorrath und ein verhältnißmäßig reicher Naturfond, der aber bei roher, kunstloser Bearbeitung nur geringfügigen Ertrag abwirft. Daher rührt das zerstreute Wohnen und das häufige Wandern der Bevölkerungen in den Anfängen ihrer wirthschaftlichen Entwickelung; daher auch die regelmäßige Erscheinung der Sclaverei, der Leibeigenschaft, der Unterdrückung der Weiber, weil die freie Arbeit den ganzen Ertrag verschlingen müßte. Diese bei allen rohen Völkern vorkommenden Institutionen sind für sie ein grausamer Ersatz für den Mangel an Capitaleinkommen. Der steigende Capitalreichthum und die Vervollkommnung der Capitalbenutzung in technischer und wirthschaftlicher Beziehung sind daher von hoher culturhistorischer Bedeutung; das Capital ist nicht, wie von falschen

Freunden der Arbeiter behauptet wird, ein Mittel der Unter=
drückung, sondern im Gegentheil der Befreiung. Uebrigens ist,
wie wohl zu beachten, nur von hohem Preise der Capitalproducte,
nicht der Producte überhaupt die Rede, in denen unter solchen
Verhältnissen ein verschwindend kleiner Capitalertrag steckt. Es
wären nicht nur hohe Geldpreise unmöglich, wo der Geldwerth so
hoch steht, sondern auch der Realpreis der Producte muß gering
sein bei der reichen Fülle von unentgeldlichen Naturkräften und
der geringfügigen damit verbundenen Arbeit. Getreide z. B. als
Consumtionsgegenstand ist daher unter solchen Umständen jeden=
falls gering an Werth; allein seine Umwandlung in Capital müßte
sehr schwierig und kostspielig sein wegen der großen Kosten der
Aufbewahrung, des Transports, der geringen Ausbildung der Ar=
beitstheilung, der Technik ꝛc.; ferner wegen des großen Entsagungs=
aufwandes in Folge des geringen und schlecht gesicherten Reich=
thums und der ungezügelten Begierde nach Befriedigung des
Luxusbedürfnisses durch Massenconsumtion. Der Capitalvorrath
besteht fast nur in Vieh, dann in wenigen kunstlosen Werkzeugen
und Gebäuden; ersteres ernährt sich selbst auf der noch unerschöpf=
lichen freien Weide, letztere sind wenig mehr als lose zusammen=
gefügte Naturgaben. Man führt von Jahr zu Jahr ein precäres
Dasein mehr oder minder reichlich je nach den Launen der unbe=
zwungenen Natur, ähnlich wie der Arme mitten im Reichthum der
Civilisation von der Hand in den Mund lebt.

Dieser Zustand kann sich nur ändern, wenn der Handel
solchen Völkern den Ueberfluß ihrer rohen Naturgaben abnimmt
und dafür Gelegenheit und Veranlassung gibt, an ihre Stelle Er=
zeugnisse eigener oder fremder Kunst zu setzen. Sobald die Pro=
ducte sich aus dem niedrigen Stadium der Consumtionsvorräthe
erheben können, ist die Möglichkeit des sinkenden Zinsfußes gegeben.
Je mehr nun das Wirthschaftswesen den Charakter der Sicherheit
und der Stetigkeit annimmt, desto mehr steigt der Capitalreich=
thum nach Umfang und Wirksamkeit. Nothwendig wird die
Ueppigkeit der Naturkraft und die rohe Beherrschung der Per=
sonen mehr und mehr schwinden, aber an ihre Stelle treten Kunst,
Arbeitstheilung, kurz alle jene wirthschaftlichen Errungenschaften,
durch deren kluge und ausdauernde Benutzung allein die Nationen

es zu wirthschaftlicher Blüthe bringen können. Der Arbeitslohn wird steigen, nicht auf Kosten des Capitals, sondern weil und insofern die Arbeit werthvoller wird; die Capitalerträge dagegen müssen an Werth verlieren, in je größerer Fülle und je leichter sie erzeugt werden. Es ist nicht nöthig, diese Entwickelung zu verfolgen, die Jedem geläufig sein wird, der mit dem Verlauf der Wirthschaftscultur der Völker nur einigermaßen bekannt ist.

Das Anwachsen der Bevölkerung, einerseits eine Bedingung für wirksamere Capitalerzeugung, insofern es eine immer größere Leichtigkeit der Production und des Absatzes bewirkt, ist doch andererseits ein Hinderniß für das rasche Sinken des Zinses. Je mehr Menschen geboren werden, desto mehr erweitert sich der Umfang der Bedürfnisse und in Folge dessen das Feld der Beschäftigung für die bereits vorhandenen und neu zuwachsenden Productivkräfte; nur dann aber, wenn mit dem Umfang der Production auch ihre Leichtigkeit zunimmt, kann das Capital wirksamere Anwendung finden. In dieser Beziehung walten nun aber in den verschiedenen Unternehmungs= und Capitalarten große Verschiedenheiten ob. Dazu kommt, daß sich die Bedürfnisse der Individuen selbst vermehren und erhöhen und auch hierdurch werden der zunehmenden Leichtigkeit der Production Schranken gesetzt. Der Umstand nun, daß die Capitalien immer neue Verwendung finden und in sehr ungleichem Grade productiver werden, hindert den Zinsfuß auf ein Minimum zu sinken; er kann sogar wieder steigen oder lange Zeit gleich bleiben, je nach dem Einflusse, den der Anwachs der Bevölkerung und die Nothwendigkeit, die Wirthschaftsoperationen immer weiter und künstlicher auszudehnen, auf die Leichtigkeit der allgemeinen Bedürfnißbefriedigung ausübt. Hieraus ist zu schließen, daß der Zins überhaupt nie ganz verschwinden wird, so lange noch die Bevölkerungen anwachsen und ihre Bedürfnisse an Zahl oder Wichtigkeit zunehmen können. Offenbar müßte also mit dem Zinse auch die Armuth aufhören, und es wird hienach nicht unrichtig sein, den Zinsfuß als einen Gradmesser des durchschnittlichen Reichthums einer Nation zu bezeichnen, aber natürlich in umgekehrter Proportion.

Hienach ist zu beurtheilen, welchen Einfluß die Erlangung reicherer Naturkräfte — mittelst des Handels — oder Productionsverbesserungen auf die Bewegung des Zinsfußes haben werden. Diejenigen, welche glauben, daß die Höhe des Capitalzinses in directem Verhältniß zur Größe des Capitalertrages stehe, müssen consequentermaßen ein Steigen des Zinsfußes annehmen, weil dieser Ertrag durch solche Ereignisse vermehrt werde, wobei man allenfalls, wie z. B. Roscher nach dem Vorgange Ricardo's (I. §. 186.), für den zweiten Fall die Voraussetzung hervorhebt, daß die Arbeiter ihre Bedürfnisse nun leichter befriedigen, also eine Lohnverminderung ertragen können, weil nur unter dieser Voraussetzung der Zins steigen könnte; außerdem würde letzterer blos gegenüber einzelnen, wohlfeiler gewordenen Artikeln werthvoller. Allein dieser Standpunkt ist unrichtig. Um den unwichtigeren Fall des Erwerbs neuer Landstrecken*) zu übergehen, so bedeutet die Versorgung mit wohlfeileren Rohstoffen oder Lebensmitteln vermittelst des Handels für das exportirende Land eine Ausdehnung seiner Export=, also jedenfalls der Manufacturindustrie. Nehmen wir den günstigeren Fall an, daß damit der Großbetrieb an Ausbreitung gewinnt, also das Capital in solchen Unternehmungen productiver gemacht werden kann, so wäre das an sich eine Ursache zum Sinken des Zinses. Allein dem können andere gewichtige Ursachen entgegenwirken; verstärkter Capitalbegehr, entfernter und unsicherer Absatz, Nothwendigkeit langer Credite an das Ausland, Bedrängung anderer Industrieen, besonders des einheimischen Ackerbaues, deren Absatz nunmehr erschwert und beschränkt werden wird, rascher Anwachs der Bevölkerung, kurz es können Lücken in den gewohnten Gang der Production gerissen werden lediglich zu Gunsten einzelner Exportzweige und der Zinsfuß wird unter solchen Verhältnissen wenigstens vorübergehend

---

*) Roscher (l. c. Anm. 1) führt zwar auch hiefür ein Beispiel an, daß nämlich nach Storch der russische Zinsfuß stieg, nachdem Katharina II. die Küstenländer des schwarzen Meeres erobert hatte. Allein dieses Beispiel scheint mir bei der Menge von einwirkenden verschiedenen Ursachen, die sich hier denken lassen, ziemlich unglücklich gewählt, zumal da von einem russischen Zinsfuß kaum gesprochen werden kann. Denn nach Roscher's (§ 185 Anm. 7) eigener Angabe schwankte noch zu Anfang dieses Jahrhunderts der Zinsfuß im russischen Reiche zwischen 6 und 30 Proc., also zur damaligen Zeit wahrscheinlich viel stärker.

steigen. Das Land wird, um des precären Vortheils wohlfeilerer Lebensmittel und Rohmaterialien willen, gewissermaßen auf eine frühere, dem Naturzustande näher liegende Stufe zurückgeworfen werden. Betriebsverbesserungen dagegen in einzelnen Productionszweigen, z. B. die Erfindung einer neuen Maschine, werden zwar sofort die Preise der davon betroffenen Producte, aber nie den Zins von sich aus erniedrigen; denn obwohl dadurch die übrigen Unternehmungen einen kräftigen Anstoß erhalten, jener voraneilenden Productivität möglichst nachzufolgen, kann dieses doch, wie früher bemerkt, nicht überall gleich rasch und allgemein geschehen und dies muß den durchschnittlichen Zins noch einige Zeit hindurch in der Höhe erhalten. Hierin liegt zugleich die Erklärung, was unter der durchschnittlich größten Ergiebigkeit der Capitalien zu verstehen sei, von der die Höhe des Landeszinsfußes abhängt; es gilt dies nicht gegenüber einem einzelnen Bedürfniß, sondern gegenüber den gesammten Bedürfnissen, welche befriedigt werden müssen, nicht für einzelne Capitalarten, sondern für das gesammte Capital, welches in der Production eines Landes wirksam ist, und hier läßt sich ein durchschnittlicher Grad der höchsten Productivität annehmen, der den Schwerpunkt und Anziehungspunkt für alle übrigen bildet. Abweichungen hievon in einzelnen Productionszweigen und Unternehmungen bewirken nur einen verschiedenen Preis ihrer Producte, eine größere oder geringere Leichtigkeit des Absatzes und einen verschiedenen Stand des Gewinnes. Breitet sich nun eine größere allgemeine Productivität des Capitals über eine Nation aus, so kommt das hiedurch bewirkte Sinken des Zinses auch den ungünstiger gestellten Unternehmungen zu Statten und es kann gerade dieses die Möglichkeit und den Anstoß zu Fortschritten gewähren, die ohne das Voraneilen anderer vielleicht nie gemacht worden wären; hieraus ist zu schließen, wie sehr die steigende Productivität der Unternehmungen durch ihren engen und festen Zusammenhang unter einander bedingt und wie gefährlich für eine noch nicht zu höchster und allgemeiner Wirthschaftscultur gelangte Nation der Satz der Freihändler sei, daß von überallher, auch vom Auslande, die wohlfeilsten Producte zu kaufen seien. Es begünstigt dies zwar die vorangeeilten Exportindustrieen, aber es wirft die übrigen Zweige um so mehr zurück

und kann in die gleichmäßige harmonische Entwicklung der Gesammtproduction eines Landes empfindliche Lücken reißen. Der
Freihandel ist daher im Grunde nur ein Schutzsystem für die aus
irgend einem Grunde mehr entwickelten Exportindustrieen und den
Handel, indem es ihnen immer mehr Capital und Arbeit zudrängt
und die Konkurrenzfähigkeit der übrigen schmälert. Es verlegt
zum Uebermaß in jene den Schwerpunkt der nationalen Gütererzeugung und verhindert nicht, sondern schafft, voreilig angewendet,
„Treibhauspflanzen", insofern es die ersteren zu künstlicher Höhe
emportreibt, die letzteren zu unnatürlichem Siechthum herabdrückt;
denn unnatürlich ist jeder Productivzweig einer Nation, dem die
nationalen Bedingungen seines Fortschreitens geraubt werden*).

Man hört häufig die Klage, daß der höhere Zinsfuß eines
Landes die Konkurrenz mit einem anderen unmöglich mache; dies
ist zum Mindesten ein sehr schlecht gewählter und irreleitender
Ausdruck. Der hohe Zins ist keine Thatsache für sich, sondern
nur die Form, in der andere Thatsachen zur Erscheinung kommen.
Der Zins sinkt, je weiter man es in der Kunst mit Capital zu produciren bringt; gerade so wie die Gegenstände der Sinnenwelt dem
Auge kleiner erscheinen, je weiter man sich von ihnen entfernt.
Allerdings ist der hohe Zins ein Uebelstand, allein er kann nur
durch Beseitigung der Ursachen entfernt werden, welche die Productivität der Capitalproduction aufhalten; über diese Ursachen
sollte man sich beklagen, nicht über die Form, in der sie sichtbar

---

*) Demselben Vorwurf, wie der unzeitige Freihandel, unterliegt ein
fehlerhaftes Schutzsystem, welches, den Grundsatz des nothwendigen Gleichgewichts der einzelnen entwicklungsfähigen Industriezweige ignorirend, einzelne bevorzugt, andere unbillig zurücksetzt und dadurch jene leicht zu künstlicher Ausdehnung treibt, diese aber am verhältnißmäßig gleichen Aufschwung
verhindert. Dadurch wird eine Ungleichheit des Gewinnes und folglich der
Capitalvertheilung bewirkt, welche in die naturgemäße Entwicklung des Zinsfußes störend eingreift; zugleich wird dadurch gegen das Gebot der Concentration oder der Arbeitsvereinigung (§ 26) verstoßen, also der höchstmöglichen
Productivität Abbruch gethan. Dies gilt z. B. im Zollverein für das Verhältniß der Weberei zur Spinnerei, ferner für das Verhältniß der gröberen
zu den feineren Waaren überhaupt bei der Verzollung nach dem Gewichte.
Diese Fehler des bisherigen Zollvereinstarifs sind leider durch den Vertrag
mit Frankreich nicht verbessert worden. Vgl. Hansemann, Wirthsch. Verhältnisse des Zollvereins. Berlin 1863.

werden. Der hohe Zins ist an sich kein Hinderniß für wirthschaftliche Fortschritte, sondern nur ein Zeichen, daß diese Fortschritte noch nicht weit genug gediehen sind. Ein Land mit höherem Zins hat daher noch ein weites Feld der wirthschaftlichen
Entwickelung vor sich; und dieses Feld kann mehr oder minder
rasch durchschritten werden, je mehr Energie und Einsicht man
anwendet. Länder mit höherem Zinsfuß können besonders durch
Aneignung fremder Fortschritte zu hohem Aufschwung gelangen *)
und jemehr sie ihr Wirthschaftsgebiet nach allen Seiten ausbauen,
desto mehr ist die Möglichkeit der Zinserniedrigung gegeben.
Solche Länder haben in der Regel eine Fülle von reichen Naturkräften und niedrigeren Arbeitslohn; hierin liegt eine gewisse Entschädigung für die Vertheuerung des Capitals. Niedrigere Lebens-
mittel- und höhere Gewerbsproductenpreise sind daher gewöhnlich
die Begleiter des höheren Zinses.

---

*) Ein eclatantes Beispiel hiefür liefern die Vereinigten Nordamerika-
nischen Freistaaten. Folgende Zahlen werden dies zur Genüge anschaulich
machen:

Bevölkerung	1812: 8½ Mill.	1860: 31½ Mill.
Export	„ 38 Mill. Doll.	1859: 356 Mill. Doll.
Import	„ 77 „ „	„ 338 „ „
Schiffe (Tonnenzahl) . . .	„ 1,269,000 „	„ 5,000,000 „
Eisenbahnen gebaut . . .	„ —	1860: 30,793 Meilen.
„ im Bau begriffen .	„ —	„ 20,000 „
Münzprägung	„ 1,115,219 Doll.	1859: 37,550,585 Doll.
Werth der Agriculturerzeugnisse	1857: 838 Mill. Doll.	1852: 1752½ Mill. Doll.
„ „ Fabrikerzeugnisse	1810: 198 „ „	„ 1133 „ „
Bebautes Land	1783: 1,120,000 Acres.	1860: 163,261,389 Acres.
Bücherverkauf	1820: 2½ Mill. Doll.-	„ 39½ Mill. Doll.

Ein anderes Beispiel giebt der östreichische Staat vor und nach Aufhebung des Prohibitivsystems. (Die Zahlen sind nach Czörnig zusammen-
gestellt.)

Bevölkerung	1843: 36,698,390	1857: 37,754,856
Landwirthsch. Production .		„ 2,073,400,000 fl.
Einfuhr an Körnerfrüchten .	1841: 1,636,000 Zollctr.	1861: 2'185,000 Zollctr.
Ausfuhr „	„ 1,381,000 „	„ 8'582,000 „
Mineralproducte „	„ 24,5 Mill. fl.	1859: 45,9 Mill. fl. „
Mineralkohlen	„ 12,8 „ Ctr.	„ 62,6 „ Ctr.
Industrielle Producte . . .	1845: 840 Mill. fl.	1861: 1,321 Mill. fl.
Baumwollwaaren	„ 47 „ „	„ 115 „ „
Mechanische Waaren . . .	„ 8 „ „	„ 70 „ „
Einfuhr von Ganzfabrikaten .	1847: 9,8 „ „	„ 36,3 „ „
Ausfuhr	„ 86,1 „ „	„ 140 „ „
Gesammteinfuhr	„ 129,9 „ „	„ 244 „ „
Gesammtausfuhr	„ 114 „ „	„ 297 „ „
Donaudampfschifffahrt		
(Verschiffte Waaren) . . .	1841: 575,205 Zollctr.	1860: 37'106,641 Zollctr.
Briefverkehr	„ 30'652,862 Briefe.	„ 105,581,864 Briefe.

Bisher wurde nur die durchschnittliche Höhe des Zinses betrachtet ohne Rücksicht auf die Schwankungen des Capitalmarktes, welche den Zins je nach dem Wechsel des Angebots und der Nachfrage mehr oder minder von seinem Durchschnitt entfernen können. Solche Schwankungen treten zu Zeiten mit verschiedener Heftigkeit auf, z. B. in Folge großer Staatsanlehen, bedeutender Capitalverwendungen in Eisenbahnen rc., besonders auch in Folge von Handelscrisen und von Ueberproduction. Wenn wirthschaftliche Ereignisse den Zins über seinen üblichen Durchschnitt drängen, so bedeutet das, daß Production, Nachfrage oder das Verhältniß der Gebrauchswerthe in Stocken und Verwirrung gerathen ist; der Zins regulirt sich also auch hier im Einklang mit seinen allgemeinen Gesetzen. Dasselbe ist der Fall, wenn einzelne Unternehmer wegen besonderen Gewinnes in gewissen Geschäften sich vorübergehend zu höherem Zinse entschließen. Müssen Regierungen in bedrängten Verhältnissen große Anlehen zu hohem Zins oder, was dasselbe ist, zu niedrigem Course aufnehmen, so werden davon auch die zu wirthschaftlichen Zwecken gesuchten Capitalien ergriffen und die Production eines solchen Landes wird auf einen ungünstigeren Stand zurückgeworfen; es ist daher eine finanzielle und volkswirthschaftliche Pflicht, nach der Rückkehr günstigerer Zeiten eine Zinsreduction (Convertirung) vorzunehmen.

Geräth zeitweilig der Absatz in Stockung, dann pflegen sich die Unternehmer über Geldmangel zu beklagen; von vielen Oekonomisten (Chevalier, Roscher) werden sie aber dahin belehrt, daß sie sich eigentlich über Capitalmangel zu beklagen hätten. Diese Berichtigung, zu welcher übrigens diejenigen, denen Geld durchweg Capital ist, wenig berechtigt scheinen, ist ebenso werthlos, als wenn man einem Kranken, der sich nach frischer Luft sehnt, zuriefe, er solle sich doch lieber nach Sauerstoff sehnen. Jene Klage rührt daher, daß der Umlauf aus seinem regelmäßigen Geleise gewichen ist und das Geld sich nicht zu rechter Zeit und in gehöriger Menge an denjenigen Punkten wieder einfindet, wo es begehrt wird. Die Unternehmer brauchen wirklich Geld, sei es zu Capitalzwecken (§. 94) oder zur Bewerkstelligung von Zahlungen; sie bedürfen nicht Productionsmittel oder Güter, die vielleicht im Ueberflusse vorhanden sind, sondern Umlaufsmittel, nicht abstractes Capital, sondern concretes Geld. In solchen Fällen steigt der Zins, wenngleich das Capital an Menge oder Ergiebigkeit nicht verloren hat; daher hängt die stetige Erniedrigung des Zinses nicht blos von der Verbesserung der Capitalproduction, sondern wesentlich auch von der regelmäßigen, harmonischen Gestaltung der Umlaufsverhältnisse ab.

§ 97.
Vom niedrigen Zins.

Die Ursachen und Wirkungen des niedrigen Zinses ergeben sich aus den vorstehenden Betrachtungen von selbst. Er findet sich bei steigender Productivkraft des Capitals und zunehmender Sicherheit und Ordnung in der Industrie, sowie im ganzen Staatswesen, kann daher im Allgemeinen als ein Zeichen blühender Volkswirthschaft, sowie staatlicher und socialer Wohlfahrt gelten. Er wird immer von einer verhältnißmäßigen Theuerung der Bodenproducte, namentlich der Nahrungsmittel, aber auch von Wohlfeilheit der industriellen Erzeugnisse begleitet sein. Der Arbeitslohn wird hoch stehen wegen hohen Werthes der Arbeit und wird den Arbeitern nicht nur ausreichende Nahrung, sondern auch einen reichlichen Antheil an den gewerblichen Producten zukommen lassen. Dies und die hievon unzertrennlichen großen Capitalvorräthe werden den Volksreichthum immer rascher vermehren*); auch der Staatscredit wird nicht nur unmittelbar wegen wohlgeordneter, reichlich fließender Einkünfte, sondern vielleicht mehr noch mittelbar wegen des festbegründeten Nationalreichthums sehr gesichert sein. Ein dauernd niedriger Zins deutet daher allerdings auf eine hohe Stufe industrieller und geistiger Blüthe**) und beweist, daß die

---

*) Daß die Fähigkeit zur vermehrten Anhäufung von Capital mit dem Sinken des Zinsfußes immer mehr zunimmt, ist eine Thatsache, welche durch das, was oben über die Entstehung des Capitals gesagt wurde, vollkommen erklärt wird. S. auch Carey, princ. of social science III. p. 119.

**) Anders, wenn der Zins nur vorübergehend sinkt durch unvorhergesehene Capitalanhäufungen, besonders wenn er durch Bankoperationen künstlich erniedrigt wird; dann führt er häufig zu übertriebenen Speculationen und in deren Folge zu Handelsverwirrungen und Crisen. Dies wurde namentlich der Bank von England zur Last gelegt und war mit eine Ursache zur Erlassung der Peel's Acte von 1844.

Fortschritte des menschlichen Geistes mehr vermögen, als die noch so reichlich vorhandene rohe Naturkraft; aber man muß sich hüten, ihn als Ursache dieser hohen Cultur anzusehen. Er ist hievon nur ein äußeres und nicht immer untrügliches Kennzeichen; dieselbe Blüthe kann sich einbürgern, ja noch rascher zunehmen, auch wo der Zinsfuß höher ist. Er ist daher auch nicht das einzige Mittel zu wohlfeiler Production und reichlicher Bedürfnißbefriedigung, sondern diese sind die Folgen hochgestiegener und weitverbreiteter Fortschritte in der Production, besonders der Arbeit. Allerdings bedient man sich unter solchen Umständen bei der Production mit Vorliebe des Capitals statt der Arbeit; aber nicht sowohl wegen des niedrigen Zinsfußes, sondern vielmehr weil die Arbeit kostbar ist. Länder mit höherem Zinsfuß können daher wohl mit solchen, in denen er niedrig steht, konkurriren wegen ergiebiger Naturkräfte, wohlfeiler Arbeit, ganz besonders aber, wenn sie es ihnen an Kenntnissen, Ausdauer und Umsicht gleich zu thun vermögen.

Uebrigens ist die Erscheinung des niedrigen Zinsfußes auch von Schattenseiten begleitet, wie sie überhaupt bei hoher Anspannung der industriellen Kräfte nicht auszubleiben pflegen. Es wurde bereits hervorgehoben, daß der niedrige Zinssatz eine Tendenz hat, den Lohn der gemeinen Arbeit zu erniedrigen; daß sich mit steigendem Capitalreichthum auch immer mehr die Nachtheile der vorherrschenden Geldwirthschaft entwickeln (§. 47). Hiezu kommt, daß die Wohlfeilheit des Capitals leicht zu unfruchtbaren Speculationen, ja zu häufig unsinnigen und betrügerischen Projecten verleitet, wovon die Geschichte Frankreichs, Hollands und Englands im vorigen Jahrhundert Zeugniß gibt und durch welche viele Familien in das höchste Elend gestürzt werden; daß wegen der größeren Beweglichkeit des Capitals die Landesproduction einen schwankenden, unsicheren Charakter annimmt und der Schwerpunkt der Gütererzeugung in einzelne vorherrschende Zweige, vielleicht in den auswärtigen Absatz und Bezug verlegt wird, was für die Staatsverwaltung und Politik große Verlegenheiten erzeugen kann. Auch die Bevölkerung im Allgemeinen und die Capitalisten insbesondere befinden sich nicht in durchaus günstiger Lage. Die Capitalproducte sind zwar wohlfeil, aber nicht die Producte im Ganzen, besonders wenn sie einen hohen Grad von Arbeitsanwenbung erfordern. Der Unterhalt ist daher schwieriger zu erlangen, und dies kann leicht Bedrängnisse für diejenigen Gewerbszweige verursachen, welche, wie das Handwerk, vorzugsweise mittelst Arbeit bestehen. Der niedrige Rentensatz kann zunächst für den einzelnen Capitalisten nur durch höheren Rentenbetrag oder durch Arbeit ausgeglichen werden; wer nun nicht reich ist und nicht arbeiten kann wegen Gebrechlichkeit, Alters oder sonstiger Hülflosigkeit, ist jetzt weit eher Entbehrungen ausgesetzt. Die schwächlicheren Glieder der Nation befinden sich auf dieser Culturstufe verhältnißmäßig schlimmer, als unter der Herrschaft des hohen Zinsfußes. Daher die Erscheinung der vielen Spar- und Unterstützungskassen aller Art, wie man sie früher nie gekannt hat.*) Man muß mehr sparen und alle Mittel gegenseitigen Beistands aufsuchen, um nicht unter der Last der Arbeitsschwäche und geringen Capitalvermögens zu erliegen. Das Armenwesen wird nach strengeren und richtigeren Grundsätzen geleitet; Consum- und Creditvereine schießen in Menge auf. An die Arbeit werden wegen ihrer Kostspieligkeit strengere Anforderungen gemacht; dies vertheuert die Kindererziehung, erhöht die Sterblichkeit des männlichen Geschlechts, erschwert das Heirathen, verhindert namentlich frühzeitige Ehen. Hiedurch erklärt sich dann die sonst auffällige moderne Erscheinung, daß die Ehelosigkeit besonders im weiblichen Geschlecht überhand nimmt**), daß die häusliche Arbeit des Weibes in den unteren und mittleren Ständen nicht mehr ausreicht, daß das Weib immer mehr industrielle Arbeit suchen muß, daß die Prostitution — ein abschreckendes Gegenbild der männlichen

---

*) Büsch (Geldumlauf V. § 14) hegte die seltsame Ansicht, daß in diesem Falle die Ansammlung eines Staatsschatzes ein leichtes Mittel sei, den Zinsfuß so hoch zu erhalten, daß er für die Subsistenz solcher Personen ausreiche, die von Zinsen leben wollen oder müssen. Diese Ansicht beruht auf einer Verwechselung von Geld und Capital und übersieht, in wie hohem Grade durch bedeutende Schmälerung des Umlaufsmittels die Productivzweige eines Landes lahm gelegt werden.

**) Dies ist allerdings bestritten. Die herrschende Meinung ist dafür, daß die Heirathsfrequenz abnimmt, doch weisen manche Länder wie Frankreich, eine Zunahme, andere, wie Preußen, mindestens keine Abnahme nach. Für die einzelnen Theile des preußischen Staats ergibt sich für 1861 das Verhältniß aus umstehender Tabelle, berechnet nach Engel's Angaben in der Zeitschrift des statist. Bur. 1863 Nr. 2, 3.

Trunkſucht bei niedrigem Arbeitslohn — für hülfloſe Weiber häufig zur Nahrungsquelle wird*). Und dabei beherrſcht das

in	Auf 100 Perſonen kommen				Zahl der Grundbeſitz-ungen
	Trauungen	Selbſtthätig beſchäftigte bei		Fabrik-arbeiter	
		der Land-wirthſchaft	Induſtrie u. Handel		
Preußen	1,80	24,0	12,4	0,13	185,242
Poſen	1,66	22,1	11,5	0,12	106,483
Brandenburg	1,68	15,4	19,9	1,90	166,647
Pommern	1,54	20,3	13,7	0,38	92,030
Schleſien	1,49	19,5	18,5	2,06	284,073
Sachſen	1,60	16,4	21,2	2,78	218,413
Weſtfalen	1,55	17,0	20,1	2,89	245,648
Rheinland	1,48	14,2	21,9	3,06	822,849
Ganz Preußen	1,59	18,5	17,8	1,78	2'141,486

Hienach ſcheint in den Provinzen mit vorherrſchend landwirthſchaftlicher Beſchäftigung (Preußen, Poſen) das Trauungsverhältniß ſtärker zu ſein, als in den vorwiegend induſtriellen Weſtfalen und Rheinland; die Abweichung Brandenburgs dürfte durch den Einfluß der Hauptſtadt, die Pommerns durch die auffallend geringe Zahl der Grundbeſitzungen zu erklären ſein. Allein daneben zeigt noch das induſtriereiche Sachſen eine ſtarke, das etwas mehr zum landwirthſchaftlichen Typus neigende Schleſien eine der geringſten Trauungs-ziffern, was vielleicht auf die Verſchiedenheit des allgemeinen Wohlſtands in dieſen Provinzen zurückzuführen iſt. Uebrigens ſind vorſtehende Berechnungen noch nicht maßgebend, denn die jährliche Zahl der Trauungen ſteht nicht noth-wendig in gleichem Verhältniß mit der Zahl der Verheiratheten. Sucht man dieſe letzteren, und auf dieſe kommt es weit mehr an, ſo ergeben ſich andere Reſultate:

in	Auf 1000 Perſonen kommen Verheirathete	
	in der ganzen Bevölkerung	in der Bevölkerung zw. 19—60J.
Preußen	308	649
Poſen	302	696
Brandenburg	330	670
Pommern	323	700
Schleſien	340	694
Sachſen	343	711
Weſtfalen	313	649
Rheinland	320	641
Ganz Preußen	329	687

Aus dieſen Zahlenreihen, von denen beſonders die zweite wichtig iſt, welche die heirathsfähige Bevölkerung betrifft, ſcheint, obwohl es ſchwer iſt eine feſte Regel daraus zu ziehen, wenigſtens ſoviel hervorzugehen, daß Diſtrikte mit ſtark gemiſchter Beſchäftigung am günſtigſten auf die Zahl der Verheiratheten wirken. Dürfte man daraus rückwärts auf den Wohlſtand ſchließen, ſo wären Poſen, Pommern, Sachſen, die wohlhabendſten Provinzen des preuß. Staats.

*) Nach Mayhew (London Labour and London Poor, Extra vol.

große Capital und die überlegene Arbeit immer mehr das Feld der Production und zersplittert gewissermaßen durch die Arbeitsthei= lung die sonst geschlossene und deßhalb widerstandsfähigere Kraft der gemeinen Arbeit. In den großen Städten, den Brennpunkten der modernen Cultur, und in den vorzugsweise industriellen Ländern treten alle diese Erscheinungen am grellsten zu Tage; die länd= lichen Fabrikbezirke sind gleichsam nur industrielle Colonieen, wie die oft gezwungenen Auswanderungen der übervölkerten Mutter= städte des Alterthums.

Von diesem Standpunkte aus kann daher der niedrige Zins= fuß durchaus nicht als das höchste volkswirthschaftliche Ideal be= trachtet werden. Für Länder mit niedrigem Zinsfuß ist die mög= lichste Entwickelung der Bodenproduction oder das Aufsuchen neuer Naturkräfte, besonders wohlfeilerer Nahrungsmittel, eine unvermeidliche Lebensaufgabe. Allein das erste ist wegen der Be= grenztheit der Ertragsfähigkeit des Bodens und wegen der über= wiegenden Tendenz der großen Industrie und des Handels mit Schwierigkeiten verknüpft, das zweite von anderweitigen Nach= theilen begleitet. Die Entfesselung der freien Konkurrenz dürfte nur vorübergehend Erleichterung schaffen, gerade nachher aber, wenn auch die durch sie eröffneten Kanäle des Erwerbs wieder überfüllt sind, um so gebieterischer Einhalt in dem reißenden Fort= schritte der industriellen Production verlangen. Denn die durch sie hervorgerufene vermehrte Arbeiterbevölkerung kann nicht mit dem Capital der Reichen, nicht mit Baumwollen= und Stahl= waaren gesättigt werden; sie verlangt Brod und Fleisch. Zudem ist, wie die Geschichte lehrt, auch den höchsten Kraftanstrengungen der tüchtigsten Nationen, ähnlich wie der Leistungsfähigkeit der Individuen, eine Grenze gesetzt und die Erreichung dieser Grenze

---

p. 213) gibt es in London ca. 80,000 der Prostitution ergebene Dirnen, und er fügt hinzu, daß diese Zahl eher unter als über der Wirklichkeit stehe. So= viel sei gewiß, daß die wirkliche Zahl mit jedem Jahre stärker anschwillt. — Gegenwärtig (Juni 1863) wurde im Unterhause über eine Bill auf Schließung der Schenken von Sonnabend Nachts bis Montag Morgen verhandelt, welche das grassirende Uebel der Trunksucht bekämpfen sollte; sie wurde zwar ver= worfen, aber nur wegen Unausführbarkeit, nicht wegen Mangels ihrer that= sächlichen Voraussetzungen.

wird beschleunigt durch Schlaffheit in Folge von Uebersättigung und durch Verwirrung der politischen Factoren. Der niedrige Zinsfuß ist daher ein Vorbote des Verfalles oder des stationären Zustandes. Auf diesem Wege befindet sich ersichtlich das industriereiche England; andere Völker, wie Holland, sind ihm auf demselben vorausgegangen.

§ 98.

Vom gesetzlichen Zins.

Die freie Vereinbarung des Zinses zwischen Darleiher und Borger war von jeher und ist heute noch fast durchgängig durch gesetzliche Vorschriften beschränkt; ja lange Zeit hindurch war das Zinsennehmen gänzlich verboten. Die Gründe dieser heutzutage für viele Oekonomisten anstößigen Erscheinung lagen für das Alterthum theoretisch in großer Unkenntniß über Wesen und Bedeutung des Capitals, practisch in der verhältnißmäßigen Geringfügigkeit des productiven Leihverkehres und in der durch humane Gesetzgeber und religiöse Vorschriften eindringlich betonten Hinweisung auf die edle Tugend mildthätigen Gemeinsinnes; obwohl im Grunde die mosaischen Gesetze dem Zinsnehmen keine Schranke setzten, sondern nur den Reichen unverzinsliche Darleihen an Arme zur Liebespflicht machten, und auch schon der weise Gesetzgeber Athens, Solon, jede gesetzliche Zinsbeschränkung aufgehoben hatte. Dagegen führten die Römer bereits durch ihr Zwölftafelgesetz, besonders aber in der Kaiserzeit nach gewissen Abstufungen mit Rücksicht auf den Zweck der Darleihen und den Stand der Darleiher gewisse Zinsmaxima ein; und das kanonische Recht ging, was schon früher einmal das römische Recht erfolglos versucht hatte, soweit, das Zinsnehmen ganz zu verbieten. Es herrschte die unklare Vorstellung, daß das Geld — und mit diesem werden ja die meisten Darleihen vermittelt — an sich unfruchtbar sei ("nummus nummum non parit"); auch berief man sich auf einige mißverstandene Stellen der heiligen Schrift und die christliche Pflicht der Barmherzigkeit gegen Nothleidende. Nur den Juden, in deren Hände auf diese Weise damals die von ihnen

wohlverstandene und wohlbenutzte Aufgabe der Capitalansamm=
lung gelegt ward, wurde das Zinsnehmen gestattet, weil man auf
sie die kanonischen Satzungen nicht anwendbar fand; ihnen gegen=
über suchte man sich, da sie so ziemlich das Monopol des Capital=
verleihens erlangten, häufig durch Verträge zu helfen, daß sie eine
gewisse Zinshöhe nicht überschritten. Da die Natur der Dinge
jener strengen Vorschrift widerstrebte, suchte man sich ihr auf alle
Weise zu entziehen, entweder durch directe Uebertretung oder durch
Scheingeschäfte, besonders durch Pfandnießbrauch (Webbeschat),
indem der Schuldner dem Gläubiger den Fruchtgenuß eines
Grundstücks statt der Zinsentrichtung bis zur Tilgung der Schuld
überließ, oder durch Rentenkäufe, eine qualifizirte Form des Cre=
dits auf Grund und Boden, durch welche jeder Besitzer des Grund=
stücks zur Zahlung einer Rente an den Gläubiger verpflichtet
wurde. Später kehrte man zum Zinsmaximum des römischen
Rechts zurück, so für Deutschland durch den Reichstagsabschied
von 1654, welcher 5% als erlaubte Zinsenhöhe festsetzte; und
jede Ueberschreitung dieses gesetzlichen Maßes, besonders aber die
Uebervortheilung des Schuldners durch versteckte Zinserhöhung
(verkleideter Zinswucher) wurde mit Strafe bedroht. Solche
Zinstaxen bestehen noch heute.

Als man allmählich zu tieferer Einsicht in die Natur der
Sache gelangte, wurden, obwohl man die frühere Begründung als
unhaltbar oder nicht mehr zureichend aufgeben mußte, verschiedene
Gründe für die Beibehaltung des altüberkommenen und aller=
dings tief eingelebten Systems der Zinsbeschränkungen angeführt:
1. Beschützung der Producenten und Consumenten durch billigen
und festen Preis der Capitalnutzungen; 2. Zügelung unvorsichtigen
Creditirungstriebes gegenüber leichtsinnigen Speculanten, welche
durch Versprechen hoher Zinsen den Capitalisten ihr Capital ab=
locken und in verlustbringende Geschäfte stecken könnten; 3. Be=
schränkung des Eigennutzes und der Verschwendungssucht der rei=
chen Capitalbesitzer; 4. Beschützung der Armen und Nothleidenden,
dann der leichtsinnigen und unwissenden Borger vor harten und
betrügerischen Darlehen; 5. Ueberwachung und Einschränkung des
anrüchigen, gewerbsmäßigen Geldverleihens.

Auf der anderen Seite werden jedoch alle gesetzlichen Zins=

beschränkungen von den Anhängern der individuellen Ungebundenheit in wirthschaftlichen Dingen heftig bekämpft. Ausgehend von
dem Grundsatze der völligen Freiheit und sich selbst überlassenen
Handlungswillkür der Einzelnen finden sie in ihnen nicht nur eine
grobe Verletzung dieses Grundsatzes und damit des Privatinteresses,
sondern sie schreiben ihnen auch eine Menge von Nachtheilen und
Mängeln zu, welche sich darin zusammenfassen lassen, daß die Zinsgesetze, ein Ausfluß der Unwissenheit und des Schlendrians der
Staatsorgane, durch künstliche Erniedrigung des Zinssatzes den
Anreiz zur Capitalisirung und damit das Ausgebot von Capitalien
vermindern, viele gewagtere, aber doch unvermeidliche und häufig
erfolgreiche Geschäfte unmöglich machen, daß sie einen einzigen
Preis festsetzen für einen Werth, der seiner Natur nach, besonders
mit Rücksicht auf die Assekuranzprämie, verschieden sein müsse, daß
sie endlich sogar ihren Zweck verfehlen, weil bedrängte Schuldner
doch immer höhere Zinsen versprechen und für die Heimlichkeit und
die Uebertretung des Gesetzes von Seiten ihrer Gläubiger nur
noch drückenderen Lasten sich unterwerfen müßten.

Diese Einwürfe, größtentheils theoretischer Natur und dem
auch hier wieder zu willkürlicher Ausdehnung gebrachten Princip
des „laissez faire" zu Liebe erhoben *), treffen jedoch den Kern

---

*) Nur aus dieser alle einzelnen Erwägungen dominirenden Richtung
lassen sich so manche Bemerkungen gegen die Zinsgesetze erklären, die auf den
ersten Blick als haltlos zu erkennen sind. So bezeichnet es Rau (II, § 321)
u. A. als einen Einwand gegen die Wuchergesetze, daß leichtsinnige und thö-
richte Menschen ja doch nicht verhindert werden könnten, sich auf andere Weise
zu Grunde zu richten. Aus demselben Grunde könnte man von der Polizei
die Freigebung des Giftverkehrs verlangen, weil es ja auch noch andere Mittel
gebe, Jemanden ums Leben zu bringen. J. B. Say (Traité II. p. 143) findet
diese Gesetze „so schlecht, daß ihre Uebertretung ein Glück sei!" Kann man
sich bei so flagranten Verletzungen des Sinnes für Recht und Gesetz wundern,
daß man die Vorschläge der Oekonomisten von anderer Seite mit kaltem Mißtrauen aufnimmt? Lotz (Handbuch der Staatsw.-Lehre II. S. 256) erblickt
in den gesetzlichen Zinsfußbestimmungen nur eine Anwendung des Taxsystems
auf den Verkehr mit Capitalien, und „ohne Frage die schlechteste, die davon gemacht werden könnte." Dieser Schriftsteller gehört überhaupt zu denen,
welche es in unverständigem Eifern gegen gesetzliche Schranken Say gleich-
zuthun trachten. — A. Smith, der doch den Ton für diese Richtung anschlug,
äußert sich mit seinem practischen Scharfblick sehr richtig dahin: „Wo der gesetzliche Zinsfuß auch nur ein wenig höher steht als der niedrigste, der auf dem

der Sache nicht und stützen sich, soweit sie einige Begründung für
sich haben, auf Ausnahmsfälle. Nicht die möglichste Höhe,
sondern die dem jeweiligen Rentenwerthe entsprechende Höhe des
Zinses bestimmt den Anreiz zum Sparen und die große Masse der
Zinsverträge; gewagte Geschäfte, denen übrigens nicht jede Freiheit der Bewegung gelassen werden soll, sind dabei niemals abge-
schnitten und es gibt andere Mittel, wie Actienzeichnung, Versicherung ꝛc., um ihnen fremdes Capital zuzuführen; bedrängte
Schuldner können allerdings niemals ganz vor habgierigen Wuche-
rern geschützt werden, allein dies ist wahrlich kein Grund, eine
Schranke gänzlich zu beseitigen, weil sie ihren Zweck nicht in allen
Fällen erfüllt. Das aber — und das ist die Hauptsache — ist
nie bewiesen worden, daß es kein durchschnittliches Maximum des
Landeszinses gebe, welches für das Gros der Darlehensgeschäfte
maßgebend sei und durch Gesetz bestätigt und befestigt werden
könne. Die Geschichte (Roscher I. §. 192. Anm. 8.) lehrt, daß
nur der gesetzliche Zinsfuß sich nicht halten kann, der dem wahren
Verhältniß des Rentenwerthes zuwider festgesetzt wurde. Abweichungen von diesem Marktzinse und heimliche oder verschleierte
Uebertretungen der gesetzlichen Vorschrift werden sich allerdings
nie verdrängen lassen, allein die Verletzung eines Gesetzes ist kein
Grund für seine Aufhebung, wenn es der Regel nach auf richtigen
Erwägungen beruht und im Allgemeinen von wichtigen Vortheilen
begleitet ist.

Die positiven Vortheile eines gesetzlichen Zinsmaximums für
die Volkswirthschaft im Ganzen, wenn es nur dem thatsächlichen
Marktwerthe der Capitalbenutzung entspricht und etwas höher als
dieser festgesetzt ist, um gelegentlichen Schwankungen Spielraum
zu lassen, sind aber sehr erheblich und sie verdienen um so mehr
hervorgehoben zu werden, als wenigstens in Deutschland die Voraussetzungen seiner Aufhebung noch nicht vorhanden zu sein schei-

---

Markt gegeben wird, zieht man nüchterne Leute als Schuldner insgemein Ver-
schwendern und Projectenmachern vor. Wer Geld ausleiht, bekommt so ziemlich gleich viel Zins von den ersteren als er von den letzteren nehmen darf, und
sein Geld ist noch dazu in den Händen Jener viel sicherer als bei diesen. Ein
großer Theil des Landescapitals gelangt so in die Hände derer, welche es voraussichtlich vortheilhaft anwenden werden." (II. 4.)

nen. Obwohl auch uns die Freiheit des Zinsfußes im Princip wünschenswerther dünkt, kann sie doch, wie die Geschichte lehrt, ohne jene Voraussetzungen sehr verderbliche Wirkungen nach sich ziehen. Jedenfalls ist es fehlerhaft, hier blos mit dem abstracten Princip des laissez faire, d. h. des Einzelegoismus, zu agiren und zu verkennen, wie sehr die Manichfaltigkeit der wirthschaft=lichen Interessen der Richtung und Grenze bedarf, um Maß und Gleichgewicht nach allen Seiten hin zu erzielen. Hält man dieses fest, so lassen sich die unläugbar günstigen Wirkungen der gesetz=lichen Zinsnormirung in folgenden Grundzügen erkennen. 1. Wie jedes Gesetz die hohe Aufgabe hat, in der Bevölkerung eine gewisse den nationalen Bedürfnissen gemäße Richtung der Gesinnung und des Handelns zu erwecken, so erzeugen auch die Zinsgesetze ein Vor=urtheil*) zu Gunsten derjenigen Capitalverwendungen, welche mit dem landesüblichen Marktwerthe der durchschnittlichen Capital=ergiebigkeit im Einklang stehen. Alle Zinsversprechungen, welche sich von diesem durch Gesetz und öffentliche Meinung gebilligten Maße entfernen, werden gewissermaßen reprobirt, und es entsteht in der Bevölkerung die heilsame Tendenz, Capital nur Unterneh=mungen von durchschnittlicher Ergiebigkeit und Sicherheit anzu=vertrauen. Da ein Zinsgesetz niemals die Menge des verfüg=baren Capitals vermindern und selbst ein niedriger Zins die Fähig=keit und den Trieb zur Capitalansammlung nicht schwächen kann,**) da ferner die fortschreitende Productivität des Capitals, wie oben gezeigt, den Zinssatz zu erniedrigen strebt, so kann ein Zinsmaxi=mum, welches mit Rücksicht auf die durchschnittliche Höhe des Rentenwerthes und der Verlustgefahr festgesetzt ist, die steigende Entwicklung der nationalen Production in keiner Weise beschränken und der freie Capitalverkehr ist innerhalb jener Grenze vollkom=

---

*) Daß Vorurtheile von höchster politischer Bedeutung sind, ja daß Vor=urtheile, wie z. B. das tiefeingewurzelte Ansehen der legitimen Herrscher rc., zu den wichtigsten Grundpfeilern der Staatsordnung gehören, lehrt sehr richtig Köppen, Politik nach platon. Grundf. S. 136 ff.

**) Die größere Sicherheit der Capitalanlagen unter diesem System wird sogar das Capitalausgebot effectiv eher vergrößern, während ein hoher Zins wegen Unsicherheit des Ertrags einer verhältnißmäßigen Unproductivität des Capitals gleichkommt. (§ 96.) Es ist somit ein falscher Wahn, daß ein hoher Zins den Anreiz zum Sparen vermehrt.

men gewahrt. Die sinkende Tendenz des Zinses bewirkt sogar, daß ein Zinsmaximum um so weniger fühlbar wird, aus je älterer Zeit es datirt, ein Punkt, der nicht nur die häufig vorgeführte Analogie der polizeilichen Lebensmitteltaxen als nicht zutreffend, sondern auch das angebliche Bedürfniß einer Aufhebung der seit Jahrhunderten bestehenden Zinsgesetze als ein hohles Mißverständniß erweist. 2. Gewagteren Unternehmungen, die gleichwohl nicht zu vermeiden sind, kann entweder durch besondere Arrangements, wie oben bemerkt, oder durch Ausnahmsbestimmungen, wie beim foenus nauticum, der erforderliche Capitalzufluß gesichert, ja es kann sogar im äußersten Fall, wie dies in Folge der Handelscrise von 1857 für die preußische Bank geschah, eine zeitweilige Suspension des Zinsgesetzes verfügt werden; allein dergleichen Bestimmungen in außerordentlichen Fällen und Zeiten sind durchaus nur als Ausnahmsgesetze aufzufassen und es ist unstatthaft, aus ihnen einen Grund gegen die Regel abzuleiten. 3. Der Capitalbegehr beruht nicht immer auf eigentlichen Productionszwecken, sondern häufig auch auf Gewinnspeculationen und der zeitweiligen Nothwendigkeit größerer Kassenvorräthe und Baarzahlungen, wenn die Substituirung von Creditmitteln den gewohnten Dienst versagt; und es ist dieses der hauptsächliche Grund, weßhalb man gegen die in gewöhnlichen Zeiten unfühlbaren Zinsgesetze so sehr eifert. Allein die Erfahrung lehrt, daß gerade die völlige Zinsfreiheit den wildesten Speculationen Thür und Thor öffnet und durch übermäßige Zinssteigerung die soliden, ruhigen Unternehmungen des erforderlichen Capitals beraubt; nun ist es aber wünschenswerth, daß das Capital seinem eigentlichen productiven Berufe in der Volkswirthschaft möglichst erhalten bleibe. Es greift hier analog dieselbe Erwägung Platz, aus der wir uns oben gegen die ungezügelte Konkurrenz im Zettelbankwesen erklärt haben. 4. Das Capital hat eine Tendenz dahin zu fließen, wo der höchste Gewinn zu erzielen ist und die freieste Verfügung über den Stamm bleibt; diese beiden Eigenschaften erlangt es aber in Industrie und Handel in weit höherem Maße, als in der Bodenproduction. Das Zinsmaximum legt dieser einseitigen Tendenz, welche ohnedies durch die Möglichkeit der Actienzeichnung und Börsenspeculation mehr als zulässig ausgebeutet wird, wenigstens einigermaßen

Schranken und sichert nicht nur dem Grund und Boden in Verbindung mit landwirthschaftlichen Creditanstalten Capitalzuflüsse zu billigem Zinsfuße, sondern wirkt auch dem äußerst verderblichen Schwanken des Zinses entgegen. Diese Function des Zinsgesetzes, zum Besten des wichtigsten Zweiges der nationalen Production und der Volkswirthschaft im Ganzen, ist weder unrechtlich noch unwirthschaftlich zu nennen; denn es ist sicherlich ein öffentliches Interesse, den Bodencredit von den Gefahren der Unsicherheit, häufiger Kündigungen und Besitzwechsel möglichst zu befreien. 5. Die feste Regulirung des Arbeitslohns, im höchsten Grade wünschenswerth für die Arbeiter, hängt mit der festen Regulirung des Zinses auf das Innigste zusammen. Je mehr Capital zu unsicheren Geschäften und unfruchtbaren Speculationen vergeudet wird, desto mehr Arbeitsgelegenheit wird den Arbeitern entzogen, und je stärker und häufiger der Zins schwankt, desto schwankender wird die Nachfrage nach Arbeit, sowohl in Folge des schwankenden Einkommmens der Capitalisten als auch der unsicheren Einträglichkeit der Unternehmungen. Diese Gefahren werden aber durch völlige Freigebung in erheblichem Grade näher gerückt. 6. Das Geld darf niemals wie eine gewöhnliche Waare im Privatbesitz betrachtet werden; es ist, als vorherrschender Repräsentant des Nationalverkehres, Gemeingut und muß sich allen Beschränkungen unterwerfen, welche das gemeine Wohl erheischt. Wo nun so viele und wichtige Interessen eine Beschränkung zum Bedürfniß machen, kann weder von Rechtsverletzung, noch von Unbilligkeit die Rede sein. Das Zinsmaximum wirkt gleich einem Schutzzoll für die soliden Unternehmungen, für die Bodenproduction, für die Stetigkeit und Sicherheit der nationalen Production und der Nachfrage nach Arbeit, und die Staatsgewalt ist dazu ebenso berechtigt, wie zur Anlegung eines förmlichen Schutzzolles an der Grenze. Nur das zügellose Gewinninteresse, welches sich gegen jede zum allgemeinen Besten errichtete Schranke auflehnt, findet sich dadurch beschwert und sieht nicht ein, daß es zu seinem eigenen Vortheil geschieht. 7. Der eigentliche Wucher durch betrügerische und habgierige Geldverleiher kann wohl nie ganz unterdrückt werden; es ist aber durchaus nicht gleichgültig, ob verwerfliches Gebahren durch Gesetz und öffentliche Meinung gebrandmarkt und zum

Schleichen im Dunkel verurtheilt ist, oder ob es frei und schamlos vor aller Welt seine niedrigen Künste üben darf. Aus demselben Grunde müßte man auch alles Einschreiten gegen Unzucht ꝛc. aufgeben.

Das Zinsmaximum ist somit eine große wirthschaftliche Maßregel, die allmählich, ähnlich wie ein Schutzzoll, entbehrlich werden kann, deren Beseitigung aber immerhin großem Bedenken unterliegt. Unsere bewährtesten Oekonomisten, Rau (II. §. 322.) und Roscher (I. §. 194.), stimmen darin überein, daß die Aufhebung der Zinsgesetze nicht durchaus rathsam sei und sich nicht unter allen Umständen bewährt habe. Mehrmals wurden solche Versuche gemacht, z. B. in Oestreich 1787, in Frankreich 1793 und 1796, in Norwegen 1842, allein sie mußten nach den bittersten Erfahrungen, in Folge unmäßiger Zinssteigerung, wieder aufgegeben werden. Neuere Versuche, in Sardinien 1857, in England von 1833 an allmählich, geben noch keine genügenden Erfahrungen zur Hand *). Es ist zu bemerken, daß eine Aufhebung jener Vorschriften da von weniger Nachtheilen begleitet sein wird, wo die Bodenproduction es schon bis zur höchsten Blüthe und Capitalversorgung gebracht hat, wo überhaupt Capital im Ueberfluß zu mäßigem Zinse zu Gebote steht. Immerhin aber können weder die sardinischen noch die englischen Verhältnisse ein unbedingtes Muster der Nacheiferung abgeben und gerade die verhältnißmäßige Stetigkeit und ruhige Entwicklung der deutschen Production sollte nicht unnöthiger Weise durch gewagte Experimente in die Gefahr des Schwankens und der Disharmonie gebracht werden.

Anhang.
Von der Grundrente.
§ 99.
Lehre Ricardo's.

Der Ertrag aus Grund und Boden ist sowohl wegen seines großen Werthes und Umfangs, als auch wegen seiner manich-

---

*) Doch wird auch in England über Mangel an Capital für Grund und Boden geklagt, derselbe jedoch, wahrscheinlich irrthümlich, mit den neueren Bankreformen in Verbindung gebracht. Porter, Progress p. 155. Carey

faltigen und wichtigen Bestandtheile von jeher mit Vorliebe und Aufmerksamkeit behandelt worden. Denn er liefert die unentbehrlichen Mittel für den Unterhalt und das Wachsthum der Bevölkerung, Lebensmittel aller Art, Rohstoffe für alle Gewerbe, und der Boden vereinigt in seinem Schooß die meisten und wahrnehmbarsten Naturkräfte. Die Physiokraten hielten das Grundeinkommen für das alleinige reine Einkommen (Nettoproduct), und ihre Vorschläge zielten ganz besonders auf Begünstigung der Bodenproduction und Vermehrung des aus ihr fließenden Einkommens als der einzigen Reichthumsquelle ab. Vornehmlich aber stieg die Aufmerksamkeit auf das Bodeneinkommen oder die Grundrente, seitdem der berühmte englische Nationalökonom Ricardo sie mit unläugbarem Scharfsinn zum Gegenstand einer besonderen Lehre gemacht und als einen eigenthümlichen Zweig des reinen Nationaleinkommens hingestellt hatte. Schon Adam Smith hatte zwar die Anfänge zu dieser Lehre, die von einem unvertilgbaren Monopolrecht der Landeigenthümer ausgeht, geliefert, aber sein tiefer practischer und historischer Blick hatte ihn davor bewahrt, sie auf eine Spitze zu treiben, wo sie in der That mehr als eine Probe menschlichen Scharfsinns, denn als eine Erklärung von Gesetzen der Wirklichkeit erscheint. Ricardo dagegen gab dem von uns schon so häufig hervorgehobenen Rentengesetze in Bezug auf das Einkommen aus Grund und Boden, nach dem wenig beachteten Vorgange einiger Anderer, eine Anwendung, die, bekleidet mit der Autorität seines Namens, zahlreiche Anhänger und Bewunderer, aber auch eifrige Gegner (Carey, Bastiat, Max Wirth) fand und noch jetzt die Wissenschaft in zwei schroff gegenüber stehende Lager theilt. Nach Ricardo ist die Grundrente derjenige Theil des Bodeneinkommens, den man dem Grundeigenthümer für das Recht der Ausbeutung der productiven, unerschöpflichen Bodenkräfte zahlt. Bei dem ersten Anbau des Bodens in einem reichen und frucht-

II. p. 78. Eine bedenkliche und auch in dieser Beziehung zu Nachdenken auffordernde Erscheinung bleibt es immer, daß sich England in neuester Zeit in so auffallendem Maße mit Lebensmitteln vom Auslande versorgt, während nach dem Zeugnisse bewährter Sachkenner die englische Landwirthschaft noch einer hohen Steigerung ihres Ertrags fähig wäre. Italia externae opis indiget et vita populi Romani per incerta maris et tempestatum quotidie volvitur. Tac. Ann. III. 54.

baren Lande gibt es keine Grundrente, da das ganze Einkommen nur aus Arbeitslohn und Capitalgewinn besteht. Aber der Boden ist verschieden in seiner Ertragsfähigkeit, und wenn die Zunahme der Bevölkerung zum Anbau weniger fruchtbaren oder ungünstiger gelegenen Bodens zwingt, muß man für die Ausbeutung der besseren Bodenclassen eine Rente entrichten. Sobald man in Folge der Vermehrung der Bevölkerung Boden von geringerer Productivkraft in Angriff nimmt*), entsteht eine Rente für den Boden erster Classe, durch den Anbau von Boden dritter Classe entsteht eine Rente für den zweiter Classe, und so fort, — die Rente ist also immer der Unterschied im Ertrage von Grundstücken verschiedener Fruchtbarkeit bei einem gleichen Aufwande von Capital und Arbeit. Der zuletzt in Anbau genommene Boden schlechtester Qualität gibt keine Rente, sondern nur den üblichen Capitalgewinn, weil die hier benützten Bodenkräfte keinen Ueberschuß im Ertrage abwerfen. Der Preis der Bodenproducte steigt also mit der Zunahme des Aufwands an Arbeit und Capital, den man auf minder ergiebige Grundstücke verwenden muß, um einen gleichen Productenbetrag wie früher zu erzielen, und diese Wirkung würde auch eintreffen, wenn man fortführe, nur den Boden bester Qualität mit immer mehr Arbeit und Capital zu befruchten, weil auch hier der Ertrag des neuen Aufwands im Gegensatz zu dem früher gebrachten verhältnißmäßig abnehmen würde. Die Bodenproducte

---

*) Diese Supposition Ricardo's, wornach die Cultivirung neuer Bodenflächen in einem entsprechenden Verhältniß zum Wachsthum der Bevölkerung stehen müßte, ist übrigens, wenigstens für England, thatsächlich unrichtig. Nach Porter (Progress of the nation p. 157) stand in der ersten Hälfte unseres Jahrhunderts in England der neue Anbau von Grund und Boden durchaus im Gegensatz zur Populationsbewegung, wie aus folgender Tabelle hervorgeht:

Zeiträume	Acres	Volksvermehrung.
1800—1810	1,657980	2,209618
1811—1820	1,410930	2,645738
1821—1830	340380	3,113261
1831—1840	236070	2,610272
1841—1849	369127	1,044108

Die Lehre Ricardo's dürfte somit schon der thatsächlichen Grundlage entbehren, wenigstens nach einer Seite hin, die übrigens mit der anderen, der successiven Anhäufung von Capital auf alten Ländereien, in unzertrennlichem Zusammenhang steht.

steigen also nicht im Preise, weil man eine Rente an die Grundeigenthümer zahlt, sondern man zahlt diese, weil der Preis gestiegen ist; und dieser könnte nicht sinken, selbst wenn die Grundbesitzer auf die Rente verzichten würden, weil die Rente keinen Bestandtheil des Preises bildet, dieser vielmehr durch die Productionskosten bei den minbest ergiebigen Grundstücken bestimmt
wird. Diese Rente bezieht der Grundbesitzer, sowohl wenn er selbst
sein Land bebaut, als wenn er es verpachtet; im ersten Fall im
Ueberschuß des Erlöses über seine Kosten, im zweiten Fall im
Pachtschilling, der aber in der Regel mehr beträgt, als die reine
Grundrente, weil der Pächter gewöhnlich auch noch Capital zur
Benutzung erhält, wofür er dem Verpächter die übliche Capitalrente entrichten muß.

Da diese Lehre mehr bedeuten soll, als eine klare Begründung der Thatsache, daß es in allen Productionszweigen, also auch
in der Bodenproduction einige Unternehmer gibt, die unter günstigeren Bedingungen produciren als Andere, die also auch mehr
einnehmen, als den Kostenersatz nebst dem durchschnittlichen Gewinn, da sie vielmehr eine ganz eigenthümliche, vortheilhaftere
Stellung der Grundeigenthümer gegenüber allen übrigen Bevölkerungsclassen darlegt und, wenn sie richtig wäre, von den wichtigsten Folgen für das Verhältniß des Grundeigenthums gegenüber dem Staat und der Gesellschaft begleitet sein müßte, so erfordert sie ohne Zweifel genaue Prüfung.

§ 100.

Einwendungen dagegen.

Vor Allem fällt es auf, daß Ricardo seine Lehre nicht auch
auf alle übrigen Productionszweige anwandte, da doch alle mit
Hülfe von ursprünglichen Naturkräften betrieben werden und der
Grad ihrer Ergiebigkeit mitbestimmend wirkt für die Productivkraft
der bei ihnen angewendeten Capitalien und Arbeitskräfte. Mit
demselben Rechte könnte man doch sagen, daß jeder Producent die
für ihn vortheilhaftesten Productionsbedingungen aufsucht, weßhalb
nothwendig überall eine Stufenreihe verschiedenen Ertrags und

somit verschiedenen Einkommens bei gleichem Aufwand sich ergeben muß. Denn auch die freien Naturkräfte, deren sich die übrigen Productionszweige bedienen, können einerseits ausschließlich in Besitz genommen, andererseits nicht beliebig vermehrt werden; und einen bestimmten Bodenraum bedarf gleichfalls jedes andere Gewerbe. Wer z. B. ein industrielles Geschäft in einer Stadt etablirt, sucht sich gewiß ebenfalls — ganz abgesehen von der Lage — die für sein Geschäft günstigsten Productionsbedingungen aus; er bezieht die wohlfeilsten Rohstoffe, die reichlichsten Wasserkräfte, die wohlfeilsten Arbeiter 2c. Zwingt nun der Fortschritt der Bevölkerung zur Vermehrung der Production, so müssen alle folgenden Producenten desselben Artikels unter ungünstigeren Verhältnissen produciren, und da sie mindestens den Ersatz ihrer Kosten sammt dem üblichen Gewinn erhalten müssen, so wächst dem ersten Producenten ein Rentenüberschuß zu. Man kann selbst zugeben, was aber gewiß nicht durchaus der Fall ist, daß hier die Abstufung langsamer und unmerklicher vor sich gehen mag, weil schon von Anfang an im Gewerbe mehr Arbeit und Capital angewendet werden mußte, also die Naturkräfte in einem geringeren Verhältniß zu den beiden anderen Productionsfactoren stehen; aber das Verhältniß besteht doch unzweideutig und auf die Größe oder das schnelle Wachsthum der Rente kommt es ja in der Theorie nicht an. Verhält sich dies aber so — und es kann nicht wohl daran gezweifelt werden, — so haben wir nur die auch von uns unumwunden anerkannte Thatsache vor uns, daß in allen Erwerbszweigen unter verschiedenen Bedingungen producirt wird, daß — in einem gegebenen Augenblick — die einen Producenten mehr gewinnen als die anderen, daß aber dieses Verhältniß stets und von allen Seiten bekämpft wird, weil jeder den Gewinn des anderen auf seine Seite herüber zu ziehen bestrebt ist durch Veränderung der Absatzwege, Verbesserungen im Betrieb, Ersparung an Arbeit und Capital u. dgl.; daß daher die Rente fortwährend fluctuirt, nie auf einer gegebenen Capitalanlage wegen eines natürlichen Monopols festhaften kann, also auch den Fundamentalsatz, daß freie Naturkräfte nie und nirgends bezahlt werden, sondern nur Capital und Arbeit aus natürlichen Gründen verschieden rentiren, nicht umstößt.

Gegen die Annahme einer Rente wegen ein für allemal gege=
bener, dauernder Bodenvorzüge spricht aber noch Folgendes:

1. Sie läßt die allmähliche Erschöpfung der Productivkraft
auch im besten Boden ganz unbeachtet. Mit dieser überall aner=
kannten Thatsache fällt aber die Grundlage der ganzen Lehre; denn
sie bewirkt, daß der Anbau des Bodens erster Classe an einem
Punkte anlangen muß, wo seine natürliche Ertragsfähigkeit auf
den Grad der zweiten Qualität gesunken ist, und so fort, daß da=
her, was die ursprünglichen Bodenkräfte anlangt, allmählich
eine Gleichheit aller Bodenclassen eintreten muß*). Dieser Satz
gilt natürlich nur für die wirklich in Anbau genommenen Grund=
stücke und nur im Ganzen und Großen, nicht im Einzelnen, denn
es fällt uns nicht ein, Ricardo in umgekehrter Richtung nachzu=
ahmen und den Fortschritt der Bodencultur nach einer abstracten,
mathematischen Regel zu bestimmen. Unsere Behauptung bezieht
sich nur auf den Anbau der Ländereien in Masse und hat den
Sinn, daß in einer gegebenen Periode nur solche Grundstücke cul=
tivirt werden, die einen durchschnittlich gleichen Reinertrag ver=
sprechen. Dies setzt aber, bei gleicher Art der Bewirthschaftung,
gleiche Bodenqualität voraus; wo sich eine Ungleichheit natürlicher
Fruchtbarkeit erhalten hat, muß dem durch Verschiedenheit im An=
bau, sei es anderer Erzeugnisse oder im Wirthschaftssystem, ent=
gegengewirkt werden. Ganz schlechter Boden kann nur dann be=
baut werden, wenn die natürliche Reinertragsfähigkeit des bereits
in Cultur stehenden Landes entsprechend gesunken ist. Ausge=
nommen sind natürlich Grundstücke, die nur um der Arbeitsgele=
genheit oder um des Nebenverdienstes oder des Vergnügens Willen
cultivirt werden, z. B. von Taglöhnern, Fabrikarbeitern ꝛc. Die
Ausgleichung der natürlichen Bodenunterschiede kann allerdings

---

*) „Ein reiches, fruchtbares Feld wird durch aufeinander folgende Cul=
turen, ohne alle Düngung, in den Zustand eines Feldes von mittlerer Boden=
beschaffenheit versetzt werden, d. h. es wird nach einer Reihe von Jahren, im
Verhältniß zu seinen früheren Erträgen, nur mittelmäßige Ernten liefern, und
wenn demselben, von dieser Zeit an, nur soviel und nicht mehr Bodenbestand=
theile wieder ersetzt werden, als in dem vorhergehenden Jahre entzogen worden
sind, so wird es dauernd in diesem mittleren Zustande der Fruchtbarkeit be=
harren.“ (J. v. Liebig, über Theorie und Praxis in der Landwirthschaft.
S. 71.)

durch sorgfältigere intensivere Cultur aufgehalten werden, denn diese wird sich immer zuerst auf die fruchtbarsten Ländereien werfen, während minder fruchtbare deßwegen nicht immer im Stich gelassen werden können; allein dann zeigt sich nur derselbe Unterschied, wie z. B. in den Gewerben zwischen Fabrik und Handwerk; es ist dies keine der Bodenproduction eigenthümliche Erscheinung. Nur insofern ist also dem Satze Roschers beizustimmen, daß höhere Cultur die natürlichen Ungleichheiten noch auffallender macht. — Auch ist obige Behauptung nur auf die im Boden ruhenden Naturkräfte zu beziehen, nicht auf andere Ursachen der Fruchtbarkeit, wie z. B. das Clima, das natürlich durch fortgesetzten Anbau nicht erschöpft werden kann; allein dieses ist ohnehin für Grundstücke, die demselben Marktgebiet angehören, im Allgemeinen gleich und verbessert sich übrigens gewöhnlich auf höheren Culturstufen.*) Die Verschiedenheit der Lage gleicht sich aber durch verschiedene Fruchtbarkeit im umgekehrten Verhältniß aus, weßhalb man zu entfernter gelegenem Boden immer erst dann übergehen oder — was dasselbe ist — dessen Producte kaufen kann, wenn die Ertragsfähigkeit der nächsten Grundstücke durch fortwährende Ausbeutung bereits unter die der entfernteren herabgesunken ist. Daß aber die unausbleibliche Erschöpfung der natürlichen Bodenkraft sich schneller und drückender fühlbar macht, als die Ungunst der Lage, beweist die unbestrittene geschichtliche Erfahrung, daß die intensive Cultur — Befruchtung des Bodens mit immer mehr Arbeit und Capital — erst sehr spät an die Stelle der extensiven — oberflächlichen Ausbeutung weiter Landstrecken — tritt. Hieraus dürfte sich mit Grund die Behauptung rechtfertigen, daß, im Allgemeinen betrachtet, die jetzige höhere Ertragsfähigkeit mancher Grundstücke und damit ihr höherer Werth aus früherem Aufwande hervorgegangen, somit kein freiwilliges Geschenk ist. Dieser höhere Capitalwerth kann freilich auch aus

---

*) „So ist z. B. auch ein Land durch die Cultur nicht erschöpfbar an Stickstoff, denn der Stickstoff ist kein Bodenbestandtheil, sondern ein Luftbestandtheil und dem Boden nur geliehen; was der Boden an einem Punkte verliert, gleicht die Luft, die überall ist, wieder aus, darum kann die Unfruchtbarkeit der Felder nicht herrühren von einem Mangel an Stickstoff." (v. Liebig, l. c. S. 8.)

günstigen Marktconjuncturen herrühren, wie z. B. der Werth des Grundeigenthums in Mecklenburg seit Aufhebung der englischen Kornzölle um das Doppelte und Dreifache gestiegen ist; allein dergleichen Vortheile ergreifen dann alle Grundstücke, die zum Absatzort in Beziehung stehen, in gleicher Weise und zwar durchschnittlich in dem Verhältniß, in welchem durch vorangegangene Culturen der Ertrag gesteigert wurde. Allerdings kann der eine oder andere Producent einen Ueberschußgewinn beziehen, allein dies ist im Allgemeinen viel mehr der persönlichen Tüchtigkeit des Wirthschafters, als den inneren Eigenschaften seines Grundstücks zuzuschreiben.

2. Ricardo vergißt — und dieser Vorwurf trifft schwerer, weil er seiner eigenen Theorie über umlaufendes und stehendes Capital entspringt, — den Umwandlungsprozeß der Arbeit und des Capitals in Folge der Production. Er spricht von dem successiven Aufwande späteren Zusatzcapitals, das einen geringeren Ertrag abwerfe, als das frühere; da nun aber beide Capitalien auf einen gleichen Rentensatz gebracht werden müßten, so ergebe sich hier aus der höheren Productivität des früheren Capitals die Rente. Das heißt aber die Wirklichkeit ganz verkennen. Denn das frühere Capital erhält sich ja nicht unverändert. Die umlaufende Arbeitskraft, das umlaufende Capital consumiren sich beständig, häufig mehrmals im Jahr; das stehende zwar in längeren Zeiträumen, aber doch auch. Der umlaufende Aufwand (Arbeitslohn) bildet aber auf den früheren Culturstufen, wo die relativ ergiebigsten Grundstücke ausgebeutet werden, weitaus den größten Theil des ganzen Aufwandes, die Arbeiter, das Vieh, die Geräthe wechseln beständig. Wenn es aber keinen bleibenden Aufwand aus früherer Zeit gibt, kann es auch keinen gleichbleibenden Ertrag daraus geben. Und wenn das im Boden ruhende, stehende Capital (§ 18. 92.) hier geringeren, dort höheren Ertrag bringt, so lassen sich solche Ergebnisse aus den Gesetzen der Capitalrente vollkommen ausreichend erklären, ohne daß man zu einer mystischen Zeugungskraft der „ewigen Natur" seine Zuflucht nehmen müßte. Welchen Ertrag die fortwährend erneuerte Capitalverwendung abwirft, hängt von dem Grad der Erschöpfung des Grundstücks und von der Auswahl und Leitung der Arbeit und des Capitals ab; allein die hierin liegenden Kosten, die Preise der

Arbeit und des Capitals, sind — im Ganzen und Großen — wieder für jedes Marktgebiet gleich; Abweichungen hievon müssen wie in jedem anderen Erwerbszweig entweder hingenommen oder durch Verbesserung der Methode ausgeglichen werden. Die Thatsache, daß man stehendes Capital und stehende Arbeitskraft (geistige Fertigkeiten) erst spät an den Boden wendet, beweist wieder, daß der Ertrag daraus früher geringer, als aus dem umlaufenden Aufwande gewesen wäre, also gerade das Gegentheil von Ricardo's Behauptungen.

3. Der von dem Amerikaner Carey gemachte Einwand ist allerdings von Erheblichkeit, daß nämlich die Menschen nicht mit dem Anbau der fruchtbarsten (in den Niederungen gelegenen) Ländereien, sondern umgekehrt mit der Cultur des leichtesten, trockenen Bodens auf den Anhöhen beginnen und erst allmählich, wenn Bevölkerung und Capital zunehmen, zu von Natur fruchtbareren Grundstücken übergehen, sofern deren Bebauung einen — nicht im Verhältniß, sondern absolut — größeren Kostenaufwand erfordert. Der fruchtbare Boden ist wie eine vortheilhafte Maschine, man kann sie erst anwenden, wo viel abgesetzt wird und Capital in Fülle zu Gebote steht; denn die vortheilhafteste Verwendung von Güterquellen ist nicht die, welche die größte Productenmenge, sondern die, welche den gegebenen Bedarf, nicht mehr und nicht weniger, mit dem geringsten Aufwande liefert. Jener Erfahrungssatz, mit dem freilich der andere nicht zu verwechseln ist, daß man für Arbeit und Capital die jeweilig vortheilhafteste Verwendung sucht, stößt aber die von Ricardo behauptete Stufenfolge des Ertrags und das der Volkszunahme proportionale Steigen der Bodenproductenpreise um, das auch wohl schwerlich aus der Erfahrung bewiesen werden kann*). Durch die Zunahme und steigende Wohl-

---

*) Roscher (System II. S. 88) stellt den Satz auf, daß jedes intensivere Ackerbausystem nur unter Voraussetzung eines höheren Preises der Producte möglich sei; allein einen Beweis hiefür scheint er mir nicht erbracht zu haben, denn in willkürlich gewählten Zahlenbeispielen kann ein solcher natürlich nicht gefunden werden. Seine eigene Ausführung würde vielleicht das Gegentheil beweisen. Wenn die Kornpreise steigen, sagt er, werden dadurch nur einige Elemente der Kornproductionskosten (Saatkorn, Viehfutter) entsprechend vergrößert, andere sind davon ganz unabhängig, wieder andere verändern sich sogar in umgekehrter Richtung. Zu der letzten Classe gehört Capital und

feilheit des Capitals wird man erst in den Stand gesetzt, kostspielige Bodenverbesserungen (Drainirungen, Entwaldungen, Wiesen-
wässerungen 2c.) auszuführen und dadurch den Bodenertrag oft
ganz überraschend zu steigern; die von früherher in Anbau stehenden Grundstücke können dann, oft nur mit Mühe, die Konkurrenz
hauptsächlich durch die Vortheile ihrer Lage aushalten, da man in
der Regel auf dem unfruchtbarsten Sandboden wohnt, und müssen
häufig zu Gartenland umgebaut werden, mit dessen Erzeugnissen
entferntere Ländereien nicht konkurriren können (v. Thünen). Die

---

Arbeit, welche letztere durch Steigerung der Arbeitsgeschicklichkeit, Arbeitstheilung 2c. 2c., trotz des höheren Lohns doch wohlfeiler zu stehen komme. Die
Vertheurung des Kornpreises kann sonach nur vom Saatkorn 2c. herrühren,
d. h. von der Vertheurung der Bodenprodukte, mit anderen Worten, Roscher
beweist das Steigen des Kornpreises mit dem Steigen des Kornpreises! Korn
und andere Bodenprodukte stehen in dieser Beziehung auf einer Linie. Daß
ferner „die gewöhnlichste Ursache einer bleibenden Vertheurung des Getreides, nämlich die Zunahme der Population" dies in Wirklichkeit nicht sein
kann, leuchtet von selbst ein; denn steigende Nachfrage allein erhöht niemals
den Preis einer Waare. Vom Geldpreis des Getreides ist natürlich hier
überall nicht die Rede. — Biel richtiger scheint es mir zu sagen, der Uebergang
zur intensiveren Cultur ist nur unter Voraussetzung eines größeren Bedarfs
an Bodenproducten möglich. Noch weniger Beweis liegt in der weiteren
Bemerkung Roscher's (ibid. S. 91): daß die Hervorbringungskosten in einer
geringeren Progression zunehmen als der Preis, erhelle schon aus der bekannten Thatsache, daß die Grundrente bei nachhaltiger Vertheuerung der
Bodenproducte zu steigen pflege; denn hier wird doch nur das Steigen des
Preises aus dem Steigen der Grundrente und das Steigen der Grundrente
aus dem Steigen des Preises erklärt. Gerade um eine Grundrente in dem
von Roscher adoptirten Ricardo'schen Sinne annehmen zu können, müßte
selbständig bewiesen werden, daß die Kornpreise stärker zu steigen pflegen als
die Productionskosten. — Was das angebliche Steigen der Kornpreise gegenüber der Erfahrung und der Statistik betrifft, so vergleiche man z. B. folgende
Tabelle über den Preis des Quarter Weizen in England nach fünfjährigem
Durchschnitt (Journal of the statist. Society of London, vol. I. Mai 1838
p. 72):

Jahre	Schillings	Jahre	Schillings	Jahre	Schillings	Jahre	Schillings
1565	42	1610	34	1655	41	1700	50
1570	42	1615	34	1660	40	1705	30
1575	45	1620	34	1665	46	1710	33
1580	48	1625	35	1670	32	1715	44
1585	48	1630	34	1675	38	1720	33
1590	42	1635	45	1680	42	1725	29
1595	46	1640	34	1685	35	1730	39
1600	64	1645	40	1690	27	1735	25
1605	27	1650	53	1695	40	1740	32

nach allebem noch verbleibende Verschiedenheit der wirthschaftlichen Productivität, die aber nach Obigem nie so bedeutend sein kann, um darauf ein Fundamentalgesetz zu gründen, muß als ein Unternehmungsgewinn betrachtet werden und kann, wenn sie dauernd ist, den Capitalwerth solcher Grundstücke erhöhen, da der

---

Ferner vergl. man folgende Tabelle über die Durchschnittspreise des Weizens pro preuß. Scheffel im gegenwärtigen Jahrhundert (nach Engel, Zeitschr. d. königl. preuß. stat. Bur. 1861, S. 289).

in	1801—10 Sgr.	1811—20 Sgr.	1821—30 Sgr.	1831—40 Sgr.	1841—50 Sgr.	1851—60 Sgr.
Preußen	—	86,58	51,00	58,08	70,42	88,75
England	158,86	165,62	111,70	107,95	100,72	105,46
Frankreich	87,43	108,64	80,87	83,48	86,81	98,16

Eine allmähliche Preissteigerung macht sich hier nur bei Preußen bemerklich, wobei aber auch daran zu erinnern ist, daß die Preise im 3. Jahrzehnt des Jahrhunderts ungewöhnlich niedrig waren und daher keinen richtigen Vergleichsmaßstab abgeben können, daß ferner die Preise in den letzten Jahrzehnten durch mehrere aufeinander folgende Mißernten beträchtlich erhöht wurden, daß endlich die immer noch sehr starke Ausfuhr nach England (1860 über 6 Mill. Scheffel) die Preise in der Höhe hält.

Uebrigens sind die statistischen Berechnungen der Getreidepreise höchst unsicher und daher unzuverlässig. Nachstehende Zusammenstellung (Hübner Jahrbuch 1859, S. 35) ergibt die von Soetbeer berechneten Preise des preuß. Scheffels Weizen an verschiedenen Orten in Groschen und Pfennigen:

im Durchschnitt von	Hamburg	Hannover	Braunschweig	Berlin	Frankreich	England
1771—1780	60. —	44	43	51.5	66	87
1781—1790	65. —	43	43	50.10	70	91
1791—1800	74. —	54	54	59.10	80	120
1801—1810	112. —	72	79	96.5	87	159
1811—1820	94.6	74	72	82.6	109	165
1821—1830	53. —	54	49	55. —	81	112
1821—1840	61. —	58	55	63. —	84	107
1841—1850	74. —	72	65	72.9	87	101

Vergleicht man hier immer nur die ersten und letzten Ziffern in jeder Reihe, so ergibt sich allerdings eine mehr oder minder erhebliche Preissteigerung, allein dazwischen auch sehr bedeutende Abschläge und überhaupt sind die Schwankungen so beträchtlich, daß man auch hieraus die Regel ziehen kann, daß die Preise nicht durch die natürliche Qualität des Bodens, sondern neben vielen Nebenpunkten hauptsächlich durch die Witterungsverhältnisse bestimmt werden. — Uebrigens läugnet unsere Theorie nicht die Möglichkeit der allmählichen Preissteigerung der Bodenproducte, sondern nur den stets gleich bleibenden Einfluß der natürlichen Verschiedenheit der Bodenqualität, wie ihn Ricardo formulirt und zu einem mechanisch wirkenden Gesetz erhoben hat.

Rentensatz bei allen nur als ein durchschnittlich gleicher gedacht werden kann.

4. Von einer Grundrente, die keinen nothwendigen Bestand= theil des Preises der Bodenproducte bildet, sondern sich gleich einem, leider unvermeidlichen Monopolgewinn verhält, kann bei fortlau= fendem Güterverkehr schon gar keine Rede sein. Denn da bei den zur Production bestimmten Grundstücken im Ganzen und Großen der dauernde Ertrag ihren Capitalwerth bestimmt, so ist jedes Grundstück je nach seiner Ertragsfähigkeit wie ein Capital von bestimmtem Werth zu betrachten, dessen Rente der Grundeigen= thümer nach dem üblichen Satze, vielleicht mit einem besonderen, nach allgemeinen Productionsgesetzen möglichen Zusatzgewinn in den Er= trägnissen des Grundstücks oder dem Erlöse daraus bezieht. Dieser Grundsatz gilt besonders für solche Grundstücke, deren Erzeugnisse wegen singulärer Vorzüge einen Seltenheitspreis genießen, wie z. B. Weinberge von besonders günstiger Lage oder städtische Bauplätze bei rasch anwachsender Bevölkerung u. s. w. Die Rente aus dem hieraus entspringenden dauernden Capitalwerth bildet aber einen ebenso nothwendigen Bestandtheil des Preises aller Bodenerzeug= nisse, wie die aller Gewerbscapitalien, mag nun der eine oder der andere Producent außerordentlichen Gewinn beziehen oder nicht. Dies ist noch einleuchtender für den, der ein Grundstück zu seinem Capitalwerthe kauft; denn hätte er sein Capital in eine gewerbliche Unternehmung gelegt, so hätte er gleichfalls vollen Anspruch auf übliche Rentirung desselben gehabt; also auch bei der Umwand= lung in ein Bodencapital. Und derselbe Grundsatz muß gelten, wenn man sich darüber entscheiden muß, ob man neu erspartes Capital lieber in bisher unangebautem Boden oder in gewerb= lichen Unternehmungen anlegen soll. Beide Verwendungsarten können immer nur voraussichtlich einen durchschnittlich gleichen Ertrag abwerfen; man wird aber immer diejenige vorziehen, deren Ertrag dem bisherigen Satze am nächsten steht. Daher ist die Rente aus dem Grundeigenthum an und für sich nicht steuer= fähiger, als die aus allen übrigen Unternehmungen.

5. Der Grundsatz, daß freie Naturkräfte, auch wenn sie aus= schließlich aneignungsfähig sind, keinen Preis haben, muß, wie bei der Arbeit, so auch bei den zur Capitalproduction mitwirkenden

Naturkräften, daher auch bei der Bodenproduction beibehalten
werden; am wenigsten darf er einer Lehre zu Liebe fallen, die sich,
wie die Theorie von der Grundrente, auf so abstractem Gebiete
und fast durchgängig in willkürlichen Voraussetzungen und Hypothesen bewegt. Die Erfahrung beweist auch hier die Richtigkeit
des Grundsatzes. Wenn im Westen von Nordamerika der Morgen fruchtbarsten Landes 1½ bis 2 Dollars kostet, so ist das offenbar nicht ein Preis für die darin enthaltenen Naturkräfte, sondern
für den Schutz, den der Staat dem Grundeigenthum gewährt.
Namentlich in Ländern mit unentwickelten Grundverhältnissen
wird der Boden nur nach dem damit verbundenen Capital geschätzt,
so in Turkestan nach dem Werth des Bewässerungscapitals, im
Innern von Buenos-Ayres noch zu Anfang des 19. Jahrhunderts
nach der Größe des Viehstands, in Rußland nach der Anzahl der
Seelen, d. h. der männlichen Leibeigenen. Die Bodenkraft selbst
hat da, wo sie nur roh ausgebeutet wird, keinen Werth; wo sie,
wie beim intensiven Anbau, mit Capital und Arbeit wesentlich verbunden auftritt, sind es diese, die der Werthbestimmung zu
Grunde liegen. *)

6. Daß Ricardo's Theorie, wäre sie richtig, eine gefährliche Anklage gegen das Grundeigenthum enthalten würde, hat
bereits Bastiat in seinen „Harmonieen" (cap. IX.) treffend
nachgewiesen; denn dann würden die Grundeigenthümer, indem
sie ernten, wo sie nicht gesäet haben, eine schwere und gehässige
Ungerechtigkeit auf die Gesellschaft legen und alle übrigen Classen
hätten ein Recht, entweder wie die Communisten wollen, das
Eigenthum einfach aufzuheben, oder wie die Socialisten, eine Entschädigung (mittelst Ackervertheilung, Recht auf Arbeit, progressiver

---

*) Carey hat seine Gegengründe gegen Ricardo in folgende Sätze
zusammengefaßt, die durch das Vorstehende vollständig erklärt sein werden:
1. „Der Werth des Bodens gründet sich, wie derjenige aller anderen Güter,
lediglich auf die Arbeit (und Capitalverwendung) des Menschen. 2. Der
Werth des Bodens hat, wie derjenige aller anderen Güter, die Neigung, unter
seine Productionskosten zu sinken, in demselben Maße, wie die Kosten der
Wiedererzeugung mit der Zunahme der Bevölkerung und des Vermögens sich
zu vermindern streben. 3. Die Rente für die Benutzung des Bodens wird
nach denselben Grundsätzen entrichtet, wie die Vergütung für die Benutzung
von Dampfmaschinen, Pferden und Häusern. 4. Demnach ist niemals der
Genuß von Naturfactoren bezahlt worden und kann dies auch niemals." —

Steuer 2c.) dagegen zu verlangen. Roscher (I. § 152) behauptet zwar, die Grundrente sei nicht eine Folge des Grundeigenthums, sondern „des Umstandes, daß die unerschöpflichen Productivkräfte des Bodens der wachsenden Ausbeutung noch stärker wachsende Schwierigkeiten entgegensetzen." Wir lassen dahingestellt sein, ob Productivkräfte, von denen dies gesagt werden könnte, den Titel „unerschöpflich" verdienen; jedenfalls würde doch durch das Grundeigenthum jener Umstand zu einem Separatvortheil eines privilegirten Standes gestempelt, denn es lassen sich ja Einrichtungen denken, welche die vermeintliche Grundrente der Gesammtheit zuwenden. Wenn ferner eine gemeinnützige Seite der Grundrente darin liegen soll, daß sie eine Art Reservefond für Erhaltung des edleren Luxus und der feineren Muße sei (Roscher § 159), so heißt das doch nur, daß die Grundrente den Genuß der Culturfortschritte für eine einzelne Classe monopolisirt, wobei übrigens die geschichtliche Berechtigung einer solchen Annahme noch in Zweifel zu ziehen wäre. Allein der ganze Standpunkt ist irrig. Die Grundeigenthümer lassen sich nicht für Etwas von den Menschen bezahlen, was sie von Gott unentgeltlich erhalten haben. Unsere Lehre vom Productionsumlaufe und dem sich daran schließenden Consumtionsumlaufe müßte sehr unvollständig gewesen sein, wenn der Leser sich nicht erinnerte, daß es unerschöpfliche und unzerstörbare Naturkräfte gar nicht gibt, daß Production und Umlauf alle Productivkräfte in die manichfaltigsten Verbindungen bringen und ebenso wieder nach den verschiedensten Richtungen auseinander führen, in den Menschen, die Luft, das Wasser, kurz in Alles was ursprüngliche Bodenkräfte an sich ziehen kann, daß also Alles was mittelst Arbeit und Capital in den Boden wieder zurückkehrt, um diesem neuen und stärkeren Ertrag abzugewinnen, die Eigenschaft einer ursprünglichen Naturkraft unwiderruflich verloren hat.

Natürlich darf man nicht so weit gehen, dem Bodencapital alle Eigenthümlichkeit abzusprechen; vielmehr richtet sich die besondere Eigenschaft jeder Capitalart nach der Natur des Geschäfts, worin es angelegt ist. Das Bodencapital, insbesondere das zur Erzeugung von Lebensmitteln bestimmte, ist dadurch ausgezeichnet, daß sein Ertrag ein sehr weit verbreitetes, dringendes, unabweisliches, aber auch, für kürzere Perioden, ziemlich fest begrenztes

Bedürfniß befriedigt. Die Rente ist also, bei nur einigermaßen sorgfältiger Wirthschaft, immer ziemlich sicher, und kann bei plötzlich gesteigertem Bedürfniß zeitweilig hoch steigen, aber auch bei starker Abnahme desselben oder auch bei überreichlichen Ernten um so tiefer fallen. Die Bodenproduction wird daher, auch in ökonomischer Hinsicht, immer schwieriger, je mehr fixes Capital insbesondere sie beschäftigt. Bei den Erzeugnissen der Bodenproduction muß übrigens nach den allgemeinen Grundsätzen der rohe und reine Ertrag unterschieden werden, und der letztere zerfällt, wie sonst überall, in Arbeitslohn und Capitalrente. Die letztere ist der Ertrag des im Grund und Boden steckenden, oder auch bei seiner Bewirthschaftung verwendeten Capitals (Gebäude, Vieh, Geräthe, Saat 2c.) und kann namentlich in der ersteren Bedeutung als Grundrente zum Unterschied von anderen Capitalerträgnissen bezeichnet werden.

Den Einfluß der Verschiedenheit der Lage auf die landwirthschaftliche Rente hat besonders v. Thünen („Isolirter Staat") darzustellen gesucht, indem er um den gemeinsamen Marktort, die Stadt, concentrische Kreise gezogen denkt, in deren jedem, je nach der Entfernung, verschiedener Fruchtbau und verschiedene Wirthschaftsysteme nothwendig werden. Die an sich richtige und an vielen vortrefflichen Ausführungen im Einzelnen reiche, auch mit der geschichtlichen Entwicklung im Ganzen und Großen übereinstimmende Lehre dieses Schriftstellers leidet aber gleichfalls an dem Gebrechen, daß sie auf der Hypothese einer Grundrente im Ricardo'schen Sinne basirt, nach dieser Seite hin also in unrichtige Vorstellungen sich verliert.

Noch ist einer neuerdings von J. v. Liebig aufgestellten Theorie zu erwähnen, daß das gegenwärtig übliche System der rationellen Bewirthschaftung des Bodens ein Raubsystem sei, welches die Productivkraft des Bodens anhaltend schwäche, und daß damit nothwendig eine allmählich eintretende Verminderung des Bodenertrages verbunden sein müsse, weil der Boden fortschreitend weniger Productivkraft zurückempfange, als ihm durch den Anbau und die Ernte entzogen werde. Was man „hohe Cultur," „größere Fruchtbarkeit des Bodens" zu nennen gewohnt sei, das sei nur eine stärkere Ausbeutung der im Boden liegenden be-

grenzten Productivkraft, man gehe damit einer progressiven Entleerung des Bodenreichthums entgegen. Wäre diese Lehre richtig,
dann würde sie offenbar unsere ganze Wirthschaftstheorie umstoßen; nicht Erzielung des größten Reinertrages mit dem geringsten Aufwande, sondern Schmälerung jenes und Erhöhung dieses
wäre die Losung; nicht Ausbeutung, sondern Erhaltung, nicht Beherrschung der Naturkraft, sondern Unterwerfung unter sie die
Folge; nicht die persönliche Freiheit, sondern das blinde Naturgesetz würde Grundprincip der Wirthschaft. Jene Behauptung ist
jedoch nichts weiter als eine einseitige Hervorhebung des Rentengesetzes in Bezug auf die Landwirthschaft, ohne Berücksichtigung des unbegrenzten Einflusses der Gegenwirkungen. Mag sie auch chemisch begründet sein, wirthschaftlich
ist sie es in keiner Weise. Production ist, wie wir sahen, nicht
Erzeugung von Stoff, sondern von Brauchbarkeit, ebendeßhalb
aber auch keine Verminderung von Stoff. Keine irgend denkbare
Bewirthschaftung des Bodens kann Stoffe, welche darin gelegen
sind, vernichten oder dem menschlichen Bereiche entziehen, sondern
sie leitet sie nur in andere Kanäle und zwar immer dahin, wohin
das Bedürfniß sie ruft. Es kann niemals Aufgabe der Landwirthe
sein, immer dasselbe Quantum von Kräften im Boden ungeschmälert zu bewahren, sondern nur soviel, als einerseits das Bedürfniß
der Consumenten und andererseits der jeweilige Stand der Wirthschaftskunst erfordert. Mindert sich jenes nothwendige Quantum,
und dies wird relativ der Fall sein, je mehr die Landwirthschaft
sich verbessert, dann kann der Ueberschuß zu anderen Zwecken unbedenklich verwendet werden, eine Rückleitung in den Boden wäre
offenbar Verschwendung; steigt es, und dies wird absolut der Anwachs der Bevölkerung herbeiführen, dann muß der Mehrbedarf
von den Stellen herbeigeholt werden, wo dies mit dem größten
Erfolge und mit dem geringsten Aufwande geschehen kann, oder
auch die Richtung der Bedürfnisse kann sich ändern, wenn das
Gesetz des jeweiligen durchschnittlichen Reinertrags überschritten
werden müßte. Allerdings ist also größere Fruchtbarkeit nur ein
„Gewinn in der Zeit"; aber auch die durch die Production bewirkte
„Wanderung des Bodens" ist nur eine Entfernung auf Zeit oder
eine Entfernung von Entbehrlichem. Möglichste Steigerung des

Reinertrags mit vereinter Hülfe von Natur und Kunst nach Maßgabe des bestehenden Bedürfnisses ist also unumstößliches Wirthschaftsgesetz, gleichgültig, wie sich dabei die chemischen Zusammensetzungen der Kräfte local und zeitlich gestalten. Raubsystem könnte man nur dasjenige Wirthschaftssystem nennen, welches mehr Kräfte, natürliche oder künstliche, verbraucht, als das Bedürfniß oder die erstiegene Höhe der Wirthschaftskunst erfordern. *) Einem ganzen Volk oder Zeitalter aber kann ein solcher Vorwurf nicht gemacht werden, denn jedes Volk oder Zeitalter kann doch nur auf der Höhe seiner Entwicklung stehen. Alle Fortschritte in den landwirthschaftlichen Systemen vom rohesten Raubbau bis zum Fruchtwechsel und zur Gartenwirthschaft und alle einzelnen Verbesserungen im Betriebe haben aber sicherlich keinen anderen Zweck gehabt, als die durch die jedesmalige Ausbeutung bewirkte Erschöpfung des Bodenreichthums entweder zu ersetzen oder wirkungslos zu machen.

Immerhin aber beweist doch auch diese Theorie, daß die Hypothese einer Grundrente auf Grundlage unzerstörbarer und unerschöpflicher Naturkräfte völlig unhaltbar und mit den neuesten Fortschritten anderer Wissenszweige, wie z. B. der Chemie, durchaus nicht mehr vereinbar ist. Sie zerfällt schon vor dem wohl unwiderleglichen Satze einer „Wanderung des Bodens."

*) In dieser Beziehung wäre allerdings die Frage zu beantworten, ob nicht das gegenwärtige Landwirthschaftssystem die Bodenkräfte, ähnlich wie das Maschinensystem die Kraft der Population, in so starkem Grade verbraucht, daß für die Zukunft ein Mißverhältniß zwischen Ausbeutung und Rückersatz und in Folge dessen Schwäche und Unfähigkeit zu befürchten steht. Ein solcher Vorwurf, wenn er begründet wäre, was von den Technikern zu entscheiden ist, könnte aber nicht gegen die Landwirthschaft, sondern nur gegen die Gesammtheit des Systems erhoben werden, dessen Einwirkungen sich ein einzelner Productionszweig nicht entziehen kann. Denn es wäre ein großer Irrthum, zu glauben, daß der jeweilige Zustand der Landwirthschaft lediglich durch die Fortschritte der landwirthschaftlichen Technik bestimmt werde. So z. B. macht es einen großen Unterschied, ob der Boden hypothekenfähig ist oder nicht und in welchem Grade; ob die Industrie vom Boden vorzugsweise nur Lebensmittel begehrt, oder auch Rohstoffe in großen Massen; ob die Industrie mit Hülfe der Maschinen Naturkräfte in weiten Kreisen ausbeutet und ein unbegrenztes Einkaufs- und Absatzgebiet hat und die Landwirthschaft auf gleiche Richtung hintreibt; ob die Industrie mittelst steigenden Arbeitslohns dem Lande immer mehr Arbeitskraft entzieht, wie die Transportmittel beschaffen sind u. dgl. m.

IV. Vom Unternehmergewinn.

§ 101.

Wesen und Bestandtheile des Gewinnes.

Der Unternehmer hat wesentlich die Aufgabe, die verschiebenen Güterquellen zu einem gemeinsamen productiven Zweck zu vereinigen und die gewonnenen Producte, den Bruttoertrag des Geschäftes, zum Verkauf zu bringen. Dies geschieht auf seine Gefahr, da das ganze Geschäft auf seine Rechnung geführt wird. Wer nur für seine eigenen Bedürfnisse producirt, läuft wenigstens die Gefahr des Mißlingens der Production; ebenso wenn auf Bestellung gearbeitet wird. Dagegen unter der Herrschaft der ausgebildeten Arbeitstheilung ist das Gelingen der Unternehmung wesentlich von der Größe des Absatzes und der Höhe der Preise abhängig.

Der Unternehmer kann zugleich Arbeiter oder Capitalist sein, d. h. er kann seine eigene Arbeitskraft oder sein eigenes Capital in die Unternehmung eingeworfen haben, was, namentlich das erstere, weitaus in den meisten Fällen vorkommt. Welche Arbeit der Unternehmer leistet, körperliche, geistige oder moralische, ist an sich gleichgültig; jedoch werden von ihm vorzugsweise geistige Befähigung, Umsicht, Ausdauer, Gewandtheit in der Berechnung, Muth und Vorsicht verlangt. Was nun der Unternehmer wie ein gewöhnlicher Arbeiter höherer oder niederer Art für sein Geschäft leistet, wird nach den Gesetzen über die Arbeit belohnt. Der Unternehmer bezieht daher wie jeder Arbeiter seinen Lohn, der dieselben Bestandtheile enthalten muß, wie jeder andere; also besonders den vollen Unterhalt für ihn und seine Familie und die Versicherungsquote, ganz besonders aber den freien Lohn; alles dieses nach dem Werth der Leistungen des Unternehmers bemessen. Diesen Grundsätzen unterliegt die Vergütung für alle persönlichen Leistungen des Unternehmers, bei denen er sich in Nichts von einem bloßen Arbeitsgehilfen oder Commis unterscheidet, die er also ohne irgend eine Gefährdung des Erfolges seiner Unternehmung auch

einem salarirten Bediensteten übertragen könnte. Und ferner muß
der Unternehmer für sein Capital die volle Capitalrente beziehen,
die er sich selbst berechnen muß, wie jeder Schuldner seinem Gläubiger. Hierin steckt dann besonders auch die Sicherheitsprämie
gegen Verluste am Stamm oder am Zins.

Was der Unternehmer in dieser Weise aus den Preisen seiner
Producte erhalten muß, unterscheidet sich in Nichts von den Be-
zügen der gewöhnlichen Arbeiter oder Capitalisten; es ist theils
rohes, theils reines Einkommen und es kommen nur die allgemeinen
Gesetze des Arbeitslohns und der Rente in der Person des Unternehmers zur Geltung. Allein damit ist die Stellung desselben
nicht erschöpft. Wie man die Arbeit und das Capital als selbständige Elemente der Gütererzeugung betrachten kann und jedes von
ihnen sein besonderes Einkommen trägt, so ist auch die Unternehmung selbst, als Ganzes betrachtet und vom Unternehmer vertreten,
eine eigenthümliche Gestaltung, eine einheitliche Gesammtkraft im
System der Production, die wegen ihrer besonderen Merkmale
auch nicht ohne besondere Wirkungen bleiben kann. Das Erzeugniß
der Arbeit ist der Arbeitsertrag und verwandelt sich für den Arbeiter in Lohn; das Erzeugniß des Capitals ist der Capitalertrag
und verwandelt sich für den Capitalisten in Rente oder Zins; das
Erzeugniß der Unternehmung ist die vollendete Waare, eine wohl-
berechnete Zusammensetzung von Arbeits- und Capitalnutzung, also
ein selbständiges Product, das in dieser Eigenschaft seinen eigenen
Gesetzen folgt, welche durch das Angebot an die Consumenten in
Vollzug gesetzt werden. Der Ertrag der Unternehmung ist somit
sowohl der Form als der Sache nach wesentlich ein anderer, als
der Ertrag aus Arbeit oder aus Capital, gerade so wie sich die
fertige Waare von dem bloßen Arbeits- oder Capitalproducte unterscheidet. In dieser Beziehung ist die Unternehmung als eine
selbständige, wenngleich combinirte Ertrags- und Einkommensquelle
von den übrigen oder eigentlichen Güterquellen zu unterscheiden
und nur hiedurch erlangt man das volle Verständniß dessen, was
an die Unternehmer als Repräsentanten aller einzelnen Unternehmungen aus dem Gesammtproducte der Nation zu fließen hat.

Jede Unternehmung hat daher neben den in ihr verwendeten
Arbeitskräften und Capitalien ein selbständiges Gebiet productiver

Wirksamkeit und productiven Erfolges und daher auch eine selb=
ständige Stelle im System der Einkommensvertheilung anzu=
sprechen. Ihr Resultat kann aber ein doppeltes sein, ein positives
oder ein negatives, d. h. Gewinn oder Verlust.

Der Gewinn muß sich in jeder Unternehmung finden und
zwar als rohes und reines Einkommen. Seine Grundlage ist das
Risiko der Unternehmung, auf deren Gefahr Arbeit und Capital
zum Productivzweck vereinigt werden. Arbeit und Zins werden nach
festen Sätzen und Durchschnittsberechnungen entrichtet, mag das
Geschäft gut oder schlecht gehen; der Gewinn kann in der Regel
nicht garantirt werden. Die Angst und Sorge hiefür, die Ver=
waltung, Beaufsichtigung und Leitung des Geschäfts bürdet sich
aber der Unternehmer nicht umsonst auf; eine Entschädigung dafür
muß im Verkaufspreis seiner Producte liegen, und zwar als rohes
Einkommen, soweit nur dieses Opfer vergütet wird, weil es offen=
bar Ruhe und Behagen aufzehrt; was darüber hinausgeht, ist
reiner Gewinn*). Dieser reine Gewinn kann hervorgehen aus
besonderen Ereignissen oder Umständen, die entweder die Kosten
der einzelnen Unternehmung gegenüber der Mehrzahl der übrigen
verringern oder eine außerordentliche Preissteigerung bewirken,
z. B. Besitz geheimer Productionsvortheile, besserer Instru=
mente, Vortheile der Lage, der Naturkräfte, wie des Wassers,
der Kohlen, höhere Geschäftsverbindungen, plötzliche hohe Nach=
frage z. B. durch Krieg, Mißernten u. dgl. Da aber die Unter=

---

*) Den rohen Gewinn kann man als eine Art Arbeitslohn auffassen, da
er auf Seiten des Unternehmers geistige und moralische Selbstüberwindung,
auch körperliche Anstrengung voraussetzt, den reinen als eine Art Rente, inso=
fern die Unternehmung in ihrem productiven Bestande wie eine combinirte,
einheitliche Capitalform erscheint. Schon Rau (Lehrb. I. § 239 ff.) unter=
scheidet sehr richtig rohen und reinen Gewerbsverdienst; gegen die Ausschei=
dung des ersteren in Unterhaltsbedarf und Verlustgefahrprämie ist aber zu
erinnern, daß diese, wie auch von Hermann bemerkt, nicht zum persönlichen
Einkommen, sondern in die Rubrik Capitalersatz gehört, jener, wie Rau
selbst zugibt, nicht wesentlich ist, sondern auch an einen bezahlten Gehülfen
übergehen kann. Roscher (I. § 195) will den von ihm sog. „Unternehmer=
lohn" wesentlich auf die Gesetze des Arbeitslohnes zurückführen, allein dies
scheint nur richtig in Bezug auf den rohen Gewinn. Vgl. noch Hermann
(Unters. S. 204 ff.); v. Mangoldt (Unternehmergewinn S. 34 ff.)

nehmer stets auf Bekämpfung solcher Vortheile bei Anderen bedacht
sind, so bildet sich durch ihre Konkurrenz im Allgemeinen ein gewisser
Durchschnittssatz des Gewinnes, der dann auch als nothwendiger
Ertrag der Unternehmung angesehen werden kann, und wer diesen
Durchschnittsgewinnsatz nicht bezieht, ist sogar berechtigt, von Ver=
lust zu sprechen, ähnlich wie der Capitalist, dem seine Rente ganz
oder theilweise nicht eingeht. Daher muß der Unternehmer=
gewinn endlich auch eine Versicherungsprämie enthalten, welche
diesen Durchschnittssatz, auf den nicht immer mit Sicherheit ge=
rechnet werden kann, für längere Zeiträume deckt. Dieser Durch=
schnittssatz kann aber auch, wenigstens zu einem geringen Betrage,
durch Verabredung gesichert werden, z. B. wenn der Staat den
Actionären einer Eisenbahngesellschaft eine gewisse Zinsenhöhe ga=
rantirt.

Der Unternehmergewinn bildet sich im Allgemeinen nach
den gewöhnlichen Gesetzen des Preises. So weit er als Rohers=
trag angesehen werden muß, wird er sich richten nach der Größe
des Opfers, das der Unternehmer behufs Zustandekommens der
Production leistet; also nach der Schwere der von ihm übernom=
menen Sorge, nach der Größe des dem Geschäft anvertrauten Ca=
pitals, nach der Größe der Verlustgefahr bei der Production und
beim Verkauf, nach der Sicherheit und Leichtigkeit des Absatzes,
nach dem Zustande der öffentlichen Verhältnisse, soweit sie eine
wirthschaftliche Bedeutung haben. Der reine Gewinn dagegen
scheint auf den ersten Blick jeder Gesetzmäßigkeit zu entbehren; in
seinem Betrage höchst schwankend und unsicher, in Bezug auf Un=
ternehmer und Unternehmungsarten in steter Wanderung begriffen
und allen Wechselfällen der Gelegenheit unterworfen, ist er weder
genauer Voraussicht noch festen Ergreifens fähig und erscheint
lediglich als eine Frucht glücklich benutzter Verhältnisse. Gleich=
wohl wäre es irrig, ihn als reine Laune des Glücks und des Zu=
falls, etwa wie Lottogewinnste, zu betrachten; er ruht auf einem
selbständigen Principe, dem des Vorwärtsstrebens, des Fort=
schrittes, des allseitigen, rastlosen Bekämpfens des Rentengesetzes,
auf der Aufgabe der Unternehmungen, den natürlichen Preis
(§. 44) im ganzen Systeme der Volkswirthschaft zur reinen und
ununterbrochenen Herrschaft zu bringen. Der reine Gewinn cha=

rakterisirt sich daher gleichfalls als eine Belohnung, als eine Prämie, welche von der Gesellschaft an diejenigen gezahlt wird, welche jener Aufgabe am vollständigsten zu genügen vermögen; und seine Höhe wird in einem bestimmten Verhältniß zu dem Grade stehen, in welchem sie von jedem Unternehmer in jedem einzelnen Falle gelöst wird.

Der Gewinn trägt freilich nicht immer diesen reinen Charakter der Gesetzmäßigkeit und Verhältnißmäßigkeit an sich; er kann auch sein die Wirkung ungünstiger oder gehemmter Entwicklung. So kann er entspringen aus Uebervortheilung, Betrug, schrankenloser Ausbeutung dienstbarer Kräfte, aus ungerechter Begünstigung von Seiten der Staatsgewalt (z. B. veraltetem Zunftwesen), schlechter Besteuerung, kurz aus allen möglichen schlechten Gesetzen und Einrichtungen, welche die gerechte Belohnung wirthschaftlichen Verdienstes hemmen. Hiegegen muß nun einerseits die reinigende Lebenskraft innerhalb jeder Wirthschaft selbst reagiren und die Staatsgewalt muß dazu behülflich sein, indem sie über der erforderlichen Freiheit, Gesetzlichkeit und Zweckmäßigkeit der wirthschaftlichen Entwicklung wacht; andererseits aber kann sich auch in dergleichen Fällen nur das gleichfalls begründete Gesetz des Beharrens geltend machen, welches Einzelnen Prämien zutheilt, um die productive Fähigkeit der Gesammtheit vor maßloser und ungesunder Neuerung zu behüten.

Man sieht, daß der Unternehmergewinn mit den Reproductions- und Consumtionstendenzen des Umlaufes in demselben Zusammenhang steht wie die beiden anderen Einkommenszweige, daß er daher aus dem Systeme der Einkommensvertheilung nicht fehlen darf, wenn nicht der Fortbestand und das glückliche, fortschrittgemäße Gedeihen der Unternehmungen wesentlichen Gefahren ausgesetzt sein soll. Zugleich aber hat er das Eigenthümliche, daß er regelmäßig einen freien Ueberschuß andeutet, d. h. in den weitaus meisten Fällen, wo nämlich der Unternehmer zugleich ausreichenden Lohn oder Rente bezieht, über sein persönliches Bedürfniß hinausgeht und daher entweder zur schnelleren Bereicherung mittelst Capitalisirung oder zur Bestreitung von Luxusausgaben benutzt werden kann. Hieraus erklärt es sich, daß der Gewinn für Unwissende etwas Gehässiges an sich hat und unter allen Einkommens-

zweigen am leichtesten, manchmal sogar mit Recht, Angriffen preisgegeben ist. Im Anschluß hieran ist die in neuester Zeit wichtig
gewordene Frage nach der Vertheilung des Unternehmungsgewinnes zu beantworten. Der Natur der Sache nach kann ihn
nur der Unternehmer beziehen, d. h. derjenige, der Leistungen als
solcher liefert und in dessen Person sich der Bestand der Unternehmung verkörpert, mag dies nun ein Einzelner oder eine Gesellschaft von Mehreren sein, und im letzten Fall können natürlich auch
Arbeiter daran Antheil haben, wenn sie außer ihren mit festem
Lohn bezahlten Diensten sich noch an den Opfern und Aufgaben
der Unternehmerstellung betheiligen. Das Commissionssystem ꝛc.
sind nur erweiterte Anwendungen dieses Princips. Nun wird
hiegegen neuerdings geltend gemacht, daß jede Unternehmung eine
vereinte Frucht von Capital und Arbeit sei, daß daher nicht nur
die Capitalisten, mit welchen man hier kurzweg, aber irrig, die
Unternehmer identificirt, sondern auch die Arbeiter auf den Gewinn
der Unternehmung Anspruch haben. Hieraus ergibt sich die Forderung einer gleichheitlichen Vertheilung des Gewinnes an sämmtliche Mitglieder eines Productivgeschäftes, was bereits in einigen
corporativen Fabrikunternehmungen Englands und Frankreichs
ins Werk gesetzt wurde, indem an sämmtliche Theilnehmer vom
gesammten Gewinn nach Verhältniß der Capitaleinschüsse und
gezahlten Lohnbeträge ein gleicher Betrag abfällt.*) Diese Einrichtung ist nun offenbar gerecht, wenn, wie oben bemerkt, Arbeiter
oder Capitalisten wirklich in der Eigenschaft von Gesellschaftern
die Pflichten und Lasten von Unternehmern auf sich nehmen, und
sie empfiehlt sich in diesem Falle als ein Mittel, um tüchtigen und
strebsamen Arbeitern leichter den Weg zur Selbständigkeit und
Verwerthung ihrer Talente zu bahnen. Abgesehen aber hievon,
gehört sie unter die socialistischen Auskunftsmittel, welche aus der
Ueberzeugung fließen, daß das gegenwärtige Los eines großen
Theiles des Arbeiterstandes gedrückt sei und daß ihm ein reichli-
cheres Einkommen verschafft werden müsse. Es leuchtet nun zunächst ein, daß die Unternehmergewinne, an Hunderte und Tausende von Arbeitern vertheilt, diesen Zweck sehr wenig erreichen

---

*) Vergl. Pfeiffer, Genossenschaftswesen S. 175 ff.

würden. Allein das ganze Princip ist ein ungesundes. Arbeiter und Unternehmer sind nicht blos verschiedene Personen, sie haben auch verschiedene Pflichten und Dienstleistungen; das Gesetz der Einkommensvertheilung mittelst des Umlaufes duldet nicht, daß diese Verschiedenheit ignorirt werde, wenn man nicht den Grundsatz des Eigeninteresses und der Werthvergütung verlassen und den Weg der Geschenke betreten will. Auf den rohen Gewinn haben Arbeiter, welche lediglich angewiesene Werke ausführen, offenbar nicht den Schein eines Anspruches; allein auch vom Reingewinn gilt nichts Anderes. Welches Verdienst haben die Arbeiter daran, wenn ihr Geschäftsherr eine glückliche Speculation durchführt oder mittelst einer neuen Erfindung zu geringeren Kosten als seine Mitbewerber producirt? Der Gewinn gehört dem, der ihn errungen hat und die Gefahr des Mißlingens auf sich nehmen mußte; hört dieser Sporn des Eifers und des rastlosen Vorwärtsstrebens auf, so ist der Fortschritt der Volkswirthschaft selbst gefährdet. Innerhalb des jetzigen Systems läßt sich das Gedeihen einiger auf jene Idee gegründeter Unternehmungen denken, unter dem Einflusse eines gewissen socialistischen Reformeifers in einzelnen uneigennützigen und strebsamen Individuen; allein eine Umwandlung des jetzigen Systems in das neu erstrebte wäre nicht viel weniger als der Anfang jener Umwälzungen, die, unter dem Namen Socialismus oder Communismus zusammengefaßt, der heutigen Welt so beharrlich und immer in neuen Gestalten anempfohlen werden. Erinnern wir uns aber, daß die Leiden der Arbeiter nicht daher rühren, daß sie nicht zugleich Unternehmer sind, sondern daß sie als Schattenseiten des Systems, dem die Gegenwart ergeben ist, ihre eigenen tiefen Ursachen haben, welche durch Anwendung fremdartiger Heilmittel nicht beseitigt werden. (S. Hoffmann Kl. Schriften S. 197.)

§ 102.

Von den Unterschieden des Gewinnes.

Ein hoher Gewinn ist an sich nichts Wünschenswerthes; er schadet sowohl dem Interesse der Consumenten als auch der Producenten. Er vertheuert die Preise und schmälert so das Sach-

einkommen; er bringt einen unruhigen Wage= und Spielgeist in die
Production und gefährdet die ruhige, aber sichere Ausbeutung der
vorhandenen productiven Kräfte*). Gewagte Geschäfte können
großen Gewinn bringen, aber auch großen Verlust; und in der
Regel ist das Gelingen einer solchen Unternehmung durch das
Fehlschlagen vieler anderen erkauft. Eine Vermehrung des Volks=
reichthums selbst liegt daher nicht in ihm. Er reizt zu Specula=
tionswuth und Ueberproduction, fällt daher nur zu häufig in seine
eigenen Schlingen. In der Regel sind große Gewinne in der Ge=
schäftswelt und die dadurch aufgestachelte epidemisch um sich grei=
fende Sucht, schnell und mühelos reich zu werden, die Vorläufer
von Handelscrisen und Creditstockungen; dem scheinbaren Auf=
schwung folgt daher häufig ein verderblicher Rückschlag. Auch
werden übermäßige Gewinne in der Regel verschwenderisch ver=
geudet, und dies bildet einen schlimmen Gegensatz zu der nicht aus=
bleiblichen Verarmung Anderer; dazu kommt noch die auch die
übrigen Classen ansteckende Genußsucht, welche dem sittlichen Geist
der Mäßigung und Selbstbeherrschung tiefe Wunden schlägt.
Auch wächst mit dem Gewinn doch auch die Verantwortung und
Gefahr, er birgt daher häufig nur ein glänzendes Elend.

Ein mäßiger, aber dauernder und sicherer Gewinn ist weit
vorzuziehen. Er vergütet dem Unternehmer gebührend seine Lei=
stung, erhält ihn in fortwährender Vorsicht und Emsigkeit und ge=
währt niedrige Preise. Dies vermehrt das Sacheinkommen aller
Consumenten, befestigt und erweitert die Consumtion, und dies
nützt den Unternehmern weit mehr, als häufige Schwankungen.
Der mäßige Gewinn kann im Ganzen und Großen als wirklicher
Zuwachs zum Volksvermögen betrachtet werden, hoher Gewinn ist
fast immer nur die Folge des Verlustes Anderer. Wie der Ein=

---

*) Von Zeit zu Zeit werden ganze Völker von einer wahrhaft unsinnigen
Wuth ergriffen, ihr Capital in unvernünftigen Projecten zu vergeuden; man
denke an die bekannten Law'schen Bankprojecte unter der Regentschaft in
Frankreich, an die sog. Tulpenmanie in den Niederlanden (1634—38), an den
Südseeschwindel u. dgl. in England (1711), an den schwindelhaften Plan der
Colonisation Dariens durch die Schottländer unter Paterson 1695. (Ma=
caulay, b. Ausg. von Beseler VIII. S. 190 ff. Max Wirth, Geschichte
der Handelscrisen S. 61 ff.)

zelne mit geringem Gewinn zwar vielleicht langsamer, aber um so sicherer reich wird, so auch die ganze Nation; denn die Grundlagen des Reichthums werden nicht untergraben. Auch werden hierbei ungleiche Stöße in der Bevölkerungszunahme am sichersten vermieden, und die Steuerfähigkeit wächst allgemeiner und nachhaltiger; denn außerordentliche Gewinne Einzelner entziehen sich jeder Besteuerung, soweit sie nicht indirect getroffen werden.

Man wird wohl zugeben müssen, daß die großen Gewinne zu=, dagegen die kleinen abnehmen*). Schon wegen der wachsenden Schwierigkeit der Unternehmungen und der Größe des Capitals, das sie erfordern; besonders aber durch die Ausbildung des Fabrik= und Maschinensystems. Ein einziges Fabrikgeschäft leistet jetzt, was sonst hundert Geschäfte erforderte; der Gewinn läuft daher auch in eine einzige Kasse. Höchstens vertheilt er sich unter mehrere Actionäre, die aber doch dem Vorstand des Unternehmens nachstehen müssen. Das Maschinenwesen begünstigt einen fortwährenden Wechsel der Verbesserungen, wovon der erste Gewinn, wegen der Massenproduction, in großen Beträgen dem Unternehmer zufällt; zugleich aber auch eine Erniedrigung der Löhne, schon wegen der beständig drohenden Gefahr neuer Maschinen; man kann sagen, was hiedurch an freiem Lohn den Arbeitern abgeht, fließt dem Unternehmer als Gewinn zu. Allerdings wirkt auch hier die Konkurrenz auf Ausgleichung und Ermäßigung, allein sie hinkt beständig hinterdrein; nicht die Dauer, sondern der erraffte Genuß ist das Wesentliche des großen Gewinnes. Gerade die freieste Konkurrenz ermöglicht die höchsten Gewinne, wegen der unendlich vermehrten Gelegenheit manichfaltiger Speculationen und der durch sie bewirkten Schwankungen in der Wirthschaftsentwicklung; unterstützend wirkt hiebei auch die ungemeine Ausdeh-

---

*) Rau und Roscher sind der Ansicht, daß der Gewinn, ähnlich dem Zins, eine abnehmende Tendenz habe wegen der wachsenden Konkurrenz. Allein nimmt man die Konkurrenz als Befreiung von Productionsschranken, so liegt darin vielmehr, wie oben gezeigt wird, ein Grund des Steigens; als Wettkampf unter mehreren Mitbewerbern kann sie nur Ausgleichung bewirken. Nur in einzelnen Zweigen und vorübergehend, wegen zu starken Angebots, könnte eine Erniedrigung stattfinden, allein gerade die Konkurrenz wird dagegen reagiren.

nung und Verbesserung des Transport= und Communikations=
wesens. Der Credit wächst mit der Größe der Unternehmung
in geometrischem Verhältniß; wieder eine Gewinnquelle, die im=
mer spärlicher fließt, je breiter die Productionsschicht wird. Dazu
kommt noch, daß die großen Unternehmungen sich den Dienst der
besten und befähigsten Leiter verschaffen können, die mit der Ueber=
legenheit ihres Geistes und ihrer Willenskraft wuchern. Gegen
alles dieses vermag die Konkurrenz nur wenig auszurichten, denn
sie erscheint immer erst, wenn die fette Sahne abgeschöpft ist.

Daß diese Umstände auf den Gewinn der kleinen Unterneh=
mungen drücken müssen, ist von selbst ersichtlich. Das Handwerk,
der landwirthschaftliche Kleinbetrieb, die große Masse der mittel=
mäßigen Geistesarbeiter kommt nicht recht mit fort, sehr häufig
nur mit Kummer und Hunger. Daher ist die Zeit eines plötzli=
chen Aufschwungs der Industrie durch die Großen auch in der
Regel die einer Bedrückung der Kleinen. Während von den
Großen der strahlende Schein des Reichthums über die Nation
ausgeht, werden von der anderen Seite die Klagen über wachsende
Verarmung und Nahrungslosigkeit immer häufiger. Und gerade
hier drückt die Konkurrenz um so lästiger, je weniger ihr die Ueber=
legenheit des Capitals und des Speculationsgeistes vorauseilen
kann. Daher klammert man sich ängstlich an Privilegien, Zunft=
gesetze u. dgl.; zieht jeden Gewerbsübergriff vor Gericht. Aber
das Uebel liegt nicht in der Konkurrenz, sondern in dem Voran=
eilen der Großen und dem Zurückbleiben der Kleinen. Gerade
die Konkurrenz muß in diesem Stadium helfen, um den Betriebs=
eifer zu beleben und die Productionsgebiete nach den neuen Zu=
ständen auszuscheiden. Der goldene Boden des Handwerks findet
sich nur noch da, wo Fabriken nicht konkurriren können; innerhalb
dieses Gebietes schwindet er aber nur unter den Füßen untüchtiger
Unternehmer.

Der reine Gewinn ist nicht immer, wie der rohe, ein noth=
wendiger Bestandtheil des Preises, sondern eine Folge der Un=
gleichheit der bestehenden Productionsverhältnisse und der Mög=
lichkeit des Fortschrittes; in einem völlig stationären Zustande
kann er daher ganz verschwinden. Dies trifft auch bei stillestehen=
den Gewerbszweigen mehr oder minder zu. Er bewirkt sogar

mittelbar eine Erniedrigung der Preise, weil Jeder nach gleichen oder anderen Productionsvortheilen strebt. Gleichwohl vertheuert ein hoher reiner Gewinn die Production im Ganzen, weil viel Arbeit und Capital in mißlungenen Unternehmungen vergeudet werden muß. Dieser Verlust müßte sich als sehr beträchtlich herausstellen, wenn man ihn berechnen könnte. Wenn eine Million Handwerker, wegen neuer Erfindungen in der Maschinenindustrie, täglich nur eine Stunde weniger arbeitet, so macht das auf einen Monat schon 30 Millionen Arbeitsstunden, ganz ungerechnet das Capital, welches hiebei brach liegen muß. Wenn eine Primadonna jährlich 50,000 Thaler bezieht, so schmachten dafür hundert andere verkannte Talente in Dürftigkeit oder ihr Talent geht wegen herrschenden Vorurtheils der Nation verloren. Wenn eine Berühmtheit den Glanz ihres Namens ausbeutet, so verkümmern dabei Andere, die sie nicht aufkommen läßt; und wieviel ist dabei auf Rechnung der Reclame, des Vorurtheils, der Unwissenheit zu setzen! Wie oft sind die großen Gewinne nur ein Armuthszeugniß für das konkurrirende oder consumirende Publikum!

Wenn übrigens auch dem kleinen Gewinn die nüchterne Betrachtung den Vorzug gibt, darf doch der große im ganzen System der Gütererzeugung nicht fehlen. Er ist der wirksamste Sporn zur Anspannung und Zeitigung aller Fähigkeiten, zur Sammlung aller Capitalien, zur Ergreifung aller möglichen Fortschritte. Aus ihm können auch am leichtesten die Mittel zur Capitalisirung geschöpft werden; auch zur Pflege der Wissenschaften und Künste, was freilich, wie z. B. in Amerika, wo man Bibliotheken ankauft, aber nicht liest, häufig nur Schein ist. Auch verhütet er, daß sich die Mittelmäßigkeit breit macht und die Nation in Stillstand geräth. Am wohlthätigsten ist ein verhältnißmäßiges Nebeneinanderstehen der großen und kleinen Gewinne, mit vorherrschendem Ueberwiegen der letzteren.

In gewissem Sinne sind auch die Arbeiter und Capitalisten Unternehmer, und zwar um so mehr, je weniger fest ihre Bezüge von Lohn und Rente verabredet sind. So der Arbeiter durch das Commissionssystem oder den Stücklohn, der Capitalist durch Actienzeichnung oder stille Gesellschaftsverbindung. Dann sind natürlich die bisher betrachteten Grundsätze auch auf sie anwendbar.

Wo ihnen dagegen das Gelingen der Unternehmung gleichgültig sein kann, haben sie nur Anspruch auf die gewöhnliche Verlustprämie. Allein ein wirklicher Gewinn kann sich auch dann für sie ergeben, nämlich durch günstige Preisschwankungen; aber auch ebenso ein Verlust, für Capitalisten insbesondere durch den Ankauf von Creditpapieren. Dies ist aber nie ein reiner Gewinn für die Nation; denn was in Folge der Schwankungen des Börsenmarktes die Einen gewinnen, das verlieren die Anderen.

§ 103.

Vom Verlust.

Unter Verlust ist hier nicht jede beliebige Einbuße oder Beschädigung an Vermögen oder Interessen zu verstehen, wie sie Jemanden aus den verschiedensten Anlässen im täglichen Leben treffen kann und hauptsächlich durch Justiz, Polizei und eigene Wachsamkeit (Versicherung) eines Jeden in seinem Lebenskreise verhütet werden muß, sondern der directe Gegensatz des Gewinnes oder, wie oben bemerkt, das negative Ergebniß der Unternehmung, und zwar in einem doppelten Sinne; nämlich einmal so, daß die Unternehmung ihren Reproductions= und Consumtionszweck nicht erreichte, also rohen oder reinen Gewinn entweder gar nicht oder doch nicht in ihrem durchschnittlichen Betrage eintrug, vielleicht nicht einmal den vollen Reproductivbestand (Kostenauslage) aus dem Umlaufe zurückbrachte; und dann so, daß der Verlust im Widerspruch steht mit dem Wesen jeder Unternehmung und daher ihre Existenz selbst sofort aufhebt oder gefährdet. Der Verlust ist daher Strafe und Kennzeichen mangelnder Productivität, und es ist klar, daß alle wirthschaftlichen Tendenzen dagegen reagiren müssen, um solchen Mißton aus dem System der Wirthschaft zu entfernen.

Der Verlust zeigt immer an, daß sich einzelne Unternehmungen oder ganze Productionszweige, die davon betroffen werden, nicht im Einklang befinden mit dem jeweiligen Stande der Productivität, sei es weil der richtige Gebrauchswerth nicht getroffen oder mit zu großen Kosten oder zu viel producirt wird, oder weil Bedürfniß

und Verkehr eine andere Richtung nehmen und manche Unter=
nehmer der neuen Wendung nicht rasch und zweckmäßig genug
nachfolgen, oder weil durch irgend welchen Grund (Besteuerung,
Zollverträge) ein Uebergewicht Anderer entsteht, welches bestehende
Unternehmungen in Verfall bringt*), oder weil Kriege, Unruhen
ein Aufhören der Nachfrage, eine Schmälerung des erforderlichen
Bedarfes an Productivkräften, Zerstörung, Unsicherheit herbei=
führen u. dgl. m. Der Verlust ist daher nicht immer selbstver=
schuldet. Wo er aus regelmäßig eintretenden Ursachen herrührt
und durch eigene Thätigkeit der Unternehmer nicht leicht zu ver=
hüten ist, kann durch den Versicherungscredit entgegengekämpft
werden; wo dies nicht angeht, muß das Uebel durch Verän=
derungen im Unternehmungsbetrieb selbst bekämpft werden, durch
Wechsel in der Person der Unternehmer, durch Vermehrung der
Productivität mittelst Aenderung der Betriebsweise, durch Aus=
dehnung oder Einschränkung der Production je nach den Umständen,
durch Verminderung der Kosten, Erhöhung des Gebrauchswerthes,
Erweiterung oder Aenderung des Absatzgebietes u. s. w. Immer
muß natürlich der Verlust durch Beseitigung seiner Ursachen be=
kämpft werden oder, wenn bies nicht möglich, durch möglichste An=
bequemung der Productionsverhältnisse an den neuen Stand
der Dinge. Es ist einleuchtend, daß so der Verlust, und
darin liegt seine höhere Bedeutung, als Regulator der Pro=
ductivität auftritt und der Gesammtheit die beständige und rastlose
Erstrebung des natürlichen Preises und der besten Befriedigung
der Bedürfnisse verbürgt. Denn wo Einsicht und guter Wille
nicht ausreichen, da stellt sich der Verlust als warnendes Merk=
zeichen ein, daß der rechte Weg nicht eingeschlagen wurde. Man
könnte hieraus eine Rechtfertigung des weitesten laissez faire ab=

---

*) So wurde z. B. durch die Verträge Englands mit Brasilien von 1810
und 1812, durch welche den Engländern die Waareneinfuhr zu einem that=
sächlichen Zolle von 10 % eingeräumt ward, während die Portugiesen selbst
16 % zahlen mußten, der portugiesische Handel mit Brasilien dermaßen ge=
drückt, daß die Einfuhr aus Brasilien nach Portugal von 353 auf 180 Mill.,
die Ausfuhr von da nach dorthin von 299 auf 159 Mill., der portugiesische
Schiffsverkehr in Rio von 810 auf 200 Schiffe sank. Gervinus, Gesch. d.
19. Jahrh. IV. S. 428.

leiten und den Grundsatz aufstellen, daß es am besten sei, die Producenten sich selbst zu überlassen, weil sie bei freier Konkurrenz durch
die stets drohende Gefahr des Verlustes in der natürlichsten Weise
der vortheilhaftesten Ausbeutung der Productivkräfte zugedrängt
würden und Unfälle sich Jeder dann nur selbst zur Last zu legen
hätte. Dies ist auch in gewissem Grade ganz richtig. Die Fürsorge und Wachsamkeit der Regierung kann niemals die der Einzelnen ersetzen, übermäßige Beaufsichtigung, Bevormundung und
Gängelung des Wirthschaftslebens schwächt und lähmt immer
mehr, als sie nützt, und unter solcher Herrschaft verkümmern die
Productivkräfte, die sich nicht frei bewegen können. Vielregiererei,
bureaukratische Allwissenheit und kleinliche Einmischung können,
wie die Geschichte in so vielen Beispielen, auch auf deutschem Gebiet, gelehrt hat, den Aufschwung und den Fortschritt der Volkswirthschaft in der empfindlichsten Weise beeinträchtigen. Allein
andererseits hat doch das Interesse der Einzelnen, sich vor Verlust
zu behüten, nur insoweit Bedeutung, als die Kraft der Selbsthülfe
reicht; wo die Einzelnen nicht stark genug sind, wo es sich um Versöhnung der Einzelinteressen, um Herstellung des nothwendigen
Gleichgewichts, um Leitung und Erweckung der Productivkräfte
vom allgemeinen Gesichtspunkt, um Zusammenfassung und Gestaltung der nationalen Productivgewalt, kurz wo es sich um Aufstellung von Schranken und Zielpunkten zu Gunsten des Gesammt-
bedürfnisses handelt, da kann auch der Staatsgewalt die Ausübung
ihrer Pflicht, über den einseitigen Tendenzen der Einzelinteressen
zu stehen, nicht verwehrt werden.

Obwohl der Verlust nicht im Wesen der einzelnen Unternehmung liegt, also auch bei vielen gänzlich ausbleiben kann und
ausbleibt, so darf er doch nicht wie etwas rein Zufälliges aufgefaßt
werden. Der Verlust ist eine wirthschaftliche Krankheit, welche,
wie Erkrankungen, Seuchen und Unglücksfälle im physischen Leben,
in längeren Perioden mit einer gewissen Regelmäßigkeit auftritt
und hierin von gewissen Gesetzen beherrscht wird. Dies ist leicht
daraus zu erklären, daß in einer großen Masse von Producenten
sich immer eine gewisse Anzahl von solchen findet, denen die erforderliche Geschicklichkeit, Kenntniß und Umsicht abgeht, sowie
daß im Verlaufe der wirthschaftlichen Entwicklung sich nothwendig

Ereignisse und Zustände einstellen müssen, welche dem Streben nach möglichster Productivität Eintrag thun. Ja, wie das physische Leben schließlich unfehlbar der Schwäche und zuletzt der Auflösung durch den Tod verfällt, so läßt sich dies auch von ganzen Wirthschaftsstadien beobachten, die nach einer längeren oder kürzeren Periode des Wachsthums und Gedeihens endlich in Hinfälligkeit und Lähmung ausarten. Hiermit ist dann regelmäßig, wenn sich aus dem abgelebten Wirthschaftskörper neue Lebenskraft erhebt, der Anstoß zu neuer und höherer Entwicklung gegeben.

Ueber die Regelmäßigkeit der Verlusterscheinungen sind, soweit das Versicherungswesen hier einschlägt, schon eingehende statistische Untersuchungen gepflogen worden*); in dieser Beziehung, als wichtig für die Sicherung des productiven Bestandes der Unternehmungen, sind besonders hervorzuheben die Feuer=, See= und Transport=, Hagel=, Credit=, Hypothekenversicherungen, ferner die sogen. Rückversicherung, eine Bürgschaftsanstalt für die Sicherheit der Versicherungsgeschäfte selbst. Weniger erforscht sind die Mißerfolge der Unternehmungen als solcher, eine Mangelhaftigkeit der Statistik, die sich aus der Schwierigkeit der vollständigen Beobachtung der tausendfältigen Vorkommnisse im Wirthschaftsleben, welche noch dazu häufig gar nicht an die Oberfläche treten, erklärt. Doch lassen sich auch hier die wichtigeren und augenfälligeren Erscheinungen mit ziemlicher Genauigkeit verfolgen. So vor Allem, wenn eine Unternehmung in einen solchen Zustand negativen Erfolgs gerathen ist, daß sie der Gant oder dem Konkurs, d. h. der völligen Auflösung und Vertheilung ihrer Kräfte an andere Unternehmungen verfällt. Es gab z. B. Konkurse und Debitverfahren (Hübner, Jahrb. 1861.)

in	1852	1853	1854	1855	1856	1857	1858	1859
Kurhessen	134	100	96	124	96	97	94	81
Würtemberg	?	8813	?	?	?	2007	1009	824
Oestreich	?	?	?	?	4629	4996	5620	4832

In den beiden zuerst angeführten Ländern macht sich eine ziemlich stetige Abnahme bemerkbar, besonders auffallend in Würtemberg; dies wird noch deutlicher, wenn man obige Zahlen mit der

---

*) Vgl. z. B. Hübner, Jahrb. 1859, S. 150 ff.

Bevölkerungsziffer vergleicht. Hiernach kam in Kurhessen ein Konkurs in jener Reihe von Jahren auf 5670, 7553, 7568, 5939, 7671, 7592, 7731, 8972 Personen. Weit ungünstiger ist das Verhältniß hiegegen in Würtemberg; selbst wenn man von dem Ausnahmsjahre 1853, in welchem unter 204 Personen Eine in Konkurs gerieth, ganz absieht, so kam ein Konkurs 1857 auf 842, 1858 auf 1675, 1859 auf 2064 Personen. Ohne Zweifel hat hieran die starke Bodenzersplitterung in Würtemberg großen Antheil. Günstig im Ganzen steht auch Oestreich; nämlich ein Konkurs auf resp. 8156, 7557, 6732, 7813 Bewohner. Die relative Zunahme bis auf das letzte Jahr ist offenbar auf Rechnung seiner damaligen Kriegsnöthen und unsicheren politischen Verhältnisse zu schreiben.

Ohne Zweifel müssen solche Verluste um so häufiger und stärker eintreten, je ungünstiger im Allgemeinen oder in Bezug auf besondere Productionszweige die Wirthschaftsentwicklung sich gestaltet, je lebhafter, beweglicher die Konkurrenz, je mehr der Credit angespannt wird, je gewagter die Geschäfte betrieben werden, je größer und weniger sicher beherrschbar das Gebiet der Wirthschaft selbst ist. In dieser Beziehung waltet zwischen den drei Hauptproductionszweigen große Verschiedenheit ob, wie aus folgender, nach dem Journal of the statist. society of London zusammengestellter Tabelle über die Gantfälle in England und Wales zu ersehen ist. Hiernach kamen Konkurse in England und Wales

auf	1838	1839	1841	1842	1843	Summe
Ackerbau u. verw. Gew.	88	105	123	162	102	580
Manuf.-Industrie	187	223	316	321	229	1276
Handel u. verw. Gewerbe	568	755	915	790	621	3649

Es steht also der Ackerbau günstiger als die Manufacturindustrie, diese wiederum günstiger als der Handel, was nach den vorigen Bemerkungen als ein sehr natürliches Ergebniß erscheint; eine weitere Gesetzmäßigkeit zeigt sich auch noch darin, daß die Zunahme oder Abnahme so ziemlich gleichmäßig in den verschiedenen Zweigen eintritt, ein Beweis, wie sehr sie unter einander zusammenhängen und von gleichen Gesammturfachen beherrscht werden müssen.*)

*) Eine fortlaufende genaue Statistik über diese Verhältnisse, die noch nicht existirt, mir jedenfalls nicht bekannt ist, wäre höchst wünschenswerth und dürfte zu sehr lehrreichen Aufschlüssen führen.

Weit schwerer und gefährlicher sind diejenigen Verlustepochen, welche viele Unternehmungen gemeinschaftlich und gleichzeitig ergreifen und in ihnen einen zerrüttenden Umsturz der Wirthschaftsverhältnisse bewirken können. Sie characterisiren sich dadurch, daß ganze Productionsgebiete in Bezug auf Productionsmittel oder auf die Nachfrage in Verwirrung gerathen und entweder die bisherigen Bedingungen ihres Gedeihens gänzlich verlieren oder doch nur mit äußerster Kraftanstrengung wieder auf die Bahn des Erfolges gebracht werden können. Die Ursachen solcher Erschütterungen sind von der manichfaltigsten Art: Kriege, Blokaden, Revolutionen, anhaltender Mißwachs oder dauernder Ueberfluß an Bodenproducten*), Seuchen, plötzliche und tiefgreifende Aenderungen in der Gesetzgebung, z. B. Aufhebung der Leibeigenschaft, der Sclaverei, der Bodenlasten, oder in den Zolltarifen. Die Geschichte ist reich an den schlagendsten Beispielen; wir erinnern nur an die verheerenden Folgen des dreißigjährigen, des siebenjährigen Krieges, der französischen Revolution**), des amerikanischen Bürgerkrieges***) u. s. w. Es ist klar, daß so heftige und eingreifende Erschütterungen wegen des organischen Zusammenhanges aller Unternehmungen unter einander sich auf alle übrigen erstrecken und den ganzen Wirthschaftskörper in Mitleidenschaft ziehen müssen, der dann wie von einer hitzigen und ansteckenden Krankheit heimgesucht erscheint. Besonders merkwürdig und vor-

---

*) Landgüter, für welche 1817 in Preußen 150—180,000 Thlr. bezahlt wurden, sind 1825 für 30—40,000 Thlr. verkauft worden. In den holsteinischen und hannoverischen Marschen sanken die Preise der Güter in derselben Periode um 50 Proc. M. Wirth, Gesch. der Handelscrisen S. 462.

**) Sehr anschaulich geschildert in v. Sybel Gesch. der Revol.-Zeit.

***) Die hierdurch bewirkte bedeutende Verminderung des Baumwollenbezugs wird wohl für immer dem ungeheuren Aufschwung dieser Industrie in Europa beträchtliche Schranken gelegt haben, was für einen Bezirk wie die englische Grafschaft Lancashire, wo dieselbe eine so überaus künstliche Höhe erreichte, von den empfindlichsten Störungen begleitet sein mußte. Nachdem sich herausstellt, daß die Herrlichkeit dieses Geschäftszweigs wenigstens auf längere Zeit dahin ist und die hierdurch überflüssig gewordene Arbeiterbevölkerung natürlich nicht ins Unbestimmte durch ungeheure Almosen gefristet werden kann, weiß die „Times" für dieselbe keinen anderen, als den ziemlich cynischen Rath, sich vom englischen Boden zu entfernen, „weil England sie nicht mehr nöthig habe."

wiegend krankhafte Erscheinungen des modernen Wirthschafts=
system sind die sogenannten Handelskrisen, welche auf einer über=
mäßigen Anspannung der Productivmittel, besonders des Credits
beruhen und daher am häufigsten als Störungen des Creditwesens,
Creditkrisen, sich darstellen. Ihre Ursache liegt nicht immer in
Ueberproduction, d. h. in gesteigertem Mißverhältniß zwischen An=
gebot und Bedarf und in Folge dessen Entwerthung und Absatz=
losigkeit der bis ins Unmaß aufgehäuften Waaren, sondern auch in
übertriebenen Gewinnspeculationen in der Aussicht auf außer=
ordentlich hohe Preise, durch welche die Kaufleute, sich gegenseitig
mit thörichten Erwartungen bis zur Kopflosigkeit ansteckend und
überbietend, zu ausschweifenden Unternehmungen verleitet werden,
deren Kostspieligkeit (z. B. hoher Wechselcours, hohe Transport= und
Versicherungsspesen, Rohstoffvertheuerung ꝛc.) mit der Zahlungs=
fähigkeit der Käufer nicht mehr harmonirt. Die hieraus ent=
springenden Verluste sind dann eine gerechte Strafe der durch den
Wage= und Spielgeist krankhaft gesteigerten Reichthumsjagd.
(§. 102.)*)

Endlich sind noch diejenigen Verlustperioden zu beachten, die
nicht in einer Zerstörung oder Ueberspannung, sondern in einer
Erlahmung und Versiegung der Productivität ihren Grund haben.
Sie treten zunächst regelmäßig ein in Zeiten, in welchen neue Ge=
biete des Fortschritts erobert werden, durch welche zwar die Pro=
ductivität im Ganzen sich hebt, aber diejenigen, welche sich nicht
mit aufzuschwingen vermögen, der Schwäche und Hinfälligkeit an=
heimfallen. Die hauptsächlichsten Ursachen hiervon sind Aende=
rungen in den Bezugs= und Absatzwegen, Umwälzungen in den
Mitteln und Richtungen des Verkehrs und Transportes**), Wechsel

---

*) Vgl. besonders das angef. Werk von Max Wirth, Gesch. der Han=
delskrisen. Ueber die Krise von 1857 Michaelis, in Pickford's Monatsschrift,
Bd. 1 und 2.

**) So ward die Handelsblüthe der italienischen Städterepubliken haupt=
sächlich durch die Auffindung des ostindischen Seeweges, die des Hansabundes
durch seine Uneinigkeit nnd die Kraftlosigkeit der deutschen Reichsgewalt gegen=
über der thatkräftigen centralisirenden königlichen Gewalt in England und
den scandinavischen Reichen vernichtet. — Die Eisenbahnen und die Dampf=
schifffahrt haben dem Großbetrieb einen weiten Vorsprung vor dem Klein=

der Mode und des Geschmacks, Umwandlung der Productions=
weise durch neue Erfindungen. In letzter Hinsicht ist besonders
anzuführen die Bedrückung des Handwerks durch die Maschinen,
überhaupt die Ueberlegenheit des Großbetriebes über den Klein=
betrieb, sowohl im Allgemeinen, als in besonderen Zweigen, wie
z. B. die deutsche Leineninduftrie durch die Einführung der Ma=
schinen so empfindliche Schläge erlitt. Hier kommt es vor Allem
darauf an, dasjenige, was noch lebensfähig ist, durch thatkräftige
und besonnene Anwendung der neuen Hülfsmittel einer erneuerten
Blüthe entgegen zu führen, was sowohl nach wirthschaftlichen als
technischen Regeln zu geschehen hat; das unrettbar Verlorene
ist muthig preiszugeben und nicht, wie man so häufig versucht, mit
künstlichen Mitteln in einem künstlichen Scheinleben zu erhalten.
Solche Hinfälligkeit kann sich aber auch da einstellen, wo über=
haupt die Tendenz des Fortschrittes vernachläſſigt und nach ver=
altetem System geist= und kraftlos fortgewirthschaftet, vielleicht
sogar dem Eindringen neuen Geistes und frischer Thatkraft in
thörichtem Dünkel, eigennützigem Sondergeist oder falscher Be=
gnügsamkeit der Weg gesperrt wird. Ein solches System ver=
säumt offenbar seine Aufgabe, denn jede Wirthschaft hat in sich die
Tendenz des Fortschritts und der Ausdehnung, und verkennt, daß
die Mißachtung dieser Tendenz nothwendig auch die Kraft der Er=
haltung untergräbt. Aus dem stationären Zustand wird daher
regelmäßig ein unvermerkt und unaufhaltsam vor sich gehender Rück=
gang und Verarmung und Schwäche sind die unausbleibliche Strafe
eines verfehlten, mühsam und fruchtlos dahingeschleppten Daseins.

V. Vom Zusammenwirken der Einkommenszweige.
§ 104.
Von dem gegenseitigen Einflusse der Vermehrung der Einkommenszweige.

Das gesammte Einkommen, dessen einzelne Zweige nunmehr
dargestellt sind, hat zwei wesentliche Aufgaben zu erfüllen: es liefert

betrieb gegeben. — Für die neueste Zeit lassen sich von der Vollendung des
Suezkanals bedeutende Veränderungen in der Ausbeutung der Verkehrslinien
erwarten, welche, wenn energisch benützt, besonders dem Süden und der Mitte
Europas zu Gute kommen müssen.

durch seine Verwendung 1) die Mittel zur Verzehrung und 2) zur fortlaufenden Wiedererzeugung (Reproduction). Beide Aufgaben stehen sich nicht getrennt gegenüber, sondern erfüllen und durchdringen sich fast immer gleichzeitig und gegenseitig, allein sie müssen in der Theorie scharf aus einander gehalten werden, weil die Bedeutung ihres Wesens für die Volkswirthschaft selbst eine gänzlich verschiedene und von verschiedenen Gesetzen begleitet ist. So dient, was der Arbeiter mit seiner Familie verzehrt, zum größten Theile zur Wiedererzeugung, und zwar nicht blos sein angemessener oder standesmäßiger Unterhalt, ohne den er gar nicht fortarbeiten könnte, sondern auch sein freier Lohn, dessen Einfluß auf den Arbeitseifer bereits hervorgehoben ist. Auch der Reinertrag, nicht blos der Rohertrag des Capitals und ebenso der Gewinn haben diese Bedeutung; denn wirft ein Capital nicht mindestens die übliche Rente, eine Unternehmung nicht mindestens den durchschnittlichen Gewinnsatz ab, so ist dies ein genügender Grund, das Capital herauszuziehen, die Unternehmung aufzugeben oder zu beschränken, und die Reproduction ist gestört. Der Fortbestand des üblichen Lohnes, Rentensatzes und Gewinnes ist daher wesentliche Bedingung der Reproduction, wo diese im Interesse der Consumenten liegt; ändern diese ihre Nachfrage, so muß wenigstens die neue Production diese Bedingung erfüllen. Zwar dem einzelnen Arbeiter, Capitalisten oder Unternehmer ist der Fortbestand der Production an sich gleichgültig; sie wollen Lohn, Rente und Gewinn nicht im Interesse des Ganzen, sondern in ihrem eigenen Interesse, d. h. dem der Verzehrung, durch welche sie ihre Bedürfnisse der Nothwendigkeit und des Vergnügens befriedigen. Aber dieser Genuß darf hinter dem Opfer, das sie behufs der Production bringen, nicht zurückbleiben, sonst wäre ihre Verzehrung eine allmähliche Erschöpfung; ihr eigenes Interesse zwingt sie also, auf fortwährende Reproduction bedacht zu sein, und damit genügen sie zugleich dem Interesse des Ganzen.

Die Vermehrung des Verzehrungsgenusses nun, nach der Jeder strebt, kann im Allgemeinen auf zwei Wegen erfolgen: 1) durch Erhöhung des Einkommens überhaupt, 2) durch Verminderung der Reproductivausgaben. Die letztere kann erfolgen durch Aufsuchen der wohlfeilsten Mittel für den angemessenen und standesmäßigen Unterhalt, durch Ordnung und Sparsamkeit im Haushalt, worauf die weiblichen Glieder der Familie den meisten Einfluß haben, durch gemeinsames Tragen der Versicherungskosten, durch Benutzung des Credits, wodurch insbesondere die Kosten des Umlaufes, große Kassabestände, größere Consumvorräthe u. dgl. vermindert werden, durch Enthaltsamkeit in der Ehe, Verhütung von Krankheiten und Unglücksfällen mittelst Mäßigkeit und Besonnenheit, durch Verminderung der Generalkosten im Wirthschaftsleben, kurz durch alle Mittel, welche die an sich unfruchtbaren Verzehrungsausgaben beschränken und dadurch das freie Einkommen vergrößern. (Consumvereine.)

So lange nur Einzelne in dieser Weise ihr Sacheinkommen auszubeuten bestrebt sind, müssen ihnen die Vortheile hievon ganz zufallen; erstreckt sich aber die Verminderung der Reproductivausgaben über ganze Kreise, so wird dadurch eine Verminderung der marktmäßigen Productionskosten bewirkt, deren Vortheile sodann allen Consumenten zu Gute kommen. Das Einkommen der Producenten, Arbeiter und Capitalisten (auch der Unternehmer), braucht sich dabei an und für sich nicht zu vermindern, auch wenn das Geldeinkommen sänke, denn dieses kann nur in demselben Verhältniß geschehen, als ihnen zugleich unfruchtbare Reproductivausgaben abgenommen sind; allein ihr Sacheinkommen steigt dabei doch nur in dem Maße, als sie selbst sich an der Consumtion der wohlfeiler gewordenen Producte betheiligen. Würde also z. B. in Folge einer Verwohlfeilerung des Getreides der Geldlohn der Arbeit sinken, so würde dieselbe Getreidenahrung wie früher von den Arbeitern genossen, nur mit weniger Geldmitteln, aber alle Waaren, welche durch Anwendung von Getreide, entweder unmittelbar z. B. bei der Branntwein-, Stärkebereitung, oder mittelbar durch Ernährung der Arbeiter producirt werden, müßten im Werthe sinken, und hievon hätten alle diejenigen Vortheil, welche solche Waaren consumiren. Das Sacheinkommen kann jedoch auch wirklich sinken, wenn z. B. die Leistungen der Arbeiter von der Art sind, daß sie sich mit jedem Unterhalt, gleichviel welchem, begnügen oder begnügen müssen; die Einführung der Kartoffelnahrung vermindert so den Unterhalt aller Arbeiter, deren Leistungen mit Getreide oder Fleisch zu theuer bezahlt wären, und dies wird der Fall sein, entweder wenn das Getreide oder Fleisch wirklich im Werth gestiegen oder die Arbeitstüchtigkeit solcher Arbeiter gesunken ist. Für das Ganze sind solche Ersparungen in der Reproduction von Nutzen, weil die Productivkräfte und folglich auch die Producte dadurch wohlfeiler werden; für schlechte Arbeiter dagegen, besonders wenn sie nur rohe, einseitige Körperkraft liefern, liegt darin immer eine zwar nicht unverdiente, aber doch im Allgemeinen beklagenswerthe Verminderung des Lebensgenusses, die für sie um so fühlbarer wirkt, als bei niedrigem Stande der Lebensweise eine Ersparung an Reproductivausgaben verhältnißmäßig immer weniger möglich ist. Eine Verbesserung solcher Classen ist dann durch eine wirkliche Vermehrung ihres Einkommens bedingt.

Auch die Rente wird durch allgemeine Verminderung der Reproductivausgaben (Kosten-, Versicherungsprämie) zwar erniedrigt werden, aber das reale Einkommen der Capitalisten wird dadurch nicht beeinträchtigt, der Vortheil der wohlfeileren Production im Ganzen aber kommt dann auch ihnen als Zuschuß zum Sacheinkommen zu Statten. Dagegen bleibt die Rente durch wohlfeilere Productivmittel von Seiten der Arbeit unberührt, weil der Unterhalt der Capitalisten für die Production selbst keinen Einfluß hat. Höchstens kann sie sinken, wenn durch solche Ersparungen die Ertragsfähigkeit im Ganzen gesteigert wird; daß darin aber kein Nachtheil für die Capitalisten liegt, haben wir früher gesehen. Dieselben Grundsätze lassen sich analog auch auf den Gewinn anwenden.

Es bleibt nun noch zu untersuchen, in wiefern eine wirkliche Erhöhung des Einkommens die Verzehrungsgenüsse der Arbeiter und Capitalisten — wobei wir immer die Unternehmer miteinschließen, da ihr Einkommen von der Wirkung der allgemeinen Gesetze nicht ausgeschlossen ist — erhöht. Diese Erhöhung könnte nur versucht werden durch Vermehrung der Arbeitsleistungen oder durch Vermehrung der Capitalien oder Erhöhung ihres Ertrags. Hiebei muß nun vor Allem darauf hingewiesen werden, daß weder Arbeiten noch Renten getrennt ausgeboten werden können, denn in jeder Waare steckt immer zugleich Arbeit und Capitalnutzung. Allein eben der Umlauf führt jedem Arbeiter, im Ganzen und Großen, den Werth seiner Arbeit, und jedem Capitalisten den Werth seiner

Rente zu und Jeder kann nur sein Einkommen verzehren, in welche Waaren er es auch durch den Tausch verwandelt haben mag. Wenn daher die Arbeiter in den Gegenständen ihres Consums neben Arbeitsleistungen immer zugleich auch Capitalnutzungen verzehren, so mußten sie dafür einen dem Werth dieser Nutzungen entsprechenden Arbeitswerth an die Capitalisten ablassen; daraus geht schon hervor, daß dasselbe umgekehrt auch von den Capitalisten geschehen muß.

Wenn nun nur einzelne Arbeiter ihre Leistungen der Menge oder der Güte nach, mittelst längerer oder besserer Arbeit, vermehren und nur einzelne Capitalisten ihren Capitalertrag durch irgend welche Erhöhung der Productivität des Capitals steigern, z. B. durch Ausdehnung der Arbeitstheilung, des Großbetriebs, durch Anwendung einer zweckmäßigeren Maschine, durch Verminderung der Verlustprämie u. s. w. oder auch durch vermehrte Capitalansammlung, so ist klar, daß der Vortheil hievon nur diesen Arbeitern und diesen Capitalisten zukommen kann. Denn für das, was sie jetzt mehr auf den Markt bringen, müssen sie auch mehr einnehmen, da sie ihre einzelnen Producte zu denselben Preisen verkaufen werden, wie alle Uebrigen. Eine Preiserniedrigung aber kann durch das vermehrte Ausgebot einzelner Weniger nicht bewirkt werden. Der Lohn höheren Fleißes und höherer Geschicklichkeit, dann der Ersparniß und zweckmäßigeren Capitalverwendung fällt daher solchem emsigen Bestreben allein zu. Die Arbeiter und Capitalisten können nun mehr Arbeitserträgnisse, z. B. Handwerkswaaren, oder mehr Capitalerträgnisse, z. B. Maschinenwaaren, einkaufen, und was sie an Mehrwerth einnehmen, ersetzen sie denen vollständig, an welche ihre Arbeits- oder Capitalerträgnisse gelangen.

Die Wirkungen sind aber andere, wenn solche Vorgänge beim ganzen Arbeiter- oder Capitalistenstand, oder doch bei einzelnen Classen eintreten. Hier stellt sich sofort die herabdrückende Folge der Konkurrenz ein. Wird von allen Arbeitern mehr geleistet, sei es weil ihre Zahl, oder ihr Fleiß, oder ihre Geschicklichkeit zugenommen hat, so kann keiner mehr beanspruchen als der andere; würden sie ihre Leistungen blos unter sich austauschen, so erhielte allerdings jeder den gleichen Werth wieder, den er selbst darbrachte,

weil ja die Annahme ist, daß alle Arbeiter mehr leisten; allein sie
müssen in jedem Gut zugleich Capitalnutzungen kaufen, und diese
haben sich nicht zugleich mit vermehrt. In solchem Falle kommt
also der Vortheil der Arbeitsvermehrung nicht den Arbeitern
allein, sondern theilweise auch den Capitalisten zu. Denn während
diese letzteren nicht mehr Nutzungen auf den Markt bringen, erhalten sie dafür doch so viel mehr an Arbeitsleistungen, als nicht
unter den Arbeitern selbst ausgetauscht werden. Dies steigert
den Werth der Capitalnutzungen, oder mit anderen Worten, alle
Waaren, vorzüglich mit Capital, z. B. Maschinen hervorgebracht,
werden theurer; umgekehrt wird die Arbeit und Alles, was vorzugsweise durch Arbeit hervorgebracht wird, wohlfeiler. Das
Einkommen der Arbeiter steigt hier nicht zum vollen Betrag ihrer
erhöhten Leistung, sondern ein Theil davon wird von den Capitalisten verschlungen. Wenn sich also z. B. die Bevölkerung rascher
vermehrt, als das Capital, so müssen sich die Arbeiter sehr an-
strengen, um einem Sinken ihres Lohnes entgegen zu arbeiten; und
gleichwohl müssen sie immer noch einen Theil ihres Schweißes an
die Capitalbesitzer abtreten. Dies ist in noch höherem Grade der
Fall, wenn die Capitalnutzungen vorwiegend gegen fremde Waaren
ausgetauscht oder im Auslande selbst verzehrt werden, oder wenn
die Producte der Arbeiter, z. B. wegen verhältnißmäßig großen
Volumens oder wegen geringer Qualität, nicht gut in den ausländischen Handel treten können. In solchen Fällen arbeiten die Arbeiter großentheils nicht für sich, sondern für Andere, weil kein
gleichmäßiges Zusammenwirken der Einkommenszweige stattfindet;
das Faß, in das die Arbeiter für sich schöpfen, hat, so zu sagen, ein
Loch. Ein Beispiel solchen Zustandes liefert Irland, überhaupt
alle Länder, in denen die Capitalisten verschwenderisch sind und
fremdem Luxus huldigen, während daneben die rohe und sorglose
Bevölkerung immer mehr wächst.

Die umgekehrten Folgen treten ein, wenn sich die Capitalnutzungen stärker vermehren, als die Arbeiter oder ihre Leistungen.
Was die Capitalisten unter sich selbst mehr austauschen, bleibt
ihnen; allein an dem Austausch nehmen auch die Arbeiter Antheil
und diese erhalten also jetzt mehr an Capitalnutzungswerth, als ihr
Arbeitswerth beträgt. Von dem vermehrten Volkseinkommen fällt

hier ein Theil den Arbeitern ab, ohne ihr Zuthun; der Arbeitslohn muß steigen. Die Capitalrente wird dabei in ihrer Tauschkraft sinken und zwar ähnlich wie bei der Arbeit unter ihren eigentlichen Nutzungswerth, sowohl wenn ihre Vermehrung durch Zunahme des Capitals bewirkt würde, als auch in Folge größerer Ergiebigkeit der Capitalien. Die Wirkung ist die, daß jetzt alle Güter, was die Mitwirkung des Capitals betrifft, wohlfeiler werden, soweit diese Wirkung nicht durch das Steigen des Arbeitslohns aufgehalten wird. Der Begehr der Consumenten wird sich daher vorzugsweise auf die mit Capital hervorgebrachten Waaren richten, weil diese verhältnißmäßig wohlfeiler geworden sind. Hieburch erklärt sich, warum in capitalreichen Fabrikländern das Handwerk zurück kommt, dagegen alle diejenigen Arbeitszweige blühen, mit denen die Fabriken, überhaupt die Capitalproduction nicht konkurriren kann. Vorzüglich die persönlichen Arbeiten.

Aehnlich verhält es sich, wenn nur in einzelnen Productionszweigen die Arbeitsleistungen oder die Capitalnutzungen vermehrt werden; hier aber mit der bemerkenswerthen Folge, daß der Vortheil hievon nicht blos den gegenüber stehenden Classen, sondern auch den Gliedern der eigenen Classe zufällt, die alle in der bisherigen Weise fortproduciren. Er vertheilt sich also hier über viel mehr Köpfe und ist daher für den Einzelnen viel weniger fühlbar.

Bei diesen Wirkungen darf man aber nicht stehen bleiben, weil in der ganzen Volkswirthschaft jede Wirkung ihrerseits zur Ursache einer anderen wird. Werden nach unserer obigen Annahme die Capitalnutzungen, gegenüber der Arbeit, vertheuert, so trifft dieser Nachtheil nicht blos die Arbeiter, sondern auch die Capitalisten, weil ja auch diese, aber natürlich nicht alle in gleichem Verhältniß Capitalproducte verzehren; also wird schon hieburch das zu Ungunsten der Arbeiter eingetretene Werthverhältniß gemildert. Die Steigerung des Capitaleinkommens wird ferner zur weiteren Capitalansammlung, mithin wieder zur Beseitigung des Mißverhältnisses beitragen; und endlich wird man, weil die Capitalnutzung vertheuert ist, lieber mit wohlfeilerer Arbeit wirthschaften, hieburch also die Nachfrage nach Arbeit steigern, dagegen die nach Capital einschränken.

Umgekehrt ist die Arbeit vertheuert, so wird eine Vermehrung der Arbeiter oder ihrer Leistungen eintreten; die Nachtheile der vertheuerten Arbeit treffen auch die Arbeiter und man wird lieber Capitalproducte kaufen. All' dieses muß zur Ausgleichung der Werthschwankung dienen, wobei freilich nicht zu vergessen, daß solche Ausgleichungen, die übrigens durch künstliche Hemmnisse nicht erschwert sein dürfen, immer erst in längeren Zwischen= räumen eintreten können.

Sehr beachtenswerth ist ferner, ob die Einkommensver= mehrung nicht auch zugleich eine Verminderung der Reproductiv= ausgaben bewirkt. Würde z. B. allgemein eine Maschine einge= führt, durch deren Anwendung der Körnerverlust beim Dreschen ganz aufgehoben wäre, oder würde ein bisher bestehender Zoll auf die Getreideeinfuhr beseitigt, so würde das Getreide offenbar ver= mehrt, folglich sein Preis sinken. Die Getreideproducenten hätten hievon keinen Nachtheil, weil im ersten Falle ihre Productions= kosten gesunken sind; dagegen alle Getreideconsumenten gewinnen den Vortheil wohlfeileren Brodes. Allein die Getreidenahrung ist zugleich eine Reproductivausgabe für alle Arbeiter, welche Ge= treide verzehren; dies muß auch die Kosten aller Producte ernie= brigen, die von solchen Arbeitern verfertigt werden, und diese Wir= kung muß sich über alle Producte erstrecken, von deren Productions= werth der Getreidenahrungsaufwand der Arbeiter einen Theil bildet; es werden daher so ziemlich alle Artikel wohlfeiler werden. Allein die Verminderung des Geldlohns, die hiedurch allgemein bewirkt werden wird, kann sich nur soweit erstrecken, als die Re= productivausgaben der Arbeiter reichen; was sie jetzt wohlfeiler verzehren ohne diese Bedeutung, also als freies Einkommen, muß ihnen ungeschmälert verbleiben, wie allen Consumenten, weil diese Verzehrung auf die fortlaufende Erzeugung keine Rückwirkung äußert. Diejenigen Arbeiterclassen, die so tief stehen oder so über= füllt sind, daß ihnen kein freies Einkommen wird, müssen mit jeder Preisverminderung ihrer Reproductivverzehrung auch ein ent= sprechendes Sinken ihres Geldlohns erfahren; ein Nachtheil, der zunächst freilich nur scheinbar ist, aber bei wiederkehrendem Stei= gen des Preises fühlbar werden kann. Das hierin liegende Stei= gen des Sachwerthes der Rente wäre also zugleich von einem ver= hältnißmäßigen Steigen des Sachlohnes für alle Arbeiter begleitet, die mehr als den bloßen Unterhalt beziehen; überhaupt sieht man hieraus, daß das Wohlfeilerwerden aller Gegenstände, also alle Fortschritte der Production zwar allen, aber doch nur den Classen wirklichen und dauernden Vortheil bringen, deren Einkommen nicht blos zu Reproductivausgaben verwendet wird. Das sind nun vor Allem die Capitalisten, dann aber auch die Arbeiter, deren Leistungen mehr werth sind als der durchschnittliche Lebensunterhalt, die also eine stehende Arbeitskraft in sich tragen. Die übrigen Arbeiter nehmen immer um soviel weniger ein, als sie weniger ausgeben müssen. Auch hieraus wird ersichtlich, wie die Löwenantheile des Fortschritts dem großen Capital und der überlegenen Arbeit zufallen.

§ 105.

Von der Einwirkung der Einkommenszweige auf die Preise.

Im Vorausgehenden wurde erläutert, welchen Einfluß die Schwankungen des Volkseinkommens auf die Lage der Arbeiter und Capitalisten durch Veränderung des Lohns und der Rente haben. Hiebei wurden die Arbeiter und Capitalisten vorzugsweise als Consumenten gedacht und Lohn und Rente als Mittel zur Verzehrung. Allein, wie schon früher hervorgehoben, sind Lohn und Rente auch Bestandtheile des Werthes aller Producte, da sie vom Standpunkte des Unternehmers und Producenten aus den Betrag seiner Productionskosten bestimmen. Es muß daher noch genauer festgestellt werden, von welchen Wirkungen die Schwankungen der Einkommenszweige in Bezug auf die Waarenpreise begleitet sind. Es genügt hier wiederum, nur die Verhältnisse des Lohnes und der Rente ins Auge zu fassen, da der Gewinn im Allgemeinen denselben Gesetzen unterliegt, wie diese. Auch setzen wir hier immer voraus, daß der Preis dem Werthe entspricht, was ja im Ganzen und Großen auch wirklich der Fall ist.

Ein Element des Werthes ist nun vor Allem der Arbeitslohn, d. h. jedes Product muß — jetzt abgesehen von der Rente — soviel an Werth enthalten, als die Arbeit kostete, die auf seine Herstellung verwendet worden ist. Wäre dies nicht der Fall, so würde der Unternehmer, der den Arbeitslohn auslegt, nicht den vollen Ersatz seiner Kosten erhalten und folglich aufhören, zu produciren. Wenn also die Consumenten ein Product wollen, so müssen sie vor Allem den darauf verwandten Arbeitslohn entrichten. Steigt nun der Arbeitslohn, so muß der Werth aller Arbeitsproducte steigen, und umgekehrt durch ein Sinken des Arbeitslohnes sinken. Würden alle Waaren, das Geld inbegriffen, mit gleicher Arbeit — und gleichem Capital — hervorgebracht, so bliebe gleichwohl das Werth- und Preisverhältniß dasselbe wie früher; denn da bei allen die gleiche Ursache einträte, so müßten auch bei allen die Wirkungen gleich sein. Dies haben Manche höchst ungeschickt so ausgedrückt, daß der Arbeitslohn keine Wirkung auf den Werth äußere; aber es ist doch klar, daß er diese Wirkung äußern muß, gerade damit das Werthverhältniß unverändert bleiben kann. Ein Steigen des Lohnes kann bewirkt werden, wenn der Lebensunterhalt oder die Ausbildung der Arbeiter theurer wird, wenn die Arbeitskräfte seltener oder die Capitalnutzungen zahlreicher werden u. s. w. In allen diesen Fällen müssen also die Arbeitsproducte in demselben Verhältniß theurer werden, als der Lohn gestiegen ist. Steigt dagegen nur der Lohn einzelner Arbeiterclassen, so werden auch nur ihre Producte vertheuert; die aller anderen ihnen gegenüber natürlich wohlfeiler.

Da nun aber die Waaren durch höchst ungleiche Mengen von Arbeit producirt werden, so muß durch ein Steigen oder Sinken des Lohnes das Werthverhältniß aller Waaren gegen einander verändert werden; alle Waaren werden nämlich um so theurer, je mehr Arbeit zu ihrer Verfertigung erforderlich ist, die Vertheuerung dagegen ist um so geringer, je weniger Arbeit ihre Herstellung erfordert. Welche Wirkung dies auf die Nachfrage haben muß, leuchtet von selbst ein. Auch mag der Leser selbst beurtheilen, von welchem Einfluß diese Vorgänge auf den Gebrauchswerth der Waaren sein würden, d. h. wie sich hiebei der Stand der wirklichen Bedürfnißbefriedigung bestimmen wird; denn für uns ist es jetzt gleichgültig, ob die höher gelohnten Arbeiter besser oder schlechter arbeiten, da es uns hier blos um die Einwirkung auf die Preisverhältnisse zu thun ist.

Das andere Hauptelement des Werthes ist die Rente, d. h. jedes Product muß — abgesehen vom Arbeitslohn — soviel an Werth enthalten, als Rentenwerth in ihm steckt. Dieser Werthbetrag wird bestimmt durch die Höhe der Rente, also durch den Preis, den der Unternehmer dem Capitalisten zahlen mußte, um die Mitwirkung des Capitals bei seiner Production zu erhalten. Denn außerdem würde der Unternehmer verlieren, was wenigstens auf die Dauer nicht geschehen darf. Steigt nun die Rente, z. B. um 1%, so müssen alle Capitalproducte in demselben Verhältniß an Werth zunehmen; wenn sie sinkt, muß ihr Werth abnehmen. Auch hier müßte, wenn alle Producte mit gleichem Capital — und gleicher Arbeit — hervorgebracht würden, ihr gegenseitiges Werth= und Preisverhältniß unverändert bleiben; jedes Product müßte also gerade soviel eintauschen können, wie früher, und der ganze Unter= schied läge, was den Tauschwerth betrifft, darin, daß nach höheren oder niedrigeren Ziffern gerechnet werden müßte, oder mit an= deren Worten, jeder Capitalertrag würde jetzt einen höheren Auf= wand darstellen, als früher. Steigen aber nur die Renten ein= zelner Capitalien — und dies kann im Allgemeinen nur bei stehen= den Capitalien, Gebäuden, Grundstücken vorkommen, da nach frü= heren Erläuterungen der Rentenwerth der umlaufenden Capita= lien sich nach jedem Productionsabschnitt leicht ausgleicht, — so werden auch nur ihre Producte im Werth steigen, die aller anderen Capitalien müssen diesen gegenüber verhältnißmäßig sinken.

Aber auch die Mitwirkung des Capitals ist bei den einzelnen Productionsarten sehr verschieden; die einen erfordern mehr Ca= pital als die anderen. Ein Steigen der Rente muß daher auf den Werth der Producte den fühlbarsten Einfluß üben, die das meiste Capital, also am wenigsten Arbeit, zu ihrer Verfertigung bedürfen; die umgekehrte Wirkung muß eintreten bei den Pro= ducten, welche mehr mittelst Arbeit als mittelst Capital hervor= gebracht werden.

Ein Steigen der Rente kann erfolgen durch Erhöhung der Kosten= oder Versicherungsprämie, durch Abnahme der Ergiebigkeit des Capitals, durch vermehrten Capitalbegehr. Welche Wirkung diese Ursachen schließlich auf den Consumtionswerth der Producte haben müssen, ist von selbst ersichtlich: er wird abnehmen, wenn nicht die Producenten den vermehrten Capitalbegehr zur Ausdehnung und höheren Entwicklung ihrer Production benutzen, in welchem Falle eine anderweitige Verminderung der Reproductivausgaben sich einstellen kann.

Halten wir dies fest, so ergiebt sich: Wenn der Arbeitslohn steigt, nimmt der Preis aller Arbeitsproducte zu, dagegen der aller Capitalproducte im Verhältniß zu den Arbeitsproducten ab; wenn die Rente steigt, nimmt der Preis aller Capitalproducte zu, dagegen der aller Arbeitsproducte im Verhältniß zu den Capitalproducten ab. Ausgenommen, das Steigen der Rente bewirkt einen Antrieb für die Unternehmer, auf irgend eine Weise den Kostenbetrag durch Vermehrung der Productivität zu ermäßigen, und ebenso wenn der Lohn steigt wegen erhöhter Arbeitstüchtigkeit, welche sich durch Vermehrung oder Verbesserung der Producte bewähren wird.

Die Wirkungen eines Sinkens von Lohn und Rente erklären sich hiernach von selbst.

Es entsteht aber ferner die Frage, ob, wie häufig, namentlich von den englischen Schriftstellern (Ricardo) behauptet wird, das Steigen des Lohnes nothwendig ein Sinken der Rente, und umgekehrt das Steigen der Rente nothwendig ein Sinken des Lohnes zur Folge hat. Zur Unterstützung dieser Behauptung denkt man sich nämlich das Volkseinkommen als eine große Masse, die zu zwei Theilen mittelst des Umlaufs einerseits an die Arbeiter und andererseits an die Capitalisten gelangt. Hier wäre dann freilich klar, daß, was die eine Classe mehr erhält, die andere um so weniger erhalten muß. Allein diese hauptsächlich von Ricardo unzählige Male als eine Grundwahrheit hingestellte Regel könnte 1) nur unter Voraussetzung eines völlig stationären Zustandes als richtig gedacht werden, also fortdauernd gleicher Preise in Folge gleichbleibender Nachfrage und Zahlungsfähigkeit der Käufer. 2) Selbst unter dieser Beschränkung, deren Zulässigkeit jedoch offenbar nicht zugegeben werden kann, verbirgt jene Theorie eine auffallende Inconsequenz der Anschauung. Ricardo versteht nämlich unter Arbeitslohn hier den Betrag des Gesammtproducts, der im Ganzen an die Arbeiter fällt, und zwar nur den Gesammtbetrag des Geldlohnes, der Sachlohn der Arbeit soll sogar gleichfalls sinken

wegen fortwährend steigender Arbeiterzahl. (Principles cap. 4.)
Dem gegenüber stellt er dann den Capitalprofit oder den einzelnen
Rentensatz als sinkend dar, während doch der Gesammtbetrag der
Renten, der an den Capitalistenstand fällt, oder auch der Sach=
werth der Capitalrente wegen sinkenden Geldwerthes der Capital=
producte oder wegen vermehrter Konkurrenz der Arbeiter steigen
kann. 3) Sieht man näher zu, so löst sich die Behauptung
Ricardo's in den sehr einfachen Satz auf, daß, wenn das gesammte
Product eines Landes abnimmt, Capitalisten und Arbeiter ein
geringeres Einkommen beziehen. Allein jene Voraussetzung ist
unhaltbar, wie denn die meisten von Ricardo aufgestellten Gesetze
die Thatsache, daß die Productionskunst im Steigen begriffen
ist, ignoriren. Wir haben schon früher zu wiederholten Malen
gesehen, daß Lohn und Rente zusammen steigen oder fallen können.
Ueberhaupt sind die Verhältnisse des Umlaufs und der Repro=
duction zu verwickelt, als daß ein einfaches Rechenexempel aus=
reichen könnte. Das gesammte Volkseinkommen findet sich niemals
in einer großen Masse beisammen und die Vertheilung geht in un=
zähligen, gleichzeitigen und fortlaufenden Hergängen vor sich, die
bald Ursache, bald Wirkung sind und in ihren Schwankungen stets
durch das Gesetz des Werthes beherrscht werden. Keine Preis=
steigerung kann denen dauernde Werthverluste bereiten, welche Re=
productivausgaben machen, sie kann immer nur diejenigen treffen,
welche nur verzehren; das sind aber alle Consumenten als solche,
und zwar sowohl Capitalisten als Arbeiter. Wird z. B. das Ge=
treide theurer, so muß der Lohn da steigen, wo das Getreide Haupt=
nahrungsmittel der Arbeiter ist. Rührt die Theuerung des Ge=
treides her von vermehrter Nachfrage, z. B. vom Ausland, so
werden zwar alle Arbeitsproducte theurer, und darunter leiden auch
die Capitalisten, aber der Rentensatz bleibt unberührt, die Boden=
capitalien und alle diejenigen, welche zur Production von Getreide
mitwirken, können sogar vorübergehenden Gewinn machen. Wurde
freilich das Getreide theurer, weil auf seine Erzeugung mehr Arbeit
verwandt werden mußte, so kann dieses darin seinen Grund haben,
daß mehr Arbeit oder Capital in den Boden verwandt werden
muß. Im erstern Fall, wenn z. B. die Arbeiter schlechter arbeiten,
kann die Rente nur vorübergehend sinken, denn die Konkurrenz wird

halb ein Sinken des Lohns, entsprechend dem wahren Werthe der
Arbeit, bewirken. Muß wegen erschöpfter Naturkraft mehr Capital
der Bodenproduction zugewendet werden, so wird die dadurch bewirkte Preissteigerung kein Steigen, sondern ein Sinken der Rente
zur Folge haben, weil dies nach dem früher Erläuterten nur bei
vermehrter Productivkraft des Capitals geschehen kann; allein
erstens braucht damit keine wirkliche Steigerung der Lohnsätze
verbunden zu sein und zweitens finden die Capitalisten durch das
Wohlfeilerwerden aller übrigen Capitalproducte einige Entschädigung. Ueberhaupt herrscht in dieser ganzen Lehre immer die irrige
Annahme vor, als sei ein Steigen der Rente ein Vortheil, ihr
Sinken ein Nachtheil für die Capitalisten. Gerade das Umgekehrte
ist im Ganzen und Großen der Fall. Man muß ferner bei jedem
Steigen oder Sinken der Rente nach den Ursachen fragen; steigt
die Rente wegen erhöhter Versicherungsprämie, so ist dies offenbar
kein Vortheil für die Capitalisten, weil es ihnen nur Sicherheit
für Capitalersatz bringt und die Capitalproducte vertheuert.
Gleiches gilt, wenn das Capital selbst unergiebiger geworden ist.
Sinkt die Rente wegen verminderter Verlustprämie, so kann dies
den Capitalisten auch keinen Nachtheil bringen, weil ihr reines
Einkommen nicht geschmälert ist und ihr Capitalstamm trotzdem
gesichert bleiben muß; aber auch die Production im Ganzen ist
dabei erleichtert. Das Steigen des Lohns und das Sinken der
Rente bedingen sich daher durchaus nicht wechselseitig.

Uebrigens hat ein Steigen oder Sinken der Rente weit stärkeren Einfluß auf die Preise, als ein Steigen oder Sinken des
Arbeitslohns; denn die Rente ergreift die ganze Productionsauslage des Unternehmers, der Lohn nur den einen Bestandtheil derselben, und dies muß um so ungünstiger auf die Preise wirken, je
länger der Zeitraum ist, den ein Product bis zur schließlichen Verzehrung zu durchlaufen hat, weil sich dann auf jeder Productionsstufe um so höhere Zinseszinsen ansetzen, und ferner je geringer
der Antheil der Arbeit am Zustandekommen des ganzen Products ist.

§ 106.

Vom Einfluß der Besteuerung auf das Einkommen.

Die Besteuerung hat den Zweck, der Staatsgewalt die Mittel zur Bestreitung der allgemeinen Staatsausgaben zu liefern. Diese Mittel können nur aus dem Einkommen der Unterthanen erhoben werden, oder vielmehr die Steuern dürfen das Einkommen nicht stärker angreifen, als nothwendig ist, um den Unterthanen die Befriedigung der öffentlichen Bedürfnisse zu sichern. Denn jede Steuer, die entrichtet wird, ist eine Ausgabe, von der das Volk Nutzen oder Annehmlichkeit erwartet. Dieser Erfolg der Steuerverwendung muß daher, so zu sagen, wieder an die Steuerzahler zurückfließen, durch Aufrechthaltung der Sicherheit des Staats nach innen und außen, durch Schutz des Eigenthums und der Personen und durch Herstellung von Einrichtungen aller Art, welche das materielle, geistige und sittliche Interesse aller Staatsangehörigen unterstützen und befördern. Die Steuerzahlung ist somit, von unserem Standpunkte aus, ein Kauf von Diensten und Gütern, welche von der Staatsgewalt der Gesammtheit der Staatsmitglieder geliefert werden; denn insoferne die Vortheile der Staatsanstalten und die Verrichtungen der öffentlichen Diener nur Einzelnen zu Gute kommen, z. B. wenn man die Staatsposten benutzt oder Richteramtspersonen Prozesse entscheiden läßt, muß hiefür immer noch eine besondere Vergütung entrichtet werden. Die Steuer ist also eine um irgend eines öffentlichen Vortheiles willen gemachte Ausgabe und unterscheidet sich von allen übrigen Ausgaben nur dadurch, daß sie nicht freiwillig, sondern vermöge einer Zwangsvorschrift des Staates gemacht wird. Dieser Unterschied ist freilich ein sehr bedeutender, denn er raubt dem Steuerentrichter die freie Verfügung über den Steuerbetrag und erregt immer einigen Unwillen, weil gerade in der Freiheit des Genusses der größte Genuß liegt.

Wenn sich nun aber auch jeder vernünftige Staatsbürger dem Steuerzwang unterwirft, so macht man doch dabei zwei Voraussetzungen, daß nämlich der Vortheil der Steuerverwendung nicht geringer sei als die Steuerlast (Werth gegen Werth), und zweitens daß auch alle Diejenigen mit die Steuerlast tragen, welche Vortheil davon haben. Allein dies bei jeder Auflage einer Steuer so einzurichten, daß Jeder im genauen Verhältniß zu seiner Theilnahme an den Staatsvortheilen beisteure, ist unmöglich, nicht nur weil das Maß dieser Theilnahme selbst nicht genau genug bemessen werden kann, sondern auch weil sich die Steuerfähigkeit jedes Einzelnen jedem genauen Anschlag entzieht und in ihrem Grade beständig wechselt. Denn die Steuerfähigkeit kann, weil man durch die Steuerentrichtung den Genuß von Staatsvortheilen bezweckt, wie jede andere Consumtionsfähigkeit nur auf dem Einkommen beruhen und dieses ist, wie wir gesehen haben, fortwährenden Schwankungen unterworfen. Wird daher eine Steuer irgend einer Classe von Staatsangehörigen, z. B. den Grundbesitzern oder den Gewerbsmeistern, gleichviel ob direct oder indirect auferlegt, so liegt darin eine doppelte Ueberlastung 1. wegen der ungenauen Berechnung und fortwährenden Schwankungen ihres Einkommens und 2. weil ihnen eine Last aufgebürdet wurde, wovon doch die Gesammtheit der Staatsangehörigen Nutzen zieht. Da nun aber eine Vermeidung dieses doppelten Mißverhältnisses von vorneherein unmöglich, so muß man seine Ausgleichung dem Umlaufe überlassen; d. h. die Belasteten müssen suchen, durch irgend eine wirthschaftliche Maßregel sich ihre Steuerauslage, soweit sie sich davon überbürdet sehen, von den übrigen Gliedern des Staats wieder ersetzen zu lassen, wodurch dann diese die Steuerlast gleichheitlich mittragen. Das Mittel hiezu ist nun im Allgemeinen die Steuerüberwälzung, d. h. der Zuschlag der Steuer zu den Preisen der Einkommenstheile, auf welche die Steuer gelegt ist; also z. B. auf den Preis des Getreides, der Gewerbsproducte, der Handelswaaren u. s. w. Alle besteuerten Producte müssen daher um den Betrag der Steuer theurer werden, und zwar mit Recht, denn es klebt ja an ihnen nunmehr ein neues Gut, nämlich der Staatsvortheil, der durch die Verwendung der Steuer der Gesammtheit zugewendet ist. Es ist aber auch möglich, daß die Producte selbst nicht theurer werden, wenn nämlich die Steuerverwendung die Folge hat, daß der Producent jetzt mehr oder bessere Producte zu Stande bringt, z. B. weil ihm die eigene Beschützung seines Eigen-

thums abgenommen ist oder wegen Anlegung von Straßen, Trans=
portanstalten 2c. 2c.; in diesem Fall erhält zwar der Producent
gleichfalls den Ersatz für seine Steuerauslage, aber als Mehrein=
nahme für die Vermehrung oder Verbesserung seiner Waaren.
Und diese Ueberwälzung pflanzt sich so lange durch alle Stufen
des Umlaufs fort, als die Steuerentrichtung bezüglich der betref=
fenden Waare den Charakter einer Reproductivausgabe behält,
d. h. bis das Product in die Hände desjenigen gelangt, der es mit
sammt dem daran haftenden Staatsvortheil zu seinem Nutzen oder
Vergnügen verwenden will, d. h. in die Hände aller Consumenten.
Hieburch wird also die Steuer für jeden, der sie für Andere ent=
richtet, zu einer Reproductivausgabe und ihr Aequivalent, der
Staatsvortheil, zu einem Theil des rohen Ertrags. Die Be=
steuerung selbst muß immer in der Weise erfolgen, daß der Ersatzder=
selben durch den Consumenten möglich bleibt, daß also die Preis=
steigerung nicht die Nachfrage aufhebt; denn würde diese Folge
eintreten, so bliebe nicht etwa blos die Last auf dem ersten Steuer=
zahler liegen, sondern dessen Steuerfähigkeit müßte allmählich
schwinden, weil ja der Fortbestand des Einkommens durch die voll=
ständige Erstattung aller Reproductivausgaben und damit der
Productivmittel selbst bedingt ist.

Da nun alles Einkommen nur aus Lohn und Rente (Gewinn)
fließt, so kann schließlich auch nur Lohn oder Rente besteuert
werden; die Besteuerung legt also jedem dieser Einkommenszweige,
den sie trifft, einen neuen Bestandtheil als Reproductivauslage
bei, welcher von Allen, die Arbeits= oder Capitalproducte consu=
miren, den Arbeitern oder Capitalisten wieder ersetzt werden muß.
Wäre dieses nicht der Fall, so würde die Reproductivkraft der Ar=
beit und des Capitals schwinden oder wenigstens das Gesetz der
Consumtion (§. 38) beeinträchtigt; in jedem Falle wäre das
Gleichgewicht des Einkommens aus Arbeit und Capital gestört.
Liegt freilich die Last auf beiden Einkommenszweigen in gleichem
Verhältniß, dann kann eine Abwälzung nicht stattfinden, allein
dieser Erfolg wird immer erst durch den Umlauf herbeigeführt.
Würde eine Steuer gleichzeitig auf alle Arbeiter gelegt, so wären sie
gegenüber den Capitalisten überbürdet, im umgekehrten Fall diese
gegenüber den Arbeitern; dies käme einer Verminderung des ge=

troffenen Einkommenszweiges gleich und das Werthgesetz müßte dagegen reagiren durch Aenderungen im Verhältniß zwischen Nachfrage und Angebot. Die Arbeiter würden sich entweder vermindern oder ihre Leistungen einschränken; umgekehrt würden Capitalien entweder verzehrt oder ins Ausland geschickt oder in Arbeitskraft umgewandelt. Alles dieses so lange, bis das richtige Gleichgewicht zwischen productiver Leistung und vollkommener Werthvergütung wieder hergestellt wäre. Natürlich kann Lohn und Rente nicht um den vollen Betrag der Steuer steigen, weil ja jeder Arbeiter und Capitalist zugleich Consument ist, folglich in dieser Eigenschaft gleichfalls seinen Antheil an der allgemeinen Steuerlast zu tragen hat; allein diese Beschränkung tritt nur ein, wo reine Verzehrung, nicht wo Reproduction in Frage steht. Bei den Arbeitern also, welche nur zu reproductivem Zwecke verzehren, mithin gar kein freies Einkommen beziehen, müßte doch der Lohn um den vollen Steuerbetrag steigen. Die in der Besteuerung liegende Lohnverminderung kann auf die verschiedenste Weise eintreten, entweder durch ein wirkliches Sinken des Geldlohns oder durch Vertheuerung der von den Arbeitern verzehrten Gegenstände; wenn die Arbeiter jetzt z. B. mit etwas schlechterer oder weniger genußreicher Nahrung vorlieb nehmen müßten, wobei aber ihre productive Kraft vollkommen erhalten bliebe, so läge hierin für sie der wahre Nachtheil der Besteuerung. In ähnlicher Weise würden die Capitalisten die Steuer fühlen. Wo man nun einem Steigen des Lohnes widerstrebt, da muß die Leistungskraft oder doch der Productionswille der Arbeiter abnehmen, denn es ist nicht anzunehmen, daß die Arbeiter auf ihre Schultern allein die Last der Steuer nehmen wollen, und das Gemeinwesen bezahlt dann den Vortheil der Steuer mit geringeren Leistungen seiner Arbeiter. Wo man einem Steigen der Rente widerstrebt, muß die Zahl der Unternehmer und Arbeiter zunehmen oder viele Capitalien gehen ins Ausland und ihre Renten werden dort verzehrt. In einem gewerbfleißigen, wirthschaftlich gut rechnenden Lande wird man sich lieber eine Erhöhung des Arbeitslohns und ein Sinken des Gewinns gefallen lassen, als ein Steigen der Rente in Folge der Besteuerung, weil letzteres, wie gezeigt, weit stärker auf die Preise der Waaren einwirkt. Hier kann daher die Steuer viel leichter ein Bestandtheil des Lohnes werden, wie der Rente, hauptsächlich mittelst Ueberwiegens der indirecten Steuern. Man erspart dabei auch an den Ausgaben für die Besteuerung der Geldcirculation, weil diese um so größer werden, je höher die Preise steigen.

Uebrigens können Lohn oder Rente nicht leicht in ihrem reinen Bestande besteuert werden; man legt vielmehr die Steuer auf einzelne Classen der Bevölkerung oder auf einzelne Waaren nach Verhältniß der zu vermuthenden Steuerfähigkeit und erwartet dann, daß die Ausgleichung in Folge des Eigeninteresses bewerkstelligt werde. So ist z. B. durch die Grundsteuer das Bodencapital oder die Arbeit des Grundbesitzers oder beides besteuert; die Preiserhöhung der Bodenproducte wird dem Grundbesitzer seine Steuerauslage ersetzen, oder alle Bodencapitalien und ländlichen Arbeiter, die in Folge der Besteuerung nicht mehr die übliche Vergeltung erhielten, müßten anderweitige, lohnendere Verwendung suchen. Dies ist dadurch, daß man den umlaufenden Productivkräften eine andere Richtung gibt, sehr leicht und rasch zu bewerkstelligen. Wird dann also das Getreide theuerer, so muß auch der Lohn steigen und ebenso alle Arbeitsproducte; allein jeder Producent erhält die von ihm oder von Anderen — bei früherer Production — vorgeschossene Steuer in dem Ersatz seiner Reproductivausgaben wieder zurück, bis schließlich die fertige Waare zur Verzehrung gelangt. Dasselbe muß der Fall sein bei Steuern auf Gewerbs- und Handelswaaren, z. B. bei einem Eingangszoll auf Getreide, auf Rohstoffe, ferner bei der Besteuerung rein persönlicher Leistungen. Daraus sieht man, daß jede Steuer schließlich nur liegen bleiben kann auf denjenigen, welche ohne Reproductivzweck verzehren, also auf den Capitalisten bezüglich ihrer reinen Rente und auf den Arbeitern bezüglich ihres freien Einkommens. Die Steuerkraft wächst daher nur mit dem Wachsthum dieser Einkommenszweige und die Besteuerung, will sie nicht die Reproductivkraft des Capitals oder der Arbeit angreifen, muß sich sorgfältig an diese Grenze halten.

Hieraus geht ferner hervor, daß die Auflage einer Steuer, wenn sie nur zweckmäßig und haushälterisch verwendet wird, eine Verminderung des Volkseinkommens nicht mit sich bringt; denn was von den Steuerbehörden eingenommen wird, geben sie auch vollständig wieder für öffentliche Zwecke aus. Man kann daher bei jeder Steuer nur wünschen, daß sie im Einklang mit den wahren Bedürfnissen des Volks verwendet und nicht nutzlos vergeudet werde; dann ist auch die Ueberwälzung um so leichter, je fühlbarer der Vortheil ihrer Verwendung für die Consumenten wird. Nur solche Steuern, bei denen diese Rücksichten nicht genommen werden, sind verwerflich. Es kann dann auch häufig vorkommen, z. B. in Kriegszeiten und außerordentlichen Nothfällen, daß der Reproductivzweck der Wirthschaft hinter dem höheren Zweck des politischen Verbandes zurückweichen und sich eine Beeinträchtigung durch die Besteuerung gefallen lassen muß. Denn die Gesammtheit steht unbedingt über dem Einzelnen. Hier müssen, bis zur Ueberwindung des Nothstandes, die gewöhnlichen Rücksichten auf die wirthschaftlichen Reproductivgesetze zeitweise suspendirt und die dadurch bewirkten Beschädigungen des Volksvermögens durch nachherige vermehrte Production zu heilen versucht werden.

Die Preissteigerung in Folge der Besteuerung versteckt sich oft, indem sich die Producenten bemühen, wohlfeiler zu produciren, um einem Sinken der Nachfrage zuvorzukommen. Allein wenn hier auch nicht absolut die Preise steigen, so sind sie doch im Verhältniß höher geworden; denn ohne die Besteuerung wären die Preise in Folge der angewendeten Productionsverbesserung noch um den Betrag der Steuer tiefer gesunken.

Viertes Buch.

Von der Consumtion.

---

§ 107.

Wesen und Arten der Consumtion.

Durch die Verzehrung oder Consumtion vollendet das Gut seinen wirthschaftlichen Kreislauf, indem es zu dem Zwecke verwendet wird, zu dem es hervorgebracht wurde. Damit hört es zugleich auf, als solches zu existiren; denn was nach der Consumtion zurückbleibt, ist etwas anderes, und es kommt auf die Zwecke einer neuen Production und Consumtion an, ob es wiederum als Gut Bedeutung erhält. Durch die Consumtion verliert daher das Gut den Werth, den es hatte; aber es kann wieder einen neuen, größeren oder geringeren gewinnen. Da nach jeder Consumtion mindestens ein Stoff zurückbleibt, denn der Stoff kann durch keine menschliche Handlung vernichtet werden, so wird die Wiederbelebung des Werthes eines consumirten Gutes davon abhängen, in welchem Grade der zurückbleibende Stoff durch neue productive Behandlung oder in Bezug auf ein anderes Bedürfniß noch tauglich ist oder doch tauglich gemacht werden kann. Dies ist nun aber bedingt durch den Zustand der productiven Kunst und durch die Menge und Manichfaltigkeit der Bedürfnisse, oder mit anderen Worten durch den Fortschritt der Civilisation. Hieraus läßt sich der wichtige und interessante Satz ableiten: Je civilisirter ein Volk ist, desto weniger verliert es durch seine Consumtion an der effectiven Summe disponibler Werthe. So lange

man z. B. nicht wußte, daß Lumpen zu Papier verarbeitet werden
können oder so lange man kein Bedürfniß nach Papier hatte, war
jedes abgetragene Kleidungsstück ein verlorener Werth; wo man
die productive Kraft des Düngers nicht kennt oder z. B. wegen
der niedrigen Fruchtpreise nicht in vollem Grade verwenden kann,
ist ein großer Theil der Nahrungsconsumtion mit einem entsprechenden Werthverlust verbunden u. s. w. Es steht zu vermuthen,
daß der Fortschritt in den Wissenschaften hier noch ungeheure
Reichthumsquellen erschließen wird*).

Die Consumtion kann nur aus dem Einkommen bestritten
werden, denn unter Einkommen versteht man ja diejenigen verzehrbaren Güterwerthe, welche durch die Production hervorgebracht
werden. Und zwar aus dem rohen Einkommen, wenn sie zu reproductiven Zwecken erfolgt; aus dem reinen, wenn zu Zwecken
des bloßen Genusses. Bei den Arbeitern findet aber beides zugleich statt, weil, wie wir gesehen haben, practisch für den Arbeiter
auch sein rohes Einkommen, nämlich sein laufender angemessener
oder standesmäßiger Unterhalt, zum Genuß dient. Strenge genommen wird freilich schließlich doch immer nur das wirklich reine
Einkommen verzehrt; denn die Consumtion zu productiven Zwecken
hat keinen Selbstzweck, sondern dient blos dazu, um Güter zu erzeugen, die schließlich zur reinen Befriedigung eines unabhängigen
Bedürfnisses dienen. Man nennt daher auch Consumenten im
eigentlichen Sinne nur diejenigen, welche durch ihre Consumtion
nicht fremden Zwecken dienen, sondern ein Selbstbedürfniß befriedigen. Der Unternehmer, welcher Kohlen, Wolle, Holz u. dgl.
bei seiner Production verbraucht, verwendet allerdings diese Güter
ihrer Bestimmung gemäß und vernichtet den Gebrauchswerth, den
sie haben; allein man nennt nicht ihn den Consumenten dieser
Güter, weil er damit kein eigenes Bedürfniß befriedigt, sondern
diejenigen, welche durch die Consumtion der von ihm zu Stande gebrachten Güter, in denen Holz, Wolle, Kohlen nur in anderer
Form stecken, Nutzen oder Vergnügen erlangen wollen. Nach

---

*) In der 22. Versammlung deutscher Land- und Forstwirthe wurde
nachgewiesen, daß in Europa während eines einzigen Jahres mehr Dünger
nutzlos abtreibt, als im Laufe von Jahrtausenden auf allen Guanoinseln der
Welt sich angesammelt hat. (Deiters, der höchste Ertrag. S. 177.)

dieser Anschauung ist daher auch der Arbeiter nur insoferne Consument, als er freies Einkommen verzehrt; denn die Consumtion seines reproductiven Unterhalts dient für die Zwecke Anderer. Dies bildet gerade den vernichtenden Stachel im Bewußtsein des Proletariers, weil er sich nicht als freien Consumenten, sondern nur als productives Werkzeug für Andere betrachten darf. Denn er hat von seiner Verzehrung nur den Genuß, den ihm der Zwang des jeweiligen Bedürfnisses der Consumenten nothgedrungen lassen muß; und diesen Genuß theilt er mit jedem Arbeitsthier, das gefüttert oder zum Sprunge zugelassen wird. Immer aber bleibt es doch wahr, daß wenigstens der freie Arbeiter durch seine Consumtion selbständige Bedürfnisse befriedigt und daß er in seiner Arbeit das Mittel hat, sich zur reinen Consumtion zu erheben.

Mit dem hier erläuterten Unterschied der unproductiven und productiven Consumtion ist aber der weitere nicht gleich, ob nämlich die Consumtion einen neuen Werth zurückläßt oder nicht. Genau genommen ist das erstere bei jeder Consumtion der Fall, nur läßt es sich nicht immer genau nachweisen und berechnen. Was zum Lebensunterhalt auch von einer Person die nichts arbeitet verbraucht wird, geht doch entweder in die Luft oder in den Boden zurück; und vorher diente es zur Herstellung und Erhaltung eines Menschen. Eine vornehme Dame kann sehr viel unproductiv — im gewöhnlichen Sinne — verzehren und doch für die Gesellschaft äußerst productiv wirken; ihr Luxus kann ihren Geist und ihr Gemüth beleben und sich in seinen Wirkungen auf begabte und feingeartete Kinder forterben oder das Glück und die Arbeitslust ihres Gatten im hohen Grade befördern. Nur die Dummheit oder Nichtswürdigkeit, die sich mit Schmuck selbst beräuchert, ist wirklich eitel und unproductiv, deshalb aber auch lächerlich und verächtlich. Die sogenannte unproductive Consumtion hat ihre verborgene Werkstatt, welche aber die Nationalökonomie blos anzudeuten braucht; sie grenzt hier an das Gebiet der Moral und Seelenkunde.

Es verdient bemerkt zu werden, daß die Consumtion immer sofort da beginnt, wo die Production geschlossen ist, auch wenn daraus dem Consumenten noch kein wirklicher Nutzen zufließt. Denn wo kein neuer Werth mehr erzeugt wird, da hört die Probuction auf, jeder fertige Werth unterliegt aber, wie wir später (§. 110) noch deutlicher machen werden, einer allmählichen Werth= verminderung, aus der freilich, was man aber bei der reinen Con= sumtion immer nur im Hintergrund als mögliche Folge denken darf, ein anderer Werth wieder hervorgehen kann. Aber an und für sich hat jedes fertige Gut den Höhepunkt seines beabsichtigten Werthes erreicht; was ferner mit ihm vorgeht, ist Consumtion, d. h. Werthveränderung auf Rechnung des Consumenten. Es wird daher consumirt, auch wenn Nichts verzehrt wird, so daß man im Grunde unter Consumtion nur den Ruhepunkt der Production verstehen sollte und die Verzehrung oder wirkliche Bedürfnißbe= friedigung davon zu unterscheiden wäre. Wer z. B. auf Reisen geht und seine Wohnung zu Hause leer stehen läßt, consumirt nicht blos sein Reisegeld, sondern auch seine Wohnung; wer sich einen Palast baut und darin nur etwa zwei Zimmer bewohnt, consumirt doch den ganzen Palast; der Unterhalt einer stehenden Armee auch in Friedenszeiten ist eine Consumtionsausgabe des Landes u. s. w.

Mit Rücksicht hierauf muß man eine langsame und schnelle Consumtion unterscheiden, nicht nur nach der Dauerhaftigkeit des Gegenstandes (Goldsachen — Häuser — Speisen), sondern vorzüg= lich nach dem raschen Anschluß an die vollendete Production. Offen= bar ist die Consumtion um so vortheilhafter, je schneller die wirk= liche Verzehrung erfolgt; große Consumtionsvorräthe in den Hän= den der Consumenten oder auch auf dem Lager des Producenten schmälern die wirkliche Bedürfnißbefriedigung, weil ein Theil der Vorräthe immer unbenutzt liegen bleiben muß. Das heißt aber soviel als eine Vertheuerung des wirklich erlangten Genusses. Wer sich auf das ganze Jahr mit Mehl für den Haushalt ver= sorgen muß, consumirt, im günstigsten Fall, nicht nur dieses Mehl, sondern auch die Zinsen daraus; denn hätte er nur wöchentliche Einkäufe gemacht, so hätte der ganze jedesmalige Rest auf Zinsen angelegt werden und die bereits stattgefundene Consumtion hätte inzwischen ihre nützlichen Wirkungen doch äußern können. Die Consumtion käme also um den Zins von 51 Wochen wohlfeiler bei gleicher Höhe des Genusses. Wer eine Waare aus einem Laden kauft, consumirt nicht blos den Werth dieser Waare sammt dem Zins seit ihrer Niederlegung zum Verkauf, sondern den aller un=

verkauften Waaren sammt ihrer Verzinsung, und nur der Werth, der nach dieser Consumtion etwa übrig bleibt (Lumpenwerth, Erlös aus Schleuderpreisen), kommt in Abrechnung. Reiche Ausstattungen, für das ganze Leben berechnet, sind daher Verschwendung; eine große Zinsenmasse wird ohne Vortheil consumirt. Daher ist auch die Consumtion dauerhafter Gegenstände, die natürlich immer theurer sind, verschwenderisch, wenn mit dem ersparten Vermögen sammt Zins und Zinseszins mehr ausgerichtet werden könnte; ganz abgesehen davon, daß der Geschmack und die Preise stets wechseln und die Verschlechterung der Sache, wenn sie einmal einreißt, in geometrischer Proportion vor sich geht. Der Rock, mit dem man in der guten, alten Zeit confirmirt, getraut und begraben wurde, war nicht nur ein Beweis großer Geschmacklosigkeit, sondern ganz gleich einem Ankauf immer schlechterer Waare gegen immer höheren Preis. Der größere Einfluß des Modewechsels hat daher wenigstens das Gute, daß die letztere Art der langsamen Consumtion mehr und mehr aufgegeben wird. Denn die Consumtion soll nicht mehr Werthe in Anspruch nehmen, als für den zu erreichenden Zweck, d. h. die durch sie bezweckte Befriedigung nothwendig ist, und dies nennen wir Sparsamkeit. Das Gegentheil davon ist Verschwendung. Beides kann bei der productiven und unproductiven Verzehrung vorkommen. Die Verwendung einer Maschine z. B., die nur halbe Tage lang arbeiten kann, ist Verschwendung; ebenso aber auch der Einkauf über dem Marktpreis, das Wegwerfen halbgebrauchter Gegenstände, Essen und Trinken über Hunger und Durst u. s. w.

Davon zu unterscheiden ist die nützliche und schädliche Consumtion. Unter letzterer muß man den Güterverbrauch verstehen, der zwar an sich weder unproductiv noch verschwenderisch genannt werden kann, aber nachtheilig auf die Consumtionsfähigkeit oder auf die Productivkraft zurückwirkt, indem er die körperliche, geistige oder sittliche Arbeitskraft untergräbt, oder das Capital zerstört, oder auch den Ersparungstrieb ertödtet. Das erste ist eine regelmäßige Folge jedes Uebermaßes in der Verzehrung. Ganz besonders ist manch schlimmer Einfluß auf die Volksmoral zu bedenken, diese festeste Stütze der nationalen Arbeitskraft. Also berauschende Getränke, verweichlichende Kleidung, erschlaffende Speisen, unsitt-

liche Lectüre und Schaustellungen, Ausschweifungen aller Art,
ungesunde Wohnungen, schlechtes Wasser, Opium, Branntwein,
Tabak für Kinder u. dgl. Natürlich kommt hier Alles auf die Körper-
beschaffenheit und den Charakter der Einzelnen an. Manche Naturen
vertragen ohne Gefahr, was auf andere direct schädlich einwirkt.
Manche fühlen sich nur im Schmutz behaglich, Andere bedürfen der
Reinlichkeit, um gesund zu bleiben. Für Personen von Geist ist
ein pikanter Roman eine heitere Anregung, für schlaffe Naturen
oft eine weitreichende Verführung. Die Wirkungen sind hier unendlich fein und manichfaltig. Wenn man sich bewußt wäre,
welcher Geist der Unsittlichkeit oft unbewußt durch entnervende
Musik in die Herzen der unbewachten Jugend gepflanzt wird, sagt
ein tiefer Kenner der Musik, man würde erstaunen. Wieviel
Arbeits- und Lernzeit geht verloren, indem die Jugend über den
verführerischen Schilderungen eines unsittlichen Romans träumt!
Man braucht jedoch nicht soweit zu gehen, um sich die Wirkungen
der schädlichen Consumtion zu vergegenwärtigen. Die Verschwendung zieht sehr häufig auch eine schädliche Consumtion nach sich,
während der Geist der Sparsamkeit sich schon von selbst immer am
liebsten auf nützliche Ausgaben richtet. Man denke ferner nach,
wieviel Vermögen und Arbeitskraft in Spiel- und Trunkhöhlen
vergeudet wird; wieviele junge Leute sich durch die modernen,
characterlosen und unmäßigen Tänze ruiniren; wieviele Feuersbrünste, Krankheiten, Todesfälle und Zerstörungen aller Art durch
Trunkenheit, Eitelkeit und andere nichtige Genüsse hervorgerufen
werden. Wenn die Nationalökonomie hier von ihrem Standpunkte
aus strenge Grundsätze aufstellt, so maßt sie sich übrigens nicht an,
die alleinige Richterin über die Handlungen der Menschen zu sein;
sie macht nicht den Anspruch, alle Leidenschaften und Widersinnig-
keiten aus der Welt zu vertreiben, aber es kommt ihr zu, diejenigen
schädlichen Einflüsse zu kennzeichnen, welche die Harmonie des
wirthschaftlichen Lebens stören und seine Erhaltungs- und Fort-
schrittstendenz untergraben. Dies ist nicht nur ihre Pflicht,
sondern dient auch zu ihrer Rechtfertigung gegen hämische Angriffe.

Eine besonders schädliche Art der Consumtion sind Kriege,
überhaupt politische Unruhen. Sie lähmen nicht nur eine große
Menge Unternehmungen und nützlicher Geschäfte, sondern zerstören

geradezu eine Unzahl von Capitalien und Arbeitskräften, ganz ab=
gesehen von den Verlusten an Menschenleben und den vielen Mil=
lionen, die als eigentliche Kriegskosten gerechnet werden. Ein
Krieg kann ehrenvoll, ja nothwendig sein, aber man kann seine
schlimmen Folgen für die wirthschaftlichen Verhältnisse nicht genug
hervorheben. Einzelne Unternehmer, Capitalisten oder Arbeiter=
classen, deren Producte aus Anlaß des Krieges besonders begehrt
werden, können dabei unverhältnißmäßig gewinnen, allein das Volk
im Ganzen, namentlich wenn der Arbeitslohn hoch steht, verliert un=
endlich. Grund und Boden, überhaupt stehende Capitalien ent=
werthen sich, umlaufende Capitalien werden in Masse in den
Schlund des Kriegs geworfen, und enorme Arbeitskräfte werden
unmittelbar oder mittelbar dem Kriegszweck geopfert. Der Scha=
den ist natürlich geringer, wenn der Krieg außer Landes geführt
und großentheils mittelst Anleihen bestritten wird; allein im
günstigsten Falle häuft sich die Staatsschuld und die Steuerpflich=
tigen müssen sich gewöhnlich für immer eine drückende Last auf=
bürden lassen. Und wie leidet darunter oft der Staatscredit, der
doch mittelbar die Productivkraft so sehr befördert. Mit günstigem
Auge kann man die Kriege nur dann betrachten, wenn man sie mit
reinigenden Gewittern vergleicht, welche frische Thatkraft und er=
neutes Selbstgefühl unter die Nationen bringen. Oft ist aber ein
Krieg nichts weiter als ein barbarisches Duell, das aus nationaler
Eitelkeit geschlagen wird. Wegen einzelner Rechtsverletzungen
oder unbesonnener Kränkungen Kriege anzufachen, ist entweder eine
Heuchelei oder eine Lächerlichkeit.

Nützlich ist die Consumtion, wenn sie entweder ein vernünf=
tiges, wahrhaft menschliches Bedürfniß befriedigt oder auf die
Productivkraft günstig zurückwirkt. Beides wird wohl immer
Hand in Hand gehen. Sehr viele Dinge, z. B. feine Handschuhe,
Schmucksachen, Leckereien, Unterhaltungsschriften u. s. w. werden
freilich consumirt, die in wirthschaftlicher Beziehung gleichgültig
sind.*) Hier kann man loben oder tadeln, je nach dem Geschmack
und den Anschauungen der Einzelnen.

---

*) Doch lassen sich auch hier von einem höheren Standpunkte aus Spu=
ren wirthschaftlicher Nachtheile erkennen. So gibt z. B. Büsch (Geldumlauf
IV. § 56) dafür, daß kleine Universitätsstädte trotz des starken Consums von

Gleichgültig ist an und für sich, ob die Consumtion von Privat=
personen oder vom Staate oder anderen moralischen Personen aus=
geht; denn auch im letzteren Falle findet doch immer irgend eine
Consumtion physischer Personen statt. Nur muß der Staat haus=
hälterischer consumiren, weil er für das allgemeine Wohl zu sorgen
hat und großentheils fremdes Vermögen verwaltet. Luxus darf
er sich nur erlauben, nachdem mindestens die angemessenen Be=
dürfnisse der Steuerpflichtigen bereits gedeckt sind. Diese Grenze

---

Seiten der Studirenden erfahrungsgemäß nicht reich werden, drei Gründe an:
1. Der Verdienst aus den mancherlei Gegenständen des Wohllebens, die am
Orte nicht erzeugt werden, geht an andere Orte hinaus; 2. das starke Credit=
geben; 3. das Beispiel der Verschwendung von Zeit und Geld, dem die übri=
gen Einwohner unterliegen. Aus ähnlichen Gründen ist es auch thöricht,
wenn kleine Städte durch die Erlangung einer Garnison ihrem Verdienste
aufhelfen wollen. Ueberhaupt sollte der Staat aus volkswirthschaftlichen und
moralischen Gründen darauf bedacht sein, dauernde Gelegenheiten zu starker
unproductiver und schädlicher Verzehrung, wie Residenzen, Garnisonen, Aka=
demieen 2c., möglichst in große Städte zu verlegen, wo die vielfachen schlimmen
Folgen sich leichter verlieren. — Auch können an sich gleichgültige Consumtions=
arten durch verschwenderische Ausdehnung verderblich werden, wie z. B. dem
übertriebenen Luxus der amerikanischen Frauen in Putzsachen Schuld an der
Handelskrise von 1857 gegeben wird. Wenn auch dem nicht so war, mochte
doch die Putzsucht der Frauen zum Ruin manches Geschäftsmannes beigetra=
gen und der Geschäftsbewegung Amerikas eine bedenkliche Richtung gegeben
haben. Dies ergibt sich, wenn man die Einfuhr von Luxuswaaren, die vor=
zugsweise vom weiblichen Geschlecht consumirt werden, mit der Einfuhr von
Luxusgegenständen für Männer vergleicht. Dieselbe betrug 1856/57 in
Dollars:

Artikel für Frauen

Seidenwaaren	28,699,681
Stickereien	4,443,175
Spitzen	1,129,754
Shawls	2,246,351
Strohhüte 2c.	2,246,928
Handschuhe	1,559,322
Juwelen	503,633
Zusammen	**40,828,844**

Artikel für Männer.

Spirituosen	3,963,725
Weine aller Art	4,272,205
Tabak und Cigarren	5,582,557
Zusammen	**13,818,487**

(Max Wirth, Gesch. d. Handelskrisen. S. 388).

wird aber sehr häufig nicht beobachtet, weil man die Staatsmittel für unerschöpflich hält und die schlimmen Wirkungen einer verschwenderischen Staatsverwaltung nicht so leicht und schnell erkennt. Um so nöthiger ist den Staatsbeamten, besonders den höchsten, die genaue Kenntniß der volkswirthschaftlichen Gesetze.

§ 108.

Vom Luxus.

Der Luxus ist eine Consumtion nicht des Verstandes, sondern des Gefühles; die Lust des Genusses. Er ist insofern eine besondere Richtung des Genusses, die über die wirthschaftlichen Kreise hinausreicht, aber bedeutende Folgen für diese hat. Wer mit dem Verstande consumirt, hat irgend einen weiter liegenden Zweck vor sich; er will sich nähren, kleiden, vor den Unbilden der Witterung beschützen, sich stärken, belehren oder andere Zwecke erreichen; das Gefühl dagegen, wie es einmal in den Menschen von Natur gepflanzt ist, verlangt noch eine besondere Zuthat, die entweder den körperlichen Sinnen schmeichelt oder dem Geist oder dem sittlichen Willen. Sein Element ist der reine, absichtslose Genuß, der sich selbst genügt. Wäre es möglich, alle Speisen so herzurichten, daß Geschmack und Geruch dabei nichts mehr zu thun hätten, so müßte der Verstand damit vollkommen zufrieden sein, denn der Zweck der Ernährung würde ja immer noch erreicht; Luxus könnte nicht damit getrieben werden, höchstens Verschwendung. Aber der Gaumen verlangt noch eine besondere Befriedigung, und das ist Luxus. Wer Madeira trinkt, um seinen Magen zu stärken, treibt keinen Luxus, soferne er ihn nicht einem geschmacklosen Stärkungsmittel vorgezogen hat; wohl aber treibt Luxus, wer Wein trinkt, blos weil er besser schmeckt als Wasser. Wenn man spazieren fährt, weil es angenehmer ist, als zu gehen, treibt man Luxus; wer dagegen fährt, um schneller sein Ziel zu erreichen oder um der Genesung willen, gehorcht offenbar nur einer Vorschrift des Verstandes. Jede Kleidung, die über den Zweck der körperlichen Bedeckung und Beschützung hinausgeht, jede Speise, die für den Gaumen zubereitet ist, jede Wohnung, die mehr enthält

als die Mittel zur Abhaltung des Wetters und zur Ruhe, ist
Luxus. Alles, was das geistige Dasein verschönert, ist geistiger
Luxus. Geistreich sein in Bild und Wort, Redeschmuck, Wohl=
klang der Töne gehört hieher. Ein Witz ist bald ein Kitzel der
Sinne (Zote), bald des Geistes. Eine Oper kann für Manche
zur Belehrung oder Zerstreuung dienen, dann ist sie für diese kein
Luxus; für Andere dagegen ist sie geistiger, für die Mehrzahl bloßer
Sinnengenuß. Der sittliche Luxus ist Schwärmerei oder Senti=
mentalität. Ich erinnere an den Begräbnißluxus, den Luxus in
katholischen Kirchen; Wallfahrten, Prozessionen sind, soweit sie
Aufwand verursachen, für die Einen reiner Luxus, für Andere da=
gegen sehr häufig nur Verstandessache.

Man sieht, der Luxus ist überall; wo der Mensch frei wählen
kann, wird er immer von zwei sonst ganz gleichen Dingen dasjenige
vorziehen, welches nicht blos den Verstand, sondern auch noch das
Gefühl befriedigt. Daraus folgt schon, daß der Luxus an sich
nichts Verwerfliches sein kann; denn es kann dem Menschen nicht
verwehrt sein, einen Hang zu befriedigen, den die Natur selbst in
ihn gelegt hat. Er wird nur tadelnswerth, wenn er entweder mit
Verschwendung gepaart ist oder sich Rechte über den Verstand an=
maßt. Nur darf man sich den Menschen nicht als Urmenschen
denken, um die Scheidelinie zu gewinnen; sondern den Menschen,
wie ihn die sociale Gebildung in jedem Zeitalter und an jedem
Orte hergestellt hat. Ein Versuch dieser Art, wie ihn z. B.
Rousseau gemacht hat in seinem Emil, wäre selbst wieder Ge=
fühlsluxus, Schwärmerei; eine Coquetterie des Gefühls, womit
der Verstand verschont sein will. Wasser aus der hohlen Hand
trinken, wie Diogenes that, ist offenbar Luxus; denn der Verstand
sagt, daß ein Gefäß dem Bedürfniß des Trinkens viel zweckmäßi=
ger dient; aber ein goldenes, verziertes Gefäß ist dennoch Luxus,
weil es nur das Wohlgefallen reizt. Der Kleiderluxus beginnt
erst da, wo man sich putzt oder verweichlicht; gäbe es keinen Unter=
schied des Geschlechts oder der Stände, so würde höchst wahrschein=
lich diese Art des Luxus nicht vorkommen. Eine weitere Ursache
des Luxus ist auch die Ungleichheit des Vermögens, welche die
reicheren Classen wie von selbst zu Prunk, Ueppigkeit und zu der
Sucht, es Anderen durch Aufwand hervorzuthun, hindrängt; da

aber die Vermögensungleichheit schließlich auf der Verschiedenheit der individuellen Fähigkeiten und Anlagen beruht, also in der menschlichen Gesellschaft von Natur begründet ist, so folgt auch hieraus, daß der Luxus an sich weder unnatürlich noch verwerflich sein kann. Die Verschwendung dagegen ist entweder reine Thorheit, wenn sie aus Leichtsinn entspringt; in der Regel aber zugleich Luxus, weil der Verschwender vor sich selbst oder vor Anderen glänzen will. Sehr häufig aber schmeicheln große Verschwender nur dem Luxusbedürfniß der Massen, deren Wachsamkeit und Freiheitsdrang sie einschläfern wollen, um sich im Besitz erlangter Gewalt ungestört zu erhalten.

Wer gegen den Luxus eifert, thut dies entweder aus Irrthum, wie diejenigen, welche glaubten, daß der Verbrauch kostbarer Fremdwaaren das Gold und Silber aus dem Land treibe, oder er meint damit Ueppigkeit, Ausschweifung oder Verschwendung. Wer den Luxus ein Zerrbild der Gesittung nennt, will den entarteten Luxus tadeln, der dem Gefühl in schädlicher oder verächtlicher Weise huldigt. Saufgelage sind immer Verschwendung und Luxus zugleich, weil sie dem rohen Sinnengenuß Mittel opfern, die nützlich hätten verwandt werden können; dagegen ist der mäßige Genuß feiner Weine entweder eine Kur für Körper und Geist oder doch ein angenehmes Mittel geselliger Erheiterung. Kinder zeugen in der Ehe ist offenbar kein Luxus; wohl aber, wenn es als bloßer Sinnenkitzel dient, und dies ist außer der Ehe immer der Hauptzweck. Die ehewidrige Befriedigung des Geschlechtstriebs ist daher immer Luxus. An und für sich könnte sie der Staat nur mit demselben Rechte verbieten, mit dem er jeden Luxus verbietet; allein der Verstand verlangt die Aufrechterhaltung der Volksmoral und wird hiebei unterstützt vom religiösen und sittlichen Gefühl, wonach der Leib als ein Tempel Gottes nicht zum bloßen Genußgegenstand erniedrigt werden soll.

Der Luxus ist somit die Consumtion des Gefühles; jeder wenigstens unmittelbare Reproductivzweck verschwindet. *) Wenn

---

*) Jeder Luxus setzt daher einen Ueberschuß über die Reproductivausgaben voraus oder freies Einkommen. Doch kann man nicht sagen, daß der Luxus verderblich wird, sobald er die Bildung von Ueberschüssen stört. Mittel-

man in England rechnet, daß ein erwachsener Arbeiter zu seiner Ernährung täglich 2 Unzen Stickstoff und 11 Unzen Kohlenstoff einnehmen muß, so ist das reine Verstandesconsumtion*); die Speisen, in denen diese Nährstoffe eingenommen werden, können Luxus werden, wenn man vom Essen noch besonderen Genuß haben will. Wer aber die leckersten Speisen blos um seiner Ernährung willen verzehrt, treibt keinen Luxus; dieser beginnt erst, wenn der Gaumen gekitzelt werden soll. Es kommt also Alles auf den Standpunkt des Gefühls an, mit dem man consumirt. Daher möchte ich den Luxus nicht blos als Genuß des Entbehrlichen bezeichnen; schon im Unentbehrlichen, das übrigens schwer zu bestimmen ist, steckt viel Luxus, wenn man sich nur nicht auf den Standpunkt des Urmenschen stellt. Leichter Tischwein kann für den Reichen Sparsamkeit, für den Armen Verschwendung sein; aber Luxus treibt damit doch auch der Erstere, wenn nicht seine körperliche Beschaffenheit Wein verlangt. Denn der Verstand sagt, daß Wasser am besten den Durst löscht. Aber der Luxus selbst ist schon beßwegen an sich nichts Entbehrliches, weil das Gefühl des Wohlgefallens und Behagens eine wesentliche Seite der Menschennatur ausmacht; nur wenn der Mensch reines Verstandeswesen wäre, könnte man Luxus und Entbehrlichkeit für identisch halten. Dann gäbe es aber höchst wahrscheinlich keinen Luxus. Darum strebt auch jeder Mensch nach freiem Einkommen, aus dem schließlich jeder Luxus bestritten wird; prunkhafte, sogar standesmäßige Reproductivausgaben dienen nur dem Luxus Anderer. Wo es keinen Gegensatz von Verstand und Gefühl gibt, wie beim Thier, kann es auch keinen Luxus geben; hier kann man nur von einem Uebermaß in der Befriedigung einzelner Naturbedürfnisse sprechen, z. B. von Gefräßigkeit, Wolluft. Der Luxus, als der erheiternde Gefährte

---

bar kann auch der Luxus productiv wirken, wenn er nur die Wirksamkeit der bereits dem Productivzweck gewidmeten Productivkräfte nicht vermindert oder nachträglich sie vermehrt.

*) Es zeugt daher von einer ziemlichen Verschwendung, wenn, wie Lawes und Gilbert (s. Journal of the Society of Arts vol. III. Nr. 120 p. 272) aus dem täglichen Verbrauch an Nahrung berechnen, die $2\frac{1}{2}$ Millionen Bewohner der Stadt London jährlich über $25\frac{1}{4}$ Millionen Pfund Stickstoff verzehren.

des Verstandes, ist etwas rein Menschliches. Wollte man in Gleichnissen reden, so wäre der Luxus die weibliche Seite der Consumtion, die schönere, aber auch schwächere Hälfte des Consumenten. Durch ihn verklärt sich der abstracte Begriff der Consumtion zum Genuß, erhält die an sich, wirthschaftlich zwecklose Production concrete menschliche Weihe.

Die consequente achtungswerthe Richtung des Gefühls nennt man Charakter; daher ist der Luxus bald charaktervoll, bald charakterlos, edel oder unedel, lobenswerth oder verächtlich, anständig oder schamlos. Der rein sinnliche Luxus ist nicht immer verwerflich; man darf des Leibes warten, doch also, daß er nicht geil werde. Doch artet diese Art des Luxus am häufigsten und leichtesten aus; weil die wenigsten Menschen ihre Sinne zu beherrschen vermögen. Dieser entartete Luxus ist Rohheit und Gemeinheit in jeder Gestalt; besonders Gefräßigkeit, Trunksucht, Unzucht. Namentlich das letzte Laster ist häufig, in Bildern, Worten und Handlungen. Dem gegenüber steht der Luxus der Reinlichkeit, der Eleganz, des feinen Geschmackes. Tänze sind bald ein unschuldiges Vergnügen, bald raffinirter Genuß; ein Ballet ist fast immer unsittlicher Luxus. Thee, Kaffee, Tabak sind Luxussachen, um so mehr, je stärker sie den Geschmack reizen; wo Thee und Kaffee Nahrungsmittel geworden sind, da muß der Luxus schon tief in die unteren Volksschichten gedrungen und um so stärker in den höheren sein.*) Man muß sich nur hüten, Luxus und Verschwendung zu verwechseln, auch hat der Luxus ungerechter Weise für die Meisten einen schlimmen Klang, wie das Wort Polizei. Das kommt daher, daß die Schattenseiten einer Sache gewöhnlich den stärksten Eindruck machen und der Luxus der Reichen die Armen zu Neid und Spott reizt. Aber Jeder treibt Luxus in seiner

---

*) Daher ist es zulässig, aus dem zunehmenden Kaffeeimport des Zollvereins Schlüsse auf den steigenden Luxus in demselben zu ziehen. Dieser Import betrug in Centnern: (Rau, vergl. Stat. d. deutsch. Handels, S. 66)
    1851: 905,447 1857: 1,220,708 1859: 1,256,671
    1856: 1,150,343 1858: 1,342,385 1860: 1,309,731
Oder auf den Kopf der Bevölkerung fielen Pfund: 1830: 2,07; 1840: 2,4; 1845: 2,84; 1850: 2,45; 1856: 3,5; 1860: 3,9. Auch die Theeeinfuhr ist stark im Zunehmen begriffen.

Sphäre. Der Luxus des Geistes ist in der Regel viel weniger verwerflich, aber er hat auch seine Auswüchse. Gute Romane, bilettantische Studien, Pflege der Beredtsamkeit, Dichtkunst und Musik sind edler Luxus; auf der anderen Seite stehen seichte Dichtereien, rhetorische Ziererei, unfruchtbares Wissen. Ein eigenthümlicher Luxus liegt für die Meisten in den Zeitungen, in dem Gebrauch von Fremdwörtern für ebenso gute einheimische, in der epigrammatischen Schreibart, wie sie besonders von den modernen französischen Schriftstellern affectirt wird. Sittlicher edler Luxus ist planloses Almosengeben ohne Rücksicht auf die Arbeitsfähigkeit des Empfängers, geistliche Musik, religiöse Schwärmerei; als schlimme Beispiele können genannt werden Götzendienst in jeglicher Form, Duelle, Kriege aus nationaler Eitelkeit ꝛc., Ahnenprunk. Die Grenzen fließen aber nur zu oft in einander, weil es zu schwer ist, eine Seite der menschlichen Natur abgesondert zu betrachten.

Jedes Volk und jedes Zeitalter hat seinen besonderen Luxus im guten und schlimmen Sinne*); er richtet sich aber immer auf diejenigen Genüsse, die jedem Zustande der Bildung am meisten zusagen. Ein Kennzeichen des rohen Luxus ist das Massenhafte, des edlen das Gewählte; dicht daneben liegt auch der Unterschied des Gewöhnlichen und des Seltenen, „Aparten". Mit der Verbesserung der Sitten, der Veredelung des Geschmacks und der Läuterung des Charakters wird wohl im Ganzen und Großen der bessere Luxus, namentlich der nicht auf hervorstechenden Prunk, sondern auf Behaglichkeit des täglichen Lebens gerichtete Comfort, immer mehr zunehmen; aber es wäre zu viel gehofft, wollte man von dem Fortschritt der Civilisation den vollständigen Sieg über den Mißbrauch des Luxus erwarten. Soviel man sieht, nimmt der rohe und gemeine Luxus immer nur andere Formen an oder versteckt sich mehr. Die Bildung wirkt eben mehr auf den Verstand, als auf das Gefühl. Es begreift sich auch leicht, daß Luxusgesetze machtlos und schon darum verwerflich sind; besser wirken Mäßigkeitsvereine, überhaupt gutes Beispiel.

Wirthschaftlich betrachtet, ist der Luxus vorzuziehen, der belebend auf die Productivkraft zurückwirkt und die wenigsten

*) Vgl. Roscher, Ansichten der Volksw. S. 399.

Werthe dem Volksvermögen entzieht. Also der Luxus der Künste und Wissenschaften, der edle körperliche Luxus, der Gebrauch dauerhafter Waaren, wie Schmucksachen. Er befördert dann auch zugleich die Arbeitstheilung und die Pflege der edleren Arbeiten, namentlich der persönlichen Dienste. Zu den verächtlichsten Arten des Luxus gehört der Müßiggang, durch den menschliche Arbeitskraft und eine Menge capitalfähiger Güter dem Reproductivzweck entzogen werden.

§ 109.

Von den Wirkungen des Luxus.

Ueber eine Sache, die so viele Gestalten annehmen, so viele Wandlungen durchmachen kann, wie der Luxus, in deren Erscheinung eine solche Verschiedenheit der Richtungen, der Mittel, des Grades, der Art und Weise der Ausübung vorkommen kann, müssen begreiflich die Urtheile auch höchst verschieden sein, wenn es sich um ihre Wirkungen handelt. In der That wird der Luxus bald als das Beste, bald als das Schlechteste erklärt; bald als die Quelle aller Annehmlichkeit, alles Fortschritts, aller Bildung, alles Reichthums, aller Tugenden, bald als die Ursache alles Leichtsinns, aller Verweichlichung und Schwäche, aller Sittenlosigkeit und Lasterhaftigkeit, aller Verarmung, aller Bedrückung und Ungleichheit, als der Inbegriff aller Verkehrtheit, Unvernunft und Unsitte. Es liegt nahe, daß in keinem dieser so schroff gegenüberstehenden Urtheile die volle Wahrheit enthalten sein kann. Manche, wie z. B. Roscher, vertheilen die günstigen oder ungünstigen Arten des Luxus auf die verschiedenen Entwicklungsperioden der Völker und erblicken in vernünftigem und edlem Luxus ein Zeichen der Blüthe, in unklugem und unsittlichem eine Folge des Verfalls. Dies scheint jedoch einerseits nur auf die hervorstechenden Richtungen des Luxus in jeder Periode zu passen, andererseits nicht auf alle Classen der Bevölkerung, weil in jeder die Entwicklung der Bildung, Moral und des Wohlstands eine verschiedene ist; wie es sich denn auch zeigt, daß zu derselben Zeit der raffinirteste Luxus der Verbildung mit dem rohen, massen-

haften zugleich auftritt, während sich aus dem Anblick jeder ethno-
graphischen Sammlung ergibt, daß auch auf der niedrigsten
Culturstufe schon das Streben nach Zierde und Geschmack in Kleidung, Waffen und Geräthschaften in hohem Grade vorhanden ist.
Indessen handelt es sich für uns nicht um diese allgemeine Beurtheilung des Luxus, die Jedem nach seiner moralischen und geschichtlichen Auffassung leicht zu Gebote steht, sondern um seine
wirthschaftlichen Wirkungen, wobei wir zu untersuchen haben, inwieweit der Luxus, als ausschließliche Richtung der Consumtion
auf Vergnügen und Wohlgefallen, für das Wirthschaftsleben för-
dernd oder hemmend sich äußert.

Zunächst ist nun klar, daß der Luxus im Allgemeinen ein un-
verkennbares Bedürfniß im Menschen befriedigt, somit eine wesentliche Seite der Menschennatur ausfüllt; und da der Grad der
menschlichen Leistungsfähigkeit hauptsächlich durch den Grad der harmonischen und vollständigen Ausbildung bedingt wird, so charakteri-
sirt sich der Luxus als eine wesentliche Bedingung der höchst möglichen Leistungskraft und als ein Hebel der Productivität überhaupt, dies auch nach der Seite hin, daß durch die Aussicht auf
Luxus das Begehrungsvermögen ungemein angeregt, also auch
zur Vermehrung der Leistungsfähigkeit angespornt wird. Der
Luxus ist somit, als Bedürfniß, nicht blos selbst eine Kraftäußerung, sondern auch ein äußerst wichtiger und mächtiger Antrieb
zur Kraftäußerung und zur Kraftentwicklung, und keine blühende
und fortschreitende Volkswirthschaft ist möglich, ohne daß der
Luxus gleichzeitig als Ursache und Wirkung zur Geltung gelangt.
Die von den Philosophen so oft angepriesene Bedürfnißlosigkeit
und Selbstbeschränkung auf das animalisch Nothwendigste erscheint
hienach nicht nur als eine menschenwidrige, sondern auch und eben
deßhalb als eine sehr unwirthschaftliche Tendenz; sie würde den
Aufschwung der Menschenkraft vernichten, um einer einseitigen
Ueberhebung des Verstandes über das Gefühl oder um einer
krankhaften Richtung des Gefühls selbst willen, welche für die
Verschönerung und den Ausbau des menschlichen Daseins höchst
verderblich wirken würde.

Was auf Seiten des Consumenten, ist auch wahr auf Seiten
des Producenten. Wie dort der Luxus die Harmonie der Men-

schennatur garantirt, so bedingt er hier, indem er sich auf die manichfaltigsten Richtungen des Gefühlsvermögens wirft, die Harmonie und Manichfaltigkeit der Production und damit gleichfalls ihre höchst mögliche Vollendung. Dies schon dadurch, daß der Luxus immer Feineres, Kunst= und Geschmackvolleres, Bequemeres begehrt, also auch, im Besitz höherer Zahlungsfähigkeit, die productiven Kräfte immer mehr auf diese Richtungen hindrängt; aber auch dadurch, daß er, auf unzählig verschiedene und immer neue Gegenstände gerichtet, die unendliche Vielartigkeit der productiven Kräfte in den Einzelnen zu That und Leben ruft und eine Unzahl schlummernder Kräfte und Talente nützlicher Wirksamkeit zuführt. Man kann selbst sagen, daß durch das Luxusbedürfniß überhaupt die Ausdehnung und der Fortschritt der Production bedingt ist; wie Ad. Smith bemerkt: „Der Wunsch nach Nahrung findet sich begrenzt im Menschen durch den beschränkten Umfang seines Magens; aber der Wunsch nach Wohlbefinden, nach Luxus, Vergnügungen, Equipagen, Kleiderschmuck ist unbegrenzt wie die Kunst, wie die Laune." Wir haben aber gesehen, daß die Manichfaltigkeit der Bedürfnisse und Productivkräfte zu den mächtigsten Hebeln der Productivität gehört, namentlich auch die Consumtionsverluste immer mehr beschränkt. Da in jedem Volk eine ungeheure Summe von natürlicher und künstlicher productiver Fähigkeit verborgen liegt, so muß ein so mächtiger Anreiz, wie das Luxusverlangen, der sich weit über den Drang der Nothwendigkeit erhebt, die mächtigste Schranke abgeben gegen Stillstand, Rückgang und Einseitigkeit. Luxusverbote, soweit sie nicht den schädlichen oder unmäßigen Luxus betreffen, entspringen daher geradezu aus Verblendung.

In dieser Beziehung ist jedoch ein Unterschied zu machen zwischen dem Luxus in einheimischen und ausländischen Dingen. Es ist zwar an und für sich gleichgültig, ob der Luxus in den einen oder den andern stattfindet, denn wenn man früher fürchtete, daß die letzteren die edlen Metalle aus dem Lande treiben, so war das eine schiefe Ansicht des Merkantilismus, welche höchstens insofern einige Begründung haben kann, als ein Uebermaß der Verschwendung einzelner begünstigter Classen die einheimischen Quellen des Volkswohlstandes und damit die Exportfähigkeit selbst untergraben wird. Wenn nun der Luxus in einheimischen Dingen im Schwunge ist, folglich auch die einheimischen Luxusindustrieen sich ungestört entfalten können, vielleicht sogar fremde nur gegen inländische Luxuswaaren ausgetauscht werden, dann werden jene günstigen productiven Wirkungen des Luxus sicher sich einstellen. Im entgegengesetzten Falle aber, wenn sich der Luxus vorwiegend oder ausschließlich auf fremde Waaren wirft, gegen welche man dann nur Rohstoffe, Lebensmittel zc. anzubieten hat, wird offenbar die Veredlung und die allseitige Entwicklung der Production niedergedrückt und diese auf einer einseitigen, niedrigen Stufe erhalten. Mit diesem Uebelstande haben alle ackerbautreibenden Völker zu kämpfen, besonders wenn ihre Bevölkerung in der Bildung und dem Vermögen nach ungleiche Classen sich theilt, wenn ein reicher Adel sich mit seinen Neigungen dem Auslande zuwendet, dagegen die niedere, vielleicht leibeigene Bevölkerung neben kargem Lebenserwerb nur die Mittel der Ausfuhr für die Reichen dem Boden abzugewinnen hat. Dies kann sehr gefährlich werden, zumal wenn der Erwerb und die Mobilisirung des Bodens durch allerlei rechtliche Schranken gehemmt ist. Rußland und Polen liefern hiefür schlagende Belege. Mittel hiegegen wären nicht etwa Luxusverbote und Luxuszölle, denn erstere würden nur übertreten, letztere zum Schmuggel reizen, sondern Milderung und allmähliche Beseitigung jener Schranken, welche die Bildung einer freien, strebsamen Landbevölkerung unmöglich machen, höchstens in Verbindung mit mäßigen Zöllen auf die Einfuhr von Industriewaaren und die Ausfuhr von Lebensmitteln und Rohstoffen. Anders ist zu urtheilen, wenn der Anbau des heimischen Bodens, wie in allen neu in Cultur genommenen Ländern, wegen der Reichhaltigkeit der Naturkraft solchen Ertrag abwirft, daß die Industrie vorerst noch zurückstehen muß; hier würde ein Bekämpfen des fremden Luxus die Productivkräfte nur künstlich in minder fruchtbare Kanäle leiten. Werden auswärtige Luxusgegenstände vorwiegend mit groben Gewerbs-, insbesondere Maschinenwaaren gekauft, so ist das gleichfalls eine schädliche einseitige Richtung der einheimischen Production und bewirkt, wie bereits früher bemerkt, eine künstliche Ausbreitung des Proletariats; hier erfordert es das einheimische Interesse, die Fremdwaaren in dem Maße, als sie feiner sind und mehr dem Luxus dienen, mit höheren Zöllen zu belegen, um der immer vorhandenen Tendenz der Veredlung und kunstvolleren Ausbildung der Landesindustrie zu Hülfe zu kommen.

Allerdings vermindert der Luxus als eine sogenannte unproductive Verzehrung den Reichthum, allein dies ist an sich kein Uebel; denn jeder Reichthum ist ja um der Verzehrung willen da und wir haben gesehen, daß der Luxus auf anderen Wegen die Fähigkeit zur Reichthumsvermehrung befördert. Ein Volk, das dem Luxus ergeben ist, trägt daher aus diesem Grunde nicht die Bedingungen der Verarmung in sich; man darf die Sache nicht einmal so betrachten, als ob ohne den Luxus mehr Reichthum erworben worden wäre. Es wird nur zunächst und formell genommen weniger capitalisirt; allein einerseits ist zu bedenken, daß höchst wahrscheinlich gerade um des Luxus willen mehr producirt wurde, dann daß, was durch ihn dem Capital als solchem entzogen wird, auf unzähligen Wegen der Arbeitskraft und dem allgemeinen Productivfond der Gesellschaft zufließen und ebenso auch im Hinblick auf zukünftigen Luxus zur Zeit mehr gespart werden wird; um wieviel ausgebildeter kann z. B. die Arbeitstheilung, oder lebhafter die Konkurrenz werden! Gleiches gilt von der Bevölkerung. Wir haben gesehen, daß in dem Verhältniß, als die Bedürfnisse sich von den Nothwendigkeiten des Unterhalts entfernen, die Zunahme der Population aufgehalten wird; denn es werden in demselben Verhältniß Unterhaltsmittel weniger producirt. Der Luxus, bei dem dies ganz besonders zutrifft, ist daher in dieser Hinsicht eine mächtige Schranke. Diese nächste Wirkung wird aber weit überboten durch die von ihm herbeigeführte Vermehrung der Productivität nach allen Richtungen hin.

Diese günstigen Wirkungen werden sich jedoch nur da in erheblichem Grade einstellen, wo der Luxus die ganze Volkswirthschaft harmonisch durchdringt, wo seine Möglichkeit als durch eigene Kraft zu erreichendes Ziel Jedem vor Augen steht, wo keine ungerechten Schranken bestehen, welche den Zugang Aller auf die höheren Stufen des menschlichen Daseins verhindern. Rechtsungleichheit, Kastengeist, starke Ungleichheit der Bildung und des Vermögens, Unterdrückung und Ausbeutung einer Classe durch die andere scheiden die Bevölkerung nicht blos in Bezug auf den Genuß, sondern auch auf die productive Leistungs= und Entwicklungsfähigkeit in zwei höchst ungleiche Theile; der untere Theil wird in beiden Beziehungen zurückkommen aber doch nicht den möglichen Aufschwung nehmen, der obere wird allmählich in seinen eigennützigen Genüssen ausarten, seine isolirte Genußfähigkeit selbst schwächen und schließlich auch an eigener Kraft abnehmen, wenn kein frischer, belebender Zufluß aus den unteren Schichten stattfindet. Wo der Luxus ausschließliches Erbtheil einer einzigen Classe wird, ist einer der mächtigsten Hebel des Gedeihens und Fortschreitens aus der Volkswirthschaft hinweggenommen; die Strafe hiefür trifft nicht nur den bevorzugten, sondern auch den bedrückten Theil und zur Entartung und Schwäche gesellen sich Haß, Neid, Erbitterung, welche den langsam schleichenden Verfall durch Zerstörung und Corruption beschleunigen. Wo Bevölkerung und Reichthum immer mehr anwachsen, wird jene Ungleichheit, wenn auch nur factisch und daher in ihren Wirkungen gemäßigter, sich unausbleiblich einstellen, besonders wenn die Schattenseiten des Wirthschaftssystems darauf hindrängen; um so mehr wird es Pflicht, über der gleichen Genußfähigkeit Aller, also wesentlich, wo keine anderen als factische Schranken der Vermögensgleichheit mehr bestehen, über der gleichen und harmonischen Ausbildung aller Productivkräfte und Productionszweige zu wachen. Denn die Gefahren, mit denen einerseits das Proletariat, das ländliche wie das gewerbliche, und andererseits die habsüchtigen Tendenzen der begünstigten Minderzahl die Gesellschaft in wirthschaftlicher wie politischer Beziehung bedrohen, sind keine geringen.

Das bisher Gesagte gilt vom Luxus im Allgemeinen, gleichviel in welcher Gestalt er auftritt. Nun kann man aber, wie bei der Consumtion überhaupt, so auch hier eine schädliche und nützliche Art unterscheiden und der Unterschied wird im Allgemeinen hier dieselben Grenzen haben wie dort. Dem schädlichen Luxus lassen sich nun die soeben betrachteten Wirkungen auf die Volkswirthschaft nicht sofort absprechen; denn auch er wird das Gefühl höherer Befriedigung wecken und einen immerwährenden Anreiz zur Vermehrung und Ausbildung der Production zur Folge haben. Allein hier hören die günstigen Wirkungen dieser Art von Luxus

auf; und er muß für schädlich erachtet werden, sobald und soweit
er die Fähigkeit zur Verwirklichung jenes Antriebes untergräbt;
der Luxus auf Kosten von Productivkräften bewirkt immer Verluste am Nationalvermögen. Er wird nicht nur von sittlicher,
sondern auch von wirthschaftlicher Seite verderblich, wenn „er die
Gesinnung der Menschen beherrscht, die Kraft der Entbehrung
und Selbstbeherrschung lähmt, den Geist von großen Gedanken
und edlen Entschlüssen abzieht und denselben ganz in entnervende
Vergnügungen versenkt." (Rau.) Dies gilt zunächst von den
Einzelnen, allein die schlimmen Wirkungen hievon erstrecken sich
einer Seuche ähnlich auch auf die Uebrigen. Nur wo die Großen
eines Volks in entarteten Luxus versunken sind, kann dieses selbst
mit dem Rufe „panem et circenses" sich sein Grablied singen.
Das gute Beispiel von edlem und gesundem Luxus von Seiten
der Höherstehenden ist daher eine wichtige Bürgschaft für die Erhaltung der Kraft und des Charakters einer Nation, um so mehr,
als in Sachen des Luxus es Jeder hauptsächlich den über ihm
Stehenden gleich zu thun trachtet.

Der Luxus jeglicher Art hat das Eigenthümliche, daß er
durch Wiederholung und Fortdauer seinen Reiz verliert und folglich seine belebende und anspornende Wirkung. Man könnte hienach Alles, was zur Gewohnheit geworden ist, wenn auch ursprünglich um des reinen Vergnügen willens eingeführt, mit einigem Rechte nicht mehr Luxus nennen. Allein dies wäre wegen der
unzähligen individuellen Besonderheiten nicht strenge durchzuführen.
Immerhin aber ist daraus soviel abzunehmen, daß der Luxus die
Eigenschaft des Neuen, Außerordentlichen nicht verlieren darf,
wenn er seine günstigen Wirkungen behalten soll, denn auch bei
langgewohntem Ueberfluß kann sich Erschlaffung einstellen. Die
Ungleichheit der Stände, des Vermögens, die immer neue Manichfaltigkeit der Genußgegenstände sind daher von diesem Standpunkte aus wünschenswerth; selbst der häufig verspottete unerschöpfliche Modewechsel der modernen Zeit, der das Begehrungsvermögen immer in Athem erhält, findet hier seine Würdigung.
Umgekehrt wäre die von Manchen angestrebte Nivellirung der Bedürfnisse oder gar die todte Gleichförmigkeit des Genusses, wie
sie der Communismus predigt, selbst mit dem Abwechselungs-

ſyſtem des Fourier, ein tödlicher Schlag gegen dieſes belebende und vorwärtsſtrebende Princip der Volkswirthſchaft.

§ 110.

Von der Conſumtionskraft.

Unter Conſumtionskraft iſt die Geſammtheit der Eigenſchaften zu verſtehen, welche ein Gut befähigen, das Bedürfniß des Conſumenten zu befriedigen. Dieſe Eigenſchaften ſind zwar an und für ſich gleichbedeutend mit dem Gebrauchswerth, aber von einem anderen Standpunkt aus betrachtet. Auf dieſen ſieht der Unternehmer als Producent und der Käufer, wenn er Nachfrage erhebt, auf jene der Conſument als ſolcher. Der Gebrauchswerth eines Guts kann ſeiner Art nach derſelbe bleiben, aber die Conſumtionskraft abnehmen, letztere nämlich als Eigenſchaft einer Sache betrachtet, die der Conſument gerade im Beſitz hat. Conſumtionskraft bebeutet alſo den Gebrauchswerth in ſpecieller Beziehung auf den Verlauf der Conſumtion. Während vom Gebrauchswerth Tauſchwerth und Preis abhängt, iſt durch die Conſumtionskraft die wirkliche Bedürfnißbefriedigung des Conſumenten mit Rückſicht auf den Erfolg ſeiner durch Beſitzerwerb bewerkſtelligten Nachfrage bedingt. Die Conſumtionskraft einer Nation beſteht daher in ihrer Fähigkeit, die Bedürfniſſe der Geſammtheit und der Einzelnen durch ihren thatſächlich erlangten Beſitzſtand zu befriedigen.

Auch die Conſumtionskraft iſt, wie die Productivgewalt, dem Geſetz der Rente, d. h. der allmählichen Abnahme unterworfen; hierfür laſſen ſich folgende Gründe anführen.

1) Wegen des unvermeidlichen Zahnes der Zeit. Die Güter verſchlechtern ſich allmählich nicht blos durch den Gebrauch, ſondern durch fortwährende Einwirkung natürlicher Urſachen. Die durch die Production gebändigten Naturkräfte ſtreben unaufhörlich in den Zuſtand ihrer früheren Ungebundenheit zurück. Das Eiſen wird roſtig, das Brod ſchimmlich, das Waſſer matt, das Holz faul, der Weingeiſt verflüchtigt ſich, die Farbe bleicht, Steine verwittern u. ſ. w., kurz es weht ein der menſchlichen Production feindlicher Geiſt

durch alle Producte. Die Elemente haffen das Gebild von Menschenhand.

2. Wegen widriger Naturereignisse und Unglücksfälle, Hagel, Blitze, Seestürme, vulkanischer Ausbrüche, Ueberschwemmungen, Feuersbrünste und sonstiger Unfälle. Eine Menge Güter werden verloren, zerbrochen, beschädigt. Der Eisgang zerstört Brücken und Dämme; Heuschrecken verwüsten oft weite Strecken grünen Landes; der Sand der Wüste begräbt ganze Karawanen, Flüsse trocknen aus, Unreinigkeiten verpesten die Luft, Saaten vertrocknen oder erfrieren. Hierher gehören auch Krankheiten und Seuchen von Menschen und Thieren.

3. Wegen Aenderung der Bedürfnisse. Hier sind besonders die Aenderungen des Geschmackes und der Mode zu erwähnen (Meinungsconsumtion). Viele Güter verlieren ihre Consumtionskraft lediglich dadurch, daß der Geschmack ein anderer wird. Sehr viel kommt auf den Charakter der Bevölkerung an; wo die Moden jährlich mehrere Male wechseln, jedem Spiel der Laune gehuldigt wird, sind viele Dinge kaum ihres Werthes auf einige Zeit sicher. Bei gleicher Productivkraft muß da die Consumtionskraft größer sein, wo die Mode weniger schnell wechselt, man hat hier also verhältnißmäßig mehr Genuß von der Production. So auf dem Lande gegenüber den Städten, weil hier die Consumtion viel rascher wechselt als dort. Der Bauer bewohnt viele Jahre lang dasselbe Haus mit denselben Möbeln und Geräthen, während der Städter nur zu gern bei jeder neuen Niederlassung Wohnung und Einrichtung ändert. Dies erfordert natürlich viel mehr Productivkraft; daher in „alten Häusern" der Reichthum sich viel fester und standhafter hält, sie haben nicht mit Unrecht eine Vermuthung des Wohlstands für sich. Hieher sind auch zu erwähnen Aenderungen in allgemeinen Productionsverhältnissen, welche oft die Consumtionskraft vieler Dinge vernichten oder schmälern. Durch die Erbauung einer Eisenbahn können ganze Straßen veröden, Wirthshäuser eingehen, Fuhrleute mit ihrer ganzen Einrichtung beschäftigungslos werden. Aenderungen in der Zollgesetzgebung können ganze Gewerbe um den Werth ihrer Einrichtung bringen; hieher gehören auch veraltete Bücher, Uniformen, Munitionsvorräthe u. dgl.

4. Wegen Unkunde und Vergessenheit. Viele vergrabene

Schätze werden nicht mehr entdeckt, viele Sachen verlegt, mit manchen alten Sachen weiß man Nichts mehr anzufangen, das Verständniß alter Bücher verliert sich. Manche Erfindung muß zum zweiten Male gemacht, mancher Fortschritt wiederholt aus dem Schutt der Jahrhunderte ausgegraben werden. Es ist merk= würdig, daß nicht wenige nützliche Dinge, die Europa erst allmählich sich aneignete (Schießpulver, Papiergeld), China längst hinter sich hat. Sogar der menschliche Gedanke scheint zeitlich und räumlich begrenzt zu sein.

Natürlich muß jeder Verlust an Consumtionskraft durch eine neue Production ersetzt werden, sowohl wenn das alte Bedürfniß fortbesteht, als auch wenn ein neues aufgetaucht ist. Insofern muß sich an jede Consumtion immer die Entstehung neuer Pro= ductivkräfte anschließen. Es gibt jedoch in den Verhältnissen der Consumtion selbst Mittel und Wege, um der allmählichen Abnahme der Consumtionskraft entgegen zu wirken.

1. Schnelle Consumtion. Je rascher die Consumtionskraft eines Gutes ausgebeutet wird, desto machtloser ist das Streben der feindlich einwirkenden Natur oder der Wechsel der Bedürfnisse. Ein fortwährend gebrauchtes Werkzeug rostet viel weniger; Un= glücksfälle bringen an gebrauchten Dingen viel geringeren Schaden; es ist besser, wenn Güter während der Consumtion, z. B. Kleider am Leibe veralten, als auf dem Lager des Producenten. Nimmt man ein durchschnittliches Maß des zerstörenden Einflusses des Rentengesetzes gegenüber jeder Waare an, so muß ein um so geringerer Betrag dieses Einflusses auf jede einzelne Waare fallen, je schneller sie ausgebraucht wird.

2. Gemeinschaftliche Consumtion. (Gebrauchsvereinigung.) Wenn Mehrere ein Gut zusammen verbrauchen, ist die Wirkung natürlich dieselbe, als wenn Einer allein es schnell verbraucht. Dies ist besonders da nützlich, wo die schnelle Consumtion nicht so leicht durchgeführt werden kann, also bei dauerhaften Gütern. Deßhalb vermiethet man Gebäude, Bücher, Maskenanzüge. Hieher ge= hören öffentliche Bibliotheken, Gasthäuser, Badeanstalten. Hier= durch erklärt sich auch, daß stehende Capitalien, wie Maschinen, Eisenbahnen, schon einen großen Absatz erfordern, wenn sie nützlich verwendet werden sollen. Auch die Versicherungsgesellschaften

kann man hier erwähnen. Von großer Wichtigkeit ist ferner die gemeinsame Consumtion der Zeit nach. (Gebrauchsfortsetzung.) So kommen abgetragene Kleider an Dienstboten oder Arme, ungelesene Bücher werden als Maculatur verwendet, ja alte Dinge (Antiquitäten) erlangen oft gerade durch ihr Alter eine erhöhte Consumtionskraft.

3. Sonderung der Consumtionskraft. (Gebrauchstheilung.) Je unmittelbarer und ausschließlicher ein Consumtionsgegenstand nur für ein Bedürfniß hergerichtet wird, desto vortheilhafter wirkt dies auf die Befriedigung desselben und desto vollständiger kann er ausgenützt werden. Bei der reproductiven Consumtion ist dies mit Capital- und Arbeitstheilung gleichbedeutend; aber auch die unproductive erlangt hierdurch große Vortheile. Auch sie setzt aber schon gesteigerten Absatz, sowie viel Capital voraus. Man denke z. B. nur an Winter- und Sommerkleidung; ohne diesen Unterschied müßte man im Sommer höchst unnütz und lästig dichte Stoffe oder Pelzwerk consumiren, oder im Winter frieren. Für den, der sich über einen einzelnen Gegenstand allseitig unterrichten will, ist eine Monographie viel werthvoller, als ein System, welches alle Gegenstände gedrängt behandeln muß. Wie viele Sorten von Wein, Thee, Kaffee, Tabak, Kleidungsstoffen, sind für verschiedene Bedürfnisse zugerichtet! Ohne dieses wäre man in ganz unbequemer und widersinniger Weise genöthigt, für mehrere Bedürfnisse zugleich zu consumiren und doch würde jedes einzelne in viel geringerem Grade befriedigt. Die Consumtionskraft aller Producte wäre also unendlich kleiner.

4. Die Gewohnheit und Anhänglichkeit an das Alte ersetzt in hohem Grade die abnehmende Consumtionskraft. Je länger man eine Sache benützt, desto lieber gewinnt man sie und übersieht die Mängel des Alters. Alte Kleider, Geräthe, Dienstboten mögen weniger brauchbar werden, allein man schickt sich darein und schätzt sie höher um langjähriger Dienste willen. Zudem haben neue Dinge, wie Kleider, Wohnungen, immer etwas Unbequemes. Schonende Behandlung erhält gar Vieles länger in seiner Brauchbarkeit. So hat auch hier die Macht der Trägheit ihr Gutes.

§ 111.

Vom Verhältniß der Consumtion zur Production.

Alles, was consumirt wird, muß auch irgend einmal producirt worden sein. Es läßt sich kein Consumtionsgegenstand denken, der nicht aus der productiven Anwendung von Güterquellen entstanden wäre; die freien Naturkräfte sind nur Erleichterungen der Production mittelst Arbeit und Capital. Auch die Luft, die uns umgibt, das Wasser, das wir trinken, sind Producte; man muß Abzugskanäle bauen, Bäume pflanzen, Sümpfe entwässern, Ventilationen anbringen, um reine, frische Luft zu athmen; das Wasser muß durch Leitungen, Brunnen in unseren Bereich gebracht und sehr oft durch Filtration gereinigt werden. Selbst die Sonnenwärme dient nur dazu, das oder jenes Product leichter und angenehmer hervorzubringen, und wir genießen ihre Annehmlichkeit nur vermittelst manichfacher, künstlicher Veranstaltung, indem wir unsere Wohnungen, unsere Kleidung, unseren Körper zu ihrer zweckmäßigsten Aufnahme einrichten, so daß sie uns gleichfalls wie ein anderes Product zugeführt erscheint. Hieraus geht hervor, daß die Consumtion durchweg von der Production bedingt ist; in dem Maß als die Production wächst, muß auch die Consumtion zunehmen; denn es ergibt sich aus dem Früheren von selbst, daß Alles, was producirt wird, auch schließlich in kürzerer oder längerer Zeit consumirt wird. Kein Product kann in seinem Werth unverändert erhalten werden, schon wegen der steten Einwirkung des Gesetzes der Rente.

Wenn man daher von einem Gleichgewicht zwischen Consumtion und Production redet und die Herstellung dieses Gleichgewichts als eine grundsätzliche Regel aufstellt, so scheint dieses auf den ersten Blick ein sehr überflüssiger Satz. Denn dieses Gleichgewicht könnte ja durch keine menschliche Macht verrückt werden, es stellt sich immer von selbst ein. Production und Consumtion bilden den Kreislauf des wirthschaftlichen Lebens; eine ist Bedingung der anderen und keine kann sich dieser Wechselstellung entziehen. Würde weniger producirt, so würde weniger consumirt;

würde weniger confumirt, productiv ober unproductiv, so müßte auch weniger producirt werden, denn durch beide Arten der Confumtion fammeln sich, wie wir gesehen haben, unmittelbar ober mittelbar die Productivquellen wieder in den Tiefen der Productionsschichten, aus benen die fertigen Producte herausströmen. Der wirthschaftliche Kreislauf ist einem Wasserrabe vergleichbar, mit dem man die Wiesen wässert; wenn der Fluß versiegt, muß auch die Wässerung aufhören, und damit wäre auch die Wiederanfammlung des Wassers aus dem Boden ober der Luft beendigt.

Das Gleichgewicht zwischen Production und Confumtion hat baher einen anberen Sinn, nämlich ben: Es soll nicht mehr producirt werden, als das wirkliche Bebürfniß verlangt. Die Confumtion benkt man sich dabei als Nachfrage und die Production als Angebot; es soll also ein stetes Gleichgewicht zwischen Angebot und Nachfrage stattfinden. Auch dies ist noch nicht klar. Denn jebes Ausgebot ist ja zugleich Nachfrage, indem der Verkäufer für sein Ausgebot nothwendig einen Gegenwerth verlangt, und Nachfrage ist zugleich Angebot, ba der Käufer nur durch Anbieten eines Gegenwerthes Etwas kaufen kann. Wäre dieser Gegenwerth immer eine gewöhnliche Waare, würde also unmittelbar ausgetauscht, so müßte sich Nachfrage und Angebot immer unvermeidlich becken; denn was die Tauschparteien bei sich zurückhalten, bilbet keinen Bestandtheil weber des Angebots, noch der Nachfrage. Ist aber der Gegenwerth Gelb, wird also gekauft, so ändert dies an und für sich nichts; denn es ist ja gleichgültig, was Gegenstand der Nachfrage ober des Angebots ist. Allein der Käufer konnte auch Gelb nur erhalten haben, indem er eine Waare verkaufte und biese Waare bilbete sein Ausgebot; und der Verkäufer wird sein Gelb nicht liegen lassen, sondern gleichfalls weiter damit einkaufen. Wo also Gelb das allgemeine Tauschmittel bilbet, werden die Waaren zwar nicht unmittelbar, aber boch mittelbar gegen einander ausgetauscht. Der Käufer kann nur Nachfrage erheben, nachbem er ein Ausgebot veranlaßte; und der Verkäufer bietet nur aus, um seinerseits wieder Waaren zu kaufen. Also auch in der Gelbwirthschaft werden nur Waaren gegen Waaren, Producte gegen Producte ausgetauscht und das Gelb ist nur ein bequemeres

Mittel, um den Werth jeder Nachfrage und jedes Angebots genau zu messen. *)

Steigt nun die Production und folglich das Ausgebot, so kann die Nachfrage gleich bleiben oder sinken oder gleichfalls steigen, und hiernach bekommen die Producenten (Verkäufer) entweder dieselbe Waarenmenge oder eine kleinere oder eine größere; die umgekehrten Wirkungen müssen eintreten, wenn die Production und das Ausgebot sinkt. Unter Nachfrage muß man sich hier das Angebot eines Gegenwerthes denken, und da dieser Gegenwerth gleichfalls nur durch Production entstehen konnte, so bestimmt sich der Markt oder das Verhältniß zwischen Nachfrage und Angebot durch das Verhältniß zwischen Production und Production. Das Gleichgewicht zwischen Production und Consumtion ist also nichts anderes als das Gleichgewicht der Production, oder vielmehr, da jede Production Werthe erzeugt, das Gleichgewicht der Werthe.

Allein auch dieses Gleichgewicht scheint nicht gestört werden zu können. Denkt man an den Tauschwerth, so entsteht dieser doch nur durch das Verhältniß, in dem zwei Waaren oder Waarenmengen zu einander gebracht werden. Werden auf der einen Seite mehr Waaren als auf der anderen producirt, so tauscht eben nur die geringere Quantität eine größere ein; der Werth der ersteren steigt, der der anderen sinkt, aber beide müssen sich doch nothwendig das Gleichgewicht halten. — Denkt man an den Gebrauchswerth, so muß dieser sinken, wo mehr producirt wurde, denn er hängt ja großentheils von dem Verhältniß des Vorraths zum Bedürfniß ab; aus dem entgegengesetzten Grunde muß der Gebrauchswerth der verhältnißmäßig geringeren Productenmenge steigen. Ein Verhältniß der Gleichheit der beiderseitigen Werthmengen muß sich also auch hier nothwendig einstellen.

Allein der Producent will nicht nur produciren und tauschen, sondern er will dieses ohne Verlust thun, ja sogar mit Gewinn. Dies ist aber nicht der Fall, wenn der Werth seiner Waare sinkt. Für ihn handelt es sich um das materielle, nicht um das for-

---

*) „L'argent n'est pas la valeur pour laquelle les denrées sont échangées, c'est la valeur par laquelle elles sont échangées. (Law, considerat. sur le commerce et l'argent p. 159).

melle Werthverhältniß; denn gerade dieses bringt ihm Berlust, wenn er nämlich seine Producte gegen eine geringere Waaren-quantität, ohne vollständigen Kostenersatz und Gewinn ablassen muß. Sein Streben muß also dahin gehen, daß der Markt sich immer so gestalte, daß er mindestens nicht mehr materielle Werthe hinzugeben braucht, als er dafür empfängt. Er muß also nicht mehr Werthe produciren, d. h. nicht mehr Productivkräfte consu-miren, als er von der Gegenseite wieder zurückzuerhalten vermag. Dies ist das Gleichgewicht der Production; es beruht, wie man sieht, auf der Beobachtung der Gesetze der Reproduction und Con-sumtion. (§ 38.)

Es ist klar, daß dieses Gleichgewicht nicht zerstört wird, wenn alle Producenten in demselben Verhältniß mehr produciren als früher; denn dann empfängt Jeder in demselben Verhältniß mehr, als er selbst hingibt. Hier kann kein Berlust eintreten, sondern erst dann, wenn Einer verhältnißmäßig mehr Productivkräfte auf-wendet als der Andere. Und dieses kann sehr leicht stattfinden, weil der Grad der Productivität und die Ausdehnungsfähigkeit der Productionszweige nicht in allen Unternehmungen dieselben sind oder bleiben.

Gewerbswaaren, persönliche Dienste und Bodenproducte werden im Allgemeinen gegen einander ausgetauscht. Tritt eine Mißernte ein, so steigt der Preis z. B. des Getreides, und zwar in stärkerem Verhältniß als der Ausfall der Ernte beträgt. Wenn nun auch die Erzeuger von Gewerbswaaren und persönlichen Diensten formell dieselben Tausch- und Gebrauchswerthe erhalten, die sie hingeben, so ist doch ihr Consumtionsvorrath der Sache nach geschmälert. Denn sie müssen jetzt für Getreide mehr auf-wenden, während ihr Einkommen gleich geblieben ist; sie müssen also jetzt weniger Getreide oder weniger andere Waaren consumi-ren, wenn sie an Getreide keinen Abbruch erleiden wollen. Ist dagegen die Ernte überreichlich, so sinkt der Preis des Getreides; wenn nun die Kosten der Getreideproduction in gleichem Verhält-niß gesunken waren, so trifft keine Classe ein Nachtheil, sondern alle haben nur den Vortheil wohlfeileren Getreides. Waren aber die Kosten gleich geblieben, so erleiden die Bodenproducenten Ber-lust, denn der gesunkene Preis ersetzt ihre Kosten nicht mehr.

Allein die übrigen Classen genießen den Vortheil wohlfeileren Getreides auf Kosten der Bodenproducenten. Dieselben Wirkungen müssen eintreten, wenn in irgend einem anderen Erwerbszweig ein Mißverhältniß der Production stattfindet. Immer also beeinträchtigt eine Störung des Gleichgewichts der Production den gesetzmäßigen Umlauf und Rücklauf der Productions= und Consumtionskräfte.

Der Verlust ist aber das Gift der Production; die Reproductiveinnahmen schwinden und die Unternehmung muß beschränkt oder ganz aufgegeben werden. Deßhalb liegt die Mehrproduction als solche nicht in der Absicht der Producenten; jeder hofft vielmehr seine Kosten, ja noch Gewinn zu erhalten, denn gerade außerordentliche Gewinne in einem Geschäft reizen zur Ausdehnung der Production. Allein die Folgen sind gerade da am schlimmsten, wo sie am wenigsten vorhergesehen oder geglaubt wurden. Deßhalb muß jede übermäßige Anfüllung eines Gewerbszweigs immer eine Störung des Gleichgewichts nach sich ziehen; denn die Productionskraft des Ganzen wächst nicht so schnell, als die einzelner Unternehmungen; und wenn die letzteren, hauptsächlich mit Hülfe des Credits, allzuweit vorauseilen, müssen sie nothwendig mit Verlust zurücksinken. Ein solches Fehlschlagen der Speculation nennt man Bankerott, wenn es nur eine einzige Unternehmung trifft; dagegen Handelscrise, wenn ein ganzer Gewerbszweig oder mehrere davon betroffen werden. (§ 103.) Die Wirkung ist immer die, daß Waaren unverkauft bleiben oder zu Verlustpreisen abgegeben werden müssen. Die Unternehmer verlieren Gewinn und Capital und die dabei betheiligten Arbeiter werden beschäftigungslos, wenn sie nicht so glücklich sind, andere Nachfrage zu finden.

Die Wirkungen erstrecken sich aber weiter, bald mildernd, bald zerstörend. Wird das Getreide theuer, so erleiden zwar die Getreidekäufer Einbuße, aber die Getreideverkäufer erhalten mehr Kaufmittel, sie können daher mehr andere Waaren als früher kaufen und folglich anderen Producenten mehr Absatz verschaffen. Bei niedrigeren Getreidepreisen verlieren zwar die Getreideproducenten, aber andere gewinnen, weil die Getreideconsumenten jetzt weniger auf Getreide, dagegen mehr auf andere Waaren verwen-

ben können.*) Selbst wenn capitalisirt wird, muß doch immer
eine theilweise gesteigerte Nachfrage stattfinden, weil das Capital
immer nur in andere Producte umgewandelt werden kann, die ge=
kauft werden müssen. Auch die Preiserniedrigung von Waaren
in Folge von Handelscrisen setzt die Consumenten in den Stand,
andere Producenten mehr in Nahrung setzen. Dies pflanzt sich
aber durch alle Productionszweige fort, weil jeder Unternehmer
um so mehr ausgeben, d. h. Nachfrage erheben kann, als er ein=
nimmt. Hieburch werden dann die schlimmen Wirkungen der
Störung des Gleichgewichts für das Ganze gemildert.

Allein der Kreislauf ist auch ein umgekehrter; auch die schäd=
lichen Wirkungen pflanzen sich fort. Sinkt Gewinn und reines
Einkommen der Unternehmer, so können sie jetzt weniger con=
sumiren, und dieser Ausfall in der Nachfrage erstreckt sich von
ihnen aus über alle Unternehmungen, die unter einander in Be=
ziehung stehen, denn immer kann, wo weniger verkauft wird, jetzt
auch weniger gekauft werden. Treten Capitalverluste ein, so
müssen Arbeiter entlassen werden oder mit geringerem Lohn vor=
lieb nehmen; auch sie können also jetzt weniger consumiren. Es
schließt sich daher eine zweite, noch zahlreichere Reihe von Aus=
fällen der Nachfrage an, die wiederum das Gleichgewicht der Pro=
duction verrücken. Diese Wirkungen bedrücken natürlich den
Einen mehr, den Anderen weniger; sie können vielleicht durch die
Vortheile auf der anderen Seite gemildert, aber nie ganz aufge=
hoben werden. Denn ein Ausfall in der Production ist immer ein
Verlust für das Ganze, wen er auch treffen mag; und eine Waaren=
entwerthung in Folge von Ueberspeculation (overtrading) ist eine
Vergeudung von Productivkräften**), welche die Kraft der Unter=

---

*) Diese vermehrte Nachfrage nach andere Gegenständen tritt auch un=
fehlbar ein und bewirkt daher eine gesteigerte Erwerbsfähigkeit in den ver=
schiedensten Zweigen der Industrie: damit hängt es zusammen, daß die Anzahl
der Ehen, welche von der Leichtigkeit des Nahrungsstandes abhängt, im um=
gekehrten Verhältnisse zu den Kornpreisen zu stehen pflegt.

**) „Wenn die Consumenten durch den gezahlten Preis die Kosten der
Production nicht decken können, so beweist das unter allen Umständen, daß
Arbeit unproductiv aufgewandt, Arbeitsproducte unproductiv verbraucht wor=
den sind, daß durch diesen unproductiven Verbrauch Capital zerstört worden
ist, welches erst allmählich durch Ersparnisse wieder ersetzt werden kann.“
(Michaelis, bei Pickford, Monatsschrift III. S. 552.)

nehmungen, besonders den Credit, in viel stärkerem Grade lähmt, als der über viele Köpfe vertheilte Gewinn Vortheil bringt. Man sieht hieraus, daß Mißernten, Handelscrisen u. dgl. nicht nur einen Werthverlust für die Nation, sondern auch eine mehr oder minder weit gehende Aenderung in der Vertheilung des Volkseinkommens bewirken.

Die Störung des wünschenswerthen Gleichgewichts kann auch umgekehrt von der Consumtion ausgehen, wenn nämlich die Nachfrage plötzlich wechselt. Wird z. B. eine Kriegssteuer auferlegt, so können alle Producenten gewinnen, welche für die Armee produciren. Aber was die Consumenten an Steuer mehr zahlen müssen, können sie jetzt weniger für ihre gewohnten Bedürfnisse ausgeben, also andere Producenten müssen verlieren. Auch hier findet natürlich die manichfaltigste Reihe von Gewinnen und Verlusten statt, mit unendlichen mehr oder weniger fühlbaren Abstufungen. Aber schließlich haben doch die Steuerträger weniger consumirt, dagegen hat freilich das Land einen Krieg geführt. Solche Wirkungen erstrecken sich auch auf mehrere Länder, die unter einander in Handelsbeziehungen stehen. Wenn die Baumwolle mißräth leiden alle Baumwollenfabrikanten der ganzen Welt, die Consumenten dagegen können unmittelbar sehr wenig verlieren, wenn sie zeitweilig sich einzuschränken vermögen.

Eine allgemeine Ueberproduction ist logisch ein innerer Widerspruch, denn dem Mehr auf der einen Seite muß nothwendig ein Weniger auf der anderen Seite entsprechen. Wird in jedem Productionszweig in gleichem Verhältniß mehr producirt, so muß auch der Austausch und die Consumtion in gleichem Grade zunehmen; 2 hebt sich gegen 2 so gut auf, wie 1 gegen 1. Allein in diesem Sinn ist der Gedanke nicht recht practisch; ein gleichzeitiges Anschwellen der Production in allen Zweigen wäre nur durch Zauberkünste möglich. Dagegen kann es wohl allgemeine Absatzstockungen geben, wenn man nur nicht mit mathematischer Genauigkeit rechnen will. Darunter darf man aber auch nur Marktverhältnisse verstehen, welche alle Producenten mit Verlusten bedrohen, denn absetzen kann man seine Waaren immer, wenn man auf den Kostenpreis nicht Rücksicht nimmt.

1) Durch Verwirrung des Geldwesens; wenn z. B. in

Folge bevorstehenden Staatsbankerotts das umlaufende Papiergeld reißend schnell sich entwerthet und das Metallgeld sich verkriecht. Hier wollen die Besitzer von Metallgeld nicht kaufen, weil man sich scheut, es aus den Händen zu geben und sein Werth immer mehr steigt. Dagegen die Verkäufer, wenn sie Papier nehmen sollen, riskiren Verluste, die mit jedem Augenblick größer werden, je schneller die Entwerthung vor sich geht, und werden daher gerade höhere Preise zu stellen geneigt sein. Solche Uebelstände können, bis die Heilung eingetreten ist, jeden Absatz lähmen und müssen sich für Alle um so fühlbarer machen, als im Ganzen und Großen Jeder zugleich Käufer und Verkäufer ist.

2. Durch Steigen des Geldwerthes. Wenn sich allmählich, wie vor der Entdeckung Amerikas, ein fühlbarer Mangel an Metall geltend macht, dem durch vermehrte Schnelligkeit des Umlaufs nicht abgeholfen werden kann, muß das Metallgeld im Werth steigen und eben dadurch der Preis aller Waaren sinken. Wenn nun die Verkäufer, an die früheren höheren Preise gewöhnt, zögern, sie zu dem neuen niedrigeren Preise abzulassen, so kann man wohl allgemeine Klagen hören, daß Nichts abgesetzt wird. Der Grund liegt aber auch hier nicht in dem Uebermaß der Production gegen= über der Consumtion, sondern in der Langsamkeit der Berechnung, mit der man sich in den Umschwung der Geldverhältnisse schickt, oder doch nur in einem Uebermaß der Production gegenüber den Umlaufsmitteln.

3. Durch weitgehende Aenderungen in der Zollgesetzgebung. Gesetzt Deutschland würde gegen das Ausland mit einem hohen Zoll oder Einfuhrverbot hermetisch verschlossen, so würde eine Menge für das Ausland fabricirter Artikel unverkauft liegen bleiben und dies müßte auf alle inländischen Productionsverhält= nisse den störendsten Einfluß äußern. Denn man könnte unmöglich so schnell zur ausschließlichen Production und Consumtion inländi= scher Artikel übergehen. Dieselben Wirkungen, nur in geringerem Grade, müssen eintreten, wenn nur ein bestimmter, aber sehr ausge= dehnter Productionszweig, der vorzugsweise die Nahrungsquelle einer ganzen Gegend bildet, unter Mangel an Absatz leidet, z. B. wegen übermächtiger fremder Konkurrenz oder wegen eines Krieges. Dies

ist wohl der Fall, der am häufigsten zur Klage der Geschäftswelt über Zuvielproduction Veranlassung giebt.

4. Durch ein merkbares Sinken der Rente oder des Gewinnes. Dieses muß offenbar die Preise erniedrigen, aber die Verkäufer, die noch zu den alten Preisen absetzen wollen und dieses nicht mehr können, werden meinen, Verlust zu erleiden, und sich über Mangel an Absatz oder Ueberproduction beschweren. Diese ist aber, wie beim Steigen des Geldwerthes, nicht in Wirklichkeit vorhanden, sondern nur die äußere Wirkung einer ganz anderen Ursache.

5. Endlich können auch Kriege, politische Unruhen und andere weitreichende Ereignisse, z. B. allgemeine Landestrauer, Seuchen, den Absatz in allen Kreisen hemmen. Die Production geht unaufhaltsam ihren Gang weiter, aber die Consumtion bleibt zurück. Niemand will mehr als den nothwendigsten Bedarf für kurze Zeit kaufen, man versteckt, vergräbt sein Geld, die Consumtionsluft namentlich an Luxusgegenständen kann einen schweren Schlag erlitten haben. Da können sich die Lager der Producenten immer mehr füllen und doch wird auf Monate hinaus vielleicht Nichts verkauft. Freilich muß, wenn solche Zeitläufte vorüber sind, die Consumtion um so lebhafter werden, allein vorher schien doch zuviel producirt. Auch mehrere hinter einander folgende überreiche Ernten, welche ein bedeutendes Sinken der Rohstoffpreise veranlaßten, können eine Zuvielproduction in weiten Kreisen bewirken; ebenso eine von einer großen Nationalbank durchgeführte bedeutende Discontherabsetzung, was gleichbedeutend ist mit einem Abschlag der Productionsmittel; ferner eine plötzliche Anhäufung von edlen Metallen in Folge der Auffindung reicher Lager, überraschend hohe Gewinne eines Geschäftszweigs u. dgl.

6. Noch leichter, in neuerer Zeit sehr häufig, kann in einzelnen Betriebsarten eine Ueberproduction stattfinden, welche von weitreichenden Folgen für die ganze Wirthschaft eines Volkes begleitet sein kann. Man denke an das Eisenbahnfieber in England zu Anfang der vierziger Jahre, an das Bankfieber in Deutschland um die Mitte des vorigen Jahrzehnds. Eine Menge von Capital und Arbeit wird auf eine einzige Art der Production verwendet und diese überfüllt, ohne daß die Consumtion und die damit

in Zusammenhang stehenden übrigen Productionszweige damit gleichen Schritt halten können. Wenn dann sich Eisenbahn= und Bankactien entwerthen, schmälert dies die Kaufkraft vieler Con= sumenten in hohem Grade. Eine wahre Ueberproduction kann auch stattfinden, wenn viele Unternehmer in Folge einer Absatz= stockung auf Lager arbeiten müssen und ihre Hoffnung auf nach= heriges Steigen der Preise nicht in Erfüllung geht, die Kaufkraft etwa gar noch weiter abnimmt.

7. Ueberhaupt scheint das Fabrik= und Maschinensystem die Zuvielproduction zu befördern. Die kostspieligen Maschinen ver= langen ununterbrochene Verwendung, die Arbeitstheilung, die Production im Großen, das große stehende Capital, die großen Ar= beitermassen, die Nothwendigkeit möglichst wohlfeil zu produciren, Alles drängt den Fabrikanten zur weitesten Ausdehnung seines Betriebs, und wenn etwa noch damit ein allmähliches Sinken des Lohnes durch Bequemung zu schlechterer Nahrung, durch Frauen= und Kinderarbeit verbunden ist, kann die Consumtion beträchtlich im Rückstand bleiben Dies bewirkt dann, daß die Fabriken zeit= weise ihre Producte zu Spottpreisen auf alle Märkte werfen müssen, um sich ihrer massenhaft angehäuften Vorräthe zu ent= ledigen.

8. Ein besonders gefährlicher Reiz zur Ueberproduction liegt in der übermäßigen Anspannung des Credits.

Das wünschenswerthe Gleichgewicht der Production ist nie= mals die nothwendige Folge der natürlichen Harmonie der Inter= essen und der unbedingt freien Konkurrenz, sondern es kann immer nur durch sorgfältige und nüchterne Erwägungen des Privatinter= esses und durch wohlerwogene Maßregeln der Volkswirthschafts= politik und der Besteuerung annähernd hergestellt werden.

§ 112.

Von der Consumtion ausländischer Waaren.

I. Die Consumtion einer importirten ausländischen Waare hat zunächst den Erfolg, daß eine Waare im Inlande consu= mirt wird, die nicht in demselben hervorgebracht wurde, und,

da der ausländische Producent mit irgend einem Gegenwerthe be=
zahlt werden mußte, daß das Ausland eine vom Inland verfertigte
Waare consumirt. Die ausländische Consumtion setzt also, wie
scharf hervorgehoben werden muß, um den Keim gangbarer Irr=
thümer vorweg abzuschneiden, immer einen vorgängigen Tausch
des Inlands mit dem Ausland (freilich auch möglicher Weise auf
Credit) voraus*). Da man für seine Bedürfnisse immer den
wohlfeilsten Markt sucht, so kann man als zweiten Grundsatz hin=
stellen, daß die fremde Waare immer wohlfeiler zu erlangen sein
wird, als wenn sie im Inlande hervorgebracht worden wäre; wobei
wir unbeachtet lassen dürfen, daß manchmal aus falscher Eitelkeit
dem fremden Namen ein Opfer gebracht wird. Dieses ist eine
Art Luxus, die jedoch in keinem Fall das Gesetz des Gebrauchs=
werthes und des gegenseitigen Austausches umstößt. Hier sind
nun verschiedene Fälle möglich. Entweder 1. die Waare kann im
Inlande gar nicht erzeugt werden; oder 2. ihre Erzeugung wäre
zwar möglich, aber sie ist durch die fremde Konkurrenz verdrängt;
oder 3. die fremde Waare wird neben der einheimischen consumirt.

Im ersten Fall haben die Consumenten einen Genuß, den
sie außerdem entbehrt hätten. Ist diese Consumtion keine schädliche,
so kann sich das Inland nur Glück wünschen. Auch wenn es eine
Luxuswaare ist, besteht kein Grund dagegen, es müßte denn ver=
werflicher Luxus sein; allein es wird ja auch mit inländischen
Waaren schädlicher und verwerflicher Luxus getrieben. Wollte
man den Einwand machen, daß der Kauf von Fremdwaaren dem
Inland Gold oder Silber entziehe, so ist diese mercantilische An=
schauung längst widerlegt; auch ist das ja nicht immer der Fall.

---

*) Export und Import halten sich also dem Werth nach immer im Prin=
cip die Waage; allein von diesem an sich richtigen theoretischen Princip gelten
gewichtige Ausnahmen, insofern es auf den practischen Erfolg des auswär=
tigen Handels ankommt. Folgende Punkte kommen hier hauptsächlich in Be=
tracht: 1. Die Ausgleichung durch Ausfuhr edler Metalle kann unter Umstän=
den (§ 67) nachtheilig sein; 2. der übermäßige Import auf Credit kann leicht
zu Handelscrisen führen (§ 61); 3. die blos abstracte Werthausgleichung genügt
gegenüber dem Ausland so wenig wie zwischen den Producenten desselben
Landes und kann von einer Lähmung wichtiger Industriezweige und somit
von einer Minderung der allgemeinen Consumtionsfähigkeit des Landes be=
gleitet sein.

Man kann Kaffee und Thee mit Tuch und Stahlwaaren bezahlen. Verlangt man überhaupt die Entsagung von fremden Waaren, in der Absicht, einheimischen Producenten mehr Nahrung zu geben, so wird hiebei außer Acht gelassen, daß an sich die inländische Production durchaus nicht geschmälert wird; denn es muß genau soviel an Werth producirt werden, als nöthig ist, um den fremden Kaffee oder Thee zu bezahlen. Würde man statt dieser Getränke Bier und Milch genießen, so würde mehr Milch und Bier im Inlande erzeugt, aber weniger an Tuch- und Stahlwaaren. Das Quantum der Production ist also völlig dasselbe, nur werden theilweise andere Dinge hervorgebracht; dies aber zum Vortheil der Consumenten, welche jetzt feinere Bedürfnisse befriedigen können. Welche Gefahren freilich bestehen, wenn ein Land sich auf die Hervorbringung von Rohstoffen zum Austausch gegen Fremdwaaren beschränkt oder wenn der ausländische Consum den einseitigen Aufschwung einer Exportindustrie begünstigt, wurde bereits früher dargelegt.

Der Grund der zweiten Erscheinung kann im Allgemeinen nur darin liegen, daß der Preis der ausländischen Waare niedriger oder ihr Gebrauchswerth höher ist; denn außerdem bestände keine vernünftige Veranlassung, sie der inländischen vorzuziehen. Auch hier wird der Import einen entsprechenden Export, und zwar unter gesunden Verhältnissen von Waaren, nach sich ziehen; das Quantum der inländischen Production wird also auch hier an sich nicht vermindert werden, ja es kann sich sogar nach dem Grundsatze der internationalen Arbeitstheilung und wegen der Erlangung wohlfeilerer Productivmittel von außen beträchtlich heben. Daraus wird von Seiten der Freihändler (freetraders) der Satz abgeleitet, daß es dem Interesse der Consumenten wie der Producenten schädlich sei, den Bezug auswärtiger Waaren durch künstliche Schranken zu hemmen, daß vielmehr volle Freiheit des Marktes nach innen und nach außen zu gewähren sei. Dieser Satz, in seiner abstracten Fassung auf eine einzelne Waare angewandt, ist unzweifelhaft richtig; er kann sich aber als falsch erweisen, wenn unbeschränkt ausgedehnt auf die Gesammtheit der Producte. Abgesehen davon, daß, wie wir gesehen haben, unbedingte oder absolute Wohlfeilheit überhaupt nicht im Interesse einer Bevölkerung, besonders der Arbeiter liege, laffen fich zahlreiche Gründe aufzählen, welche die Bevorzugung der inländischen Producte durch die Confumenten rathfamer erscheinen laffen. Nämlich 1. wirthschaftliche, infofern die Confumtion inländischer Waaren und folglich ihre Production im Inlande für die Hebung der inländischen Productivgewalt im Ganzen nothwendig oder doch fehr nützlich fein kann. So wenn die Production gewiffer Waaren auf die raschere und vollständigere Ausbeutung reicher Naturschätze oder auf Charakter und Intelligenz der Bevölkerung förbernd einwirkt, ersteres gilt z. B. für die Landwirthschaft, für die Eiseninbuftrie, letzteres für die Production feinerer, kunstvollerer Waaren; wenn fie die terri- toriale und inbivibuelle, natürliche Arbeitstheilung, die Arbeits- vereinigung, wovon z. B. der gleichmäßige Aufschwung verwandter, in innerem Zusammenhang stehender Induftriezweige abhängt, den Großbetrieb, die intensive Konkurrenz begünstigt; wenn es sich um gleichmäßige Ausbreitung und Vermehrung der Bevölkerung, um größere Leichtigkeit des Umsatzes, um Erweiterung und Ver- besserung des inländischen Transportwesens handelt, oder um die heilsame Beschränkung einzelner überwuchernder Exportinbuftrieen, die wie krankhafte Auswüchse am Wirthschaftskörper zu betrachten find, kurz um den harmonischen Ausbau der gefammten heimischen Productivgewalt, die in allen einzelnen Theilen wohlgefügt und feftbegründet und eines relativ gleichen Fortschritts fähig gemacht und erhalten werden muß, wovon z. B. das allmähliche Sinken des Zinsfußes abhängt. 2. Polizeiliche, infofern der starke Confum gewiffer Fremdwaaren, wie z. B. des Opiums, unfittlicher Bilder und Schriften, überhaupt raffinirter Luxuswaaren nicht wünschenswerth ift. 3. Finanzielle, damit nicht der aus- wärtige Confum den Abfatz der inländischen Steuerpflichtigen und folglich ihre Reproductiv= und Entwickelungsfähigkeit schmälere, was die Nachhaltigkeit und das Wachsthum der Steuern an- greifen würde. 4. Politische, infofern der jederzeit fichere und nahe Bezug gewiffer Waaren, wie von Waffen, Pferden, Schieß- pulver 2c. zur Stärkung und Erhaltung der Militärkraft unent- behrlich oder z. B. die Gründung einer Seemacht durch die Be- günstigung der einheimischen Schifffahrt bedingt ift, oder als fich ein auswärtiger Staat drohend und feindfelig erweist und der freie

Verkehr mit ihm beschränkt werden muß, damit nicht beim wirklichen oder stets zu befürchtenden Ausbruch gewaltsamer Conflicte das errungene Gleichgewicht der einheimischen Production mit Verwirrung heimgesucht oder bedroht werde.

Alle diese Erwägungen, die im Einzelnen noch stark sich vermehren ließen, dürfen natürlich nicht abstract und unterschiedslos in gleichem Grade zur Geltung gebracht werden, was den Grundsatz einer möglichsten Absperrung gegen das Ausland zur Folge haben würde; ihre Verwirklichung ist vielmehr durchaus von concreter Rücksichtnahme auf das wirklich vorhandene nationale Bedürfniß bedingt und es kann daher auch das Princip völliger Marktfreiheit, wenn sie den Bedürfnissen und dem Entwicklungsstande einer Nation entspricht, nicht schlechthin verworfen werden; unsere heutige Productionsweise zielt unverkennbar darauf hin, insoferne gerade die Wirksamkeit den mächtigsten Hebel der Productivität, wie Arbeitstheilung, Großbetrieb, Konkurrenz, Erleichterung des Transportes, in begrenztem nationalem Raume sich nicht immer in vollem Umfang entfalten können. Immerhin aber muß die Selbstgenügsamkeit der Volkswirthschaft als Grundsatz festgehalten und darf über dem abstracten Werthquantum der Production die Art derselben und das Schicksal der concreten Productionszweige nicht übersehen werden. Um nun die möglichste Entfaltung der einheimischen Production auch im Interesse der Consumenten zu sichern, müssen vor Allem ihre Voraussetzungen nach den oben zusammengefaßten Richtungen geschaffen werden; es sind also alle Schranken für die Ausbeutung der Naturfonds zu beseitigen, man muß die Bildungsstufe, die Kenntnisse, den Charakter, die Thatkraft der Bevölkerung zu heben suchen, der gesunden Ausbreitung der Arbeitstheilung 2c. den Weg bereiten, für die Erlangung der erforderlichen Rohstoffe, Werkzeuge, Maschinen sorgen, das Geld-, Credit-, Transportwesen nach richtigen Grundsätzen einrichten u. s. w. Ein wichtiges und erfolgreiches Mittel zur Beschränkung der auswärtigen Consumtion ist ferner der sog. Schutzzoll, welcher die Aufgabe hat, durch Vertheuerung der Waaren des Auslandes die Nachfrage den inländischen Producenten zuzuwenden. Es ist hier nicht der Ort, das Schutzsystem im Gegensatz zur sog. Handelsfreiheit, besser Freiheit des Marktes, erschöpfend abzuhandeln; vielmehr gehört dieser Gegenstand in seinem schwierigen und umfangreichen Detail in das Gebiet der Wirthschaftspolitik. Hier soll nur von seinem Wesen und seinen Voraussetzungen gesprochen werden. Man faßt den Schutzzoll unvollständig auf, wenn man ihm nur die Rolle zuschreibt, eine Gleichheit der Productionsbedingungen (des Kostenaufwandes) zwischen fremden und einheimischen Waaren herzustellen, denn dieses hätte z. B. für die Konkurrenz auf auswärtigen Märkten gar keinen Sinn; der Schutzzoll ist vielmehr eines der Mittel, um zur harmonischen Entfaltung der einheimischen Productivität bei-zutragen, durch Sicherung einer unerläßlichen Bedingung, des Ab-satzes. Er ist daher nur dann zulässig, wenn die einheimische Production noch an wesentlichen Lücken und Schwächen leidet, welche durch Gewährung einer gewissen Absatz- und folglich Re-productionsfähigkeit in Verbindung mit anderen Beförderungs-mitteln der Productivität gehoben werden können. Der Schutzzoll ist nichts anderes als eine Verlustprämie in Bezug auf die Unsicher-heit des Absatzes und steht auf gleicher Linie mit Erfindungspa-tenten, Expropriationsgesetzen und dergleichen vom Staate gewähr-ten Reizmitteln zum Anbau neuer Wirthschaftsgebiete; selbst wenn er anfänglich in eine Gewinnprämie umschlägt, liegt darin nichts von gesunden wirthschaftlichen Principien Abweichendes. (§ 101.) Die durch einen Schutzzoll gedeckten Industriezweige nennt man daher mit Unrecht „künstliche Treibhauspflanzen"*); sie sind nicht künstlicher als andere, welche durch irgend eine Einwirkung von Seiten der Staatsgewalt, z. B. durch Erbauung einer Eisenbahn,

---

*) Mit demselben Rechte könnte man auch die britische Seemacht wegen der Navigationsacte eine Treibhauspflanze nennen. — Ueberhaupt kann die Ausübung staatlicher Fürsorge zu Gunsten schwächerer und relativ wehrloser Wirthschaftskreise gar nicht entbehrt werden. Wenn z. B., worüber schon jetzt sehr stark in Frankreich geklagt wird, die Eisenbahnen es in ihrer Macht haben, durch Differential-, niedrige Transittarife und sonstige Manipulationen die Konkurrenz anderer Transportanstalten zu Land und zu Wasser zu vernichten und blühende Localindustrieen oder auch selbst die einheimische Industrie gegen-über der ausländischen empfindlich zu beeinträchtigen (Journ. des Econ. Bd. 37. p. 202), wäre es nicht absurd, in solchen Fällen das Einschreiten der Re-gierung unter Berufung auf Selbsthülfe, Interesse der Consumenten und ähnliche banale Abstractionen bekämpfen zu wollen?

eines Kanales oder durch Errichtung von Bildungsanstalten, durch
Verträge, irgend eine Bedingung ihres Gedeihens erhalten;
meint man damit den Gegensatz der Selbsthülfe, so ist diese auch
hier nicht ausgeschlossen, es kann aber doch die staatliche Unterstützung, wo individuelle oder gesellschaftliche Kräfte nicht ausreichen, wie sonst so auch hier im Princip nicht verworfen werden *);
meint man die Ueberleitung von Arbeit und Capital in andere
Kanäle, so ist eine solche durchaus zulässig, um den vollkommenen
Ausbau der inländischen Productivität zu vollenden und zu befestigen, und wir haben früher gesehen, wie sehr die Manichfaltigkeit
der Productionsarten hiezu beiträgt. Man beruft sich auch mit
Unrecht auf die Vertheuerung für Consumenten und Producenten,
denn Verlust- und Gewinnprämien sind überhaupt unvermeidlich,
sie werden aber, wenn der Schutz wirksam ist und auf richtigen
Voraussetzungen beruht, immer geringer und bewirken dazu eine
Vermehrung der Productivität des Landes. Das Princip des
Freihandels, in nackter Allgemeinheit angewendet, würde consequent dahin führen, daß jedes Volk nur die Waaren producirte,
die es am wohlfeilsten herstellt, und seine Bedürfnisse nur da be-
friedigte, wo es am wohlfeilsten einkauft; dies ist offenbar eine
Chimäre. **) Was würde aus einem Staate, dessen Bevölkerung

*) Es wird sehr häufig behauptet, nicht die Regierung, nur der Einzelne
vermöge sein wahres Interesse zu erkennen und Mißgriffe des Einzelnen schaden nur ihm, die der Regierung dagegen immer Allen oder sehr Vielen.
Allein die Regierung trifft keine Entscheidungen über das individuelle, sondern
nur über das gemeinsame Interesse, denn sie ist das Organ der Gesammtheit;
es ist nicht einzusehen, warum dieses gemeinsame Interesse ihr verschlossen
bleiben soll, da ihr doch Wissenschaft, Erfahrung, Rathschläge der Betheiligten,
freier Ueberblick über das Ganze in reichem Maß zu Gebote stehen, während
der Einzelne in der Regel von viel tiefer stehenden Rücksichten geleitet wird.
Das ist allerdings eine Ueberschreitung, wenn die Regierung wirklich über das
Einzelinteresse aberkennt, z. B. wenn sie einem Gewerbsmann die Ausübung
seines Gewerbes trotz Erfüllung der gesetzlichen Bedingungen untersagt, in
der Furcht, er könne verarmen. Der zweite Einwand ist gleichfalls unbe-
gründet; man denke nur an das Loos des Arbeiterstandes in der Hand weniger Fabrikherren, an Bankerotte, Handelskrisen 2c. Die ganze hier bekämpfte
Lehre beruht auf der Grundanschauung, daß sich die Nationalökonomie mit
dem Wohle des Individuums beschäftige; eine Auffassung, die aller Geschichte
und aller Natur zuwiderläuft, obwohl gerade sie sich immer auf Naturgesetze
beruft.
**) „Nie darf sich ein Volk ausschließlich mit der Production solcher

z. B. nur spinnen oder weben wollte? Nur die Prätension ist verkehrt, daß jeder einzelne Industriezweig ein je seinen Bedürfnissen entsprechendes Maß von Zollschutz beanspruchen dürfe; eine so casuistische Vertheilung des Schutzes stiftet allerdings Unheil und Verwirrung. Vielmehr kann man nur einem nationalen Schutzsysteme das Wort reden und nur so lange, bis die Nation es zu einer unabhängigen Productivkraft gebracht hat, aus der alle einzelnen Zweige selbständig ihre Lebensfähigkeit zu schöpfen haben. Unter dieser Voraussetzung wird, wie das Beispiel Englands beweist, der auswärtige Consum überdieß nicht ab-, sondern zunehmen.

Wenn drittens fremde Waaren neben gleichen einheimischen verbraucht werden, so können hierauf die so eben erörterten Grundsätze Anwendung finden, insofern dadurch der wünschenswerthe Aufschwung der inländischen Production gehemmt wird; wo aber der auswärtige Consum nur deßhalb stattfindet, weil die letztere dem nationalen Bedürfnisse nicht vollständig zu genügen vermag, oder wo eine weitere Ausdehnung derselben nur eine absolute Preiserhöhung nach sich ziehen würde, der das Inland noch nicht gewachsen wäre, ist er offenbar ein nachtheiliger nicht zu nennen. Dies gilt z. B. von Lebensmitteln und Rohstoffen, wenn ein Land durch Ausbildung seiner Gewerbsindustrie und seines Handels Arbeit und Capital in höhere Entwicklung bringen kann; oder von Gewerbswaaren, wenn die Bodenindustrie wegen unerschöpfter Naturkräfte noch reichere Ausbeute gewährt. Dieser Zustand darf aber kein stationärer bleiben und nur bis zu einem gewissen Grade fortschreiten, denn sonst würde man wieder nur reine Maschinenländer, reine Ackerbauländer ꝛc. erhalten, was sich weder mit wirthschaftlichen noch mit politischen Grundsätzen verträgt. Erschöpfung der Natur und steigende Productivität und Vermehrung der künstlichen Productionsmittel, Arbeit und Capital, ist, wie wir gesehen haben, das allgemeine Gesetz, dem das Fortschreiten der Production unterliegt; würde sich dieses Gesetz für die einzelnen Productionsmittel und Productionskräfte in gleichem Maß und Verhält-

---

Dinge beschäftigen, für welche es von der Natur oder durch seine Kunst Vorzüge vor anderen Nationen hat." Torrens, Essai on the influence of the external corntrade Lond. 1820 p. 316.

niß erfüllen, so wäre eine auswärtige Consumtion dieser Art über=
haupt nicht veranlaßt; da aber im Entwicklungsgange der wirth=
schaftlichen Kräfte aus selbstverständlichen Gründen die größte Ver=
schiedenheit obwaltet, so entstehen fortwährend Lücken in der Ge=
sammtproductivität, welche ihrem höchstmöglichen Grade Eintrag
thun. Diese Lücken müssen durch auswärtige Consumtion mittelst
des Handels ausgefüllt werden, und zwar mit der Tendenz, sie
wirklich allmählich zu beseitigen, nicht etwa zu vergrößern, oder
sie doch für die Gesammtheit unwesentlich zu machen.

Hierin liegt die wirthschaftliche Bedeutung der Consumtion
ausländischer Waaren und des Handels mit dem Auslande. Man
darf den Handel nicht etwa blos als ein Mittel betrachten, um den
Ueberschuß der einheimischen Production an Andere abzusetzen,
sondern er ist innerhalb der nothwendigen Schranken ein Ersatz für
mangelhafte Entwicklung, also geradezu eine Vermehrung der Pro=
ductivität des Inlands, somit auch seiner Consumtion und steht in
seinen Wirkungen gleich der Erfindung einer neuen Maschine oder
der Entdeckung einer neuen reichhaltigen Naturkraft. Der aus=
ländische Handel ist somit kein Abgeben des Ueberflusses, sondern
ein Erzeugen des Ueberflusses, indem er den Absatz ins Unermeß=
liche erweitert und, als letztes Stadium der Production, mit den
wohlfeilsten Producten der fortgeschrittenen inländischen Industrie
zum allgemeinen Besten eine neue Umwandlung vornimmt und so
eine Unzahl neuer Gebrauchswerthe für das Inland hervorbringt.
Daran knüpfen sich noch wichtige andere Vortheile. Der erweiterte
Absatz bewirkt eine ausgedehntere Arbeitstheilung, die Erweiterung
des Großbetriebs, die sorgfältigere Anwendung aller möglichen
Fortschritte und Verbesserungen. Er weckt neue, höhere Bedürf=
nisse und reizt dadurch zur Vervollkommnung und Vermehrung der
einheimischen Productivkräfte. Er bringt eine Menge von neuen
Kenntnissen und Erfahrungen ins Land, treibt zur Ueberwindung
der Trägheit, Indolenz, der Vorurtheile und weckt den Ehrgeiz,
die Energie und die schlummernde Tüchtigkeit der Bewohner des
Landes. Er befestigt und mildert die internationalen Verhältnisse
und wirkt für Ausbreitung des Rechts, der Religion und Moral
unter den Völkern. Er trägt bei zur Erhöhung der Macht, des
Reichthums und des Glanzes der Nationen.

Der auswärtige Handel bildet sonach den Schlußstein im Gebäude der nationalen Productivität, der sich immer einfügen wird, wenn ein Volk auf seinem wirthschaftlichen Entwicklungsgang vorwärts strebt und sich darin durch die Mängel seiner eigenen Productivgewalt aufgehalten sieht. Es vollzieht sich hier nur auf internationalem Gebiete derselbe Proceß, der durch die Arbeitstheilung in den engeren Grenzen der Individualität und der Localität längst zur Geltung gelangte; die Sonne der Tropen, der jungfräuliche Boden neuer Länder werden durch ihn ebenso zu Productionswerkzeugen für uns, wie unsere Maschinen, unsere Kenntnisse, unser Capitalreichthum für jene. Nur darf man damit nicht die unbeschränkte Ausdehnung des Handels vertheidigen wollen; auch der Handel ist einer bösartigen Wendung fähig. Eine solche Ausartung ist darin zu erblicken, wenn er die Lücken der einheimischen Production nicht mehr ausfüllt, sondern erweitert, indem er ihr Gleichgewicht stört. So namentlich wenn er, die überlegene Entwicklungsfähigkeit einzelner Industriezweige benützend, ihnen Arbeit und Capital in krankhaftem Uebermaß zuleitet, ihre Producte ins Unmaß vermehrt und so die gleichmäßige Productivkraft der übrigen schwächt; wenn er dadurch diejenigen künstlichen und krankheitsartigen Zustände verstärkt, die wir als die Schattenseiten der Wirthschaftscultur, des Maschinensystems, der Arbeitstheilung, des Großbetriebs, kennen gelernt haben; wenn er die Ungleichheit des Vermögens, die Erniedrigung des Lohns befördert; wenn er, auf vermeintliche Bedürfnisse künstlich speculirend, das System der Gebrauchswerthe untergräbt, die Waaren gar verfälscht; wenn er die Nationen immer häufigeren und stärkeren Gefahren der Krise, des Bankerotts entgegenführt; wenn er gar, seines Characters der Freiheit vergessend, zum Tausche zwingt und überlistet und zur gewaltsamen Ausbeutung und Niederhaltung fremder Nationen, die gleichen Anspruch auf harmonische Entwicklung ihrer Cultur und ihres Staatslebens haben, gelangt. Dann ist er seiner wahren Natur entfremdet und je lautere Ansprüche auf freie Bewegung er erhebt, um seiner Gewinnsucht zu fröhnen, desto weniger ist er deren würdig.

Um sich völlig klar darüber zu werden, worin die wirthschaftlichen Vortheile der ausländischen Consumtion bestehen, muß man näher zusehen, was die ausländischen Producte das Inland kosten und wodurch diese Kosten am leichtesten ermäßigt werden können.

Hier ist nothwendig hervorzuheben, daß zwischen In- und Ausland die freie Konkurrenz der Unternehmer aufgehoben ist; denn die Uebersiedlung von Capital und Arbeitern in dasjenige Land, welches sich der höchsten Gewinne erfreut, ist aus vielen leicht erklärlichen Gründen nicht in der Weise möglich, wie zwischen den verschiedenen Gegenden eines und desselben Landes. Konkurrenz kann daher nur unter den beiderseitigen Unternehmern desselben Landes bestehen und wird hier zu der Annahme berechtigen, daß die Preise regelmäßig den durchschnittlich niedrigsten Productionskosten gleichkommen. Denn weder die für die Ausfuhr producirenden Gewerbsleute noch die Kaufleute genießen, es müßte ihnen denn ein Monopol ertheilt sein, einen Vorzug, der sie von der Wirkung der Preisgesetze ausnehmen könnte.

1. Hier ist nun vor Allem klar, daß jedes Land die Kosten seiner eingeführten Waaren nach den Kosten der dafür ausgeführten, nicht aber nach den Productionskosten des Auslandes bemessen muß; und umgekehrt das letztere ebenso. Wenn also Deutschland für einen Ballen Tuch zum Werthe von 2 Pfund Silber (60 Thaler) einen Ballen Kaffee aus Westindien einführt, so kostet uns dieser Ballen Kaffee 2 Pfund Silber oder 60 Thaler, mag der Kaffee in Westindien mit den Kosten von 1 oder 3 Pfund producirt worden sein. Würden die Kosten des Tuches für uns auf 1 Pfund herabsinken und Westindien fortfahren, uns für einen Ballen Tuch einen Ballen Kaffee abzulassen, so sänke der Preis des Kaffees für Deutschland auf ein Pfund Silber oder 30 Thaler herab, ohne Unterschied, ob Westindien seinen Kaffee theurer oder wohlfeiler hervorbringt. Darauf, daß Westindien einen Ballen unseres Tuches mit einem Ballen Kaffee, nicht mehr nicht weniger, erkauft, hat nun aber im Allgemeinen lediglich der Gebrauchswerth Einfluß, da die Kosten wegen aufgehobener Konkurrenz nicht in Vergleichung kommen können. Würde Westindien unser Tuch nicht seines Kaffees werth halten, so könnten wir auch mit Tuch keinen Kaffee kaufen. Umgekehrt dürfen die Kosten des deutschen Tuches nicht höher steigen, als die deutschen Kaffeeconsumenten für westindischen Kaffee zu zahlen Willens sind. Daraus ergibt sich

der wohl zu beachtende Satz, daß auch diejenigen Unternehmer, welche Exportartikel hervorbringen, dem Einfluß der Zahlungs- fähigkeit der inländischen Consumenten unterworfen sind, gerade so wie der Absatz nicht nur der Bäcker, sondern auch der Getreide- producenten von den Kaufmitteln der Brodconsumenten abhängt.

2. Allein der Gebrauchswerth ist überall nur die höchste Grenze des Preises, weil jeder Käufer nach möglichster Erniedri- gung desselben strebt. Es gibt daher auch hier Umstände, welche die ausländischen Preise fester bestimmen.

a. Wenn im Auslande selbst von dortigen Producenten oder von einem dritten Lande Tuch zu niedrigerem Preise ange- boten würde, so könnten die deutschen Tuchproducenten nicht mehr die früheren höheren Preise erhalten, weil jedes Gut von gleichem Ge- brauchswerth auf demselben Markt nur einerlei Preis haben kann. Hieburch bekäme also Westindien wohlfeileres Tuch oder, was das- selbe ist, Tuch würde in Westindien einen geringeren Werth vor- stellen. Wollte Deutschland noch fortwährend seinen Kaffee von dorther beziehen, so müßte es mehr Tuch aufwenden, um denselben Werth wie früher in Kaffee zu erhalten. In Folge der fremden Konkurrenz müßte es also seinen Kaffee jetzt theurer bezahlen, ob- gleich die Kosten der einheimischen Production gleich geblieben wären.

b. Könnte das deutsche Tuch mit geringeren Kosten producirt werden oder nähme Westindien eben so gern einen anderen Artikel als Tuch, der uns aber wohlfeiler zu stehen käme, so würde der Kaffeepreis in Deutschland wieder sinken. Daher ist es ein Fun- damentalsatz, daß die Wohlfeilheit der fremden Waaren durch die niedrigen Productionskosten unserer für das Ausland fabricirten Waaren bedingt ist.

c. Gesetzt, Westindien wollte unser Tuch gar nicht annehmen, sondern hätte vielmehr ein Bedürfniß nach schwedischem Eisen; Schweden gäbe uns aber für einen Ballen Tuch gerade so viel Eisen, als nöthig ist, um in Westindien einen Ballen Kaffee zu erlangen, so würde man deutsches Tuch gegen schwedisches Eisen und dieses letzter erst gegen westindischen Kaffee eintauschen. Hier kostete uns wieder der Kaffee den Werthbetrag unseres Tuches, solange als mit Schweden der Handel auf gleichem Fuß bliebe.

Würden wir wieder in Schweden von Anderen unterboten oder würde schwedisches Eisen von Anderen in Westindien unterboten (underselled), so würde wieder der Tauschwerth unseres Tuches sinken und der Kaffeepreis in Deutschland steigen; denn wir müßten jetzt mehr Tuch aufwenden, um mehr schwedisches Eisen zu erhalten und in Westindien anbieten zu können. Und jene Wirkung würde noch schlimmer ausfallen, wenn etwa zur Entwerthung des schwedischen Eisens in Westindien noch eine Entwerthung (Unterbietung) des deutschen Tuches in Schweden käme. Mit je mehr Ländern wir daher in vortheilhaften Handelsbeziehungen stehen, um so wohlfeiler kommen uns alle ausländischen Waaren zu stehen.

d. Würde Westindien blos edle Metalle von uns nehmen, so müßten wir unseren Kaffee gerade so theuer bezahlen, als uns edles Metall zu stehen käme. Der Kaffeepreis würde sich in diesem Fall entweder nach den inländischen Erzeugungskosten von Gold und Silber oder nach den Kosten desjenigen Artikels richten, mit dem wir in Metallländern Gold oder Silber einzukaufen vermögen. Der Kostenpreis der Metallländer wäre für uns an und für sich gleichgültig.

e. Sinkt jedoch der Metallwerth in seinem Erzeugungsland oder überhaupt der Werth der Waaren, welche wir im Ausland unmittelbar oder mittelbar eintauschen, so muß hieburch das Angebot von dort aus vergrößert werden, und der Preis für uns, wenn unsere Nachfrage gleich bleibt, sinken. Die Preise ausländischer Waaren richten sich daher unter sonst gleichen Umständen zu Gunsten desjenigen Landes, das mit seiner Nachfrage im Vortheil steht.

f. Könnten wir Eisen mit gleichen oder sogar geringeren Kosten als Schweden erzeugen, so wäre es doch für uns vortheilhafter, lieber schwedisches Eisen mit unserem Tuch zu kaufen, wenn wir Tuch verhältnißmäßig noch wohlfeiler erzeugen als unser Eisen. Denn mit dem niedrigeren Preise unseres Tuches ersparen wir die höheren Kosten unseres Eisens. Ein beliebter und wohlfeiler Ausfuhrartikel kann uns daher viele Fremdwaaren zu geringem Preise verschaffen.

g. Die Transportkosten muß in der Regel derjenige Theil bezahlen, welcher in Bezug auf die Nachfrage im Nachtheil steht.

Da nun dies leicht eintreten kann, besonders wenn dritte Länder drückende Konkurrenz machen, so ist es vortheilhaft, die Transportkosten möglichst zu erniedrigen und sich hauptsächlich auf die Ausfuhr solcher Artikel zu werfen, welche bei verhältnißmäßig großem Werth ein geringes Gewicht haben, also besonders Gewerbsproducte.

h. Wenn das Inland durch irgend eine Verbesserung in der Fabrikation es dahin bringt, seine Ausfuhrartikel wohlfeiler zu produciren, so werden sich unsere Producenten auf dem fremden Markt unterbieten und jeder wird unsere Waaren zu dem niedrigeren Preise ablassen müssen. Von der Preiserniedrigung unserer Ausfuhrproducte zieht also das Ausland Vortheil, ebenso aber auch die inländischen Consumenten von der wohlfeileren Production des Auslandes, denn die gleiche Konkurrenz wirkt auch auf Seiten der dortigen Producenten.

Hieraus ist zu entnehmen, in welch engen Wechselbeziehungen die inländische Consumtionskraft zur Production für Bedürfnisse des Auslandes steht. —

II. Bisher wurde von der Consumtion ausländischer Waaren im Inlande gehandelt; es ist aber auch möglich, daß Inländer ihr Einkommen im Auslande und hier wiederum in ausländischen Waaren verzehren. Dieses hat zunächst dieselbe Wirkung wie im ersten Fall. Denn mit dem im Inlande erzeugten Einkommen, das nur aus Producten irgend welcher Art bestehen kann, müssen die ausländischen Waaren in derselben Weise gekauft werden, als wenn diese erst noch in das Inland geschafft werden müßten; man muß dies so auffassen, als ob sich die Inländer ihre Einkommensgegenstände in irgend einer Form nachschicken ließen. Man bedient sich dabei allerdings am häufigsten der Wechsel, allein um Wechsel, zahlbar im Ausland, zu erlangen, mußte ja gerade eine Forderung an dasselbe in Folge einer Waarensendung oder einer sonstigen Werthleistung entstanden sein. Durch den Aufenthalt im Ausland (Absentismus) wird also die Erwerbsthätigkeit des Inlands an sich nicht beschränkt, sie wird sich dagegen in höherem Grade auf solche Gegenstände werfen müssen, für die eine wirksame Nachfrage im Auslande besteht. Sind dies Rohstoffe, Bodenproducte, so kann die Grundrente einigermaßen steigen; sind es

Gewerbsprodukte, so wird sich die Gewerbsproduction beleben. Es findet dieselbe Wirkung statt, als wenn von den Absentisten anstatt einer manichfaltigen Menge von Gütern, die Jeder, besonders der Reiche consumirt, ausschließlich Getreide, Manufacte ꝛc. verzehrt würden. Der Absentismus kommt daher, abgesehen davon, daß er durch stärkere Nachfrage die Folgen des höheren Wechselcourses herbeizieht, den exportfähigsten Industriezweigen des Inlandes zu Statten, gefährdet aber, wenn er massenhaft stattfindet, die Vielseitigkeit der inländischen Industrie und damit den höchstmöglichen Grad ihrer Productivität, und bringt die Nachfrage besonders nach persönlichen Diensten und solchen Artikeln, die jedes Land schon wegen mangelnder Transportfähigkeit sich selbst erzeugen muß, in Stockung. Die Industrie eines an Absentismus leidenden Landes muß also einförmiger und in ihrem Fortschreiten offenbar gehemmt werden; unstreitig wird dies ackerbautreibende Länder, zumal wenn sie noch auf einer tieferen Entwicklungsstufe stehen, besonders hart treffen. Außerdem ist aber die Abwesenheit namentlich vieler Grundbesitzer von ihren Gütern, denn diese sind ja nach Quesnay die „disponible“ Classe der Nation, von vielen anderen Nachtheilen nicht nur wirthschaftlicher, sondern auch politischer und moralischer Art begleitet, die sich darin zusammenfassen lassen, daß das wachsame Auge des Herrn fehlt und das Volk der manichfachen geistigen und sittlichen Befruchtung durch Höherstehende entbehrt, ähnlich wie wenn der Adel lieber seine Einkünfte in der Residenz und in großen Städten, als auf seinen Besitzungen verzehrt. Wie sich hier Nachfrage und Beschäftigung mehr in die Sammelpunkte des Luxus und der Eitelkeit zieht, so dort in die für das Ausland producirenden Industriezweige. Der Absentismus wird daher einem Lande um so tiefere Wunden schlagen, auf je tieferer Culturstufe es sich befindet, zumal wenn sich die Absentisten den Anschauungen, Sitten und dem Verständniß ihrer nationalen Genossenschaft mehr und mehr entfremden.

§ 113.

Von verschiedenen Richtungen und Zuständen der Consumtion.

Jede Consumtion soll Bedürfnisse befriedigen, aber nicht Be=
dürfnisse schlechthin, sondern nur solche, die theils durch die Natur
des menschlichen Wesens im Allgemeinen, theils durch besondere
nationale und gesellschaftliche Entwicklung vorgezeichnet sind.
Allerdings beschäftigt sich die Volkswirthschaftslehre nicht speciell
mit dem Individuum, sondern nur mit der Gattung oder mit dem
Volke; allein der Gattungsbegriff schließt das Individuum nicht
aus, er ordnet es nur unter. Die Befriedigung der individuellen
Bedürfnisse bedingt daher nothwendig den Erfolg der Volkswirth=
schaft, um so mehr als sich die Gattung nur durch die Individuen
erhalten und fortentwickeln kann. Da wir das Bedürfniß als
Aeußerung einer Kraft erkannt haben, welche durch seine Befrie=
bigung lebens= und wirkungsfähig gemacht werden soll, so hängt
von den Gegenständen und dem Umfang der Consumtion offenbar
die Erhaltung und Fortentwicklung der individuellen und natio=
nalen Kräfte ab. Consumtion liegt daher nicht nur im individuellen,
sondern auch im nationalen Interesse; aber nicht die plan= und
ziellose Befriedigung irgend welcher auftauchenden Begierde, son=
dern nur diejenige Consumtion, welche Kräfte erhält und ausbildet,
wie sie das individuelle Bedürfniß im Einklang mit dem natio=
nalen erfordert. Es ist klar, daß schon die Production und der
Umlauf, die Vermittler der Consumtion, von diesen Rücksichten
beherrscht sein müssen; jede Productions= und Umlaufsweise also,
welche die Volkskraft schwächt oder in ihrer gesunden Entwicklung
hindert, ist im Widerspruch mit ihrer Aufgabe, unproductiv im
weiteren Sinne. Hierüber ist im Verlaufe unserer Darstellung
das Nähere erläutert worden. Was nun die Consumtion selbst
von diesem Standpunkte aus betrifft, so ist offenbar ihre wohl=
thätige Wirkung durch genaue Kenntniß aller einzelnen im Indivi=
buum und im Volke waltenden Kräfte bedingt; unser Wissen hierüber
ist aber noch sehr unvollkommen. Wir wissen im Allgemeinen und
können nachweisen, daß gewisse Gegenstände, wie Getreide, Fleisch,
die physische oder auch die moralische Kraft stärken, daß geistige
Getränke mäßig genossen belebend, im Uebermaß schwächend auf

Geist und Körper einwirken; daß ausschließliche oder vorwiegende
Kartoffelnahrung Mangel an Körperkraft und geistiger Energie
erzeugt; daß enge, feuchte Wohnungen, zumal wenn die Rücksicht
auf den Unterschied des Geschlechts verschwindet, die Gesundheit
und die Moral angreifen. Die ärztliche Wissenschaft gibt uns
über eine Menge von schädlichen und nützlichen Consumtionen
Aufschluß; die Politik, wenn sie sich nicht ungenügender Weise blos
mit den Formen des Staatswesens beschäftigt, lehrt uns die
Elemente der Staatskraft, ihre Bedeutung und Wechselwirkung
und die Mittel, welche zur vollkommensten Erreichung der Staats=
zwecke in Bewegung gesetzt werden; in vielen Fällen kann der In=
stinkt, soweit er über das Urtheil hinauszugreifen vermag, Finger=
zeige zu unserem Vortheil geben. Es liegt uns daher ein großes
Material zur besten Einrichtung unserer Consumtion vor, allein
sehr vieles davon ist doch zu allgemein, problematisch und dunkel.
Die Fortschritte, welche in neuester Zeit der Psychologie zu geben
versucht werden, zeigen uns, daß der Mensch selbst noch viel zu wenig
erforscht ist, daß wir uns noch keine klare und genaue Rechenschaft
geben können über die elementaren in ihm treibenden Triebe und
Kräfte, über die Ursachen und Bedingungen ihres Wirkens, über
die besten Mittel, sie zum wahren Besten des individuellen und
gesellschaftlichen Daseins zu stärken, zu ordnen, zu reizen und zu
beruhigen. Und so lange wir dies nicht vermögen, consumiren
und produciren wir zum großen Theil wie mit verschlossenen Augen.

Immerhin aber können wir die wirkenden Kräfte des mensch=
lichen Daseins in der Dreiheit: Körper, Seele und Geist zusam=
menfassen und es als eine Aufgabe der Volkswirthschaft bezeichnen,
daß diese drei Hauptkräfte ihrer Bestimmung gemäß gesund er=
halten und weiter entwickelt werden. Es ist nun klar, daß die Er=
reichung dieser Aufgabe nicht schon in den großartigen Ergebnissen
einzelner Wirthschaftszweige liegt oder in dem gesteigerten Quantum
des Volkseinkommens oder des Einkommens der Einzelnen, wie=
wohl sie schon durch diese Momente wesentlich bedingt ist; es kommt
auch an auf die Opfer, die für die Erlangung des Einkommens ge=
bracht werden, auf die Gegenstände, worauf es verwendet, auf die
Art, wie consumirt wird. Wir haben in der Einleitung eine Reihe
von Cardinalbedürfnissen aufgestellt, deren rechte und fortschreitende

Befriedigung eine Grundbedingung des menschlichen Daseins bildet; eine Volkswirthschaft, welche eine Anzahl ihrer Mitglieder zur Unterdrückung oder verkehrten oder mangelhaften Befriedigung dieser Bedürfnisse verurtheilt, ist eine unvollkommene; und wir haben gesehen, daß dieser Vorwurf unseren heutigen Wirthschaftszuständen in manichfacher Beziehung gemacht werden kann.

Je weiter die Production fortschreitet, desto mehr entfernen wir uns von der Natur, desto künstlicher werden die Gegenstände der menschlichen Consumtion; als Naturzustand könnte man auch den bezeichnen, in den wir uns durch langjährige Gewöhnung eingelebt haben, denn Gewohnheit ist die andere Natur. Da nun den Menschen natürliche Triebe eingepflanzt sind, die, nur äußerst langsam künstlicher Gestaltung fähig, ihren natürlichen Ursprung nie ganz verläugnen können, so hat die künstliche Consumtion in unserem Sinne immer etwas Unbefriedigendes und Mangelhaftes, um so mehr, als die Fortschritte der Kunst, wenn auch noch so gewaltig und wunderbar, doch immer lückenhaft bleiben und sich nicht in harmonischem Kreislauf bewegen. Daraus erklärt sich, daß so viele Menschen, trotz aller Errungenschaften des Fortschritts, doch zähe am Alten kleben und sich nur ungern in das Neue fügen, eine sehr berechtigte und nothwendige Erscheinung, die ihnen mit Unrecht als Unverstand und Schlendrian zur Last gelegt wird; daß gerade diejenigen Classen und Nationen, die es in der Kunst zu produciren am weitesten gebracht haben, mit Vorliebe den Naturgenüssen sich zuwenden und durch sie die Ecken und Lücken ihres künstlichen Daseins wieder harmonisch auszugleichen trachten: der mehr und mehr überhandnehmende Drang nach Reisen, nach dem Aufenthalt in Bädern, in Gegenden und Ländern, die sich noch näher dem ursprünglichen Naturzustande erhalten haben, darf daher nicht blos als Laune, als Vergnügungssucht betrachtet werden. Er ist eine Nothwendigkeit und zwar auch eine wirthschaftliche, insofern jene harmonische Ausgleichung den Menschen wieder zurecht richtet, mit seinem künstlichen Zustande versöhnt und zur Aufnahme neuer Fortschritte fähiger macht. Jene Erscheinungen und die Mittel, sie ins Werk zu setzen, wie Eisenbahnen, Dampfschiffe ꝛc., sind daher nicht blos von der Seite des Waarentransports, sondern auch von dieser rein persönlichen Seite ein wichtiges

Glied unseres Wirthschaftssystems. Andererseits aber dürfen wir unsere Vorfahren, welche jene Wunder der Mechanik, des Dampfes 2c. nicht gekannt und benutzt haben, nicht schlechthin bemitleiden; sie bedurften derselben nicht auf ihrer Productionsstufe und hatten weit weniger Veranlassung, auf künstlichen Umwegen die Natur wieder aufzusuchen. Das Lob der „guten alten Zeit" ist daher doch nicht so unvernünftig und gegenstandslos, als man glaubt. Bedenkt man nun, ein wie großer Theil unserer Bevölkerungen dieser fast nothwendigen Genußmittel entbehrt und dennoch dem Druck unserer künstlichen Verhältnisse unterworfen lebt, so bekommt man einen neuen Begriff von dem Riß, den das moderne System in die Gesellschaft reißt, und von der quälenden Abspannung, die dadurch hervorgebracht werden muß.

Jede Consumtion muß, wenn sie ihren Zweck erfüllen soll, im Gleichgewicht stehen, damit das Gleichgewicht der Kräfte in den Menschen erhalten werde. Dieses Gleichgewicht wird gestört, wenn man das Unvernünftige dem Vernünftigen, das Entbehrliche dem Unentbehrlichen, das nur Nützliche dem Nothwendigen vorzieht. Die hieraus fließende Regel ist selbstverständlich, wird aber, bewußt oder unbewußt, durchaus nicht immer eingehalten. So wenn Jemand in Putz einhergeht und zu Hause heimlich darbt u. dgl.; oder wenn in Spanien vor einem Vierteljahrhundert der Staatsaufwand 897 Mill. Realen jährlich betrug, der Gemeindeaufwand 410 Mill., der Aufwand für äußere Religionszwecke 1680 Mill.; oder wenn das britische Volk jährlich 54 Mill. Pf. St. für Steuern, dagegen 74 Mill. für geistige Getränke ausgab. (Roscher.) Es wird ferner gestört, wenn man künstlichen Genüssen im Uebermaß nachgeht und die Genüsse der Natur hintansetzt; denn jene gewähren, wie wir gesehen haben, eine kürzere und geringere Befriedigung und verursachen einen nachfolgenden Aufwand für kostspieligere Entschädigung durch die Natur. Die übermäßige Ausbreitung der künstlichen Production, so viele „Nützlichkeiten" sie auch schafft, schmälert doch die Consumtionskraft der Länder, was man wirthschaftliche Blasirtheit nennen könnte. Auch muß das Gleichgewicht der Consumtion darin erkannt werden, daß sie nicht mehr Opfer erfordert, als das zu befriedigende Bedürfniß werth ist. Es handelt sich hier nicht um das formelle System der Gebrauchs-

werthe, denn dieses ist äußerlich immer vorhanden und nur ein
anderer Ausdruck für das jeweilige Verhältniß, in dem die Güter
in Bezug auf den Gebrauch zu einander stehen, sondern um die
Herstellung einer natürlichen Preisordnung. Hier bringen nun
die Fortschritte der Production erhebliche Vortheile. Nicht nur
besteht im Allgemeinen die Tendenz einer Preisverminderung, in
Folge deren die noch bestehenden Unterschiede minder fühlbar werden; es wird auch die Sicherheit der Befriedigung und die Freiheit
in der Auswahl der Consumtionsobjecte immer größer. Je größer
der Rohertrag der Production, desto geringer wird die Gefahr des
Deficits; Arbeitstheilung, Großbetrieb, Konkurrenz, Ausbildung
des Handels wetteifern miteinander, um stets Vorräthe zu halten
und die Erzeugnisse dem dringendsten Bedürfniß zuzuführen,
und diese Tendenz wird durch die Erleichterung der Umsatz- und
Transportfähigkeit noch verstärkt, so daß der Consumtionswille
fast unbeschränkt auf jederzeitige Erfüllung rechnen darf. Wenn
sonst eine Mißernte die Consumenten effectiv um ihr halbes Einkommen brachte oder der Luxus ganze Viehheerden auf einmal
verschlang, so waren das Störungen in der Consumtion und folglich in der Production, deren Gefahr heutzutage fast ganz beseitigt ist.

Das Gleichgewicht muß aber auch in der Volkswirthschaft
im Ganzen stattfinden. Dieses wird nicht schon verrückt durch
die Ungleichheit des Vermögens an sich, denn es besteht nicht
darin, daß Alle dasselbe consumiren, wie die Communisten wollen,
sondern daß Alle im richtigen Verhältniß zu ihren Bedürfnissen
consumiren; wohl aber durch eine solche Vermögensungleichheit,
welche das Gleichgewicht der verschiedenen Bevölkerungsclassen
zerstört, d. h. ihren Zusammenhang, ihre Bedürfnisse, ihre Leistungsfähigkeit außer Verhältniß oder gar in feindseligen Gegensatz
bringt. Ein solcher Zustand wird sich einstellen, wenn die unteren
Classen entweder zu wenig hervorbringen oder von den oberen
Classen durch factische oder rechtliche Beherrschung ausgebeutet
werden; z. B. wenn das Wirthschaftssystem große Arbeitermassen
wenigen Unternehmern oder Besitzern unterstellt, wenn fehlerhafte
Besteuerung das Volk aussaugt, wenn sich große Gewinne in
wenigen Händen anhäufen und ein großer Theil der Bevölkerung

auf das Nothdürftigste angewiesen ist. In solchen Fällen findet regelmäßig ein großer Verbrauch von ursprünglicher Volkskraft zu Gunsten einer begünstigten Classe statt, die aber diese Kraft nicht etwa in sich aufnimmt, sondern in künstlicher Consumtion vergeudet. Ein solches Volk, in welchem so überfeine Cultur und rohe Versunkenheit unvermittelt neben einander stehen, ist keines geregelten Fortschrittes mehr fähig, wenn nicht der auf den unteren Classen liegende Bann aufgehoben und die Bildung eines kräftigen und wohlhabenden Mittelstandes angestrebt wird.

Auch die Productionsverhältnisse können die nationale Consumtion in Verwirrung bringen. Der Entwicklungsgang der einzelnen Productionszweige ist ein ungleicher, da die Hebel der Productivität nicht bei allen gleich anwendbar und wirksam sind. Diejenigen nun, welche in dieser Beziehung am günstigsten gestellt sind, werden der Volkswirthschaft vorherrschend ihren Charakter aufprägen und die übrigen auf ihre Bahn, in ihren Dienst zu ziehen bestrebt sein. Hiedurch müssen offenbar Schwankungen und Verwicklungen entstehen, worunter die letzteren leiden. So wird das Handwerk von den Fabriken, der Kleinbetrieb vom Großbetrieb, die Localindustrie von der Weltindustrie gedrückt. Wenn ferner das Wachsthum der Bevölkerung und der Bedürfnisse zu möglichster Vermehrung des Rohertrags zwingt, so wird sich die Fähigkeit zur Erzielung von Reinertrag, durch welchen die Consumtion bedingt ist, nicht über alle gleichheitlich vertheilen; man wird sich da um so schlimmer befinden, wo die Kosten und Gefahren verhältnißmäßig am wenigsten vermindert werden können. Endlich ist auch die Leistungsfähigkeit in Bezug auf den Rohertrag nicht überall in gleichem progressiven Maße vorhanden; sie nimmt ab, je mehr es auf die Mitwirkung der Naturkraft ankommt. So spricht man schon jetzt von einer drohenden Krisis der Landwirthschaft, welche um größeren Rohertrags willen zu immer stärkerer Ausbeutung und schließlich zur völligen Erschöpfung des Bodens hingedrängt werde. Wir haben zwar gesehen, daß diese Ausbeutung an sich nicht unwirthschaftlich ist, wenn nur die Rückleitung der jeweilig erforderlichen Reproductivkräfte sicher bewerkstelligt werden kann. Allein dies hängt nicht blos von der Existenz der hier in Betracht kommenden Stoffe ab, sondern auch von dem

Vermögen der Landwirthschaft, Capitalien nach Bedürfniß an sich
zu ziehen, und von der Zahlungsfähigkeit der Consumenten, da die
Preise der Lebensmittel keine beliebige Höhe erreichen dürfen;
nun ist aber die Creditfähigkeit der Bodeninbustrie im Allgemeinen
geringer als die der Gewerbe und des Handels und das Einkommen der verschiedenen Bevölkerungsclassen steigt nicht in dem hiezu
erforderlichen gleichen Verhältniß, manche sind sogar einer Tendenz
des Sinkens ausgesetzt. So kann, während der wirthschaftliche
Fortschritt seine Triumphe feiert, unvermerkt die Grundlage jeder
Consumtion, das Nahrungswesen, in Verfall gerathen und die
Ueberproduction auf der einen nicht nur eine relative, sondern eine
absolute Minderproduction auf der anderen Seite bewirken.*)
Daß der auswärtige Handel hiegegen kein ausreichendes Heilmittel abgibt, haben wir bereits früher gesehen.

Damit die Idee der Consumtion sich verwirklichen könne, ist
es nöthig, daß Jeder nur s e i n Einkommen verzehre; eine Verzehrung des Einkommens Anderer würde nicht nur die Ordnung in
der Volkswirthschaft, sondern auch die Fähigkeit zur Reproduction
und die Triebkraft des Consumtionswillens aufheben. Die von
den Communisten befürwortete Gemeinschaftlichkeit und Gleichheit
der Consumtion würde somit die Grundlage aller Wirthschaft zerstören. Abweichungen von diesem Grundsatze aus Beweggründen
der Sittlichkeit und des Wohlwollens (Almosen, Geschenke), welche
das sog. abgeleitete Einkommen erzeugen, sind nur dann zu rechtfertigen, wenn sie auf freiem Willen beruhen, an sich vernünftig
sind und nicht ins Uebermaß gehen; hieher gehört auch die Gewährung von Einkommen für nutzlose oder scheinbare Dienste, oder

---

*) Die berühmte, immer wieder heftig angefochtene Theorie von Mal-
thus, daß die Bevölkerung eine geometrische, die Nahrungsmittel nur eine
arithmetische Progressionstendenz haben, läßt sich nur dann gehörig würdigen,
wenn man sie in Verbindung mit dem Gegensatz der Manufacturinbustrie
und der Nahrungsproduction bringt; denn es handelt sich um die wirthschaftliche Grundlage, auf welcher das Voraneilen der Bevölkerung erfolgt, hiefür
kann aber der mystische Zeugungstrieb allein nicht ausreichen, da ihm so viele
andere Triebe bekämpfend gegenüber stehen. In diesem Sinne scheint mir
der „Versuch über Bevölkerung" beurtheilt werden zu müssen, während man
sich ohne diesen Gesichtspunkt in willkürlichen Hypothesen und hohlen Proba-
bilitäten verliert.

die unverhältnißmäßige Belohnung nützlicher Dienste, also namentlich das Unwesen weltlicher und geistlicher Sinekuren. Die Verwirklichung jener Consumtionsordnung ist nun bedingt materiell dadurch, daß sich in jedem einzelnen Fall die reinen Gesetze des Umlaufes, d. h. des Werthes vollziehen; formell durch die Herrschaft des Eigenthums. Das Eigenthum ist nichts anderes als die natürliche Ordnung der Individuen in Bezug auf die Sachen und mit dem Wesen der Individualität von selbst gegeben; es kann also nicht erst aus Vertrag oder Gesetz entstehen, weil Vertrag und Gesetz selbst wieder die Idee der Ordnung voraussetzen. Etwas anderes ist die vertrags- oder gesetzmäßige Anerkennung und Organisirung des Eigenthums mit Rücksicht auf die nationalen Anschauungen und Bedürfnisse; ferner die Entstehung concreten Eigenthums für die Einzelnen durch Arbeit und sonstige Willensäußerungen der Individualität. Das Eigenthum ist daher nichts Willkürliches und kann nur vernichtet werden, indem man die Individualität selbst vernichtet; dann entsteht aber das Chaos, welches durch utopistische Träumereien nicht hinwegphantasirt werden kann, oder insofern die Herrschaft einzelner Individuen doch bestehen bleibt, die Sclaverei. Der Individualgeist darf natürlich der Gesellschaft, durch deren Existenz er selbst bedingt ist, nicht feindselig gegenüber treten; die gemeinsame Consumtion in der Familie und im Staate (insbesondere durch Besteuerung) hebt daher das Eigenthum nicht auf; nur darf sie dem Individuum nicht soviel entziehen, daß dieses negirt wäre, sie muß also nach rechtlichen, sittlichen und ökonomischen Principien geordnet sein. Eine Erweiterung oder vielmehr Garantie des Eigenthums ist das Erbrecht, welches die Individualität von dem Ende des natürlichen Daseins unabhängig stellt und daher von denselben Grundsätzen beherrscht sein muß wie jenes; es wird sich aber verschieden gestalten, je nachdem die nationale Anschauung die Individualität mehr in den Familien und deren Repräsentanten oder in der einzelnen Persönlichkeit verkörpert denkt. Hienach sind die Verschiedenheiten des Intestat- und testamentarischen Erbrechts bei den Völkern zu erklären; es ist aber auch der Gesichtspunkt herbeizuziehen, daß die Continuität bestehender Wirthschaften durch Todesfälle möglichst wenig unterbrochen und gestört werden darf.

Ebensowenig als maßlose Ausdehnung der Production, ist auch möglichste Einschränkung der Consumtion und möglichste Vermehrung der Productivkräfte, insbesondere mittelst Capitalisirung, wünschenswerth. Nicht etwa deßhalb, weil jene „mehr Geld unter die Leute bringe"; denn dies wird auch durch die letztere bewirkt. Allein starke Capitalfonds finden nicht immer bereite und wohlthätige Verwendung und erzeugen dadurch die Gefahr ungesunder Speculationen und lähmender Krisen; ferner wird das Capital von den einzelnen Productionszweigen in verschiedenem Grade absorbirt, was eine übermäßige Anschwellung der in dieser Beziehung günstiger gestellten bewirkt, somit das Gleichgewicht zum Nachtheile der übrigen verrückt und die Ungleichheit des Vermögens befördert. Ueberproduction ist eine stehende Gefahr, wo der Spartrieb den Consumtionstrieb überwiegt, während unter der Herrschaft des letzteren nicht nur die Bedürfnisse der Gegenwart reichlicher befriedigt, sondern auch die Volkskräfte manichfaltiger und harmonischer ausgebildet werden. Nur darf man über den Genüssen der Gegenwart nicht die Sicherung der Zukunft vergessen; die Consumtion darf nicht unmäßig und verschwenderisch sein. Uebrigens kommt bei dieser Frage sehr viel auf den nationalen Character an; manchem Volk wäre eine Zügelung seines Spartriebs, manchem eine Zügelung seines Consumtionstriebes zu wünschen. Wo wahre Bildung herrscht und die Zwecke der Consumtion richtig begriffen werden, da wird sich das richtige Verhältniß der Consumtion und der Ersparung von selbst einfinden. Schließlich darf nicht übersehen werden, daß Consumtion (im engeren Sinne) immer nur Bedürfnißbefriedigung bedeutet, womit sich der Endzweck des menschlichen Daseins nicht erschöpft; ist also auch Consumtion das ausschließliche Ziel der Production, so doch nicht Production die alleinige Aufgabe für die Bewegung der menschlichen Kräfte, die daher auch nicht blos nach dem Maßstab der höchstmöglichen Productivität geleitet werden dürfen. Die Beförderung der Productivität muß zurückstehen, wo es sich um höhere Zwecke der menschlichen Gattung handelt. Die Volkswirthschaft muß nicht nur in sich selbst, sondern auch mit Recht, Sitte und Religion in Harmonie bleiben.